전쟁 쓰레기

전쟁 쓰레기

2008년 7월 1일 초판 1쇄 발행
2019년 6월 18일 초판 4쇄 발행

지은이 | 하 진
옮긴이 | 왕은철
발행인 | 이원주
책임편집 | 황경하
책임마케팅 | 정재영

발행처 (주)시공사
출판등록 1989년 5월 10일(제3-248호)

주소 | 서울특별시 서초구 사임당로 82(우편번호 06641)
전화 | 편집(02)2046-2817 · 마케팅(02)2046-2800
팩스 | 편집 · 마케팅(02)585-1755
홈페이지 www.sigongsa.com

ISBN 978-89-527-5241-3 03840

WAR TRASH

하 진 장편소설 | 왕은철 옮김

전쟁 쓰레기

시공사

05635 ★

차례

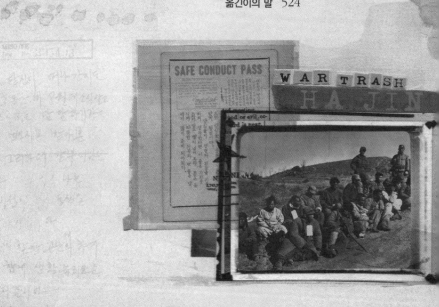

나는 북한과 인접한 중국 북동부 만추리아에서 자랐다. 아버지가 중국 인민해방군에서 장교로 복무한 까닭에 우리 집은 아버지의 부대를 따라 많이 돌아다녔다. 어렸을 때 나는 때때로 한국전쟁에서 전쟁포로였던 사람들을 우연히 만나곤 했다. 이들은 '반역자'라 불리며 거의 죄인 취급을 당했다. 자식들과 가족들 역시 그 때문에 고통을 당했다.

그들은 군인의 신분으로 싸움에서 이기든지 죽으라는 명령을 받고 전쟁에 나갔지만, 적에게 생포되었다가 전쟁이 끝나면서 포로 교환 덕분에 고향으로 돌아온 사람들이었다. 그들은 사람들에게 치욕의 화신이었다. 중국으로 돌아왔을 때 그들 중 일부는 다시 감옥에 갇혔고, 많은 사람들이 농장에서 노역을 하며 살게 되었다.

1970년, 나는 두만강과 아주 가까운 지린성의 훈춘에 주둔한 부대에서 군 생활을 시작했다. 그 당시 중국은 소련, 북한과 긴장 관계에 있었다. 전쟁이 언제 발발할지 모른다고 했다. 그래서 우리는 때로 겨울에는 옷도 벗지 못하고 잠을 자야 했다. 비상사태가 발생하면 곧바로 전선에 투입되기 위해서였다.

최전방에 배치된 군인들이 일종의 '대포밥'이라는 걸 우리는 알고 있었다. 게다가 러시아군과 비교하면 우리의 장비는 형편없었다. 하지만 우리가 가장 두려워한 것은 대부분의 군인들이 군대에 올 때 감안했던 죽음이 아니라 적에게 사로잡히는 일이었다. 포로로 잡혔다가 살아서 돌아오면, 가족을 치욕스럽게 만들 뿐 아니라 자신은 사회에서 쓰레기 취급을 당했다. 그래서 대부분의 젊은 군인들은 포로가 되기보다는 자살하는 게 낫다고 생각했다.

군대를 떠난 후에도 나는 몇 년 동안 그러한 불안감에서 좀처럼 벗어나지 못했다. 그리고 1985년 미국에 온 후, 외국에서 송환된 미국의 전쟁포로들이 영웅으로 환영받는 모습을 텔레비전을 통해 종종 보았다. 우리와는 너무나 대조적인 모습이었다. 그것은 내게 한국에서 돌아온 중국군 전쟁포로들에 대해 많은 생각을 하게 했다.

뿐만 아니라 전쟁에 대한 미국인들의 시각과 중국인들의 시각이 엄청나게 차이가 난다는 사실을 알게 되었다. 미국인들은 전쟁에서 비겼다고 생각하는 데 비해, 중국인들은 수많은 사람들이 희생되었다는 사실에 관계없이 전쟁에서 이겼다고 생각한다. 그렇다면 한국인들은 그 전쟁에 대해 어떻게 생각하고 있을까? 나는 그러한 차이가 궁금했다.

그렇게 해서 『전쟁쓰레기』는 시작되었다. 이 소설은 거창한 역사적 문제들에 답하기 위한 것이 아니라 군인들이 개별적으로 어떻게 전쟁을 체험했는지를 보여주기 위한 것이었다. 한국전 경험을 쓴 중국군 포로들의 글들이 꽤 있었지만, 통일성을 갖춘 긴 이야기는 없었다. 나는 많은 군인들의 단편적인 이야기들을 종합해 그 경험의 본질을 포착하는 통일성 있는 이야기로 만들고 싶었다.

동시에 나는 소설로 된 회고록 형태를 띤, 톨스토이가 도스토옙스키의 최고작이라고 했던 『죽음의 집의 기록 The House of the Dead』과 같은 회고록이 아닌 소설을 쓰고 싶었다. 그러나 도스토옙스키의 작품은 『전쟁쓰레기』에 많은 영향을 미쳤다. 나는 이 소설을 쓰면서 도스토옙스키의 작품을 반복해서 읽었다. 감옥 생활을 묘사하는 방법을 배우기 위해서였다. 그리고 기록으로 된 자료 외에도 기자들과 미군이 찍은 많은 사진들을 보면서, 이 소설을 구체화하는 데 필요한 세부적인 사항들을 얻었다.

특히 군인으로 옌볜의 한국인 마을에서 반년 정도 살았던 경험은 아주 유용했다. 그것은 내가 한국인들의 삶과 관습을 직접 느낄 수 있는 기회였으며, 내가 묘사한 것, 특히 군용 트럭을 타고 이동하면서 두만강 너머로 종종 보았던 한국의 풍경을 묘사한 것에 대해 어느 정도 자신감을 갖게 해줬다.

이 소설을 집필하고 나서야 적군에 사로잡히는 것에 대한 걱정이나 두려움이 마침내 없어졌다. 추측컨대 나는 심리적으로나 정서적으로 마음의 평정을 되찾기 위해 이러한 책을 필요로 했던 듯싶다. 나는 이 소설이 작가로서의 내 삶의 중요한 지점에서 발표되었으며, 왕은철 교수가 이것을 한국어로 번역했다는 사실을 기쁘게 생각한다.

왕은철 교수와는 3년 전 시애틀의 한 술집에서 만났다. 우리는 맥주를 마시며 즐거운 시간을 보냈다. 나는 그와 대화하면서 현대 문학에 대한 지식에 깊은 인상을 받았다. 한국의 독자들과 이 소설을 함께 나눌 수 있도록 해준 그에게 감사의 마음을 전한다. 한국의 독자들에게도 이 소설이 의미 있는 것이었으면 좋겠다.

2008년 6월
보스턴에서 하 진

내 배꼽 아래에는 'FUCK...U...S...'라는 기다란 문신이 있다. 점 위의 피부는 불에 덴 자국처럼 오그라들어 있다. 그 문신은 부적처럼 50년 가까운 세월 동안 중국에서 나를 보호해줬다. 미국으로 오기 전에 나는 그걸 제거해야 할지 말아야 할지 망설이다가 결국 제거하지 않기로 했다.

그것을 특별히 애지중지해서도 아니고, 수술이 무서워서도 아니었다. 그렇게 하면 소문이 나서 당국이 내가 돌아오지 않을지 모른다고 생각해 내 여권을 취소시킬지 몰랐기 때문이다. 게다가 나는 이 회고록 집필을 위해 수집해놓은 모든 자료들을 가지고 나올 계획이었기 때문에 경찰의 주목을 받을 만한 일을 할 수가 없었다. 경찰은 여차하면 내 메모와 서류들을 압수해갈지 몰랐다.

이제 나는 미국에 와 있다. 그리고 나의 문신은 그 마력을 잃었다. 대신 그것은 늘 걱정거리였다. 나는 2주 전 애틀랜타의 세관을 통과할 때, 덫에 걸린 비둘기처럼 가슴이 파닥파닥 뛰는 걸 느꼈다. 허스키하고 유쾌한 목소리의 세관원이 뭔가를 의심하여, 나를 방으로 데리고 가서 옷을 벗으라고 명령할지 몰라 두려웠던 것이다. 자칫 그 문신 때문에 미국 입국이 거절당할 수도 있었을 테니까.

때때로 나는 이곳 거리들을 거닐다가 깜짝깜짝 놀라곤 했다. 보이지 않는 손이 내 셔츠의 앞을 틀어쥐고 벨트 밖으로 잡아당겨 행인들에게 내 비밀을 보여줄지 모른다는 생각이 문득문득 들었기 때문이다. 때문에 나는 여름 날씨가 아무리 더워도 셔츠 단추를 풀지 않았다. 저녁에 뜨거운 물로 샤워할 때는(나는 샤워하는 걸 아주 좋아하는데, 이것은 미국의 편의 시설 중 최고가 아닌가 싶다) 문을 꼭 잠그는 걸 절대 잊지 않는다. 캄보디아 출신의 며느리 카리가 어쩌다 내 배에 쓰인 글씨를 보게 될지 모른다는 두려움 때문이다. 그녀는 내가 한국전에 참전했고, 이곳에 있는 동안 회고록을 쓰고 싶어 한다는 걸 알고 있다. 하지만 나는 이 시점에서 그 내용을 다른 사람들에게 알리고 싶지 않다. 그렇지 않으면 펜을 잡을 때 영감이 사라져버릴 것만 같다.

지난 금요일, 낮잠을 자고 있는데 세 살배기 손녀딸 캔디가 나의 드러난 배를 손가락으로 콕콕 질러보며 거기에 적힌 단어의 윤곽을 더듬었다. 아이는 'U...S...'의 의미는 알았지만 그 앞에 있는 동사는 이해하지 못한 듯했다. 몸이 가려워 잠에서 깨보니, 올챙이 모양의 눈이 깜빡거리고 있었다. 아이가 씩 웃더니 입을 다물었다. 그러곤 이내 얼굴이 굳어졌다. 내가 무슨 말을 하기도 전에 아이가 빙글 몸을 돌리며 소리쳤다.

"엄마, 할아버지 배에 문신이 있어요!"

나는 침대 밖으로 뛰쳐나가 아이가 문을 나서기 전에 잡았다. 다행히도 아이의 엄마는 집 안에 있지 않았다. 나는 내 입술에 손가락을 대고 말했다.

"쉬, 캔디, 아무한테도 말하지 마. 이건 우리 사이의 비밀이야."

"알았어요."

하지만 그녀는 이런 것들을 모두 의심하는 것처럼 미소를 지었다. 그날 오후, 나는 아이를 데리고 버드포드 하이웨이에 있는 동양인 구역에 가서 산사나무 젤리와 타로토란 크래커를 사줬다. 그랬더니 아이는 좋아서 내 볼에 두 번이나 입을 맞추며, 문신에 대해선 아무 얘기도 하지 않겠다고 약속했다. 보비 오빠한테조차 얘기하지 않겠다고 했다. 그러나 아이가 약속을 오래 지킬 것 같지는 않아 보였다. 틀림없이 아이는 자신이 본 걸 기억하고, 그게 뭔지 알려고 머리를 굴릴 것이다.

나의 손자 보비는 일곱 살이 다 된 영리한 아이다. 나는 가끔 그에게 자라서 뭘 할 것인지 묻는다. 그러면 그는 오동통한 얼굴을 흔들며 말한다.

"모르겠어요."

"의사가 되는 건 어떠니?"

"아뇨, 저는 과학자나 천문학자가 되고 싶어요."

"천문학자는 천문대에서 많은 시간을 보내야 하기 때문에 가정을 갖는 게 어렵지."

그의 어머니가 낭랑한 목소리로 끼어든다.

"아버님, 아이를 몰아치지 마세요."

"저 애한테 뭘 하라고 강요하는 건 아니다. 그냥 얘기해보는 것뿐이다."

"자기한테 맞는 걸 해야지요."

내 아들이 큰 소리로 이야기에 끼어들어, 나는 입을 다물었다. 어쩌면 아들 내외는 내가 너무 탐욕스러워 손자가 부유해지기만을 바란다고 생각할지도 모른다. 하지만 내가 진짜로 원하는 건 돈과는 전혀 상관없다. 나는 의술이 고귀하고 인도적인 직업이라는 걸 진심으로 믿는다. 다시 태어나면 나도 의학을 열심히 공부해보고 싶다. 이 생각은 내 마음속에 50여 년 동안 자리 잡고 있었다.

보비에게 의사가 되라는 말을 가끔 하는 이유를 아들과 며느리에게 자세히 설명할 수는 없다. 그러려면 너무 많은 잔혹 행위와 고통에 관련된 이야기도 함께 해야 하기 때문이다. 간단히 말해 이러한 나의 바람은 한국과 중국에서 보았던 죽은 사람들에 관한 기억 때문에 생긴 것이다. 의사들과 간호사들은 또 다른 종류의 윤리를 따른다. 그래서 정치적 난센스와 인간이 만든 적의를 초월해 동정심과 인간적인 품위를 갖고 행동한다.

여덟 달이나 아홉 달 후면 나는 나를 키워주고 길러줬고 내 뼈를 묻게 될 땅인 중국으로 돌아갈 것이다. 내 나이 벌써 일흔셋이다. 그리고 아내와 딸과 또 다른 손자가 고향에 있다. 이제 다시는 미국에 오지 못할 것 같다. 돌아가기 전에 나는 반드시 내 인생의 반 이상에 해당하는 기간 동안 쓰고자 했던 이 회고록을 완성해야 한다.

나는 열네 살 때 배우기 시작했던 영어로 회고록을 쓰려고 한다. 그리고 역사적인 정확성을 기하기 위해 다큐멘터리 형식으로 이야기하려고 한다. 언젠가 캔디와 보비, 그리고 그 아이들의 부모가 이 글을 읽고 내 배에 있는 문신의 강렬한 무게를 느껴볼 수 있기를 희망한다. 나는 이 회고록이야말로 나처럼 보잘것없는 사람이 미국의 손자들에게 남겨줄 수 있는 유일한 선물이라고 생각한다.

I

1

1949년, 나는 공산주의자들이 집권하기 전에는 황푸군관학교에서 정치교육을 전공하는 2학년 학생이었다. 쓰촨성의 성도인 청두에 있었던 그 학교는 국민당 정권에서 중요한 역할을 담당했다. 장제스가 한때 그 학교 교장이었고, 그의 휘하에 있던 상당수의 장성들이 그 학교 출신이었다. 어떤 면에서 보면 국민당 군대에서 황푸군관학교의 역할은 미국 군대에서 웨스트포인트의 역할과 흡사한 것이었다.

황푸군관학교의 사관생들은 국민당의 타락에 질려 있었기 때문에 공산주의자들이 오자 인민해방군에 자발적으로 투항했다. 새 정부는 군관학교를 폐지하고 그 자리에 남서부 군사, 정치 대학을 세웠다. 그들은 우리에게 공부를 계속하면서 새 중국에 봉사할 준비를 하라고 독려했다. 공산주의자들은 우리에게 아무런 차별 없이 공정하게 대해주겠다고 약속했다.

그러나 군사학을 전공했던 대부분의 동료 학생들과 달리 나는 큰 기대를 하지 않았다. 내가 옛 군관학교에서 전공했던 정치 과목들이 인민해방군에는 아무 소용 없는 것들이었기 때문이다. 나는 반동분자가 아니라면 퇴행적인 생도로 분류되기 십상이었다. 국민당 출신 장교들과 사관생들의 재교육을 주목적으로 세워진 대학에서 우리는 마르크스, 레닌, 스탈린, 마오쩌둥의 기본 사상을 배우고, 우리의 개인사를 쓰고, 우리가 행한 범죄를 고백하고, 자아비판과 상호비판을 해야 했다.

옛날 군대에 소속되어 있던 몇몇 완고한 장교들은 그들이 갖고 있던 사고방식을 버리지 못해 재교육 과정에서 처벌을 받았다. 그들은 캠퍼스 북동쪽 구석에 있는 작은 건물에 투옥되었다. 하지만 나는 공산주의들을 거부한 적이 없기 때문에 상대적으로 안전했다. 나는 프롤레타리아 혁명에 관한 몇몇 원리들을 제외하면 새 학교에서 배운 게 별로 없었다.

이듬해 겨울, 나는 군관학교를 졸업하고 인민해방군의 180사단에 배치받았다. 일본 침략자들에 대한 전쟁과 내란에서 혁혁한 공을 세운 것으로 알려진 사단이었다. 나는 어머니가 살고 있던 청두 시에 위치한 사단 본부에서 초급 장교로 복무하게 되어 기뻤다. 아버지는 3년 전에 돌아가셨다. 그래서 더욱 어머니를 보살펴 드릴 수 있게 된 것이 다행이었다. 게다가 나는 쓰촨 대학에서 안무를 전공하는 여학생과 막 약혼한 상태였다. 그녀의 이름은 다오쥐란이었다. 같은 도시에 살고 있던 우리는 이듬해에 결혼할 예정이었다. 가급적이면 그녀가 졸업하는 가을에 맞춰 결혼식을 올릴 예정이었다. 어디를 보나 삶은 나를 향해 미소를 보내는 것 같았다. 모든 그림자가 걷히는 것 같았다. 공산주의자들은 우리의 조국에는 질서를, 평범한 사람들에게는 희망을 가져다준 것이었다. 나는 그렇게 기분 좋은 적이 없었다.

나는 일주일에 세 번씩 정치학습회에 참석해야 했다. 우리는 중앙위원회에서 내려 보낸 문서들, 〈소련공산당사〉, 〈인민의 민주적 독재〉, 〈지지부진한 전쟁〉과 같은 스탈린과 마오 주석의 글을 읽고 토론했다. 수백 명에 달하는 장교들을 포함하여 우리 사단의 반 정도가 국민당 군대 출신이었기 때문에, 학습회는 그저 형식적인 것처럼 느껴져 별로 괴롭지 않았다.

30년 후에 중국공산당의 인민위원이 된 18부대장이었던 후야오방은 어떤 모임에서 우리 사단은 쓰촨을 떠나는 일이 없을 것이고, 지금부터는 조국을 재건하는 데 헌신해야 한다고 말하기까지 했다. 나는 전쟁에 지친 우리 조국에 마침내 평화를 가져다준 것 같은 공산주의자들에게 고마움을 느꼈다.

그런데 상황이 바뀌었다. 1951년 춘제가 되기 3주 전이었다. 만추리아에 인접한 불모 지역, 허베이성으로 이동하라는 명령이 떨어졌다. 거기에서 한국으로 들어간다고 했다. 그건 의외였다. 우리 사단은 변변한 장비도 갖추지 못한 데다, 한국전쟁은 너무 멀리 떨어진 곳에서 일어나고 있었으므로 우리가 참전하게 될 것이라고는 예상치 못했던 것이다.

떠나기 전에 약혼녀와 사진을 찍고 싶었지만 그럴 시간이 없었다. 그래서 우리는 스냅 사진을 주고받았다. 그녀는 내가 없는 동안 어머니를 잘 보살펴드리겠다고 약속했다. 어머니는 울면서 명령에 잘 따르고 용감하게 싸우라고 했다.

"아들아, 네가 돌아오는 걸 보지 않고는 눈을 감지 않겠다."

마음 한편에는 전쟁터에서 죽을지 모른다는 두려움이 있었지만, 나는 어머니에게 꼭 돌아오겠다고 약속했다.

쥐란은 아름다운 여자는 아니었지만 성격이 차분하고 모습이 고

왔다. 기다랗고 나긋나긋한 팔다리를 보면 타고난 무용수였다. 머리는 두 갈래로 땋아 내렸고, 맑은 눈에는 생기가 넘쳐흘렀다. 웃을 때면 고른 이들이 빛났다. 내 마음을 사로잡은 것은 그녀의 화사한 미소였다. 그녀는 내가 곧 떠나야 된다는 사실에 몹시 당황했지만 작별이 조국을 위해 필요한 희생이라 생각하고 받아들였다.

대부분의 중국인들에게는 맥아더의 군대가 얄루강(압록강)을 건너 중국의 북동부인 만추리아를 점령하려 하는 것으로 보였다. 전선에 나가 조국을 수호해야 하는 것이 현역 군인인 나의 의무였다. 쥐란은 그걸 이해했다. 그래서 혼자 있을 때는 자주 울었지만 사람들 앞에서는 나를 자랑스럽게 여기기까지 했다.

"걱정 마. 1~2년 후면 돌아올 거야."

나는 이렇게 말하며 그녀를 위로하려고 했다. 우리는 서로를 기다리자고 약속했다. 그녀는 옥으로 된 머리핀을 반으로 자르더니 나에 대한 사랑의 증표로 한쪽을 줬다.

사단은 나흘간에 걸쳐 기차로 이동한 후, 허베이성의 창헌에 있는 포토우라는 시골 도시에 도착했다. 그곳에서 우리는 구식 무기를 버리고 러시아제 경기관총과 대포로 무장했다. 곧바로 새 무기의 사용법을 익히기 시작했다. 그런데 사용법이 러시아어로만 되어 있었다. 우리 사단에선 러시아어를 아는 사람이 아무도 없었다. 어떤 부대는 대공포를 효과적으로 작동하는 법을 모른다며 불평했다.

병사들이 사용법을 여기저기 묻고 다녔지만 도무지 알 수가 없었다. 마지막 수단으로 사단의 인민위원인 페이샨이 러시아 무관에게 도움을 청했다. 러시아 무관은 중국어를 할 줄 알았고, 톈진시에서 열리는 만찬 때 우연히 페이와 같이 앉아 있었다. 하지만 러시아 장교도 우리를 도와줄 수 없었다. 그래서 병사들에게는 결국 다음과 같은 명령이 하달되었다.

"무기를 직접 쓰면서 사용법을 익혀라."

행정장교였던 나에게는 독일제 모제르총을 대신할 새 러시아제 권총이 주어졌다. 나는 이러한 변화에 걱정하지 않았다. 사병들과 달리, 나는 권총을 갖고 훈련장에 갈 필요가 없었다. 그때쯤 나는 180사단 본부에 나를 배치한 것이 거대한 계획의 일부일지 모른다는 걸 깨달았다. 영어를 약간 할 줄 알아 미국인들과 싸우는 데 쓸모가 있었던 것이다. 한동안 우리 사단을 전투에 투입하는 걸 고려하고 있었던 듯했다. 우리가 쓰촨을 떠나기 전, 페이 인민위원은 나에게 영중英中사전을 가져오라고 말했다. 그는 친절하게 말했다.

"늘 옆에 놓고 있게. 요긴하게 쓰일 곳이 있을 테니."

그는 구릿빛 얼굴에 머리선이 움푹 들어가고 키가 큰 서른두 살의 남자였다. 그와 있을 때, 나는 10대 초반부터 헌신적인 혁명주의자였던 이 남자가 갖고 있는 내면의 힘을 느낄 수 있었다.

우리가 북동부로 이동하기 전, 국민당 군대 출신으로 연대장 혹은 그 이상의 지위를 갖고 있는 모든 장교들은 뒤에 남으라는 명령이 하달되었다. 열 명이 넘는 장교들이 지위를 내놓았고, 그 자리는 다른 부대에서 온 공산주의자 장교들로 즉시 채워졌다. 이러한 직위의 재편성은 옛날 군대 출신은 신뢰할 수 없다는 걸 의미했다. 공산주의자들에게는 그러한 장교들을 해임시켜야 했던 나름의 이유가 있었을지 모르지만, 전투가 개시되기 직전에 그들을 교체한 것은 나중에 우리가 한국에 투입되었을 때, 지휘 계통에 대혼란을 가져오고 말았다. 새로 부임한 장교들과 그들의 부하들이 서로를 알 시간이 충분히 없었기 때문이다.

춘제가 끝나고 일주일 후 우리는 열차를 타고 얄루강에 인접한 단둥으로 이동했다. 우리를 실은 화물차가 오후 일찍 출발한 덕분에 자정쯤 국경선에 도착할 수 있었다. 우리 사단은 한국에 들어가기 전 반달 가량 그곳에서 휴식을 취하며 훈련을 했다.

우리는 단둥 북쪽 교외에 있는 방적 공장에 묵었다. 장교들과 보급 기지를 어디에서나 볼 수 있었다. 거리는 트럭들과 동물들이 끄는 수레들로 혼잡했다. 강기슭에 있는 집들은 무너져 있었다. 미군의 폭탄에 맞아 그렇게 된 게 분명했다. 강변을 따라 희끄무레한 얼음과 눈이 아직도 남아 있었지만 얄루강의 얼음은 녹고 있었다.

다큐멘터리 영화로 얄루강을 본 적이 있었는데, 가까이서 보니 내가 생각했던 것과 달랐다. 훨씬 더 좁지만 더 사나워 보였다. 곳곳에 거품이 일고 작은 소용돌이가 많았다. 물은 약간 초록색을 띠었다. 중국어로 '얄루'는 '초록색'이라는 의미였다. 양념한 호박씨를 거리에서 팔던 수염 없는 노인이 나에게 여름에는 종종 강물이 넘쳐 농작물과 사과나무와 집들을 쓸어간다고 말했다. 심지어는 가축과 사람들의 목숨까지 앗아간다고 했다.

어느 날 아침, 나는 한국의 현재 상황을 보여주는 슬라이드를 가지러 시내에 있는 군 호텔로 갔다. 가는 길에 무스탕 전투기 편대가 얄루강 위에 쌍둥이 다리를 만들고 있는 사람들을 향해 기총소사를 하는 걸 보았다. 사이렌이 울리고, 몇십 개의 대공포가 전투기를 향해 불을 뿜었다. 전투기 주변으로 대공포가 검은 꽃들처럼 집중되었다. 무스탕 전투기 한 대가 폭탄을 투하하다가 대공포에 맞고, 기다란 연기를 꼬리에 내뿜으며 얄루강을 향해 곤두박질쳤다. 어떤 민간인들은 떨어지는 전투기와 하늘에 떠 있는 낙하산을 바라보고, 박수를 치며 소리를 쳤다.

"명중이다!"

우리는 새 무기를 갖고 훈련하면서 미군이나 남한군과 싸우고 있는 다른 부대의 경험에 대해 듣고 배웠다. 우리 모두는 적군의 장비가 더 좋다는 걸 알았다. 그들은 기계화가 아주 잘되어 있다고 했다. 게다가 우리와 달리 공중엄호를 받으며 싸웠다. 그러나 우리의 상관들은 편안함에 빠져 있는 미군들을 두려워할 필요가 없다고 말했다. 미군들은 도보로 움직일 줄 모르고 전적으로 차에 의존하고 있다고 했다. 수송 수단이 없을 땐 한국인 짐꾼들을 고용해 자신들의 침낭과 음식을 나르게 한다고 했다. 사병들조차 잡일을 하지 않고 민간인들에게 구두까지 닦게 한다고 했다. 하지만 무엇보다 그들에게는 전쟁에 대한 도덕적 명분이 없기 때문에 싸울 의지가 없다고 했다. 그들은 달마다 주어지는 휴가만 기다리고 있다고 했다. 우리는 장비에 있어서는 열세지만 야간전투와 근접전투 전술을 충분히 활용하면 된다고 했다. 우리를 보기만 해도 미군들은 무릎을 꿇고 항복할 거라고 했다. 그들은 고양이에 불과하다고 했다.

병사들에게 적에 대한 증오심을 조장하기 위해, 군사교관이 이끄는 한 무리의 사람들이 큼지막한 폭탄이 실린 손수레를 끌고 왔다. 그 폭탄은 미국이 세균전을 벌이고 있다는 증거라고 했다. 그들은 그걸 끌고 대대마다 돌아다니며 보여줬다. 그리고 세균에 감염됐다는 거대한 파리, 쥐, 모기, 조개, 바퀴벌레, 지렁이 사진들을 보여줬다. 기차역 근처에 떨어졌다는 세균 폭탄은 가로세로가 150×50센티미터쯤 되었다. 폭탄 내부에는 네 개의 칸이 있었다. 이런 종류의 폭탄은 폭발하지 않고 땅에 닿으면 열려서 전염병균을 풀어놓는다고 했다. 솔직히 말해 우리는 국민당 군대에 있을 때, 미국인들을 접해본 적이 있어 적들의 장비가 더 좋을 뿐만 아니라 훈련도 잘돼 있다는 걸 알았기 때문에 기겁을 했다.

이 기간 내내 우리는 시민들과 함께 미국 제국주의를 비난하는 정기적인 집회에 참석했다. 한 늙은 농부는 국경 근처의 밭에서 고구마를 캐고 있을 때, 미군 전투기가 두 마리밖에 없는 소들을 쏴서 죽였다고 말했다. 한 여군은 남한군이 죽인 한국 여자들과 아이들의 모습이 담긴 커다란 사진들을 들고 청중 사이를 돌아다녔다. 한 기자는 미국 침략자들이 저지른 온갖 만행을 얘기했다. 때로 어떤 사람들은 그 자리를 자신들의 불만을 토로하는 자리로 삼았다. 그들은 종종 미국을 자신들이 갖고 있는 개인적 문제의 원흉이라고 생각했다. 심지어 얼굴이 가무잡잡한 대학 졸업생 하나가 8백 명이나 되는 청중들에게 자신의 건강이 미국 영화사들 때문에 나빠졌다고 말했다. 포르노 영화를 너무 많이 보고 자위하는 방법을 배워 그랬다는 것이었다. 그는 이제 더 이상 자신을 통제할 수 없는 상태가 되었다며 그걸 공개적으로 고백했다. 이러한 온갖 비난들은 들떠 있던 군인들의 사기를 높여 적을 쳐부수고 싶은 마음을 갖게 만들었다.

3월 17일 밤, 우리는 얄루강을 건넜다. 보병들은 저마다 기관단총 한 자루, 2백 발의 실탄, 네 발의 수류탄, 수통, 바닥이 고무로 된 운동화, 침낭 뒤에 묶은 야전삽, 15킬로그램짜리 밀가루 자루를 갖고 갔다. 우리는 조심스럽게 동쪽 다리를 건너갔다. 서쪽 다리의 일부가 부서졌기 때문이었다. 우리는 앞사람과 3미터 거리를 유지하며 걸었다. 아래로 보이는 강물은 어두웠다. 강물은 요란한 소리를 내며 거세게 흐르고 있었다. 이따금 한쪽 발이 구멍에 빠진 누군가가 소리를 질렀다. 수레를 끌던 키가 껑충한 노새의 뒷다리가 갈라진 틈새에 빠졌다. 노새를 몰던 사람이 무섭게 엉덩이를 내리쳤지만 그 노새는 끄떡도 하지 않았다. 내가 기울어진 수레를 지나가는 순간, 수레가 흔들리더니 엎어지면서 힘없는 동물과 함께 강물 속으로 떨어졌다. 요란한 물소리가 났다. 반짝이는 물결에 기다란 소용돌이가 뒤를 이었다. 의약품이 모두 물속으로 사라져버린 것이었다.

기장旗章과 신분증을 두고 온 우리는 중국의용군이라 불렸다. 이는 중국에 있는 군대와 우리를 구별하기 위해서였다. 정규군을 한국에 파병하지 않았다는 명분을 내세워 미국과의 전면전을 피하려는 의도였다. 38도선에 아주 가까운 이천까지 14일 내로 진군하라는 명령이 우리에게 내려졌다. 그곳은 6백 킬로미터쯤 떨어진 곳이었다. 우리는 그 길을 걸어서 내려가야 했다. 이른 봄이었다. 날씨는 아직도 쌀쌀했고, 길은 얼음과 눈이 녹아 질척거렸다. 걷는 게 힘들었다. 사단 본부에는 지휘관들과 참모들이 타는 두 대의 지프가 있었다. 때로 지프들은 장교들을 내려놓고, 절뚝거리는 사람들과 발에 물집이 잡혀 더 이상 걸어갈 수 없는 사람들을 싣기 위해 돌아갔다.

나는 한 번을 제외하고는 내내 걸었다. 그 한 번은 페이 인민위원이 지프에 타라고 했을 때였다. 그는 누군가가 행군 중에 주운 접힌 영문 삐라의 내용이 무엇인지 내게 물었다. 그것은 서울에 있는 한 음식점 메뉴였다. 메뉴가 영어로만 되어 있는 걸 보면, 미국인들만 받는 모양이었다. 나는 모든 단어를 다 이해할 수는 없었지만, 페이 산에게 메뉴에 대해 대충 설명해줄 수는 있었다. 넙치튀김, 소고기 스테이크, 닭튀김, 고기만두 등의 요리가 그 안에 열거되어 있었다.

인민위원의 전령 외에도 사단의 공보 편집자인 창밍이라는 이름의 행정장교도 가끔 지프에 탔다. 나는 그가 부러웠다. 날이 저물어

부대가 어딘가에 멈출 때마다 창밍은 사람들을 인터뷰하고 기사를 작성하느라 바빴다.

페이 인민위원은 타고난 낙천주의자 같았다. 그는 가끔 턱을 내밀고 뻐드렁니를 드러내며 호탕하게 웃었는데, 정치교관이라기보다는 전사 같았다. 그와는 대조적으로, 사단장인 뉴진핑은 62부대의 정치부 부책임자를 맡았던 전력이 있는 가냘픈 몸집의 남자였다. 나는 때때로 뉴의 둥근 눈에 교활한 빛이 어리는 것을 보았다. 때문에 그와 같이 있을 때는 언제나 말을 조심했다. 그는 웃을 때는 입술을 벌리지도 않고, 입에 음식이 가득 들어 있는 사람처럼 코로 웃었다. 또 그는 줄담배를 피웠다. 7의 전령은 그를 위해 담배를 가방에 가득 넣어 갖고 다녔다. 사단장과 인민위원, 두 사람 다 30대 초반이었다. 그리고 두 사람 다 전투를 지휘한 경험이 없었다.

단둥에 있을 때는 전쟁의 파괴력이 어느 정도인지 상상할 수 없었다. 그런데 지금 보니 놀랍게도 얄루강 동쪽에 있는 대부분의 마을들이 폐허가 되어 있었다. 땅에는 아무것도 없는 것 같았다. 집들은 적어도 5분의 4 정도가 무너져 있었다. 그나마 괜찮은 집들도 거의 버려진 상태였다. 대부분의 한국 집들은 초라했다. 지붕은 짚으로 되어 있었고, 벽은 옥수수 줄기에 진흙을 바른 것이었다. 벽에 구멍을 뚫어 창문으로 삼고 있는 오두막들이 많았다. 땅에는 돌들이 사방에 널려 있었다. 울퉁불퉁한 땅에서 농사짓는 게 힘들었을 게 틀림없었다. 하지만 경작이 가능한 땅은 한 뙈기라도 다 활용하고 있었다. 나지막한 언덕조차 작은 계단식 경작지로 만들어져 있었다.

우리는 때때로 한국인들을 만났다. 대부분 남루한 옷차림이었다. 여자들은 바래서 노래진 흰 치마를 입고, 남자 노인들은 고대 중국인들의 모습을 생각나게 하는 검은색 갓을 쓰고 있었다. 길에는 구멍이 곳곳에 패어 있어, 중국인 노동자들은 지게에 흙과 돌을 날라 구멍을 메우느라 바빴다. 남쪽으로 갈수록 성한 집이 드물었다. 그래서 우리들은 대부분 밖에서 자야 했다.

일반적으로 낮에 행군하는 것은 안전하지 못했다. 미군 전투기들이 떼를 지어 우리를 공격했기 때문이었다. 그래서 우리는 밤이 되어서야 앞으로 나아갈 수 있었다. 시골 도시인 삼등三登을 지난 후에는 공습이 계속되었다. 때로는 밤에도 공습이 있었다. 보병들은 제각기 적어도 30킬로그램쯤 나가는 짐을 짊어지고 갔고, 말들은 그보다 다섯 배나 많은 짐을 싣고 갔다. 제대로 자지도 못하고 쉬지도 못해, 군인들은 이내 발이 부르트고 체력이 고갈되었다.

닷새째가 되자 비가 심하게 쏟아지기 시작해 한뎃잠이 불가능해졌다. 우리 정치부 소속의 일부 장교들은 머리에 방수포를 뒤집어 쓰고 옹기종기 모여서 잤다. 너무 피곤해 폭우에 신경 쓸 겨를이 없는 많은 사람들은 땅바닥에 침낭을 놓고 그 위에 쭈그려 앉아 졸았다. 밤나무 숲 속에 있던 일부는 밧줄로 자신들의 몸을 나무에 묶고 선 채로 노루잠을 잤다. 비는 오후에도 계속 내렸다. 땅이 너무 질척거려 잠을 잘 수도 없었고, 적의 폭격기들이 그러한 날씨에 올 가능성도 없었기 때문에 우리는 점심을 먹고 잠시도 쉬지 않고 행군을 계속했다. 점심이라고 해봐야 밀가루에 물을 부어 반죽한 것이 전부였다.

다음 날 저녁 사단 장교들이 협곡으로 들어서려고 할 때, 갑자기 세 발의 녹색 신호탄이 우리 앞에서 소리를 내며 터졌다. 나는 처음에는 우리의 선봉대가 신호탄을 쐈다고 생각했다. 하지만 일부 장교들이 산 위에서 누군가가 적에게 우리의 위치를 알려주고 있다고 낮은 소리로 속삭이기 시작했다. 나는 꽤 많은 한국인 요원들이 미군들을 위해 은밀히 활동하고 있다는 얘기를 들었다. 하지만 황야에서 이런 일을 만나리라고는 예상치 못했다. 그 신호가 뭘 의미하는지 우리가 얘기하고 있을 때, 네 대의 전투기가 남동쪽에서 나타나더니 우리를 향해 날아왔다.

"대피하라!"

다급하게 명령이 떨어졌다. 일부는 근처의 숲으로 달려들었고, 일부는 도로 옆 도랑에 엎드렸다. 전투기들은 몇 발의 조명탄을 쏴 전 지역을 환하게 만들었다. 군대와 장비가 금세 드러났다. 그러자 폭탄이 쏟아지고 기관총이 우리를 훑기 시작했다. 말들과 노새들이 놀라서 엎어져 있는 사람들을 건너뛰어 어둠 속으로 달아났다. 폭탄이 내 앞에서 터졌다. 작은 소나무의 반쪽이 공중으로 날아갔다. 나는 초토화되고 있는 공중에 감히 고개 들 엄두도 못 내고 얼굴을 아래로 향한 채 협곡 비탈에 엎드려 있었다. 그리고 폭발음에 고막이 터지지 않도록 입을 벌리고 있었다. 주변에서는 사람들이 소리를 지르며 신음하고 난리였다. 어떤 사람들은 땅 위에서 뒹굴며 살려달라고 소리쳤다. 죽었거나 정신을 잃은 사람은 아직도 기관단총을 움켜쥐고 있었다.

폭격은 5분 정도밖에 지속되지 않았지만 백여 명을 죽이고 그보다 훨씬 많은 부상자를 냈다. 부서진 수레들과 못 쓰게 된 산포山砲에서 화염과 연기가 솟고 있었다. 내가 창밍을 찾고 있는데, 두 전령이 한 장교를 부축하여 내 쪽으로 오고 있었다. 우리 사단의 병참 장교인 탕징이었다. 그는 괜찮아 보였다. 그런데 전령 중 하나가 소리를 지르고 있었다.

"의사, 의사, 의사가 필요해요!"

하지만 모든 위생병들이 부상자를 치료하느라 정신이 없었다. 그들은 심하게 부상당한 사람들을 선별해 후방 기지로 보낼 준비를 하고 있었다. 뉴 사단장이 자작나무 가장자리에 무덤을 크게 파서 죽은 사람들을 매장하라고 공병중대에 명령했다. 마침내 군의관 왕이 손전등을 들고 나타나더니 탕징에게 물었다.

"어디를 다친 거죠?"

병참장교는 그 질문을 알아듣지 못했다. 그의 통통한 얼굴은 멍한 표정이었다. 그의 눈이 깜빡이지도 않고 빛났다.

"다쳤나요?"

의사의 거듭되는 질문에 탕징은 간신히 입을 벌렸지만 입에서는 아무 소리도 나오지 않았다. 그는 한마디도 하지 못하고 온몸을 덜덜 떨었다. 왕 군의관이 그의 이마를 짚어보고 맥박을 쟀다. 하지만 모든 것이 정상인 것 같아, 그는 어떻게 해야 할지를 몰랐다. 우리는 전열을 정비해 다시 행군해야 했다. 하지만 우리는 병참장교를 데려가야 할지 확신이 서지 않았다. 또 다른 군의관인 웬이 왔다. 두 명의 의사가 공동으로 그를 다시 진찰했다. 하지만 체온이 약간 높다는 걸 제외하곤 이상한 게 없었다.

"폭격에 쇼크를 먹었소. 정신이 나간 거요."

웬 군의관의 말에 전령이 물었다.

"들을 수는 있나요?"

"모르겠어."

"우리가 어떻게 해야 하죠?"

"돌려보내는 게 좋겠어. 회복하려면 오랜 시간이 걸릴 거야."

"믿을 수가 없군."

우리 옆에 서 있던 창밍이 말했다.

"저렇게 건장한 남자가 이처럼 쉽게 미치다니."

두 전령은 병참장교를 일으켜 세우고, 부상자를 들것에 실어 후방 기지로 후송하려는 사람들이 모여 있는 곳으로 향했다. 그곳에서 나는 한국에 중국인 노동자들이 많다는 사실에 놀랐다. 대부분 만추리아 출신이었다. 어떤 사람들은 마흔이 넘었다. 그들은 일본어를 할 줄 알았기 때문에 한국인들과 섞일 수 있었다. 일제 강점기에는 만추리아와 한국의 학교에서 일본어를 가르쳤던 것이다. 하지만 그들의 삶도 군인들처럼 위태롭기는 마찬가지였다. 그들은 적의 공습과 포탄 공격이 계속되는 와중에도 길을 고치고 다리를 놓고 보급품을 내려놓고 전방으로부터 부상자들을 후송했다. 그들 중 많은 사람들이 죽거나 다쳤다. 내 바로 앞에 열다섯쯤 되어 보이는 호리호리한 소년이 들것 한쪽을 들고 있었다. 들것 위에는 얼굴을 붕대로 감은 남자가 누워 있었다. 부상을 당한 사람은 계속 울부짖었다.

"그들은 우리에게 거짓말했어! 그들은 우리에게 거짓말을 했어!"

사단 지휘관들은 사람들이 죽고 장비, 동물, 보급품을 잃어버리자 마음이 흔들렸다. 하지만 나는 탕징이 그렇게 된 것 때문에 더 마음이 흔들렸다. 그의 표정 없는 얼굴이 일주일 내내 떠올랐다. 나는 사람의 마음이 그처럼 쉽게 파괴되리라고는 생각하지 못했었다.

다음 날 아침, 서울로 향하는 길에 우리는 한 무리의 유엔군 포로들을 만났다. 모두 70명쯤 되었다. 그들은 우리와 반대 방향으로 가고 있었다. 대부분 터키인들이었다. 초췌한 얼굴에 어떤 사람들은 크고, 어떤 사람들은 아주 작았다. 행렬 끝에 열 명 정도의 미국인들도 있었다. 대부분은 파카를 입고 있었는데 몸집이 컸다. 그들 중 하나는 쇠테 안경에 붉은 수염을 더부룩하게 기르고 있었다. 포로들은 부상과 피로 때문에 빨리 걸을 수 없었다. 절뚝거리는 사람이 있는가 하면, 어떤 사람은 삽의 손잡이를 목발 대용으로 사용하고 있었다. 착검한 총을 멘 중국인 호송병들은 그들을 거칠게 대했다. 한 장교가 귀에 거슬리는 소리로 외쳤다.

"더 빨리 걸어! 뒤처지지 마! 차에 타고 싶으냐? 하지만 네놈들의 잘난 발을 편안하게 해줄 차가 우리한테는 없다."

포로들은 그의 말을 이해할 수 없었지만, 주눅이 들어 고개를 낮게 숙였다. 우리는 이러한 광경을 보고 약간 기운이 났다. 정치교관들은 적들이 제공권을 갖고 있음에도 불구하고 약점이 있다는 걸 하사관들에게 설득하기 시작했다. 유엔군도 심리전을 게을리 하지 않았다. 우리가 가는 길에는 미군 비행기에서 뿌린 삐라가 많았다. 중국어와 한국어로 된 것들이었다. 어떤 것에는 고대의 2행 연구連 句가 쓰여 있었다.

많은 신부들이 아직도 꿈에 임을 그리고 있는데
강변에 처량하게 나뒹구는 이 해골들이 웬말이냐!

다른 삐라에는 젊은 여자가 산마루에 서서 먼 곳을 응시하며 사랑하는 남자가 돌아오기를 기다리는 목판화가 찍혀 있었다. 삐라를 무시하라는 명령이 우리에게 하달되었다. 많은 사람들이 그걸로 담배를 말거나 화장지로 사용하기 위해 호주머니에 집어넣었다. 그러나 그 종이를 한 번만 보게 되면 슬픔이 몰려들면서 가슴이 철렁 내려앉았다.

수레에 실린 음식은 첫 주가 지나자 이내 바닥났다. 가슴에 매단 자루에 든 밀가루가 유일한 식량이었다. 어떤 사람들은 민들레, 쇠

31

비름, 골파, 양파 등을 뜯어 먹었다. 한국에는 일종의 야생 마늘이 있었다. 작긴 해도 얼얼하니 맛이 좋았다. 보통 마늘처럼 맵지도 않았다. 푸른 줄기까지 합해서 통째로 먹을 수 있었지만, 대부분의 풀들이 이제 막 돋아나기 시작하는 이른 봄이어서 찾기가 힘들었다. 어떤 사람들은 나무에 돋은 연두색 이파리를 뜯어 먹었다. 나는 어떤 게 독이 있는지 없는지를 몰라 풀이나 나뭇잎을 많이 뜯어 먹지는 않았다. 상당수 사람들이 아무렇게나 먹었다가 배가 아파 고생했다.

전선에서 앞뒤로 이동하는 부대가 너무 많아 날이 어두워지면 길은 대포, 동물들이 끄는 수레, 군수품과 탄약을 운반하는 중국인 짐꾼들, 부상자들을 실은 기다란 들것 행렬 등으로 시끄럽고 혼잡했다. 나는 낙타가 박격포 포탄을 싣는 걸 본 적도 있었다. 매일 밤 우리 사단의 각 연대에는 백여 명의 낙오자가 생겼다. 지치고 발이 부르터서 그렇게 된 것이었다.

'동지를 뒤에 두고 가지 말라'는 움직임이 병사들 사이에서 일기 시작해 장교들과 당 요원들은 따라오는 데 어려움을 겪는 사람들을 도와 침낭, 총, 탄띠를 갖고 가야 했다. 나는 분대장과 소대장이 자신의 부하들이 발을 씻을 수 있도록 더운물을 나르는 걸 보고 감동을 받았다. 이것이 공산당 군대와 국민당 군대의 차이였다. 국민당 군대에서는 초급 장교들도 그들의 부하들보다 좋은 음식을 먹고 하급자들을 혹사시키기 일쑤였다.

우리는 가까스로 38도선에 제시간에 도착했다. 하지만 사단 병력의 3분의 1은 제대로 서 있을 수도 없는 상태였다. 나도 다리가 심하게 붓고, 구두 한쪽은 창이 달아나고 없었다. 사단 지휘관들은 중국의용군 본부에 1주간의 휴식을 달라고 요청했다. 하지만 본부에서는 단 하루만 휴식을 허락했다. 우리는 쌀밥과 순무를 넣어 끓인 돼지고깃국, 면발이 굵은 감자국수로 오랜만에 맛있는 식사를 했다. 식사가 끝난 후, 우리는 병든 짐승들처럼 숲 속에 누워 깊은 잠에 빠져들었다.

2

4단계 공격이 두 달 전인 2월에 막 끝난 상태였다. 나는 어째서 5단계를 그렇게 빨리 시작하는 건지 궁금했다. 상식적으로 대규모 전투의 성공은 보급 물자와 군수품을 조달하고, 부대가 철저히 그에 대한 준비를 하는 것에 달려 있게 마련이다. 야전군들은 중국 내륙에서 이제 막 도착한 상태였다. 그들은 힘든 여정에 뼛속까지 피곤해 있었다. 게다가 그들이 앞으로 맞서게 될 적의 성격은 말할 것도 없고, 외국의 기후와 지형에도 익숙지 않았다.

미국과 한국의 10개 사단을 쓸어내고 그들을 37도선 이남으로 몰아내는 것이 우리의 목표였다.

"우리는 적의 몇몇 부대를 전멸시키려고 한다."

지휘관들은 이렇게 말했다. 그런데 우리의 장비가 그들의 것보다 훨씬 더 열등했기 때문에 그 말이 의심스러웠지만 나는 누구에게도 내색하지 않았다. 당분간 내가 할 일은 창밍이 공보를 편집하는 걸 돕는 일이었다. 밍은 베이징 대학에서 고전문학을 전공한 까닭에 고위 장교들도 그를 존경했다. 그도 영어를 할 줄 알았지만 유창하지는 못했다. 내가 대부분의 대학 졸업생들보다 영어를 잘할 수 있었던 건 고향에서 미국 선교사가 가르치는 수업을 들었기 때문이었다.

1951년 4월 22일 밤이었다. 수천 발의 대포, 곡사포, 박격포, 카추샤 로켓 발사 장치들이 적군을 향해 불을 뿜기 시작했다. 이렇게 해서 5단계 공격이 시작되었다. 중국군이 대규모 공격을 시작할 때 늘 그랬던 것처럼, 우리 병사들이 싸우는 데 용이하도록 보름달이 하늘에 떠 있었다. 179, 180, 181사단으로 구성된 제60야전군은 우리 앞에 진을 치고 있는 터키 여단과 미국 3사단을 공격하기로 되어 있었다.

전투가 너무 순조롭게 진행되자 사단 지휘관들은 당황했다. 불과 하루 만에 우리는 15킬로미터를 전진했다. 심각한 저항도 없었다. 적들은 어째서 우리와 맞서지 않았을까? 우리의 폭격에 압도당한 것일까? 아니면 우리를 교묘히 피한 걸까? 이건 우리를 남쪽으로 더 유인하기 위한 계략일까? 상급자들은 미심쩍게 생각했다. 그러나 고위 장교들에게 필수적인 훈련과 경험이 부족했던 뉴 사단장이나 페이 인민위원은 무슨 일이 일어나는지 짐작하지도 못했다. 그들은 본부에서 내려온 명령에 따를 뿐이었다. 규칙상 상부의 허락 없이는 부대를 이동시킬 권한이 없었다. 장교들이 융통성을 발휘할 여지를 주지 않는 이러한 제약은 결국 나중에 우리가 패하게 되는 직접적인 원인이 되었다.

우리는 며칠 동안 그 자리에 머무르며 적들이 있는 곳으로 더 이상 나아가지 않았다. 일주일 후 두 번째 공격이 시작되었을 때, 대부분의 중국군과 북한군은 남한군을 공격하기 위해 동쪽으로 이동했다. 우리 사단이 맡은 임무는 미군과 한국군 사이에 끼여, 특히 미군 제1해병대와 7사단이 동쪽으로 이동해 한국군을 지원하지 못하도록 차단하는 것이었다. 우리는 한강 남쪽의 언덕을 점령하고 있었다. 그곳은 물이 빠르게 흐르면서도 깊지 않았다. 유리한 지대를 선점한 덕분에 우리는 닷새 동안 그 자리를 지켰다. 우리보다 화력과 수적인 면에서 우세했지만 2개 미국 사단은 우리의 방어선을 뚫지 못했다.

이제 대부분의 중국과 북한 야전군들은 적들이 있는 곳 안쪽으로 깊숙이 들어와 있었다. 일부는 38도선 백 킬로미터 남쪽까지 진격해 있었다. 그때 모든 부대에 공격을 중지하라는 명령이 하달되었다. 작전이 실패로 돌아간 게 분명했다. 야전군들이 너무 빠르고, 너무 깊숙이 진격하는 바람에 보급선이 무너진 것이었다. 군수품 전략의 실패와는 별개로, 전선에서는 사상자가 많이 생겼다.

적들은 '지남철 전략'을 택하고 있었다. 우리가 공격을 하든 후퇴를 하든 그들은 우리 군에 사상자를 낼 정도로 늘 가까이 있었다. 우리를 남한으로 끌어들인 뒤 보급선을 끊고, 우리를 고립시켜 전멸시킬 작정이었다. 형세가 적에게 유리하게 돌아가는 게 분명했다. 그래서 중국의용군 부대 본부는 공격을 철회해야 했다. 대부분의 병과장교들은 상황이 어떻게 돌아가는지 전혀 몰랐다. 일부는 우리가 전투에서 이겼다고 생각하기까지 했다. 내가 실상을 알 수 있었던 것은 사단장들이 어떤 행동을 취할지 논의하는 모임에서 종종 비서 노릇을 했기 때문이었다.

며칠 후 미군이 전면적인 공격을 시작했다. 그들의 대포알과 투하 폭탄들이 우리 사단이 방어하고 있는 언덕에 떨어지면서 땅이 파이고 나무들이 넘어졌다. 어떤 나무들은 화염에 휩싸였다. 뭘 어떻게 해야 하는지도 모르고 어디로 가야 할지도 몰랐지만, 우리는

36

계속 버티면서 적의 진격을 막아냈다.

5월 22일 저녁이 되어서야 한강 북쪽으로 이동해 강둑에 방어선을 구축하라는 명령이 하달되었다. 우리는 즉시 퇴각하기 시작했다. 하지만 그날 저녁 또 다른 전보가 날아들었다. 한강을 건너지 말고 남쪽 기슭에 방어선을 구축한 뒤 나흘 동안 버티라는 것이었다. 수천 명의 부상자들을 후방으로 후송시키기 위해서였다.

실천보다는 말하는 게 쉬웠다. 우리에게는 남은 음식이 없었다. 그리고 오른쪽 측면은 노출돼 있었다. 그쪽을 막기로 돼 있는 63부대는 이미 한강 북쪽으로 퇴각한 상태였다. 도대체 우리가 어떻게 그처럼 무질서한 형국에서 싸울 수 있겠는가? 적들은 우리의 허점을 알아채고 더 많은 병력과 탱크와 대포를 동원해 우리를 추격했다.

우리는 어둠을 이용해 지정된 장소에 도착하자마자 한강 남쪽에 방어선을 구축했다. 이제 적들은 세 방향에서 좁혀 들어오고 있었다. 우리 사단은 강 이쪽에 남아 있는 유일한 부대였다. 우리는 적들의 공격에 맞서 싸웠지만 사상자가 속출했다. 보고에 따르면 538연대 소속 1대대가 폭탄 공격에 전멸당했으며, 남아 있는 부대들은 반 혹은 그 이상으로 수가 줄어들었다고 했다.

사단 본부에 모인 지휘관들은 우리가 한강을 건너 후퇴를 해야 할지, 아니면 현재의 위치를 고수해야 할지를 논의했다. 후자를 택하면 우리는 다음 날 전멸당할 판이었다. 하지만 상부로부터 명령이 없는 상황에서 지휘관들이 할 수 있는 건 얘기하는 것뿐이었다. 그들은 스스로 어떤 결정을 내리려 하지 않았다. 그 결과 사단 전체가 옴짝달싹 못하면서 적들에게 강 아래쪽의 얕은 여울목을 탈환할 시간을 주게 된 꼴이었다.

우리는 다음 날을 가까스로 버텼다. 밤이 되자 곧바로 한강을 건

넌 뒤 북쪽에 방어선을 다시 구축하라는 명령이 마침내 하달되었다. 얕은 여울목에 접근할 수 없게 되자 사단 지휘관들은 닥치는 대로 건널 장소를 선택했다. 공병소대가 세 줄의 철사를 강 위에 늘이고, 병사들은 철사를 잡고 빠른 강물 속으로 들어갔다. 최근 들어 비가 온 탓에 강물은 우리가 한 달 전에 남쪽으로 건넜을 때보다 훨씬 깊어져 있었다. 물이 목까지 차는 곳도 있었다. 하루 종일 싸우느라 배도 고프고 지쳐 있던 터라 제대로 걸을 수 있는 사람은 거의 없었다. 일부는 강물에 쓸려가 빠져 죽었다.

사단의 반수가 북쪽 강둑에 도착하기도 전에 적군이 우리를 향해 폭격을 가하기 시작했다. 두 대의 전투기가 나타나더니 폭탄을 떨어뜨리고 강에 있는 부대원들을 향해 기총소사를 했다. 폭탄이 떨어지면서 물이 요동쳤다. 강물은 피로 붉게 물들어가고 있었다. 많은 사람들이 철사 줄에서 떨어져 떠내려갔다. 그들은 허우적거리다가 결국 물속으로 가라앉았다.

강을 건너면서 6백 명의 사상자가 생겼다. 그중에는 의무대대 소속의 여군들도 있었다. 들것들도 부상자들과 함께 없어졌다. 한 자루의 쌀, 몇십 개의 고기 및 생선 통조림, 두 통의 건빵, 한 자루의 돼지고기 육포, 스무 팩 정도의 두부말림, 한 상자의 담배 등 우리 사단 지휘관들을 위한 식료품이 실린 수레도 없어져버렸다. 그 때문에 새로 임명된 병참장교가 길길이 날뛰며 수레를 몰던 사람의 얼굴에 권총을 들이대고는 죽여버리겠다고 위협했다.

우리가 북쪽 기슭에 도착했을 때는 그곳의 고지대가 적들에게 점령당한 상태였다. 그들은 즉시 우리를 공격해왔다. 우리는 아직도 물에 젖어 있었지만 지체 없이 능선을 따라 방어선을 구축하기 시작했다. 전투는 격렬했고, 더 많은 사람들이 죽었다. 다행히 구릉이 많은 지대였기 때문에 적의 탱크들은 효율적으로 움직이지 못했다. 그렇지 않았다면 그들은 바로 그 자리에서 우리를 전멸시켰을 것이다. 우리는 강의 남쪽에 대포를 놓아두고 온 상태였다. 우리 손에 아직도 들려 있는 러시아제 수류탄을 던지는 것 말고는 탱크를 막을 방법이 없었다. 병사들은 대포를 버리기 전에 적이 그걸 다시 사용할 수 없도록 마개쇠를 뽑고 조준기를 강물에 던져버렸다.

다음 날은 더웠다. 허기에 갈증까지 겹쳐 사단 본부에 있는 상당 수의 장교들까지 실신했다. 배고픔보다는 갈증을 참는 게 더 힘들었다. 적군은 이 점을 간파하고 시내로 통하는 길목을 모두 봉쇄해버렸다. 뉴 사단장이 호위병 중 하나에게 언덕 아래에 있는 시내에 가서 깡통과 수통들에 물을 채워오라고 했으나, 그는 그곳에 도착하기도 전에 총에 맞아 죽었다. 그래서 우리는 물을 찾는 걸 단념했다. 너무 배고픈 나머지 일부 병사들은 손에 넣을 수 있는 건 아무거나 집어삼켰다. 중국 남부 출신의 병사들은 두꺼비와 뱀을 잡아먹기까지 했다. 많은 병사들이 독버섯이나, 먹고 나면 입술이 시꺼멓게 되는 이파리가 갈라진 일종의 야생 양파를 먹고 죽었다. 신음 소리와 욕이 사방에서 들려왔다. 죽은 사람들이 걸레 뭉치처럼 이곳저곳에 흩어져 있었다. 어떤 사람들은 풀뿌리나 나뭇잎, 그도 아니면 새로 난 나뭇가지를 입술에 물고 죽어 있었다.

저녁때쯤 반 시간 간격으로 두 개의 명령이 하달되었다. 첫 번째 명령은 마치 우리 사단이 아직 건재한 것처럼, 지휘관들에게 2개 연대를 인솔하고 서쪽으로 이동해 마평리馬坪里에 있는 산을 점령하라는 것이었다. 다른 연대는 그 마을을 바라보고 있는 산의 맞은편에 있는 가덕산駕德山으로 가게 돼 있었다. 적을 양쪽에서 공격함으로써 수천 명의 부상병들을 데리고 후퇴하는 야전병원을 엄호하려는 의도였다.

명령을 받자마자 본부에서는 538연대와 540연대를 마을로 보냈다. 하지만 사단 장교가 출발하기 전에 또 다른 명령이 하달되었다. 다른 연대가 수백 명에 이르는 우리 사단의 부상자들을 마평리로 옮기는 동안, 가덕산으로 2개 연대를 이동시켜 마을 뒷산을 점령하라는 것이었다. 명령에 따르면 우리는 모든 부상자들을 데려올 때까지 야전병원을 엄호하고, 우리가 그곳에 도착하는 대로 179사단이 우리의 후방을 엄호하게 돼 있었다. 이제 남한군 1개 사단과 미군 2개 사단이 우리를 따라잡았다. 그들 일부가 우리를 오른쪽 측면에서 에워싸고 있었다. 페이 인민위원과 뉴 사단장은 이런 명령에 따라야 할지 의논했다. 두 사람은 큼지막한 바위 뒤의 돌에 앉아 얼떨떨한 표정으로 담배를 피우고 있었다.

페이는 이제부터 상부의 명령을 이행할 때는 실제 상황을 고려해야 한다고 강조했다. 시시각각 새로운 상황이 발생했다. 우리의 상급자들은 우리가 어떤 상황에 직면해 있는지를 알기에는 너무 멀리 떨어져 있었다.

"우리가 저 산을 먼저 차지하지 못하면 후퇴하는 게 어려울 거요."

페이 인민위원이 북서쪽 산을 가리키며 말했다.

"지도자들과 다른 사단을 믿어야 해요."

뉴 사단장이 강하게 반발했다.

"이건 믿음의 문제 이상이오. 우리 병사들의 목숨이 위태로워요."

"전보에는 분명 179사단이 산 위에서 우리가 퇴각하는 걸 엄호할 것이라고 돼 있어요."

"그건 확실치 않아요."

"걱정 마시라니까요. 두 번째 명령은 첫 번째 명령을 취소하는 의미이니, 두 번째 것을 따라야 해요."

"하지만 우리 사단은 인원이 심각하게 부족한 상태요. 벌써 3분의 1로 줄었소. 대포도 없고 탄약도 거의 바닥이 났어요. 우리가 어떻게 적을 막을 수 있죠?"

"페이 위원, 그건 나도 알아요. 하지만 우리는 장교로서 명령에 복종해야 해요."

뉴 사단장의 마지막 말에 페이 인민위원은 할 말을 잃었다. 그래서 이미 서쪽으로 가고 있는 부대에 연락병들을 보내, 538연대와 540연대가 남서쪽으로 방향을 돌려 가덕산에 방어선을 구축하게 했다. 539연대는 부상병들을 마평리로 옮기고, 그 뒤에 있는 산을 점령하라는 새로운 명령을 전달하게 했다. 이상한 말이지만, 명령 일부가 전달 과정에서 바뀌었다. 그래서 539연대 전체가 북동쪽으로 10킬로미터쯤 떨어진 독수리봉으로 가다가 잠복해 있던 미군에 의해 박살이 났다.

이렇게 해서 우리는 우리가 후퇴하고 나머지 부대를 구할 수 있게 해줬을 마평리 뒷산을 점령할 기회를 잃고 말았다. 우리는 가덕산으로 통하는 8킬로미터에 이르는 가파른 길을 더 걸어야 했다. 그래서 힘이 빠지고 시간은 더 지체되었다. 동이 틀 무렵 우리가 가덕산에 도착했을 때 마평리 뒤에 있는 비탈에서 총알이 날아오기 시작했다. 페이 인민위원과 뉴 사단장은 놀라서 다시 의견을 나눴다. 페이가 말했다.

"어쩌면 적이 벌써 산 위에 와 있는지 모르겠어요."

"당신은 어째서 다른 사단을 믿지 못하는 거요?"

뉴가 말을 받았다. 그는 이제 쭈글쭈글한 노인처럼 보였다. 주름진 얼굴은 먼지로 덮여 있었고, 그의 왼쪽 팔은 피투성이 팔걸이 붕대 속에서 흔들리고 있었다. 내가 마침 그 자리에 있었는데, 페이가 나를 향해 미소를 지으며 말했다.

"유유안, 자네 생각에는 우리가 어떻게 해야 할 것 같은가?"

나는 행정장교에 불과했기 때문에 깜짝 놀라 대답했다.

"정찰병들을 보내야 할 것 같습니다."

그들은 내 의견을 받아들여 정찰중대 중대장의 인솔하에 1개 분대를 산으로 보냈다. 그들이 떠난 지 5분도 지나지 않아, 포탄이 쏟아지면서 마평리에 먼지구름이 일었다. 아군의 사단이 거기에 있지 않은 게 분명했다. 산은 이미 적의 수중에 들어가 있었던 것이다. 나중에 179사단이 우리를 구출하기 위해 1개 연대를 보냈는데, 미군에 가로막혀 결국 4개 소대만 남았다는 이야기를 들을 수 있었다.

어쨌든 우리는 완전히 고립되어 있었다. 가장 가까운 부대는 60킬로쯤 떨어진 곳에 있었다. 한 시간이 채 못 되어 마평리를 비롯한 인근 마을들이 적의 수중에 들어갔다. 게다가 그들은 그 지역에 있는 모든 산들을 점령하고 있었다. 탄약도 거의 떨어지고 인원도 3천명밖에 남지 않은 우리들은 완전히 고립되어 있었다. 남한군 2사단이 앞에서 우리를 향해 접근해오고 있었다. 상황을 더 나쁘게 만든 건 전날 저녁부터 60야전군 부대 일부와 중국의용군 부대 본부의 연락이 끊겼다는 사실이었다.

뉴 사단장이 대부분의 연대 지휘관들이 참석하는 비상 회의를 소집했다. 그들에게 상황을 설명한 후 사단장은 이렇게 말했다.

"우리는 지금 싸우면서 길을 뚫고 나가든지, 아니면 병력이 보충될 때까지 버티든지, 양단간에 결정을 해야 합니다."

회의가 진행되고 있을 때 대포알이 본부 근처에 떨어졌다. 본부라고 해봤자 갈색 돌과 진흙으로 된 낮은 벽 뒤의 우묵한 곳이었다. 아마 양치기들이 바람을 피하기 위해 사용했음 직한 곳이었다. 폭발에 날아온 조약돌과 흙과 돌조각이 쏟아졌다. 탄환이 사방으로 날아다니며 윙윙거리고 땅이 흔들렸다. 남쪽과 동쪽으로 적들이 보였다. 미군이 북쪽에서 거리를 좁혀오고 있다는 보고가 들어왔다. 회의하는 곳에 있던 호위병이 저격병의 총에 맞아 죽기까지 했다. 페이 인민위원이 무릎을 찰싹 치며 쉰 소리로 말했다.

"우리가 요즘 들어 배운 하나의 교훈은 실제로 전투를 하다가 그렇게 많은 병사들을 잃은 게 아니고, 대부분의 사상자들이 포탄에 맞아 생긴 것이라는 겁니다. 따라서 계속 이곳에 머문다면 우리는 가루가 될 겁니다. 게다가 탄약마저 떨어진 상태입니다. 우리가 어떻게 방어할 수 있겠습니까? 병력이 보충될지 누가 알겠습니까? 싸워서 활로를 찾아야 합니다!"

다른 장교들도 그의 말에 맞장구치며 대포 말고도 적군한테는 공중 지원이 있으며, 언제나 지상전과 공중전이라는 두 가지 작전을 구사하고 있다고 주장했다. 우리가 한곳에 머물러 있다면 우리는 그들의 손아귀에 놀아나는 것이었다. 포위망을 뚫고 나가는 것 외에는 대안이 없었다. 이제 자신의 휘하에 총 한 자루도 없는 포병대장 하오차오린이 말했다.

"사단장님, 명령을 내려주십시오. 적들이 우리 병사들을 이렇게 죽이도록 그냥 둘 수는 없습니다. 이 부대는 우리 사단에 남은 마지막 부대입니다!"

얘기를 하는 동안 차오린의 왼쪽 눈가에 있는 커다란 사마귀가 계속 움직였다. 뉴가 말했다.

"뚫고 나갈 준비를 하시오! 본부에 즉각 승인을 요청하겠소. 승인이 떨어지는 순간, 시작하겠소."

다행히 라디오가 다시 연결되었다. 하지만 우리는 상부의 지시가 내려올 때까지 세 시간 동안이나 기다려야 했다. 오후 5시가 넘어서야 승인이 떨어졌다. 전보로 된 명령문에는 북동쪽에 있는 독수리봉에 도착해 마평리 너머에서 부대를 재편성하라고 되어 있었다. 상부에서도 혼란스러워하긴 마찬가지였다. 지시 사항은 말이 되지 않았다. 두 곳은 서로 다른 방향에 있었다. 그럼에도 불구하고, 우리는 6시에 북동쪽을 향해 출발했다.

독수리봉에 도착하기 위해서는 3킬로미터쯤 되는 깊은 계곡을 지나쳐야 했다. 538연대가 앞장섰다. 그 뒤를 사단 참모들이 따랐고, 다시 그 뒤를 540사단이 따랐다. 2천 명 이상의 병사들이 이 계곡으로 밀집해 들어갔다. 하지만 계획대로 작전을 수행하는 건 어려웠다. 우리는 앞으로 전진만 할 수 있었다. 금세 부대가 무질서해지면서 일부는 뒤로 처져 숲으로 빠졌다. 사단 전체가 나흘 동안 아무것도 먹지 못한 상태였다. 기회 있을 때마다 병사들은 먹을 것을 찾으려고 길에서 벗어났다. 때때로 그들은 마차에서 떨어진 볶은 콩 자루를 줍기도 했고, 죽은 사람의 가슴에 매여 있는 자루에서 밀가루를 퍼내어 먹기도 했다.

이따금 그들은 남한군이 두고 간 쌀자루를 발견하기도 했다. 요리할 시간이 없었기 때문에 그들은 그냥 씹어 먹었다. 우리는 모두 걸신들린 귀신 같았다. 무섭지만 주위를 두리번거리지 않을 수가 없었다. 행군 중에 많은 사람들이 보조를 맞추지 못하고 뒤로 처졌다. 어떤 신병들은 포탄이 근처에 떨어질 때마다 주저앉거나 누워 버렸다. 국민군 출신의 신병들은 상당수 탈영을 했다. 그들 중 하나는 반항을 하면서 540연대의 부연대장에게 총을 쏘기까지 했다. 부연대장은 머리를 심하게 다쳐 나중에 포로수용소 병원에서 죽었다.

선두에 선 부대는 여러 차례 적의 폭탄에 맞아 사상자가 많이 생겼다. 동틀 무렵 우리가 마침내 독수리봉 서쪽에 도착했을 때는 1천 3백 명만 남아 있었다. 적들은 이미 모든 고지를 점령하고 있었다. 538연대의 지휘관들은 곧 대부분이 초급 장교들인 50명의 당원으로 구성된 공격조를 편성했다. 그들은 화살촉처럼 세 명이 한 조를 이룬 삼각 편대를 편성하여 적으로부터 주요 고지를 빼앗음으로써 우리는 기지를 확보했다. 하지만 오후가 되자 적의 반격에 밀려 그곳을 다시 빼앗겼다. 그것은 포위망을 뚫으려고 하는 우리의 시도가 실패했다는 의미였다.

저녁때 다시 60부대 본부로부터 라디오를 통해 명령이 내려왔다. 홍 사령관은 우리에게 북서쪽에 있는 시창이라는 마을로 진군한 뒤, 우리를 구하기 위해 이미 활동을 개시한 다른 부대와 합류하라고 명령했다. 우리 부대원들은 몇 시간 동안 산에서 먹을 것을 찾고 있었다. 장교들이 마침내 그들을 다시 집결시켰을 때 남아 있는 사람은 4백 명이었다. 그들은 3개 중대로 편성되어 시창을 향해 출발했다. 사단 지휘관들이 너무 지치고 힘이 빠진 상태여서 호위병들이 그들을 부축해 가야 했다. 나는 그들 뒤에서 절뚝거리며 걸었다. 두려움이 몰려왔다. 납덩이가 든 것처럼 마음이 무거웠다. 나는 전쟁이 그렇게 혼란스럽고 살벌하리라고는 생각해본 적이 없었다.

사실 우리는 왔던 길을 되돌아가고 있었다. 지도에 의하면 시창은 25킬로미터쯤 떨어져 있었다. 하지만 지친 데다 포탄 공격이 쏟아져 우리는 하룻밤 내내 15킬로미터 정도밖에 가지 못했다. 발밑의 땅이 흔들리는 것 같았다. 어떤 곳들은 심한 폭격에 땅이 파여 그곳을 통과할 때 흙이 발목까지 차올라왔다. 다음 날 아침 우리가 지난밤 통과했던 계곡에 들어서려고 할 때, 갑자기 비탈 아래 오른쪽에서 누군가가 말했다.

"페이 위원님, 페이 위원님, 저 좀 데리고 가주세요!"

페이의 호위병인 후가 그가 누구인지 확인하고 말했다.

"왕 군의관입니다."

페이는 후의 말을 듣고 잠시 왕 군의관을 바라보다가 이내 얼굴을 돌려 뉴 사단장에게 말했다.

"지금 내려가 살펴봐야겠어요. 금방 돌아올게요."

뉴가 말했다.

"너무 오래 머물진 마시오."

"알았어요."

페이 인민위원은 더 이상 제대로 걸을 수가 없었다. 그래서 의사를 보러 비탈을 내려가는 그를 후와 내가 부축해야만 했다. 창밍도 같이 가겠다고 했지만 페이는 우리가 곧 돌아올 것이라고 말했다. 밍은 목을 삐어 머리를 45도 각도로 기울이고 걷는 상태였다. 그래서 인민위원은 그가 우리를 따라오지 못하도록 했다.

왕 군의관은 오른쪽 무릎을 다친 상태였다. 그는 전날 밤 의식을 잃었었다. 그가 우리를 보며 계속 울부짖었다.

"페이 위원님, 제발 저도 데리고 가주세요! 저는 아직 쓸모가 있어요."

그의 얽은 볼이 눈물로 범벅돼 있었다. 그 옆에는 가죽으로 된 구급상자가 있었다. 나는 그걸 집어 어깨에 들쳐 멨다. 그리고 그가 일어서도록 부축한 후, 퇴각하는 부대와 보조를 맞추기 위해 비탈길을 올라왔다. 올라오는 내내 버드나무 가지를 붙잡아야 했다.

우리가 돌아왔을 때 부대원들은 흔적도 없었다. 가슴이 철렁 내려앉았다. 두렵기도 하고 화도 났다. 눈물이 나왔다.

페이가 내게 말했다.

"유안, 울지 말게."

내가 말했다.

"그들이 우리를 이렇게 버릴 거라곤 생각 못했어요! 우리는 그들의 동지들이잖아요."

후가 욕을 퍼부었다.

"쌍놈의 새끼들!"

갓난애 같은 그의 얼굴에서 눈물이 흘러내렸다.

우리는 함께 계곡으로 들어섰다. 몇 분 후 우리가 늪지대를 지나려 할 때 낙엽송 옆에서 누군가가 소리쳤다.

"페이 인민위원이 오신다!"

"페이 위원님, 우리도 데려가주세요!"

서로 다른 목소리들이 이어졌다. 몇 사람이 풀 속에서 일어나 손을 흔들며 소리쳤다. 그리고 몇몇은 우리를 향해 비틀비틀 걸어왔다. 우리는 그들이 어떤 상태인지 보려고 비탈을 내려갔다. 30미터쯤 내려가자 수십 개의 눈이 우리를 세 방향에서 쳐다보고 있었다.

"살려주세요! 저는 외아들입니다."

한 남자가 끙끙대며 말했다.

"우리를 중국으로 보내주세요!"

"우리를 버리고 가지 마세요!"

여기저기서 울부짖는 소리가 터져나왔다.

"인민위원님, 곧 괜찮아질 테니 저를 들것에 실어주세요."

"우리를 한국에 버리지 말아주세요!"

계곡에는 3백 명 정도가 있었다. 대부분 포탄에 맞아 다친 사람들

47

이었다. 네이팜탄에 맞아 화상을 입은 사람들도 있었다. 많은 사람들이 독초와 독버섯을 먹고 식중독에 걸려 있었다. 입술은 자주색이었고 얼굴은 부어 있었다. 몇 주 전만 해도 젊음과 활력으로 넘치는 강한 남자들이었던 그들은 이제 나병 환자들보다 더 비참해져 있었다. 나는 너무 놀라서 잠시 할 말을 잃었다. 이때 놀랍게도 페이샨이 큰 소리로 말했다.

"동지들, 나는 아무도 버리지 않겠소. 우리는 길을 찾아 기지로 돌아가게 될 거요."

일부는 울면서 미제국주의자들과 자신들을 버리고 간 상관들에게 욕을 퍼붓기 시작했다. 그들이 페이 인민위원 주변에 모이자 우리는 세 조로 나눴다. 나는 장교였기 때문에 책임이 주어졌다. 우리는 죽은 사람들을 헝겊과 얇은 누비이불로 덮어주고, 다친 사람들의 상처를 대충 꿰맨 뒤 두 사람이 짝이 되어 서로를 보살피게 했다. 출발하기 전에 인민위원이 짤막한 연설을 했다.

"동지 여러분, 형제 여러분, 우리는 적들한테 둘러싸여 있습니다. 이제 우리 앞에는 적이 둘 있습니다. 하나는 미국 침략자들이고 다른 하나는 배고픔입니다. 우리는 이를 갈면서 배고픔을 참아야 합니다. 당분간 이것이 우리가 할 수 있는 전부입니다. 이제 우리는 출발하려고 합니다. 가는 길에 당원들은 각자 다른 사람들을 도와야 하고, 용기와 충성의 모범을 보여야 합니다. 우리는 어둠을 이용해 적의 포위망을 빠져나가야 합니다."

그때 미군 비행기가 머리 위로 천천히 날면서 우리가 항복하면 인간적으로 대우해주겠다는 내용의 방송을 했다. 부드러운 여성 목소리의 만다린(표준 중국어)이었다.

중국 병사 여러분, 여러분의 지도자들은 여러분이 자원해서 한국에 왔다고 말하고 있습니다. 하지만 여러분은 마음속에서 여러분이 자발적으로 여기에 오지 않았다는 걸 알고 있습니다. 여러분의 지도자들은 여러분에게 인민의용군이라는 딱지를 붙여주고 스탈린과 김일성을 위해 대포밥이 되라고 이곳으로 보냈습니다. 이제 여러분에게는 먹을 것도 없고 따뜻한 옷도 없습니다. 여러분은 감히 속마음을 밖으로 드러내지도 못하고 고향에 편지를 쓸 수도 없습니다. 형제 여러분, 잘 생각해보십시오. 여러분이 진짜 의용군입니까?

그 말을 듣자 몇몇이 흐느끼기 시작했다. 비행기가 잠시 멀어졌을 때 페이가 말했다.

"적한테 속지 마시오. 우리는 중국인이고 조국을 배반해선 안 된다는 걸 기억하십시오. 항복하려고 하는 사람이 있다면, 현장에서 즉시 사살하겠소."

그는 권총을 찰싹 치며 말했다. 이때 후가 나타났다. 그는 꼬리 잘린 당나귀 한 마리를 어딘가에서 잡아왔다. 당나귀는 어떤 포대의 것이었던 게 분명했다. 그는 자루에 반쯤 풀을 넣어 안장을 만들어 당나귀 등에 얹고 페이 인민위원에게 자랑스레 말했다.

"인민위원님, 지금부터는 이걸 타실 수 있습니다."

"아니, 난 타지 않겠네!"

페이의 눈이 결연한 빛을 띠었다. 놀랍게도 그는 권총을 꺼내더니 당나귀의 이마에 대고 쐈다. 당나귀는 요란한 숨소리를 내며 주저앉았다. 피가 입에서 솟아나오고, 보이지 않는 밧줄이 잡아당기는 것처럼 다리가 벌어졌다. 페이 인민위원이 후의 왼쪽 어깨에 손을 대며 목소리를 높여 말했다.

"동지들, 우리는 죽든 살든 함께할 것이오! 나는 여러분과 같이 걸어서 우리들의 진영으로 돌아가겠소. 용기를 잃지 마시오. 우리는 서로를 도우며 빠져나가야 하오."

그는 왜 당나귀를 쏘았을까? 사람들에게 자신의 결단력을 보여주기 위해서였을까? 자신이 달아나지 않겠다는 걸 그들에게 다짐하고 싶어서였을까? 아니면 그들에게 겁을 줌으로써 명령에 복종하도록 하기 위해서였을까? 나는 어리둥절했다. 후도 그랬다. 그는 속이 상하고 화가 난 것 같았다. 하지만 우리는 감히 한마디도 하지 못했다. 시간이 조금만 더 있었다면 떠나기 전에 당나귀 고기를 요리해 먹을 수도 있었을 것이다.

우리는 시창 마을을 향해 출발했지만 너무 피곤한 나머지 빨리 걸을 수 없었다. 적들은 이번에는 우리를 폭격하지 않았다. 그들은 우리가 한 무리의 부상자들에 불과하며 어디로 갈 수도 없고 그들에게 즉각적인 위협이 되지 않는다는 걸 알아차린 듯했다. 어둠이 깊어지자 우리는 시창을 향해 더 빠르게 이동하기 시작했다. 우리는 한 시간에 1.5킬로미터쯤 되는 속도로 움직였다. 우리에게는 지도도 없고 나침반도 없었다. 게다가 별도 뜨지 않아서 오직 본능에 의지해 방향을 잡았다. 인민위원, 후, 왕 군의관, 그리고 내가 첫 번째 조의 선두에서 걸었고, 나머지 두 조는 뒤에서 따라왔다.

나는 처음에는 나한테 부상자들을 인솔하라는 임무가 맡겨질 줄 알았다. 그러나 페이는 후와 나에게 지근거리에 있으라고 명령했다. 어쩌면 그도 두려워하고 있는지 몰랐다. 후는 페이의 개인 소지품이 담긴 가죽 자루를 등에 지고 있었다. 위궤양 때문에 복통으로 고생하는 인민위원은 이따금 주먹을 배에 댔다. 그는 우리가 함정에서 빠져나갈 수 없게 되면 산으로 들어가 게릴라전을 전개하면서 북한으로 돌아갈 기회를 엿볼 거라고 말했다.

동이 텄을 때 보니 경악스럽게도 우리 뒤에 있던 두 조가 사라지고 없었다. 그들이 일부러 우리를 따라오다가 그만뒀는지, 적군에 사로잡혔는지, 아니면 너무 지쳐서 더 이상 따라올 수 없었는지 가늠할 길이 없었다. 나는 그들이 자발적으로 해산했을지 모른다고 생각했다. 이제 우리에게는 80명만 남아 있었다. 대부분 경비중대와 산포대대 소속이었다. 그중에는 장교들이 상당수 있었다.

3

낮에는 숨고, 또 적의 포위망을 뚫고 나가려는 헛된 시도를 하면서 한 달이 지나갔다. 그사이 우리 조원은 서른네 명으로 줄어들어 있었다. 누군가가 죽거나 사라질 때마다 나는 어머니와 쥐란에게 했던 약속을 떠올리지 않을 수 없었다. 고향으로 돌아갈 수 없을 것만 같았다. 두려움과 서글픔이 몰려왔다. 하지만 나는 쾌활한 표정을 지으려고 노력했다. 페이 인민위원 앞에서는 특히 더 그랬다. 그는 무슨 수단을 써서라도 살아야 한다고 늘 말했다. 장교들 중 일부는 게릴라 전술에 익숙했다. 사단 안전부 책임자였던 우리의 조장 얀웬진은 일본군과의 전쟁 및 내란 때 몇십 명의 게릴라들을 지휘한 전력이 있는 사람이었다. 하지만 우리는 지금 외국에 와 있었다. 언어도 모르고 지형도 모르고 사람들도 모르는데, 어떻게 게릴라전의 밑바탕인 민간인들의 지지를 끌어낼 수 있겠는가!

배고픔이야말로 가장 절박한 문제였다. 우리는 낮에는 돌아다니면서 적의 주의를 끌 엄두를 못 냈지만, 그래도 산포도와 산딸기를 따서 먹었다. 야생 과일의 쏩쓰름한 맛은 혀를 얼얼하게 하고 입가로 녹색 침이 흘러나오게 만들었다. 페이 인민위원은 위궤양 때문에 우리가 따온 것을 먹을 수 없었다. 그는 먹을 과일과 풀을 열심히 찾으라고 우리를 독려했다.

어느 날 아침, 얀웬진이 희색이 만면해서 달려왔다.

"숲 속에 죽은 말이 있어요!"

우리는 그걸 보려고 모두 숲으로 갔다. 몽골산 구렁말이었다. 죽은 지 며칠 된 것 같았다. 털이 빠지기 시작하고 가슴에 난 총상에는 구더기가 들끓고 있었는데 그 모습이 커다란 흰색 국화꽃 같았다. 누군가가 나뭇가지를 휘둘러 쫓았지만, 파리들은 미친 듯이 그 위에서 윙윙거렸다. 하지만 우리는 동물 시체를 보자 의기양양해져서 즉시 총검, 탄피 상자, 철모 등을 찾기 시작했다. 나는 두 병사와 함께 난쟁이 전나무 숲 너머의 지역을 수색하기 위해 비탈을 올라갔다. 우리가 걸음을 옮길 때마다 까마귀 떼가 발작적으로 까악까악 울면서 날아올랐다.

네 명의 남한군 병사들 시체가 낮은 언덕 뒤에 있었다. 그 가운데에 머리가 부서지고, 새들에 먹혀 얼굴이 없어진 중국군 병사의 시체가 있었다. 중국군 병사는 수류탄을 터뜨려 적들과 함께 죽은 게 분명했다. 우리는 그의 시체를 노간주나무 뒤에 있는 구멍으로 옮기고 돌과 푸른 가지로 덮어줬다. 그에게 경례하고 우리는 두 개의 총검과 빈 박격포 탄피 상자를 회수했다. 우리는 남한군 병사의 호주머니에서 놋쇠로 된 라이터까지 찾아냈다. 다른 조원들은 총검 하나, 세 개의 철모, 몇 개의 나무 탄약 상자를 갖고 돌아왔다. 한 병사는 어디서 가져왔는지 모르지만, 움푹 들어간 야전 솥을 갖고 돌아왔다.

그들은 즉시 말을 도살하기 시작했다. 거무튀튀하고 끈적끈적한 피가 흐르면서 고약한 냄새가 났다. 곧 편자 위에 놓은 솥에서 큼직한 고깃덩이가 뜨거운 김을 피워올렸다. 왕 군의관이 절뚝거리며 솥으로 갔다. 그는 얼굴을 찡그리며 말의 시체를 바라보았다. 그리고 핀셋으로 솥 안의 말고기를 찔러보았다. 그가 희미한 소리로 말했다.

"고기가 썩었어요. 먹으면 식중독에 걸릴 거요."

실망한 우리는 피 묻은 손을 고인 빗물에 씻기 위해 그 자리를 떠났다. 어떤 사람들은 끝없이 욕을 해댔다.

배고픔을 해결하기 위해 얀웬진이 다섯 명을 데리고 산 아래로 내려가 곡식을 찾아보겠다고 했다. 페이 인민위원이 그렇게 하도록 허락했다. 그들은 해가 진 후에 출발했다. 우리는 조바심을 치며 그들을 기다렸다. 하지만 닷새 동안 그들에게서 아무 소식도 듣지 못했다. 나중에 포로수용소에 들어갔을 때 나는 그들이 숨어서 미군 병사들과 군수품을 실은 미군 트럭을 기다렸다는 걸 알았다. 그들 중 셋은 자동소총에 맞아 죽었고, 얀웬진은 복부에 총을 맞아 병원으로 가는 도중 죽었다고 했다. 그 일이 실패로 돌아간 후 그들보다 적은 숫자로 구성된 조들이 음식을 찾아 산을 내려갔지만 아무도 돌아오지 않았다.

우연히 나는 망원경으로 우리 병사 셋이 적의 수중으로 들어가는 모습을 보게 되었다. 그날 아침 날씨는 흐렸지만 공기는 신선했다. 동지들이 남쪽 언덕 아래에 접근하고 있을 때, 20명쯤 되는 미군들이 두 마리의 사냥개를 데리고 그들 앞에 갑자기 나타났다. 우리 병사들은 몸을 돌려 서로 다른 방향으로 달리기 시작했다. 하지만 미군들이 그들을 따라잡아 눕히고는 무섭게 발길질을 했다. 어떤 사람은 가슴을 짓밟기도 했다. 먼지구름 때문에 잠시 사람들의 모습이 잘 보이지 않았다. 다시 형체가 보이기 시작했을 때는 개들이 우리 병사들에게 달려들어 물어뜯고 있었다. 2킬로미터 정도 떨어진 곳이었는데, 그 장면은 모든 것이 섬뜩하게 고요한 상태에서 일어났다. 한 발의 총성도 들리지 않았다. 소름이 끼쳤다. 나는 그걸 페이 인민위원에게 보고했다. 그의 안색이 어두워졌다. 그는 이후 몇 시간 동안 한마디도 하지 않았다.

숨어 지내는 동안 여러 명이 굶어 죽었다. 아무리 애써도 곡식을 구할 수가 없었다. 우리는 조금씩 바닥나기 시작하는 야생풀과 열매에 의존해 살아야 했다.

어느 날 오후 모자를 쓰지 않은 한 무리의 군인들이 남동쪽에서 나타나 우리를 향해 움직이고 있었다. 소대처럼 보였다. 페이 인민위원은 망원경으로 살펴보더니 그들이 우리 편이라고 결론지었다. 그의 예측은 정확했다. 그들이 더 가까이 왔을 때 우리는 공병중대의 부중대장이었던 완슈민이 그들의 지휘관이라는 걸 알았다. 우리가 가덕산에서 철수하기 전 그는 2개 분대를 데리고 다리를 폭파하러 갔었다. 그들은 임무를 완수했지만 우리로부터 차단당해 그 지역에 고립되어 있었다. 그때부터 그들은 적을 피해 돌아다니며 북쪽으로 돌아갈 길을 찾았지만 소용없었다. 이틀 전, 그들은 마평리 근처에서 휘발유 냄새가 나는 큰 수수 자루를 주웠다. 그들은 자기들만 곡식을 다 먹을 수가 없어 우리에게 일부를 줬다. 우리는 정말 기뻤다. 음식 때문만이 아니었다. 더 중요한 것은 이들이 부상을 당하지 않았으며 덜 지쳐 있기 때문이었다. 그들이 도착하자 우리의 전투력은 향상되었다. 그들은 우리를 다시 한 번 제대로 된 전투부대처럼 느끼게 해줬다.

페이 인민위원의 기분이 종종 우리에게 영향을 미쳤다. 그는 우리의 버팀목이었다. 그는 늘 우리가 뭘 하고, 어디로 가야 할지 알고 있는 것 같았다. 사실 그는 대부분의 우리들보다 고작 열 살밖에 나이가 많지 않았다. 그가 기분이 좋으면 우리도 덩달아 기분이 좋아졌다. 불행하게도 그는 위궤양을 앓고 있어서 대부분 우울하고 괴로운 상태였다. 하지만 그는 이제 수수죽을 먹을 수 있었다. 15킬로그램쯤 되는 반 자루의 수수가 그의 몫으로 돌아갔다. 후는 종합비타민 병과 성채 담배 한 갑을 페이 인민위원을 위해 갖고 다니던 가죽 가방의 비밀 주머니에서 찾아냈다. 페이는 그곳에 있던 모든 사람에게 담배를 하나씩 줬다. 그 당시 나는 담배를 피우지 않았기 때문에 거절했다.

페이는 하루에 세 알씩 비타민을 복용했다. 그것은 그에게 큰 도움이 되었다. 게다가 취사병이 그를 위해 수수죽을 맛있게 쒀줬다. 가루반죽처럼 보이는 죽이었다. 그는 곧 음식을 토하지 않게 되었다. 그의 위궤양이 기적적으로 낫기 시작했다.

우리는 다시 한 번 적의 포위망을 뚫으려고 시도했다. 장교로 구성된 세 명이 한 조가 되어 적의 위치를 파악하려고 나갔지만 돌아오지 않았다. 그들은 모두 당원들이었기 때문에 탈주 가능성은 희박했다. 사실 그들이 살아서 중국으로 돌아가기를 원한다면 탈주한다는 것은 말이 안 되었다. 한국 민간인들과 섞일 수도 없었을 것이다. 그랬다가는 쉽게 발각됐을 것이다. 이성적으로 생각하자면, 살아남는 유일한 길은 적에게 항복하는 것이었다. 하지만 우리 대부분은 미군들이 중국 포로들을 고문하는 방식에 대한 끔찍한 얘기들을 선전을 통해 자세히 들어 겁에 질려 있었다. 그래서 감히 항복할 생각을 하지 못했다. 우리는 적들이 대부분의 포로들을 생화학 무기 실험에 이용한다고 들었다.

나흘 동안 세 사람으로부터 아무런 소식이 없었다. 우리는 스스로 길을 찾아 나서기로 했다. 똑같은 장소에 너무 오래 머무는 것은 위험했다. 우리는 특정한 목표도 없이 북쪽으로 이동했다. 5킬로미터쯤 가자 야산 꼭대기에 적이 보였다. 그들은 우리를 보자 총격을 가했다. 우리는 근처에 있는 낙엽송 숲으로 황급히 들어갔다. 달리는 우리들 옆으로 총알이 지나가며 나뭇가지를 찢었다. 세 장교가 적의 수중에 들어갔다는 게 이제 분명해졌다.

우리는 산기슭의 언덕을 넘어 작은 계곡으로 내려갔다. 비탈에서 연기가 피어오르는 게 보였다. 민간인들이 그곳에 있는 게 틀림없었다. 그래서 우리는 불 피운 곳을 향해 은밀히 움직였다. 가까이 가자 밥 냄새가 났다. 심장이 뛰었다. 개간지가 나타났다. 기다란 흰 치마를 입은 중년 여자가 도끼로 장작을 패고 있었다. 검은 솥 밑에 밀어 넣기 위해서였다. 그녀는 우리를 보자 도끼를 떨어뜨리고 가지와 옥수숫대로 만들어진 오두막 안으로 달려 들어갔다.

우리는 큰 소리로 그녀에게 나오라고 명령했다. 하지만 그녀는 움직이지 않았다. 우리는 몇 분을 기다리다가 문이 없는 오두막 안으로 들어갔다. 안에는 네 명의 여자가 웅크리고 있었다. 그들 중 하나는 아주 어렸다. 스무 살도 안 돼 보였다. 그녀의 가운뎃손가락에는 알루미늄 골무가 끼워져 있었다. 그들은 깨끗해 보였으며, 모두 작은 배처럼 생긴 회색 고무신을 신고 있었다. 바닥에 담요가 개어져 있고 짚이 있는 걸로 보아 군인들을 피해 이곳에 살고 있는 것 같았다.

그들은 몸을 움츠린 채 벌벌 떨고 있었다. 그들 중 하나가 흐느끼기 시작했다. 우리는 그들의 언어를 이해할 수 없었다. 때문에 그들로부터 아무것도 알아낼 수 없었다. 우리는 그들을 오두막 밖으로 나오게 했다. 그들은 햇볕 속에서도 몸을 떨었다. 솥뚜껑을 열자, 치-익 하는 소리와 함께 김이 올라왔다. 밥은 끈끈해 보였다. 냄새가 너무 좋았다. 나는 그러한 상황에서 그들이 아직도 쌀밥을 먹는다는 사실이 놀라웠다. 그전까지 한국인들이 쌀이 몇 톨밖에 들어가지 않은 죽을 먹는 걸 보아온 터였다. 모든 사람들의 눈이 솥으로 몰렸다. 인민위원이 그 자리에 없었다면, 틀림없이 사람들은 주저하지 않고 그 밥을 허겁지겁 먹어치웠을 것이다.

페이는 메모장을 꺼내 '중국인'이라고 쓰더니 여자들에게 바짝 다가가서 보여줬다. 그러고는 그들에게 우리는 민간인들을 해치지 않으므로 겁먹을 필요 없다고 말했다. 그들 중 제일 나이 많은 여자가 엄지손가락을 치켜세우며 우리가 좋은 군대임을 인정했다. 하지만 그들은 페이가 무슨 말을 하는지 알 수 없는 모양이었다. 인민위원은 다시 종이 위에 '쌀'이라고 쓴 뒤 그걸 보여줬다.

"없습니다."

나이 많은 여자가 호두처럼 주름진 얼굴을 흔들며 말했다. 가진게 아무것도 없다는 의미일 터였다. 나는 그들 중 가장 나이 어린 여자에게 영어로 물었다.

"집이 어디죠?"

그녀는 내 말을 이해하지 못하고 고개만 연신 저었다. 우리 중 한 사람만이라도 한국어를 할 줄 알았다면 좋았을 것이다. 페니실린이나 아타브린(말라리아약)이 몇 병만 있었다면, 그걸로 먹을 걸 바꿔 먹을 수 있었을 것이다. 한국 여자들은 약과 화장품, 심지어 비누와 치약 등을 아주 좋아한다고 했다. 우리는 그들의 솥을 계속 쳐다보고 있었지만 감히 쌀밥에 손을 대지 못했다.

민간인들을 만나면서 우리는 곡식이 어딘가에 숨겨져 있다는 걸 알았다. 우리는 맞은편 야산에 머물며 여자들의 동태를 살폈다. 그런데 그들은 낮에는 개간지 밖으로 나오지 않았다. 감시당하고 있다는 걸 알고 있는 것 같았다. 우리는 그들이 계곡의 남쪽 끝자락에 있는 마을에 살고 있었던 게 분명하다고 생각했다. 그래서 밤이 되자 먹을 걸 찾으려고 무너진 집 주변을 돌아다니며 이곳저곳 파봤지만 아무것도 찾지 못했다.

어느 날이었다. 우리는 낮에는 감히 접근하지 못하고 멀리서 지켜만 보던 마을에 가게 되었다. 그 마을은 불에 타고 없었다. 그곳에는 아무것도 남은 게 없는 것 같았다. 그런데 그 폐허에서 한 줄기 연기가 피어올랐다. 누군가가 거기에서 밥을 짓고 있는 것 같았다. 그때 땅딸막한 여자가 마을에서 나와 동쪽에 있는 야산 언덕을 향해 걸어갔다. 우리는 망원경으로 그녀가 숲으로 들어가는 걸 보았다. 5~6분이 지나자 그녀는 곡식이 들어 있을 게 분명한 불룩한 자루를 들고 다시 나타났다.

우리는 어두워지자 숲으로 들어가 땅을 이리저리 파보았다. 20킬로그램쯤 되는 쌀자루가 나왔다. 규칙에 의하면, 우리는 민간인들에게서 아무것도 가져가서는 안 되게 돼 있었다. 하지만 우리는 배가 너무 고팠다. 일부는 죽어가고 있었다. 페이 인민위원이 메모장을 꺼내더니 약식 차용증서를 썼다. 우리 군대가 남한을 해방시키기 위해 다시 올 때, 주인에게 보상하겠다는 내용이었다. 글자는 초서로 쓰였다. 나는 곡식 주인이 그게 무슨 의미인지 알지 못할 것이고, 우리를 향해 고래고래 욕만 퍼부을 것이라고 생각했다.

그들에게 줄 돈이 있으면 좋았겠지만 우리는 모두 빈털터리였다. 우리와는 대조적으로 북한군은 돈이 많았다. 남한 정부의 화폐 판금을 서울에서 압수했기 때문이었다. 북한군 병사들은 민간인들에게서 가져가는 모든 것에 언제나 돈을 지불했다. 그래서 민간인들은 그들을 좋아했다. 하지만 그 지폐들이 가치가 없어지고 있다는 사실은 전혀 알지 못했다. 나는 가끔 왜 북한군이 우리와 돈을 나눠 쓰지 않는지 궁금했다. 그렇게 편의를 봐달라고 부탁하기에는 우리 고위 장성들의 자존심이 너무 센 게 틀림없다는 생각도 들었다.

적의 추적을 피하기 위해 우리는 남쪽으로 더 내려가서 적진 깊숙이 들어갔다. 대부분의 밭에는 아직 씨가 뿌려지지 않은 상태였다. 가을이 되어도 익은 곡식을 제대로 먹을 것 같지 않았다. 하지만 야산에는 과수원과 밤나무들이 있었다. 우리는 우리 군이 6단계 공격을 곧 시작하여 그들과 다시 합류할 수 있기를 바랐다. 우리는 지금부터는 더 이상의 공격이 없을 것이라는 걸 알지 못하고 있었다. 전쟁이 교착 상태에 빠져 있다는 걸 몰랐던 것이다.

우리는 시내가 흐르고 숲이 우거진 계곡에 자리를 잡았다. 저녁이 되자 개구리들이 물속에서 울었다. 다음 날 우리는 개구리를 잡기 시작했다. 그건 정말 별미였다. 우리는 열 마리 남짓한 개구리를 꼬챙이에 꿰어 가지고 모닥불을 만들어 구워 먹었다. 하지만 사흘 만에 개구리들은 바닥나고 말았다. 밤에는 더 이상 개구리의 울음소리를 들을 수 없었다. 어쩌다 한 번씩 야생동물의 울부짖는 소리가 들렸다. 늑대나 표범 같았다. 하지만 그들을 사냥할 순 없었다. 감히 총소리를 낼 수가 없었던 것이다.

우리는 몇 차례에 걸쳐 병사들을 보내 곡식을 찾게 했다. 거의 예외 없이 그들은 적군과 마주쳤고, 그들 중 일부는 죽임을 당했다. 어림잡아 10킬로그램의 쌀을 구하는 데 한 사람의 목숨이 희생되었다. 희생이 너무 커서 우리는 주로 풀과 버섯을 먹었다. 그리고 밤들이 익어가는 가을이 오기를 기다렸다.

한번은 20여 명이 희끄무레한 버섯을 먹고 식중독에 걸렸다. 목이버섯처럼 생긴, 무르고 촉촉하고 상당히 맛있는 버섯이었다. 나를 포함해 우리 가운데 반이 그걸 먹었다. 그걸 먹고 나서 우리는 쓰러졌다. 몇몇은 배를 잡고 구르며 신음하기 시작했다. 다행히 왕군의관은 조금도 먹지 않았다. 그는 몇 주전자의 물을 끓여 우리에게 마시게 했다. 독을 배출하기 위해서였다. 나는 땀을 너무 많이 흘려서 눈이 침침했다. 이번에는 아무도 죽지 않았지만 완전히 회복하는 데 이틀이나 걸렸다.

우리는 비바람을 피하기 위해 미군들이 떨어뜨린 나무틀을 모아, 그걸로 숯가마꾼들이 버리고 간 오두막에서 떼어낸 골함석을 받치는 데 사용했다. 그 위에 잘 수 있도록 마분지를 바닥에 깔았다.

나는 산의 북쪽에 난 길로 가는 게 싫었다. 악취 때문이었다. 중국군, 한국군, 미군 병사들의 시체가 묻히지도 않은 상태에서 썩어가는 냄새였다. 황푸군관학교에서 우리는 전시에는 다른 병사들이 볼 수 없도록 시체들을 가능한 한 빨리 묻어야 한다고 배웠다. 그렇지 않으면 다른 병사들이 시체를 보고 사기가 떨어지게 된다고 했다. 그러나 진짜 전쟁이 벌어지고 있는 이곳에서는 누구도 개의치 않았다.

숲은 나무가 빽빽해 좋은 은신처였다. 우리는 낮에는 가능한 한 움직이지 않았다. 나는 대부분 그늘에서 누워 쉬었다. 마음이 조금 편안해졌다. 당시 영어로 된 『톰 아저씨의 오두막』을 갖고 있었는데, 가끔 사전을 찾아가며 그걸 읽었다. 페이 인민위원은 책을 가져오지 않은 걸 유감스럽게 생각했다. 그의 가방에는 선전에 관련된 몇 권의 소책자만 들어 있었다. 그래서 페이 인민위원은 산의 적막을 견디지 못하는 군인들과 잘 어울렸다.

그들은 자기들끼리 즐기는 방법을 잘 알았다. 두툼한 종이로 만든 카드놀이나, 나무로 만든 장기를 두면서 종종 몇 시간씩 그렇게 소일했다. 나는 장기를 잘 뒀지만 훈수하는 걸 더 좋아했다. 그런 놀이에 덧붙여, 그들은 매일 페이가 해주는 이야기를 들었다. 그는 고등학교를 졸업했기 때문에 옛 전설에 대해 아주 많이 알았다. 병사들은 그가 해주는 이야기를 재미있어 했다. 작지만 머리 좋은 하오차오린도 그들에게 이야기를 해줬다. 주로 혁명소설에 나오는 이야기였다.

나는 그들에게 『톰 아저씨의 오두막』에 나오는 몇 가지 에피소드를 들려줬는데, 그들 중 몇은 자신의 아들이 노예로 팔려가지 않도록 아편으로 독살하는 소설 속의 인물 캐시에게 감동을 받기도 했다. 그들은 미국의 노예 소유주들이 대부분의 옛 중국 지주들보다 잔인한 게 틀림없다고 말했다. 하지만 그들은 노예들조차 돼지 옆구리 살, 콩, 비스킷, 닭고기를 먹을 수 있다는 사실에 놀랐다. 나는 클로 아주머니가 노예인 샘에게 푸짐한 식사를 대접하는 장면을 읽어줬다. 노예인 샘이 클로 아주머니에게 일라이저와 그녀의 아들 해리가 노예 상인이 그들을 더 이상 잡을 수 없는 오하이오 강 저편으로 도망갔다는 좋은 소식을 전해준 후에 일어나는 장면이었다. 그 장면에서 샘은 닭날개와 닭다리, 햄, 옥수수과자, 칠면조 다리 등 맛있는 것들을 듬뿍 먹었다. 비록 주인이 먹다 남은 것들이긴 했지만, 그러한 음식들도 죽어가는 이 사람들에게는 사치스럽게만 보였다.

"칠면조 맛은 어떻죠?"

후가 큰 눈을 깜빡거리며 내게 물었다.

"나도 몰라."

나는 솔직히 고백했다.

"진짜 맛있을 거야."

다른 사람이 끼어들었다.

"칠면조는 작은 타조 같지."

나는 그들에게 말했다.

"세상에, 그렇다면 먹을 게 많겠군요."

후가 말했다.

"미국 노예들은 우리 고향 마을에 있는 부잣집들보다 더 잘 먹나 보네요."

넓적한 얼굴의 키 작은 병사가 말했다.

사실 나도 그 장면을 처음 읽었을 때는 그와 비슷한 생각을 했었다. 나는 미국이라는 나라가 노예들조차 영양가 있는 음식을 먹을 수 있을 정도로 풍요로운 나라가 틀림없다고 생각했었다.

병사들은 자기들의 고향과 중국에서 전쟁 중에 했던 일들에 대해 뻐기면서 자기들끼리 잡담을 많이 했다. 또한 먹어봤거나 들어본 적이 있는 음식들, 가령 난징산 말린 오리고기, 진화산 햄, 북서 지방의 가판대에서 파는 삶은 양고기, 북동 지방에서 회식할 때 나오는 통째로 튀긴 잉어고기와 돼지고기 볶음 등에 대해서도 자세히 얘기했다. 남부 출신의 한 병사는 쥐고기를 튀겨 먹으면 정말 맛있다고 자랑하기까지 했다. 나는 그 말을 듣고 역겹다고 말했다. 물론 어떤 해안 지방에서는 쥐고기를 별미로 먹는다는 걸 알고 있었지만, 아무리 배가 고파도 그런 건 입에 대고 싶지 않았다.

우리는 미군들이 버리고 떠난 야영지에서 미제 깡통을 주웠다. 미군들이 어떤 음식을 먹는지 궁금하지 않을 수 없었다. 우리는 그들의 풍부한 자원에 깊은 인상을 받았다. 후는 이따금 전쟁이 끝나면 미군들이 버린 놋쇠 탄피들을 한 아름 가져다가 팔았으면 좋겠다고 말했다. 그걸로 평생 먹고살 수도 있을 거라고 했다.

나는 점점 더 나한테 다정하게 대하는 것 같은 인민위원에게 일종의 애착을 갖게 되었다. 어느 날 우리 두 사람만 있을 때, 그는 군에 있는 지식인들을 한때는 의심했지만 나를 보고 달리 생각하게 되었다고 고백했다. 대부분 학력이 없는 군인들에게 대학을 졸업한 사람은 누구나 지식인이었다. 동지들에 대한 내 충성과는 별개로, 페이는 내가 몇 시간 동안 쉬지 않고 자기가 오래전에 번역서로 읽은 소설을 영어로 읽는 걸 보고 놀란 게 분명했다. 그는 내가 다른 신병들과 똑같이 한 시간 동안 야간 경계 근무를 시겠다고 하사 특히 기뻐했다. 그는 나에게 자신이 죽으면 차오린이 군대를 지휘하는 걸 도와달라고 했다. 나는 그러한 책임은 떠맡을 수 없다고 말했다. 나는 당원도 아닌 데다 지휘에 어울리는 사람도 아니었다. 게다가 차오린은 아주 능력이 많은 사람이라 내 도움을 전혀 필요로 하지 않을지도 몰랐다. 하지만 인민위원은 자신의 주장을 굽히지 않았다.

"자네의 행동이 자격 요건일세. 자네는 최악의 상황이 되면 병사들을 지휘해야 하네."

그의 말은 그들 두 사람이 죽게 되면 내가 하오차오린을 계승해야 한다는 암시였다. 솔직히 나는 겉으로는 태연한 척했지만 속으로는 걱정스러웠다. 이 외국 땅에서 내가 죽으면 어머니는 어떻게 될 것인가? 게다가 약혼녀가 몹시 그리웠다. 나는 밤에 가끔 그녀와 어머니에 대한 꿈을 꾸다가 울면서 깨어났다. 그리고 동지들이 내가 잠결에 하는 소리를 들었을지 몰라 걱정스러웠다. 쥐란과 내가 꿈을 통해 텔레파시로 소통할 수 있었을까? 혹은 꿈이라는 건 내 마음이 변덕을 부린 것에 불과한 걸까? 어느 날 밤 나는 꿈속에서 그녀가 알 수 없는 미소를 짓는 걸 보았다. 무슨 비밀이 있지만 나에게는 숨길 작정인 듯한 미소였다. 내가 그녀의 비스듬한 눈썹에 손을 대려고 하자, 그녀는 사라져버렸다. 나는 가슴에 멍한 통증을 느끼며 잠에서 깨었다.

다른 사람들이 페이가 해주는 얘기를 들으며 껄껄 웃을 때, 나는 종종 생각에 잠겨 있었다. 어느 날 인민위원이 내게 말했다.

"우리한테 영어를 좀 가르쳐주면 어떤가?"

"어디다 쓰시려고요?"

"쓸모가 있겠지. 우리는 다시 적과 싸우게 될 걸세. 전쟁터에서 우리가 사용할 수 있는 말을 몇 개만 가르쳐주게."

그래서 나는 그들에게 영어를 가르치기 시작했다. '손들어!', '무기를 버리면 목숨은 살려주겠다!', '우리는 죄수를 죽이지 않는다!', '움직이지 마!', '항복하라, 너희들은 안전하다!', '미제국주의를 위해 목숨을 버리지 마라!' 이런 것들이었다.

종이가 없었으므로 나는 그들 중 문자를 깨친 사람들이 발음하는 방식을 익힐 수 있도록 땅바닥에 영어 발음을 나타내는 글자를 막대기로 썼다. 그들 중 반수가 만다린을 잘할 줄 몰랐기 때문에 단어를 정확히 발음하게 할 수는 없었다. 하지만 그들은 영어를 발음하느라 혀와 턱을 힘들게 움직여야 했음에도 불구하고 열심히 배우려고 했다. 몇 사람은 목구멍이 아플 정도로 열심히 했다. 나는 불과 며칠 사이에 그들이 배운 것을 서로에게 큰 소리로 말하는 걸 보고 놀랐다. 대부분 배울 기회만 있었다면 재능을 발휘했을 영리한 사람들이었다. 나는 그들이 왜 써먹지도 못할 단어 몇 개를 배우는 데 그토록 열심인지 궁금했다. 내일 무슨 일이 일어날지 아무도 모르는 상황이었다. 어느 순간 포로가 될 수도 있고 죽을 수도 있었다. 적은 북쪽으로 3킬로미터밖에 떨어지지 않은 곳에 있었다.

문득 배운다는 것이 그들에게는 일종의 희망이라는 생각이 들었다. 적어도 그것은 마음을 집중할 수 있는 미래가 아직도 있다는 걸 의미했다. 더 큰 세계가 있다는 걸 제한적으로나마 알고, 죽음의 위협 앞에서 그런 식으로 반응하는 것은 그들에게 생존에 필요한 힘을 주었다. 나는 배우고자 하는 그들의 마음에서 드러나는 삶에 대한 집착에 감명을 받았다.

어느 날 오후였다. 절벽 근처에서 민요를 배우며 앉아 있을 때, 우리가 볼일을 볼 때 들어가는 숲에서 한 사람이 달려나왔다. 그가 헉헉거리며 우리를 향해 소리쳤다.

"적입니다! 양쪽에서 오고 있어요!"

곧바로 후가 페이 인민위원을 절벽 가장자리 쪽으로 밀기 시작했다. 그다지 가파르지 않은 절벽에는 덤불과 대추나무가 많았다.

"지금 가셔야 합니다!"

후가 재촉했다. 페이가 망설이자 후는 그의 어깨를 세게 밀쳤다. 인민위원은 아래로 굴러 떨어져 사라졌다. 뒤를 이어 너덧 명이 뛰어내렸다. 후는 숲에서 나오는 적을 향해 권총을 겨눴다. 그가 후퇴하려는 순간, 그의 팔에 총알이 박혔다.

"악!"

그가 비명을 질렀다. 또 다른 한 발이 그의 목에 맞았다. 그는 즉사해 화강암 위로 넘어졌다. 피가 낭자했다. 우리들은 기관단총 때문에 움직일 수가 없었다. 내가 어떻게 해야 할지 생각하고 있을 때, 수류탄 하나가 가까이 떨어졌다. 취사병이 그걸 집었다. 그러나 그가 멀리 던지기 전에 수류탄은 폭발해버렸다. 빛이 내 앞에서 번

찍이더니 열기가 나를 휘감았다. 그리고 모든 것이 컴컴해졌다.

정신이 돌아왔을 때 나는 지프에 타고 있다는 걸 알았다. 부어 있을 게 분명한 내 얼굴에 서늘한 바람이 스쳐 지나갔다. 하늘은 아주 낮아 보였다. 구름들이 거칠게 흩어지며 달음질치고 있었다.

"제기랄, 몇 놈을 놓쳤다니까."

누군가 쾌활하게 말했다.

"괜찮아. 여덟 놈이나 잡았잖아. 그만하면 괜찮은 거야."

"그나저나 저놈들은 북한군이야, 아니면 중국군이야?"

"중국놈들일 거야."

"어떻게 알지?"

"군복을 입지 않았잖아."

지프의 경적이 울렸다. 그러자 지나가는 차도 경적을 울렸다. 조수석에 앉아 있던 남자가 소리쳤다.

"헤이, 거긴 어때?"

"좋아."

멀리서 누군가가 소리쳤다.

나는 적에게 사로잡혀 있었다. 포로가 된 것이다. 그 사실을 깨닫자 가슴에 날카로운 통증이 밀려왔다. 가슴이 뜀박질하면서 목구멍이 막히는 것 같았다. 얼굴이 보이지 않는 다른 두 중국 병사도 지프에 누워 있었다. 그들이 살았는지 죽었는지 알 수가 없었다. 나는 아직 두 팔을 움직일 수 있었지만 다리에 감각이 없었다. 다리가 붙어 있는지 확인하기 위해 발가락을 움직여보려고 했다. 놀랍게도 왼쪽 발에 아무런 감각이 없었다. 나는 뻣뻣한 왼쪽 허벅지에 손을 대봤다. 하지만 아무리 노력해도 다리를 움직일 수 없었다. 부러진

게 틀림없었다. 이어 사타구니를 만져보았다. 우리는 미군들이 중국 포로들을 거세해버린다는 얘기를 들었었다. 하지만 허벅지에 붕대가 감긴 걸 제외하면 모든 게 괜찮았다. 나를 사로잡은 자들은 살려두려고 하는 것 같았다. 왜 죽이지 않았지? 그랬다면 더 좋았을 것이다. 적어도 고향에 있는 사람들은 어머니를 순교자의 부모로 대접할 것이고, 정부는 어머니를 돌봐줄 것이었다.

어디로 나를 데려가는 거지? 감옥으로? 병원으로? 두려움과 치욕감이 엄습해왔다. 어떻게 해야 하지? 우리는 죽는 것을 제외하고는 포로로 잡혔을 때 어떻게 해야 명예로운 것인지에 대해 들은 게 없었다. 페이 인민위원은 언젠가 우리에게 적에게 잡히면 절대로 사실을 말하지 말고 언제나 거짓말을 해야 한다고만 말했었다. 그 것만이 내가 이 상황에서 취해야 할 지침이었다. 당혹스러웠다. 미국인들은 왜 나를 끝장내지 않았단 말인가? 그렇게 되면 일이 더 간단해졌을 텐데 말이다.

4

나는 부산에 있는 전쟁포로 집결지의 1구역으로 이송되었다. 당시 남한의 임시 수도였던 부산은 미군 사무실과 보급 기지가 아주 많아 북적거렸다. 그것은 나에게 얄루강 옆에 있는 단둥시를 생각나게 했다. 그러나 이곳에는 차가 더 많았다. 안개 자욱한 항구에 떠 있는 배들이 작은 건물들처럼 보였다. 이곳에는 비행장도 있었고, 도시의 규모도 훨씬 더 컸다. 내가 들어간 구역은 병원과 여러 개의 큰 수용소로 이루어져 있었다. 각 수용소에는 천 명이 넘는 포로들이 수용되어 있었다. 집결지는 부상당한 전쟁포로들이 치료를 받고 거쳐가는 곳이었다. 대부분의 포로들이 며칠 동안만 이곳에 머물렀다. 그들은 등록하고 심문을 받은 후에 다른 곳에 있는 서로 다른 수용소로 보내졌다.

나는 왼쪽 허벅지에 골절상을 당했다. 포탄 파편이 사타구니 가까운 곳에 맞아 대퇴골에 골절상을 입었던 것이다. 나는 부상 때문에 등록소에 가지 않았다. 등록은 지루한 과정이라고 했다. 대부분이 북한군 포로들인 사무원들은 중국군 포로들에게 잘 대해주지만,

기다리고 있는 사람들이 길게 늘어서 있다고 했다. 나는 다른 포로들처럼 심문을 받지도 않았다. 어떤 사람들은 고문을 당해 까무러쳤다고 했다.

하지만 나에게도 지문을 찍고 등록에 필요한 정보를 대라는 명령이 떨어졌다. 억세게 생긴 미군 장교와 중국인 통역이 70명이 넘는 부상자들과 병자들이 누워 있는 병동으로 왔다. 우리 병동은 마루가 합판으로 되고 출입구가 두 군데 있는 쇠틀로 된 커다란 천막이었다. 안에서는 불쾌한 냄새가 났다. 장교는 나에게 이름, 계급, 학력, 내가 속한 군대의 일련번호, 나의 직속상관들에 대해 물었다. 나는 그에게 내 이름이 펭안이며 539연대의 보병중대에서 행정병으로 있던 신병이라고 거짓말했다. 하지만 미군들은 연대의 일련번호를 알고 있음이 분명했다. 그래서 나는 그에게 부대의 일련번호는 사실대로 3692라고 얘기했다. 그는 나에게 장교처럼 생긴 중국 군인들의 스냅 사진을 여럿 보여주며 아는 사람이 있는지 물었다. 나는 아무도 알아보지 못했다. 나는 사흘 전에 수술을 받았기 때문에 아직도 회복되지 않은 상태였다. 장교와 통역은 몇 가지 질문을 더 하고 나더니 다시 오겠다며 떠났다. 나는 심문 중에 진짜 신원이 밝혀질까 두려워 영어를 한마디도 하지 않았다.

철조망으로 둘러쳐진 포로수용소 정문에서 30미터쯤 떨어진 곳에 2층짜리 흰색 건물이 있었다. 붉은 타일로 된 지붕에는 지붕창이 있었다. 전쟁이 일어나기 전에는 학교 건물이었던 그곳은 이제 수술실로 변해 있었다. 환자들은 그곳을 도살장이라고 불렀다. 거의 매일 그곳에서 시체들이 나와서, 병원으로 가는 도중에 죽은 사람들이 쌓여 있는 수용소 행정실 앞으로 옮겨졌다. 나는 사흘 전 그 건물에서 네 시간을 보냈다. 내가 탁자 위에 눕자 두 명의 의사가 내 다리에 관해 뭔가 귓속말을 주고받았다. 나는 아직도 정신착란 상태인 데다 의학 용어에 익숙지 않아 그들의 말을 완전히 알아들을 수 없었다. 그들은 어떻게 해야 할지 확신하지 못하는 것 같았다. 마취의가 복부 아래쪽과 등 밑에 주사를 놨다. 그런 다음, 그들은 내 팔과 종아리를 묶었다. 간호사가 내 배에 흰 시트를 덮을 때, 의사 중 하나가 능글맞은 웃음을 지으며 말했다.

"징집됐을 때, 나는 이렇게 많은 환자들의 팔다리를 자르게 될 거라고는 생각하지 못했어요. 레지던트 실습은 이에 비하면 아무것도 아니겠어요."

"전쟁이 끝나면 나는 일등 외과의가 돼 있을 것 같소."

금발 눈썹을 한 다른 의사가 그 말을 받았다. 그가 수술을 지휘하는 게 분명했다. 나는 그들이 과정을 완전히 끝내지 않은 의과대학생들이라는 걸 깨닫고 벌벌 몸을 떨었다. 나는 눈을 꼭 감고 그들에게 내 다리를 살려달라고 애걸해야 할지 생각해보다가 말하지 않고 견디기로 결심했다. 밖에서는 소나기가 내리면서 유리창을 흐릿하게 만들고 있었다.

"아야!"

그들 중 하나가 내 상처를 쿡 찔렀을 때 나는 소리를 질렀다. 누군가가 걱정스럽게 물었다.

"아파요?"

내가 대답하기도 전에 키 큰 의사가 말했다.

"시작해야겠소."

그들이 수술을 시작했을 때는 마취약이 완전히 효과를 발휘하지 못한 상태였다. 고통이 내 속과 목과 머리로 퍼졌다. 나는 이를 악물고 있었음에도 불구하고, 그들이 기구로 내 상처를 건드릴 때 몸을 비틀며 악을 쓰지 않을 수 없었다.

방 안이 흐릿해졌다. 강한 불빛, 걸이에 걸린 링거 병들, 사람들의 머리에 씌워진 푸르스름한 모자 등 모든 것들이 떠다니며 움직이는 것 같았다. 잠시 후, 나는 정신을 잃었다.

이윽고 정신이 들었을 때, 내 왼쪽 허벅지에는 붕대가 감겨 있었다. 그리고 다리와 엉덩이를 따라 나무판자가 묶여져 있었다. 키 큰 의사가 히죽 웃으며 내게 말했다.

"당신은 괜찮을 거요. 다리를 살렸소."

"고맙습니다."

나는 한숨을 쉬며 말했다.

"영어를 할 줄 알아요?"

나는 머리를 저으며 그 말을 한 걸 후회했다.

"내가 하는 말을 이해합니까?"

그가 다시 물었다. 나는 아무 반응도 하지 않고 그를 빤히 쳐다보기만 했다. 그는 손을 저으며 두 잡역부를 불러 나를 들것에 실어 데리고 나가라고 했다.

미군 의료진 외에도 병원에는 30명 넘는 잡역부들이 일하고 있었다. 대부분 그들에게 협조해 건물 내에서 환자들을 옮기고 청소를 하는 중국인들이었다. 그들은 '부역자'로서 중국으로 돌아가지는 않을 것이었다. 돌아가면 이곳에서 있었던 일에 대한 책임을 물을 것이기 때문이었다. 그래서인지 그들은 기분 내키는 대로 우리를 다뤘다. 심지어 환자들을 때리기까지 했다. 나를 수용소로 다시 데리고 간 두 사람은 의사들이 내 다리를 잘라내지 않았으니 운이 좋은 거라며 나를 놀렸다.

나는 천막으로 돌아온 순간부터 몸을 떨기 시작했다. 의사가 진

통제를 처방해주지 않았던 것이다. 그래서 밤새도록 땀을 흘리며 신음했다. 나한테 물을 갖다주고 쌀죽을 떠먹여준 동료 포로들 덕분에 그날 밤은 버틸 수 있었다. 죄수들 중에는 우리 사단의 경비중대 소속이었던 딩완린이라는 사람이 있었는데, 그는 왼쪽 옆구리에 총상을 입었다가 지금은 거의 나은 상태였다. 그의 침대는 내 침대 옆에 있었다. 그는 페이 인민위원과 내가 함께 있는 모습을 몇 차례 보았다며 나를 알아보았지만 나는 그를 기억하지 못했다. 그는 나에게 자상하게 대해줬다. 그는 몇 시간 동안이나 침대맡에 앉아 내 얼굴에 흐르는 땀과 눈물을 닦아줬다. 그사이 가슴을 다친 한국인은 누군가와 싸우기라도 하는 것처럼 계속 소리를 지르며 손을 내둘렀다.

나중에 딩완린은 나에게 우리 사단 지휘부는 낙오병들이 가득한 계곡에 우리를 버리고 간 이틀 후 적에 생포되었다고 말했다. 그러나 뉴 사단장은 전령과 몇몇 장교들과 함께 북한으로 도망쳤다고 했다. 그렇게 할 수 있었던 건 경비소대가 반대쪽으로 달려가서 적들을 유인했기 때문이었다.

나는 몸이 좋지 않았지만 먹을 수는 있었다. 먹을 수 있는 정도가 아니라 이런 상황에서도 식욕만큼은 놀랍게 왕성했다. 아무것도 없는 곳에서 경험해야 했던 배고픔 때문인 듯했다. 양껏 먹을 수는 없었지만 우리는 마침내 먹을 것이 있는 곳에 와 있었다. 나한테는 매일 아침 분유 한 접시가 주어졌다. 때로는 소고기나 참치 통조림이 저녁 식사로 나왔다. 한번은 과일 통조림이 나왔는데 아주 맛있었다. 보통 식사 때는 밥 한 그릇과 단무지, 당근 혹은 배추로 만든 국이 나왔다. 때때로 고깃국 반 그릇이 덤으로 나왔다. 죄수들이 사용하는 그릇은 작지 않았다. 높이 10센티미터에 윗지름이 15센티미터, 밑지름이 10센티미터쯤 되었다. 솔직히 말하면 음식은 내가 생각했던 것보다 좋았다. 나는 성한 몸으로 집에 돌아가려면 잘 먹어야 한다고 생각했다.

완린과 나는 우리의 진짜 이름과 신원을 적에게 밝히지 말자고 서로에게 약속했다. 그는 나보다 두 살 아래인 스물한 살이었다. 키가 크고 말랐으며 반듯한 코에 눈이 작았다. 그는 얘기할 때 너무 순진해서 자신이 무슨 말을 하는지도 모르는 10대 소년처럼 종종 정신없이 지껄였다. 웃으면 누렇고 기운 이들이 드러나 보였다. 우리들은 대부분 몇 달 동안 이를 닦지 못한 상태였다. 지금은 가루 치약을 쓰고 있지만, 이가 아직도 보기에 흉했다. 고맙게도 그는 종종 내가 볼일 보는 걸 도와주고 식사와 물을 가져다줬다.

우리 천막에는 허벅지에 골절상을 입은 저우구수라는 이름의 쇠약한 남자가 있었다. 그는 다른 사단 소속이었는데 지난겨울 원주 근처에서 포로가 되었다고 했다. 그의 다리는 깁스가 되어 있었고 여러 차례 수술을 했다. 그는 많이 다쳐서 침대에 누워 지냈는데, 토머스 군의관에게 종종 욕을 퍼부었다. 토머스 군의관은 내 다리를 수술해준, 키가 큰 금발 머리의 의사였다. 구수는 의사가 자신의 다리를 갖고 실험할 작정이었다고 말했다. 그는 많이 울었다. 때때로 눈물이 나오지 않아도 울었다. 나는 그가 울보라고 생각했다. 자신을 억제할 필요가 있었다. 천막에 같이 사는 40명 넘는 한국인들이 그걸 보고 우리 중국인들을 겁쟁이라 생각하고 우습게 볼 것 같았다.

그러던 어느 날 그는 진짜로 고통이 너무 심해져서 점심 식사를 할 수 없을 지경이 되었다. 완린이 가서 국그릇을 그에게 가까이 대주며 조금 먹어보라고 했다. 완린은 얘기를 하다가 구수의 침대 위에 구더기 한 마리가 꿈틀거리는 걸 보았다. 구수의 담요를 들추자 구더기가 더 나왔다. 그는 국그릇을 치우고 밖으로 나갔다. 그리고 곧 유리병과 두 개의 나무토막을 갖고 들어오더니 구수에게 옆으로 누우라고 했다. 그는 구더기를 병에 넣고 나서, 구수의 셔츠 아랫자락을 들어 올렸다. 그의 엉덩이 아래쪽에 구더기가 득실득실했다. 적어도 50마리는 되어 보였다. 다른 두 환자도 구더기를 제거하는 일을 도왔다. 그들은 구수의 엉덩이 아래쪽을 깨끗이 해줬다. 그런데 깁스 위쪽에서 구더기들이 기어나오고 있었다. 소름이 끼쳤다. 그곳에서 구더기들이 떼를 지어 그의 다리를 파먹고 있는 게 틀림없었다.

다른 환자들의 요구에 두 명의 의료요원이 펜치를 갖고 다음 날 아침 도착했다. 깁스를 떼어내자 구더기들이 수없이 꿈틀거리며 기어다녔다. 상처 부위의 살이 희끄무레하게 썩어 있었다. 피와 고름으로 엉망진창이었다. 구더기들은 처음에는 온전했을 살마저 뜯어먹고 있었다. 나는 고개를 돌렸다. 비위가 뒤틀렸다.

구수는 하루 종일 신음 소리를 냈다. 숨소리는 거칠었다. 그는 때때로 가슴을 쥐어뜯었다. 그는 토머스 군의관이 자신의 다리를 망치려고 작정했다며 지독한 욕을 퍼부었다. 천막에 있는 대부분의 환자들은 세균전을 위한 실험 도구가 됐다는 그의 생각이 맞다고 생각했다.

그는 다음 날 수술실로 갔다. 다른 쪽 허벅지 피부를 떼어 다친 쪽에 이식했다. 젊은 의사들이 피부를 이식할 수 있는 능력을 갖고 있는지 의심스러웠다. 어쩌면 그들은 그러한 일을 처음으로 하고 있는지도 모를 일이었다. 그리고 구수는 오후에 돌아왔다. 그는 수술을 받은 날에는 수면제를 먹어 잘 잤다. 하지만 다음 날부터 고통에 몸부림치며 신음했다.

"그자들은 왜 나를 죽이지 않는 거지? 내가 죽으면 자기들 마음대로 내 몸을 사용할 수 있을 텐데."

나중에 알게 된 일이지만 다음 해에 그가 일곱 번째 수술을 받고 다리에 감각이 없어졌을 때, 다른 미군 의사가 다리를 잘라내야 한다고 했다고 한다. 하지만 구수는 다리를 잃기보다는 차라리 죽겠다며 거절했다는 것이다. 결국 구수는 다리를 살렸지만 걸을 때는 목발을 사용해야 했다.

그의 상태는 나를 놀라게 만들었다. 날마다 내 허벅지는 더 뜨겁고 고통스러워지고 있었다. 어느 날 아침, 붕대가 벗겨졌을 때 나는 내 상처가 전혀 낫지 않았다는 걸 알았다. 검은 상처 주변에 딱지가 지기 시작했지만 염증이 있었다. 그 안에 고름이 많이 있는 게 분명했다. 상처가 그 지경이 돼 있는 걸 보고 나는 거의 울 뻔했다. 완린이 찬물이 든 컵을 내 입에 대줬다. 그러자 마음이 좀 가라앉았다. 아무리 노력해도 나는 아픈 다리를 움직일 수 없었다. 아픈 다리가 내 몸에서 떨어져 있는 듯한 느낌이었다. 아래로부터 끝없이 고통이 올라왔다.

그날 오후 나는 엑스레이를 찍었다. 사진을 보니 허벅지에 또 다른 파편이 들어 있어 염증을 일으키고 있었다. 나는 또다시 수술을 받아야 했다. 다음 날 토머스 군의관이 찾아왔다. 그는 어린애 같은 능글맞은 미소를 지으며 말했다.

"다리를 살리고 싶으면 다시 수술해야겠소. 하지만 큰 수술은 아니오. 뼈는 제대로 맞춰져 있으니까. 그건 마음에 들어요?"

나는 그가 말하는 동안 내내 노려보았다. 중국인 통역관이 그의 말을 번역해주기도 전에 나는 영어로 소리를 질렀다.

"수술하지 마!"

토머스 군의관은 깜짝 놀랐다.

"영어를 할 줄 아는 사람이군."

그가 통역관에게 말했다. 천막 안에 있던 환자들도 놀랐다. 나는 그에게 소리를 질렀다.

"당신은 의과대학을 졸업하지도 않은 돌팔이 도살업자일 뿐이야."

그가 잠시 뜸을 들였다.

"당신이 그걸 어떻게 확신하죠? 내가 당신에게 내 의사 자격증을 보여줘야 하나요?"

그는 무척 순진해 보였다. 그가 왼쪽 눈을 찡긋하며 웃었다.

"당신이 지난번에 나를 수술대에 올려놓고 그렇게 말했잖소. 수련의 과정을 밟고 있는 돌팔이 의사일 뿐이라고."

"아, 당신은 기억력이 좋군. 한마디 해둡시다. 나도 여기에서 일하는 게 싫어. 날이면 날마다 사람들의 살을 찢는 게 싫단 말이오. 식욕은 말할 것도 없고, 쉼 없이 수술하면서 내 영혼은 황폐해지고 있소. 요즘 들어서는 점심도 거의 못 먹고 있소. 당신 말이 맞소. 당신네들을 치료해주면서 나는 도살업자가 된 느낌이오."

"나는 당신한테 치료를 받고 싶지 않소."

"내가 그것에 대해 뭘 할 수 있는지 알아보겠소. 내일까지 기다리시오. 그걸 결정하는 건 당신이 아니오."

나는 더 이상 아무 말도 하지 않았다. 그는 키가 껑충한 통역사가 뒤따르는 가운데 문을 향했다. 그리고 토머스 군의관이 사라지자 다른 죄수들이 내 주변에 모이기 시작했다.

"영어를 정말 잘하시네요."

길쭉한 얼굴의 윤 대위라는 한국인이 말했다. 그는 세련되고 개방적인 것 같았다. 나는 그가 수용소 측면 출입구 옆에 혼자 앉아 두툼한 책을 넘기는 모습을 자주 보았었다.

나는 당황했다. 이제 그들은 나를 장교라고 생각했다. 나는 위험해질지 몰랐다. 적들은 나를 철저히 심문하게 될지도 몰랐다. 어떻게 해야 하지? 이 사람들에게 내가 대학에서 공부했다고 시인할까? 아니, 내가 사실대로 얘기하면 누군가가 나를 배반할지 몰랐다.

나는 윤 대위에게 영어로 말했다.

"영어를 거의 잊어먹고 있었어요. 그런데 너무 화가 나서 나도 모르게 몇 마디 튀어나왔어요."

"대학에 다녔습니까? 나는 서울 대학교에서 경제학을 전공하다가 북한인민군에 들어갔습니다. 나는 내 조국을 해방시키고 통일시키고 싶어요."

"나는 대학에 다니지는 않았습니다. 고향에 있는 선교사한테 조금 배웠을 뿐입니다."

"대단하십니다."

그는 껄껄 웃으며 말했다. 예닐곱 명의 한국인들도 껄껄 웃었다. 나는 그들이 우리의 대화를 알아들었는지 알 수 없었다. 그들은 모두 공산주의 군대에 충성하고 있음이 분명했다. 그렇지 않다면 윤 대위가 그처럼 대수롭지 않게 자신에 대해 얘기하지는 않았을 것이다. 수용소 안의 북한군 포로들은 체계가 잘 잡혀 있다고 했다. 병원에 있는 몇몇 의사들과 간호사들도 유엔군에 사로잡힌 한국인들이었다. 한국인 공산주의자들은 곳곳에 침투해 있었다. 수용소 안에 김일성 대학이 비밀리에 세워졌다는 말까지 나돌았다.

다음 날 나는 두 번째로 수술대에 올랐다. 나는 천장이 높은 수술실에 토머스 군의관이 있는 걸 보고 깜짝 놀랐다. 그가 오더니 나의 위쪽 팔을 살짝 두드리며 웃었다.

"펭얀 동지, 오늘은 내가 일을 해야 할 것 같소."

"내 몸에 손대지 마시오! 나를 돌려보내주시오!"

"잠시 기다리시오. 이 문제에 대해 분명히 해둡시다."

그의 얼굴에서 미소가 사라졌다.

"다른 의사들은 다른 환자들을 돌봐야 하기 때문에 내가 해야 한단 말이오."

"나는 오늘 수술받고 싶지 않소."

"당신의 다리를 살리려고 내가 당신을 돕고 있다는 걸 모르시오?"

"나는 당신 같은 돌팔이 의사한테서는 아무 도움도 받고 싶지 않소."

"당신들 공산주의자들은 까다로운 사람들이군."

"나를 돌려보내주시오!"

나는 소리쳤다.

"소리치지 마시오!"

남자 간호사가 끼어들었다.

"이런 식으로 토머스 군의관을 모욕하면 안 돼요. 저분은 당신을 위해 최선을 다하고 있어요."

다른 간호사가 덧붙였다.

두 잡역부가 문을 지나치는 게 보였다. 나는 그들에게 중국어로 소리쳤다.

"형제들, 이리 와서 나 좀 도와주시오! 동포를 살려주시오!"

미군 의료진은 아무 말 없이 서로를 바라보며 당황해하는 것 같왔다. 나는 토머스 군의관의 눈에서 머뭇거림과 우려스러워하는 눈빛을 엿보았다. 나는 다시 중국어로 소리쳤다.

"나를 도와줘요! 막사로 돌려보내줘요! 형제들, 우리는 아직 전우들이오! 제발 나를 살려주시오!"

그러나 잡역부들은 안으로 들어오지 않았다. 나는 눈을 감고 있는 힘을 다해 계속 소리를 질렀다. 의사와 간호사들은 옆으로 비켜서서 창문 옆에 모여 내가 알아들을 수 없는 귓속말을 했다. 그때 간호사가 수술실을 나섰다.

나는 오른발을 차며 계속 소리를 질렀다. 썩는 냄새와 소독약 냄새가 역겨웠다. 2~3분이 지나자 내가 전에 만나지 못했던 의사를 간호사가 데리고 왔다. 새로 온 사람이 나한테 오더니 내 이마를 살짝 두드렸다. 나는 눈을 크게 떴다가 그 사람이 여자라는 걸 알고 깜짝 놀랐다. 그녀는 창백한 안색에 호리호리한 20대 후반의 여자였다. 모자에 달린 기장을 보니 소령이었다. 짧지만 산뜻한 그녀의 적갈색 머리가 모자챙 아래로 나와 있었다. 그녀의 맑은 담갈색 눈이 나를 따뜻하게 쳐다보았다. 그녀가 미소를 짓자 고르지 못한 이들이 드러나 보였다. 놀랍게도 그녀가 유창한 만다린으로 말했다.

"나는 그린 군의관입니다. 당신의 상처를 살펴봐도 되겠어요?"

그녀의 말에는 약간의 상하이 억양이 섞여 있었다. 하지만 너무 자연스럽게 얘기해서 나는 내가 그녀의 말을 제대로 알아들었는지 의심스러웠다. 나는 얼떨떨한 표정으로 그녀를 바라보기만 했다. 그녀는 다시 미소를 지었다. 이번에는 달래는 듯한 미소였다.

"당신의 상처를 살펴봐도 되겠어요?"

그녀가 그 말을 반복했다.

나는 고개를 끄덕였다. 그녀가 몸을 숙이고 내 허벅지를 점검하자, 다른 의사와 간호사들도 모여서 살펴보았다. 내 상처는 사타구니에서 아주 가까운 곳이었기 때문에 나의 성기는 완전히 노출되어 있었다. 당혹스러운 나머지 얼굴이 활활 타올랐다. 나는 말없이 눈을 꼭 감았다. 그녀의 손가락은 예민했다. 그 손가락들이 나의 상처를 부드럽게 눌렀다. 서늘하고 달래는 듯한 뭔가가 상처에 닿자 고통이 조금 무뎌지는 것 같았다. 나를 살펴본 후에 그녀는 일어나서 말했다.

"상처가 아주 깊어요. 당신이 왔을 때, 이미 염증이 있었어요. 우리는 뼛조각과 파편을 빼내기 전에 썩은 조직부터 들어내고 염증이 가라앉기를 기다려야 했어요. 내가 확언하건대, 토머스 군의관이 지난번에 대퇴골 맞추는 일을 훌륭하게 해주셨어요. 그래서 우리가 오늘 상처를 열고 파편과 뼛조각을 제거할 수 있게 된 거예요."

"고맙습니다. 너무 걱정돼서 그랬습니다."

나는 한숨을 쉬며 중위인 토머스 군의관을 향해 고개를 돌렸다. 그는 어린애처럼 나를 향해 싱긋 웃었다.

"이해합니다."

그녀가 말했다.

토머스 군의관과 잠시 얘기를 나눈 후 그녀가 미소를 지으며 물었다.

"내가 당신을 수술해도 되겠습니까?"

나는 얼른 고개를 끄덕였다. 그녀는 간호사들에게 수술을 준비시키고 내게 마스크를 씌우게 했다. 그녀가 옆에 있자 마음이 평온해졌다. 그녀는 나를 구해주기 위해 어딘가에서 파견된 것 같았다. 동시에 나는 마음을 불안하게 하는 쇳소리를 들었다. 뭔가 따뜻한 것이 내 오른쪽 다리에 놓였다. 곧이어 나는 의식을 잃었다.

얼마나 오랫동안 의식이 없었는지 모른다. 서너 시간쯤 됐을 것 같다. 내가 깨어났을 때, 복도에서 어떤 남자가 이렇게 말하는 소리를 들었기 때문이다.

"식사 시간이야."

그리고 나는 여의사의 부드러운 이마에 땀이 송송 솟아 있는 모습을 보았다. 그녀는 큰 눈으로 나를 골똘히 바라보았다.

"내가 당신의 다리에서 뭘 빼냈는지 보고 싶어요?"

나는 고개를 끄덕였다. 입이 말라 말을 할 수는 없었다. 그녀는 핀셋으로 흰 접시에 놓여 있는 포탄 파편을 집었다. 비틀린 단추처럼 생긴, 피가 낭자한 검은 파편이었다.

"당신의 대퇴골을 부러뜨린 게 이거예요. 우리는 뼛조각도 모두 긁어냈어요."

"제가 다시 걸을 수 있습니까?"

"물론이죠, 내가 걷게 만들어줄게요. 하지만 당분간은 침대에 누워 있어야 할 거예요. 그런 다음 다시 수술해서 모든 걸 한꺼번에 바로잡아야 해요."

또다시 수술을 해야 한다고 생각하니까 갑자기 눈물이 솟았다. 나는 창피해서 얼굴을 돌렸다. 그녀가 내 어깨를 두드리며 말했다.

"걱정하지 말아요. 내가 걷게 해줄게요."

다시 고개를 돌렸을 때 그녀는 벌써 문을 향해 걸어가고 있었다. 가운을 입은 그녀의 등은 반듯했고, 어깨는 가늘고 우아했다.

수술을 받고 나자 고통이 덜해졌다. 나는 육체적으로, 그리고 정신적으로 나아지기 시작했다. 하지만 고향이 더 그리워졌다. 그래서 밤에는 반쪽짜리 옥편을 가끔 만지작거렸다. 나를 체포한 사람들은 속옷 주머니에 숨겨놓은 쥐란의 사랑의 표시와 그녀의 스냅 사진을 제외하고 모든 걸 빼앗아갔다. 옥의 부드러움은 내게 약혼녀의 피부를 생각나게 하고 종종 나를 백일몽에 빠지게 했다.

때때로 나는 다른 여자들에 대해서도 생각했다. 몇몇 한국 여자들이 매일 저녁 한두 시간씩 멀지 않은 곳에서 합창을 했다. 그들의 노래가 구슬프고 고상하게 황혼에 떠돌았다. 때때로 그들의 멜로디에는 배반이나 다시는 오지 않을 잃어버린 기회를 탓하는 것처럼 그리움이 감돌았다. 그들이 합창할 때마다 나는 그들의 노래에 귀를 기울였다. 그들이 노래를 하면 대기에 활기가 돋았다. 수용소 안의 포로들도 잡담을 멈추고 눈을 빛내며 먼 곳을 쳐다보았다. 때로는 그들의 눈가가 젖어 있었다. 여자들이 부르는 노래의 뜻을 이해할 수 있다면 얼마나 좋을까 싶었다. 그들의 거침없는 목소리는 논에서 일을 하거나 언덕에서 찻잎을 따며 누가 연가를 잘 부르는지 경쟁하던 고향 처녀들을 생각나게 했다. 천막 밖으로 걸어나가 철조망 너머의 여인들을 바라볼 수 있으면 얼마나 좋을까 싶었다.

완린과 나는 그들에 관해 얘기했다. 하지만 그는 그들이 누구인지 알아낼 수 없었다. 저녁에 그는 종종 밖으로 나갔는데, 한번은 몇몇 민간인 한국 여자들을 보았다. 그러나 그들도 억류당한 사람들 같았다. 한국인 수감자들은 노래하는 사람들에 관해 틀림없이 더 잘 알겠지만, 그 문제에 대해 그들에게 얘기할 방법이 없었다. 너무 어색한 문제여서 윤 대위에게 물을 수도 없었다.

그사이 나와는 달리 구수의 다리는 상태가 나빠지고 있었다. 내가 빠르게 회복하는 걸 보고, 그는 그린 군의관이나 오스먼 대령이 자기를 치료하게 해달라고 애원했다. 플로리다 출신의 경험 많은 외과 의사인 오스먼 대령은 죄수들에게는 친절한 의사로 알려져 있었다.

수술을 받은 지 2주가 지났을 때 그린 군의관과 토머스 군의관이 흰 가운을 입고 우리 천막에 왔다. 그들을 보자 나는 일어나 앉으려고 했다. 하지만 그녀가 나를 제지하며 영어로 말했다.

"그냥 누워 있어요. 당신 상태가 어떤지 보려고 왔을 뿐이니까요."

그녀와 토머스 군의관은 회진을 하고 다니는 게 분명했다. 그녀는 내 상처를 살폈다.

"아주 좋아요. 아주 잘 아물고 있어요. 뼈를 재생시키는 수술을 내일 할 수 있겠네요."

그녀가 눈을 빛내며 말했다.

"고맙습니다, 그린 군의관님."

나는 그들이 떠난 후에도 흥분해 있었다. 마침내 나는 두 다리로 다시 걸을 수 있게 된다는 걸 믿었다.

다음 날 나는 세 번째로 수술실에 갔다. 토머스 군의관이 수술실에 다시 와 있었다. 내가 수술대에 눕자 그린 군의관이 장갑을 끼며 몸을 앞으로 약간 기울였다. 그녀가 내게 물었다.

"당신은 목발 없이 걷고 싶은 거죠?"

내가 고개를 끄덕였다.

"이 수술이 끝나면 당신은 곧 걸을 수 있게 될 거예요."

나는 눈앞이 흐릿해져 눈을 질끈 감아버렸다. 뚱뚱한 마취의가 마취 마스크를 내게 씌우고 있었기 때문에 그녀는 내 얼굴을 보지 못했다. 곧바로 나는 의식을 잃었다.

정신을 차리고 깨어났을 때 그린 군의관이 눈을 감고 벽에 기대 있는 모습이 보였다. 그녀는 창백하고 지쳐 보였다. 나로서는 그녀가 한숨을 돌리고 있는지, 아니면 벌써 수술을 끝낸 상태인지 알 수 없었다. 그녀의 흰 가운 앞자락에 내 피가 묻어 있었다. 하지만 그녀는 장갑을 끼고 있지 않았다. 내 의식이 돌아온 걸 보고 그녀는 미소를 약간 머금으며 말했다.

"모든 게 잘됐어요."

그녀의 말이 내 마음을 편하게 해줬다. 그녀는 수술이 끝난 후엔 사흘마다 나와 다른 정형외과 환자들을 회진하러 왔다. 날씨가 추워지고 있었다. 버드나무 꼭대기에서 울던 매미들의 울음소리도 그치고 벌들도 사라지고 없었다. 이른 아침이면 종종 동료들의 얼굴 위로 입김이 올라오는 모습이 보였다. 우리한테 헌 옷이 더 지급되었다. 우리들은 제각각 펠트 모자, 여별의 담요, 올리브색 작업복을 갖게 되었다. 웃옷에는 흰 글씨가 쓰여 있었다. 오른쪽 소매에는 P, 왼쪽 소매에는 W라고 쓰여 있었다. 어떤 옷은 소매 대신 가슴 호주머니에 P와 W자가 쓰여 있기도 했다. 오버코트에도 두 글자가 등에 찍혀 있었다. 나는 아직 바지를 입을 수 없었다. 그래서 내내 두 장의 담요로 다리를 덮고 있어야 했다. 낮 동안에 완린이 사용하지 않을 때는 그의 담요까지 가져다 덮었다.

나는 그린 군의관이 실밥을 뽑으러 왔던 날을 생생하게 기억한다. 1951년 10월 31일이었다. 그날은 중국군의 한국전 참전 1주년으로부터 엿새가 지난 날이었다. 그녀는 가위와 핀셋으로 열두 바늘의 실밥을 제거한 후, 내가 침대에서 나오는 걸 거들어주며 말했다.

"이제 설 수 있는지 한번 보세요."

나는 거칠게 잘라낸 나무로 된 천막 기둥을 두 손으로 잡았다. 몸이 떨리기 시작했다. 처음에는 기둥을 놓을 엄두를 내지 못하다가, 서서히 체중을 발에 싣고 기둥을 놓았다. 그녀가 돌아서서 내 앞에

와 서더니 말했다.

"이제 혼자 설 수 있게 됐군요. 아주 좋아요. 자, 나를 향해 한 걸음 떼어봐요."

그녀를 실망시킬 수 없어 나는 이를 악물고 왼발을 앞으로 뻗었다. 그러나 3개월 넘게 침대에 누워 있었기 때문에 균형을 잡을 수가 없었다. 내 몸이 앞으로 기울어지자, 그녀가 손을 뻗어 앙어깨를 잡아줬다.

"자, 다시 한 번 해봐요. 두려워하지 말아요. 당신은 할 수 있어요."

그녀의 얼굴이 너무 가까이 있었다. 향긋한 향수 냄새가 났다. 내 얼굴이 붉어졌다. 나는 안간힘을 써서 등을 펴고 한 발자국을 떼었다. 기적적으로 나는 넘어지지 않았다.

"좋아요, 또 한 걸음 떼어봐요."

그녀의 말에 나는 또 한 걸음을 떼었다. 그것은 내 삶의 새로운 시작이었다. 그녀는 박수를 치며 어린애 같은 미소를 지었다. 제복을 입지 않았더라면, 누구도 그녀를 군인이라고 생각하지 않았을 것이다. 그녀가 나를 부축해 침대로 데려다 줬을 때, 나는 온몸이 땀에 젖어 있었다. 그녀도 침대에 앉았다.

"당신의 이름이 뭐죠?"

"펑얀입니다."

나는 그녀의 질문에 놀랐다.

"알아요. 어떻게 쓰냐는 말이에요."

나한테는 펜이 없었다. 그녀는 자신의 볼펜을 꺼내더니 처방전 용지와 함께 나에게 건넸다.

나는 초서로 '펑얀'이라고 썼다. 나는 몇 년 동안 서예를 했기 때문에 글자를 멋지게 썼다. 그녀가 잠시 두 글자를 들여다보더니 말했다.

"당신이 명필이고, 성격도 좋다는 걸 알 수 있군요. 나한테 서예 좀 가르쳐줄래요?"

나는 그녀의 말이 농담인지 진담인지 알 수 없어 이렇게 말했다.

"당신은 중국어를 잘하니까 글씨도 잘 쓸 것 같은데요?"

"전혀 그렇지 않아요. 중국에서 자라고 퉁지 의과대학을 졸업하긴 했지만, 글자는 잘 못 써요. 어렸을 때 서예를 배우지 않았거든요. 나중에 대학 가서 필기할 때도 아무렇게나 휘갈겨 쓰고 필체에는 신경 쓰지 않았어요."

그제야 나는 그녀가 중국어를 그렇게 유창하게 하고 그렇게 우리한테 친절한 이유를 알게 되었다. 나는 그녀의 부모에 대해 묻지 않았다. 틀림없이 선교사들이었을 것이다. 그녀가 상하이에서 다녔다는 의과대학은 서구식 교육으로 잘 알려져 있었다. 대부분의 과목을 영어로 가르쳤고, 일부는 외국인 교수들이 가르쳤다. 공산주의자들이 나라를 접수한 후 그 학교는 문을 닫았다. 나는 호기심을 억누를 수가 없었다.

"한 가지 물어봐도 될까요?"

"물론이죠."

"어떻게 해서 군의관이 된 거죠?"

"얘기하자면 길어요."

"자원했나요?"

"반반이었어요. 지난해에 졸업을 하고, 친어머니를 보러 미국으로 갔어요. 돌아오는 길에 일본에 들렀는데, 한국전이 벌어지고 군의관들이 부족했어요. 극동 지휘 본부에서 군의관을 모집하기에 들어온 거죠. 그리고 한국으로 왔고요."

"우리는 미군과 싸우러 왔는데, 중국이 싫지 않으세요?"

"군대에 들어왔을 때 나는 중국이 이 전쟁에 참여할 거라고는 생각하지 않았어요. 중국은 나중에 몰려왔죠. 하지만 솔직히 말하면, 나는 아직도 중국이 싫지 않아요. 나는 중국에서 자랐어요. 중국이 제2의 조국인 셈이죠."

그녀는 생각하는 얼굴이 되었다. 그리고 다시 천천히 말했다.

"나도 당신에게 질문이 있어요. 당신들한테는 비행기도 없고 군함도 없어요. 그런데 어떻게 이 전쟁에서 이길 수 있죠?"

"우리가 한국에 오지 않았다면 맥아더의 군대가 국경을 넘어 만추리아를 점령했을 겁니다. 우리는 장비가 훨씬 좋은 침략자들에 맞서 싸우는 길 외에는 선택의 여지가 없었어요. 장비는 좋지 않지만 우리에겐 정의에 관한 신념이 있으니 이길 겁니다."

나는 성의껏 대답했다.

"당신은 아주 이상주의적이군요."

나는 그녀가 미심쩍어하는 걸 느낄 수 있었다. 어느새 여러 명의 수감자들이 우리의 대화를 들으려고 가까이 왔다. 그래서 나는 화제를 바꿨다.

"당신은 정말 나한테 서예를 배우고 싶습니까?"

"물론이죠."

"하지만 내가 어떻게 가르칠 수 있죠?"

"그건 쉬워요. 내가 내일 당신에게 종이와 펜을 가져다줄게요. 당신은 습자책에 있는 것처럼 글자를 써주면 돼요. 나는 그걸 갖고 가서 베껴 쓸게요. 비번인 시간을 그렇게 보내면 좋을 것 같아요."

나는 그녀에게 진 빚을 갚을 작정으로 그렇게 하겠다고 했다. 다음 날 저녁 무렵 그녀는 정말 번쩍번쩍하는 검정색 만년필과 한 묶음의 백지를 가져왔다. 종이 위에는 '게 수–산'이라는 세 글자가 크게 쓰여 있었다. 글자는 딱딱해 보이고 오른쪽으로 기울어 있었다. 필기체 영어를 쓰는 데 익숙해서 그런 것 같았다.

"이게 내 중국 이름이에요. 나는 이 정도밖에 못 써요. 우선 내 이름을 제대로 쓰는 것부터 가르쳐줄래요?"

나는 그녀에게 가로세로의 각 획을 쓰는 법을 설명하기 시작했다. 그리고 왼쪽으로 내려 긋는 획, 굴곡, 점, 오른쪽으로 내려 긋는 획을 쓰는 법을 시범으로 보여줬다. 그녀는 몇 자를 써보려고 했지만 잘 되지 않았다. 나는 그녀가 애먹는 걸 보고 깜짝 놀랐다. 하지만 그녀는 중국 초등학교에서 누구나 그래야 하는 것처럼 전에 서예를 시도해본 적이 있는 것 같았다. 좌절감을 느낀 그녀는 나한테 자기 손을 잡고 획 긋는 법을 알려달라고 했다. 우리는 이것이 서예를 가르치는 일반적인 방법이라는 걸 알았다. 하지만 나는 그녀의 손을 잡기가 망설여졌다. 내가 포로 신분이기 때문이기도 했지만, 주된 이유는 다른 포로들이 지켜보고 있었기 때문이다. 그들의 눈이 나를 불안하게 했다.

"어서 해줘요. 당신네 공산주의자들은 남자와 여자가 평등하다는 걸 믿지 않던가요? 지금 나는 당신의 학생이에요."

그녀의 말은 나를 당황하게 했다. 그래서 나는 그녀의 손을 잡았다. 우리는 함께 글씨를 쓰기 시작했다. 그녀의 머리와 옷에서 담배 냄새가 났다. 담배를 꽤 피우는 것 같았다. 나는 그녀의 집게손가락과 가운뎃손가락 끝이 약간 누릿해져 있는 걸 보았다. 그녀의 손은 나긋나긋하고 손가락은 가늘었지만, 꽤 힘이 있었고 팽팽했다. 나는 그녀의 손톱이 다소 땅딸막한 걸 보고 놀랐다. 그녀의 손은 남자일꾼의 손 같았다. 그러자 조금 마음이 놓였다. 우리는 글자의 굽은 부분과 아래로 내려 긋는 획에 집중했다. 어떤 점에서 나는 그녀가 내게 손을 맡기고 글씨 연습을 한다는 사실에 감동을 받았다. 내 몸에서 이를 잡으려고 막 뿌린 DDT 냄새가 났기 때문이다.

반 시간쯤 연습하고 났을 때, 그녀는 대부분의 획을 괜찮게 그을 수 있게 되었다. 그녀는 자신이 그렇게 발전했다는 사실에 무척 좋아했다. 연습을 마친 그녀는 날마다 올 수 없는 상황이기 때문에 갖고 가서 한가할 때 베껴 쓸 수 있도록 글자를 몇 개 써달라고 했다. 나는 잠시 생각하다가 조심스럽게 고대시를 썼다.

우리의 야영지 너머로
모래언덕이 눈처럼 반짝이네
우리 뒤에서는 달빛이
변경의 도시를 서늘하게 비추네

피리 소리는 어디에서 들려오는가?
병사들은
밤새
머나먼 곳의 난롯가를 생각하고 있네

그녀는 입을 열었다 닫았다 하면서 소리 없이 시를 읽었다. 그녀의 튼튼한 이가 드러나 보였다. 그녀가 내게 말했다.

"이 시를 중학교 때 배웠는데 지금은 의미가 남다르네요."

그녀는 고개를 들고 주변에 있는 환자들에게 말했다.

"여러분, 몸조리 잘하세요. 판문점 협상이 끝나면 여러분은 모두 돌아가서 가족을 만날 수 있을 거예요."

몇몇이 한숨을 쉬었다. 그녀가 손이 잘린 남자의 팔을 바라보며 덧붙였다.

"이것이 이 세상에서 마지막 전쟁이었으면 좋겠어요."

나는 뭔가 말하고 싶었지만 말이 나오질 않았다. 그날부터 그린 군의관은 일주일에 한 번씩 숙제를 갖고 나를 찾아와 점검을 받고, 내가 써준 글자들을 갖고 돌아갔다. 그녀는 올 때마다 내 상처를 살펴보았다. 상처는 빠르게 나아가고 있었다. 포로들은 모여서 그녀가 숙제를 어떻게 했는지 보고 그녀의 발전에 대해 칭찬을 자주 했다. 구수는 그녀가 천사라면서 그녀에게 빠져 있었다. 그녀가 염증을 치료해줬기 때문이었다.

우리 막사는 70명이 넘는 환자들을 수용하고 있었지만, 낮에는 대부분의 침대가 비어 있었다. 꽤 많은 사람들이 걸을 수 있었고 실제로 아주 건강하기까지 했다. 그들이 이곳에 남아 있는 이유는 일반 수용소보다 숙식 상태가 더 좋기 때문인 듯싶었다. 나는 의사들이 왜 그들을 내보내지 않는지 궁금했다.

전쟁포로들은 의도적으로 자신의 신원을 알 수 없게 만들었다. 그들은 종종 그들의 신원확인표를 없애고 아무렇게나 이름을 바꿨다. 때문에 의사들은 환자들을 제대로 관리할 수 없었다. 이들 중 일부가 꾀병 환자들이라는 건 의심할 여지가 없었다. 많은 전쟁포로들에게 병원이야말로 일종의 휴양지가 된 것 같았다.

나는 목발을 짚고 돌아다닐 수 있게 되자 종종 천막 밖으로 나갔다. 벌써 초겨울이었다. 나뭇잎들은 대부분 떨어지고 없었다. 벌거벗은 가지들이 누르스름한 땅을 더 황량해 보이게 했다. 남쪽에 있는 바다도 희끄무레하게 변했다. 하지만 북쪽의 야산은 아직도 푸르렀다. 노간주나무와 삼나무가 이곳저곳에 있었다. 나는 깔쭉깔쭉한 구름으로 덮인 하늘을 날고 있는 갈매기들을 이따금 바라보았다. 새들에게는 그들을 가둘 벽이나 울타리가 없었다. 죄수에게 자유에 대한 생각은 얼마나 소중한 것인가! 나는 눈에 보이는 모든 생물과 나 자신을 비교해보지 않을 수 없었다. 미군 비행기들을 보면서도 나는 조종사들이 공중에서 얼마나 자유롭게 느낄지를 상상해보곤 했다.

어느 날 여자들이 〈볼가강의 뱃사공들〉이라는 러시아 노래를 부르는 소리가 들렸다. 중국에서도 유행했던 노래였다. 나중에 윤 대위한테 들은 얘기에 따르면, 12번 수용소에는 여죄수들이 수감돼있다고 했다. 나는 그들의 막사 모서리를 볼 수 있었다. 수백 명의 한국 여자들이 거기에 있는 게 분명했다. 우리가 그들을 민간인이라고 착각했던 이유는 그들 중 일부가 게릴라였으며 아직도 기다란 흰 치마, 검은색 스커트, 혹은 헐거운 바지를 입고 있기 때문이었다.

나중에 나는 그 막사에 중국 여자가 한 사람 있다는 얘기를 들었다. 정동메이였다. 내가 아는 여자였다. 우리 사단의 가무단에 소속되어 있었는데, 머리를 두 갈래로 땋고 다니던 여자였다. 활력이 넘치고 쾌활해 어디에 있든 그녀의 노래와 웃음소리를 들을 수 있었다. 하지만 유능한 군인은 아니었다. 수류탄은 10미터밖에 나가지 않았다. 실전 연습에서 그녀는 자신이 던진 수류탄 파편에 맞아 앞니 하나가 반쯤 부러졌다.

우리가 있는 곳에서는 널찍한 신작로 너머에 있는 여자들의 구역 일부만 보였다. 그들의 수용소 너머로는 수백 명의 폐병 환자들이 수용된 병동이 있었다. 어찌 된 일인지 폐결핵은 아직도 한국인들에게는 전염병이었다. 저녁에 나는 철조망 옆에 서서 여자들의 노랫소리에 귀를 기울였다. 멀리 떨어져 있었지만, 그들은 언제나 합창을 했기 때문에 노랫소리가 또렷이 들렸다. 그들의 노래를 들으며 나는 상상의 날개를 펼쳤다.

그들은 때로는 정열적으로, 때로는 가볍게 〈봄이 오네〉, 〈김일성 장군〉, 〈한국 인민군가〉, 〈중국 인민의용군가〉 등의 노래를 불렀다. 뿐만 아니라 〈황허강을 지키며!〉, 〈단결은 힘이다〉, 〈동쪽은 붉다〉 등의 중국 혁명가도 불렀다. 동메이가 그들에게 가르쳐준 게 분명했다. 또한 그들은 내가 그 뜻을 이해할 수 없는 한국 민요들을 불렀다. 귀에 거슬리는 투쟁의 분위기와는 대조적으로 민요는 부드럽고, 그리움이 묻어났다. 때로는 청아하기까지 했다. 어느 날 아침 여자 수용소에서 아장아장 걷는 두 어린애가 깡통과 나무 막대기를 갖고 노는 모습이 보였다. 하나는 사내아이였고 다른 하나는 계집아이였다. 그들은 지저분해 보이고 해진 옷을 입고 있었지만, 웃으면서 달음질을 하며 놀았다. 그들의 어머니가 그곳에 갇히는 바람에 그들 역시 전쟁포로가 되어 있는 것이었다.

우리 수용소에서 멀지 않은 곳에 제1구역의 입소 본부가 있었다. 그곳에서 포로들은 등록을 마치고 분류되었다. 그 앞에는 수십 구의 시체들이 장작더미처럼 쌓여 있었다. 나는 어째서 미국인들이 악취가 나는 그 이름 없는 시체들을 바로 없애지 않는지 궁금했다. 변소에서 나는 냄새까지 더해지면 악취는 더 고약했다. 변소는 방수포로 둘러쳐져 있었는데 그 안에 4백 개의 구덩이가 있었다.

어느 날 오후 울타리를 따라 절뚝거리며 가다가 옆 수용소에 있는 키 큰 남자를 보게 되었다. 크고 앙상한 몸과 어깨가 옆에서 보니 왠지 낯익어 보였다. 그는 네 겹의 철조망 너머에서 담배를 피우고 있었다. 나는 그쪽으로 걸어갔다. 그의 머리는 흐트러져 있었고 얼굴은 여위어 있었다. 얼굴에 난 상처가 보였다. 오른쪽 팔뚝은 붕대로 감겨 있었다. 그가 누구인지를 알고 나자 심장이 뛰기 시작했다. 페이 인민위원이었다.

몸을 돌려 나를 바라보는 그의 눈이 빛났다. 하지만 그는 한마디도 하지 않고 미소만 지었다. 나는 조용히 그 앞에 가서 말했다.

"어쩌셔요, 인민……."

"쉿! 나는 여기에서는 취사병 웨이하이룽일세. 그러니 나를 웨이라 부르게."

"네, 다른 사람들이 있을 때는 그렇게 하겠습니다."

우리 사이가 10미터 정도 떨어져 있었기 때문에 나는 목소리를 약간 높여야 했다.

"자네는 나를 여기에서 만났다고 해야 하네."

"명심하겠습니다. 제 이름은 여기에서는 펑얀입니다. 보병중대에서 행정병으로 일했다고 했습니다."

"잘했네."

애기를 나누면서도 두 사람만 있는 걸 확인하기 위해 우리는 좌우를 계속 살폈다. 그는 그를 호위하던 세 명과 함께 한 달 전에 붙잡혔다고 했다. 아직까지는 신분이 노출되지 않았지만, 그것은 당분간일 뿐이라고 그는 농담으로 말했다. 그는 누군가가 곧 자신을 배반할 것이라고 믿었다. 그를 인민위원으로 알고 있는 포로들이 너무 많기 때문이었다. 나는 그에게 내 상황을 보고했다. 놀랍게도 그는 그린 군의관과의 관계에 대해 듣더니 그녀와 잘 지내면서 바깥 세계에 관한 정보를 캐내라고 했다. 나는 그에게 판문점 회담에 대해 애기해줬다. 그도 들었다고 했다. 신분을 숨기고 있었지만 그는 여전히 이곳에서도 정보에 밝고 계획을 세우는 지도자 역할을 하고 있는 게 분명했다. 그는 나에게 조국에 충성하고 무슨 소식을 들으면 자신에게 보고하라고 했다.

나에게 그의 말은 명령이었다. 그래서 나는 그린 군의관과 만날 때 마음이 더 편해졌다. 나는 그녀가 내게 준 종이 일부를 페이 인민위원에게 갖다줬다. 그는 종이를 몹시 필요로 하고 있었다.

보름 정도 지났을 때 그린 군의관이 내 허벅지에서 혹을 찾아냈다. 그녀는 한동안 손가락 끝으로 그걸 만져보더니 나한테 말했다.

"다시 수술해야 할 것 같아요."

"꼭 그래야 하나요?"

가슴이 철렁했다.

"그래요. 하지만 작은 수술일 거예요."

그녀는 나로 하여금 왼쪽 허벅지 뒤쪽에 있는 혹을 만져보게 했다. 정말 그랬다. 달걀만큼 크고 딱딱한 혹이었다. 그녀가 말했다.

"나는 근육이 너무 많이 손상돼 과다 출혈로 인해 혹이 생길지 모른다고 걱정했었어요. 지난번 수술 때 모든 걸 깨끗하게 했는데도 안에서 혹이 생겼네요. 제때에 그걸 없애지 않으면 종기가 될지 몰라요. 그걸 우연에 맡기고 싶진 않군요."

나는 다른 의사가 그녀처럼 기꺼이 나를 도와주려 하지 않을지 모른다는 걸 알고 말했다.

"당신의 결정에 따를게요."

그로부터 이틀날 아침 나는 수술을 받았다. 이번에는 수술대에 엎드려 있었기 때문에 그린 군의관은 남자 간호사에게 내가 질식하지 않도록 턱을 잡고 있으라고 했다. 이번에도 토머스 군의관이 그녀가 수술하는 걸 도왔다. 그는 전보다 더 숙련돼 있는 것 같았다.

그런 인상을 받은 건 내가 더 이상 그를 싫어하지 않게 돼서 그런지도 몰랐다. 나는 마취 마스크를 쓰지 않아서 수술이 진행되는 동안의식이 깨어 있었다. 토머스 군의관이 상처를 꿰매는 동안, 그린 군의관은 수술이 끝날 때까지 간호사를 대신하여 내 턱을 잡아줬다.

수술은 성공적이었다. 나는 여전히 당분간 목발을 사용해야 했지만, 그때부터 확실히 걸을 수 있게 되었다. 그린 군의관이 내 상태를 확인하고 그녀의 숙제를 나한테 주려고 올 때마다, 나는 교착 상태에 빠진 판문점 회담에 새로운 진전이 있는지를 물었다. 그리고다음 날 오후, 페이 인민위원에게 새로운 정보를 알려줬다.

1952년 춘제가 끝난 사흘 후, 그린 군의관이 우리 천막에 와서 우울한 어조로 일부 환자들이 곧 거제도로 가게 될 거라고 말했다. 나도 그 명단에 들어 있다고 했다. 내 친구인 완린도 그랬다. 그녀가종이 한 장을 꺼내 내게 건네면서 말했다.

"내가 쓴 소견서예요. 적어도 반년 동안은 심한 일을 하면 안 된다는 내용이에요. 그들이 일을 시키면 이걸 보여주세요."

나는 소견서를 받았지만 어찌할 바를 몰랐다. 내가 할 수 있는 건이 말이 전부였다.

"그린 군의관님, 평생 당신을 잊지 않겠습니다. 내 다리를 고쳐주셔서 고맙습니다."

"그건 의사로서 당연히 할 일이에요. 만년필은 기념으로 가져가세요. 언젠가 내가 중국에 가서 당신에게 서예를 다시 배울 날이 올지도 모르니까요."

그녀가 미소를 지으며 말했다. 나는 그 말을 듣고 눈물이 핑 돌았다. 마음속 깊은 곳에서 흘러나오는 듯한 그녀의 말이 이어졌다.

"걱정하지 말아요. 우리는 다시 만날 거예요. 나의 모든 친구들과 동창들이 아직도 중국에 있어요. 그들은 내가 돌아오기를 기다리고 있어요."

그녀는 큰 황갈색 봉투를 꺼내 나에게 건넸다.

"이걸 수용소 의사한테 꼭 갖다주세요."

봉투에는 나의 진료 기록과 엑스레이 사진이 들어 있었다. 어떤 면에서 보면, 나는 이제 꽤 잘 돌아다닐 수 있게 되었기 때문에 병원을 떠나고 싶었다. 우리 막사는 최근에 무시무시해졌다. 일주일 전만 해도 다리를 잃은 한국 장교가 천막 기둥에 목을 매고 죽었다. 나는 그가 혼자서 그런 일을 했다고는 상상할 수 없었다. 그의 동지들이 도와준 게 분명했다.

그린 군의관이 일어나 작별 인사를 했다. 그녀가 걸어나갈 때, 완린과 나는 문까지 가서 약간 기울어진 계단을 내려가는 그녀의 모습을 바라보았다. 우리는 소리쳤다.

"군의관님, 고맙습니다! 잊지 않을게요. 안녕히 계세요."

그녀가 돌아서서 우리를 향해 손을 흔들었다. 그리고 다른 환자들을 회진하기 위해 발길을 돌렸다. 그녀의 모습이 금세 두 남한군이 지키는 문 너머로 사라졌다. 눈이 내리고 있었다. 바람이 휘파람 소리와 포효하는 소리를 교대로 내며 불고 있었다. 두툼한 눈이 떼거리의 나방들처럼 춤을 추고 있었다.

"나는 저분이 보고 싶을 거야."

완린이 나에게 말하고는 얼굴을 찡그리며 애써 미소를 지었다.

5

거제도는 부산에서 남서쪽으로 40킬로미터쯤 떨어진 섬이다. 옛날에는 범죄자들과 유배자들이 추방되었던 곳이었다. 2차 세계대전 중에 일본은 미군 포로들을 그곳에 감금했었다. 그런데 이제는 확장되어 대부분의 한국군과 중국군 포로들을 가두는 수용소가 되었다. 부산항으로 가면서 나는 그곳에 간다는 사실이 걱정스러웠다. 수천 명에 달하는 중국인들이 있는 곳으로 가면 괜찮은 점도 있겠지만, 수용소의 삶은 병원보다 훨씬 가혹할 것이 분명했다. 나는 수용소 장교들이 그린 군의관의 소견서를 무시하고 나의 대퇴골에 다시 상처를 입힐 수 있는 심한 노동을 시킬지 모른다는 생각에 괴로웠다.

2백 명이 넘는 다른 포로들과 함께 나는 미군의 상륙용 함정으로 몰려 들어갔다. 아무 색깔도 없는 배의 실내는 화물열차를 연상케 했다. 우리의 머리 위에는 비가 올 경우 덮개를 씌울 수 있도록 수평으로 된 여러 개의 쇠막대들이 늘어서 있었다. 차나 탱크를 실을 수 있게 고안된 그 배는 짐을 너무 가볍게 실어서인지 항해를 하면서 끝없이 덜컹거렸다. 어떤 포로들은 웃옷 단추를 풀고 신발까지 벗고 햇볕을 쬐었다. 호송병들은 개의치 않았다. 나는 뜨거운 벽에 기대어 내내 졸았다.

우리는 세 시간이 채 못 되어 섬에 도착했다. 철거덩 하는 소리와 함께 배의 앞문이 내려지고 장교 하나가 우리에게 하선하라고 명령했다. 새하얀 소금 띠가 가장자리에 나 있는 개펄에 햇볕이 내리쬐고 있었다. 돛대가 기울고 회색 돛이 반쯤 접힌 몇 척의 검은 고깃배들이 침적토로 된 얕은 곳에 정박해 있었고, 밥 짓는 연기가 거기에서 꼬불꼬불 위로 올라가고 있었다. 발밑의 거무튀튀한 해변에는 작은 구멍들이 수없이 나 있었다. 그 구멍들이 무엇인지 궁금해하고 있는데, 엄지손가락만 한 게들이 갑자기 구멍 입구에 보였다. 게들은 금세 시야에서 사라져 구멍 속으로 들어가버렸다. 게들의 한결같은 동작에 놀라 나도 모르게 걸음을 멈췄다.

"어서 가!"

키 큰 미군 병사가 나를 향해 소리쳤다. 우리는 해변을 떠나 동쪽에 있는 수용소를 향해 출발했다. 나는 얼마나 오래 가야 하는지 몰라 잔뜩 긴장했다. 하지만 다행스럽게도 우리들 중에는 다리를 다친 사람들이 여럿 있어서 빨리 걷지 않아도 되었다. 나는 내내 절룩거리긴 했지만, 깨끗한 시내와 길 양쪽에 나 있는 키 작은 나무들에 매혹되어 이내 조바심이 사라졌다. 뾰족탑처럼 모여 있는 소나무들과 삼나무들이 빼곡히 들어찬 먼 야산들은 아름다워 보였다. 바위가 많은 정상 위에서 두 마리의 백로가 솜털 같은 구름 아래로 날고 있었다. 나는 속으로 내내 이렇게 말했다. 은자隱者를 위한 섬처럼, 이상적이고 한가로운 곳이로구나.

30분쯤 걸려 도착하자 중국 포로들과 한국 포로들은 분리되어 불규칙하게 늘어서 있는 수용소로 향했다. 수용소는 30개쯤 되어 보였다. 중국 포로들은 72수용소와 86수용소로 갔고, 한국 포로들은 다른 수용소로 갔다.

수용소는 거대했고, 다양한 크기의 직사각형으로 나뉘어 있었는데, 각 수용소마다 빙 둘러 박힌 말뚝에 두 겹의 철조망으로 둘러싸여 있었다. 구석마다 10미터 높이의 감시탑이 있었다. 큰 수용소는 도시의 한 블록쯤 되어 보였고, 작은 것은 축구장만 했다. 철조망 울타리 사이에도 많은 감시탑들이 있었다. 완린과 나는 서로 다른 수용소로 가게 되었다. 헤어지기 전에 나는 그의 어깨를 두드리며 속삭였다.

"몸 간수 잘하고 편히 지내."

그는 불안한 듯 중얼거렸다.

"널 자주 생각할게."

"우리는 친구야."

"그래, 언제나."

그는 20명 이상의 포로들과 함께 끌려갔다. 다른 사람들보다 15센티미터는 더 큰 그가 걸어가면서 머리를 약간 깐닥거리는 모습이 보였다.

세 명의 미군이 72수용소 입구에서 우리들의 소지품 검사를 했다. 나는 반쪽짜리 옥편과 쉬란의 스냅 사진을 나의 진료 기록이 들어 있는 봉투에 넣고 엑스레이 사진들과 뒤섞어놓았다. 몇 가닥 안 되는 콧수염이 달린 남미계의 뻣뻣한 보초가 봉투에서 검은색 만년필을 찾아냈다.

"이건 너한테는 필요 없는 거야."

그는 이렇게 말하고 자기 호주머니에 그걸 꽂았다.

"안 돼요. 그건 의사 선생님이 준 선물이에요."

"네 말을 어떻게 믿을 수 있지?"

그는 호주머니에서 만년필 뚜껑의 아랫부분을 가리키며 말했다.

"이것 보이냐? 이건 미제라는 거야."

"제발 돌려주세요."

"내가 왜 그래야 하지? 너는 우리 미군한테서 이걸 훔쳤지?"

"부산에 있는 그린 군의관님께서 기념으로 주신 겁니다. 병원에 전화해서 물어보세요."

"내 시간을 허비하지 마라. 어서 가!"

"이건 강도짓입니다."

"뭐라고?"

순식간에 그가 내 얼굴을 쳤다. 금세 입에서 피가 났다. 앞니 하나가 흔들렸다.

"당신 상관한테 보고하겠어요."

"아, 그래? 날 감옥에 넣든 총으로 쏘든 맘대로 하라고 해라, 이 황인종 빨갱이 새끼야. 너는 죽은 미군들한테서 이걸 훔쳤어."

몇몇 포로들이 수용소 안에서 이 모습을 지켜보려고 모여들었다. 그들은 포로가 미군한테 감히 대든다는 사실에 놀라고 있었다. 나는 만년필은 끝났다는 걸 깨닫고 아무 말 없이 그곳을 떠났다. 나는 보초가 정말로 그 만년필을 죽은 미군 병사한테 내가 훔쳤다고 생각하는지 알 수 없었다. 그럴 수도 있었다. 나는 중국군 포로가 미군들에게 초주검이 될 정도로 맞았다는 얘기를 들었다. 미군들이 그의 모자에서 미국인의 이름이 새겨진 결혼반지를 찾아냈기 때문이었다.

수용소 안으로 들어갔을 때 받은 첫인상은 중국 국민당 군대로 돌아와 있다는 느낌이었다. 어디를 가나 태양을 상징하는 국민당의 기장을 찬 사람들이 보였다. 가슴이 철렁 내려앉았다. 미군들은 입구만 지킬 뿐 수용소 안으로는 들어오지 않았다. 안에 있는 모든 것들이 포로들의 손에 있었다. 그들 중 상당수가 장제스 군대에 있던 사람들로 아직도 옛 정권에 충성하는 사람들의 도움을 받아 국민당 성향의 군인들이 수용소를 완전히 장악하고 있었다. 포로들 중에서 선출된 장교들은 국민당 군대의 장교들과 흡사했다. 그러나 그들도 다른 죄수들과 똑같이 소매나 가슴 호주머니에 PW(전쟁포로)라는 글자가 쓰인 작업복을 입고 있었다.

8천 명에 달하는 수감자들은 연대로 편성되었다. 연대는 4개 대대로 구성되고, 각 대대는 중대, 소대, 분대로 편성되었다. 이론적으로, 수용소장을 제외한 모든 계층의 지도자들은 죄수들에 의해 선출된 사람들이었다. 그러나 실질적으로는 대부분이 도쿄에서 미국식 훈련을 받고 우리를 포로로 잡고 있는 사람들에 의해 수용소장으로 임명된 연대장 한슈가 자기 편의에 맞게 선발한 사람들이었다. 다른 수용소에서처럼, 영어를 조금 할 줄 아는 사람들은 그들의 부대를 위해 통역이나 대변인 역할을 했다.

나는 1대대 3중대에 편성되었다. 중대에는 5백 명 정도가 있었고 국민당 군대에서 상등병이었던 왕용이 중대장을 맡고 있었다. 1대대에는 2백 명 이상으로 구성된 경찰이 있었는데, 모두 전쟁포로들이었다. 그들은 대대장인 류타이안이 직접 통제했다. 이 경찰들은 어디를 가든 곤봉을 갖고 다녔다. 나는 그들 중 일부가 곤봉을 껴안고 낮잠 자는 모습을 본 적도 있었다. 사람들에게 겁을 주는 그들을 만날 때마다 내 배는 뒤틀렸다.

혼잡스럽긴 했지만, 72수용소는 전체적으로 시설이 좋았다. 앞에 있는 세 개의 웅덩이, 목욕탕, 교육 시설, 빨래를 할 수 있는 커다란 뜰, 큼지막한 창고, 교회 대신 사용하는 여러 개의 오두막, 절, 사원 등이 있었다. 대부분의 수감자들은 수용소 안에서 아무 곳이나 자유롭게 갈 수 있었다. 하지만 아직 국민당을 찬성하지 않는 나 같은 사람에게는 자유롭게 돌아다니는 게 허용되지 않았다.

수용소에서의 첫날 저녁, 나는 얼룩덜룩한 강낭콩이 섞인 보리밥 한 그릇을 저녁으로 먹고, 짚으로 된 매트 위에 누워 방금 지급받은 담요를 덮었다. 내가 졸고 있을 때, 왕용이 천막 안으로 들어와 나를 깨우더니 다른 사람들을 따라 중대 본부로 와서 타이완으로 가겠다는 서명을 하라고 명령했다. 그것은 내가 중국 본토로 가는 걸 거부해야 한다는 의미였다. 나는 깜짝 놀랐지만 감히 항의할 수 없었다. 나는 가는 길에 변소로 샜다가 중대 본부에 가지 않았다. 그렇게 해서 본토 송환을 거부하는 사람의 명단에 내 이름을 넣는 걸 피했다.

다음 날 아침 새벽녘에 왕용이 다시 와서 내 밥그릇과 소지품을 챙겨 자기를 따라오라고 말했다. 그와 나는 쌀쌀한 공기 속으로 나왔다. 아픈 다리에는 아직도 힘이 없었다. 내가 자기처럼 빨리 걸을 수 없다는 걸 알고 그가 걷는 속도를 약간 늦췄다. 그는 뼈가 굵직하고 중키에 눈이 불룩 나왔는데, 도살업자를 생각나게 했다. 그가 딱딱한 미소를 지으며 말했다.

"펑얀, 자네는 교육을 많이 받은 사람 같군. 솔직히 나는 배운 사람들이 좋네. 나는 자네한테 마음에 반하는 어떤 걸 하라고 강요하지 않겠네. 하지만 자네가 공산주의자들을 따라 본토로 가겠다고 고집하면, 어떤 식으로든 고통을 당할 걸세."

나는 가만히 있었다. 사실 나는 공산주의 쪽이었다. 하지만 그것은 집에 가고 싶어 그런 것이었다. 왕은 나를 데리고 수용소 뒤로 가더니 5소대가 묵는 작은 천막 안으로 들어갔다.

"좋아, 이제부터 자네는 이 사람들하고 있게."

그는 나를 두 번 다시 쳐다보지도 않고 가버렸다. 나는 이 작고 허름한 천막에는 본토 송환을 원하는 수감자들만 있다는 걸 알았다. 우리가 이곳에서 소수라는 건 분명했다. 타이완에 가기로 작정한 국민당 동조자들은 본토로 돌아가려고 하는 사람은 누구나 공산주의자이거나 공산주의에 동조하는 사람이라고 생각했다. 하지만 우리들 대부분은 정치적인 이유로 고향에 가고자 하는 게 전혀 아니었다. 우리의 결정은 개인적인 것이었다.

수용소 앞쪽에는 철골로 된 큰 천막들이 많았다. 국민당 동조자들이 기거하는 곳이었다. 그들에게는 각자의 매트가 있었다. 그와는 대조적으로, 우리 천막에는 25평쯤 되는 공간에 70명이 넘는 사람들이 기거했다. 천막 중앙에는 빗물이 빠지도록 얕은 도랑이 파여 있었고, 도랑 양쪽 자리는 꽉 들어차 있었다. 그보다 더 나쁜 것은 두 사람이 옥수숫대 껍질로 만든 매트를 같이 써야 한다는 사실이었다.

밤에 우리는 꽉 들어찬 물고기들처럼 바닥에 일렬로 늘어서 잤다. 매트를 같이 쓰는 두 사람은 서로의 입 냄새를 맡지 않으려고 머리를 매트의 반대 방향에 눕히고 잤다. 그래도 다른 사람의 배나 어깨에 다리 하나를 걸쳐야 했다. 그렇지 않으면 두 사람이 매트에 누워서 자는 게 불가능했다. 밤에는 공기에서 악취가 나고, 공기의 밀도도 높아 문을 조금 열어둬야 했다. 음식도 우리한테는 적게 나왔다. 중대 본부의 장교들은 양껏 먹고, 큰 천막에 사는 죄수들은 보리밥 한 그릇을 먹고, 우리들은 반 그릇만 먹었다. 수용소 앞으로 가까이 가는 것이 금지되었지만, 처음에는 천막 주변을 돌아다닐 수 있었다. 햇볕을 쬐며 잡담을 나눌 수도 있었다. 우리는 다른 작은 천막들을 찾아가 본국 송환을 원하는 사람들과 카드놀이를 하고 장기도 뒀다. 하지만 왕용은 이러한 제한적인 자유마저 곧 취소시켰다. 우리는 다른 천막들을 더 이상 찾아갈 수 없었고, 우리 구역을 떠나는 것마저 금지당했다. 소변을 누고 싶을 때는 소대장에게 먼저 보고해야 했다. 때로는 여러 명이 한꺼번에 갈 수 있을 때까지 기다려야 했다. 이렇게 학대를 당하자 일부 사람들은 서서히 마음을 바꿔 더 크고 편한 천막으로 옮기려고 본토 송환 거부자 명단에 이름을 올렸다.

나는 밤에 잠잘 때는 늘 왼쪽 무릎을 올리고 잤다. 다리가 아직 완전히 나은 것은 아니었다. 누군가가 어두울 때 다리를 밟지 않을까 걱정되었다. 도랑 다른 편에 잠버릇 고약한 사람이 있었다. 그는 잠을 자다가 종종 다른 사람들을 밀치거나 찼다. 그러면 사람들은 그를 향해 욕을 퍼붓곤 했다. 나는 잠들기 전에 다친 다리를 마사지하고 상처 자국을 주물렀다.

이따금 한 번씩 내 허벅지를 만지던 그린 군의관의 손길이 아직도 느껴졌다. 내 피부와 근육에 자극을 남기는 서늘하고 부드러운 그린 군의관의 손길을 생각했다. 나는 다른 사람들을 수술해줄 수 있도록 나도 언젠가 의사가 되는 상상까지 해봤다.

'군관학교 대신 의과대학에 갔더라면 얼마나 좋았을까!'

하지만 그것은 내가 고향에 거창한 건물들을 짓는 건축가가 되는 꿈을 꿨던 것처럼 허황한 환상이었다. 나의 부모는 나를 일반 대학에 보낼 능력이 없어 돈이 전혀 안 드는 군관학교에 보냈다. 그린 군의관이 여느 사람들과 달랐던 점은 나에게 진심으로 친절하게 대해줬다는 사실이었다. 그것은 그녀의 직업적인 훈련에서가 아니라 진정한 인간성에서 나온 게 틀림없었다. 나는 그녀와 같이 있을 때마다, 그녀의 착한 본성이 샘에서 물이 솟듯 끊임없이 자연스럽게 흘러나오는 걸 느꼈다.

그와는 대조적으로, 나는 동지들을 포함한 다른 사람들과 함께 있을 때는 경계하지 않을 수 없었다. 모든 행동과 말 이면에 뭔가 다른 동기가 늘 있었기 때문이다. 희생당하지 않으려면 주의해야 했다. 때문에 이곳의 동료 중국인들 사이에서 외로움을 느끼며 천막 밖에 혼자 앉아 있을 때가 잦았다. 읽을 책이 있으면 얼마나 좋을까 싶었다. 할 일도 없고 친구도 없게 되자 나는 더 우울해졌다. 수감자들은 나에게 별을 쳐다보는 사람이라는 별명을 붙여주었다. 내가 하늘을 많이 쳐다보고 별들의 이름을 더러 알고 있었기 때문이다.

우울하고 무료해진 우리 천막 안의 많은 사람들이 날마다 노름을 했다. 돈이 없었기 때문에 그들은 싸구려 담배를 걸었다. 미국인들은 우리에게 한 주에 한 갑씩 담배를 줬다. 어떤 때는 너그럽게도 한 주에 두 갑을 주기도 했다. 그런데 인민의용군 소속의 신병들에게는 한 달에 한 갑도 채 돌아오지 않았다. 나는 72수용소에 들어간 초기에 담배를 피우기 시작했다. 처음 몇 모금을 빨 때는 머리가 핑 돌았고, 두 갑을 피우고 나면서부터 기침이 심해지긴 했지만, 나는 담배를 즐기기 시작했다. 낮에는 작은 천막 안이 소란스러웠기 때문에 나는 가능한 한 밖에 앉아 있었다. 사람들은 나를 기겁하게 만들었고, 나는 더욱더 안으로 움츠러들었다. 완린이 옆에 있었으면 싶었다.

큰 천막에 사는 사람들이라고 해서 더 좋을 건 없었다. 그들도 노름을 했다. 더 시끄럽고, 사소한 일로 심하게 다투기도 했다. 그들 중 몇몇은 노름을 하다가 모든 걸 잃었다. 모자, 신발, 속내의까지 잃은 이들도 있었다. 그들에게 누가 마작을 갖다줬는지 의아스러웠다. 수용소 당국에서 줬거나 일요일마다 여기에서 설교하는 후 목사가 갖다줬는지도 모를 일이었다. 할 일도 없고 시간도 남아돌아서 죄수들의 에너지와 스트레스를 풀 만한 다른 출구가 없었다. 노름은 그들 중 일부를 무례한 사람으로 만들어버렸다. 거듭하여 싸움이 벌어졌다. 할 일이 없으니 못된 것만 밖으로 나왔다. 심한 노동을 하게 되면 달라질 수 있을 듯싶었다. 그러면 적어도 너무 피곤해서 공격적인 행동은 하지 않을 것 같았다.

나를 화나게 만드는 또 다른 것이 있었다. 포로들은 식당에서 줄을 서 있다가 음식 때문에 종종 싸움을 벌였다. 큰 천막에 사는 사람들은 작은 천막에 사는 우리들보다 먼저 먹었다. 포로들에게 할당된 일일 급식량은 1인당 5백 그램이었지만, 수용소 안의 지도자들이 먼저 몽땅 먹어치웠다. 예를 들어 공산당 군대에서 소대장을 하다가 총 한 방 쏘지 않고 항복해버린, 영어를 유창하게 하는 연대장 한슈는 끼니때마다 황해에서 고기를 잡다가 사로잡힌 취사병이 준비한 네 그릇의 밥과 국을 먹어치웠다. 중대와 소대 지도자들도 특별 요리를 즐겼다. 때문에 중국으로 돌아가기를 원하는 죄수들이 먹을 수 있는 양은 많아야 반밖에 남지 않았다.

많은 사람들이 줄을 선 채 아무렇게나 욕을 하고 다른 사람들에게 폭력을 사용하는 걸 마다하지 않았다. 우리 중에 문맹인 사람들이 특히 식사할 때 성질이 급했다. 보리밥 한 그릇 때문에 그들 중 몇은 다른 사람의 이를 부러뜨리거나 코피를 터뜨리는 걸 주저하지 않았다. 날마다 적어도 두 차례의 싸움이 벌어졌다. 어떤 때는 대여섯 차례씩 벌어지기도 했다. 한번은 길 건너 수용소에 수감되어 있던 북한군 포로들이 단식투쟁을 벌였다. 미국인들은 앞문에 음식통을 갖다 놓았다. 그러나 아무도 밥과 국을 가져가려고 나오지 않았다. 수용소의 레넌 대위가 우리에게 오더니 한국인들에게 이 음식이 얼마나 맛있는지 보여주라고 했다. 거기에 모여 있던 2백 명의 중국군 포로들은 창피한 줄도 모르고 짐승처럼 이를 드러내고 으르렁거리며 포식을 했다. 나는 가끔 이 사람들이 삶은 콩 한 그릇 때문에 자기 형제까지 죽일 거라는 생각을 했다.

나는 어느 날 벌어졌던 싸움을 아직도 기억하고 있다. 저녁 식사 때였다. 내 앞에서 줄을 서 있던 두 사람이 갑자기 서로를 향해 소리 지르기 시작했다.

"당신은 내 뒤야!"

광둥어 억양의 말씨를 사용하는 땅딸막한 남자가 큰 이를 드러내며 말했다.

"아니, 내가 앞이야."

키 큰 친구가 맞받아쳤다.

"다시는 엉덩이 들이밀지 마!"

"제기랄, 내가 언제 그랬다고 그래?"

"지금 그랬잖아!"

"니미 씹이다."

키 큰 남자가 주먹으로 땅딸막한 남자의 가슴을 쳤다.

"다시 한 번 내 몸에 손을 댔다가는 죽여버리겠어!"

"그래?"

키 큰 남자가 다시 한 번 땅딸막한 남자를 쳤다. 그러자 땅딸막한 남자가 그릇을 치켜들고 상대의 머리를 치려고 돌진했다. 몇몇 사람이 대열에서 벗어나 그를 말리며 끌고 갔다.

그 광경은 나를 슬프게 했다. 어째서 그들은 싸우기를 좋아하는 걸까? 누구나 반 그릇은 먹을 수 있을 만큼 보리밥은 충분했다. 그리고 바쁘지도 않고 기다릴 시간도 있었다. 그런데 그들은 어째서 그렇게 불한당들처럼 행동했을까? 내 소대 소속인 바이다지안이라는 친구에게 실망스럽다는 얘기를 했더니, 그는 그들이 대대장인 류타이안이 나타나 식사를 망치게 될 게 두려워 가능하면 빨리 밥통 있는 곳으로 가기 위해 그런다고 말해줬다.

바이다지안은 류타이안에 관해 더 많은 얘기를 해줬다. 류는 국민당 군대의 하사였는데 전투 중에 공산주의자들한테 붙잡혀 한 달간 세뇌 교육을 받고 병참부대에 배치되었다. 그가 운전을 할 줄 알았기 때문에 그들은 그에게 트럭을 몰게 했다. 그의 사단이 얄루강을 건넌 직후 그는 3톤에 달하는 대구 소금절이를 싣고 미군에게 가서 항복해버렸다. 소문에 의하면, 그는 괌으로 가서 두 달 동안 훈련을 받고 한국으로 돌아왔다. 그래서 부연대장이자 대대장으로 임명된 것이라고 했다. 한슈가 온화한 성품이고 우유부단하기 때문에 그를 도와 질서를 유지하는 것이 그의 임무라고 했다.

류타이안은 공산주의자들을 너무 싫어해서 본토로 돌아가고자 하는 사람들에게 공개적으로 매질을 했다. 미군은 전쟁포로들이 철조망 안에 있는 한, 수용소에서 무슨 일이 일어나든 관여하지 않는 정책을 택했다. 그래서 류는 경찰국가처럼 사단을 통제했다. 미군들조차 그를 리틀 시저라고 불렀다. 때때로 그는 호위병들과 함께 식사 시간에 식당에 나타나 보리밥통에 모래를 뿌리고 줄을 서 있는 사람들을 향해 으르렁거렸다.

"너희들은 밥 먹을 가치조차 없는 놈들이야!"

한번은 모든 사람들이 보는 앞에서 뭇국이 끓고 있는 솥에 오줌을 누기까지 했다. 이곳 수감자들은 류타이안의 그런 행동을 떠올리고 가능한 한 빨리 밥을 먹으려고 다투는 것이었다.

나는 이유가 무엇이든 사람들이 싸우는 걸 보면 견디기가 힘들었다. 그들은 한때 동지들이었다. 그리고 그들 중 상당수는 조국으로 돌아가 다시 동지가 될 것이었다. 그런데 어째서 짐승처럼 행동해야 하는 걸까? 그들은 공산주의자들이 지도할 때는 모범적인 군인들이었고 고결해 보였다. 그들의 삶에는 목적이 있었다. 하지만 지금은 동물이 되어가고 있었다. 비참한 상황에서 인간성이란 것이 얼마나 쉽게 밑바닥으로 전락할 수 있는지 실감하게 되었다. 자신보다 큰 목적에 봉사하지 않을 때, 평범한 사람은 얼마나 아래로 전락할 수 있는지를 생생하게 목격할 수 있는 현장이었다. 정직한 일이나 의미 있는 대의를 위해 조직화되어 있지 않을 때, 이들은 오직 생존본능에 지배당하는 오합지졸에 불과했다. 때때로 나는 우리에게 공산주의 세포가 처음부터 있었던 것인지 궁금했다. 죄수들 중 일부가 당원들이라는 건 확실했다. 그렇다면 그들은 이 자포자기적인 사람들을 당연히 선도해야 했다. 하지만 그 순간 공산주의자들은 자신을 낮추고 있었다. 그들은 다른 사람들로부터 거의 구별되지 않았다.

내가 거제도에 도착한 지 3주쯤 된 어느 날 아침이었다. 나는 우리 사단의 공보 편집자였던 창밍을 우연히 만났다. 처음에는 그 사람이 맞는지 확실치 않았다. 그러나 그의 부얼부얼한 눈썹과 메기처럼 생긴 입술을 확인하고 너무 기쁜 나머지 소리를 지를 뻔했다. 그도 나를 알아봤다. 하지만 주변에 사람들이 있었기 때문에 우리는 서로 모르는 척했다. 그는 철조망 저편의 71수용소에 있었다. 나는 쪼그려 앉아 신발 끈을 매는 척했고, 그는 체조를 하는 척했다. 다른 사람들이 저만치 갔을 때, 우리는 철조망으로 달려가 흥분하며 애기를 나누었다. 그는 나한테 타이완으로 가는 사람들 명단에 이름을 올렸는지부터 물었다.

"물론 아니지."

나는 자랑스럽게 말했다. 밍은 아직도 건장해 보였지만 너덧 살은 더 들어 보였다. 두툼한 입술은 터 있었다. 그는 기적적으로 상처를 입지 않은 상태였다.

수용소들 사이에는 네 줄의 철조망이 둘러져 있었다. 밍은 철조망 사이로 나에게 포로들의 혼란스러운 상태를 보고, 그와 하오차오린은 수용소 당국에 자신들이 장교라고 고백하여 71수용소로 갈 수 있었다고 했다. 그 수용소에는 2백 명쯤 되는 장교들과 골수 공산주의자들만 있다고 했다. 나는 차오린도 그곳에 와 있다는 소리를 듣고 깜짝 놀랐다. 그들 두 사람은 전에 있던 수용소에서 국민당 성향의 난폭한 사람들한테 겁을 먹었던 게 틀림없었다.

"하지만 그들에게 우리의 진짜 이름은 밝히지 않았지. 이제 내 이름은 펭웬이야."

"기막힌 우연이네. 나도 이름을 펭얀이라고 했거든!"

"이름을 보면 우리는 형제 같군."

밍이 웃었다. 자신감에 찬 남자의 태평한 웃음이었다.

"부산에서 페이 인민위원을 만났어?"

내가 밍에게 물었다.

"그분도 86수용소에 와 계셔."

"정말이야? 언제 오셨지?"

"일주일쯤 됐어. 아직 신분은 노출되지 않은 상태야. 그분을 보호

111

할 방법을 찾아야 해."

"그분과 정기적으로 접촉하고 있어?"

"이따금 그분에게서 지시를 받지."

"나는 어떻게 해야 하지? 여기 있는 사람들은 깡패 같아. 일부는 중국으로 돌아가고 싶어 하지만."

"그들과 잘 지내. 중국으로 돌아가려고 하는 사람들과 말이야. 고립되지 마. 우리는 지난겨울 큰 실수를 했어. 수용소에서의 지휘 체계에 대해 별로 생각하지 않았으니까 말이야. 중국으로 곧 돌아갈 거라 생각하고, 선거에 크게 신경 쓰지 않았지. 그래서 대부분의 수용소를 반동분자들이 장악하게 된 거야."

"알았어, 그들과 어울리려고 해볼게. 그 밖에 뭘 해야 하지?"

"그건 나중에 얘기하자고. 우리의 당면한 목적은 지휘권을 확보하는 거야."

그는 나에게 70수용소에도 중국 포로들이 있다고 말해줬다. 그곳에 있는 포로들은 부두와 공사장으로 일을 하러 나간다고 했다. 몸이 성한 5백 명의 포로들이 있다고 했다. 나는 그들이 부러웠다. 나도 다치지 않았으면 싶었다. 설령 하급 노무자처럼 땀을 쏟으며 일한다 해도, 날마다 수용소 밖으로 나가고 싶었다.

그날부터 밍과 나는 거의 매일 저녁 정기적으로 만났다. 나는 그의 충고를 받아들여 소대에 있는 사람들과 어울리기 시작했다. 나는 한 달 전에 들어왔을 때부터 바이다지안한테 관심이 갔다. 전에 만났는지 확신할 수는 없었지만 왠지 낯익어 보였다. 그는 스물한 살이었다. 다소 소심하긴 해도 믿을 만한 사람 같았다. 여느 사람들과 달리 그는 노름을 하지도 않았고 다른 사람들과 싸우지도 않았다. 그는 멍하니 혼자 있는 경우가 많았다.

서로를 더 잘 알게 되면서 나는 그가 황푸군관학교 1년 후배라는 걸 알았다. 그 사실을 알고 나서 우리는 더 가까워졌다. 그는 기마부대가 전문이었지만 군관학교에서 1년밖에 공부하지 않았다. 공산주의자들이 우리 모교를 해산시켰을 때 그는 아직 1학년 학생이었다. 그는 나중에 40부대에 배치되었다. 알고 보니 우리 두 사람 다 약혼한 상태였다. 그래서 우리는 서로에게 약혼녀의 사진을 보여줬다. 선양시에서 간호사로 일한다는 그의 약혼녀는 크고 초롱초롱한 눈과 오뚝한 코, 흰 피부의 대단한 미인이었다. 영화배우 같았다. 우리는 약혼녀가 그립다는 말을 주고받다가 사진을 보며 같이 울기도 했다.

다지안은 동상에 걸려 손가락 두 개를 잃었다. 그가 사로잡히게 된 상황은 몸서리를 치지 않고는 얘기할 수 없을 정도로 끔찍했다. 1951년 1월, 어느 날 아침이었다. 그가 소속된 기마중대는 사단장의 러시아제 지프를 따라 전선으로 이동했다. 북풍이 몰아치면서 비탈과 길에 눈을 뿌리고 있었다. 길은 미끄러운 데다 지난가을에 생긴 미군 자동차들의 바퀴 자국 때문에 울퉁불퉁했다. 산길에서 나오다가 사단장은 왼쪽으로 2백 미터쯤 떨어진 숲에 눈사람이 있는 걸 보았다. 그는 운전사에게 차를 멈추라고 지시했다. 도대체 누가 저렇게 황량한 곳에 눈사람을 만들 여유가 있었는지 궁금했던 것이다. 그는 기마부대 1개 분대의 호위를 받으며 전령과 함께 그곳으로 걸어갔다. 경악스럽게도 눈사람들은 얼어 죽은 사람들이었다. 어떤 이들은 서 있었고, 어떤 이들은 누워 있었고, 어떤 이들은 서로를 껴안은 채 굳어 있었다. 한 사람의 몸에 묻은 눈을 털어내자 중국의용군 제복이 드러났다. 사단장은 그들이 자신의 부하들이라는 걸 깨달았다.

4백 명 넘는 대대원 전체가 상급자들도 모르는 사이에 죽은 것이었다. 사단장은 연대 참모들에게 욕을 퍼부으며 그들 중 일부를 군법회의에 회부하겠다고 했다. 하지만 이 사람들도 그의 지휘를 받고 있었기 때문에 그에게도 책임이 있었다. 전령 하나가 달변가로 잘 알려져 있던 대대 인민위원의 시체를 찾아냈다. 사단장은 자신의 외투를 벗어 죽은 장교에게 덮어줬다. 그런 다음 시체들을 부대 본부로 실어 나르라고 기마중대에 명령했다. 다지안과 그의 동지들은 말 양쪽에 두 구의 시체를 밧줄로 묶어 실었다. 하지만 그들은 230구의 시체만 가져갈 수 있었기 때문에 나머지 시체를 가져오기 위해서는 다시 돌아와야 했다. 그들은 말을 끌고 그들이 왔던 길로 되돌아갔다. 그사이 사단장은 전선을 향해 나아갔다.

저녁이 되자 기마부대 앞에 얼어붙은 호수가 나타났다. 그들은 쉴 준비를 했다. 그때 갑자기 유엔군 소속의 오스트레일리아 군인들이 나타나 그들을 에워싸고 박격포와 자동소총을 쏘며 그들에게 항복하라고 했다. 기진맥진한 데다, 경기관총과 60밀리 박격포를 시체들이 있던 곳에 놓고 온 기병들은 적을 물리칠 수 없었다. 그들에게는 군대용 나팔조차 없었다. 그래서 오스트레일리아 군인들은 단번에 그들을 제압했다. 그들은 기병들에게 몽골 조랑말들에 묶인 시체를 떼어내게 하고, 노새와 당나귀를 끌고 가 유엔군을 위해 탄약과 의료품을 운반하는 남한군 행렬에 그 말들을 모두 줘버렸다. 그리고 밤새도록 포로들을 끌고 산을 넘고 또 넘어 동쪽으로 행진했다. 다음 날 아침 그들은 미군들에게 포로들을 넘겼고, 미군들은 그들을 세 대의 트럭에 나눠 태우고 부산에 있는 전쟁포로 집결지로 데려갔다. 다지안은 야간 행군 도중 왼손에 동상이 걸렸다. 나중에 수용소에서 그의 집게손가락과 양 손가락이 절단되었다. 그의 동지들 중 3분의 1이 행군을 견디지 못하고 뒤에 처지거나 눈더미 속에 묻혔다.

"공산당 지도자들은 겨울옷을 충분히 입히지도 않고 부대를 전선으로 보냈던 거죠. 그건 범죄예요. 그들은 인간을 짐승으로 취급한 거요. 장작을 태우듯 말이죠."

다지안은 둥근 턱을 흔들고 심하게 숨을 몰아쉬며 말했다. 그의 말에 일리가 있었지만 나는 천막 안에서 그렇게 공개적으로 공산주의자들에 관해 감히 말하지는 못했다. 나는 그에게 귓속말을 했다.

"쉬, 그렇게 큰 소리로 말하지 마. 그들 중 일부가 여기에 있어."

하지만 나의 경고에도 그는 너무 화가 났는지 상급자들이 모두 악당이라고 소리치기도 했다. 나는 그의 직설적인 태도가 우려스러웠다.

6

일요일 아침에는 후 목사가 일반 정보 및 교육 센터의 집회장에서 설교를 했기 때문에 다른 막사에 수용된 사람들을 만날 수 있었다. 집회장은 1천5백 명이 앉을 수 있는 대형 천막이었다. 1천 명 이상의 죄수들이 후 목사의 설교를 들으러 갔다. 그는 미국 출신이지만 중국어로 설교했다. 이 땅딸막한 남자는 겉으로는 중립적이고 모든 사람에게 친절해 보였다. 하지만 그는 공산주의자들을 증오하고 국민당 편의 전쟁포로들과 수용소 당국 사이에서 연락관 노릇을 했다. 그래서 공산주의자들은 그의 감리교회에 가는 걸 거부하고 있었다.

수용소에는 다른 종교 단체들도 있었다. 나는 지붕 위에 예수 십자가상을 모신 작은 석조 건물에 있는 가톨릭교회를 택했다. 우드워스 신부가 일요일에 그곳에서 설교를 했다. 내가 그의 설교에 참석한 주된 이유는 영어를 배우고 싶었기 때문이기도 하고, 어머니가 어렸을 때 가톨릭 신자였기 때문이기도 했다. 게다가 후 목사의 설교를 들으러 감으로써 공산주의자들의 비위를 건드릴 수는 없었다. 우드워스의 설교에는 40여 명만 참석했다. 하지만 그는 낙담하지 않고 많은 사람들에게 얘기하듯 정열적으로 설교를 했다. 그런 이유 때문에 나는 그를 더 좋아했다. 우드워스는 40대 중반의 호리호리한 남자였다. 얼굴에 주름이 있었지만 푸른 눈에 지적으로 생긴 사람이었다. 다리가 너무 길어 어떤 포로들은 그를 제도용 컴퍼스라고 불렀다. 그는 장교처럼 군복을 입고 다니는 군목이었다.

그는 내가 처음 교회에 갔을 때 나를 눈여겨봤다. 어쩌면 그가 설교할 때 내가 주의 깊게 들어서였을 것이다. 대부분은 영어를 모르기 때문에 그가 무슨 말을 하는지 알 수 없었다. 그는 내 얼굴 표정으로 내가 자신의 말을 알아듣는다는 걸 안 것이 틀림없었다. 어느 날 설교가 끝난 후 그가 흰 신부복을 벗고 있을 때, 나는 그에게 가서 말했다.

"우드워스 신부님, 한 가지 부탁 좀 드려도 될까요?"

"어떻게 도와줄까?"

"성경책 한 권 주실 수 있으세요? 주 중에 공부하고 싶어서요."

"영어로 이해할 수 있겠소?"

"네."

그의 눈이 빛났다.

"좋아. 당신한테 가져다주라고 하겠소. 당신의 이름과 막사 번호를 여기에 적으세요."

그가 테두리가 나선형으로 묶인 공책을 펼쳐주어, 나는 거기에 필요한 정보를 적어 넣었다. 성경을 이해할 수 있다고 대답하긴 했지만, 내 영어 실력에 그다지 자신 없었다. 이상적으로, 나에겐 사전이 있어야 했다. 나는 포로로 잡혔을 때, 내 사전과 책장 모서리가 접힌 『톰 아저씨의 오두막』을 포함한 모든 걸 잃어버렸다. 성경이라는 것이 어떤 책이든, 그것은 적어도 뭔가 읽을 거리였다.

우드워스 신부의 설교를 듣는 40여 명의 참석자들 중 상당수가 그에게 애착을 갖는 것 같았다. 어쩌면 그의 보호를 받고 싶어서였을 것이다. 하지만 그중 일부는 그의 설득력 있는 태도와 깊은 목소리에 끌렸을지도 모른다. 여하튼 그들은 대부분의 죄수들보다 많이 배운 사람들이었다. 대부분은 국민당을 선호하는 사람들이었다. 하지만 그들 중 아무도 성경을 읽거나 우드워스와 대화를 나눌 정도로 영어를 잘하지는 못했다. 때문에 나는 그에게 희귀한 존재였음이 틀림없다.

어느 목요일 오후, 중대 전령이 막사로 와서 나를 본부로 불렀다. 나는 본부를 향해 출발했다. 본부라고 해봤자 방 두 칸짜리 오두막에 불과했다. 문 위로 국민당 깃발과 별들이 그려진 깃발이 나부끼고 있었다. 내가 들어갔을 때 중대장 왕용은 책상에 앉아 있었다. 그는 내게 자기 앞에 있는 의자에 앉으라는 몸짓을 했다. 그리고 책상 위에 있는 개봉된 꾸러미를 두드렸다. 그가 단도직입적으로 말했다.

"펭얀, 그러니까 너는 배운 사람이군그래. 외국 말을 안다 이거지?"

"네, 영어를 좀 읽을 줄 압니다."

그는 커피 잔에 약간의 정종을 부어 내게 건넸다.

"조금 마셔."

"고맙습니다만, 저는 술을 마시지 않습니다."

"와우, 깨끗한 사람이란 말이지."

그는 이죽거리더니 이번에는 담배를 건넸다. 나는 받았다. 그의 꿍꿍이속이 무엇인지 궁금했다. 이윽고 그가 눈을 가늘게 뜨며 입을 열었다.

"내 생각을 말해주지. 네가 이 중대 본부로 들어온 순간, 나는 네가 평범한 사람이 아니라는 걸 알았어."

"관심을 가져주셔서 감사합니다."

나는 그의 말을 칭찬으로 받아들이는 척했다.

"내 말은, 네가 네 주장처럼 사병이 아니라 장교였다는 의미야."

"저는 539연대 소속 3중대의 행정병에 불과했습니다."

"어른을 속이려 들지 마라. 나는 백군에서도 근무했고 적군에서도 근무했다. 그리고 수백 명의 사람들을 만났어. 나는 네가 중요한 놈이었다는 걸 알 수 있다. 공산주의자들을 따라가지 말고 우리와 함께 타이완으로 가자. 조만간 장제스 총통의 군대가 적군들을 모두 쓸어버리고 본토를 탈환하게 될 것이다. 이젠 어느 편에 설 것인지를 택할 시간이다. 현명하게 결정하는 게 좋을 것이다."

"왕 중대장님, 솔직히 말씀드려 저는 공산주의자가 아닙니다. 제가 타이완으로 갈 수 없는 건 고향에 늙은 어머니가 계시기 때문입니다. 제 아버지가 오래전에 돌아가셔서 어머니는 혼자이십니다. 그리고 저는 외아들이고요."

나는 진심으로 말했다.

"그것 보라고. 공산주의자들은 너 같은 외아들도 군대에 오게 했다. 그들은 사람을 총알받이로 이용하지. 염병할 놈들. 우리 사단은 지난봄에 있었던 영국군 대대와의 전투에서만 1천 명이 넘는 사람들의 목숨을 희생시켰다. 언덕 기슭에 피가 너무 많이 흘러서 다음 날 아침에 보니까 수백 마리 까마귀들의 날개가 시뻘겋더라. 그래도 고위층들은 우리가 결국 적의 지대를 함락시켰다며 그걸 승전이라고 하더라."

"맞는 말씀입니다. 저는 그렇게 많은 중국인들이 한국 땅에 묻힐 거라고는 생각한 적이 없습니다."

그의 말은 내가 도저히 떨쳐내지 못하는 끔찍한 이미지를 불러일으켰다. 전쟁은 군인들의 시체를 연료로 삼는 거대한 용광로였다.

"펑양, 내가 방금 말한 걸 생각해봐라. 강요하지는 않겠다. 하지만 솔직히 말하면, 더 이상 망설일 시간이 많지 않아. 모든 사람이 곧 결정해야 하니까."

"생각해보겠습니다."

"좋아, 마음이 결정되면 내게 알려줘. 이제 이걸 갖고 가도 좋다."

그가 봉투지로 싸인 꾸러미를 가리켰다. 나는 감히 그의 비위를 거스를 수가 없었다. 그가 나를 파멸시키는 건 쉬운 일이었다. 그는 이미 여러 사람들을 중대 본부로 불러 공산주의 반대 서약을 시키고 그것을 공개했다. 그렇게 함으로써 사람들이 중국으로 돌아가는 길을 차단해버렸다. 그들은 중국으로 돌아가면 처벌을 받게 될 것이었다. 그렇게 해서 그는 그들이 본토로 돌아가지 못하게 만들어버렸다.

요즘 왕은 국민당 편의 수감자들 사이에 문신 운동을 장려하느라 바빴다. 그들은 자진해서 팔뚝, 가슴, 배, 심지어 이마에까지 문신을 새겼다. 기술적으로 말해 이러한 원시적인 절차는 고통스러운 것은 아니었다. 그들은 붓으로 몸에 글자나 그림을 쓰거나 그리고 검정 잉크가 묻은 피부를 바늘로 뚫었다. '적군 악당들과 끝까지 싸우자!', '러시아와 마르크스를 몰아내자!', '마오쩌둥을 생포하자!', '국민당에 충성하자!', '공산주의를 근절하자!' 등 주로 직설적인 구호들이 적혔다. 그림은 국민당의 문장을 나타내는 밝은 태양, 마오를 상징하는 털이 부얼부얼한 돼지를 칼로 찌르는 모습, 타이완이라는 보물섬을 향해 가는 보트 등이었다. 문신한 사람들은 종종 글씨와 그림을 보여주기 위해 웃통을 벗고 다니며 우리 중 상당수를 위협했다.

막사로 돌아가는 길에 나는 꾸러미 속에 아주 새것인 성경이 들어 있는 걸 보고 기분이 좋았다. 가죽 표지의 미국판 표준 성경이었다. 예수의 말은 붉은 글씨로 되어 있고, 뒤에는 간략한 용어 색인이 있었다. 막사 안이 너무 시끄러워 나는 밖에 앉아 창세기를 읽기 시작했다. 글자들이 나를 약간 어지럽게 만들었다. 그 의미 때문이 아니라 선전이 아닌 뭔가를 읽고 있기 때문이었다. 나는 지난 반년 동안 진짜 책을 접한 적이 없었다. 그런 박탈감은 나의 욕구를 부채질했다. 성경에 나오는 영어는 어렵지 않았다. 모르는 단어도 거의 없었다. 그것은 지금부터 내가 매일매일 몇 페이지를 읽을 수 있다는 의미였다.

다음 날 아침, 나는 밍을 다시 만났다. 나는 그에게 내가 타이완으로 가라는 압력을 받고 있으며, 모든 사람이 곧 결정을 내려야 하는 상황이라고 말했다. 그는 자신도 그런 얘기를 들었다고 했다. 북한군 포로들이 수용되어 있는 76수용소에서는 벌써 작전이 진행되고 있었다. 그것은 '심사'라고 불렸다. 전쟁포로들은 누구나 어디로 갈 것인지 말해야 했다. 한국인들은 북한이나 남한을 택해야 했고, 중국인들은 본토나 타이완을 택해야 했다. 밍은 우리 동료였던 몇 사람이 페이 인민위원이 있는 중대로 옮겨갔다는 얘기도 해줬다. 공산주의자들이 86수용소의 3대대를 다시 장악했기 때문이라고 했다. 밍 자신도 곧 그곳으로 갈지 모른다고 했다. 공산당 지도자들은 86수용소에 있는 동지들과 합류할 수 있게 내가 속해 있는 연대의 1대대에 나와 국민당 성향의 포로를 교환하자고 제안했지만, 왕용이 나를 보내지 않으려 한다고 했다. 그 말을 듣고 나는 기겁했다.

'어째서 왕은 나를 붙잡으려는 거지? 내가 그에게 무슨 소용이 있지?'

그때 공산주의자들이나 국민당이 나에게 관심을 보이는 건 내가 영어를 할 줄 알기 때문이라는 생각이 얼핏 들었다.

우드워스 신부는 설교 외에도 월요일 오후에는 교육관에서 포로들에게 찬송가를 가르쳐줬다. 튼튼한 몸집의 한국 남자가 그를 위해 아코디언을 연주했다. 설교 시간보다 노래를 할 때 더 많은 사람들이 참석했다. 어쩌면 재미있어서였을 것이다. 하지만 거의 아무도 노래 내용을 이해하지 못했다. 나는 찬송가를 아주 좋아했다. 선율이 아름다운 곡을 들을 때마다 가슴이 뛰었다. 하나님과 예수에 대한 신비로운 말들과는 상관없이, 음악은 이 지옥 같은 곳에서 유일하게 아름다운 것이었다. 그래서 더욱더 많은 사람들이 찬송가를 배우러 갔다.

3월의 마지막 수요일이었다. 노래 연습이 끝났을 때, 우드워스 신부가 나를 불렀다. 무슨 일인지 몰라 마음이 동요된 상태에서 그에게 갔다. 그가 낭랑한 목소리로 말했다.

"미스터 펭, 자네한테 부탁이 있네."

몇몇 포로들이 교실에서 걸어나가다가 몸을 돌려 나를 쳐다보았다. 우리를 체포한 사람들이 우리에게 '미스터'라고 부르는 경우는 거의 없었기 때문이다.

"좋아요, 무슨 부탁이신가요?"

내 물음에 코안경 끈을 만지작거리며 우드워스 신부가 말했다.

"찬송가를 중국어로 바꿀 수 있겠는가?"

"제가 음악에 대해 잘 알지 못해서 중국어로 번역할 수 있을 것 같지는 않습니다. 또, 중국어로 바꾼다 해도 부르기에 어려울 수도 있습니다."

"그것을 한 자 한 자 번역해달라는 말이 아닐세. 그들이 노래를 배우기 전에 그걸 읽어줄 수 있도록 적당히 번역해달라는 말일세. 찬송가의 내용을 대충 알게 되면 노래를 더 잘 부를 수 있지 않을까 싶어서 그러네."

"그건 맞습니다."

그가 닳고 닳은 가죽 서류 가방의 지퍼를 열고 새 공책 한 권과 연필 한 자루, 찬송가집에서 뜯어낸 찬송가 몇 장을 꺼냈다.

"이걸 사용하게."

그의 행동에 나는 감동을 받았다.

"최선을 다하겠습니다."

일주일 내내 나는 찬송가를 번역하는 작업을 했다. 번역은 어렵지 않았다. 찬송가의 내용만 적당히 번역해주면 되었다. 그다음 수요일부터 나는 우드워스 신부가 우리에게 찬송가를 가르칠 때 맨 앞줄에 앉아 있었다. 노래를 부르기 전에 그가 "7장, 주님의 은총은 넓으시다", "9장, 나를 위해 세월의 바위가 깨지다"라고 말하면, 나는 일어나서 청중을 향해 내가 중국어로 번역한 걸 큰 소리로 읽어줬다. 수용소에는 중대마다 적어도 한 명의 통역이 있었다. 하지만 그들은 대부분 몇 개의 영어 단어만을 알고 있었다. 내가 다른 통역들보다 영어를 잘한다는 소문이 돌았다. 어쩌면 크게 긴장하지 않고 수백 명 앞에서 우드워스 신부와 얘기를 나눴기 때문이었을 것이다.

그다음 화요일 밍을 만났을 때 나는 연필을 반으로 부러뜨려 지우개가 없는 부분을 그에게 줬다. 그는 그걸 받고 흥분했다.

"페이 인민위원에게 전해드릴게. 필기도구가 몹시 필요한 상황이었거든. 이걸 보면 좋아하실 거야."

"어떻게 지내셔?"

"아직까지는 괜찮아."

"안부 전해드려."

"그럴게. 그런데 듣자 하니, 우드워스를 돕느라 바쁘다고 하던데, 맞아?"

"그래, 그 사람이 연필을 준 거야. 나한테 찬송가를 번역해달라고 부탁했거든."

"그래서 해줬단 말이야?"

밍이 두툼한 눈썹을 찌푸렸다.

"그래."

"유안, 너는 너무 순진해. 우리 정보에 의하면, 우드워스도 후 목사처럼 우리 동지들을 박해하는 일에 관련돼 있어. 너도 조심해야 해."

"정말이야? 그 사람은 친절해 보이던데."

"겉으로만 그럴 뿐이야. 그는 모든 것의 배후에 있어. 사실, 페이 인민위원은 네가 우드워스를 돕고 있다는 말을 듣고 별로 안 좋아하셨어."

"왜 안 좋아하시는지 모르겠네."

하지만 나는 페이가 내 행동을 좋아하지 않는다는 것보다 나에 대해 그렇게 많은 걸 알고 있다는 사실이 더 놀라웠다.

"종교는 마음의 아편일 뿐이야. 그리고 우드워스는 우리들의 전투의지를 꺾으려고 하는 거야."

"그가 우리를 도와줄지도 모르잖아."

"아니야. 그에겐 아무것도 얘기하지 마. 조심해. 그는 우리 편이 아니야."

"알았어."

"그에게 아무 말도 하지 않겠다고 약속해. 이건 원칙의 문제야."

"좋아. 약속할게."

몇몇 포로들이 근처에서 어슬렁거리고 있었다. 너무 오랫동안 같이 있을 수 없어 우리는 헤어졌다.

나는 우드워스 신부가 중국 본토로 돌아가려는 죄수들을 박해하는 일에 관련되어 있다는 걸 믿을 수 없었지만, 밍의 말을 듣고 많은 생각을 하게 되었다. 토요일 오후, 노래 연습이 끝나고 다른 사람들이 나갈 때, 나는 우드워스에게 가서 '예수의 성찬 속에서 사랑의 새 공동체'라는 구절에 나오는 '성찬'이 무슨 의미인지 물었다. 그는 포도주를 마시고 빵을 먹는 성찬식을 의미한다고 설명해줬다. 그는 일요일 미사에 성찬식을 포함시킬 것이라고 말했다. 하지만 우리 중 대부분은 기독교인이 아니었다. 따라서 그것은 필요 없었다. 나는 참석해본 적이 없기 때문에 성체성사에 대해 완전히 이해하지 못했다. 내가 곤혹스러워하는 걸 보고 그가 덧붙였다.

"성찬이란 우애를 의미하기도 하지. 그런 식으로 생각해보게."

문을 향해 걸어나오다가 내가 다시 말했다.

"우드워스 신부님, 오랫동안 마음에 두고 있던 질문이 있습니다."

"말해보게."

"성경의 가르침에 따르면, 여기 있는 모든 죄수들은 죄인들입니다. 그래서 우리는 평등해야 합니다. 그런데 어째서 일부 사람들은 다른 사람들보다 더 혜택을 받아야 하죠?"

우리는 밖에 나와 있었다. 봄이 느껴지는 따뜻한 날씨였다. 그가 걸음을 멈추고 말했다.

"그게 정확히 무슨 말이지? 구체적으로 얘기해보게. 자네의 질문 속에는 뭔가가 있는 것 같군."

나는 큰 천막들과 작은 천막들을 손으로 가리켰다.

"사람들은 이곳에서 평등한 대우를 받지 못하고 있어요. 뒤편에 사는 사람들은 먹을 것도 제대로 먹지 못하고 있어요."

"자네도 그중 한 사람인가?"

"네."

"미안하지만 그건 어쩔 수 없네."

"왜 그렇죠?"

"자네들 대부분이 공산주의자들이니까. 나와 내 주님에게 공산주의는 악일세."

"하지만 우리들 대부분은 공산주의자들이 전혀 아닙니다. 우리가 그들과 같이 있는 가장 큰 이유는 고향에 가고 싶어서입니다. 우리는 아들로서 우리 부모에게 해야 할 의무가 있습니다. 또 어떤 사람들은 남편이고 아버지입니다. 그래서 가족한테 돌아가야 합니다."

"그것이 어려운 선택이라는 건 이해할 수 있네만, 삶이란 선택으로 가득한 거라네."

"우리 중 대부분에게는 선택의 여지가 없습니다."

"미스터 펭, 자네는 여러 가지 의무가 있다는 걸 알아야 하네. 가장 고귀한 것은 하나님과 자네의 영혼에 대한 의무일세."

"하지만 우리는 아직 개종하지 않았습니다. 타이완으로 가는 사람들이 기독교인들이라고 생각하십니까?"

내 목소리에는 어느덧 노여움이 묻어 있었다.

"잘 듣게. 나는 단순한 신부가 아니라 군인이기도 하네. 나는 성경과 칼을 갖고 왔네."

논쟁해봤자 소용없다는 걸 알고 나는 중얼거렸다.

"저는 우리 모두가 똑같이 고통을 당하는 사람들이기 때문에 신부님이 우리를 도와주실지 모른다고 생각했습니다."

"이곳에 있는 사람들은 자기 나름대로 고통의 방식을 선택할 수 있네."

그는 몸을 곧추세우고 뒤돌아 가버렸다.

"그렇다면 왜 당신은 하나님의 넓으신 자비를 찬양하는 찬송가들을 우리에게 가르치는 겁니까?"

나는 이렇게 물을 생각이었다. 하지만 그 질문을 하지 않았다. 어쩌면 그는 봉급을 받고 몇몇 이교도들을 개종시키기 위해 우리에게 찬송가를 가르쳤는지도 몰랐다. 그와 얘기를 나누고 나서 내 마음은 크게 흔들렸다. 모든 사람을 위한 피난처가 하나님의 품에 있을지 모른다는 환상은 여지없이 깨졌다. 밍의 얘기가 맞다는 생각이 들었다.

나는 우드워스 신부와 주고받은 얘기를 바이다지안에게 했다. 그와 나는 이제 아주 가까운 친구가 되어 있었다. 나는 두 살 아래인 그가 나에게 공손했기 때문에 그를 동생이라고 생각했다.

"우드워스는 친절한 사람이 아니에요."

그의 큰 눈이 반짝였다.

"네가 그걸 어떻게 알아?"

나는 그의 목소리에 깃들어 있는 확신에 깜짝 놀랐다.

"지난번에 그들이 앞뜰에서 한 사람을 물 채찍으로 두들겨 패는데, 마침 우드워스가 그때 지나가고 있었어요. 그 남자가 '신부님, 신부님, 살려주세요! 도와주세요!' 하고 울부짖었지만 우드워스는 한 번 쳐다보고는 아무 말 없이 가버렸어요. 불한당 중 하나가 맞고 있던 사람에게 이렇게 말하더군요. '저 사람한테 하나님이라고 불러라. 그러면 돌아와서 너를 살려줄 게다.' 그러고 나선 배꼽을 잡고 웃더군요."

물 채찍이란 국민당 성향의 포로들이 만들어낸 형벌 방식이었다. 그들은 사람을 말뚝에 묶고 천막 천을 물에 적셔 두들겨 팼다. 물통에 있는 물이 바닥날 때까지 때렸다.

우드워스가 포로를 공개적으로 처벌한 적은 없지만, 그가 그렇듯 무관심했다는 얘기를 다지안에게 듣고 나는 실망했다. 우리 대대장인 류타이안이 갖고 있는 단도를 그가 줬다는 소문까지 나돌았다. 나는 류가 가끔 포로들의 목에 갖다 대는, 손잡이가 백옥으로 된 그 칼을 본 적이 있었다.

이후 다지안과 나는 미사와 성가 연습에 더 이상 참석하지 않았다. 하지만 나는 영어 실력을 높이기 위해 성경은 매일 읽었다.

7

밍은 나에게 누군가가 페이 인민위원을 배반했다고 말했다. 나는 놀란 나머지, 내가 우드워스의 미사와 성가 연습에 더 이상 참석하지 않는다는 얘기를 페이한테 했느냐고 물으려다가 그만뒀다. 밍이 말했다.

"배반자가 있는 게 틀림없어. 너, 우리 사단 경비중대에서 나팔수였던 딩완린에 대해 들은 적 있니?"

"응, 그는 내 친구야. 착하고 겸손한 사람이지. 병원에 있을 때 나를 간호해줬어. 그런데 그건 왜 물어?"

"미군들이 그를 나흘 전에 데려가서 취조하고 이틀 전에 돌려보냈어. 얼굴이 으깨져서 이만큼 부어 있더라고."

밍은 두 손을 머리 주변으로 벌려 얼굴이 그만큼 커져 있었다는 걸 보여줬다.

"그는 아직도 본토로 돌아간다고 하고 있는 거야?"

"그래. 그런데 이틀 전, 그가 막사로 돌아오고 나서 한 시간 뒤에 미군들이 와서 페이 인민위원을 데려 갔어."

"어디로 데리고 갔는데?"

"86수용소의 2대대 본부로 데려가 밤새도록 취조했어. 그런 다음 물 감옥에 넣었어. 지금은 독방에 수감돼 있어."

"그러니까 완린이 불었단 말이야?"

"확인할 수는 없지만 의심을 받고 있어."

"그가 어떻게 배반자일 수 있지? 그가 페이 인민위원을 배반했다면, 왜 아직도 중국으로 돌아가길 원하겠어? 그건 말도 안 돼."

"내 말은 그가 의심받는 사람 중 하나라는 것일 뿐이야. 걱정하지 마."

밍은 군화 뒤축을 비비며 계속 소리를 내고 있있다. 미군들이 신는 것과 같은 군화였지만 짝이 맞지 않는 것 같았다. 한쪽은 구두의 혀가 밖으로 나와 있었다.

나는 우드워스와 나누었던 얘기를 그에게 해줬다. 밍은 내가 신부와 더 이상 접촉하지 않는다는 말을 듣고 흡족해했다.

차가운 아침 날씨였다. 풀들은 서리로 덮여 있고 북풍이 불고 있었다. 천막 밖에서 햇볕을 쬐는 사람은 아무도 없었다. 그래서 우리들은 평소보다 오래 얘기했다. 그는 나에게 적들이 페이 인민위원에게 어떻게 했는지 말해줬다. 페이는 프레드릭 존슨이라는 미군 대령한테서 취조를 받았다. 존슨은 수용소에서는 중국 학자로 알려져 있었다. 만다린을 할 줄 알았고 화를 내지도 않으며, 자신의 진짜 감정을 드러내지도 않는 학자적인 품위를 갖추고 있었기 때문이다.

존슨은 전쟁이 일어나기 전에는 버지니아에서 대학교수를 했다. 그는 종종 '선의'의 몸짓으로 거물 전쟁포로들에게 중국 고전을 갖다주도록 조치하기도 했다. 하지만 우리는 그가 여기에서 특별 임무를 띠고 있는 게 틀림없다는 걸 알고 있었다. 드디어 그가 모습을 드러내고 페이 인민위원을 직접 취조했다. 하지만 그들이 아무리 압력을 가해도 페이는 자신은 취사병이었다며 진짜 신분을 인정하지 않았다. 그러나 적들이 그에 관한 서류를 갖고 있었기 때문에 그렇게 해도 소용없었다.

페이의 신분이 높은 만큼, 그들은 육체적인 벌은 가하지 않았다. 대신 취조 후에 그는 독방에 감금당했다. 오후 5시가 되자 중국인들이 손수레를 몰고 왔다. 수레에는 큰 통이 실려 있었다. 그들은 통을 그의 방에 넣었다. 그리고 또 다른 세 남자가 도착했다. 세 사람 모두 뜨거운 물을 두 양동이씩 가지고 와서는 통에 물을 부었다. 그 뒤를 이어 또 한 사람이 접힌 수건과 속내의와 셔츠를 갖고 왔다. 그중 우두머리처럼 보이는 남자가 페이에게 말했다.

"휴, 당신은 자신이 얼마나 더러운지 모르고 있군. 존슨 대령께서는 당신이 목욕하길 바라셔."

"나한테는 목욕이 필요 없어."

페이가 말했다.

"당신은 물속으로 들어가야 해. 이건 명령이야."

우두머리인 살찐 작은 남자가 말했다.

"누가 내린 명령이란 말이지?"

"존슨 대령이지."

"그 사람한테 가서 나는 그 사람으로부터 명령을 받지 않는다고 말해."

"우라질 놈아! 네놈은 아직도 네놈이 여기에서 거물이라고 생각하냐?"

그 남자는 손을 내저으며 다른 사람들에게 말했다.

"저놈을 물속에 넣고 문질러!"

그들은 페이를 통으로 끌고 가서 그의 옷을 찢었다. 그러곤 그를 들어 김이 나는 물속에 넣으려고 했다. 그러나 인민위원이 통의 테두리를 잡고 소리쳤다.

"내 영혼은 깨끗하다. 나는 목욕이 필요하지 않다!"

그들은 인민위원의 뺨을 갈기고 엉덩이를 차고 머리를 뜯으며 때리기 시작했다. 그래도 그는 굽히지 않았다. 실랑이 도중에 미군 하사가 와서 페이 인민위원의 바지를 찢는 걸 거들었다. 페이는 고개를 돌리고 미군의 손을 물어뜯었다. 이 과정에서 그는 더 맞았다. 하지만 그는 통이 구명대라도 되는 것처럼 가장자리를 잡고 버텼다. 그는 계속 소리를 질렀다.

"네놈들이 죽인다 해도 목욕은 못하겠다. 좋아, 어서 때려라. 네놈들의 할애비가 이 목욕통을 쓰나 두고 봐라!"

또 한 차례 차고 때린 후에 그들은 포기하고 통을 가져가기로 결정했다. 두 남자가 물을 양동이에 퍼서 담으며, 그에게 연극을 하는 데 전문인 비열한 놈이라고 욕을 해댔다. 그들 중 하나는 손가락으로 그를 찌르며 이렇게 말했다.

"우리는 네놈을 목욕시키기 위해 오후 내내 일했어. 목욕을 시킬 게 아니라 네놈을 삶아 죽여야 했는데."

적은 페이가 그처럼 격렬하게 목욕하기를 거부하는 걸 보고 일종의 공수병이라 여긴 듯 다음 날, 일본군이 만든 감옥을 본떠 만든 물 감옥에 처넣었다. 나는 예전에 중국에서 그런 감방들을 본 적이 있었는데, 여기에 있는 것도 비슷했다. 그것은 지하실에 있었다. 안에는 두 개의 웅덩이가 있었는데 하나는 크고 다른 하나는 작았다. 양쪽 다 철봉에 연결된 가시철사로 둘러싸여 있었고, 안에는 1미터 깊이의 어둡고 더러운 물이 들어 있었다. 작은 웅덩이는 한 사람만 수용할 수 있었고, 큰 웅덩이는 한꺼번에 다섯 사람을 수용할 수 있었다. 웅덩이에서는 계속 서 있어야 했다. 서 있다가 너무 졸리면 넘어져 가시철사에 살이 찢어졌다. 겨울에는 찬물의 한기가 뼛속까지 스며들어 얼굴이 납빛이 되었다. 여름에는 벌레들이 계속 물어뜯어 한나절만 있어도 피부가 썩기 시작했다.

일반 죄수들은 대여섯 시간씩 큰 웅덩이에 들어갔다. 하지만 페이 인민위원은 밤새도록 작은 웅덩이에 있었다. 그들은 그가 물에 빠져 죽으려 하자 그를 꺼냈다. 다음 날 적들은 그를 다시 취조하기 시작했다. 그들이 아무리 물어도 그는 대꾸하지 않았다. 가끔 잠이 들기도 했다. 그러면 발에 차여 다시 깨어났다. 장교 중 하나가 그를 고문실로 보내겠다고 위협하자 페이는 이렇게 대답했다.

"나를 처형장으로 데려가지 그러느냐? 나는 상관없다. 이걸로 충분하다."

페이에게서 아무것도 얻어낼 수 없다는 걸 알고 그들은 그를 독방에 감금했다.

고통을 가하는 기술을 보면 중국인들과 한국인들이 미국인들보다 훨씬 더 능숙했다. 미군들은 발로 차고 때려서 갈비뼈를 부러뜨리거나 얼굴을 으깨버렸다. 하지만 그들은 정교하게 고문하지는 않았다. 그렇다고 그들이 잔인하지 않았다고 말하는 건 아니다. 그들은 포로들의 몸을 담뱃불로 지지기도 했고, 전깃줄로 몸을 묶고 발전기에 연결시키기도 했다. 하지만 중국 포로들, 특히 국민당 편의 포로들은 육체적인 처벌을 하는 데 노련했고 다른 사람들에게 고통을 주며 흡족해하기까지 했다.

그들은 끝에 마디가 있는 특이한 막대로 복사뼈를 부러뜨렸고, 고무호스를 사람의 항문에 넣고 급수전을 틀기도 했다. 한 사람이 이런 식으로 해서 죽었다. 그들은 손을 위로 묶고 고춧가루를 눈에 비비기도 했고, 가장자리가 깔쭉깔쭉한 열린 깡통 위에 무릎을 꿇리기도 했다. 칼로 살을 벤 뒤 그 상처에 소금을 뿌리기도 했고, 성냥개비를 날카롭게 깎아 손톱 밑에 넣고 끝에 불을 붙이기도 했다. 빈 통에 거꾸로 사람을 세워놓고 붓으로 발바닥을 간질이기도 했고, 벤치에 묶어놓고 고춧가루 물을 잔뜩 먹이기도 했다. 옷을 찢고 깨진 맥주병이 들어 있는 드럼통 속에 집어넣은 뒤 뚜껑을 막고 굴리기도 했다.

국민당 쪽과 달리 공산주의자들은 덜 창의적이고 더 무뎠다. 그들은 누군가가 방해되면 초주검이 될 만큼 때려서 혼내거나 그냥 죽였다. 그들은 사람을 때려눕히고 머리에 모래주머니를 올려놓아 질식해 죽게 만들었다. 그들은 모든 걸 은밀히 처리했다. 어쩌면 그들이 소수였고, 수용소 안에서 힘이 약했기 때문이었을 것이다.

어느 날 아침이었다. 페이 인민위원이 고문을 받은 지 일주일쯤 지나서였다. 죄수들 중 일부가 1.5킬로미터쯤 떨어진 채석장에서 트럭에 돌 싣는 작업을 하게 되었다. 우리 수용소에 있던 사람들은 부두나 인근 공사장에서 급한 일을 하는 데 동원되었다. 보통 이런 일은 사전에 특별한 통보 없이 갑자기 지시가 내려왔다.

미군들보다 더 거칠게 우리를 다루는 남한군 경비들이 호송을 했지만, 우리는 수용소를 떠나 일하러 간다는 사실이 좋았다. 얼마간은 기분 전환도 되고, 약간의 자유를 즐기는 느낌이 들어서였다. 내 다리는 아직 무거운 걸 감당할 수 없는 상황이었다. 하지만 나는 중대장인 왕용에게 가끔가다 한 번씩 밖으로 나가게 해달라고 애원했다. 이제 나는 가벼운 일 정도는 할 수 있을 만큼 강해졌다고 생각했다. 또, 내 다리를 시험해보고 싶은 마음도 있었다.

평소 왕은 나한테 맞는 일이 없으므로 의사의 지시를 따라야 한다고 말했다. 그런데 어찌 된 일인지 오늘은 나가는 사람들의 명단에 내가 끼여 있었다. 나는 그런 기회를 갖게 되어 기뻤다. 솔직히 왕은 나에게 잘해줬다. 나한테만은 타이완으로 가지 않으려 하는 다른 죄수들에게 하듯 하지 않았다. 지금까지 내 의지에 반하는 일을 하라고 강요하지도 않았다. 우리 수용소 안에 있는 다른 막사로 가고 싶을 때는 그의 허락을 받을 필요조차 없었다. 왕은 내가 다친 다리의 기력을 회복할 수 있도록 뜰에서 천천히 달음질하는 걸 허락해줬다. 하지만 먹는 것이 부실해 매일 운동할 힘은 없었다. 그는 나한테 여러 차례에 걸쳐 빵, 과일 통조림, 소시지와 같은 음식을 나눠 먹고 술을 같이 마시자고 청했다. 나는 그의 사무실에 가긴 했지만 반 시간 이상은 머물지 않았다. 나는 그가 주는 것 중에서 담배나 사탕만 받았다. 유혹적이긴 했지만 술이나 음식에는 손을 대지 않았다.

정문이 열리고 우리는 채석장을 향해 출발했다. 따뜻한 날씨였다. 하늘은 약간 흐릿했다. 길가에는 풀들이 작은 가윗날처럼 돋아 있었다. 수용소를 세울 공간을 마련해주기 위해 섬을 떠나야 했던 마을 사람들이 버리고 간 논에는 조류藻類들이 들어차 있었다. 청둥오리들이 들판에서 벌레와 풀을 먹느라 바빴다. 거름 냄새가 코를 찔렀다. 나는 흥분해 있었다. 정상적으로 일을 할 수 있을까 싶어 조바심도 났다. 우리가 수용소 방책의 남쪽 구석을 돌아가고 있을 때 갑자기 행렬이 소란스러워졌다. 많은 사람들이 철조망을 향해 고개를 돌리며 수군거리기 시작했다.

"누군가 죽어 있다!"

"어서 가!"

경비가 크게 소리쳤지만 우리는 걸음을 멈추고 바라보았다. 두툼한 울타리 기둥에 모자를 쓰지 않은 앙상한 남자가 매달려 있었는데, 혀가 턱까지 늘어져 있었다. 소매 한쪽은 없어져 다친 팔이 드러나 보였다. 누런 살갗의 혈관과 힘줄이 불거져 보였다. 나는 죽은 사람의 얼굴을 자세히 보려고 눈을 들었다. 완린이었다. 순간 나는 기절하고 말았다. 두 사람이 나를 일으켜 세웠다. 정신이 들자마자 나는 경비가 뭐라고 소리치든 말든 이미 차가운 시체가 된 완린을 향해 달려갔다. 철조망 때문에 그의 몸에 손이 닿지 않았다. 나는 울음을 터뜨렸다.

"저 사람은 내 친구였어요. 병원에서 나를 간호해준 친구였다고요!"

나는 이 말을 계속해서 반복했다. 아무도 나를 제지하려 하지 않았다. 모두 말없이 바라보기만 했다. 몇몇은 눈을 아래로 깔았고, 몇몇은 조용히 한숨을 쉬었다. 사람들은 우정을 소중히 하고 죽은 사람을 위해 넋 놓고 우는 사람을 존중했다. 특히 많은 사람들 앞에서 그렇게 하는 사람에게 그랬다. 네 명의 경비는 50명의 죄수들을 다시 정렬시킨 후 나를 내버려두고 가던 길을 갔다. 잠시 후 책임자인 한국인 하사가 채석장으로 빨리 오라고 내게 명령했다. 채석장은 북쪽으로 7백 미터쯤 되는 곳이었다.

내가 갑자기 감정에 휘말린 이유는 복잡했다. 나는 배반감을 느꼈다. 나는 공산주의자들이 배후에서 살인을 조종했다는 걸 알았다. 하지만 완린이 정말로 배반했는지는 확실치 않았다. 그리고 설령 그가 고문을 못 이겨 페이 인민위원의 신분을 밝혔다 하더라도 그의 죽음이 정당화되는 것은 아니었다. 그는 친절하고 순진한 마음씨의 착한 사람이었다. 고의적으로 누군가에게 해를 끼칠 사람이 결코 아니었다. 하지만 공산주의자들은 사람들에게 본보기를 보여 줄 의도였던 게 분명했다.

나는 다시 완린을 쳐다보았다. 푸른빛을 띤 얼굴은 베어져 있었고 눈꺼풀도 부어 있었다. 목을 매달기 전에 두들겨 팬 게 틀림없었다. 손은 뒤로 묶여 있었다. 맨발이 약간 흔들렸다. 금파리들이 발위를 기어다니며 엉긴 피를 빨아 먹고 있었다.

15분쯤 후 나는 채석장으로 향했다. 이제 나는 혼자였다. 내가 가고 싶은 어디로든 갈 수 있었다. 경비들은 굳이 나하고 같이 있을 생각을 하지 않았다. 내가 달아날지 모른다는 생각은 전혀 하지 않는 것 같았다. 사실 중국인 포로들은 수용소 밖으로 나가면 늘 고분고분했다. 때문에 미군이나 남한군 경비들은 할 일이 거의 없었다. 몇 달 전만 해도 많은 중국인 포로들이 단 한 명의 경비도 없이 미국인 의사 단 한 명의 인솔하에 전선에서 부산으로 아무 일 없이 이동한 일도 있었다.

중국인들은 대부분 함께 있는 걸 너무 좋아하고 서로에게 의존하는 경향이 있어 도망치려고 하는 사람은 거의 없었다. 우리는 외로움을 견딜 수 없었다. 우리는 같이 있는 한 덜 위험하다고 생각했다. 우리는 한국어를 할 줄 몰랐기 때문에 어디서 음식을 얻어야 할지, 어떻게 변장해야 할지 전혀 알지 못했다. 그래서 탈출에 대한 얘기는 많이 해도 그걸 개인적으로 실행에 옮길 만큼 용기 있는 사람은 거의 없었다. 그와는 대조적으로 북한군 포로들은 기회만 되면 도망치려고 했다. 그것이 그들을 수용소 밖으로 데리고 나오지 않는 이유였다. 다른 평범한 중국인들처럼 나도 소심해서 감히 도망칠 생각을 하지 못했다.

나는 친구의 죽음에 대한 의문들과 슬픔으로 괴로워하며 해변 가까이 있는 채석장을 향해 천천히 걸어갔다. 81수용소를 지나치며 나는 북한군 포로들이 아침 훈련을 하는 걸 보았다. 그들은 행진을 하며 구호를 외치고 있었다. 그들 중 일부는 끝을 비스듬하게 베어 내 창처럼 뾰족하게 만든 대나무 막대기를 들고 있었고, 일부는 나무 막대기와 쇠스랑을 들고 있었다. 몇몇은 도끼처럼 날카롭게 만든 삽을 어깨에 걸치고 있었다. 대열 앞에 있는 네 사람은 들것의 버팀목으로 만든 알루미늄 창을 들고 있었다. 그들은 너무 활기에 넘쳐 전혀 포로처럼 보이지 않고 오히려 의용군 부대 같았다. 밍이 나한테 한국인들이 우리들보다 훨씬 더 조직이 잘돼 있다고 한 건 맞는 말이었다. 그들의 비밀 세력이 수용소에 침투해서 그곳의 많은 부분들을 통제했다. 나는 한국군 포로들이 있는 대부분의 수용소에는 대장장이가 있고 수제 무기로 무장한 수백 명에 달하는 보안부대가 있다는 얘기를 들었다. 페이 인민위원은 언젠가 우리에게 근성 있는 한국인 동지들을 본받으라고 지시했었다.

하지만 우리는 그들과는 다른 상황에 있었다. 그들은 민간인들과 접촉하는 데 어려움이 전혀 없었을 뿐만 아니라 산에서 작전을 전개하는 게릴라들과 은밀히 접촉하고 있었다. 상당수의 거제도 주민들이 다른 곳으로 이주하긴 했지만, 미군들에게 꼭 필요한 많은 윤락녀들이 아직 남아 있었다. 이 여자들이 한국군 포로들과 게릴라가 서로 연락하는 걸 도와주었다. 게다가 남한군 경비들 중 일부는 북한군을 위해 첩자 노릇을 했다. 결과적으로 한국군 포로들은 이곳에서 편안하게 지내고 있었다. 미군들보다 더 그랬다.

내가 채석장에 도착했을 때는 일이 순조롭게 진행되고 있었다. 다른 트럭들은 모두 떠나고, 남은 두 트럭에 돌이 실리고 있었다. 동료 수감자들은 내 다리가 좋지 않으며 친구의 죽음을 애도하고 있다는 걸 알고, 크기가 작은 화강암을 나르게 해줬다. 또한 그들은 미끌미끌한 돌을 밟지 말라고 말해주기도 했다. 하지만 돌을 들 때마다, 허벅지에 통증이 오면서 넘어질 것만 같았다. 나는 그렇게 심한 일을 하겠다고 부탁한 걸 후회했다. 대퇴골이 다시 끊어질지 모른다는 생각에 두려웠다. 어떤 바위는 두 사람이 들기에도 너무 컸다. 그래서 트럭 뒤에 두툼한 판자를 기대놓은 다음, 여러 명의 포로들이 힘을 합쳐 뒤에서 돌을 밀고, 다른 네 사람은 차에 올라가 밧줄에 묶인 돌을 잡아당겼다. 바위는 트럭 구석에 안착할 때까지 조금씩 올라갔다. 나는 사람들의 강인함에 놀라지 않을 수 없었다. 나도 그렇게 강했으면 싶었다.

다행히 선적량은 많지 않았다. 우리는 한 시간 반 만에 일을 끝냈다. 그러자 두 대의 트럭에 열두 명이 여섯씩 나눠 타고 공사장에 가서 돌을 푸는 일이 맡겨졌다. 나머지는 해변에 남아 담배를 피울 수 있도록 해줬다. 그것은 일에 대한 최상의 보상이었다. 그것은 우리에게 자유인이라는 느낌을 조금이나마 느끼게 해줬다. 나는 커다란 바위에 누워 눈을 감고 바다 공기를 깊이 들이마셨다. 친구의 훼손된 몸이 다시 생각났다. 눈물이 볼을 타고 흘러내렸다.

몇몇 사내아이들이 맨발로 우리 주변을 기웃거렸다. 그들은 어깨에 구두닦이 통을 들쳐 메고 있었다. 흙 묻은 그들의 종아리는 사탕수수처럼 가늘었다. 그들은 우리한테 돈이 없다는 걸 알자 우리를 내버려두고 경비들에게 말을 걸었다. 한국군 병사가 짜증을 내며 그들을 향해 소리쳤다.

"가라! 어서 가지 못해!"

그런 작은 소동이 일어나는 동안 중국인 포로들은 어슬렁거리며 비린내 섞인 공기를 마시고, 바다에 떠 있는 고깃배들을 바라보았다.

8

"왜 그들이 딩완린을 죽였지?"

다음 날 아침 밍을 만났을 때 그에게 묻자, 그는 깜짝 놀라면서 얼굴에 주름이 잡힐 정도로 억지웃음을 웃었다.

"페이 인민위원을 배반했기 때문이야."

밍이 중얼거렸다.

"그가 그랬다는 걸 어떻게 그처럼 확신할 수 있지?"

"우리는 혐의 있는 자들을 모두 조사해보고, 그가 그랬다는 게 틀림없다는 결론을 내렸어."

"네가 말하는 '우리'가 대체 누군데?"

"유안, 그건 말해줄 수 없어. 딩완린이 네 친구였다는 것은 알고 있어. 안됐어."

"완린은 적에게 고문을 당했어. 어째서 그가 받은 고통을 감안하지 않았지? 그런 고문을 받으면 누군들 비밀을 발설하지 않겠어? 너희들은 적어도 그에게 기회를 줬어야 해."

"유안, 나는 그 일에 관여하지 않았어. 그건 당이 결정한 거야. 이곳에서 우리의 투쟁은 죽느냐 사느냐의 문제야. 우리가 어떻게 우리를 배반한 자를 가만둘 수 있겠어? 당장 그것을 멈추게 하지 않으면 배반자가 더 생길 거야."

"여기선 누가 당을 대변하지?"

"말해줄 수 없어."

"그렇다면 너는 왜 굳이 나를 만나는 거지?"

"친구이기 때문이지. 솔직히 나도 당이 내리는 어떤 결정들에 대해서는 마음이 편치 않아. 우리는 대학을 졸업한 사람들이니까 서로를 이해할 수 있잖아. 그런데 미안하지만, 너는 아직 당원이 아니어서 너한테 모든 걸 얘기해줄 수는 없어."

그의 큰 눈에 깃든 정직한 표정이 내 마음을 약간 누그러뜨렸다. 그는 곧 심사가 있게 될 것이며, 포로들은 모두 중국 본토로 돌아갈지 말지를 결정해야 하기 때문에 나한테 조심하라고 말했다. 당 지도자들은 심사 이전이나 심사가 진행될 때 폭력 사태가 발생할지 모르므로, 모든 동지들이 단합해 서로를 도와야 한다고 했다.

우리의 대화를 통해 나는 수용소에 당 위원회가 있는 게 분명하다고 생각했다. 페이 인민위원이 그걸 지휘하고 있을 가능성이 많았다. 그는 적에게 사로잡힌 최고위 간부였다. 하지만 완린을 죽이라고 한 사람이 그인지는 확신이 서지 않았다. 그는 독방에 갇혀 있었기 때문에 다른 사람들과 접촉할 수 없는 상황인지 몰랐다. 밍은 그들이 그와 접촉하려고 열심히 노력하고 있지만 지금까지는 헛수고였다고 말했었다. 그렇다면 다른 당원들이 지휘권을 행사하고 있음이 분명했다.

이틀 후인 1952년 3월 26일 저녁, 나는 중대 본부의 호출을 받았다. 오두막에 들어서자 몇몇 사람이 모여 있는 안쪽 방에서 떠들썩

한 소리가 들려왔다. 모두 목소리를 높이지는 않았지만 술 냄새가 났다. 여기저기서 식기 부딪는 소리가 들렸다. 책상에 혼자 앉아 있던 중대장 왕용이 내게 손짓으로 앉으라고 했다. 그 앞에는 김이 모락모락 나는 코코아 잔이 놓여 있었다. 강렬한 냄새가 배를 자극했다. 우툴두툴한 얼굴에 미소를 지으며 그가 말했다.

"펭 동지, 게임을 할 시간이 많지 않아. 이제 자네가 누구인지 나한테 밝혀야 해."

"저는 중대 행정병이었을 뿐입니다."

"시치미 떼지 마. 우리는 자네가 황푸군관학교에 다녔다는 걸 알고 있어. 맞지? 하하, 자네는 딱 걸렸어."

그는 머리를 젖히고 크게 웃었다. 나는 당황해서 가만히 있었다. 그가 어디에서 그런 정보를 입수했는지 궁금했다. 완린이 나도 배반했을까? 그럴 리 없었다. 취조할 때 그에게 물을 정도로 내가 중요한 사람일 수는 없었다.

"어떻게 증명할 수 있죠? 저는 대학에 다닌 적이 없어요."

"그렇다면 어떻게 영어를 할 줄 아느냐?"

"선교사한테 배웠어요."

"이제는 이 어르신을 그만 속이게. 자네의 배경을 어떻게 알게 되었는지 말해주지. 우리 취사병 중 하나가 자네가 다니던 학교 식당에서 일했던 사람이야. 그 친구가 자네의 얼굴을 알아봤지. 이름은 모른다고 하더군. 하지만 자네가 황푸에서 공부한 게 확실하다고 했어. 보라고, 나는 지금 자네한테 공정하게 대하는 거야."

나는 무슨 말을 해야 할지 모른 채 휘어진 책상 윗면에 눈을 고정하고 있었다. 잠시 후 그의 말이 이어졌다.

"펭, 나는 자네가 아주 좋아. 자네는 너무 순진하고 잘생겨서 아직까지 여자하고 잠도 자보지 못했을 거야. 자신을 공산주의자들한테 묶어두려는 이유가 도대체 뭐지? 대부분은 살아서 돌아갈 수도 없을 거야. 그들을 위해 죽음으로써 썩어빠진 아시아의 북동쪽 변방에 묻힐 가치가 없는 거라고."

나는 한국을 그렇게 묘사하는 걸 그때 처음으로 들었다. 내심 재미있기도 해서 정직하게 말했다.

"왕 대장님, 저는 공산주의자가 아니지만 고향에 돌아가야 합니다. 본토에는 아픈 노모가 계시고 약혼녀가 있습니다."

나는 호주머니에서 쥐란의 스냅 사진을 꺼내 보여줬다. 그는 사진을 흘깃 보고 별다른 느낌을 받지 못하는 것 같았다.

"우리 모두는 중국에 부모와 형제들이 있지. 그러나 진짜 남자는 자신의 마음이 가는 곳을 고향으로 삼아야 하는 거야. 자네 약혼녀에 관한 건 말이 안 되는 거야."

"어째서 그렇죠?"

"나는 공산주의 군대에 근무했기 때문에 그들의 규칙을 알지. 자네는 대대장이 되기 전까지 여자와 같이 살 수도 없어. 자네가 언제 그런 자격을 얻겠는가? 그녀와 그렇게 떨어져 사는 걸 견딜 수 있겠는가? 황푸군관학교를 다닐 때, 마음에 드는 여자를 아무 때나 고를 수 있었던 걸 기억하나? 이것은 큰 차이가 아닌가?"

"제 약혼녀는 제 사단이 있던 청두시에서 대학을 다니고 있습니다. 그래서 제가 장교가 아니라 해도 서로 가까운 곳에 살 수 있습니다."

"자네 참 순진하군그래. 자네가 속한 사단은 미군에 의해 이미 거덜났어. 더 이상 존재하지 않는단 말이야. 그런데 자네가 어떻게 청두로 돌아갈 수 있지? 누구와 같이 간단 말이지?"

날카로운 통증이 가슴을 파고들었지만 나는 가까스로 말했다.

"저는 약혼한 몸이라 고향으로 돌아가야 합니다."

"그건 잊어버려. 타이완에 가면 예쁜 여자들이 많아. 우리가 그곳에 도착하는 대로 자네를 근사한 집에 공짜로 데리고 가겠네. 그럼 자네는 너무 좋아서 고향이 어디인지도 잊어버릴 거야."

갑자기 그는 뭔가가 켕기는 것처럼 잠시 말을 멈췄다.

"미안하네. 나는 제대로 배운 사람이 아니어서 이렇게 무식하게밖에 말할 줄 모르네. 나는 중학교에 다닌 적도 없고, 평생 책 한 권 읽지 않았네. 거친 말을 해서 미안하네만 선의로 한 말이네."

"그런 이유로 저를 붙잡고 있는 것이라면 중대장님, 고맙습니다. 이제 가도 되겠습니까?"

"잠깐 기다리게. 아직 본론에 접어들지는 않았으니까."

그는 비틀거리며 일어나더니 책상을 돌아 나한테 오며 말했다.

"자네와 좀 더 얘기할 수 있도록 저녁 식사에 초대하고 싶네."

그러고는 내 대답을 기다리지도 않고 내 팔꿈치를 움켜쥐고 일곱 사람이 모여 있는 방으로 데리고 갔다. 그들은 그의 부하들이거나 동료들이 분명해 보였다. 우리가 들어선 순간 박수 소리가 났다.

"어서 오시오, 펭 장교님."

그들 중 하나가 나에게 말했다. 다른 사람들도 내가 그들의 상급자라도 되듯 깍듯하게 인사했다. 그들 모두 내가 황푸군관학교의 사관생도였다는 걸 알고 있는 게 분명했다.

들어찬 담배 연기 때문에 역한 냄새가 났다. 키가 큰 다섯 개의 램프가 흙마루 위에 세워져 있었다. 눈에 거슬리는 빛이 회색 벽에 사람의 그림자를 크게 드리우고 있었다. 틀림없이 그들은 나를 위해 이 저녁을 준비해놓고 있었다. 화력 좋은 램프를 켜놓은 것은 방을 따뜻하게 하기 위해서인 것 같았다. 사람들 앞에 놓인 둥근 탁자에는 오징어튀김, 마른 조개와 배추를 섞어 튀긴 요리, 김치, 적어도 7킬로그램은 나가 보이는 돼지 어깨 살 요리 등 네 가지 음식이 놓여 있었다. 음식 옆에는 한 병의 막걸리와 두 병의 브랜디가 있었다. 쌀밥이 담긴 알루미늄 세면기는 닳아서 해어진 수건으로 덮여 있었다. 다양한 크기와 색상의 그릇과 접시, 군용 컵, 커피 잔, 나이프, 포크, 스푼, 젓가락 등의 식사도구들도 구색에 맞게 갖춰져 있었다.

나는 이렇게 풍성한 저녁 식사를 보고 다소 기가 질렸다. 그래서 애써 눈을 돌려야 했다. 1년 만에 처음으로 보는 거창한 식단이었다. 그렇게 좋은 것들을 어디서 구했는지 궁금했다. 많은 포로들이 그들의 지도자들이 부당이득을 취하고 있다고 불평했던 것도 놀랄 일은 아니었다.

왕용이 큰 목소리로 말했다.

"오늘 이 자리에 모인 것은 두 가지 이유 때문이오. 첫째, 우리 형제들이 서로를 좀 더 잘 알기 위해서요. 둘째, 우리가 자유세계로 곧 떠나게 될 거라는 좋은 소식을 축하하기 위해서요."

그 자리에 모인 사람들이 박수를 쳤다. 나도 덩달아 박수를 쳤다. 그러고 나서 그들은 타이완이 어떻게 생겼으며, 거기에서 어떻게 삶을 시작할 것인지를 얘기하기 시작했다. 그들은 대부분 그냥 술만 마시고 있었다. 그들 중 몇이 돼지 어깨 살을 슬쩍 쳐다보았지만, 아무도 먹을 생각이 없는 것 같았다. 나는 컵에 든 브랜디를 조금 마시며 계속 있어야 할지 아니면 떠나야 할지 망설였다.

나는 여기에 있는 것이 위험하다는 것을 알았다. 그들 중 하나가 이 식탁에 있는 내 사진을 찍는다면 나는 끝장이었다. 내가 자신들에게 협조했다는 증거로 그걸 공개할 것이기 때문이었다. 그렇게 되면 공산주의자들은 틀림없이 나를 처벌할 것이었다. 하지만 그들에게 카메라가 있을 것 같지는 않았다.

부드러운 타원형 얼굴의 남자가 내게 물었다.

"펑 장교님, 우리와 같이 타이완에 갈 거요?"

"아닙니다."

나는 침착하게 말했다. 모든 사람들의 눈이 나를 향하고 있었다.

"그럼 미국으로 갈 건가요?"

"그 나라는 우리 같은 중국 포로들을 받아들이지 않습니다. 그건 아시잖아요."

"그렇다면 어디로 갈 거요?"

"본국으로 돌아가야죠."

"이유가 뭐요? 나는 이해 못하겠소. 당신은 어째서 공산주의자들한테 그렇게 충성하는 거요? 그들에게 얻는 게 뭐가 있소?"

"펑 장교님."

주근깨투성이의 남자가 끼어들었다.

"배를 놓치지 마시오. 이번에 우리와 같이 가지 않는다면 당신은 평생 후회하게 될 거요."

다른 사람이 맞장구쳤다.

"펑 장교님, 잘 생각해보라고요. 황푸군관학교를 졸업한 사람들이 얼마나 많소? 공산주의 악당놈들하고 전투를 치른 다음에 아직도 살아남은 자가 얼마나 되오? 당신은 타이완에 가는 순간, 국민당원들에게는 소중한 존재가 될 거요. 장 총통께서는 언제나 황푸 졸업생들을 친자식이나 친손자로 대하신다오. 우리를 따라가면 당신의 미래는 화려해질 거요."

"당신 말이 맞을지 모르죠. 하지만 저에게는 고향에 늙은 어머니가 계십니다. 저는 어머니를 버릴 수 없습니다."

"좋소, 오늘은 그냥 먹고 마십시다. 더 이상 정치 얘기는 하지 맙시다. 다른 얘기는 관두고 우정과 행복한 것들에 대해 얘기합시다."

왕용은 그렇게 말하면서 내게 막걸리를 따라줬다.

"펑, 나는 자네가 술을 마시지 않는다는 걸 알고 있네. 하지만 이게 우리의 마지막 모임일지 모르네. 적어도 우리의 형제애를 생각해서 조금만이라도 마시게나."

그는 아주 진지하고 겸손해 보이기까지 했다. 그래서 나는 컵을 들어 한 모금 마셨다.

"다 마셔버리시오!"

누군가가 재촉했다.

"싹 비워버리시오!"

"그래요, 사내답게 비우시오."

그들 중 일부는 술을 비우고, 일부는 음식을 먹기 시작했다. 나는 일어나서 말했다.

"용서해주십시오. 저는 더 오래 있을 수는 없습니다."

"안 되지, 당신은 아직 내 잔을 받지도 않았소."

얼굴이 타원형인 사내가 말했다. 그는 벌써 취해 있었다.

"못 가!"

건장한 남자가 벌떡 일어나더니 내 웃옷의 앞자락을 잡고 자신의 벨트에서 단도를 꺼냈다. 그는 그걸 내 목에 갖다 댔다. 다른 남자가 내 얼굴을 주먹으로 쳤다. 나는 바닥에 나동그라졌다. 왕용이 내가 일어나는 걸 거들어줬다. 그는 돌아서서 건장한 남자를 손바닥으로 치며 명령했다.

"그것 치워, 이 짐승 같은 새끼야. 너는 아직 취하지도 않았잖아."

그 남자는 화가 나서 발을 동동 구르며 단도를 휘둘렀다. 그가 소리를 질렀다.

"펭얀, 너는 우리 형님의 친절을 고맙게 생각한 적이 한 번도 없다. 너는 우리 모두를 깔보는 놈이야. 네놈은 대체 누구냐? 황푸군 관학교를 나온 밥통 아니더냐? 너는 공산주의자들을 개처럼 따라다닌 놈이다. 너는 우리 국민당원들에게는 배반자다. 우리는 너에게 조직에 들어오라고 강요한 적도 없고 네 몸에 문신을 한 적도 없고, 포로한테 주어지는 모든 특권을 네게 줬다. 그런데 너는 우리의 친절을 악용했다. 네놈의 살점을 뜯어버리고 말겠디. 너는 이렇게 행동해야 하는지를 모르는 놈이다."

그러고는 단도를 탁자에 박았다. 쿵 소리와 함께 단도가 병 옆에 박혔다.

"염병할 자식, 여기서 나가!"

왕용이 그를 향해 소리쳤다. 몇몇이 그 사람을 사무실로 끌고 가 구석에 있는 간이침대에 눕혔다. 그러자 방 안이 조용해졌다. 내 가슴이 쿵쿵 뛰었다.

"모두들 앉아."

왕이 말했다. 우리가 다시 자리에 앉자 그는 나를 향해 말했다.

"솔직히 나는 자네가 정말 좋아. 자네의 능력도 그렇고, 외모도 그래. 그것만으로도 자네의 앞날은 창창해. 고위 장교가 될 거야. 그리고 자네가 정직하다는 걸 알기 때문에 나는 자네와 친구가 되고 싶어. 나는 거친 사람이야. 매너도 없고, 학교는 3년밖에 다니지 않았어. 자네와 같은 사람을 사귐으로써 나는 내 자신을 격상시키고 싶어. 나는 이곳에서 모든 걸 망치게 될지도 몰라. 우리는 자네의 도움을 받고 싶어서 타이완으로 데려가고 싶은 거야."

"저한테서요?"

나는 놀라 물었다. 그도 술에 취한 건 아닌지 의심스러웠다.

"그래, 자네한테서."

"어떻게요?"

"자네는 황푸군관학교를 졸업했으니 타이완으로 가면 장 총통께서 자네를 높은 위치로 승진시켜주실 거야. 그러나 우리는 누군가? 우리는 그저 촌놈에 불과해. 우리 중 누구도 초등학교를 제대로 졸업하지 못했어. 우리는 본토에서 쓰레기 취급을 당했지. 타이완에서도 결국 마찬가지일 거야. 하지만 자네는 달라. 자네가 장군이 되면 한때 자네를 친구처럼 대해줬던 나같이 천한 사람을 기억해줄 수 있지 않겠는가. 펑얀, 자네는 너무 젊어. 하지만 자네는 공산주의자들한테 물들고 있어. 왜 우리와 같이 타이완에 가지 않겠다는 것인가? 타이완에 가도 우리 가운데 능력 있는 사람이 없으면 우리는 아무것도 못할 거야. 우리는 거기서도 결국 사회 밑바닥에 버려질 거야."

그는 두 손으로 얼굴을 감싸고 흐느꼈다. 다른 사람들이 그를 진정시키려 했지만 그는 어린애처럼 더 크게 울었다. 술을 너무 많이 마신 것 같았다. 그의 솔직함에 내 마음이 움직였다.

"왕 대장님, 그렇게 상심하지 마십시오. 대장님이 제게 늘 말씀하신 것처럼 모든 사람은 자신을 위해 선택하게 됩니다. 저는 공산주의자가 아닙니다. 제 말, 믿어주십시오. 제가 고향에 가려 하는 건 어머니와 약혼자가 그리워서일 뿐입니다. 제가 그들을 버린다면 어떻게 다른 곳에서 잘 살 수 있겠습니까?"

이 말을 하는데, 자꾸 눈물이 났다. 나는 일어나 술잔을 들었다.

"왕 대장님, 대장님의 우정을 깊이 간직하고 이날 밤을 결코 잊지 않겠습니다. 자, 드시죠."

그들 모두가 일어나 자신들의 잔에 든 술을 다 마셨다.

"형제들, 저를 용서해주십시오. 이제 저는 가야 되겠습니다."

나는 이렇게 말하고 돌아서서 사무실로 나갔다. 그리고 커튼을 젖히고 서늘한 밤 속으로 걸어나왔다.

별들이 남색 하늘에서 서로에게 몸을 비비고 있었다. 달은 미소를 싱긋 짓는 사람의 얼굴 같았다. 멀리서 개 한 마리가 짖었다. 바다에 떠 있는 배로부터 미친 황소가 내는 듯한 경적이 들려왔다. 머리가 아파오면서 관자놀이가 뛰었다. 나는 그렇게 술을 마셔본 적이 없었다. 토할 것 같았다. 큰 막사 귀퉁이를 비틀거리며 걸어가는데 그림자 하나가 튀어나왔다.

"누구요?"

말이 끝나기도 전에 묵직한 물체가 뒤통수를 쳤고, 나는 바닥에 쓰러졌다.

깨어나보니 나는 막사에 돌아와 있었다. 그리고 경악스럽게도 내 배에는 두 개의 영어 단어가 쓰여 있었다. 배꼽 바로 아랫부분에 'FUCK COMMUNISM'이라는 문신이 새겨져 있었던 것이다. 다지안과 몇몇 동료들은 가까이 앉아 한숨을 쉬며 국민당 추종자들을 향해 욕을 퍼부었다. 젖은 수건이 이마에 놓여 있었지만 아직도 머리가 흐릿했다. 문신은 나를 기겁하게 만들었다. 이런 글씨를 몸에 새긴 상태에서 어떻게 중국으로 돌아갈 수 있겠는가? 울컥 솟아오르는 눈물을 참으려고 눈꺼풀을 오므렸다. 그러고는 심장에 칼을 맞은 것처럼 다시 정신을 잃었다.

나는 왕용이 나한테 문신을 하도록 명령했는지 어쩐지 모른다. 그랬을 수도 있고 그러지 않았을 수도 있었다. 나는 너무 망연자실하여 누구를 탓할 수도 없었다. 내 살갗에서 그 단어들을 지울 수 없을지 모른다는 생각에 나는 기겁했다.

이틀 후 다지안이 왕용의 부하들에게 납치당했다. 그들은 중대사무실에 있는 의자에 그를 묶고 오른팔에 문신을 새겼다. '공산주의를 쳐부수고 러시아에 맞서자.' 그도 망연자실하긴 마찬가지였다. 그는 울면서 자신은 이제 끝났다고 말했다. 그러나 어떤 면에서 우리는 운이 좋았다. 그들은 우리의 몸에 그들이 공산주의자를 가리킬 때 사용하는 돼지 그림을 새기지는 않았던 것이다. 그와는 대조적으로 그들은 국민당 편에는 종종 본인이 직접 선택한 구호 아래 중국 지도를 새겨줬다. 몽골과 시베리아 일부까지 포함된 지도였다. 다지안과 나는 우리들의 문신에 대해 어떻게 해야 할지를 몰랐다. 그는 내가 해결책을 찾아주기를 바랐다. 나는 그에게 용기를 잃지 말자고 했다. 틀림없이 우리의 혐의를 벗을 길이 있을 거라고 그를 위로했다. 하지만 사실은 나도 어찌할 바를 모르긴 마찬가지였다.

9

나는 철조망 너머에 있는 창밍에게 내 문신을 보여줬다. 그는 그들이 왜 중국어 대신 영어를 사용했는지 궁금해했지만 놀라는 것 같진 않았다.

"나중에 이걸 없앨 수 있을까?"

나는 밍에게 물었다.

"외과 의사라면 할 수 있을 거야."

"이제 나는 어떻게 해야 하지? 내 몸에 이런 문신이 있는데, 어떻게 본토로 돌아가지?"

마지막 말이 그를 놀라게 한 것 같았다. 그가 우울하게 말했다.

"우리는 그들이 우리 편한테 문신을 새길 거라고는 예상하지 못했어."

"페이 인민위원에게 내가 어찌해야 하는지 물어봐줄래? 우리에게 뭔가 지시를 하실 수도 있잖아."

"아직 접촉이 안 돼."

"한국인들을 통해 접촉해보는 건 어때? 그들에게는 비밀 통로가 있을 게 틀림없어."

"그렇게 해볼게."

"빨리 그래줘. 안 그러면 우리는 끝난 거야. 내일 심사가 시작되면 어떻게 해야 할지 모르겠어."

내가 '우리'라는 말을 쓴 것은 다지안도 염두에 두고 있었기 때문이었다. 밍은 이틀 안에 어떻게 해야 할지 알려주겠다고 약속했다. 그는 최근에 잠을 잘 못 자는 것 같았다. 눈은 흐릿하니 피곤해 보였고, 광대뼈는 더 튀어나와 있었다. 하지만 그는 낙천적이었다. 그는 이것에 대처할 방식이 틀림없이 있을 거라고 다짐해줬다. 그는 자신이 나였다면 왕융에게 작별 인사를 하기 전에 돼지고기와 오징어튀김을 배불리 먹었을 것이라는 농담까지 했다. 그는 내게 '완고한 지식인'처럼 행동하지 말고 좀 더 융통성 있어야 한다고 말했다.

사실 밍은 내 처지와는 달랐다. 그도 대학을 졸업했지만, 나와 달리 국민당 추종자들과 얽힌 적이 없었다. 공산주의자들에게 그는 깨끗한 사람이었고, 나는 과거의 무거운 짐을 지고 다니는 사람이었다. 내가 왕융의 수하들과 저녁 식사를 했다면 중대 전체가 그걸 알았을 것이다. 공산주의자들의 손가락질에 맞서 내가 어떻게 책임을 면할 수 있을 것인가? 그들은 나도 배반자라고 처벌하지 않을까? 다행히 나는 음식에 손을 대지 않았다. 그렇지 않았다면 배에 새겨진 끔찍한 말들까지 더해지면서 그들에게 너무 얽혀들어 오명을 씻을 수 없었을 것이다.

나처럼 다지안도 문신이 몸에 새겨진 이후로 우울해했다. 그는 때때로 처절하게 흐느꼈다. 한번은 우리가 타이완으로 가겠다고 해야 되는 건 아닌지 묻기까지 했다. 나는 그렇게 생각하지 말라고 말했다. 너무 쉽게 단념해서는 안 된다고도 했다.

이틀 후 밍과 나는 철조망 북서쪽 끝에서 다시 만났다. 그는 문신에 대해선 너무 걱정하지 말고 심사를 할 때 본토로 돌아가겠다고 완강하게 말해야 한다고 말했다. 나는 그에게 물었다.

"페이 인민위원이 그렇게 지시하신 거야?"

"아니, 아직도 접촉하지 못했어."

그렇게 지시한 사람은 우리 사단의 포병대장이었던 하오차오린이었다. 지금은 그가 공산주의자들을 지휘하고 있는 것 같았다. 밍은 우리에게 문신을 제거할 수 있다는 차오린의 말을 전해주며 설득력 있는 예까지 들었다. 몇 년 전에 중국 북서 지방의 얀 군사령관이 부대원들의 가슴에 반동적인 구호를 문신으로 새기게 했는데, 나중에 상당수 대원들이 공산주의 군대에 항복하고 나서 의사가 그들의 문신을 제거해줬다고 했다. 그 얘기를 듣자 나는 다소 위안이 되면서 본토로 돌아가고 싶은 마음이 더 강해졌다.

나는 흥분하여 돌아오자마자 다지안에게 그 얘기를 해줬다. 하지만 그는 좋아하지 않았다. 그는 내가 어디로 가든 나를 따라가겠다고만 말했다. 그는 그즈음 이질로 고생하고 있었는데, 피똥을 싸면서도 병원에 있기를 마다했다. 거기에서 혼자 죽을지 몰라 두려워서였다. 나는 탈수를 억제하기 위해 그에게 끓인 물을 많이 마시게 했다. 그는 한국인 의사가 처방해준 약을 먹었다. 낫는 속도가 느리긴 했지만, 약을 먹고 나서 변소에 가는 횟수가 줄어들었다.

한국의 봄은 중국보다 길었다. 좀 더 정확히 말하면, 계절로서는 더 분명했다. 남색 제비들과 바다제비들이 하늘에 나타났다. 바람도 불었다. 주로 태평양에서 불어오는 바람이었다. 낮에는 따뜻하고 밤에는 살을 에듯 차가웠다. 바다에는 더 많은 고깃배들이 떠 있었다. 배들은 구름과 물 사이에서 커다란 새들처럼 깐닥거렸다. 때때로 나는 그 안에 내가 아는 사람들이 타고 있기라도 한 것처럼 몇 시간이고 계속해서 배들을 바라보았다. 나는 바다에서 어부로 살아가는 내 모습을 상상해보았다. 그래도 좋을 것 같았다. 아직 젊으니 인생을 새롭게 시작할 수 있을 것이었다. 그 어떤 삶도 이렇게 갇혀 사는 것보다는 나을 듯싶었다. 내 마음은 구속받지 않는 삶에 대한 열망으로 가득했다.

4월 8일 아침, 확성기를 단 미군 자동차 한 대가 우리 막사 문에 오더니 처음에는 한국어로, 그다음에는 중국어로, 그다음에는 영어로 심사 절차에 대해 방송하기 시작했다. 여러 차례 반복되는 얘기를 듣고 많은 사람들이 감동을 받고 또 혼란스러워했다. 중국어로 된 부분은 부드럽고 다부지고 명확하게 들렸다. 남자의 상냥한 목소리였다.

국제법에 따라 양측은 가능한 한 빨리 포로들을 되돌려 보내야 합니다. 본토로 송환되는 것이 거부당하지는 않을 것입니다. 일부 포로들이 그들의 전향서를 강제로 써야 했고, 몸에 문신을 새겨야 했습니다. 하지만 정상적인 상황에서는 그렇게 하지 않았을 것입니다. 우리는 그들이 자신들의 의지에 반하여 그런 일을 하도록 강요당했다는 걸 이해합니다. 따라서 우리는 그들에게 책임을 묻지 않겠습니다. 우리는 진심으로 여러분 모두를 우리 조국의 품으로 맞아들일 것입니다. 형제, 동지 여러분, 여러분의 부모와 가족이 여러분을 기다리고 있습니다. 고향으로 가서 그들과 행복하게 살면서 우리의 위대한 조국을 건설하는 데 동참합시다……

그 말이 끝나고, 다른 남자가 딱딱한 중국어로 심사에 대한 유엔의 입장을 낭독했다. 이 목소리는 수용소 당국을 대변하면서 우리에게 본토로 돌아가기를 권유하기까지 했다.

유엔군은 자신의 나라로 돌아가기를 거부하는 사람의 운명에 대해서는 아무런 보장도 해줄 수 없습니다. 따라서 여러분은 본토 송환을 거부하기 전에 여러분의 결정이 여러분의 가족에게 미칠 결과를 고려해야 합니다. 만약 여러분이 돌아가지 않는다면 여러분의 정부는 여러분의 가족에게 책임을 물을지 모릅니다. 게다가 여러분은 그들을 다시는 못 볼 수 있습니다…….

그 말을 듣고 상당수의 전쟁포로들이 눈물을 머금었다. 어떤 사람들은 막사로 돌아가 담요에 얼굴을 파묻고 울었다. 왕용은 화가나서 날뛰었다.

"씨발놈의 미국 새끼들! 수류탄이 있으면 저놈의 차를 확 폭파시킬 텐데."

하지만 확성기에서 나오는 소리는 계속 이어졌다.

또, 이러한 가능성을 염두에 두기 바랍니다. 만약 여러분이 여러분의 조국으로 돌아가기를 거부한다면, 여러분은 적어도 몇 달동안 여기에 구금되어 있을 것입니다. 그러나 유엔이 언제까지나여러분을 먹여줄 수는 없습니다. 유엔은 여러분의 미래에 대해아무런 약속도 할 수 없으며 여러분을 안전한 장소에 보내준다는보장도 하지 않을 것입니다…….

방송은 국민당 성향의 포로들이 힘들게 이뤄놓은 일을 한순간에 훼손시켰다. 포로들은 방송을 듣고 향수에 젖었다. 자신들의 미래가 걱정되자, 일부는 타이완으로 가겠다는 생각을 바꾸고 싶어 했다. 영어로 된 방송은 포로들에게 고향으로 돌아가라고 부추기기까지 했다. 그것은 유엔이 '본국 송환을 완강하게 거부한' 사람만 받아들일 것이라고 했다. 미군들은 전쟁포로들을 억류하는 데 관심이 없는 것 같았다. 어쩌면 그들은 본토로 돌아가지 않으려 하는 사람들이 너무 많아 중국과 북한을 당황스럽게 하는 사태를 피하려 하는지도 몰랐다. 그렇게 되면 포로 교환 문제를 복잡하게 만들어 그들의 포로를 데려오는 데 문제가 생길지 모른다고 생각하는 것 같았다. 게다가 수만 명의 포로들을 떠맡는 것도 그들로서는 엄청난 부담일 게 틀림없었다.

자동차가 인근 수용소에도 방송하기 위해 빠져나가자마자, 우리 대대는 자유관에 모였다. 연대장인 한슈가 우리에게 연설을 하러 왔다. 그는 부드럽게 말하는 호리호리한 남자였다. 어느 모로 보나 장교보다는 관리에 더 가까워 보였다. 류타이안의 도움이 없었다면, 한슈는 수용소를 다스릴 수 없었을 것이다. 하지만 어찌 된 일인지 미국인들은 그를 좋아해 윗자리에 앉혀놓았다. 손을 뒷짐 지고 연단을 앞뒤로 오가며 한슈는 무슨 생각을 골똘히 하는 것 같았다. 우리는 말없이 그를 지켜보았다. 그러자 그는 지적으로 생긴 얼굴을 들고 우리를 향해 말했다.

"오랫동안 마음속에 품었던 질문이 하나 있소."

그는 앞줄에 서 있는 다지안을 가리켰다.

"자, 이 질문에 대한 답이 뭔지 알아보는 데 자네의 도움이 필요하네. 그래, 자네 말일세. 이리 올라오게. 긴장하지 말고."

다지안은 발을 질질 끌며 연단으로 올라갔다. 한슈의 말이 이어졌다.

"사실 내 질문을 이해하는 건 그리 어렵지 않소. 우리는 모두 한 때 공산주의 군대에 있었으니 마음속으로는 답을 알고 있소. 어이 친구, 자네 이름이 뭐지?"

"바이다지안입니다."

"바이 형제, 공산주의 군대 행동 수칙 7조가 뭔지 말해보게."

다지안이 숨을 헐떡이며 말했다.

"항복하지 마라. 목숨을 희생하는 한이 있더라도 포로로 잡히지 마라."

"맞아. 모든 사람이 들을 수 있도록 큰 소리로 말해보게."

다지안이 청중을 향해 그 말을 되풀이했다.

"좋아. 이제 돌아가도 좋네."

한슈가 우리를 향했다.

"이것이 오늘 내가 얘기하고자 하는 것이오. 여러분은 모두 공산주의자들의 규율을 알고 있고, 또 전쟁포로로 돌아가면 무슨 일이 일어날지 이해할 것이오. 여러분이 아직도 본토로 돌아가기를 원한다면, 본토로 돌아가는 순간 탄핵이나 육체적인 처벌, 감옥형, 처형당할 마음의 준비를 해야 하오. 공산주의자들이 여러분을 살려준다해도 여러분은 남은 일생 동안 사회의 쓰레기가 될 것이오. 형제 여러분, 여러분은 내가 여러분이 두려워서 맞서지 못하는 진실을 말하고 있다는 걸 알 거요. 그래서 나는 지금 그 문제를 끄집어내는 거요. 역사는 공산주의들이 늘 자기편보다는 적들에게 더 관대했다는 걸 보여주고 있소. 여러분은 그들의 중요한 적이 되어야만 품위 있게 살아남을 수 있소. 나는 이곳에서 여러분의 우두머리이므로 여러분의 안전에 신경을 써야 하오. 이 수용소에 일단 발을 들여놓은 이상, 여러분은 공산주의자들의 비난에서 벗어날 수 없게 됐소. 왜냐하면 그들은 여러분이 중국을 치욕스럽게 만들었다고 믿기 때문이오. 그들은 그들의 서열 안에서 규율을 유지하기 위해 무자비하게 여러분을 처벌할 거요. 여러분은 항의하며 그들에게 이렇게 말할 수 있겠죠. '그러나 저는 언제나 조국에 충성을 다했습니다.' 하지만 그들은 이렇게 말할 거요. '그렇다면 너는 왜 명예를 지키기 위해 자살하지 않았느냐?' 그렇다면 여러분은 뭐라고 말할 수 있겠소? 겁쟁이였다고 고백할 거요? 어쩌면 그래야 할지도 모르오. 만약 여러분이 정말 용감한 사람이라면, 우리가 보는 바로 이 자리에서 자신의 목숨을 버릴 수도 있겠죠. 그렇다면 그들은 여러분의 영웅적인 행동에 대해 듣고 여러분의 이야기를 공개하며 여러분을 혁명의 순교자로 명명하고 영웅으로 받들어 다른 사람들의 귀감이 되게 할 것이오. 형제 여러분, 우리는 똑같은 피와 살로 만들어진 인간들이오. 그래서 고통과 배고픔과 죽음을 두려워하오. 우리는 종종 생존본능에 따라 움직이오. 여러분 개개인처럼 나 역시 고향이 몹시 그립소. 종종 밤에는 내 부모와 형제들 꿈을 꾸며 눈물로 베개를 적시오. 하지만 나는 고문을 당하고 쓸모없는 짐승처럼 도살당하고 싶지는 않소. 그래서 나는 자유세계로 가서 나머지 일생 동안 고향 없는 사람으로 떠돌며 살기로 작정했소. 우리의 비극은 우리의 조국이 더 이상 우리가 인간답게 살 수 있는 곳이 아니라는 데 있소. 그렇다면 왜 우리가 돌아가야 하겠소? 솔직히 여러분이 공산주의자이고 여기에서 공산주의자로 행동했다 해도, 고향에 있는 여러분의 옛 동지들은 더 이상 여러분을 공산주의자로 생각하지 않을 것이오. 그들에게 여러분은 모두 겁쟁이고 패잔병이고 더 이상 있어서는 안 될 존재요. 그러니 내일, 여러분이 내리는 결정이 여러분에게 죽느냐, 사느냐의 문제라는 걸 명심하시오. 이제 해산하시오."

사람들은 그의 대담한 연설에 얼이 빠진 채 그 자리에 꼼짝 못하고 있었다. 과묵한 한슈가 그런 연설을 할 것이라고는 아무도 예상 못했다. 류타이안이 곤봉을 흔들며 우리를 향해 소리쳤다.

"막사로 돌아가란 말이야."

다지안과 나는 돌아오는 길에도 한슈의 연설에 얼이 빠져 불안정하게 걸었다. 한슈의 말이 송곳처럼 우리의 내부를 콕콕 찌르는 것 같았다. 우리 소대의 많은 사람들이 한 대장의 말에 상당한 진실이 있다는 걸 알고 기가 꺾였다. 다지안과 나는 국민당 추종자들의 손아귀에서 어떻게 빠져나와야 할지 모르고 있었다. 동시에 본토에서 우리를 기다리고 있을지 모르는 처벌이 두려웠다. 우리 소대에 있는 공산주의자들도 한슈의 말을 듣고 기겁했다. 일부는 아무 말 없이 있었다.

그날 오후 본토 송환을 원하는 5백여 명이 앞뜰에 모였다. 우리 주변에는 2백 명의 '경찰들'이 배치되었다. '경찰들'은 저마다 경찰봉처럼 두껍고 길이는 두 배나 되는 곤봉을 들고 있었다. 류타이안이 우리에게 말했다.

"형제들, 장 총통께서 보내신 배들이 자유롭고 행복하게 살 수 있는 타이완으로 우리를 데려가려고 항구에 도착했소. 옳은 길을 선택하고 공산주의자들과의 인연을 영원히 끊어버리시오."

류는 큼직한 금니 하나가 있고 얼굴이 네모진 남자였다. 그는 얘기를 하면서 오른손으로는 곤봉을 잡고 왼손은 벨트에 찔러 넣고 있었다. 그때 갑자기 누군가가 큰 소리로 말했다.

"우리는 중국으로 돌아가길 원한다. 타이완은 우리의 조국이 아니다."

"그 말 한 놈이 누구야? 앞으로 나와!"

류 대대장이 명령했다. 아무도 움직이지 않자 그가 덧붙였다.

"네놈한테 아버지가 있다면 당당하게 나서서 맞서라."

놀랍게도 머리를 빡빡 깎은 몸집 큰 남자가 앞으로 나가더니 침착하게 말했다.

"내가 말했소. 그리고 그건 사실이오."

"린우셴, 이 개자식아! 다시 한 번 얘기해봐라."

류타이안은 너무 화가 나서 네모진 얼굴이 가지처럼 검게 변했다. 오래전부터 그 남자를 알고 있었던 게 틀림없었다. 그는 눈알을 캐내기라도 할 것처럼 린우셴의 얼굴을 손가락으로 찔렀다. 하지만 몸집 큰 남자는 협박에 굴하지 않고 말했다.

"내 고향은 본토에 있다. 그런데 내가 왜 타이완으로 가야 하느냐? 제네바 협약에 따르면, 포로들한테는 각자 어디로 갈지 선택할 권리가 있다. 내 진짜 마음을 얘기하는 게 잘못이냐? 우리는 모두 포로들이다. 서로의 결정에 간섭해서는 안 된다."

류타이안은 이것이 전쟁포로를 의미하는, 주머니나 소매에 쓰인 P나 W의 문제가 아니라는 걸 보여주기 위해 그의 새 웃옷 앞자락을 들어 올리며 말했다.

"나는 너처럼 전쟁쓰레기가 아니다. 나는 자유인이다. 이 대대를 지휘하라고 임명받은 장교란 말이다."

"그래, 미국놈의 엉덩이에 입을 맞추고 나서 그랬겠지."

린우셴이 말했다. 몇몇 사람이 킥킥 웃었다. 열 받은 류타이안이 그에게 가더니 우셴의 왼쪽 소매를 잡아뜯어 위쪽 팔이 드러나게 했다. 국민당의 상징인, 햇살을 비추는 둥근 해의 문신이 새겨져 있

161

었다. 대대장이 말했다.

"너는 이미 여기에 반공 표시를 해놓고 있다. 어째서 마음을 바꾼 거냐?"

"네놈들이 강제로 그렇게 해놓은 거잖아. 그건 내 마음과는 다른 거다. 나는 고향으로 돌아가고 싶다."

"염병할 놈, 정말 본토로 돌아가고 싶으면 이 문신은 여기다 두고 가야지."

"좋다. 나도 이건 쓸모가 없다."

놀랍게도 류타이안이 우셴의 팔을 잡더니 손잡이가 옥으로 된 단 도를 들어 올렸다.

"마지막으로 묻겠다. 어디로 가고 싶으냐?"

"본토다."

류는 칼을 두 번 그어 검은 문신이 있던 살을 도려냈다.

"아야!"

우셴은 손으로 상처를 가리며 소리를 내지 않으려고 이를 악물었 다. 그의 눈에서 눈물이 쏟아졌다. 그의 눈이 이글거렸다. 피가 그 의 바짓가랑이로 떨어지더니 모래 바닥으로 다시 떨어졌다. 몇몇 보초들이 우셴의 팔을 잡아끌고 갈 때 사람들은 숨을 헐떡였다.

"학습실로 데리고 가라."

류타이안이 명령했다.

"그리고 아직 끝난 게 아니다."

그들은 이미 교육관에 20명이 넘는 사람들을 가둬놓고 있었다. 갇힌 사람들은 심사를 방해하고 폭동을 조장할 우려가 있는 강성 공산주의자들로 분류된 사람들이었다. 하지만 그들 중 일부는 공산 주의자들이 아니었다. 단지 고향으로 돌아가고자 하는 사람들일 뿐이었다.

군중의 앞쪽에서 소요가 일어나고 있었다. 우셴의 피를 본 사람들이 분노를 드러내기 시작했다. 일부는 집단적인 분노에 용기를 얻어 싸움이라도 벌일 태세였다. 류타이안은 놀란 것 같았다. 그러나 이내 평정을 회복하고 우리에게 말했다.

"우셴은 너희들한테 좋은 본보기다. 너희들 중 누구라도 본국에 가고자 한다면, 우리의 글자와 그림이 새겨진 살갗을 두고 가라. 그게 옳지 않겠느냐?"

다지안과 나는 앞줄에 서 있었다. 그는 몸을 덜덜 떨면서 눈을 질끈 감고 있었다. 핏기 없는 얼굴에 눈물이 흘러내렸다. 나도 몸이 굳어 잠시 할 말을 잃었다. 내가 할 수 있는 건 그의 소매를 잡아당기고 사람들의 이목을 끌면 안 된다는 걸 그에게 환기시키는 것뿐이었다. 곁눈질로 보니 그의 머리에 통통한 이 한 마리가 기어다니고 있었다.

"형제 및 동지 여러분."

류타이안이 큰 소리로 말했다.

"이제 여러분이 결정을 내릴 시간이오. 오늘 저녁 7시에 강당에서 추가 학습 시간이 있을 것이오. 모두 참석해 내일 있을 심사에서 어떻게 할 것인지를 명백히 해야 할 것이오. 자, 이제 해산하시오."

저녁을 먹기 전, 다지안과 나는 어떻게 해야 할지에 대해 의견을 나눴다. 우리는 류타이안이 그의 생각에 어긋나는 결정을 내리면 눈 하나 깜짝하지 않고 우리를 죽일 것이라는 걸 알았다. 나는 아직도 본토로 돌아가고 싶었다. 다지안은 나를 따르겠다고 말했다. 그러나 우리 두 사람은 너무 놀라서 최대한 우리의 진심을 드러내지 않으려 했다. 나는 속으로 내가 일부 공산주의자들이 그러한 것처럼 마음을 바꾸지 않고 육체적인 고통을 견뎌낼 수 있을지 확신이 없었다.

그날 저녁 식사는 잘 나왔다. 시금치와 당면이 든 돼지 곱창이 나왔다. 우리는 처음으로 쌀밥과 국을 한 그릇씩 먹을 수 있었다. 타이완으로 가고자 하는 사람들 중 일부는 정종을 마시기도 했다. 그들은 어쩌면 남한군 경비들한테 담요와 군화를 주고 술을 얻어왔을 것이다. 어떤 사람들은 특별한 경우에 쓰려고 아껴뒀던 하나밖에 없는 햄 통조림을 뜯기도 했다. 그들은 새 삶의 전야처럼 이날을 기념하고 싶어 하는 것 같았다. 그와는 대조적으로 본토로 가고자 하는 우리들은 우울하고 조용했다.

저녁을 먹고 나자 노을이 어둑해졌다. 사람들이 떼 지어 얘기를 나누는 가운데 축제 분위기가 흘렀다. 큰 막사 중 하나에서 피리 소리가 들렸다. 우리는 수용소의 교육관으로 갔다. 그곳에는 두 개의 큰 학습실과 강당이 있었다. 앞에는 성조기와 국민당 깃발이 휘날리고 있었다. 입구에는 마오쩌둥과 스탈린이 무릎 꿇고 있는 형상의 콘크리트 동상이 있었다. 두 사람은 범죄자들처럼 어깨를 움츠리고 머리를 숙인 모습이었다. 그들의 얼굴과 머리는 마른 가래침과 코딱지가 묻어 번들거렸다.

우리가 도착했을 때는 이미 학습이 시작된 상태였다. 왕용의 수하인 경비들이 늦었다고 욕을 하지 않고 그냥 들여보내줬다. 나는 강당의 강렬한 분위기를 느낄 수 있었다. 사람들은 모두 맨땅에 앉아 있었는데 너무 집중하고 있어서 우리가 들어갔어도 누구 하나 주목하지 않았다. 오후에 학습실에 감금당해 있던 사람들은 맨 앞자리에 끌려와 있었다. 류타이안은 세 시간 전보다 더 다부져 보였다. 그는 진짜 지휘관처럼 말했다.

"간단히 말해 공산주의자들을 따르겠다는 놈들은 끝이 좋지 않을 것이다. 고이 보내주지는 않겠다는 말이다."

그는 이렇게 말하고, 손이 뒤로 묶인 린우셴을 향해 말했다.

"너부터 시작하겠다. 마지막으로 묻겠다. 린우셴, 너는 어디로 갈 거냐?"

몸집 큰 그 남자는 그를 쳐다보지 않고 우리를 향해 돌아서서 소리쳤다.

"나는 중국에서 태어났소. 달리 어디로 가겠소!"

공기가 얼어붙은 것처럼 한동안 침묵이 이어졌다. 류타이안이 고함을 쳤다.

"좋아, 본토로 가기를 원한다 이거지. 지금 그곳으로 보내주마."

그는 한 손으로 린우셴의 목을 잡고 다른 손으로 단도를 흔들며 씩씩거렸다.

"다시 한 번 묻겠다. 어디로 갈 거냐?"

린우셴은 말없이 그를 노려보다가 우리를 바라보았다. 갑자기 그가 온 힘을 다해 소리쳤다.

"공산당 만세! 조국 만세!"

류타이안이 그의 가슴을 찌르고 단도를 비틀었다. 한마디 말도 없이 린우셴은 바닥으로 주저앉았다. 곧바로 류가 몸을 굽혀 그의 배를 갈랐다. 죽어가는 사람은 아직도 발을 버둥거리고 있었다. 피와 내장이 쏟아져 나왔다. 앞에 앉아 있던 몇몇 사람이 토하기 시작했다. 류는 칼을 옆으로 내질러 그의 가슴을 열고 김이 모락모락 나는 허파와 심장을 꺼냈다. 그는 심장을 자르고 단검에 꿰었다. 그러고는 심장을 들어 올리고 피 묻은 다른 손을 우리를 향해 흔들며 말했다.

"봐라, 내가 너희들을 고이 보내지 않겠다고 말했던 건 이런 의미였다. 또 다른 놈이 본토로 돌아가겠다고 한다면, 그놈의 심장이 어떤 색깔인지부터 봐야겠다."

그는 돌아서서 시체를 발로 찼다. 1분 정도 강당에는 아무 소리도 없었다. 공기는 피 냄새로 칙칙했다. 나는 류의 잔인함뿐만 아니라 사람 죽이는 일이 날마다 하는 일이라도 되듯 사람의 내장을 꺼내는 그의 솜씨에 간담이 서늘해졌다.

"계속하겠다. 다음."

류타이안은 아직도 칼끝으로 심장을 든 채 명령했다. 그들이 다음에 상대한 사람은 내가 아는 사람이었다. 그는 양후안이었다. 크고 강렬한 눈에 볼에 커다란 상처가 있는 앙상한 몸집의 사람이었다. 그도 황푸군관학교 졸업생이었다. 하지만 그는 나보다 1년 일찍 입학했기 때문에 다른 중대에 있었다. 그래서 우리는 서로 마주쳤을 때, 길게 얘기할 기회가 없었다. 그가 모교에서 국민당원들에 대한 폭동을 주도하는 데 아주 적극적이었다는 사실이 희미하게 떠올랐다.

그들은 양후안을 무대 중앙으로 끌고 갔다. 홀쭉한 남자가 그에게 가더니 물었다.

"날 알아보겠나?"

"메이루푸, 자네가 왜 여기 있지?"

양후안은 당황한 것 같았다.

"친구인 자네를 도우려고 왔지. 우리는 황푸에서 3년간 같은 기숙사에 있었잖은가. 자네가 나한테 베푼 친절을 나는 잊을 수 없네. 이제는 내 차례야. 자네를 공산주의자들의 함정에서 빼내주고 싶네."

"나는 자네의 도움이 필요 없어."

"자네와 나는 황푸 졸업생이네. 우리에게 아버지처럼 대해주셨던 장 총통님의 학생들이네. 하지만 나는 자네가 왜 본토로 돌아가려고 하는지 이해할 수 없네. 공산주의자들한테 충성하는 이유가 뭔가?"

나는 혼란스러웠다. 메이루푸는 자신도 우리 동창이라고 말했지만, 내 기억에는 없었다. 하지만 두 사람이 한때 룸메이트이자 친구였던 건 분명했다. 양후안이 대답했다.

"중국은 내 고향이 있는 곳이야. 왜 내가 돌아갈 수 없다는 것인가?"

"주둥이를 한 대 쳐라!"

류타이안의 명령에 메이루푸가 옛 친구의 뺨을 갈겼다.

"변절자로군! 쓰레기 같은 놈, 조만간 네놈한테 복수할 거다."

양후안이 큰 소리로 욕했다.

"염병할, 변절한 놈은 너야! 너야말로 장 총통님의 사랑과 기대를 저버린 놈이다."

메이루푸가 양후안을 주먹으로 때리기 시작했다.

"감히 네가 어떻게 나한테 변절자라고 하느냐?"

그러자 경비들이 떼거리로 양후안에게 달려들었다. 그는 계속 소리를 지르고 있었다.

"혁명 만세! 공산주의 만세!"

그는 곤봉과 쇠파이프로 얻어맞으면서도 계속 중얼거렸다.

"만세…… 만세……."

1분도 안 돼 그들은 그를 죽음 직전으로 몰고 갔다. 체격이 큰 남자가 군화 뒤축으로 양후안의 목을 밟고 짓이겨버렸다. 양후안은 약간 몸을 비틀다가 움직임을 멈췄다. 나는 온몸을 덜덜 떨었다. 나는 메이루푸와 같은 지식인이 류타이안처럼 사악할 수 있으리라곤 결코 생각해보지 못했다. 동시에 나는 방금 죽은 두 공산주의자들이 죽음을 전혀 겁내지 않는 것 같았다는 사실이 놀라웠다. 다지안도 나처럼 완전히 질려 있었다. 그는 내 어깨에 손을 짚고 자신의 몸을 가누려고 했다.

류타이안이 피투성이가 된 심장을 흔들며 연단 위에 있는 스무 명에게 말했다.

"너희들은 오늘 운이 좋은 거야. 내일 어떻게 하는지 보기 위해 오늘은 너희들을 살려두겠다."

그런 다음 그들은 우리를 향했다.

"너희들 중 몇 놈한테서 문신을 거둬들이고 싶다만, 오늘은 이쯤에서 끝내겠다. 린우셴과 양후안을 본받지 마라. 이제 가도 좋다."

다지안과 나는 우리들도 황푸군관학교 출신이었기 때문에 국민당 애호자들의 표적이 될 것이 틀림없다는 걸 깨닫고 크게 놀랐다. 그들은 모든 수단을 동원해 우리에게 강요할 것이었다. 공산당 당원들과 달리 우리는 목숨을 희생시켜가면서까지 본토 송환을 고집할 마음은 없었다. 우리는 돌아오는 길에 간략하게 얘기를 나눠보고 상황에 따라 행동하고 공개적으로 타이완에 가지 않겠다고 하지는 말자는 데 의견이 일치했다. 무엇보다도 살아남는 게 우선이었다. 살아 있는 한 중국으로 돌아갈 기회는 있을 것이었다.

많은 포로들이 류타이안을 싫어했지만 일부 국민당 애호자들은 그를 사랑하고 존경했다. 어떤 사람들은 그를 영웅이라고 생각하기까지 했다. 그를 보면 다지안과 나 같은 평범한 포로들은 물론이고, 골수 공산주의자들까지 떨지 않을 수 없었다.

"우리는 타이완으로 가야 한다!"

이 구호를 시작한 사람은 다름 아닌 근육질의 그 작은 남자였다. 가운뎃손가락을 깨물어 피를 낸 다음 술에 섞어 마시고 자신을 따르라고 전쟁포로들을 선동한 것도 그 야만적인 남자였다. 포로들도 술에 피를 섞어 함께 마시며 형제애를 다짐했다. 류타이안은 국민당 쪽 포로들에게는 관대했다. 부연대장이고 우리 대대의 대대장이었던 그는 한슈처럼 특별 음식을 먹을 자격이 있었지만, 그러한 특권을 거부하고 늘 일반 포로들과 똑같은 음식을 먹었다. 어느 날 점심을 제때 주지 못하게 된 일이 있었다. 그래서 장교들의 밥부터 먼저 해야 했다. 류타이안은 취사장으로 들어가더니 수수죽이 끓고 있는 솥이며, 조개와 감자로 된 국이 담긴 원통형 그릇을 엎어버렸다. 그 후 자기들만의 특별 음식을 즐기던 장교들도 식사 시간에는 그를 피했다.

어느 날은 문맹인 죄수가 수업을 빼먹고 무단결석을 했다. 류타이안은 그 앞에 무릎을 꿇고 읽고 쓰는 법을 배우라고 애원했다. 류에게 선악은 흑백처럼 분명한 것이었다. 그는 모호한 걸 참을 수 없어 했다. 그는 초등학교밖에 다니지 않았지만, 고대 중국 소설에 나오는 사내다운 영웅의 이미지에 마음이 비틀려 있는 아픈 사람 같았다. 고대 소설에 나오는 장페이나 리쿠이 같은 야만적인 인물들은 주저하지 않고 적을 죽여 피를 마시고 살을 먹는 자들이었다. 실제로 국민당 애호자들은 류타이안을 그러한 허구적 영웅들에 비유하며 공포를 조장하는 그의 능력을 좋아했다.

막사로 돌아온 우리는 류타이안을 향해 계속 욕을 퍼부었다. 어떤 사람은 공산주의자들이 그놈을 죽여 없앴어야 한다고 말했다. 지난해 어느 날 밤 공산주의자들이 그를 살려달라고 할 때까지 초주검이 되게 때린 사건을 두고 하는 말이었다. 어떤 사람들은 그들만의 군대를 조직하지 않은 것을 후회했다. 이제 무기를 손에 넣을 수 없으므로, 그들은 국민당 애호자들이 자기들 마음대로 난도질할 수 있는 고기가 되어 있었다.

어떤 사람은 그들이 중국으로 돌아가면 류타이안과 그에게 빌붙은 놈들의 가족과 친척들을 붙잡아 요절을 내버려야 한다고 말했다. 다지안은 그들에게 메이루푸의 여동생이 톈진시의 신문사에서 일하고 있다고 말했다. 어떤 사람은 돌아가기만 하면 그 여자한테 복수하고 말겠다고 했다. 우리가 얘기하고 있을 때 류타이안과 왕용이 경찰을 데리고 들이닥쳤다. 그들은 우리에게 막사 밖으로 즉시 나오라고 명령했다. 우리가 줄을 지어 차려 자세를 하자 류타이안이 말했다.

"문신 있는 놈들은 앞으로 나와."

30명쯤 앞으로 나갔다. 다지안과 나도 그 속에 있었다. 류가 우리에게 말하기 시작했다.

"내가 잊어버렸다고 생각하지 마라. 내가 말했던 것처럼 문신을 거둬가려고 왔다. 네놈들이 유엔의 음식을 먹었다면, 유엔 수용소에 너희들의 살점을 남겨두고 가야 한다. 본토로 돌아가고자 하는 놈이 있으면 지금 말해라. 문신을 벗겨주마. 자, 엎드려라."

우리들은 얼굴을 아래로 향하고 두 손을 벌렸다. 류가 소리쳤다.

"타이완으로 가고 싶은 사람은 오른쪽 다리를 들어라."

나는 잠시 망설이다가 다리를 들었다. 다지안도 나를 따라 했다. 하지만 반절 정도는 그렇게 하지 않았다. 류타이안이 첫 번째 사람을 가리키며 경호원들에게 명령했다.

"저 새끼를 끌어내!"

그들이 그를 일으켜 세운 순간 류타이안은 그에게 물었다.

"본토냐, 타이완이냐?"

류타이안은 그의 얼굴에 특수 제작된 칼을 들이밀었다. 칫솔 끝에 면도날을 부착한 칼이었다.

"본토."

그 사람이 중얼거렸다. 두 남자가 그의 팔을 뒤에서 잡고 있었다.

"다시 말해봐라."

"본토."

"좋다, 이걸 떼어주마."

"아!"

류가 문신이 된 그의 가슴팍 살을 떼어내기 시작했다. 그 남자가 소리를 지르기 시작했다. 하지만 그는 분명히 말했다.

"그래, 네 할아비를 위해 이 염병할 글자를 떼어줘라."

나는 곁눈질로 한 '경찰'이 짤막한 철사를 들고 있는 걸 보았다. 거기에는 열두어 개의 피 묻은 껍질이 꿰여 있었다. 껍질은 각각 두께가 2센티미터쯤 되어 보였다. 그들은 다른 막사에서 문신을 거두고 온 게 분명했다. 류타이안 옆에 어린애처럼 생긴 남자가 흰 에나멜통을 들고 있었다. 거기에는 잉크 묻은 살점들이 들어 있었다. 그제야 나는 강제로 문신을 당한 모든 포로들이 국민당 애호자들의 표적이었다는 걸 깨달았다. 그들은 우리를 그들에게 소중한 사람들과 끔찍한 적들로 분류해놓은 것이었다.

류타이안이 그 남자에게서 뜯어낸 살점을 흔들며, 다른 손으로 그의 경호원이 들고 있던 호롱등의 유리를 열어젖혔다. 그는 그 살을 불에 태웠다. 그것은 몇 초 동안 지글지글 끓더니 누렇게 타버렸다. 그러자 그걸 입에 넣고 질근질근 씹었다. 나는 소스라치게 놀랐다. 속이 느글거리기 시작했다. 그는 이를 갈며 말했다.

"나는 너희 공산주의자들을 모두 죽여 심장과 간을 씹어 먹어도 분이 풀리지 않을 거다."

무거운 침묵이 내려앉았다. 다지안이 흐느끼기 시작했다. 그들은 문신을 거두는 일을 계속했다. 그들은 굴하지 않는 사람들을 하나하나 일으켜 세우고 그들에게 답변을 강요했다. 비명 소리와 신음 소리가 난무했다. 처음에 다리를 들지 않았던 여러 사람들이 마음을 바꿔 타이완으로 가겠다고 했다. 나는 다리를 들었기 때문에 그들이 나를 일으켜 세우리라곤 생각하지 않았다. 나는 온몸을 덜덜 떨고 있었다. 나는 거의 말을 할 수 없었다. 여드름이 숭숭 난 남자가 피 묻은 칼을 내 배에 대며 말했다.

"자, 학자 양반, 어디로 갈 것인지 말해보시지."

"당신을 따라가겠소."

나는 가까스로 말했다.

"크게 말해."

왕용이 끼어들었다.

"좋아요, 타이완으로 가겠어요."

다지안도 땅에서 들려 일어났다. 그는 내가 하는 대로 따라 했다. 그들이 일을 마무리했을 때, 왕용은 새로운 '전향자들'을 넓고 깨끗한 큰 막사로 옮겨가게 했다. 하지만 나는 새벽까지 잠을 잘 수 없었다. 작은 막사로부터 신음 소리와 욕하는 소리가 끝없이 들려왔다. 너무 창피했다. 그래서 뒤척이고 있는 다지안과 얘기하기가 머뭇거려졌다. 그는 나를 따라옴으로써 나 혼자 죄의식을 감당하게 만들었다. 광신적이긴 하지만 꿋꿋하게 죽음에 맞선 진정한 공산주의자처럼 나도 용감할 수 있었으면 싶었다.

10

우리는 다음 날 아침 6시에 아침을 먹었다. 그리고 소지품을 등에
지고 자유관 밖에서 기다렸다. 나는 작은 가방과 휴대용 담요밖에
가진 게 없었다. 어떤 사람들은 노름을 하다가 다 잃어버려서 남루
한 옷밖에 없었다. 심사는 아침 8시에 시작되었다. 우리는 조별로
건물 안에 들어간 뒤 개인적으로 호출되어 조정관을 만날 때까지
기다렸다. 우리는 옆문으로 들어가 세 개의 흰 천막 중 하나로 들어
가게 되어 있었다. 천막은 심사를 위해 특별히 세워진 것들이었다.
그 속에 들어가면 본토 송환을 원하는지 묻게 돼 있었다. 그런 다음
타이완으로 가는 사람들이나 본토로 돌아가는 사람들과 합류하게
돼 있었다. 우리 조가 안으로 들어섰을 때, 나는 어느 쪽으로 가게
될지 몰라 안절부절못했다. 방구석에는 지난밤에 죽은 두 사람의
시체가 아직도 지푸라기로 덮여 있었다. 중국인 '경찰들'의 소매 속
에는 철봉이 숨겨져 있었다. 나는 겁이 났다.

"저놈 잡아. 대갈통을 부숴버려!"

밖에서 누군가가 소리쳤다. 나는 눈을 감고 생각하지 않으려고

애썼다.

유엔 관리가 들어오더니 우리의 신원을 확인하고 봉투에 서명하게 했다. 열 명 남짓한 유엔군 경비들도 나타났다. 빈손이었다. 그러자 안이 약간 조용해졌다.

그사이 다지안은 내 뒤에 서 있었다. 그와 나 사이에는 여러 명이 끼여 있었다. 그는 나를 계속 쳐다보며 굼뜬 눈으로 어떻게 해야 하는지를 묻고 있었다. 나는 그를 쳐다보지 않으려고 고개를 돌려버렸다. 나에게도 아무 생각이 없기 때문이었다. 나는 곁눈질로 그가 나를 향해 턱을 여러 번 흔드는 걸 보았다. 그러나 나는 대꾸하지 않았다. 게다가 우리 대대의 경찰은 아무도 얘기를 하지 못하게 했다. 때문에 그에게 가서 우리가 할 수 있는 건 상황에 따라 행동하는 것뿐이라고 말해줄 수도 없었다.

조약돌이 내 등을 쳤다. 차례가 되었다는 신호였다. 나는 흔들리는 걸음으로 옆문으로 들어갔다. 나는 밖이 어떤지 확인하고 상황을 파악하기 위해 천천히 걸었다. 미군들이 흰 천막으로 들어가는 입구에 서 있었다. 그들의 헬멧과 짙은 청색 완장에는 MP라고 쓰여 있었다. 마침내 생각이 떠올랐다. 만약 조정관들이 나를 타이완으로 가라고 강요하면, 천막 밖으로 뛰쳐나와 미군들한테 본토로 가는 사람들이 있는 곳으로 보내달라고 하면 될 것 같았다. 그들에게 영어로 말하면 도와줄지 모른다는 생각이 들었다.

천막 안으로 들어서자 두 명의 미군 장교 앞에 앉으라는 명령이 떨어졌다. 우리 사이에는 접이식 탁자가 있었다. 그들 중 하나는 키가 크고 얼굴은 기다랗고 연녹색 셔츠를 입은 백인이었고, 다른 사람은 땅딸막한 중국인이었다. 백인 대위가 제네바 협약과 내가 내리는 결정의 결과들에 대해 얘기하기 시작했다. 나는 그가 만다린을 할 줄 안다는 사실에 놀랐다. 중위인 또 다른 장교는 의미 있는 미소를 계속 머금고 있었다. 가끔가다 한 번씩 중국인이 내가 알아들을 수 없는 광둥어로 몇 마디 했다.

나는 멍한 표정을 띠고 있었던 게 틀림없다. 왜냐하면 백인 장교의 조급한 질문이 쏟아졌기 때문이다.

"좋아, 당신이 가고자 하는 곳이 타이완인지 중국 본토인지 말해."

"본토입니다."

나의 단호한 대답에 그가 믿을 수 없다는 듯 잠시 내 얼굴을 쳐다봤다. 그리고 나한테 카드를 주면서 말했다.

"앞문으로 똑바로 가서 이걸 보초들에게 줘."

눈물이 흘러내렸다.

"고맙습니다."

나는 그들 두 사람에게 절을 하고 급히 문으로 향했다. 내 손에 들린 카드는 가로세로가 6센티미터, 10센티미터쯤 되어 보였다. 거기에는 '중화인민공화국'이라고 적혀 있었다.

나는 가슴에 총을 걸치고 문 중앙에 있는 미군에게 그 카드를 줬다. 그는 카드를 쳐다보더니 내 어깨를 움켜쥐고 수용소 밖으로 밀쳐냈다. 경비초소 근처에 뒤가 천으로 덮인 트럭이 세워져 있었다. 미군이 나를 손짓으로 불러 뒤에 있는 사다리를 타고 안으로 들어가라고 말했다. 사다리를 올라가면서 나는 다지안도 나를 따라오기를 바라며 흰 천막을 돌아보았다.

"이 개새끼야, 돌아보지 마!"

미군이 소리 지르며 트럭 속으로 나를 밀어 넣었다. 안에는 열두어 명밖에 없었다. 대부분 모르는 사람들이었다. 나는 걱정이 되었다. 다지안한테 눈짓만 한 번 할 수 있다면 얼마나 좋을까. 그를 사지에 두고 온 것이 몹시 걸렸다.

10분 후, 트럭은 본토 송환을 원하는 사람들이 집결해 있는 602수용소를 향해 움직이기 시작했다. 나중에 나는 오후에 우리와 합류한 사람들에게서, 다지안이 중대로 다시 돌아간 후 사람들에게 나에 관해 묻고 다녔다는 얘기를 들었다.

"펑안은 어디 있죠? 그를 본 사람 있어요?"

그들은 모두 고개를 저었다고 했다. 몇 시간 동안 그는 혼자 조용히 울었다고 했다. 그날 아침 심사를 받으러 들어가기 전, 두 명의 국민당 애호자들이 그를 양쪽에서 에워싼 채 내가 방금 '현명한 선택'을 했다고 말했다고 했다. 그래서 다지안은 조정관들에게 자기도 타이완으로 가겠다고 말한 것이었다.

11

602수용소는 72수용소에서 차로 몇 분밖에 떨어지지 않은 곳에 있었다. 나는 602수용소로 가면서 대나무 막대기에 붉은 천이 묶여 있는 걸 보았다. 좀 더 가까이 가서 보니 다섯 개의 금색 별이 그려진 우리의 국기였다. 오성홍기를 보자 우리는 흥분했다. 우리는 이곳이 공산주의자들에 의해 통제되고 있다는 걸 깨달았다.

4천 명 이상이 벌써 며칠 동안 그곳에 있었다. 그들은 모두 조국으로 돌아갈 작정이었다. 이는 우리가 동지들의 서열로 돌아와 있다는 의미였다. 그곳은 72수용소와는 엄청나게 달랐다. 천막들은 똑같은 크기였고 모두가 똑같은 음식을 먹었다. 사람들은 대부분 쾌활하고 붙임성 있고 다른 사람들을 도와주려고 했다. 나중에 나는 이곳이 본토 수용소라는 별명으로 불린다는 얘기를 들었다. 그렇게 될 수 있었던 건 끈질긴 투쟁을 통해 가능했다고 했다. 많은 사람들이 시위를 벌이고 편지를 써서, 본국 송환을 거부하는 사람들과 그들을 분리해달라고 요구했다. 그들은 대리인들을 보내 수용소 당국과 국민당 대리인들과 사흘 동안 협상했지만 소용이 없었다. 마침내 적십자사에서 나온 두 명의 스위스인들이 중재를 해주어 중국인 포로들은 목적지에 따라 분리된 것이었다.

72수용소에 있던 8천 명 중 7백여 명만 이곳으로 왔다. 나머지는 타이완 측이 보냈다는 배에 탈 날을 기다리며 옛 막사에 남았다. 하지만 그것은 거짓말이거나 환상이었다. 그들을 데려갈 배는 오지 않았던 것이다.

602수용소에 도착한 날, 나는 우리 사단의 공보 편집자였던 창밍을 만나 기뻤다. 그와 나는 철조망 너머로 정기적으로 만났었다. 그와 나는 서로를 껴안고 눈물을 흘렸다. 그는 나에게 한국 담배 한 갑을 주었다. 어떤 상표인지 알 수 없었지만 담뱃갑에 붉은 글씨가 쓰여 있고 그 밑에 두 마리의 돌고래가 그려져 있었다. 그는 우리가 이곳에 오래 있지는 않을 것 같다고 말했다. 미군들은 우리가 부대를 편성하는 것에 크게 신경 쓰지 않았다. 모든 것이 우리 손에 넘어와 있었다. 이러한 상황은 수용소가 임시방편으로 운영되고 있다는 증거였다.

"그런 얘길 어디에서 들은 거야?"

나는 담배 한 모금을 빨면서 그에게 물었다.

"그냥 내 생각이야."

"예리하군."

그는 전보다 훨씬 더 경험이 많아지고 굳어 있는 것 같았다. 하지만 그의 두툼한 입술과 큰 눈에서는 아직도 순진함과 선량함이 많이 묻어났다. 그는 편집자처럼 가슴 호주머니에 두툼한 만년필을 꽂고 있었다. 나는 그에게 그걸 어떻게 간수할 수 있었느냐고 물었다. 그는 씩 웃더니 사실은 잉크가 떨어져 사용할 수 없었다고 말했다. 그러고는 모든 사람들이 서로 다른 부대로 편성될 텐데 그전에 같이 있는 게 좋겠다며, 자신이 묵고 있는 천막으로 가자고 했다. 나는 기꺼이 따라갔다. 우리 두 사람은 막사 앞줄에 있는 세 번째 천막으로 걸어갔다. 창문 구실을 하는 환기구 밑에 있는 매트가 나에게 주어졌다. 거기서는 풀 냄새가 났다. 천막은 최근에 세워진 게 분명했다. 나는 휴대용 담요를 내려놓았다. 안에 있을 때 햇볕이 들어오는 걸 즐길 수 있을 것 같아 기분이 좋았다. 밍은 내가 자리를 잡자마자 모임에 간다며 나갔다. 그는 이 수용소에서 일종의 지도자 역할을 하는 게 틀림없었다.

그날 오후에는 하오차오린을 우연히 만났다. 그는 나를 별로 반기는 것 같지 않았다. 그는 페이 인민위원이 이곳의 동지들을 조직하는 일을 도와주느라 바쁘다고 내게 말했다. 자신이 사단에선 나보다 훨씬 높은 계급이었기 때문에 나한테 너무 다정하게 대하는 걸 꺼리는지도 몰랐다. 나는 페이 인민위원이 이곳에 있으며, 지도력을 발휘하고 있다는 말을 듣고 기뻤다. 나는 왜 미국인들이 그를 놔줬는지 의아스러웠다. 그것은 용을 물속에 풀어주는 것과 같았다. 그들은 큰 실수를 한 것이었다.

나는 다른 수용소보다 이곳에 훨씬 많은 부상자들이 있다는 걸 알고 슬펐다. 팔 없는 사람들도 있었고, 눈알이 빠진 눈을 가리려고 안대를 대고 있는 사람도 있었다. 네이팜탄에 맞아 머리와 귀와 코를 잃어버린 사람도 있었고, 귀가 먹어 손짓 발짓으로 의사소통을 하는 사람도 있었다. 다리가 없어 목발에 의지하거나 잘린 부위에 두툼한 막대기를 대고 돌아다니는 사람도 있었다. 문득 어떤 나라도 이들을 원할 것 같지 않다는 생각이 들었다. 그들은 그저 전쟁쓰레기였다. 그들에게는 중국으로 돌아가는 것 말고는 선택의 여지가 없었다. 중국에는 적어도 그들의 가족이라도 있었다. 그들은 공산주의자들을 따라 고향으로 가야 했다.

저녁 식사도 똑같이 보리밥과 간장국이 전부였다. 하지만 이곳에서는 사람들이 평등하고 친절하기까지 했다. 음식을 갖고 싸우는 일도 없었다. 장교라고 해서 특별한 걸 먹는 것도 아니었다. 그날 저녁 나는 수용소 본부로 쓰이고 있는 천막으로 페이 인민위원을 만나러 갔다. 천막 바깥에서는 많은 사람들이 잔디밭에 모여 담배를 피우며 잡담을 나누고 있었다. 그들은 마치 며칠 내로 고향을 향해 떠날 것처럼 편안하고 희망에 부풀어 보였다. 그것이 내가 인민위원을 보고자 했던 이유였다. 나는 우리가 언제 집에 갈 수 있는지 알고 싶었다. 천막 안으로 들어가자, 모임이 한창 진행되고 있었다. 보초가 나를 입구에서 제지했다. 하지만 그는 지체하지 않고 내가 왔다는 사실을 알렸다.

잠시 후 페이가 또박또박 걸어나왔다.

"아하, 유유안이로군. 다시 만나게 됐네."

그가 손을 내밀며 말했다. 나는 두 손으로 그의 손을 잡았다. 그의 손바닥은 아직도 옛날처럼 매끈하고 부드러웠다.

"페이 인민위원님, 우리는 언제 고향에 갈 수 있습니까?"

"더 이상 기다리지 못하겠는가?"

그의 눈에 미소가 지나갔다.

"솔직히 말씀드리면, 그렇습니다. 날아서 갈 수 있다면 얼마나 좋을까 싶습니다."

"한동안 갇혀 있어야 할 걸세. 하지만 걱정하지 말게. 우리는 이곳에서 동지들과 같이 있잖은가. 72수용소에서처럼 다시 고통당하지는 않을 걸세."

나는 셔츠 앞을 들고 그에게 문신을 보여줬다.

"페이 인민위원님, 이걸 제거할 수 있을 것 같습니까?"

그가 문신을 바라보면서 말했다.

"나는 자네가 문신을 강요당했다는 얘기는 들었지만, 그것이 영어로 된 것이라는 건 몰랐네. '공산주의'라는 말은 알겠는데, 다른 말의 의미는 무엇인가?"

"씹이라는 말입니다."

그는 고개를 젖히고 웃었다.

"걱정 말게. 제거할 필요가 없을지도 모르겠네. 생각 좀 해보겠네."

"알겠습니다. 이것 때문에 정말 괴롭습니다."

"알겠네. 하지만 당분간은 이것 때문에 자네에게 해 될 일은 없을 걸세."

그는 모임 때문에 오랫동안 나와 같이 있을 수 없었다. 그래서 나는 다시 찾아오겠다며 작별 인사를 했다. 나는 돌아서기 전에 그가 천막을 젖혔을 때 그 안의 모습을 얼핏 보았다. 대부분의 얼굴들이 낯익어 보였다. 그들은 우리 사단에서 근무했던 공산주의 당원들임이 분명했다. 페이가 이곳을 장악하고 있는 게 틀림없었다.

페이는 이 수용소에서는 공식적으로 아무 지위도 갖고 있지 않다. 수용소장은 자오텅이었다. 그는 540연대의 중대장으로, 소박하고 평판 좋은 사람이었다. 하지만 자오가 페이 인민위원을 위해 일선에서 일하는 사람에 지나지 않는다는 사실은 대부분의 사람들에게 분명해 보였다. 하오차오린은 수용소의 부대장이었고, 대부분의 일에 있어 자오텅보다 발언권이 더 셌다. 어쩌면 이 수용소의 임시적인 속성 때문에 미군들은 몇몇 고위 지도자들을 임명해 그들로 하여금 이곳 포로들을 체계화하도록 내버려뒀는지도 몰랐다. 우리를 잡고 있는 자들은 수가 너무 적어 이런 종류의 일에 대해서는 신경을 쓰지 못하는 듯했다.

이곳에 있는 모든 사람들이 소속된 본국 송환자 연대가 이틀 안에 만들어졌다. 페이가 대장으로 선출되었고, 차오린은 1대대의 대대장이 되었고, 다른 두 개의 대대는 180사단 출신의 장교들이 지휘하게 되었다. 하나는 자오텅이 지휘했다. 부대를 편성한 것 외에 그들은 서기국이라 불리는 사무실도 만들었다. 서기국은 암호, 문서 등의 기밀 사항, 통신, 번역과 해석을 포함하는 외교, 선전, 교육, 오락을 총괄했다. 밍과 나는 서기국에 소속되었다.

서기국에서 만난 동료들은 모두 지식층이었다. 3분의 1 이상이 대학 졸업생들이었다. 모든 방면의 지휘권이 별 어려움 없이 확립되고 기능을 발휘하기 시작했다. 나는 사람들이 국민당 애호자들로부터 우리를 분리시켜달라고 요구했던 또 다른 이유가 바로 이것이었다는 걸 깨달았다. 공산주의자들이 통제권을 회복할 수 있는 새로운 공간을 만들기 위함이었다. 특히 소대와 분대 차원에서 그랬다. 일단 지휘 체계가 잡히자 우리는 효율적인 부대처럼 다시 기능할 수 있었다. 우리를 잡고 있는 자들은 이러한 숨은 동기를 미처 파악하지 못했던 게 분명했다.

군사 조직에 이어 공산주의 협회라 불리는 정치 조합도 결성되었다. 우리 중에는 당원이 많지 않았다. 공산주의자들은 가능한 한 많은 사람들을 끌어들일 필요가 있었다. 그래서 협회는 많은 포로들을 끌어들일 셈이었다. 서기국에서 일하면서 나는 다음과 같은 헌장을 읽었다.

1. 원칙

공산주의 협회는 유엔 포로수용소에 있는 전쟁포로들 중 중국 공산당 당원들과 일반 군인들로 구성된 지하 조직이다. 특별한 상황에 비춰 우리 협회는 다음과 같은 원칙들을 준수한다.

- 우리는 공산주의를 믿는다.
- 우리는 공산당과 조국의 명예를 지키기 위해 포로들을 조직하고 선도할 것이다.
- 우리는 우리 조국의 군사 투쟁과 판문점 회담과 보조를 맞출 것이다.
- 우리는 포로들을 억류하려는 적의 음모를 밝혀낼 것이다.
- 우리는 중국으로 돌아가기를 주장한다.
- 만약 판문점 회담이 결렬되면 우리는 감옥을 부수고 스스로 자유를 찾을 것이다.

2. 조직

우리는 중국공산당 헌법에 명기된 규칙을 따른다. 우리 협회에 속한 사람들은 상하 구분 없이 혁명적인 성실성을 갖고 용감하게 투쟁해야 한다. 하지만 모든 것은 비밀리에 행해진다. 우리는 조직을 숨겨야 하고 지도자들을 노출시키지 않아야 하며, 협회와의 의사소통은 오직 일대일 접촉을 통해서만 해야 한다. 협회 내의 세포들은 서로 접촉해서는 안 된다. 조직원 전체를 위한 모임은 없을 것이다. 지도자들은 민주적인 중앙집권 제도의 원칙을 따라야 한다. 하지만 우리가 처한 특별한 상황을 고려하여, 모든 지도자들은 지부장들에 의해 선출돼야 한다. 원칙적으로 새 조직원들은 단체가 아니라 개인적으로 가입시켜야 한다.

3. 협회

조직원들은 우리의 적에 대한 투쟁의 중추이다. 중국공산당 규약을 인정하고, 수용소에서의 기록이 깨끗하고, 공산당 당원 여부를 떠나 우리 조직의 원칙들을 위해 기꺼이 싸우려고 하는 사람은 누구나 조직의 후보가 될 수 있다. 조직에 들어오기 위해서는 적어도 한 사람의 조직원이 추천하고 소위원회의 허락을 받아야 한다. 만약 사안이 복잡하면 전체위원회의 허락을 받아야 한다. 모든 조직원은 조직의 정기적인 활동에 참여해야 하고, 자신의 이익보다 혁명을 먼저 생각해야 하며, 비밀을 지키고, 감금이나 고문 혹은 죽음도 두려워해서는 안 된다.

4. 징계

징계는 충고, 경고, 지도자 자격 박탈, 조직으로부터의 축출 등 네 가지로 구성된다. 조직원이 혁명의지를 잃고 거듭된 경고에도 불구하고 바뀌지 않을 경우, 그를 축출하기 위해서는 상부에 보고해야 한다. 하지만 예기치 못한 사건을 피하기 위해, 조직원 한 사람이 그 사람과 접촉하도록 지명될 것이다. 우리 조직은 징계를 위한 별도의 사무실을 운영하지 않고, 징계는 보안장교들이 집행한다.

조직이 확립되자마자 모든 포로들을 위한 세 가지 과업이 주어졌는데, 그것은 단결하고, 적과 투쟁하고, 열심히 학습하는 것이었다. 포로의 반 이상이 문맹이었다. 그래서 아무도 이 일의 의미에 대해 의문을 제기하지 않았다. 대부분은 갑자기 그들의 삶의 목적이 된 세 가지 일에 매달리기 시작했다. 속으로 그들은 강한 지도력이 없는 걸 두려워했던 게 틀림없었다. 지도력이 없으면 그들은 국민당 애호자들이 지배했던 수용소에서 그랬던 것처럼 다시 고통을 당할지 몰라 두려웠다. 게다가 판문점 협상이 진행되고 있었지만 성공 여부는 불확실했다. 우리는 협상이 잘못될 경우 미군들이 우리를 죽이거나 알래스카에 있는 구리나 석탄 광산으로 보내버릴지 모른다고 생각했다. 따라서 우리들의 유일한 탈출구는 감옥을 부수는 것이었다. 정보에 따르면, 김일성 장군은 북한군 포로들에게 스스로 탈출할 방법을 찾으라는 비밀 지령을 내렸다고 했다. 우리도 똑같이 해야 할 것 같았다. 그것은 강력한 지도력과 단결된 힘이 없으면 불가능한 일이었다. 그것이 많은 사람들이 공산주의 협회에 가입하려 했던 주된 이유였다.

그들처럼 나도 가입을 신청했다. 나는 사회주의를 믿고 있었기 때문에 조직의 원칙에 따르고 싶었다. 나는 사회주의가 중국을 구할 유일한 길이라고 생각했다. 나는 국민당원들이 어떻게 내 조국을 황폐하게 만들었는지를 보아온 터였다. 인플레이션, 부패, 범죄, 가난 등의 사악한 모든 것들이 중국에서 활개를 쳤다. 나는 먼 친척 아저씨가 두 개의 자루에 담은 돈을 자전거에 싣고 식료품점에 가서 20킬로그램짜리 고구마만 달랑 사 가지고 왔던 일을 떠올렸다. 평범한 사람들이 그러한 정권 밑에서 어떻게 계속 살 수 있었겠는가? 그와는 대조적으로 공산주의자들이 정권을 잡은 직후, 비참한 가난 속에 찌들어 있던 사람들은 구제를 받았고, 고리대금업과 매점매석이 금지되었고, 깡패들이 사라졌다. 좋은 쪽으로든 나쁜 쪽으로든 공산주의자들은 중국이라는 나라에 질서와 희망을 가져다줬다.

어느 날 오후였다. 놀랍게도 밍이 내가 공산주의 협회에 가입 신청을 한 것에 관한 얘기를 꺼냈다.

"그들이 자네를 받아주지 않을지도 몰라."

이것은 그들이 나를 가입시키지 말라는 지시를 받았다는 걸 암시했다.

"왜?"

"아마 자네가 우드워스 신부를 위해 찬송가를 번역해줬기 때문일 거야. 그리고 일부 사람들이 자네가 성경을 혼자 읽었다고 말하기도 해서 말이야."

"세상에, 자네는 내가 영어 실력을 키우기 위해 그랬을 뿐이라는 걸 알잖아. 나는 우드워스의 본색을 알자마자 그와 접촉하는 걸 완전히 단절했어."

"진정해. 나도 그들에게 똑같은 얘기를 했어. 너무 걱정하지 마. 그들이 자네한테 질문하면 모든 걸 분명히 설명하면 돼. 틀림없이 그들은 자네의 가입 신청을 재고할 거야. 참, 그리고 깜빡 잊을 뻔했는데, 페이 인민위원께서 오늘 밤 자네와 얘기를 하고 싶으시데."

"언제?"

"8시에 그분이 계신 천막으로 가."

저녁때 앞문이 닫힌 후에 나는 철조망 울타리를 따라 혼자 걸어갔다. 군데군데 돋은 풀은 말랑말랑했다. 지난 반년 동안 그렇게 자유로운 느낌을 받은 적이 없었다. 그러나 마음이 무거웠다. 동지들 사이에서 내가 국외자라는 생각이 나를 괴롭혔다. 작은 언덕을 향해 구불구불 나 있는 오솔길이 멀리 보였다. 언덕 아래 오두막에는 아직도 어부 가족들이 살고 있었다. 밥 짓는 연기가 큼지막한 버섯처럼 생긴 초가지붕 위로 올라가고 있었다. 평화로워 보였다. 가끔 가다 한 번씩 당나귀 울음소리가 들렸다. 오두막 너머로 푸른 만灣

이 보였다. 보이는 건 극히 일부였다. 바닷물은 얼어붙은 것처럼 움직이지 않았다. 어딘가에서 새 한 마리가 놀란 듯 다급한 소리를 냈다. 희미한 비린내가 묻은 서늘한 바닷바람이 이따금 불어왔다.

나는 공산주의자들에게 내 운명을 맡겼다. 하지만 그들은 나를 신뢰할까? 그들에게 나는 늘 미심쩍은 과거가 있는 사람이었다. 하지만 전장과 황야에서 보여준 행동들은 내가 신뢰할 만하고 내 조국에 충성을 다하고 있다는 걸 증명하지 않았을까? 대부분의 황푸 군관학교 졸업생들과 달리 나는 공산주의자들을 따라 이 수용소로 온 10여 명의 사관생도 중 하나였다. 내가 다른 포로들만큼 믿을 만한 사람이라는 무슨 증거가 더 필요할까? 물론 우드워스 신부를 도와 찬송가를 번역해준 것은 사실이었다. 하지만 나는 아무런 해도 끼치지 않고 제때에 그 일을 그만뒀다. 이곳으로 온 일부 사람들은 내가 그만둔 후에도 설교에 계속 참석했었다.

공산주의자들에게는 내가 우드워스 신부와 관련을 맺었던 것이 나의 '소부르주아적인 사고방식'을 보여주는 도덕적인 타락에 해당하는 게 틀림없다는 생각이 문득 들었다. 그들은 나와 같은 지식인을 비판할 때는 그런 말을 자주 사용했다. 하지만 나는 당원이 되겠다고 한 것도 아니고, 거대한 조직의 일원이 되겠다고 했을 뿐이었다. 그들이 나를 거부할 이유가 없었다. 다시 생각해보니 내가 왜 그토록 그들의 승인을 받으려고 안달인지 궁금했다. 협회에 가입하는 것에 왜 그렇게 신경을 쓰지? 어쩌면 나 역시 고립되는 게 두렵고 안정감을 느끼기 위해 단체에 매달리는지 몰랐다. 어째서 나는 다른 사람을 따르지 않고 나 혼자일 수 없을까? 사람은 자기 자신 외에는 아무에게도 의지해선 안 되는 게 아닐까 싶었다. 다지안이 나를 따르지 않았다면, 그는 길을 잘못 들어 왕용의 손아귀에 남지 않았을 것이다. 나는 사람들의 무리에서 떨어져 있는 게 좋을지 몰랐다.

아니, 그게 아니었다. 중국으로 돌아갈 생각이라면 공산주의 활동에 참여해야 할 것이었다. 그렇지 않으면 더 큰 문제가 생길지 몰랐다. 내가 그들에게 합세하든 않든, 그들은 나를 혼자 내버려두지 않을 것이다. 따라서 나는 혼자 떨어져 있어서는 안 된다. 그들의 친구든 적이든 선택해야 한다. 공산주의자들은 사람이 중립적으로 있을 수 있다는 걸 믿지 않는다.

"이제 가도 되네."

페이 인민위원은 나를 보자 전령에게 말했다. 그리고 웃으면서 가까이 와서 앉으라는 몸짓을 했다.

"유안, 자네의 배에 대해 생각해봤네."

그는 내가 앉자마자 말했다.

"제 배요?"

"그래, 문신 말이네."

"어떻게 해야 하죠?"

"아무것도 할 필요 없네."

"그냥 놔두라고요?"

"그래."

"왜요?"

"그걸 없애줄 의사가 여기에는 없네."

"하지만 동지들 중에는 그들의 문신을 다른 문구나 꽃 같은 것으로 바꾸기도 했습니다."

"알고 있네. 하지만 자네는 특별한 경우네."

"왜 그렇죠?"

나는 그의 말에 약간 당황했다. 어째서 사람들은 늘 나를 다르게 취급하는 것인지 알 수 없었다. 그가 얼굴에 이상한 표정을 띠며 말했다.

"자네는 평범한 포로가 아닐세. 미국인들과 상대하려면 자네가 필요할지도 몰라. 그때 자네의 것과 같은 문신이 도움이 될 수 있다고 생각하지 않나?"

그의 얼굴은 수척해 있었지만, 그가 웃자 왼쪽 뺨에 길쭉한 보조개가 나타났다.

"모르겠습니다."

"나를 믿게. 자네의 문신을 없애려고 서두를 필요는 없네."

"제가 중국으로 돌아가서 이것 때문에 처벌을 받으면 어떻게 되죠?"

"내가 당에 직접 설명하겠네. 이것은 우리의 투쟁을 위해 필요한 거네."

"그렇다면 이 빌어먹을 문신을 계속 지니고 있겠습니다. 하지만 페이 인민위원님, 질문이 하나 있습니다."

"그래, 말해보게."

"위원님의 말씀에 따르면, 당은 저를 필요로 합니다. 그런데 어째서 제가 반동분자라도 되는 것처럼 가입 신청을 거절한 것입니까? 이 조직은 진보적인 대중 조직에 불과하지 않습니까?"

"알고 있네. 솔직히 말하면, 몇몇 동지들이 자네에 관해 아직 유보하는 마음을 갖고 있네. 이 문제에 대해서도 자네와 얘기하고 싶네. 앞으로 있을 학습 시간에 자네한테 자아비판을 하라고 요구할지 모르네."

머릿속이 혼란스러웠다. 그것은 나를 탄핵할 것이라는 의미였다.

나는 가까스로 물었다.

"제가 무슨 짓을 했기에 그런 취급을 당해야 합니까?"

"그렇게 성급하게 굴지 말게. 다른 모든 동지들도 자아비판을 하게 될 걸세."

"하지만 제 경우는 특별한 경우가 아니던가요?"

"그래, 자네는 다른 사람들보다 할 말이 더 많을 수도 있지."

"제가 우드워스를 도와줬기 때문인가요?"

"그것도 일부지."

"제가 종교적이 아니라는 건 아시잖아요."

"하지만 자네는 종종 성경을 읽었지 않은가."

"그것은 달리 읽을 게 없었기 때문입니다. 저에게 마르크스의 『자본론』이 있었다면 날마다 그걸 읽었을 겁니다. 72수용소에 있던 대부분의 사람들은 늘 노름만 했습니다. 성경을 읽는 것보다 그것이 더 나았을 거라고 생각하시는 건가요? 적어도 저는 제 영어 실력을 향상시켜서 좀 더 쓸모 있는 사람이 되려고 노력했습니다."

"나는 영어를 배우는 것 이상의 것이 거기에 있었다고 생각하네. 자네는 외로움을 느꼈을 게 분명해. 그래서 기독교 신의 세계로 피난하고 싶었던 걸세."

그의 날카로운 통찰력에 내심 놀랐다. 나는 나에게 종교적인 갈망이 있었던 게 분명하다는 걸 깨달았다. 그 감정이 우드워스와 접촉하면서 일깨워졌던 게 분명했다. 잠시 아무 말 없이 있다가 나는 시인했다.

"때때로 저는 성경을 읽을 때 기분이 좋습니다. 성경은 제가 덜 무력하게 느끼게 해줍니다."

"진정한 도움은 신에게서 오는 게 아니라 자네의 동지들과 당으로부터 오는 거네. 신은 우리를 구해줄 수 없네. 그것 보게. 자네는 여느 사람들과는 생각하는 방향이 다르지 않은가. 자네가 특별한 건 그래서일세."

"저는 제가 공산주의자라고 주장한 적은 없습니다. 그리고 그렇게 생각한 적도 더욱 없습니다. 하지만 저는 사회주의만이 중국을 구할 수 있다고 믿고 있습니다. 그래서 공산주의자들을 따르려고 이곳에 와 있는 겁니다."

"말 한번 잘했네. 나는 자네의 솔직함이 좋네."

그의 말에 용기를 얻은 나는 속마음을 더 털어놓았다.

"저는 공산주의자들의 열의와 헌신과 규율을 존중합니다. 하지만 운영 방법상의 논리를 모두 받아들일 수는 없습니다."

"무슨 말인가?"

"공산주의자들은 모든 사람을 하나의 구성원으로만 생각합니다. 하나 더하기 하나는 둘이라는 거지요. 인간이 말이라도 되는 것처럼 백 사람이 단결하면 백 사람의 힘이 된다는 거지요. 제 생각에 그건 너무 단순한 것 같습니다. 저는 개인보다 훨씬 더 큰 힘이 있는 게 분명하다고 생각합니다. 승수乘數처럼 말이죠. 그 힘을 건드리면 자신을 배가시킬 수 있습니다. 승수가 무엇이냐에 따라 백도될 수 있고 천도 될 수 있는 거죠."

"유안, 자네는 생각이 깊군그래. 그렇다면 자네는 신이 그 힘의 원천이라는 걸 알아냈단 말인가?"

"아닙니다. 아직은 아닙니다. 하지만 인간을 위한 그런 승수가 분명 있을 겁니다."

"나는 그걸 찾아냈네."

그가 단호하게 말했다.

191

"정말입니까?"

"그렇다네. 그건 마르크시즘이네."

그의 진지함에 잠시 나는 무슨 말을 해야 할지 몰랐다. 나는 더듬거렸다.

"그래서 그처럼 자신 있게 행동하실 수 있는 거로군요."

"맞아."

"그것이 많은 어려움을 극복하게 해주기도 하겠군요."

"그래, 우리의 힘과 용기를 배가시켜주는 건 공산주의 이상일세."

나는 존경스러운 마음으로 그에게 말했다.

"저도 그럴 수 있으면 좋겠습니다."

"노력해보게. 내일 동지들이 자네를 비판하면 침착하게 대응하게. 그들은 자네를 도와주려고 하는 것일 뿐, 나쁜 감정은 없네."

"유념하겠습니다."

그날 밤 나는 자리에 누워 페이와 주고받았던 얘기를 곰곰이 생각해보았다. 놀라운 것은 그가 마르크시즘을 사회학적 이론이 아니라 일종의 종교로 생각한다는 사실이었다. 그렇게 많은 공산주의자들이 그들의 대의에 그토록 광신적이고 헌신적인 건 어쩌면 그런 이유 때문일지 몰랐다. 그들 중 일부는 교육을 받지 못하고 마르크시즘을 전혀 이해하지 못하고 있었다. 나는 어느 정도 인민위원과 대화했다는 사실이 흐뭇했다. 그는 나를 이해하는 것 같았다.

사무국에는 열두 명의 간부만 있었기 때문에 우리는 연대 본부를 위해 취사를 담당하는 취사 분대와 학습을 하도록 할당되었다. 오후가 되자 우리 스물다섯 명은 취사병 천막의 땅바닥에 앉아 자아비판을 시작했다. 예닐곱 명이 돌아가면서 수용소에서 각자 경험했던 일에 대해 얘기했다. 그들은 모두 그곳에 당이 지도력을 더 강화해서 반동분자들과 더 적극적이고 확실하게 싸울 수 있었더라면 좋았을 것이라고 이구동성으로 말했다. 내 차례가 왔을 때 나는 찬송가를 번역한 건 실수였으며, 나의 나태함 때문에 다지안이 결과적으로 국민당 동조자들과 같이 남게 되었다는 걸 인정했다. 나는 그렇게 인정함으로써 다른 사람들의 비판을 봉쇄할 수 있을지 모른다고 생각했다. 하지만 그들은 쉽게 나를 놓아주지 않았다. 질문이 쏟아졌다. 성경은 어떻게 구했느냐? 어째서 그걸 날마다 읽었느냐? 우드워스 신부가 나를 골라 찬송가를 번역하게 된 계기가 뭐냐? 그를 위해 또 무슨 일을 해줬느냐?

그들의 목소리가 너무 엄격해서 나는 인내심을 잃기 시작했다. 그리고 내가 성경을 읽은 건 일부 사람들처럼 노름하면서 시간을 허비하고 싶지 않아서였다고 쌀쌀맞게 대꾸해버렸다.

"그렇다면 어째서 지금도 그걸 읽지?"

나는 그 말에 반박하고 싶었다. 하지만 적당한 말이 떠오르지 않아 아무 말도 하지 않았다.

그들은 나를 추궁하면서 내가 배반자처럼 느끼게 만들었다. 이건 너무 우스웠다. 나는 우리가 왜 자아비판을 하는지 궁금하지 않을 수 없었다. 이처럼 의미 없는 학습 시간을 가질 에너지가 남아 있지 못하도록, 우리를 생포한 적들이 차라리 우리 모두에게 중노동을 시켰으면 싶었다. 나는 인내심을 잃고 말했다.

"이보시오. 나는 당원은 아니지만 여러분의 동지요. 나도 여러분만큼 고통을 당했소. 그리고 나는 조국을 배반한 적이 없소."

나는 왕용의 수하 중 하나가 내 머리에 낸 검은 상처 자국을 그들이 볼 수 있도록 고개를 숙였다.

간부 중 하나가 손을 들고 발언권을 신청했다. 그의 이름은 리만

인이었다. 그는 둥그스름한 눈을 나한테 고정시키고 거의 농담하듯이 물었다.

"나는 당신이 부산에 있을 때 미국 여자와 상당히 가까웠다는 얘기를 들었소. 그 특별한 관계에 대해 우리에게 얘기해줄 수 있소?"

몇몇이 킬킬거렸다. 나는 화가 나서 말했다.

"그 사람은 내 다리를 고쳐준 의사였소."

다른 사람이 끼어들었다.

"그 여자의 손을 잡고 중국어 쓰는 법을 가르쳐주지 않았던가요?"

나는 깜짝 놀라 아무 말도 못했다. 그들이 어떻게 그리 소상히 알고 있는지 궁금했다. 친구인 딩완린이 나를 배반했을까? 충분히 그럴 수 있었다. 하지만 그런 군의관과의 관계에 대해 얘기할 만한 것이 아무것도 없었다. 그런데 그들은 어디서 그런 정보를 입수했을까?

"유유안 동지, 질문에 답변해보시오."

하오차오린이 말했다. 그는 많은 말을 하지 않았지만 그 모임의 사회를 보고 있었다. 사전에 이러한 질문들을 하기로 약속되어 있는 게 분명했다.

"그분은 나를 담당했던 의사였습니다. 중국에서 자란 사람이었기 때문에 우리한테 잘해줬습니다. 사실 그분은 그곳에 있던 모든 환자에게 친절했습니다."

"하지만 그 여자는 미국인이 아니던가요?"

취사반 분대장이 물었다.

"예, 그렇습니다."

"당신은 그 여자에게 고대시 쓰는 법을 가르쳐주지 않았던가요?"

다른 취사병이 물었다.

"원 세상에, 이건 반대 신문을 하는 것 같군요. 당신들 생각에 우리가 연인 사이라도 됐다는 말인가요? 그건 말도 안 되는 소리요. 나는 그분의 이름조차 모릅니다. 내가 그분에게 중국어 쓰는 법을 가르쳐줬다는 건 맞는 말입니다. 그것은 비밀도 아닙니다. 나는 시를 이용해 쓰는 법을 가르쳐줬습니다. 페이 인민위원께서는 나한테 그분에게서 정보를 캐낼 수 있도록 그분과 가까이하라고 말씀하셨습니다."

"얼마나 가깝게 말이오?"

다른 사람이 물었다.

"그래, 그 여자가 당신에게 뭘 줬소?"

또 다른 사람이 끼어들었다.

"초콜릿을 주던가요?"

"연유煉乳를 주던가요?"

"시리얼을 주던가요?"

몇몇이 껄껄거리며 웃었다. 그때 밍이 엄숙한 표정을 지으며 끼어들었다.

"우리는 이런 것에 너무 많은 시간을 허비하면 안 됩니다. 페이 인민위원께서는 이 동지에게 그 여자와 가까운 관계를 유지하라고 하셨습니다. 유유안 동지는 페이 인민위원께 드릴 종이를 그 여자에게서 얻어내기도 했습니다."

몇몇 취사병이 웃음을 터뜨렸다. 하지만 밍의 말이 나를 구해줬다. 그래서 나는 그를 고마운 눈으로 바라보지 않을 수 없었다. 대학을 졸업한 사람이었지만, 그는 이런 사람들을 다루는 법을 알고 있었다. 그들은 그를 좋아하고 존경했다. 그의 말은 그들을 잠잠하게 했다. 나는 딱지 앉은 차오린의 얼굴에 검은 그림자가 지나가는 걸 보았다. 하지만 그는 다른 사람으로 화제가 넘어가게 내버려뒀다.

취사병들이 오후 3시 반부터 일을 시작해야 했기 때문에 우리 조는 다른 조보다 일찍 모임을 끝내야 했다. 모임이 끝나기 전에 차오린이 제안을 하나 했다. 내 성경을 상부에 제출하라는 것이었다. 그것은 만장일치로 가결되었다. 손을 들지 않은 사람은 나밖에 없었다. 나는 거부할 수 없었다. 그래서 내 성경은 본부로 가서 종이로 사용되었다.

나는 속으로 화가 났다. 공산주의자들은 자기편 사람들과 그들과 가까운 사람들을 혹사하는 일만 잘했다. 다른 수용소들에서 일부가 살해당했지만, 이곳에 있는 어느 누구도 심사를 조직적으로 반대하지 못한 공산주의자들의 책임을 묻지 않았다. 대신 그들은 자신의 구성원들을 징계하기 시작했다. 그때부터 72수용소의 우두머리였던 한슈의 말이 마음속에 맴돌았다.

"역사는 공산주의자들이 늘 자기편보다는 적들에게 더 관대했다는 걸 보여주고 있소. 여러분은 그들의 중요한 적이 되어야만 품위 있게 살아남을 수 있소."

12

포로들을 조직하고 고무시키려는 지도자들의 노력에도 불구하고, 602수용소 내의 조직에 대한 초창기의 열정은 이내 시들해졌다. 많은 사람들이 다시 의기소침해졌다. 공산주의자들이 심사라는 싸움에서 진 건 분명했다. 2만 명의 중국군 포로들 중 1만 4천 명이상이 본국 송환을 거부했다. 대부분은 자발적으로 그랬고, 일부는 그들의 의도와 다르게 그랬다. 동지들의 신뢰를 다시 쌓고 그들의 기분을 북돋워주기 위해 예술단이 만들어졌다. 두어 개의 노래도 만들어지고 시, 풍자화, 자체적으로 제작된 악기를 통해 연주되는 음악 등 여러 가지 오락거리도 만들어졌다. 몇 명은 공동으로 〈월스트리트에서의 꿈〉이라는 연극 대본을 썼다. 미국 자본가들이 백악관과 의회를 어떻게 통제하며, 한국전쟁의 배후에서 어떻게 세계를 지배하려 하는지에 관한 내용이었다. 연극은 3막 5장으로 구성되었다. 대본을 읽고 지도자들은 그걸 무대에 올리기로 결정했다. 그러기 위해서는 연단, 버팀목, 의상이 필요했다. 하지만 그러한 것을 어떻게 구하느냐가 문제였다.

놀랍게도 몇몇 사람들이 노천극장을 만들기 시작했다. 막사 앞에 울퉁불퉁한 공터가 있었다. 공터의 북쪽 끝이 약간 위로 솟아 다른 곳보다 30센티미터쯤 높았다. 각 대대에서 60명씩 보내 모든 사람들이 연극을 볼 수 있도록 땅을 고르고 돋워서 무대를 만들었다. 사흘이 지나자 기름통, 바위, 나무틀, 천막 기둥, 배수관, 천막용 천으로 만들어진 연단이 생겼다. 뒤범벅이긴 했지만 '극장'은 훌륭했다. 중국에서 가을걷이가 끝나면 마을 사람들이 예술단을 고용해 연극을 하게 할 때 만드는 임시변통의 무대들처럼 훌륭했다.

나는 선전극에 가까운 연극에 관심이 없었다. 하지만 그것을 무대에 올리는 사람들의 능력은 인상적이었다. 그들은 난관을 하나씩 극복하고 공연에 필요한 무대를 만들었다. 그들은 밀가루 부대를 뜯어 깨끗하게 빨고 머큐로크롬이나 용담 뿌리로 물을 들인 다음, 그것들을 이어서 커튼으로 달았다. 또한 그들은 황록색 담요를 이용해 서양 옷과 미군 장교들의 제복을 만들었다. 대대에서는 전기 기사들을 보내 등을 달게 했다. 불빛의 강도를 연극에 맞춰 조정하기 위해 그들은 버려진 싱크대에 소금을 담아 저항기를 만들어 전류를 조절했다. 나무와 삼베로 만들어진 대부분의 기둥들은 다양한 색깔로 칠해졌다. 북은 양쪽을 우비 천으로 꼭 막은 큰 깡통으로 대신했다. 두 대의 바이올린도 만들어졌다. 대나무와 목판을 몸통으로 사용하고, 나일론 신발 끈을 풀어 꼬아서 줄로 삼았다.

연극 감독은 오른쪽 다리를 잃은 맹페이한이었다. 공산주의 군대에 들어오기 전까지 홍콩에서 대학을 다니던 학생이었다고 했다. 재능 있는 음악가이자 작곡가인 그는 포로들에게 더 효과적으로 노래 부르는 법과 악보 읽는 법을 가르쳤다. 그는 다른 사람들을 가르치는 일에 싫증나지 않는 것처럼 보였다. 세 사람이 그에게서 작곡

법을 열심히 배우고 있었다. 그는 불구였지만 다른 사람들보다 더 활동적이었다. 한 장면을 끝낼 때마다 땀을 비 오듯 쏟았다. 상처에서 완전히 회복된 게 아닌 듯했다. 그는 연습에 관해서는 아주 엄격했다. 하나라도 틀리면 마음에 찰 때까지 배우들에게 여러 번에 걸쳐 반복하게 했다. 그는 배우들이 모든 대사를 외우고 있어야 한다고 주장했다. 하지만 그가 아무리 엄격하게 해도 포로들은 그를 존경했다.

일주일이 지나자 무대에 연극을 올릴 준비가 끝났다. 밍은 해리 트루먼 역을 맡았다. 그는 연기를 잘했고, 연습하는 걸 지켜보는 사람들이 배꼽을 쥐며 웃게 만들었다. 대부분의 등장인물들이 서양인들이었기 때문에 분장을 해야 했다. 하지만 눈썹연필도 없었고 접합제도 없었고 페인트도 없었다. 밍은 왕 군의관에게서 아스피린 몇 알을 받아 남한군 보초들한테 주고 화장품으로 바꿔왔다. 남한군 보초들은 그에게 분, 껌, 배니싱 크림, 파라핀, 눈썹연필을 주었다. 껌은 콧구멍을 크게 하는 데 사용했다. 두 사람에게 껌을 씹은 다음 깨끗이 씻게 했다. 그것은 일상적으로 이런 목적에 사용하는 접착제보다 훨씬 더 좋았다. 유연할 뿐만 아니라 더 끈끈했다.

4월 21일 저녁, 〈월스트리트에서의 꿈〉이 602수용소의 6천 명 포로들 앞에 선을 보였다. 해리 트루먼, 존 포스터 덜레스 특사, 두 명의 상원의원, 월스트리트의 살찐 은행가가 주요 등장인물들이었다. 때에 따라 선전적인 내용이 들어 있어 흠이었지만 연극은 상당히 재미있었다. 임시 제작된 허름한 악기로 연주된 음악은 그리 효과적이진 않았지만 흥을 돋웠다. 특히 징으로 사용한 대야와 심벌즈로 사용한, 한쪽이 다른 쪽보다 큰 두 개의 솥뚜껑이 그랬다. 얘기가 진행되면서 밝아졌다 어두워졌다 하는 조명도 괜찮았다. 가장 놀라운 것은 배우들의 재능이었다. 특히 트루먼 역을 맡은 밍과 살찐 억만장자 역을 맡은 진샹이 그랬다. 그들의 매너와 대화는 우습고 때로는 익살스러우면서 언제나 사람들의 배꼽을 잡게 할 정도로 충분히 효과적이었다. 미군들도 감시탑에서 그 연극을 바라보았다. 그들 중 일부도 재미있어 하는 것 같았다.

쇠테 안경을 쓴 밍은 해리 트루먼을 연기하기에는 키가 너무 컸다. 그래서 그는 다리를 계속 굽혀 발이 V자가 되는 자세를 취했다. 그래서 더 익살맞아 보였다. 그는 은행가에게 이렇게 말했다.

"폴, 10억 달러가 또 필요해요."

실크 모자를 쓰고 연미복을 입은 자본가가 한 손을 그의 올챙이 배에 대고 대답했다.

"대통령 각하, 우리 은행에는 남은 돈이 별로 없습니다. 지난해에 20억 달러를 드렸잖습니까."

밍은 지팡이를 빙빙 돌리며 말했다.

"그건 그냥 준 게 아니라 빌려준 것이잖소."

"하지만 우리는 이미 전비戰費를 같이 부담했지 않습니까?"

"이보시오, 우리는 올해에 관해 얘기를 하고 있단 말이오. 빌려줄 수 없단 말인가요?"

"각하, 이런 속도로 가다간, 전쟁 때문에 우리는 곧 파산하게 될 것 같습니다."

"무슨 소리를 그렇게 하시오! 당신들은 전쟁이 일어날 때마다 늘 떼돈을 벌잖소."

"하지만 저희들이 이익을 남기기 위해서는 일정한 정도의 자본을 비축해둬야 합니다."

"빌어먹을. 내가 당신들의 자본이고, 내가 당신들의 투자고, 내가 미국의 대통령이오!"

"하지만 10억 달러는 우리한테 천문학적인 돈입니다."

"물론 많은 돈이지. 우리는 한반도에 대규모 군대를 계속 주둔시켜야 해요."

그들의 대화는 예고 없이 나타난 두 상원의원 때문에 중단되었다. 한 사람은 콧수염을 기르고 있었고 다른 사람은 대머리였다. 다시 대화가 이어졌다. 또 한 차례 입씨름이 오간 후 억만장자가 양보하여 높은 이자로 돈을 빌려주기로 했다. 그 장면이 진행되고 있을 때 갑자기 미군 하나가 감시탑에서 소리쳤다.

"이봐, 펭. 이 염병할 어릿광대야! 우리나라 대통령을 놀리는 짓 그만두지 못해!"

나는 그가 나를 향해 소리치고 있다고 생각했기 때문에 깜짝 놀랐다. 그제야 나는 미군이 밍을 가명으로만 알고 있다는 걸 깨달았다. 밍의 가명은 내 이름과 비슷한 펭웬이었다. 다른 미군이 소리를 질렀다.

"트루먼, 무대에서 내려와!"

세 번째 미군이 농담조로 소리쳤다.

"헤이, 트루먼, 너는 해고야! 무대에서 안 내려오면 쏴버리겠다."

하지만 다행히 그들은 몇 번 더 소리를 친 것 말고는 공연에 더 이상 간섭하지 않고 나머지 시간 동안 조용히 있었다. 남한군 경비들은 미군들보다 더 열렬했다. 그들은 철조망에 모여 연극을 관심 있게 지켜보았다. 그들 중 몇은 커튼이 내려오자 박수를 치기까지 했다.

이후 며칠 동안 몇몇 미군들이 나한테 그 공연에 대한 얘기를 했다. 그들은 포로들이 어떻게 그런 긴 연극을 무대에 올릴 수 있었으며 연극에 필요한 도구와 의상들을 어디서 구했는지 궁금해했다. 나는 그들에게 포로 중 일부는 전문가들이었으며, 감독인 멩페이한은 공연예술을 전공한 사람이라고 얘기해줬다. 그들은 그 말을 듣고 더 깊은 인상을 받았다. 한 사람은 이렇게 말했다.

"당신들 중에 예술가들이 있으리라고는 생각 못했어."

나는 그들이 '예술가'라는 말을 그처럼 허술하게 사용한다는 사실이 놀라웠다. 우리 중국인들한테는 오직 대가만이 그런 이름으로 불렸다.

미군들은 우리를 농부들로 이뤄진 군대라고 생각했던 모양이었다. 그러니까 사람이라기보다는 가축 떼로 생각한 듯했다. 하지만 연극을 보고 우리를 달리 생각하게 된 것 같았다. 나중에 나는 경비들이 몇몇 배우들을 보통의 포로들과 약간 다르게, 존경심을 갖고 대하는 걸 보았다. 그들은 더 이상 우리에게 욕설을 하지 않았다. 그것은 놀라운 일이었다. 대부분의 중국인들에게 배우는 예능인일 뿐이었다. 아무리 재능이 많아도 사회의 하부 계층에 속한 존재일 뿐이었다. 그가 할 일은 남을 즐겁게 해주는 것뿐, 장교나 관리처럼 중요한 사람이 못 되었다.

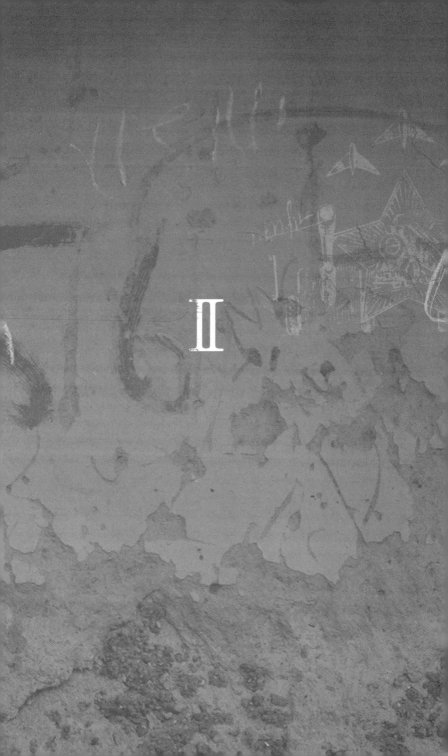

II

13

새 수용소로 옮겨간 후부터 미군들의 태도가 덜 거칠어졌다. 주된 이유는 우리가 막사를 깨끗이 쓰고 한국군 포로들처럼 호전적이지 않았기 때문이었다. 유엔군 감독관들이 우리 막사를 찾아와서는 질서가 잡혀 있고 위생 상태가 괜찮은 것에 만족해했다. 포로들은 미군 경비들을 더 잘 알게 되면서, 일부는 담배를 얻어 피우거나 오두막 뒤에 설치한 석유곤로 위에 놓인 큰 솥에서 국자로 커피 푸는 모습을 보려고 종종 입구로 갔다. 몇몇은 나에게 커피 맛이 어떤지 물어보기도 했다.

"써요. 설탕을 안 넣으면 못 마시죠."

나는 그들에게 이렇게 말해줬다. 규칙상 미군들은 우리와 얘기하는 게 금지돼 있었지만 어쨌거나 상당수가 그렇게 했다.

나는 종종 그들과 얘기를 하러 갔다. 나한테 그런 임무가 주어졌기 때문이었다. 우리 본부에서는 미군 신문인 《성조기》를 읽을 수 있었지만, 수용소 밖에서 무슨 일이 벌어지는지 파악할 만큼 정기적으로 입수할 수는 없었다. 우리 중 상당수가 미군들의 숙소를 청

205

소하고 유지하는 일을 했다. 그래서 그들은 기회 있을 때마다 몰래 신문을 가져왔다.

내 임무는 신문을 읽고 페이 인민위원과 그의 참모들을 위해 유용한 정보를 번역하는 일이었다. 그것은 괜찮은 일이었다. 나는 그걸 즐겼다. 번역자로서의 내 역할은 많은 걸 읽게 해줬고, 내가 중요하다는 느낌을 받게 해줬다. 신문에서 우리는 전쟁포로에 관한 문제가 논의되는 판문점 평화 회담에 관해 더 많은 걸 알게 되었다. 어떤 기사에 따르면, 중국은 이제 자체의 공군을 갖고 북한에서 미군 전투기와 교전을 벌인다고 했다. 그러나 조종사들의 경험이 별로 없어 그리 효과적이지 못하다고 했다. 우리나라에 열두 개쯤의 공군 사단이 있는데 모두 미그-15기로 무장하고 있다고 했다. 하지만 우리는 한 사단이 몇 대의 전투기로 구성돼 있는지 알지 못했다.

우리 포로들은 종종 정확한 숫자에 대해 입씨름을 했다. 어떤 사람들은 백 대라 했고, 어떤 사람들은 72대라고 했다. 또한 나는 신문을 통해, 미군들이 집에 가고 싶어 하며, 보통의 경우 혹독하기 짝이 없는 겨울 한 철 이상은 한국에 머물지 않는다는 걸 알게 되었다. 한 기사는 미군들의 탈영이 최근 몇 달 사이에 굉장히 증가하고 있으며, 어떤 미군들은 전방에서 빠져나오기 위해 자해를 한다는 사실까지 암시하고 있었다.

우리 동지들을 낙심하게 만들 만한 소식들도 있었다. 때문에 나는 모든 걸 다 번역하지는 않았다. 예를 들어 북한군과 중국군이 수용소로 데려가는 다른 포로들과 보조를 맞추지 못할 정도로 약한 죄수들을 가끔 총살해버린다는 보도도 있었다. 다른 보도에 따르면, '숨어 있는 반혁명주의자들을 색출하기 위한' 은밀한 수사가 인민의용군 부대 안에서 진행되고 있다고 했다. 수사의 주된 대상은 불명확한 정치적 배경을 가진 신병들과, 나와 비슷한 국민당 군대 출신의 군인들이었다. 나는 이것을 아무에게도 말하지 않았다. 하지만 나는 마오 서기장의 큰아들인 마오안잉이 적의 공중 폭격으로 사망했다는 사실을 페이 인민위원에게 말해줬다. 페이는 깜짝 놀라 한동안 말을 잇지 못했다.

"이건 순전히 우연 같지는 않네요."

나는 과감하게 말했다.

"미군 폭격기들이 어떻게 그처럼 정확할 수 있죠? 그들이 공격했을 때 그는 은신처에 있었답니다."

"다른 사람들한테는 얘기하지 말게."

페이가 말했다.

"알겠습니다."

"서기장님의 또 다른 아들은 미쳤다네. 이건 미제국주의들과 한참 더 싸워야 하는 노인네한테는 심각한 타격일 게 틀림없네. 이 전쟁이 곧 끝나지 않을 것 같아 걱정이네."

602수용소에서 정보의 흐름을 통제하는 나의 능력은 나로 하여금 힘을 느끼게 해줬다. 솔직히 말해 나는 그걸 즐겼다. 하지만 가장 좋았던 점은 그것이 영어 실력을 향상시킬 수 있는 기회였다는 것과, 일반적인 중국 출판물에서는 다루지 않는 성격의 뉴스에 접근할 수 있다는 사실이었다. 신문은 20페이지가 넘고 사진들이 많이 실려 있었다. 나는 단어 한 자까지 모두 읽었다.

미군들은 곧 우리들이 그들의 신문을 훔쳐간다는 걸 알고, 그것을 함부로 내던져놓지 않았다. 때문에 《성조기》를 입수하는 것이 불규칙해졌다. 어떤 때는 똑같은 신문을 대여섯 부씩 가져왔지만, 어떤 때는 한 주 내내 한 부도 가져오지 못하는 경우도 있었다.

그래서 경비들과 대화를 나누면서 가능한 한 많은 정보를 확보하라는 임무가 나한테 주어졌다. 나는 대부분의 미군들이 상당히 말을 많이 한다는 걸 알았다. 그들은 거의 예외 없이 자신들의 얘기를 상대방이 들어주는 걸 즐겼다. 특히 자신들의 언어를 이해하는 적군 병사가 들어주는 걸 즐겼다. 때때로 그들은 한 차례 얘기를 마친 후 감시 초소로 돌아갔다. 그러다가 몇 분이 지나면 어슬렁거리며 걸어와서 다시 얘기하기 시작했다. 그들 역시 외롭고, 이곳이 몹시 싫은 것 같았다. 그래서 나는 종종 그들의 얘기를 들어주며 유용한 정보를 수집했다.

나만이 정보 수집자는 아니었다. 다른 출처들도 많았다. 분뇨 처리를 담당하는 사람들은 신문과 잡지를 수용소 안으로 가져오는 데 훌륭한 일을 했다. 너무 심한 악취 때문에 미군들은 그들의 몸을 수색하려 하지 않았다. 대부분 숨을 멈추고 그들에게 빨리 지나가라는 손짓만 했다. 매일 아침 열두어 명의 포로들이 화장실을 청소하고 분뇨통을 지게로 지고 해변으로 가서 바다에 쏟았다. 단단한 체구에 옅은 피부의 흑인인 짐 베이커라는 온순한 성격의 미군이 그들을 인솔했다. 사병에 불과했지만 그들은 그를 하사라고 불렀다. 그는 그들의 아첨에 넘어가 그들을 친절하게 대했다. 그들은 그가 그들이 지금까지 만난 흑인 중 가장 잘생겼으며 중국 여자들이 그의 멋진 미소를 보면 오금을 못 쓸 것이라는 말까지 했다. 그들이 그를 '거북이 알'이나 다른 이름으로 불러도, 그는 화내지 않고 새하얀 이를 드러내며 늘 웃기만 했다. 그는 분뇨분대 소속의 포로에게서 중국어를 배우고 있었기 때문에 그러한 욕이 무슨 의미인지 알고 있었다. 정보를 수집하는 것 말고도 분뇨를 담당하는 분대원들은 다른 수용소에 메시지를 전달하는 일도 했다. 특히 한국인 포로들에게 그랬다. 그들에게도 자신들만의 분뇨 담당팀이 있었다.

리처드라는 상병이 있었다. 움푹 들어간 푸른 눈에 우뚝 솟은 코 양쪽에 주근깨가 있는 사람이었다. 내가 제대로 기억하는지 모르겠지만, 그의 성은 랜들 혹은 랜달이었다. 그는 주 중에는 아침에 경계 근무를 섰다. 그는 대부분의 동료 미군들보다 나이가 많아 보였는데, 고향에 여자친구가 있다고 했다. 한국에 오기 전까지는 디트로이트에 있는 농기계 공장의 기술자였다고 했다. 어느 날 그는 나에게 여자친구와 호수로 야영을 가서 불을 피우고 돼지기름에 송어를 튀겨 먹은 얘기를 해줬다. 어찌 된 일인지 나는 더 이상 감정을 주체할 수 없어 두 손으로 얼굴을 가린 채 쭈그려 앉았다. 하지만 울지는 않았다. 다만 너무 비참할 따름이었다. 그에게 나의 비참한 표정을 보이고 싶지 않았다.

"힘들어. 나도 힘들다는 건 알아."

그가 감정이 묻은 목소리로 말했다.

나는 그가 여자친구와 얼마나 가까운 사이였는지 알지 못했다. 그의 얘기는 나에게 쥐란을 생각나게 했다. 그녀는 내게 약혼녀 이상의 존재였다. 우리 사단이 쓰촨을 떠나기 이틀 전, 그녀는 내 아기를 갖고 싶다며 사랑해달라고 했다. 그녀는 내가 전쟁에서 살아 돌아오지 못할 것 같아 두려워했다. 그래서 아이라도 갖고 싶은 모양이었다. 밤새도록 우리는 거의 필사적으로 몇 번이고 사랑을 했다. 마치 나는 나의 일부가 집에 남을 수 있도록 나의 모든 것을 그녀에게 쏟아 붓고 싶었다. 그녀는 뜨거운 눈물과 소리 없는 경련과 함께 격렬하게 나를 받아들였다. 다음 날 아침, 그녀는 옥편을 둘로 잘라 한쪽을 내밀며 눈을 내리깔고 말했다.

"오늘부터 나는 당신의 아내예요. 내가 죽더라도 내 영혼은 당신과 함께 있을 거라는 걸 기억해요."

나는 살아 있는 한 그녀에게 돌아오겠다고 약속했다. 그날 이후 나는 부러진 옥편을 내 몸에 지니고 다녔다. 몸수색을 당할 때마다 그걸 혁대 안쪽이나 신발 속에 숨겼다. 나는 그녀에게 한 번 편지를 쓰면서 그에 관해 암시한 적은 있지만, 쥐란이 임신을 했는지 어쩐지는 알지 못했다. 편지를 검열한다는 걸 알고 있었기 때문에 그녀에게 감히 노골적으로 묻지는 못했다. 수용소 정문 옆에 우체통이 있었다. 우리는 가끔가다 한 번씩 그곳에 편지를 넣었다. 하지만 우리 중 누구도 고향으로부터 소식을 듣지 못했다.

나는 리처드와 조금씩 친해지기 시작했다. 그는 여송연과 레몬 사탕을 내게 줬다. 신문을 갖고 있으면 철조망 너머로 넘겨줬다. 그는 아주 영리해 보였지만 가끔씩 냉소적인 미소를 흘렸다. 어느 날 아침, 그가 내게 물었다.

"펭얀, 내 부탁 하나 들어줄 수 있어?"

"물론이죠. 가능하다면."

나는 무력한 포로인 내가 그에게 어떤 도움을 줄 수 있다는 건지 의아스러웠다. 그가 살짝 웃으며 말했다.

"이 염병할 놈의 전쟁이 다시 과열되면, 나는 전방으로 갈 수도 있어. 내가 안전증서 얻는 걸 도와줄 수 있겠어?"

"그게 뭔데요?"

"모른단 말이야?"

"정말 모르겠는데요."

"나도 본 적은 없어. 하지만 중국어나 한국어로 '이 사람을 죽이지 마라. 그는 우리의 친구다' 이렇게 쓰여 있다고 하더군."

"그걸 어디다 쓰려고요?"

"당신네 중국인들은 포로들을 죽이잖아. 나는 한 장교가 전선에서 연대 병력을 잃어버렸다는 이유로 40명이 넘은 미군 포로들을 죽였다는 얘기를 들은 적이 있어. 내가 그들한테 사로잡힐 경우, 당신이 준 종이를 보여주면 그들이 나를 죽이지 않을 수도 있잖아."

그의 솔직한 말에 깜짝 놀랐다. 하지만 나는 아무 말도 하지 않고 도와주겠다고만 약속했다. 나는 그가 아무런 수치심이나 당혹스러움 없이 자신이 두려워하는 것에 대해 얘기할 수 있다는 게 존경스러웠다. 나는 내 벨트 안으로 들어간 셔츠 아랫자락을 끄집어내어 'FUCK COMMUNISM' 이라는 글자가 쓰인 문신을 보여줬다. 그가 웃으면서 말했다.

"정확히 맞는 말이야!"

그의 요청은 나에게 필요할 경우, 어떻게 사용하느냐에 따라 내 문신이 '안전증서'가 될지도 모른다는 생각을 하게 만들었다. 하지만 다시 생각해보니 나는 이미 수용소 안에 있었고 내 목숨은 위험에 처해 있지 않은 것 같았다. 하지만 어째서 페이 인민위원은 문신이 나한테 도움이 될지 모른다고 말했을까? 나는 어떻게 그럴 수 있는지 상상할 수 없었다.

나는 그날 오후 리처드의 요청을 페이 인민위원에게 보고했다. 저녁에 비상 회의가 소집되었고, 나도 거기에 참석했다. 아무도 그런 걸 본 적이 없었지만, 지도자들은 리처드가 얘기한 증서와 흡사한 것을 만들기로 결정했다. 그들은 밍에게 그 일을 맡겼다. 그날 밤 밍은 흰 종이를 손바닥만 하게 자른 다음, 연필 토막으로 맨 위에 별 하나를 그리고 다음과 같이 썼다.

안전증서

중국 인민의용군 및 북한군 동지들에게.

이 미군 병사는 스스로 항복한 자이며 우리의 친구입니다. 그에게 잘해주기를 부탁드립니다. 만세.

1952년 4월 24일
거제도에 있는 동지들 올림

다음 날 내가 그 종이를 건네자 리처드는 그걸 보지도 않고 웃옷 속의 셔츠 주머니에 집어넣더니 손을 들어 엄지와 검지로 원을 만들어 보였다. 나는 그것이 좋다는 의미라고 생각했다. 나는 그가 그 말이 무슨 의미인지도 묻지 않는 걸 보고 놀랐다. 그 증서가 그의 상관의 손에 들어가면 어쩌지? 군법회의에 회부되지 않을까? 중국군 병사가 그런 걸 갖고 있다가 발각되면, 처형은 아닐지 몰라도 감옥에 가게 될 것이었다.

그러던 어느 날 아침, 리처드가 막 울고 난 사람처럼 우울한 얼굴을 하고 있었다. 나는 그에게 오늘따라 기분이 좋지 않은 이유가 뭐냐고 물었다.

"고향에서 온 '디어 존'을 받아서 그래."

"디어 존이 뭔데요. 선물인가요?"

그는 얼굴을 찌푸렸다.

"여자친구한테서 온 절교 편지야."

"안됐군요."

"뜬금없이 이러네."

"다른 남자가 관련되어 있나요?"

"모르지."

나는 한숨을 쉬었다.

"군인의 삶은 예측할 수 없잖아요. 그리고 여자는 보통 안정된 삶을 원하고요."

"모든 게 이 빌어먹을 전쟁 때문이야!"

그는 코를 벌름거리며 고개를 저었다.

"맞아요."

"나는 내가 왜 여기 와 있는지도 모르겠어. 뭘 위해 싸운다는 말이지?"

나는 그에게 내가 왜 한국 땅에 와 있는지 말해주고 싶었다. 조국을 지키기 위해서라고 말해주고 싶었다. 하지만 참았다. 그의 기분이 너무 상해 있어서 우리는 더 이상 얘기를 할 수 없었다.

프랭크 홀먼이라는 다른 흑인 사병도 있었다. 뻣뻣한 머리에 키가 크고 마른 친구였다. 그는 루이지애나에서 왔다고 했다. 수줍음을 잘 타는 착한 사람이었다. 그는 종종 콧김을 뿜으며 웃어젖혔다. 많은 미군들처럼 그도 한국에서 나는 야생 마리화나를 피워 눈이 번들번들했다. 만추리아에도 야생 마리화나가 있었다. 중국인이나 한국인은 그 풀을 좋아하지 않았다. 우리는 그것을 주로 밧줄을 만드는 데 사용했고, 그것으로 만든 담배를 선호했다. 나는 프랭크와 여러 번에 걸쳐 얘기했다. 그는 내가 죄수가 아닌 것처럼 내 질문에 답해줬다. 한번은 『톰 아저씨의 오두막』 얘기를 하자, 그가 고개를 저으며 말했다.

"그건 들어본 적도 없어요. 나는 책을 안 읽거든요."

그의 대답에 놀랐다. 나는 노예들이 정말로 닭고기, 칠면조고기, 햄, 말랑말랑한 빵을 먹을 수 있었는지 묻고 싶었다.

"작가는 흑인 노예들이 닭날개, 닭다리, 소금에 절인 돼지고기 등을 먹었다고 쓰고 있어요. 그들이 남부에서 그렇게 좋은 음식을 먹었다는 말인가요?"

"그럼요."

"먹고 싶으면 날마다 닭고기를 먹을 수 있나요?"

"닭고기가 우리나라에서는 싸요. 대부분의 사람들이 먹을 수 있죠."

"그렇다면 비싼 음식이 뭐죠?"

"스테이크죠. 부자들은 스테이크를 먹으러 레스토랑에 가죠. 생선도 비싸죠."

"새우 말인가요?"

"새우도 그렇고. 연어, 가재, 굴도 비싸죠. 그걸 생각하니 군침이 도네요."

나는 가재라는 말이 중국어로는 '큰 새우'라는 의미라는 걸 알았지만, 그것이 어떻게 생겼는지는 알지 못했다. 나는 그것이 굉장히 큰 새우일 거라고 추측했다. 하지만 굴이 비싼 음식이라는 그의 말에는 약간 놀랐다. 중국의 해안 도시에서는 거리의 행상들이 간 굴을 싼값에 파는 걸 알고 있었기 때문이다. 나는 굴을 싫어했다. 그래서 공짜로 준다고 해도 손대지 않으려 했다. 나는 프랭크에게 중국인들에게는 닭고기가 제일 좋은 고기이며, 칸톤이나 푸젠 지방의 식당에 가면 닭다리를 요리해서 별미로 판다고 얘기해줬다. 그는 휘파람을 불며 말했다.

"이놈의 전쟁만 아니라면 닭고기 장사를 해서 당신네 중국인들한테서 떼돈을 벌겠네요."

"흑인으로 첫 백만장자가 되려고요?"

"맞아요."

우리 두 사람은 웃었다.

나는 중국에 있을 때 보았던 〈노예선〉이라는 반노예 제도 영화에 관해서도 얘기했는데, 그는 그 영화도 보지 못했다고 말했다. 그는 책과 영화에 대해 아는 게 없었지만, 그것이 우리의 대화를 가로막지는 않았다. 그는 종종 나에게 껌을 줬다. 나도 그에게 뭔가 줄 수 있었으면 싶었다. 한번은 그가 마리화나를 줬다. 들이마셔봤지만 별로 마음에 들지 않았다. 나중에 그는 내게 리처드가 갖고 있는 것과 같은 증서를 구해달라고 했다. 이틀 후에 나는 그에게 비슷한 걸 갖다줬다. 그는 그걸 받고 대단히 좋아했다.

빈 종이가 별로 없었기 때문에 우리는 이러한 요청이 들어올 때마다 증서를 만들어줄 수 없었다. 종이가 없을 땐, 요청한 사람에게 도움이 될지 모르는 붉은 별과 모자 기장을 건네줬다. 우리가 제주도에 머무른 해를 포함해 나머지 기간 동안 우리는 다 합해 백 장이 넘는 안전증서를 발행했다. 그에 반해 남한군 병사는 우리에게 그런 걸 요청한 적이 없었다.

14

늦은 봄, 어느 날 저녁이었다. 우리한테 뱃짐 내리는 일이 주어졌다. 보통은 우리에게 부두에서 일을 시키지 않았다. 노동자부대라는 별명으로 불리는 70수용소 포로들이 뱃짐을 내려 창고로 운반하는 일을 도맡아 했다. 그들 중 일부는 도로를 보수하고 나무를 베고 돌을 파내고 철조망 울타리를 만들고 샘을 파고 벽돌 쌓는 일을 하기도 했다. 그날은 긴급한 상황이어서 예외였다. 다음 날 아침 배가 출항해야 했기 때문이었다. 선창으로 가면서 우리는 〈게릴라들의 노래〉를 불렀다. 경비들은 노래의 의미를 알 수 없었기 때문에 참견하지 않았다.

부두에는 여러 개의 초소들이 있었다. 두 개의 탐조등이 바닥과 하늘을 훑었고, 램프의 불빛이 거의 모든 곳을 샅샅이 비추고 있었다. 훈훈한 밤이었다. 날씨가 너무 훈훈해서 약에 취한 것처럼 졸렸다. 우리는 네 조로 나뉘어, 세 조는 짐을 내리고 다른 조는 내린 짐을 뭍에 쌓는 일을 했다. 나는 약한 다리 때문에 배의 갑판에 대놓은 흔들리는 널빤지 위를 걸을 수 없었다. 그래서 네 번째 조와 함께 짐 쌓는 일을 했다. 때때로 우리는 자루나 상자에 구멍을 내어 안에 뭐가 들어 있는지 훔쳐봤다. 옥수수, 쌀, 담배, 종이, 의약품이 들어 있었다. 시멘트 자루와 헌 옷가지 꾸러미도 있었다.

우리가 고되게 일하고 있을 때 북쪽에서 여자들이 민요를 부르는 소리가 들려왔다. 감상적이고 편안한 노랫소리였다. 식당들과 유곽들이 그쪽에 많이 있다는 얘기를 들었던 터라 우리는 이따금 그쪽을 향해 고개를 돌리지 않을 수 없었다. 여자들의 목소리가 나를 흥분시켰다. 나는 다친 이후 처음으로 강한 성욕을 느꼈다. 3백 미터쯤 떨어진 곳에서도 여자들의 살 냄새와 향내를 맡을 수 있을 것만 같았다. 들이마시는 공기에도 후각이 예민해졌다. 관자놀이가 팽팽해지고 맥박이 빨리 뛰었다. 머리가 약간 어지러웠지만, 피가 빨리 뛰는 걸 느끼며 기분이 좋았다. 그것은 내 몸이 정상으로 돌아왔다는 의미이기 때문이었다. 형편없는 음식을 먹으면서도 몸이 기적적으로 회복되었다는 사실에 놀랐다. 나는 아직 젊고 활력에 넘쳤다.

포로들은 선실과 갑판과 뭍에서 소포, 상자, 자루들을 들어 어깨에 메느라 바빴다. 우리는 땀에 흠뻑 젖었고 가끔 숨을 헐떡거리기도 했다. 하지만 혈색 좋은 얼굴의 미군은 우리를 향해 계속 소리질렀다.

"빨리, 빨리!"

그것은 한국어로 서두르라는 의미였다. 키 큰 포로 하나가 옷 묶음을 내려놓으며 낮은 소리로 욕을 했다.

"개새끼!"

그리고 그는 빠져나갔다. 잠시 쉬러 가는 모양이었다. 나는 호기심이 당겨 그가 뭘 하는지 보려고 짐 더미를 돌아서 갔다. 그는 바지를 열고 둘둘 말린 범포 위에 소변을 누고 있었다. 오줌이 떨어지는 둔탁한 소리가 났다. 그가 볼일을 다 본 순간, 미군 장교 한 사람이 북쪽으로 50미터쯤 떨어진 어둠 속에서 나타났다. 그는 한국 기생에게 배운 게 틀림없는 노랫가락을 흥얼거리고 있었다. 취한 것 같았다. 그는 우리를 보지 못하고 급수탑 밑에 있는 집들을 향해 비틀비틀 걸어갔다. 옆구리에 권총을 차고 있었다. 놀랍게도 키 큰 죄수가 짐 더미에서 나오더니 백 미터쯤 떨어진 거리에서 그 장교를 따라갔다. 나는 그가 뭘 하려고 하는지 궁금했다. 죽이려고 하는 걸까? 아니면 탈출하려고 하는 걸까?

나는 감히 그곳에 오래 있지 못하고 다시 돌아가 가벼운 물건들을 나르기 시작했다. 바쁘게 일하면서도 키 큰 그 남자가 뭘 하고 있을지 궁금했다. 이곳에 밍만 있다면 물어볼 수 있었을 텐데, 그러지 못하는 게 아쉬웠다. 그때, 나는 차오린이 두 사람과 귓속말하는 걸 보았다. 다른 세 사람은 가시철사 꾸러미를 쌓고 있었다. 차오린은 이곳에 있는 2백 명의 우두머리였다.

"나가서 몸 좀 풀어야겠어."

그는 늘 이렇게 말하면서, 나처럼 가능한 한 자주 수용소 밖으로 나가고 싶어 했다. 그와 나는 가깝지 않았으므로, 그에게 가서 다른 사람이 사라졌다고 보고하지 않았다.

20분쯤 지나자 키 큰 남자가 헐떡거리며 돌아왔다. 그의 눈이 빛나고 있었다. 그는 차오린에게 미군 장교가 문을 잠그지 않고 자러 들어갔으며, 권총이 방 안에 있다고 말했다.

"가서 가져올까요?"

그가 차오린에게 물었다.

"왜 그냥 가져오지 그랬어?"

한 남자가 끼어들었다.

"잘하는 짓인지 몰라서 그랬어. 그래서 허락을 받으러 온 거야."

차오린이 말했다.

"총을 가져와야 해. 그러나 혼자 가서는 안 돼. 유안, 자네가 같이 가면 어떨까?"

"제가요?"

나는 깜짝 놀랐다. 여러 사람의 눈이 나를 향했다.

"그래, 같이 가. 저 친구에게 밖에서 망을 보게 하고, 자네가 들어가서 총을 가져와."

"장교가 잠에서 깨면 어쩌죠?"

나는 그가 그 일에 왜 나를 지목하는지 당혹스러웠다.

"이걸로 죽여버려!"

다른 사람이 나에게 60센티미터쯤 되는 쇠막대를 주면서 말했다. 차오린이 나를 시험하려 한다는 걸 알았지만, 나로서는 받아들이는 수밖에 달리 선택의 여지가 없었다. 그래서 가겠다고 했다. 하지만 부두의 초병들이 아직도 경계를 늦추지 않고 있었기 때문에 당장 그 일을 시작할 수는 없었다. 우리는 계속 일을 해야 했다.

10시 반이 지나자 초병들이 하품을 하기 시작했다. 많은 포로들이 더 팔팔해져 그들 주위에 모여 질문하거나 너무 배가 고파 일을 계속할 수 없다고 불평했다. 포로들은 땅콩 한 자루를 나눠 먹었으면 했지만, 근무 중인 하사가 허락해주지 않았다. 그들이 그를 상대로 애원하는 동안, 나는 키 큰 남자와 함께 그곳을 빠져나갔다. 알고 보니 그 사람의 이름은 왕야빙이었다. 우리는 짐 뒤로 몰래 빠져나가 부두를 따라 밝혀져 있는 빛을 피해 살금살금 걸었다. 토끼가 내 가슴속에 갇혀 있는 것처럼 가슴이 벌렁거렸다. 다리도 후들거렸다. 5분도 안 지나 우리는 민간인의 집처럼 생긴 나지막한 기와집

에 도착했다. 문은 잠겨 있지 않아 살짝 밀치자 스르르 열렸다. 장
교가 부드럽게 코 고는 소리가 들렸다. 천만다행으로 그는 곤히 잠
들어 있었다.

"이제 들어가."

왕야빙이 나에게 속삭였다.

"누군가가 오면 발정한 고양이 소리를 낼게."

나는 겨드랑이에 쇠막대를 끼고 살금살금 방으로 들어갔다. 엷은
황갈색 종이로 된 덮개가 있는 램프가 식탁 위에 밝혀져 있었다. 희
끄무레한 콧수염의 몸집 작은 남자가 옷을 입은 채, 털이 많은 얼굴
을 검은 천장으로 향한 채 자고 있었다. 그가 약간 몸을 움직이면서
뭔가를 씹는 것처럼 이를 맞부딪쳤다. 갑자기 그가 껄껄거리며 말
했다.

"아이쿠, 난리로군. 캐시, 저 애한테 다른 포크를 갖다줄 수 있겠
어?"

나는 그 자리에 얼어붙었다. 잠시 후 그가 다시 코를 골기 시작했
다. 그의 베개 옆에 콜트식 자동권총과 검은 회중전등이 있었다. 나
는 총을 집어 들고 문이 있는 곳까지 뒷걸음질했다. 그리고 몸을 돌
리는 순간, 쇠막대가 돌계단 위에 떨어지며 소리를 냈다. 나는 그걸
주우려고 멈추지 않고 어둠 속으로 빠져나왔다.

왕야빙이 잠시 후 나를 따라왔다. 그는 내 어깨를 잡고 흔들며 물
었다.

"무슨 일이야?"

"모르겠어."

내 얼굴은 땀으로 젖어 있었고 혀는 굳어 있었다.

"귀신한테 쫓기는 사람 같네."

나는 아직도 숨을 헐떡거리고 있었다. 그가 다시 물었다.

"가져왔어?"

"응."

나는 그에게 권총을 보여줬다.

"잘했어!"

그는 총을 잡고 하늘에 대고 쏠 것처럼 흔들었다. 우리는 같이 돌아왔다.

우리가 돌아왔을 때 사람들은 일을 마무리하고 있었다. 차오린은 권총을 보자 너무 의기양양해져 그걸 벨트에 찼다. 그리고 내가 그걸 훔친 경위에 관해 보고하는 걸 들었다. 나는 쇠막대를 놓고 왔다는 사실을 인정했다. 하지만 아무도 그걸 큰일이라고 생각하지 않았다. 그래서 더 이상 그것에 관해 걱정하지 않았다. 그런데 예상치 못한 문제가 발생했다. 수용소 안으로 권총을 어떻게 들여가느냐가 문제였다. 왕야빙과 몇 마디 얘기를 나누더니, 차오린이 나한테 그걸 갖고 들어가라고 했다. 내가 대부분의 경비들과 친하다는 이유에서였다.

나는 다섯 발의 총알을 빼내 다른 죄수들에게 한 발씩 줘서 갖고 들어가게 했다. 그것은 쉬운 일이었다. 그들은 문을 통과하기 전에 총알을 입에 넣으면 되었다. 나는 다치지 않은 허벅지에 권총을 기다란 신발 끈으로 묶었다. 그리고 신발 끈의 끝을 내 팬티의 허리춤에 묶었다. 대부분 경비들은 내 허벅지를 수색하지 않았다.

돌아오는 길에 권총이 사타구니를 심하게 건드렸지만 나는 아무렇지도 않은 척했다. 그래도 나는 앙가발이 걸음을 걷지 않을 수 없었다. 몇몇 포로들은 내가 불편해하는 걸 보고 웃으며 걷는 모습을 흉내 내기까지 했다. 차오린이 그들을 쏘아보며 경비들의 주의를 끌지 말라는 신호를 보냈다. 내가 다리를 다쳐 늘 절뚝거리며 걸었기 때문에 미군들은 별다른 것을 찾아내지 못했다.

앞문이 열리고 두 명의 경비들이 우리의 몸을 수색하기 시작했다. 내 차례가 되었을 때, 나는 억지로 하품을 하면서 앞으로 나아갔다. 미군이 내 앞과 뒤를 수색하고, 목부터 발목까지 더듬었다. 하지만 다른 곳은 만지지 않았다. 나는 문을 통과해 수용소 안에서 나를 기다리고 있던 차오린을 향해 걸어갔다. 우리가 가까운 막사로 들어가자마자 나는 권총을 풀어 그에게 줬다.

내 허벅지와 사타구니의 살갗이 벗겨져 있었다. 하지만 위생병이 잠들어 있어서 치료를 받으려면 이튿날 아침까지 기다려야 했다. 부두에서부터 불편한 걸음으로 걸어왔기 때문에 근육도 접질려 있었다. 하지만 나는 기분이 좋아 바로 잠자리에 들었다. 꿈속에서 나는 다시 미군 장교의 방에 들어가 권총을 찾고 있었다. 그런데 찾을 수가 없었다. 장교가 갑자기 소리를 질렀다.

"안 돼!"

잠에서 깨어보니 가슴이 쿵쿵 뛰고 셔츠 앞자락이 땀에 젖어 축축했다. 나는 고통과 두려움에도 불구하고, 내가 군인으로서 통과해야 하는 시험에 합격했다는 사실이 기뻤다. 하지만 마음속에서는 의심의 그림자가 짙어지고 있었다. 차오린이 즉흥적으로 나를 시험했는지, 아니면 나를 시험해보자는 결정이 당에서 이미 내려졌는지 확실치 않았다. 나중에 밍에게 물어보았더니, 그는 일주일 전에 당에서 그러한 상황이 되면 내 충성심을 시험해보자는 결정을 내렸다고 은밀하게 말해줬다.

다음 날 아침 중대 병력의 미군들이 우리 수용소로 들어와 모든 죄수들에게 막사 밖으로 나가라고 명령했다. 그들은 총검으로 이곳저곳 쑤셔보며 막사 안을 샅샅이 뒤졌다. 그들은 매트를 뒤집어엎고 임시변통의 가구들을 부쉈지만 아무것도 찾아내지 못했다. 그들은 아무리 해도 권총을 찾아낼 수 없었다. 분노반이 수용소 밖으로 막 빼돌려 해변에 있는 바위 속에 숨겨놓았기 때문이었다. 미군들은 누가 전날 밤에 작업했는지 확실히 알지 못했다. 그들은 차오린을 붙잡아 조사했지만, 그는 모든 사람의 얼굴과 이름을 기억할 수 없다고 버텼다. 그러자 그들은 맨 앞에 있던 몇몇 사람에게 앞으로 나오라고 명령했다. 그러한 명령에 대비하지 못한 포로들이 앞으로 나갔다. 나는 맨 뒤에 서 있었다. 가슴이 철렁했다. 앞으로 나간 사람들은 아무것도 모르는 이들이었다. 그들은 대부분 전날 밤에 일하러 나가지 않았던 사람들이었다. 그들을 조사한 다음 양쪽 가슴에 수류탄을 하나씩 차고 있는 키 큰 지휘관이 네 명의 죄수들을 지목하더니 문밖에 주차되어 있는 트럭으로 데려가라고 했다. 넷 중 하나가 사색이 되어 소리쳤다.

"나는 잘못한 게 없어요! 이게 뭡니까?"

그러나 미군들은 그의 말을 이해하지 못하고 그냥 끌고 가버렸다. 나는 불안했다. 네 명의 죄수 중에서 권총에 대해 알고 있는 사람이 있는지 확실치 않았다. 나는 장교가 왜 차오린을 끌고 가지 않았는지 궁금했다. 어쩌면 그는 차오린이 골수 공산주의자여서 그에게선 아무것도 얻어낼 수 없다고 생각했는지도 몰랐다. 나는 미군들이 내가 떨어뜨린 쇠막대를 손에 넣었을지 몰라 걱정되었다. 거기에 묻은 내 지문을 찾아낼지도 모르는 일이었다. 목과 이마에 땀이 솟았다. 하지만 주의를 끌게 될까 봐 손을 들어 땀을 닦을 수도 없었다. 나는 사람들 속에 숨어 눈에 띄지 않으려고 노력했다.

밍이 앞에 서서 통역을 하고 있었다. 그사이 좌절감에 빠진 나머지 수색에 집중할 수도 없는 장교가 우리를 향해 욕하면서 만약 우리가 이번 절도에 관련된 사람들의 이름을 대지 않으면 우리 중 일부를 독방에 가두겠다고 위협했다. 그가 소리쳤다.

"한번 해보자. 내 말 들리냐? 이 도둑놈들아! 네놈들은 남자답게 맞서지도 못하는구나!"

밍은 굳이 그 말을 번역하지도 않았다. 사람들은 장교를 이해하지 못하는 것처럼 말없이 있었다. 많은 사람들이 정말 당황한 표정으로 그를 바라보았다. 반 시간 후 미군들이 물러갔다. 그러나 장교는 떠나기 전에 우리에게 이것은 단지 시작에 불과할 뿐이라고 경고했다.

오후 3~4시쯤 되자 2개 분대의 미군들이 삽과 도끼를 들고 다시 들어왔다. 그들은 잡아갔던 사람들을 우리에게 돌려줬다. 네 사람 모두 만신창이가 되어 있었다. 콧구멍은 피 묻은 솜으로 막혀 있었고, 얼굴은 빵처럼 부어 있었다. 어떤 사람은 한쪽 눈이 시퍼렇게 멍든 채 닫혀 있었다. 그들은 두려움에 질린 나머지 아무 말도 못하고 다른 사람들이 말을 걸면 고개를 끄덕이거나 가로젓기만 했다. 나는 두려웠다. 그들 중 아무도 믿을 수 없을 것 같았다. 내가 도둑이라는 걸 알았다면 그들은 나를 배반했을지 몰랐다.

우리는 돌아온 사람들을 보살피느라 바빴다. 미군들은 이리저리 파고 쑤시고 난리였다. 그들은 우리 때문에 그처럼 힘든 일을 한다며 갖은 욕을 다했다. 몇몇 포로들은 휘파람을 불면서 그들에게 모자를 흔들었다. 그런 행동이 그들을 더 화나게 했다.

결국 그들은 무기를 찾아내지 못했다. 다섯 발의 총알 중 한 발도 찾아내지 못했다. 하지만 그들은 두 개의 펜치를 찾아냈다. 그것은 우리에게는 별로 중요하지 않은 손실이었다. 그날 저녁 나는 당 위원회가 나의 용감한 행동에 대해 표창했다는 얘기를 들었다. 3급에 해당하는 표창이었다. 기분이 좋았다. 이제부터 사는 게 더 쉬워지고, 그들이 나를 다시 시험하지 않았으면 싶었다. 권총은 투쟁에서 사용된 적이 없었다. 그것은 이미 약간의 화기를 입수하고 있던 북한군 포로들에게 넘어갔다.

공산주의자들은 늘 자신들이 의심하는 사람들을 시험했다. 나는 수용소에서 그러한 경우를 몇 차례 보았다. 한 사람은 포로들을 위한 식량 창고에 불을 지르라는 지시를 받았다. 그는 밤에 건물뿐만 아니라 근처에 있는 두 개의 장작더미에 불을 질렀다. 불길이 15미터 이상 치솟았다. 네 대의 소방차가 바닷가를 오가며 물을 길어 날랐다. 하지만 누가 보더라도 그것은 끌 수 없는 불이었다. 그 사람은 후에 당 위원회로부터 특별공로상을 받았다. 그로서는 다행스럽게도, 미군들은 우리들을 심문한 후 방화범을 찾아내는 일을 단념했다. 또 다른 사람은 밤에 창고에서 돼지고기 통조림이 든 상자를 훔치라는 명령을 받았다. 그는 철조망 틈으로 기어들어오다가 탐조등 불빛에 발각되어 총에 맞아 죽었다. 경비들은 그가 펜치로 철조망을 절단하거나 폭약으로 그것을 폭파하려 한다고 생각했을 게 틀림없었다. 통조림이 든 상자가 그들에겐 화약 상자로 보였을지 몰랐다.

우리는 늘 울타리를 끊으려고 했다. 수용소에는 열 개 남짓한 펜치가 있었다. 포로들이 몰래 들여온 것들이었다. 적들은 그걸 알고 종종 그것을 수색하러 왔다. 이러한 연장들은 우리가 감옥을 부숴야 할 경우에 절대적으로 필요한 것들이었다. 그래서 지도자들은 종종 자기들이 시험해보고자 하는 사람들에게 펜치를 훔쳐오라고 했다.

15

북한 공산주의자들이 통제하는 수용소들과 우리 사이에는 접촉
이 잦았다. 페이 인민위원은 북한군 동지들이 선물한 스위스제 시
계를 차고 있었다. 쇠줄이 달린 시계였다. 4월 30일, 우리는 그들로
부터 은밀한 전갈을 받았다. 중요한 모임이 있으니 두 명의 대표를
보내달라는 전갈이었다. 페이는 차오린과 나더러 가라고 했다. 그
러한 임무가 처음 맡겨졌을 때 나는 흥분했다. 권총을 훔치고 나서
당이 나를 신뢰하기 시작했다는 생각이 들었기 때문이다. 하지만
다시 한 번 생각해보고, 차오린의 조수로 가게 될 뿐이라는 걸 깨달
았다. 단지 영어를 할 줄 안다는 이유에서였다. 우리 중 아무도 한
국어를 할 줄 몰랐다. 페이는 한국인들이 우리가 아무런 외국어도
할 줄 모른다고 생각하지 않기를 바랐다. 그래서 체면상 나를 딸려
보낸 것이었다.

한국인 포로들은 우리보다 이곳에 오래 있었고 자원이 더 많았
다. 그들은 민간인들보다 물자가 더 풍부했다. 어떤 면에서 보면 의
약품도 충분치 않고 때로 밥까지 굶는 남한 군대보다 더 잘 먹기까

지 했다. 북한군 동지들은 늘 마을 사람들에게 옷을 주고 김치와 된장으로 바꿔 먹었다. 그들은 비밀 경로를 통해 그들의 지도자들과 접촉하고 있었다.

수용소들 사이의 모임이 있을 때마다 참석자들은 아프다는 핑계를 대고 모임이 열리는 64야전병원으로 가는 허락을 받았다. 상당수의 한국인 의료진이 그곳에서 일하고 있었다. 공산주의자들이 병원의 상당 부분을 통제하고 있었다. 5월 1일, 차오린과 나는 우리 수용소의 왕 군의관에게서 허락을 받았다. 경비들은 우리들을 내보내줬다. 차오린은 수용소 당국자들과 만나기 위해 가끔 나갔다 왔기 때문에 수용소에 대해 잘 알고 있었다. 그는 먹을 것을 못 먹은 닭처럼 왜소했지만 강철 같은 의지의 소유자였다. 그는 미군들과 자주 싸웠다. 또 602수용소의 부책임자였기 때문에 6천 명을 대신하여 발언했다. 명목상으로는 자오텅이 책임자였지만, 그는 말주변이 없었다. 차오린은 청중의 마음을 움직일 수 있을 정도로 언변이 좋았다. 나는 그와 같이 있을 때는 긴장되고 언행에 신경이 쓰였지만, 그의 달변과 경험을 존경했다.

병원은 수용소 안에 있었고 포로들만 치료했다. 그곳은 여덟 개의 막사와 두 채의 작은 집과 세 개의 움막으로 이루어져 있었다. 오두막 뒤로 가자 30대 초반으로 보이는 두 명의 한국인이 우리를 맞았다. 한 사람은 한국인들 사이에선 드물게 통통한 얼굴을 하고 있었고, 다른 하나는 아주 여성적이고 가냘프고 호리호리했다. 우리는 뒤뜰에 앉았다. 버드나무들 사이를 연결한 빨랫줄에 세탁한 이불들이 걸려 있었다. 빨래 때문에 뒤뜰은 상당히 어두워 보였다. 마치 오두막 속에 아이들이 살고 있는 것처럼 그네가 미풍에 부드럽게 흔들렸다.

차오린은 그들을 전에 만난 적이 있는 듯했다. 그는 나에게 그들을 소개했다. 리와 최라고 했다. 두 사람은 북한군 대령이라고 했다. 통통한 얼굴의 최는 대학에서 역사를 전공한 사람이었는데 약간의 영어와 러시아어를 할 줄 알았다. 리는 그보다는 교육을 덜 받았지만 10년 넘게 만추리아에서 게릴라 활동을 하며 일본군과 싸운 탓에 중국어를 능숙하게 구사했다. 그들은 일반 포로들보다 건강하고 편해 보였다. 이쪽으로 들어오면서 나는 두 명의 젊은 한국인 간호사들이 집 앞에 있는 사무실에서 소독된 붕대를 접고 있는 걸 보았다. 그 여자들은 우리를 위해 경계를 서고 있었다. 때때로 그들은 콧노래를 불렀다. 그들의 웃음에는 근심 걱정이 없어 보였다. 그들의 쾌활한 목소리가 이따금 내 마음을 산란하게 했다.

모임은 짧았다. 뒤뜰에 너무 오래 있는 것은 안전하지 못했다. 하지만 우리는 그 장교들이 우리한테 해준 얘기를 듣고 충격을 받았다. 한국인들은 거제도 미군 사령관인 벨 장군을 납치할 계획이라고 했다. 그들은 우리 수용소도 협조해달라고 요청했다.

"그처럼 대담한 일을 우리가 어떻게 도울 수 있단 말이죠?"

차오린의 질문에 그들은 우리에게 장군을 우리 수용소로 초청해 의심을 사지 않고 대화함으로써 그의 경계심을 풀어놓으라고 했다. 그런 다음 그들도 자신들의 막사로 그를 초청하겠다고 했다. 차오린은 벨 장군이 우리 수용소에 오면 우리가 잡겠다고 제안했다. 하지만 여성적인 모습의 리는 그들이 이미 만반의 준비를 해놓고 있는 데다 우리보다 '군대'가 많다고 말했다. 그는 이렇게 설명했다.

"미군들이 보복할 경우, 우리가 당신들에게 다시 고초를 받게 해서는 안 되죠. 여러분들은 이미 충분히 희생했으니까요."

우리가 공동의 적과 싸우기 위해 멀리 한국까지 왔다는 사실을 언급하고 있는 게 분명했다. 차오린은 더 이상 우기지 않고 그들의 계획에 협력하겠다고 약속했다.

우리가 떠나기 전 그들은 오두막 안의 쪽방으로 우리를 데리고 들어가더니 한국군 전쟁포로들의 수장인 미스터 박을 소개했다. 나사羅紗 코트를 입고 번들번들한 마루 위에 앉아 있는 미스터 박은 작지만 근육질의 남자였다. 얼굴은 창백하고 눈은 날카롭게 빛났다. 그의 주위에 여러 명의 장교들이 있었다. 그는 차오린과 나와 악수를 하고 우리에게 담배를 줬다. 우리는 담배에 불을 붙이고 게걸스럽게 피웠다. 나는 그가 미제 담배인 '럭키 스트라이크'를 갖고 있다는 사실이 놀라웠다. 그가 우리에게 얘기하면 리가 통역을 했다. 그는 내가 훔친 권총을 준 것에 대해 고마워했다.

"우리는 진심으로 중국공산당과 인민의용군에 감사하고 있습니다. 여러분은 우리의 가장 가까운 우방입니다. 여러분들은 우리를 위해 대단한 희생과 고생을 하셨습니다. 정말 감사드립니다."

차오린은 우리가 미제국주의자들이라는 똑같은 적을 갖고 있으며, 한국에 온 것은 실제로 우리의 조국도 지키기 위한 것이었다고 대답했다. 나는 그가 우리를 초대한 사람들과 계급이 동등한 것처럼, 격상된 역할을 쉽게 소화하고 있다는 사실에 감동받았다. 미스터 박은 벨 장군을 사로잡는 것의 중요성에 대해 얘기했다. 그렇게 되면 세계가 경악할 것이라고 했다. 그는 김일성 장군이 그들에게 수용소에 '제2전선'을 확보하라는 명령을 내렸으며, 우리는 우리를 잡고 있는 자들을 쩔쩔매게 만들고 우리가 모두 인간적인 취급을 받고 있다는 그들의 거짓말을 폭로해야 한다고 말했다. 또한 이 작전이 성공하면 판문점 회담에 도움이 될 것이라는 말도 했다. 차오린은 그들의 계획을 우리 본부에 알려 최대한 그들을 돕겠다고 약속했다. 우리가 떠날 때 미스터 박은 우리를 껴안고 아주 가까운 시일 내에 또 만나게 될 것이라고 말했다.

우리를 전송하며 최 대령은 나한테 영어로 미스터 박이 모스크바에서 공부를 했으며 북한의 황해도 지사였다고 말해줬다. 그는 지금 이곳 수용소에서 그들의 사령관이라고 했다. 우리는 최에게 미스터 박과 같은 거물이 어떻게 포로가 되었느냐고 물었다. 최는 그저 알쏭달쏭한 미소를 지을 뿐 아무 말도 하지 않았다. 나는 미스터 박이 이곳에서 철저한 보호를 받으며 아직도 도지사처럼 행동하고 있다는 인상을 받았다. 그는 미군들이 아니라 그가 이곳 수용소의 대장인 것처럼 자신만만한 모습이었다.

그날 저녁 우리 본부에서는 페이 인민위원이 주재하는 회의가 열렸다. 그는 여덟 개의 마분지 상자를 뒤집어놓고 그걸 담요로 덮은 '탁자' 에 앉아 있었다. 이따금 그는 녹슨 에나멜 재떨이에 담뱃재를 떨었다. 그의 손등에 난 힘줄이 불거져 보였다. 아문 상처 자국이 엄지손가락 끝에 선명했다. 그는 한국인 동지들의 계획에 열광하지 않는 듯했다. 얼굴을 약간 찡그리고 생각에 잠겨 있는 것 같았다. 그의 갈색 눈이 나를 향할 때마다, 나는 그가 나를 훤히 꿰뚫고 있는 듯한 인상을 받았다. 그는 자신의 생각을 털어놓지 않았다. 그러나 회의가 시작되기 전에, 그는 차오린과 나에게 한국인들에 관해 이렇게 얘기했다.

"참 대담한 사람들이군. 결과를 어떻게 처리할지도 알고 있다면 좋겠군."

나는 당황스러웠지만 그의 말이 정확히 무슨 의미인지 감히 물을 수 없었다.

우리가 한국인들의 계획을 보고하자 사람들은 흥분했다. 인민위원은 우리에게 다음 날 시위를 하고 단식투쟁에 들어가라고 지시했다. 그사이 사무국에서는 벨 장군이 북한군 포로들한테 잡혔을 때 덮어씌울 적들의 범죄 행위에 대한 증거를 수집해야 했다. 모임이 끝난 후 밍은 두 통의 편지를 썼다. 한 통은 판문점 회담에 참여하는 우리 대표단에 보내는 것이었고, 다른 한 통은 국제적십자사에 보내는 것이었다. 편지에서 그는 전쟁포로들이 혹사당하고 있으며, 전쟁터에서 죽은 동지들의 시신들을 모두 돌려주고, 수용소 안의 국민당 애호자들에 대한 미군의 지원을 금지하고, 폭력을 근절하는 대책을 세우고 살인자들을 법정에 세우라고 요구했다.

첫 번째 요구 사항을 보고 나는 놀랐다. 우리 사단이 1951년 봄에 전선으로 가다가 매장한 사람들이 떠올랐기 때문이었다. 수백 명이 공습으로 숨겨 야산에 묻혔다. 그들의 시체가 우리 조국으로 돌아갈 수 있을 것 같지는 않았다.

밍과 나는 수용소에서 통역으로 일했다. 그런데 내가 영어를 더 잘했기 때문에 미군들을 만나는 자리에는 대부분 내가 참석했다. 그는 당원이었고, 나한테는 참석할 자격이 없는 그들만의 비밀 회의에도 참석했다. 우리 두 사람은 잘 지냈고, 때로 서로의 메모를 비교해보았다. 덕분에 나는 당에서 벌어지는 일에 대해 꽤 많이 알게 되었다.

16

다음 날 오후 우리는 수용소의 경비 책임자인 이스트 중위에게
생활 조건의 개선과, 벨 장군과의 직접 면담을 요구하는 공식 서한
을 제출했다. 나는 오전 내내 편지를 번역했다. 연줄이 많은 것처럼
보이는 밍이 남한군 장교한테 미군 외투를 주고 영일사전을 교환해
왔었다. 우리는 일본어를 할 줄은 몰라도 그 의미는 대충 짐작할 수
있었기 때문에 이 사전은 아주 유용했다. 그것이 없었다면 나는 문
서를 정확히 영어로 옮길 수 없었을 것이다.

공식 서한에 아무 반응이 없자 우리는 다음 날부터 시위를 하기
시작했다. 6백 명이 한 조가 되어 세 조가 돌아가며 남쪽 울타리 가
까운 곳으로 가서 구호를 외치고 '제네바 협약을 준수하라!', '우리
를 인간답게 대우하라!', '수용소 내에서의 폭력을 금지하라!', '살
인자들을 처벌하라!' 등과 같은 글자가 적힌 판지를 들어 올렸다.
경비들은 긴장했다. 하지만 그들 중 일부는 우리를 조롱하며 손가
락질했다. 한 사람이 소리쳤다.

"좋다. 네놈들이 더 좋은 대우를 받고 싶으면, 마오 서기장한테

제네바 협약에 서명부터 하라고 해."

나는 그 말을 동지들에게 통역해주지 않았다. 나는 얼마 전 《성조기》에서 미국은 협약에 서명했는데 중국이나 북한이 서명을 하지 않고 있으며, 미국 의회도 아직 그걸 비준하지 않았다는 기사를 읽은 적이 있었다. 미국 의회에서는 미군이 실제로 협약을 준수해야 하는지에 대한 논의가 벌어지고 있다고 했다. 제대로 진실을 알고 있는 중국인 포로들이 거의 없었기 때문에, 그들에게 그걸 설명해주는 건 난감한 일이었다. 우리 지도자들은 차라리 모르고 있는 것이 병사들이 용감하게 싸울 수 있게 해주는 힘이라 믿고 우리에게 그걸 알려주지 않으려 했다.

오후 3시쯤 작은 몸집의 장교가 호리호리한 이스트 중위를 대동하고 나타났다. 장교는 자신을 리치 소령이라고 소개하며 우리에게 말했다.

"나는 벨 장군을 대신해 왔소. 나한테 얘기하십시오. 장군은 지금 바쁘시오."

어찌 된 일인지 그의 좁다란 얼굴은 내게 주머니쥐를 생각나게 했다.

"우리는 벨 장군한테만 얘기하겠소."

세 번째 시위조의 우두머리인 단웨이가 말했다. 나는 그의 말을 영어로 옮겨줬다. 그 후로 소령이 무슨 말을 하든 포로들은 대꾸하지 않았다. 6백 명은 팔짱을 끼고 그냥 그대로 서 있기만 했다. 반시간에 걸친 회유와 협박에도 아랑곳하지 않자, 리치 소령은 화가 나서 돌아갔다.

다음 날 아침 우리 수용소에서 단식투쟁이 시작되었다. 하지만 시위자들은 아무도 밖으로 나가지 않았다. 20여 개의 피켓들만 출입구 근처에 서 있었다. 먹지 않겠다는 우리의 결심을 보여주기 위해 철조망에 음식 그릇을 매달아놓았다. 보리, 시금치, 무를 가득 실은 트럭이 아침 중반에 도착했지만, 우리의 피켓이 자동차를 가로막았다. 그래서 모든 것이 문밖에 내려졌다. 차오린과 나는 이스트 중위와 얘기하기 위해 갔다. 우리는 그에게 벨 장군이 우리 대표자들과 만나야만 이 문제가 해결될 수 있으며, 장군만이 우리의 안전을 보장해줄 수 있기 때문에 우리는 장군 외에는 아무도 믿지 않는다고 얘기했다.

이스트 중위가 담배 때문에 갈색이 된 침을 뱉으며 말했다.

"너희들이 먹든 말든 누가 상관하겠느냐? 마음대로 굶어라. 네놈들의 말을 전하지는 않겠다."

우리는 그가 거부한 것이 마음에 걸렸다. 하지만 페이 인민위원은 인내심을 가지라고 했다. 중위가 벨 장군에게 보고하지 않고 우리의 요구를 감히 묵살하지는 못할 것이라고 했다. 밍과 나는 좌절감을 느끼고 이 문제에 관해 둘이서 얘기를 나눴다. 왜 한국인들은 그냥 납치를 감행하지 못한단 말인가? 왜 이렇게 일을 복잡하게 만들어 우리까지 관련되게 해야 하는가? 그냥 장군을 그들의 수용소로 유인해 사로잡으면 되는 일이었다. 어쩌면 그들도 걱정이 되어 그들의 계획에 대한 광범위한 지지를 원하는지 몰랐다. 그렇다면 왜 그보다 덜 위험한 방식을 택하지 않는 거지? 흥정 이상의 것을 얻을 수 있을지도 모르는데 말이었다.

페이 인민위원이 예상했던 것처럼 다음 날 아침 지프가 문에 나타났다. 벨 장군과 리치 소령이 타고 있었다. 그 뒤를 20명쯤 되는 미군들이 바퀴가 열 개 달린 트럭에 올라탄 채 따르고 있었다. 본부에서 나를 호출했다. 그사이 밍은 서기국 막사에서 장군과 얘기하고 싶다는 우리의 뜻을 미군들에게 전하러 갔다. 몇 분이 지나자 밍이 이스트 중위의 전갈을 갖고 돌아왔다. 우리한테 앞문으로 와서 벨 장군과 얘기하라는 것이었다. 그래서 차오린, 나, 그리고 다른 여섯 명이 문으로 갔다. 우리는 문 뒤에서 대기하고 있으라는 명령을 받고 있었다.

이스트 중위가 벨 장군에게 상황을 보고하려고 지프가 있는 곳으로 갔다. 벨은 혈색 좋은 얼굴에 건장한 몸집의 40대 중반쯤 되어 보이는 남자였다. 그는 윤이 나는 군화를 신고, 그를 세련되게 보이게 하는 다이아몬드 반지를 끼고 있었다. 그는 이 경우를 위해 한껏 멋을 낸 것 같았다. 그의 모자에 달린 배지가 반짝거렸다. 겨드랑이에 서류 가방을 끼고 두툼한 책을 손에 든 땅딸막한 소령이 그를 따랐다. 미군들이 트럭에서 뛰어내리더니 개런드 반자동소총을 들고 부채꼴 모양으로 섰다. 차오린이 내게 말했다.

"저들은 우리가 정말로 저 사람을 해칠 것이라고 생각하는 모양이지?"

우리는 그들을 만나기 위해 좀 더 가까이 다가갔다. 문에 설치된 철조망을 사이에 두고 차오린이 말했다.

"벨 장군님, 어서 오십시오. 이렇게 몸소 와주신 것에 대해 감사드립니다."

나는 그의 말을 통역했다. 벨은 만족스러운 미소와 함께 고개를 끄덕였다.

"나는 중국인 여러분들을 존중합니다. 여러분의 수용소는 규율과 청결의 모범입니다. 이제, 여러분의 불만을 나한테 말해보시오."

차오린이 미소를 지으며 말했다.

"우리는 대부분의 포로들이 여기에서 겪고 있는 영양 부족 상태를 직접 확인해보라는 얘기를 드리고 싶습니다. 부상을 입은 많은 사람들이 누워서만 지내는 형편입니다. 그들에게는 의약품이 필요합니다. 그런데 우리한테는 그들을 도울 의약품도 충분치 못하고 인원도 부족합니다. 이 수용소에 있는 대부분의 죄수들은 야맹증, 괴혈병, 각기병, 피부 질환 등의 질병에 고통당하고 있습니다. 야채를 충분히 먹지 못하기 때문입니다. 우리는 당신들이 제네바 협약을 준수하고 우리를 사람답게 대해주기를 바랍니다."

수감자들의 육체적인 상태에 대한 차오린의 묘사는 대체로 사실이었다. 어떤 사람들은 밤에는 아무것도 보지 못했고, 또 어떤 사람들은 아직도 상처에 진물이 흐르는 상태였다. 차오린의 말에 장군은 헛기침을 하며 말했다.

"우리는 늘 제네바 협약을 준수해왔으며 협약의 조항들을 지키려고 최선을 다해왔습니다. 하지만 나는 내 마음대로 할 수 있는 인원과 물자를 충분히 갖고 있지 못합니다. 여러분의 기억을 새롭게 하기 위해 보좌관에게 협약의 일부 내용을 읽어주라고 하겠습니다."

리치 소령이 엄숙한 표정으로 커다란 녹색 책을 펼치더니 저음으로 읽기 시작했다. 차오린이 중국어로 된 관련 조항에 익숙해 있었기 때문에 나로서는 굳이 통역해줄 필요가 없었다. 그사이 벨 장군은 한쪽 발에서 다른 쪽 발로 무게중심을 옮기면서 방심하고 있는 것 같았다. 놀랍게도 그는 웃옷 주머니에서 손톱깎이를 꺼내더니 거기에 달린 줄로 손톱을 다듬었다. 그의 손등에는 뻣뻣한 갈색 털이 나 있었다.

우리는 그 조항들을 암기하고 있었다. 그래서 소령이 읽어주는 것에 아무도 귀 기울이지 않았다. 미군들은 관련 있는 국제법 문구를 중국어와 한국어로 각 수용소에 붙여놓았고, 그 내용이 담긴 소책자를 각 소대에 나눠줬었다. 소책자를 보기 전에는 우리는 제네바 협약에 대해 들었을 뿐, 그 내용이 무엇인지 알지 못했다. 소책자를 샅샅이 살펴보고 나서 우리 지도자들은 미군이 '적대 상태가 해제되면 지체 없이 전쟁포로들을 석방해 본국으로 돌려보내야 한다'는 118조항을 위반했다는 결론을 내렸다.

하지만 그러한 규정이 3년 전에 만들어졌을 때는 세계가 덜 복잡했고, 거기에 관여했던 국가들 중 어느 나라도 중국 포로들 중 3분의 2가 고국으로 돌아가지 않으려 하는 상황을 상상할 수 없었다. 그래도 우리는 틈만 있으면 118조항을 위반했다며 적들을 다그쳤다. 대부분 우리가 우세했다.

본국 송환에 관련된 문제 외에도 우리 지도자들은 미군이 다른 문제에 있어서도 심각하게 협약을 위반했다고 비난했다. 솔직히 말해서 나는 우리의 적들이 우리에게 아주 나쁘게 대한다고는 생각하지 않았다. 적어도 우리에게는 비바람을 피할 곳이 있었고 음식도 있었다. 상황이 개선되어야 할 여지는 있었지만, 부상자들은 치료받을 수 있었다. 6천 명이 작은 수용소에 수용되어 있음에도 질병이 발생하지 않은 것은 위생 상태가 양호했기 때문이다. 어떤 포로들의 혈색은 약간 좋아지기까지 했다. 특히 볼에 살이 오른 취사병들이 그랬다.

우리는 가끔 수용소에 있는 변소들이 중국 본토의 막사들에 있는 것보다 시설이 좋다는 농담을 했다. 앉는 곳도 있었고, 화장실 가운데에는 손을 씻는 시설도 있었다. 콘크리트로 둥근 탁자처럼 만든 곳에 수도꼭지와 세면대가 들어서 있었다. 나는 대체적으로 미군들이 너그럽다는 점을 인정해야 했다. 적어도 물질적으로는 그랬다. 음식 외에도 전쟁포로들에게 일주일에 한 갑씩 담배를 줬고, 때론

두 갑을 주기도 했다.

나는 부산 병원에서 내 눈으로 직접 미군 의료진이 다친 민간인들을 치료해주는 걸 보았다. 유엔군은 이곳에 있는 수용소마다 민간인 교육을 위한 프로그램을 짜놓고, 수감자들에게 책을 나눠주고 기계, 과학, 기독교 등에 관한 강좌를 개설했고, 이따금 영화를 보여주기도 했다. 공산주의자들에 의해 통제되는 우리 수용소는 불행하게도 그러한 프로그램을 거절했다. 담요나 매트가 없어졌다고 보고할 때마다 다시 지급되었다. 그러한 것들이 늘 남아돌기 때문이었다. 때로는 옷도 마찬가지였다. 그러한 보급은 우리 군대에서는 상상할 수 없는 일이었다. 우리는 뭘 잃어버리면 처벌을 받았다. 나는 중국에서 군인이 자신의 침낭을 잃어버렸다는 소리를 들어본 적이 없었다.

차오린은 독설적인 사람이었다. 소령이 읽기를 마치자 차오린이 말했다.

"우리에 대한 대우가 협약에 규정된 기준에 못 미치는 건 분명합니다. 예를 들면 우리 중국인들은 가축에게나 먹이는 보리는 먹지 않습니다. 하지만 당신들은 보리를 우리의 주식으로 만들었고, 대부분의 경우, 그 양도 모든 사람이 충분히 먹을 만큼 나오지 않습니다. 한 사람에게 하루에 두 그릇만 주고 있으며, 거기에서 나오는 칼로리는 몸에 필요한 최소한의 칼로리에 턱없이 부족한 것입니다. 더 나쁜 것은 우리들한테 채소를 거의 주지 않는다는 점입니다. 고기가 안 나오는 것은 말할 것도 없습니다. 당신들 나라가 어려움을 겪고 있다면 우리나라에 통보해주시오. 우리가 굶지 않도록 중국이 쌀과 고기와 달걀을 몽땅 실어 보낼 테니까요."

그가 한 보리 얘기는 사실이 아니었다. 동물한테 보리를 주는 중국인은 아무도 없었다. 우리는 쌀만큼 보리를 좋아하지는 않았지만, 중국 북부 지방에서 주식으로 사용하는 옥수수나 수수보다는 보리밥 맛이 더 좋았다. 벨 장군은 내가 통역해주는 걸 듣더니 얼굴을 붉히며 말했다.

"당신네 중국인들의 이례적인 식습관을 고려해 이 문제를 해결해보려고 노력하겠소. 그런데 그처럼 늘 배가 고프다면 단식투쟁은 이제 그만 하는 게 좋을 것 같소. 단식투쟁을 함으로써 당신네 동료들만 더 비참해지고 음식만 낭비하게 될 테니까요. 의료 문제에 관한 한, 내가 뭘 할 수 있는지 알아보겠소."

차오린이 응수했다.

"감사합니다. 우리가 처한 상황을 개선해주는 조처를 취하겠다고 약속하면, 우리는 기꺼이 단식투쟁을 그만두겠습니다."

"내 말 믿으시오."

벨 장군은 허리를 펴고 약속했다. 차오린과 다른 사람들은 잠시 서로를 바라보았다. 차오린이 말했다.

"벨 장군님, 우리는 당신의 진심을 믿고 싶습니다. 우리를 직접 만나러 오신 것에 대해 감사드립니다."

"당신들이 단식투쟁을 그만두겠다는 말인가요?"

"그렇습니다. 오늘부터 그만두겠습니다."

"아주 좋아요. 우리가 만나서 얘기했다는 게 기쁘오."

"고맙습니다."

벨은 만족스러운 미소를 지으며 고개를 끄덕이고 돌아섰다. 그가 지프에 올라타자마자 지프는 웅덩이에 고인 흙탕물을 튀기며 가버렸다.

문에서 멀지 않은 곳에 주름진 흰 치마를 입은 중년 여인이 웅크리고 앉아 있었다. 그녀는 50센티미터쯤 되는 곡괭이로 쓰레기 더미를 파고 있었다. 그녀는 앞을 보지 못했지만 날마다 이곳에 와서 먹을 것을 찾았다. 그녀의 목에는 상처 자국이 있었다. 그녀의 옆에는 커다란 바가지와 너덧 살 먹은 작은 계집애가 있었다. 계집애의 머리는 양쪽 귀 위쪽까지 반듯이 잘려 있었다. 아이는 잡은 메뚜기들을 강아지풀에 꿰어 들고 있었다. 이따금 아이는 메뚜기를 잡으려고 어머니에게서 떨어졌다. 잠시 나는 어린 시절을 생각했다. 나는 친구들과 함께 종종 들로 나가 벌레를 잡아 구워 먹었다. 우리는 매미와 메뚜기를 가장 좋아했다. 여자가 딸을 부르며 손에 들고 있는 것이 무엇인지 묻는 소리에 나는 회상에서 깨어났다. 아이는 그것이 순무 껍질이라고 대답했다. 여자는 그것을 들어 올리더니 냄새를 맡아보고 희미한 미소를 지으며 바가지 속에 넣었다.

우리의 상황이 제아무리 끔찍해도 그보다 나쁜 상황에 처한 사람들은 늘 있었다. 앞을 못 보는 그 여자의 모습이 이후 몇 년 동안 내 머리에서 떠나지 않았다. 때때로 나는 용기가 없어질 때면, 전쟁에 난도질당한 이 여인과 순무 껍질 하나에 그녀가 짓던 섬뜩한 미소를 떠올렸다. 그러면 삶에 대한 욕망과 계속 살아야겠다는 의지가 다시 내 속에서 꿈틀거렸다.

"자, 갑시다."

차오린의 말에 나는 현실로 돌아왔다. 우리는 협상에 관한 보고를 하기 위해 본부로 돌아갔다.

우리의 보고를 듣자 사람들은 모두 흥분했다. 어떤 사람들은 벨 장군을 바보라고 생각했다. 하지만 나에게 그는 조금은 순진할지 모르지만 명예를 소중히 여기는 사람 같았다. 그는 우리의 계략을 알아차릴 수 없었을 것이다. 나는 조금 서글퍼졌다. 벨이 납치된다면 우리의 생활 조건을 개선해주겠다는 약속은 의미 없는 것이 될 것이었다.

줄이 그어진 한 장의 종이에 밍은 장군과 만났던 내용을 간략하게 묘사했다. 특히 그의 태도와 조심성에 대해 언급했다. 그 정보는 그날 저녁, 한국인 동지들에게 넘겨졌다.

17

5월 7일 저녁, 리치 소령이 지프를 타고 도착했다. 그는 우리 장교 두 사람이 자신과 함께 한국인 포로들이 수용되어 있는 76수용소로 즉시 가주기를 바랐다.

"이유가 뭐죠?"

우리의 질문에 그는 벨 장군이 다른 수용소들의 대표자들까지 참석하는 모임을 주재하고 있다고 말했다. 차오린이 나를 향해 의미있는 웃음을 지었다. 그의 썩은 잇몸이 드러나 보였다. 우리는 본부로 서둘러 가서 일이 되어가는 상황을 페이 인민위원에게 보고했다. 페이는 차오린과 나에게 리치 소령을 따라가라고 했다. 우리가한국인들과 벨 장군을 전에 만난 적이 있었기 때문이었다. 우리는전날 밤에 작성해놓은 항의 편지와 적들이 저지른 범죄들에 관한메모를 챙겨 리치 소령한테 갔다. 나는 밍에게 양해를 구하고 영일사전도 가져갔다. 우리가 떠나기 전, 페이의 전령이 손을 흔들며 뛰어와서 우리의 걸음을 멈추게 했다. 그는 우리 두 사람에게 공훈장을 줬다. 차오린과 나는 지프가 굴러갈 때 그것을 찼다.

바람이 약간 불고 있었다. 회색 구름들이 마치 우리를 따라오는 것처럼 북쪽 하늘에서 서로를 쫓고 있었다. 황혼이 깃들고 연기가 자욱했다. 각다귀들이 날면서 내 얼굴에 거듭 부딪쳤다. 칼새 떼들이 날카로운 소리를 내면서 모기와 각다귀들을 낚아챘다. 나선형으로 오르락내리락하는 그들의 모습이 공중전을 벌이는 소형 비행기 같았다. 길옆에는 철쭉과 분홍색 진달래가 떼를 지어 피어 있었고, 들에는 노란 개나리가 흩어진 채 피어 있었다. 벼들이 드문드문 보였다. 하지만 땅의 반절은 쓰지 않아 잡초로 우거져 있었다. 우리가 연못을 지나자마자 여러 수용소에 한국인 포로들이 모여 있는 모습이 보였다. 대부분 서로 팔짱을 끼고 몸을 규칙적으로 흔들며 군가를 부르고 있었다. 지프를 본 몇 사람이 붉은 깃발을 흔들었다. 대부분 볼품없는 천 조각으로 만든 깃발들이었다. 그들은 구호를 외치기도 했는데, 뭔가 대단한 일이 막 벌어졌다는 걸 알고 있는 것 같았다.

76수용소가 다가오자 지프는 속력을 약간 줄였다. 길에는 미군 탱크들과 기관총이 장착된 군용 트럭들이 줄지어 서 있었다. 헌병들과 수백 명의 해병대원들이 총을 메고 주변에 서 있었다. 무전병이 트럭의 엔진 덮개 위에 놓인 무전기에 대고 뭐라고 소리쳤다. 안테나가 흔들리고 있었다. 그들을 지나칠 때 나는 우리가 마치 지체 높은 손님이라도 된 듯한 느낌을 받았다. 포로들과 미군들이 우리를 골똘히 쳐다보았다.

76수용소로 들어가는 문 근처에는 더 많은 차들과 해병대원들이 있었다. 해병대원들의 헬멧이 감시탑 탐조등의 불빛을 받아 빛났다. 소형 조명등이 철조망 울타리를 따라 줄지어 설치되어 있었다. 어딘가에서 발전기 돌아가는 소리가 들렸다. 수용소 문 옆에 큼지막한 현수막이 걸려 있었다. 여러 개의 시트를 꿰매 만든 흰 현수막이었다. 가로세로가 2미터, 10미터쯤 되는 천이었다. 거기에는 영어로 이렇게 쓰여 있었다.

우리는 벨을 사로잡았다. 우리의 요구가 받아들여지면 그의 안전은 보장한다. 총을 쏘거나 폭탄을 투하하는 잔인한 행위를 한다면 그의 목숨이 위험하다!

느낌표는 글자보다 두 배는 컸다. 나는 한국인들의 철저한 준비에 내심 감탄했다. 그런 걸 만들기 위해서는 상당한 노력을 쏟아 부었을 게 틀림없었다.

이윽고 지프가 문에서 멈췄다. 차오린과 나는 수용소 안으로 걸어 들어가고, 리치 소령은 뒤에 남았다. 안은 밝았다. 램프와 횃불이 이곳저곳에 있었다. 헐렁헐렁한 제복을 입은 백여 명 이상의 죄수들이 두 줄로 서서 우리를 환영했다. 그들은 박수를 치거나 종이로 만든 작은 중국 국기와 한국 국기를 흔들었다. 우리가 안으로 좀 더 깊숙이 들어가자 사람들이 부자연스러운 중국어로 구호를 외치기 시작했다.

"한국, 중국!"

"김일성, 마오쩌둥!"

"중국인 동지들을 환영합시다!"

우리는 한국어를 몰랐지만 너무 흥분해서 소리를 질렀다.

"한국인 동지들 만세!"

"형제처럼 단결합시다!"

"미제국주의를 때려부수자!"

우리 뒤에서 해병대원들이 욕하는 소리가 들렸다. 그것은 나에게 모든 총들이 우리를 겨냥하고 있다는 사실을 일깨워줬다.

우리는 수용소 대표자들을 위해 마련된 천막 안으로 들어갔다. 놀랍게도 그중에는 세 명의 젊은 여자들이 있었다. 우리는 서로 악수를 하고 오랫동안 알고 지내던 사이라도 되는 것처럼 몇몇 남자들을 껴안기까지 했다. 천막은 사람들이 얘기하는 소리로 웅성거렸다. 그 소리 때문에 약간 현기증이 났다. 나는 도취된 분위기에 쏠려 흥분해 있었다. 모든 사람들이 좋아했다. 모두 친절해 보였다. 이후 30분에 걸쳐 최 대령이 나서서, 벨 장군을 어떻게 사로잡았는지 대표자들에게 직접 설명해줬다.

5월 7일, 76수용소의 포로들은 벨과의 직접 면담을 요구하며 이틀 동안 시위를 벌였다. 오후 1시 반이 되자 마침내 미군 1개 소대의 호위를 받으며 장군이 왔다. 리치 소령도 함께 왔다. 그들은 한국인들과 얘기를 하려고 출입구로 걸어왔다. 그들이 문을 향해 올때, 미군들 모두가 그들을 따라왔다. 한국인들은 미군들을 가리키며 벨에게 물었다.

"이게 뭡니까? 우리는 미국의 장군인 당신이 무장하지 않은 포로들을 두려워하는 이유를 모르겠습니다."

벨은 잠시 그의 부하들을 바라보더니 몸을 돌려 수용소 안쪽을 흘깃 들여다보았다. 그리고 미군들에게 뒤로 물러나 문에서 좀 떨어진 곳에 있으라는 손짓을 했다. 리치 소령만 그와 함께 남았다.

한국인들은 수용소 당국이 제네바 협약을 위반한 예를 조목조목 들어가며 벨에게 잘못을 시인하라고 요구했다. 장군은 처음에는 아주 진지했다. 그는 전속 부관에게 협약의 일부 조항들을 읽어주게 하고, 죄수들이 비난한 걸 반박하려고 했다. 하지만 한국인들이 계속 욕을 퍼붓자 그는 인내심을 잃고 피곤해했다. 그래서 옆으로 비켜서며 리치 소령에게 그들의 질문에 답변하게 했다. 그는 담배에 불을 붙여 무심히 피웠다. 어쩌다 한 번씩 그는 좌절감에 고개를 저었다. 장교들로부터 50미터쯤 떨어져 있던 미군들은 점차 경계심을 늦추고 서로 귓속말을 하며 무질서하게 서 있었다.

그때쯤 분뇨처리반이 수용소 안에서 나타나 앞문을 향했다. 저마다 물지게에 두 개의 분뇨통을 지고 있었다. 그들을 위해 문이 열렸다. 미군 장교들은 옆으로 비켜서며 손으로 코를 감쌌다. 분뇨반이 모두 나왔을 때였다. 갑자기 분뇨처리반원들이 분뇨통을 내려놓았다. 모두가 변장한 공격조의 일원들이었다. 그들은 장군과 리치 소령을 붙잡아 수용소 안으로 끌고 갔다. 리치는 문기둥을 잡고 미군들에게 도와달라고 소리쳤다. 한국인들은 그를 놔줬다. 그러나 젊은 장교처럼 빠르지 못한 벨 장군은 수용소 안으로 끌려 들어갔다. 포로들은 즉시 앞문을 잠갔다.

모든 일이 너무 갑작스럽게 일어나는 바람에 미군들은 너무 어이가 없어 그에 대응하지도 못했다. 마침내 그것이 납치라는 생각이 들자 그들은 문으로 달려갔지만 너무 늦은 상태였다. 그들은 네 명의 마른 남자들이 장군을 끌고 가까운 천막을 향해 가는 걸 바라보았다. 벨이 고개를 돌려 그의 부대원들을 향해 소리쳤다.

"살려줘! 제기랄! 살려달란 말이야!"

"멈춰라! 멈춰라!"

리치 소령이 죄수들을 향해 소리쳤다. 경비들이 총을 들어 올렸다. 한국인 두 명이 영어가 쓰인 흰 두루마리를 내보이며 달려왔다. 7백 명이 넘는 인원으로 구성된 전쟁포로 1개 대대가 뜰에 나타났다. 그들은 자체적으로 만든 무기를 들고 미군들과 맞설 준비를 했다. 리치 소령은 미군들에게 총을 쏘지 말라고 명령했다. 그들이 할 수 있는 건 자신들의 사령관이 시야에서 사라지는 걸 바라보는 일뿐이었다. 천막 입구에서 벨은 아직도 호통을 치고 욕을 하면서 움직이지 않겠다고 버텼다. 그래서 발을 차며 버티는 그를 네 사람이 강제로 끌고 들어갔다.

사이렌이 계속해서 울렸다. 30분이 채 못 되어 탱크와 병력 수송차를 탄 해병대원들이 수용소를 둘러싸고, 비행기 한 대가 공중을 선회하면서 벨 장군을 지체 없이 석방하라고 명령했다. 너무 당황스러운 일이라 적들은 납치범들과 접촉을 해야 할지 아니면 그대로 두고 기다려야 할지 잘 모르는 것 같았다.

한 시간쯤 후에 수감자 하나가 문으로 가서 벨 장군이 서명한 종이 한 장을 미군 장교에게 건넸다. 그 편지는 한국인들에 의해 작성된 게 분명했다.

이 문제가 커지지 않고 내가 안전할 수 있도록 전쟁포로들에게 발포하지 말 것을 명령한다. 나는 각 수용소의 대표자들을 포함하는 회의를 소집하고, 문제점들에 대한 해결책을 찾아보자는 데 동의했다. 76수용소로부터 부대를 이동시켜 떨어져 있으라!

매슈 벨 장군

하지만 차들과 미군들은 그 자리에 계속 있었다. 40분 후에 또 다른 종이가 전해졌다. 이번에는 벨이 직접 쓴 진짜 편지였다. 그는 76수용소에 전화선을 연결하라고 지시한 뒤, 이제부터 자신의 지시를 주도면밀하게 따르라고 했다. 그는 지체 없이 배달해야 할 물건들의 목록을 적어놓았다. 그중에는 담요, 고기 통조림, 쌀, 연필, 펜, 편지지, 유명 메이커 담배, 접이식 탁자와 의자, 그리고 그의 개인적 편의를 위해 필요한 몇 가지가 포함되어 있었다.

일시적으로 벨의 자리를 맡기 위해 이곳으로 달려온 임시 사령관 풀턴 장군은 벨의 친구였다. 두 사람 모두 버지니아 사관학교를 졸업한 사람들이었다. 그래서 풀턴은 벨이 요청하는 건 뭐든 허락하고, 여러 대의 지프들을 각 수용소에 보내 대표자들을 데려오게 했다. 트럭 한 대가 벨 장군을 위한 개인적인 물품들을 싣고 도착했다. 거기에는 물병과 변기까지 실려 있었다. 저녁 늦게 더 큰 트럭이 도착했다. 회의를 위한 물자들이 실려 있었다.

줄지어 선 막사들 뒤에 장군을 위한 천막이 세워져 있었다. 앞에는 여덟 개의 붉은 깃발이 미풍에 흔들렸다. 깃발마다 흰 원에 붉은 별이 그려져 있었다. 수십 명이 곤봉, 날카로운 대나무 창, 기다란 곡괭이, 삽을 들고 천막을 둘러쌌다. 지도자인 듯한 사람은 번쩍거리는 작은 낫을 벨트에 차고 있었다. 차오린과 나는 들어가면서 안을 들여다보았다. 보초가 우리를 위해 문을 열어줬다.

나는 화려한 내부를 보고 깜짝 놀랐다. 가구가 완전히 갖춰져 있었고 너덧 칸으로 분리되어 있었다. 바닥 전체가 군용 담요로 덮여 있었는데, 심지어 벽까지 담요로 덮여 있었다. 밤 날씨가 아직도 쌀쌀하기 때문이었다. 천막 뒤쪽에는 화장실로 쓰기 위해 흰 커튼이 쳐져 있었다. 앞쪽에는 번들번들한 탁자와 네 개의 의자가 있었다. 책상 위에는 맥주병에 흰색과 사프란색이 섞인 야생 백합들이 꽂혀 있었다. 너무 싱싱해서 어떤 꽃봉오리는 아직도 안으로 말려 있었다. 칸막이가 있는 구석에는 간이침대와 작은 캐비닛이 있었고, 캐비닛 위에는 장군의 독서용 안경과 모자가 놓여 있었다. 커튼은 여

미지 않은 상태였다. 우리는 벨이 눈을 감고 누워 있는 모습을 볼 수 있었다. 전보다 얼굴이 더 길고 늘어져 있었다. 그는 늙어 보였다. 차오린과 나는 그를 방해하지 않으려 했다. 하지만 장군은 분명히 누군가가 안으로 들어왔다는 걸 알았을 것이다.

한국 군인들과 만나고 어울리면서 나는 그들이 우리보다 더 정교하게 일을 처리했다는 걸 알았다. 예를 하나 들면 장교들 사이의 서열이 쉽게 구분되었다. 견장의 막대와 별들 때문이었다. 사병들 사이의 계급도 소매의 띠로 구분되었다. 장교들의 제복도 꽃 모양의 기장이 달린 뾰족한 모자, 황동 단추와 견장이 달린 웃옷, 높은 칠피 구두, 이음매를 따라 붉은 띠가 있는 녹색 혹은 청색 바지 등 우리들 것보다 훨씬 더 격이 있었다. 그들은 최대한 러시아인들을 모방하고 있었다. 그와는 대조적으로 우리 장교들은 아무 기장도 달지 않았고, 옷으로는 장교와 사병이 구분되지 않았다. 기껏해야 영관급과 장군급 장교들은 모직으로 된 웃옷과 바지를 입고 가죽 구두를 신었다. 사병들과 하사관들은 누빈 제복을 입고 귀덮개가 있는 모전 모자를 쓰고 위쪽이 천으로 된 신발을 신었다. 그것들이 너무 조야해서 전선에 있는 미군들은 우리를 '세탁소 종업원'이라고 불렀다. 그나마 겨울옷을 입고 있어 우리 중 많은 사람들이 덜 말라 보였다.

벨 장군은 자신의 숙소에 감동을 받은 듯 다음 날 아침 풀턴 장군에게 전화로 말했다.

"나는 이곳에서 황제처럼 살고 있네."

사실 천막 내부는 몽골 유목민 왕족의 천막집 같았다. 어쩌면 더 사치스럽기까지 했다. 게다가 그의 요리사가 하루에 세 번씩 식사를 가져다주었고, 두 명의 미군 당번들이 그를 위해 매일 내부를 청소했다. 얼굴이 굳어 있긴 했지만, 벨은 호숫가나 산에서 캠핑을 하며 휴가를 즐기는 것 같았다.

차오린과 내가 더 가야 할지 아니면 물러나야 할지 망설이고 있을 때 벨 장군이 눈을 떴다. 하지만 그는 일어나지 않았다. 그는 생각에 잠겨 있는 것 같았다. 그는 다시 눈을 감았다. 우리는 가까이 다가갔다. 그의 큰 몸집 때문에 간이침대가 움푹 들어가 있었다. 그의 웃옷에 달린 단추 두 개가 떨어지고 없었다. 별 하나가 그려진 오른쪽 견장이 뜯겨 몇 가닥의 실밥으로 어깨에 간신히 붙어 있었다. 그는 불과 며칠 전에 우리와 얘기하던 멋쟁이 장군과는 너무나 다른 모습이었다.

"저 사람과 얘기해야 해."

차오린이 속삭였다.

우리는 가까이 갔다. 하지만 장군은 아직도 움직이지 않았다. 나는 그가 왜 그런 식으로 행동하는지 궁금했다. 화가 나서일까? 아니면 오만함이나 경멸에서일까? 어쩌면 불확실함 때문일 것 같았다. 수용소 밖에 있는 부하들처럼 그 역시 이 납치를 어떻게 처리해야 할지 몰라 당황하고 있는 게 분명했다. 차오린과 나는 다시 서로를 바라보았다. 그는 미소를 지으면서 백태가 심하게 끼어 있는 혀를 내밀었다. 그가 고개를 까닥했다. 나더러 얘기를 시작하라는 의미였다. 나는 몸을 약간 굽히고 말했다.

"안녕하세요, 벨 장군님. 당신을 만나러 왔습니다."

"아, 고맙소, 고맙소."

그가 눈을 떴다. 눈이 충혈되어 있었다. 그가 듬성듬성한 머리를 손가락으로 빗으며 일어나 앉았다. 그리고 일어서기 위해 침대 밖으로 다리를 내렸다.

"그냥 앉아 계십시오."

내가 말했다.

"우리는 중국인 포로들의 대표자들입니다. 나흘 전에 만났었습니다."

"정말인가요? 아, 그래요. 내가 당신들에게 일부 문제점들을 해결해주겠다고 약속했었지."

나는 그가 우리를 알아보지 못한다는 사실이 놀라웠다. 차오린이 나의 통역으로 말했다.

"이제 우리는 당신의 실제 행동을 보고 싶습니다. 우리는 똑같은 결과를 다시는 원하지 않습니다. 당신의 부하들이 우리 막사에 가스탄을 쏘고 우리를 향해 발포까지 하는데, 문제점들은 조금도 해결되지 않은 채 그대로 있습니다."

"이곳에서 그런 일은 일어난 적이 없소."

벨의 말은 틀리지 않았다. 그런 종류의 폭력 사태는 이 섬이 아니라 한국에 있는 다른 수용소들에서 일어난 일이었다.

"하지만 당신의 부하들이 우리들을 종종 때립니다."

차오린이 압박했다.

"그렇다면 내가 부대원들의 규율을 더 잡았어야 했소."

"우리가 이곳에서 당신에게 대하는 방식에 대해 어떻게 생각합니까?"

장군은 당황한 듯했다. 한국인 포로들이 우리 중국인 포로들까지 대변하고 있다고는 예상치 못했기 때문이었다. 나도 '우리'라는 대명사에 조금 놀랐다. 벨은 이내 질문의 의미를 깨닫고 중얼거렸다.

"공산주의자들은 나한테 잘해줬다고 말할 수 있소."

"당신이 그걸 이해하니 좋습니다. 리지웨이 장군도 여기서 똑같

251

은 교훈을 얻는다면 좋겠습니다."

"내가 그렇게 전해주리다."

그는 여기까지 말하다가 당혹해하며 말을 멈췄다.

"내일 있을 회의에서 포로들에 대한 처우 문제를 더 얘기하겠습니다. 그동안, 편히 쉬십시오."

"알겠소."

"잘 있으시오."

"잘 가시오."

그가 일어섰다. 그는 손을 움직였지만 앞으로 내밀지는 않았다.

천막 밖으로 나온 순간 차오린은 양손으로 옆구리를 잡고 웃음을 터뜨렸다. 나도 따라서 웃었다. 우리가 벨과 만나는 동안 천막 입구에 있던 한국인 장교가 영어로 말했다.

"미국의 장군이라는 게 스탈린이 말한 것처럼 그렇고 그렇군요. 종이호랑이에 지나지 않아요."

나는 스탈린이 어디에서 그런 말을 했는지 모른다. 나는 그게 우스워서 그의 말을 차오린에게 통역해줬다. 그는 그걸 듣더니 더 크게 웃어젖혔다. 한국인 장교는 곧바로 우리를 막사 뒤에 있는 천막으로 데리고 갔다. 그곳에서 우리는 그들의 지도자를 만나게 돼 있었다.

우리를 보자 미스터 박은 갈대로 된 매트에서 일어나더니 우리를 껴안았다. 그는 우리가 간신히 알아들을 수 있는 중국어로 이렇게 말했다.

"아, 친구들, 어서 오시오!"

그러고는 우리에게 매트에 앉으라는 몸짓을 했다. 나는 일반 사람들과 다르게 그가 양가죽 위에 앉아 있는 걸 눈여겨보았다. 검은 반점이 군데군데 박힌 흰 양가죽이었다. 우리는 편하게 대화를 시작했다. 호리호리한 리 대령이 그의 옆에 앉아 통역을 해줘서 나는 마음을 놓을 수 있었다. 미스터 박은 우리의 생활 조건에 대해 깊은 관심을 보이며 602수용소가 얼마나 잘 조직되어 있는지를 물었다. 차오린은 그에게 새로 결성된 공산주의 협회에 대해 간략히 보고했다. 미스터 박은 당의 지도력과 원칙들을 중심으로 삼으면서, 가능한 한 많은 사람들을 조직에 포함시키려는 우리의 의도에 감명을 받은 듯했다.

"나는 늘 중국공산당을 존경합니다. 당신들은 경험도 많고 전략도 많습니다. 우리들이 당신들의 투쟁을 충분히 지원해주지 못해 미안합니다."

차오린은 감동을 받은 것 같았다.

"한국인 동지들은 당신의 지휘하에 벨 장군을 사로잡았습니다. 그것이야말로 전투의 역사에서 굉장한 사건입니다. 적한테 심각한 타격을 준 것입니다. 또한 이것은 우리에게 대단히 고무적인 사건이었습니다. 우리는 한국인 동지들에게서 용기와 용맹함을 배워야 합니다."

"당신들의 도움이 없었다면 할 수 없는 일이었습니다."

미스터 박이 미소를 지으며 말했다.

"그러니 승리의 절반은 당신들의 몫입니다. 중국인 동지들은 우리에게 어떻게 단식투쟁을 하며 벨을 우리 수용소로 끌어들일 것인지를 보여줬습니다. 그렇지 않았다면 우리는 그를 안으로 끌고 들어올 수 없었을 것입니다. 이 승리는 두 나라 민중의 연대 투쟁의 일부일 뿐입니다."

그는 옆으로 몸을 돌리더니 보좌관에게 속삭였다. 리가 우리를 향해 눈웃음을 치며 말했다.

"우리의 지도자께서 여러분을 저녁 식사에 초대하고 싶으시답니다."

"우리를 손님이라고 생각하지 말아주십시오."

내가 리에게 말했다.

"여러분은 우리의 특별한 손님들입니다."

리가 의미심장하게 웃으며 말했다. 그리고 일어나서 밖으로 나갔다. 저녁 식사 준비를 시키러 나간 것 같았다.

나는 미스터 박이 우리에게 어떤 음식을 대접할지 궁금했다. 어쩌면 쌀밥 한 그릇에 김치를 듬뿍 내놓을 것이고, 기껏해야 말린 생선 몇 조각이나 구운 오징어를 내놓을 것 같았다. 차오린과 우리의 주빈이 호탕하게 웃는 소리에 나는 생각에서 깨어났다. 미스터 박은 페이 인민위원에 대해 물으며 안부를 전해달라고 했다. 차오린은 그렇게 하겠다고 약속했다. 나는 대화에 낄 수 있도록 저녁 식사에 대해선 생각하지 않으려고 애썼다.

그때, 한 젊은 사람이 호밀 가루로 만든, 김이 모락모락 나는 두툼한 만두가 가득 담긴 큰 솥뚜껑을 들고 들어왔다. 우리는 소스라치게 놀랐다. 그것은 주인이 내놓을 수 있는 최고의 중국 음식이었다. 도대체 어디에서 그런 재료들을 구할 수 있었는지 궁금했다.

미스터 박이 미소 짓더니 장난스럽게 팔을 펼치며 말했다.

"자, 맘껏 드십시오."

"같이 먹읍시다."

차오린은 그들에게 가까이 앉으라는 몸집을 하며 말했다.

"아뇨, 우리는 이미 먹었습니다."

"어떻게 감사드려야 할지 모르겠습니다."

"얘기는 그만 하시고 드세요. 여러분은 우리한테 고마워할 필요가 없습니다. 모든 게 미국인들한테서 나온 것이니까요. 그들이 밀가루와 고기를 배달해주지 않았다면 뭘 대접해드릴지 몰랐을 것입니다. 그러니 맘껏 드십시오. 잠깐만 실례하겠습니다."

미스터 박이 일어나 구석으로 가더니 장교들과 뭔가를 상의했다.

우리는 나무 숟가락을 들고 먹기 시작했다. 만두의 소는 소금에 절인 소고기를 배추에 버무려 만든 것이었다. 고기가 너무 많이 들어 있어서 한 입 베어 먹을 때마다 기름이 흘러내렸다. 나는 천천히 먹으려고 애썼다. 차오린은 나를 보고 씩 웃으면서 입술을 계속 핥았다. 그가 말했다.

"집에 가면 마누라한테 주말마다 만두를 빚으라고 해야겠어."

"우리가 얄루강을 건너온 이후로 제가 먹은 식사 중 최고입니다."

나는 목이 메어 이렇게 말했다.

"알아, 유안. 너무 감정에 휘둘리지 말게. 저들이 우리를 지켜보고 있어."

나는 눈물을 억제했다. 음식이 맛있긴 했지만, 정확히 말해 행복하지는 않았다. 차오린이 자신의 아내를 언급한 것 때문에 내 심정은 복잡했다. 떠나기 전날, 어머니와 약혼녀가 나를 위해 끓여준 만둣국이 생각났다. 하지만 나는 상상을 멈추고 억지웃음을 지으며 이러한 상황에서 가족을 생각하지 않으려고 애썼다. 개인적인 감정이 공적인 일을 방해하게 하는 건 당황스러운 일이었다. 이제부터는 내 가슴속에 작은 방을 만들어 나의 개인적인 생각과 감정들이 아무 때나 불쑥 튀어나오지 않도록 가둬놓아야 했다.

저녁을 먹고 나서 일어난 일은 더 놀라웠다. 그들은 우리를 막사 뒤에 있는 비밀 지하실로 안내했다. 벙커 안에 들어와 있는 것 같았다. 하지만 불이 환하게 밝혀져 있었다. 흙으로 된 작은 연단은 판지로 덮여 있었는데, 그 위에 라디오 한 대가 놓여 있었다. 길이가 60센티미터쯤 되고 높이가 30센티미터쯤 되는 라디오였다. 결이 있는 참나무로 만들어진 케이스가 반들반들했다. 리 대령은 나한테 식품점 주인에게 통조림과 담요를 주고 바꿔서 수용소 안으로 몰래 들여온 것이라고 말해줬다. 나는 그들이 북한과 라디오로 교신하고 있는지 궁금했다. 미스터 박이 차오린과 내 어깨에 손을 짚으면서 말했다.

"동지들, 우리가 벨 장군을 사로잡았기 때문에 여러분을 초청할 수 있었소. 하지만 여러분을 즐겁게 해줄 특별한 게 없소. 그래서 여러분이 베이징의 라디오 방송을 듣고 싶어 할 것 같아 데리고 온 것이오."

'세상에! 중국 방송을 들을 수 있다니!'

우리는 1년도 넘게 중국에서 오는 방송을 들어본 적이 없었다. 우리는 얼른 몸을 숙이고 라디오를 틀었다. 또렷또렷하고 맑고 부드러운 여성의 목소리가 잡음에 섞여 흘러나왔다.

최근에 더 많은 성금이 답지했습니다. 한국 전선에 있는 우리 군대를 지원하기 위해, 250만 명의 인민들이 지난주 수도에서 있었던 집회에 참석해 미국의 한국 침략을 규탄하고 제국주의에 대한 투쟁을 지지했습니다. 유 가극단의 배우인 창시앙유는 제트기 한 대를 살 수 있는 큰돈을 기부하였습니다. 황란 화가는 다섯 점의 그림을 내놓았습니다. 유명 작가들은 자신들의 원고를 내놓았습니다. 모든 수익금은 한국에 있는 우리 군대를 위해 쓰이게 될 것입니다……

그 뉴스는 다른 행성에서 오는 것처럼 아득해 보였다. 동시에 그 것은 너무 가깝게 들려 내 두피를 수축시키고 가슴을 졸이게 하고 떨게 했다. 차오린과 나의 얼굴에 눈물이 흘러내렸다. 분위기가 너 무 엄숙해 오랫동안 아무도 소리를 내지 않았다. 우리는 소리 없는 눈물이 축축하고 누런 이국땅에 떨어지도록 내버려뒀다. 리 대령도 울었다.

핵심 지도자들만 참석하는 예비 모임이 한국인 본부에서 있을 예 정이었다. 차오린은 그 모임을 위해 남아 있었다. 때문에 나는 나머 지 밤 시간 동안 자유로웠다. 천막 밖으로 걸어나올 때, 나는 아직 도 감정의 회오리에 휩말려 있었다. 소금기 묻은 바람이 그때까지 도 젖어 있는 내 얼굴을 얼얼하게 했다. 내 마음은 그리움과 향수에 젖어 있었다. 내일 집으로 갈 수만 있다면 얼마나 좋으랴 싶었다. 하늘에 떠 있는 달이 어머니와 쥐란에게 전보를 보낼 수 있는 송신 기였으면 얼마나 좋으랴 싶었다. 하지만 나는 상상을 억제하고 철 조망 근처에 가지 않으려고 주의하며 계속 걸어갔다. 철조망 너머 에는 미군들이 있었다. 그들은 담배를 피우며 잡담하고 있었다. 그 들이 들고 있는 총들이 푸르스름한 빛을 발했다. 그 위에 덮인 그물 망 때문에 조금 흐릿했지만, 머리에 쓴 철모도 반짝거렸다. 어찌 된 일인지 러시아 혁명주의 소설가인 니콜라이 오스트롭스키의 말이 떠올랐다.

"인간에게 가장 소중한 것은 자신의 삶이다. 삶은 오직 한 번만 자기 것이다. 사람은 자신의 과거를 돌아볼 때, 시간을 허비했거나 아무것도 이룬 것이 없다고 부끄럽지 않게 삶을 살아야 한다. 그렇 게 되면 임종 시에 모든 삶과 정력을 인간 해방을 위한 투쟁이라는 가장 훌륭한 대의에 헌신했다고 말할 수 있을 것이다."

다른 많은 사람들처럼 나도 『강철은 어떻게 단련되었는가』에 나오는 이 구절을 잊고 있었다. 그런데 이제 그것이 더 큰 울림으로 내 마음에 다가왔다. 나는 내가 쓸모 있는 사람이며 마침내 내 삶에 목적이 생겼다는 걸 처음으로 느꼈다. 개인은 얼마나 작은 것인가. 자신보다 큰 대의에 참여할 때라야 사람은 '승수乘數'로 자신의 개인적인 역할을 확장할 수 있었다. 당분간은 미제국주의자들에 대한 투쟁이 내가 찾고 있던 '승수'일 수도 있었다. 이 회합에서의 내 역할이 나로 하여금 다소 과장된 느낌을 갖게 만들긴 했지만, 결국 나는 통역에 불과했다. 나는 차오린의 부조역을 하고 있는 깃도 아니었다. 나는 너무 도취되어 공산주의 협회에 다시 가입 신청을 하는 것을 생각해보기도 했다.

나는 대표자들이 쓰는 천막에 들어가 바로 잠자리에 들었다. 내일은 할 일이 많을 것이므로 푹 쉬어두는 게 좋을 것 같았다.

모든 대표자들이 아침으로 죽을 먹었다. 보통 죽처럼 생겼지만 쌀밥에 고기와 순무를 썰어 넣은 것이었다. 나는 한국어로 '죽'이라고 하는 것이 죽이라는 의미의 '조우粥'라는 말에서 유래한 것이라고 생각했다. 각자에게 죽이 한 그릇씩 주어졌다. 모든 사람들이 같이 먹을 수 있도록 식탁 중앙에 김치가 놓여 있었다. 한국인들은 김치 없이는 살 수 없었다. 그런데 김치는 이곳에서 구하기 어려운 게 분명했다. 우리는 격식을 차리며 먹었다. 모두 서두르지 않으려고 애쓰는 것 같았다. 차오린과 나는 김치를 좋아하지 않았다. 너무 맵기 때문이었다. 하지만 배추 냄새는 좋았다. 나는 마늘장아찌를 몇 개 먹기도 했다. 죽은 부드럽고 맛있었다. 고기는 통조림에 든 걸 사용한 것이었다. 나는 다시 한 번 한국인들의 재주에 감탄했다.

회의는 오전 9시에 큰 천막에서 시작되었다. 천막 안 가운데에 놓인 여덟 개의 기다란 탁자들은 담요로 덮여 있었고, 의자가 빙 둘러 놓여 있었다. 입구 가까운 곳에 피고인의 자리가 있었고, 반대쪽 끝에 사회자를 위한 의자가 있었다. 그 의자 뒤의 벽에는 오성홍기와 한국기가 펼쳐져 있었다. 지난밤의 확대 위원 모임에서 최 대령이 의장으로, 차오린과 다른 남자가 부의장으로 선출되었다. 그래서 최가 탁자의 맨 위에 앉았고, 그의 왼편에 차오린과 내가 같이 앉았다. 세 명의 한국 여자들이 내 옆에 앉았다. 다 합해 보니 열일곱 개의 수용소에서 마흔두 명의 대표자들이 와 있었다.

모든 사람이 자리에 앉은 후에 우리는 회의 안건을 얘기하기 시작했다. 그것은 만장일치로 가결되었다. 그런 다음 우리는 벨 장군을 데려오게 했다.

벨은 무거운 걸음걸이로 들어와서 피고석에 앉았다. 회의가 시작되었으며, 첫 번째 주요 안건은 벨에게 대표자들의 비난과 고발을 들을 기회를 허용하는 것이라고 최 대령이 선언했다. 그는 영어로 장군에게 말했다.

"당신은 자신을 변호할 수 있습니다. 하지만 당신은 사실들을 존중해야 합니다."

대표자들이 돌아가면서 말하기 시작했다. 한국인들은 그들이 당한 혹사와 폭력에 대한 많은 증거들을 준비해놓고 있었다. 그들은 일부 동지들이 강요에 의해 남한군으로 들어갔다는 주장까지 했다. 그들은 북한으로 가고 싶다는 이유만으로 그들의 일부가 어떻게 고문과 죽임을 당했는지를 얘기했다. 그들의 주장에 따르면, 그들 중 상당수가 아무도 모르게 행방불명됐다고 했다. 그들은 벨 장군에게 그 사람들이 생화학전 무기의 실험 재료로 쓰기 위해 먼 곳으로 보내졌느냐고 물었다. 벨 장군은 멍하니 앉아 있었다. 무뚝뚝한 억양과 초보자들처럼 강세를 잘못 주면서 영어를 발음하는 두 통역의 노력에도 불구하고, 그들이 말하는 것의 상당 부분을 이해할 수 없기 때문이었을 것이다.

키 큰 남자가 일어서더니 눈물을 흘리며 거친 목소리로 말했다. 그는 피고를 집게손가락으로 가리키며 계속 소리 질렀다. 그는 자신의 동지들을 배반하기를 거절했다는 이유로 그들이 불에 달궈진 쇠로 자신의 왼쪽 얼굴을 지졌다고 했다. 그는 셔츠를 들어 올려 가슴에 난 검은 상처를 보여줬다. 그는 ㄱ곳을 거듭 손바닥으로 치며 그 상처들이 남한군 경비들과 미군들이 낸 것이라고 했다. 그의 배에는 칼자국도 있었다. 말의 편자 모양이었다. 그것은 적어도 10년은 된 것 같았다. 한국인 통역은 그가 고발하는 것을 이해하기 어려운 엉터리 영어로 번역하고 있었지만 요점은 분명했다. 그는 자신이 그들의 말에 따르지 않았기 때문에 치료도 해주지 않았다고 말하고 있었다.

그가 얘기를 마치자 땅딸막한 남자가 말했다. 그는 한 미군 장교가 그에게 쇠파이프를 주면서 미스터 박을 죽이라고 명령했다고 말했다. 그가 거절하자 그들은 자신을 고문실 기둥에 매달고 초주검이 될 때까지 매질했다고 했다. 한 한국인 하사는 그의 항문을 잘라 개한테 주겠다고 협박하기까지 했다고 했다. 그의 얘기가 끝난 후 열여덟 살처럼 돼 보이는 가냘픈 청년이 일어나서 가느다란 소리로 말했다. 그는 수용소 문을 통과할 때 미군들이 종종 그의 몸을 더듬었다고 주장했다.

고발이 이어지는 걸 들으며 많은 대변인들이 화가 나서 벨 장군을 향해 호통을 치지 않을 수 없었다. 벨은 그들의 화난 얼굴을 쳐다보지 않으려 했다. 가끔가다 한 번씩 벨은 딴 데 정신이 팔려 있는 것처럼 보였다. 그래서 최 대령이 그에게 주의를 줬다.

"똑바로 들으시오!"

세 명의 여성 대표자들 중 하나는 영어를 할 줄 아는 사람이었다. 그녀의 이름은 순지였다. 그녀는 광대뼈가 튀어나온, 스물다섯쯤 되어 보이는 여성이었다. 한때는 통통했을 테지만 지금은 얼굴이 햇볕에 그을고 몸은 빼빼 말라 있었다. 그녀가 일어나서 감정을 섞어 얘기하기 시작했다. 억양 때문에 말이 약간 애매했지만 목소리는 분명했다. 그녀는 여성 포로들 중 다수가 경비들한테 혹사당했다고 말했다. 그들이 자기들 멋대로 때리고 욕했다고 했다. 어떤 남한군 병사들은 미군 장교들이 보는 앞에서 담뱃불로 그들의 얼굴과 가슴을 지지기도 했고, 미군 장교들은 그들이 혹사당하는 걸 보고도 모르는 체했다고 했다. 순지는 발을 들어 탁자 위에 올려놓고, 그녀의 큰 몸집과 비교하면 다소 앙상해 보이는 허벅지 위까지 바짓가랑이를 쭉 걷어 올렸다. 정말 강낭콩 크기의 화상이 다리에 있었는데, 열 군데가 넘었다. 또, 그녀는 그들의 수용소에 있는 열여덟 살 먹은 소녀는 수용소에 들어오기 전 네 명의 미군들한테 강간을 당하고, 녹색 눈에 흰 피부를 한 사내아이를 낳았다는 말도 했다. 산모는 영양 부족 때문에 심장병으로 죽었고, 아이는 지금도 수용소에 있다고 했다.

그녀가 얘기하는 동안 내 옆에 앉아 있던 작은 몸집의 여자가 흐느끼기 시작했다. 순지는 그녀를 가리키며 말했다.

"저 사람은 30명이 넘는 다른 여자들과 함께 서울에서 거리로 끌려다녔습니다. 미제국주의자들과 그들의 주구走狗인 남한군이 지프를 타거나 말을 타고 그들에게 채찍질을 했습니다. 사람들이 그들의 벗은 몸을 볼 수 있게 옷을 벗기기까지 했습니다. 사람들은 그들을 창녀라 부르며 침을 뱉었습니다. 어떤 이들은 그들에게 돌을 던지기도 했고, 지팡이나 막대기로 때리기도 했습니다. 그중 한 사람은 임신 5개월째였지만, 그녀가 아무리 애원해도 계속 때리고 강제로 바지를 벗긴 뒤 지게를 지고 가게 했습니다. 행인들은 그녀에게 야유를 퍼부었습니다. 여기 있는 바로 이 동지가 당신들이 저지른 범죄의 생생한 증거입니다. 이 동지의 등을 보십시오!"

그녀는 몸집이 작고 얼굴이 둥근 여자가 일어나 몸을 돌리고 셔츠를 걷어 올리는 걸 도와줬다. 여자의 등은 엉망이었다. 상처투성이였고 채찍 자국에 딱지가 앉아 있었다.

"저분의 얼굴을 보세요."

순지가 아직도 자리에 앉아 있는 다른 여자를 가리키며 말했다. 모든 사람의 눈이 딱지가 곳곳에 앉은 사람의 얼굴을 향했다. 그녀는 아주 어려 보였다. 스무 살도 안 된 것 같았다. 그녀의 목은 부드럽고 건강해 보였다. 지금은 얼굴이 엉망이었지만 한때는 상당히 아름다웠을 게 분명했다. 그녀도 일어섰다. 그녀는 순지를 통역 삼아 말하기 시작했다. 그녀는 자신이 게릴라였으며, 미군들한테 잡혀 20명의 다른 동지들과 함께 남한 경찰에 넘겨졌다고 말했다. 그들은 그녀를 때리고, 많은 사람들이 모여 있는 곳에서 여러 명의 남자 게릴라들을 참수했다. 그들은 사진을 찍을 수 있도록 그녀에게 오빠의 잘린 목을 강제로 들고 있게 강요하기까지 했다. 지금까지도 그녀는 밤에 악몽을 꾸는데, 종종 소리를 지르고 헛것을 보며 몸부림을 친다고 했다. 왜 경찰들은 사람을 짐승보다 못하게 취급했는가? 어째서 미군들은 그들을 독려하고 눈감아줬는가? 왜 미군들은 태평양을 건너 이곳까지 와서 그들의 삶을 망치고 있는가? 그녀의 말이 점점 더 날카로워지고 있었다. 너무 감정이 북받쳐 올라 그녀의 말은 순지가 통역하기 힘들 정도로 두서가 없어졌다. 마침내 그녀가 말을 못 잇고 세 여자가 서로를 끌어안고 울부짖었다.

한 남자가 벌떡 일어나더니 팔을 거칠게 흔들며 벨 장군을 향해 달려갔다. 그는 미친 사람처럼 소리 지르고 있었다. 두 명의 대변자가 그를 붙들었다. 그는 그와 다른 동지들이 포로로 잡혔을 때, 미군들이 그들의 옷을 완전히 벗겼다고 했다. 그리고 개머리판으로 그들의 엉덩이를 때리고 총구로 가랑이를 찔렀다고 했다. 그 결과 어떤 사람은 아직도 정액에 피가 묻어 나온다고 했다.

다른 사람들처럼 나도 화가 났다. 국민당 애호자들한테 고문당한 사람들이 떠올랐다. 그때 최 대령이 우리에게 벨은 진짜 범죄자인 미국 정부와 월스트리트가 내리는 명령에 복종해야 하는 장교일 뿐이라는 걸 환기시키며 냉정해지라고 했다.

나는 털이 많고 힘줄이 불거진 벨의 큰 손이 약간 떨리는 걸 보았다. 그는 떨리는 걸 막기 위해 탁자 모서리를 잡고 앞에 있는 찻잔에 눈을 고정하고 있었다. 이따금 그는 아랫입술을 깨물었다.

오후에도 고발과 비난이 이어졌다. 왼쪽 팔을 잃은 한국인 장교는 피고의 지휘 관할 하에 있는 의료진이 자신의 성한 손을 절단했다고 비난했다. 그는 벨 장군에게 달려가더니 영어로 소리쳤다.

"맞아, 안 맞아?"

그는 하나밖에 없는 주먹으로 책상을 쳤지만 벨의 몸에는 손을 대지 않았다. 그렇게 해서는 안 된다는 명령이 우리에게 내려져 있었기 때문이었다.

장군이 일어나서 말했다.

"모르겠소. 당신들이 얘기한 끔찍한 일들이 일어났을 수도 있다는 건 압니다. 하지만 어떤 것들은 사실이 아닙니다. 그러나 조사해보겠습니다."

그는 한국인 장교가 자리로 돌아간 후에도 서 있었다. 최 대령이 벨에게 앉으라고 말했다.

"우리는 공산주의자들이오. 당신네들이 우리를 다루는 방식으로 당신을 대하지는 않겠습니다. 우리는 당신의 인간적 존엄성을 존중하여 당신을 모욕하거나 매도하지 않을 것입니다. 하지만 당신은 미군 장교로서 사실을 직시할 용기가 있어야 합니다."

벨은 고개를 끄덕였다. 그의 둥근 이마에 땀이 솟고 있었다.

오후 중반쯤 휴식 시간이 있었다. 차오린과 나는 다음 날로 예정된 연설에 관해 얘기를 나눴다. 우리는 이미 문안을 작성해놓았지만, 구체적인 증거를 더 제시해야 한다고 생각했다. 내가 그날 밤에 혼자서 기다란 고발장을 영어로 다 옮기는 것은 불가능한 일이었다. 누군가 나를 도와줘야 했다. 그래서 차오린은 리 대령한테 가서, 증인을 데려오겠다는 핑계를 대고 저녁 식사 후에 지프를 타고 602수용소로 돌아갔다. 사실은 페이 인민위원에게 상황을 보고하기 위해서였다.

전날 저녁에 있었던 예비 모임에서 적들이 벨 장군을 구출하기 위해 무력을 사용할 경우, 어떻게 해야 하는지에 대해 격론이 벌어졌다. 일부 한국인 장교들은 온 힘을 다해 맞서 싸워야 하며, 필요하다면 벨을 처형하고 미군들의 무차별 사격 때문에 죽은 것으로 그들에게 책임을 돌려야 한다고 주장했다. 일부는 그러한 생각이 모험주의에 가깝다며 반대했다. 차오린은 무슨 수를 써서라도 벨을 보호해야 한다고 주장했다. 적이 우리를 공격하면, 벨을 다른 수용소로 빼내야 한다고 했다. 한국인들은 경비들 중에 그들의 비밀요원이 있어 지하 조직망을 갖추고 있었다. 벨이 있는 한, 형세는 우리한테 유리했다. 미스터 박은 차오린의 생각을 칭찬했다. 하지만 벨이 우리한테 협조할 것인지 여부는 아직도 불확실했다. 그가 합의서에 서명하지 않겠다고 버티면 어쩔 것인가. 이 질문에 대한 답은 여전히 불분명했다. 차오린은 돌아가서, 경험이 더 많고 우리에게 지시를 내려줄 수 있는 페이 인민위원과 협의하고 싶어 했다.

한 시간 후 차오린이 밍과 또 다른 남자를 데리고 돌아왔다. 다른 남자는 한 달 전에 부산의 제3집결장에서 '심사'를 받는 과정에서 발생했던 유혈 사태를 목격한 우가오첸이라는 사람이었다. 그날 밤 밍과 나는 다음 날 있을 연설문을 수정했다. 그리고 연설문 전체와 우의 고발 요지를 영어로 번역했다.

나는 일을 하다가 밍에게 전날 밤에 만두를 먹었다는 얘기를 했다. 그가 내 어깨를 치면서 말했다.

"제기랄, 내가 차오린과 같이 왔어야 했는데 그랬군. 자네가 내 행운을 훔쳐간 거야."

"어쩌면 내일도 우리한테 맛있는 걸 줄지 모르잖아."

"그랬으면 좋겠네."

그는 몸을 돌리고 사전에서 영어 단어를 찾았다. 그러나 나머지 회의 기간 동안, 우리는 다른 죄수들과 똑같은 음식을 먹었다.

다음 날 아침 고발이 속개되었다. 우리 편에서 온 우가오첸이 일어나서 얘기했다. 우리는 벨 장군에게 그의 고발 내용을 영어로 번역한 걸 주었기 때문에 가오첸의 말을 구두로 통역할 필요가 없었다. 리 대령은 중국어로 된 걸 갖고 있었기 때문에 가오첸이 얘기하는 동안, 그의 동지들에게 무슨 내용인지를 설명해줬다. 고발인은 갈라진 목소리로, 한 달 전에 제3집결장에서 있었던 폭력 사태에 대해 얘기했다. 그는 전날 밤 그 얘기를 하기 위해 두 번이나 연습을 했었다.

"4월 14일 저녁, 2개 대대의 미군들이 우리 수용소를 둘러쌌습니다. 그들은 확성기로 우리에게 5분 안에 천막에서 나와, 수용소 밖에서 진행되는 심사를 받으라고 명령했습니다. 하지만 5분이 지나도 누구 하나 나가지 않았습니다. 확성기에서는 다시 5분을 줄 테니 나오라고 했습니다. 그런데 5분이 다시 지났음에도 아무도 나가지 않았습니다. 그들은 그 명령을 여러 번 되풀이했습니다. 한 시간쯤 후에 그들은 행동을 개시했습니다. 두 대의 탱크가 수용소로 들어오고 1개 소대의 미군들이 그 뒤를 따라 들어왔습니다. 그들은 무력으로 우리를 움직이게 하려고 들어왔습니다. 우리는 손에 닿는 아무것이나 들고 저항했습니다. 그 과정에서 몇몇 미군들을 두들겨 패고 그들에게서 두 자루의 권총을 빼앗았습니다. 그들이 예상했던 것보다 많은 포로들이 싸움에 관련되어 있었기 때문에 미군들은 두려워 수용소에서 물러났습니다. 탱크들도 방향을 돌렸습니다. 그러자 그들의 사령관이 노발대발했습니다. 그는 20분 후에 다시 공격하라는 명령을 내렸습니다. 그들은 우리에게 기관총을 발사하고 수류탄을 던졌습니다. 순식간에 서른네 명의 동지들이 죽고 50명 넘는 동지들이 부상을 당했습니다. 맨손으로 그들에게 저항하는 게 불가능했기 때문에 우리 2백여 명의 동지들은 심사를 받는 데 동의했습니다. 우리 중 상당수가 아프고 굶주린 상태여서 더 이상 싸울 수도 없었습니다. 그들이 던진 최루탄 때문에 속은 메스꺼웠고 눈이 아팠습니다. 우리는 숨을 쉴 수 없었고 계속 토했습니다. 그렇게 미군들은 우리를 둘러싸고 심사장으로 데려갔습니다. 나와 내 사촌은 2백여 명 되는 사람들 사이에 끼여 있었습니다. 대량 학살극이 있기 전, 우리 두 사람은 우리가 강제로 심사를 받아야 한다면 어떻게 할 것인지에 대해 얘기했습니다. 우리는 어떤 희생을 치르더라도 반드시 고향으로 돌아가기로 결심했습니다. 모든 사람들이 줄을 섰습니다. 우리는 각기 한 사람씩만 심사석에 가게 돼 있었습니다. 내 차례가 되었을 때, 미군 장교가 물었습니다. '자유중국으로 가길 원하나?' 나는 '그곳이 어디냐?'고 물었습니다. 나는 진짜 그곳이 어디인지를 몰랐습니다. '타이완 말이다.' 그가 이렇게 말했을 때, 나는 대답했습니다. '아니, 나는 중국 본토로 돌아가고 싶소.' 그는 나에게 한 장의 카드를 줬습니다. '저쪽으로 가서 저 사람들과 합세해.' 그는 이렇게 말하면서 문 쪽을 가리켰습니다. 그렇게 해서 나는 타이완으로 가는 걸 피했습니다. 하지만 나중에 사람들 틈에서 내 사촌을 찾을 수 없었습니다. 누군가가 내게 그가 우리 조국을 배반했다고 얘기해줬습니다. 그건 불가능한 일이었습니다! 우리는 고향으로 돌아가기로 맹세했습니다. 나는 너무 걱정되어 울었습니다. 실상을 알고 보니, 그는 자유중국을 중국 본토라고 착각해서 그 질문에 그렇다고 대답했던 것이었습니다. 우리 조에 있던 다른 네 명도 똑같은 실수를 해서 적의 손에 들어갔습니다. 자, 벨 장군, 어째서 미군은 우리에게 심사를 받으라고 강요한 겁니까? 당신들은 어째서 의도적으로 심사석에 함정을 파놓은 겁니까? 넷 중 두 사람은 충성스러운 공산주의자들이었고, 국민당의 군대에 들어갈 마음이 눈곱만큼도 없었습니다. 그런데 속아서 악마들의 소굴로 들어간 겁니다. 나는 한국으로 오기 전에 숙부와 숙모에게 사촌을 잘 보살피겠다고 약속했었습니다. 그런데 그가 그쪽으로 가버렸으니, 내가 그들에게 무슨 말을 할 수 있죠?"

가오첸이 요란한 소리를 내며 흐느끼는 바람에 그의 말은 알아들을 수 없게 되었다. 한국인 남자가 그에게 수건을 건넸다.

그의 고발에 벨 장군의 마음이 움직인 것 같았다. 그는 팔꿈치를 탁자에 대고 손바닥으로 턱을 괸 상태에서 한숨을 쉬었다.

"전쟁에서는 많은 범죄들이 행해집니다. 하지만 내가 이 그 모든 일에 책임이 있는 건 아닙니다."

그가 낮은 소리로 말했다.

사실 그 학살에 대한 가오첸의 묘사는 완전한 것이 아니었다. 그는 그 사건이 일어난 직접적인 원인에 대해서는 빼먹고 있었다. 중국인 포로들은 밤에 감옥을 부수고 근처에 있는 미군 중대를 공격하여 무기를 탈취한 뒤 근처에 있는 산으로 들어가 게릴라전을 전개할 계획이었다. 하지만 그들 중 변절자가 빠져나가 경비들에게 일러바친 것이었다. 그렇게 많은 군대가 죄수들을 제압하러 왔던 건 바로 그런 이유에서였다. 물론 고발장을 준비하면서 우리는 그 사건의 원인에 대해서는 얘기하지 말라는 지시를 받았다. 벨 장군이나 한국인들로서는 전모를 알 수 없었다.

이제 내 차례였다. 나는 영어로 72수용소에서 벌어졌던 처형에 대해 얘기했다. 류타이안이 린우셴의 창자를 꺼낸 사건이며, 동창생 양후안이 몽둥이에 맞고 목이 졸려 죽어간 사건에 대해 얘기했다. 나는 수용소에 있던 국민당 성향의 장교들이 그들이 전에 강제로 사람들의 몸에 새겼던 문신들을 떼어낸다는 명목으로 사람들의 살을 찢었던 일에 대해 얘기한 다음, 셔츠를 올리고 내 배에 새겨진 문신을 보여줬다. 그러자 벨 장은 놀랍게도 껄껄거리며 웃었다. 그는 이내 웃음을 거뒀지만 큰 콧구멍에서는 여전히 속으로 웃는 소리가 들렸다. 나는 주먹으로 탁자를 치며 소리쳤다.

"이게 우습다고 생각하시오? 염병할 인간아!"

"아니, 그렇게 생각한 게 아니오. 그들이 그런 장난을 했다는 걸 상상할 수 없어서 그렇소."

"장난이라고? 이런 문신이 내 몸이 새겨져 있는데, 내가 어떻게 내 조국에서 정상적인 삶을 살 수 있겠소?"

"나는 그런 식으로 그것에 대해 생각해본 적은 없소."

그의 얼굴이 붉어졌다. 그리고 고개를 숙이고 입을 꼭 다물었다.

"이건 범죄가 맞죠?"

내가 다시 한 번 물었다.

"물론이오."

"이것이 바로 당신의 관할하에 있던 수용소에서 일어난 일이오. 당신은 그에 대한 책임이 없습니까?"

"부분적으로는 있을 것 같소."

그가 중얼거렸다.

"수용소장들은 일본과 타이완에서 훈련을 받고 수용소를 운영하는 걸 돕도록 당신네 정부가 파견한 자들입니다. 그들은 자기들 멋대로 우리를 죽이고 때렸습니다. 미국 정부가 그러한 범죄에 대해 책임이 없습니까?"

"당신이 말하는 게 사실이라면 우리 정부가 잘한 건 아닙니다. 솔직히, 나는 누가 그들을 훈련시켰는지 전혀 모릅니다."

그의 애매한 대답에 몹시 화가 났다. 그 바람에 자제력을 잃고 그를 향해 신경질적으로 소리를 질렀다.

"책임을 회피하지 마! 당신한테 죄가 없다고 생각하나? 당신도 중국인과 한국인들의 피를 손에 묻힌 범죄자야. 당신은 당신의 부하들이 저지른 범죄에 대해 모르는 척할 수 있다고 생각하나? 당신은 우리의 의지를 꺾어 우리로 하여금 조국을 배반하게 만들 수 있다고 생각하나? 진짜 중국인 기질이 뭔 줄 아나? 내가 말해주지. 우리는 살아 있어도 중국인이고, 죽어도 중국 귀신이야. 당신의 보호 아래 있는 개자식들이 우리의 수족을 잘라낸다 해도 우리를 바꿀 수는 없어. 이게 내가 하고 싶은 말이야."

밍이 내 어깨를 잡고 천막 밖으로 끌어냈다. 나를 진정시키기 위해서였다.

"원 세상에, 나는 자네가 그렇게 감정적일 줄은 생각도 못했어."

그가 말했다. 나도 그렇게 감정이 폭발한 것에 대해 놀라긴 마찬가지여서 당황스러웠다.

담배 한 대를 피우고 천막으로 돌아왔을 때, 최 대령이 엄숙하게 물었다.

"벨 장군, 당신은 당신의 부하들이 저지른 범죄에 책임이 있습니까, 없습니까?"

"일부 책임이 있는 것 같습니다."

"죄가 있다는 거야, 없다는 거야?"

오랜 침묵 끝에 벨이 대답했다.

"일부에 대한 책임은 있는 것 같습니다."

차오린이 일어나더니 권위적인 목소리로 말했다. 어느덧 내 마음은 진정되어 있었다. 그래서 그의 말을 장군에게 통역해줬다.

차오린이 말했다.

"우리는 당신이 장교로서 당신의 정부가 내리는 명령에 복종해야 한다는 사실을 이해합니다. 하지만 당신들이 한 일은 민중 사이에 증오의 씨앗을 뿌린 것입니다. 우리는 미국인들이 우리 중국인들이나 한국인들처럼 평화를 사랑하고 전쟁을 싫어한다고 믿고 있습니다. 우리는 당신이 그걸 보상하기 위해 뭔가 할 수 있기를 바랍니다."

벨이 고개를 끄덕이며 말했다.

"당신의 현명한 말에 감사를 드립니다. 이 경험 혹은 이 교훈을 결코 잊지 않겠습니다. 우리의 잘못을 고치기 위해 최선을 다하겠습니다."

그의 목소리가 약간 떨렸다.

오후에 우리는 두 개의 문서를 작성했다. 첫 번째 것은 '한국인 포로들과 중국인 포로들의 고발 문서'라는 제목의 문서였다. 수용소 경비들이 저지른 범죄를 열거한 것으로, 세계에 알릴 내용이었다. 벨 장군이 납치되었다는 소식은 이미 세계의 주목을 끌고 있었고, 어떤 기자들은 거제도로 오기까지 했다. 두 번째는 '미군 수용소 당국의 약속'이라는 제목의 문서였다. 우리가 사람다운 취급을 받고 우리의 생활 조건을 개선해주도록 벨의 서명을 받아내기 위한 것이었다.

잠시 모임을 가진 후 벨의 석방을 위한 네 가지 선행 조건에 모두의 의견이 일치했다. 첫째, 수용소 경비들이 수감자들에게 폭력을 사용하는 걸 중단할 것. 둘째, 수용소 당국은 소위 '포로들의 자발적인 본국 송환'이라 불리는 정책을 중단할 것. 셋째, 북한군과 중국군의 심사를 그만둘 것. 넷째, 전쟁포로들의 조합을 적법한 단체로 인정하고 거기에 협조할 것. 이상 네 가지였다.

이제 모든 것은 벨 장군이 이 조건들을 받아들일지에 달려 있었다. 받아들이면 그는 석방될 것이고, 승리는 우리 것이 될 터였다.

우리는 적이 우리의 요구에 어떻게 반응할지 궁금했다. 풀턴의 자리를 물려받아 수용소에 대한 전권을 행사하기 위해 전날 밤 도착한 그들의 새 사령관 스마트 장군은 이미 우리에게 무조건 벨을 석방하라는 최후통첩을 여섯 차례 보냈다. 하지만 우리는 그걸 무시했다. 우리가 의논하고 있을 때 전화벨이 울렸다. 리 대령이 전화기를 들어 한국인 통역에게 건넸다. 나는 가까이 앉아 있었기 때문에 다른 쪽에서 얘기하는 소리를 들을 수 있었다. 전화를 건 사람은 풀턴 장군이었다. 그는 벨 장군과 통화하고 싶어 했다.

전령이 장군을 부르러 갔다. 2분 후에 벨이 들어왔다. 최가 전화기를 가리키며 그에게 말했다.

"풀턴이 당신과 통화하고 싶답니다."

"여보세요, 매트요."

벨이 전화기에 대고 말했다.

"매트, 어떻게 지내는가?"

다른 쪽에서 물었다. 나는 고개를 빼고 모든 대화를 엿들으려고 했다.

"찰리, 나는 괜찮아."

"이봐, 낸시가 도쿄에서 건너왔어. 방금 가서 만나고 온 참이야. 울더군. 이건 그녀에게 힘든 일이지. 그녀가 너무 감정적이어서 자네와 전화로 연락할 수 있다는 얘기를 아직 해주지 못했어. 하지만 그녀가 곧 자네에게 전화할 수 있을 거야."

벨은 이마를 찡그렸다.

"괜찮다고 얘기해주게. 걱정할 필요 없다고 말해줘."

"매트, 그들이 당신을 욕보이거나 고문한 건 아니겠지? 우리는 걱정을 많이 하고 있어."

"나는 괜찮아."

벨은 최 대령을 힐끗 쳐다보더니 말을 이었다.

"사실, 그들은 나를 정중하게 대하고 있어."

"그런데 그들이 얼마나 오래 자네를 잡고 있을지 알고 있나? 내가 어떻게 해야 도움을 줄 수 있는지 말해보게."

"전혀 모르겠어. 그들의 회의가 끝난 다음에야 알 수 있을지 모르겠네. 그들을 압박하지 말게. 회의를 진행하도록 놔두게."

"알겠네. 나는 이 부근에 있을 걸세. 필요하면 언제든 전화하게."

"알았네, 찰리. 자네가 나한테 많은 도움이 되고 있네. 곧 만날 수 있기를 바라네."

"그래, 기도하겠네. 안녕, 매트."

"안녕."

나는 미군 장성들이 그런 위기의 와중에서 그처럼 가볍고 개인적인 방식으로 얘기하리라곤 생각하지 못했기 때문에 그들의 대화를 엿듣고 깜짝 놀랐다. 그들은 똑같은 이상을 추구하고 똑같은 명분을 위해 싸우는 동지가 아니라 친구로서 서로를 대했다. 그들은 이데올로기와 관련된 얘기는 꺼내지도 않았다. 중국 장교들과 달라도 너무 달랐다. 중국 장교들이 이러한 상황에 처했다면, 틀림없이 혁명주의자들의 목소리로 얘기할 것이었다. 그리고 상대는 틀림없이 당을 대변하는 사람일 것이었다.

저녁 식사 후에 차오린과 나는 벨 장군을 보러 갔다. 전날 저녁 페이 인민위원은 차오린에게 한국인들과 미국인들을 중재해 벨이 합의서에 서명하게 하라고 지시했다. 또한 인민위원은 602수용소에서 시위를 조직해 우리의 투쟁을 지원하겠으며, 주도면밀한 계획과 끈질긴 협상을 통해서만 승리를 얻을 수 있기 때문에 우리한테 침착하고 이성적으로 대처하라고 지시했다. 한국인 동지들은 너무 욱하는 기질이 있었다. 그들은 스스로를 미제국주의자들과는 같은 하늘과 땅을 공유하지 않을 위대한 스탈린의 병사들이라고 일컫기까지 했다. 그들 중 많은 사람들이 쉽게 화를 냈다.

벨 장군은 지쳐 보였다. 하지만 그는 우리를 만나 좋은 것 같았다. 우리는 자리에 앉았다. 차오린이 나의 통역으로 그에게 말했다.

"장군님, 우리는 당신이 당신의 가족한테 안전하게 돌아가기를 바랍니다. 우리가 당신과 얘기하러 온 이유는 그것 때문입니다."

"고맙습니다. 당신의 선의를 고맙게 생각합니다."

벨이 말했다.

"우리는 당신 부인이 여기에 와 있다는 걸 알고 있습니다. 자식들도 당신을 걱정하고 있겠죠. 그러니 내일 합의서에 서명하십시오. 그러지 않았을 때 한국인들이 인내심을 잃어버릴까 두렵습니다. 솔직히 말하면, 우리는 그들이 난폭해지지 않도록 그들을 제지하려고 애쓰는 중입니다."

"서명하기 전에 무슨 내용인지 봐야겠지요."

"그건 이해합니다. 만약 합의서의 일부 내용을 받아들일 수 없다면 그들과 얘기하십시오. 무조건적으로 거부하지 말라는 말입니다. 제가 그들에게 그걸 수정하도록 설득해보겠습니다. 간단히 말해, 평화적 해결을 위한 이 기회를 놓치지 마시라는 얘기입니다."

"유념하겠습니다."

"좋습니다. 그럼 편히 주무십시오."

"당신들도요."

우리는 밖으로 나갔다. 안심이 되었다. 구름이 끼어 있었다. 소리 없는 번갯불이 북쪽 하늘을 가르더니 먼 산의 능선 윤곽을 드러나게 했다. 나는 그와 헤어졌다. 서류를 준비하고 있는 밍을 도와줘야 했다.

다음 날 아침 일찍 우리의 전제 조건이 스마트 장군에게 전달되었다. 그의 답변을 기다리는 동안, 우리는 합의서에 서명하는 의식을 치렀다. 천막 밖에는 7천이 넘는 포로들이 맨땅에 줄을 지어 앉아 있었다. 그중 일부는 사제 무기를 들고 있었다. 무기들이 워낙 다양해서 대열이 일사불란해 보이지는 않았다. 그들은 사흘간에 걸친 투쟁의 마지막 결과를 듣기 위해 기다리고 있었다. 천막 안 분위기는 엄숙하고 긴장돼 있었다. 최 대령은 이것이 우리 회의의 마지막 부분이며, 이제 우리는 자신의 범죄에 대한 벨 장군의 태도의 성실성을 시험하려 한다고 말했다. 그리고 손을 저어 통역을 불러 합의서를 포로에게 읽어주라고 했다.

나는 한국인과 중국인 포로들을 모욕하고 고문하는 행위, 그들에게 피로 반동적인 글자를 쓰게 강요하는 행위, 독방에 감금하겠다고 위협하는 행위, 집단적인 살인, 권총과 기관총으로 총격을 가하는 행위, 유독 가스를 살포하고 세균 전쟁을 하는 행위, 원자폭탄을 만들기 위해 포로들을 실험 대상으로 사용하는 행위 등과 같은 우리의 야만적 행동을 즉각 중지하겠다고 약속한다.

또한 나는 제네바 협약을 준수하고 위대한 스탈린의 용감한 군인들인 포로들에게 인간적인 처우를 하고, 제대로 치료해주고 제대로 된 음식과 새 옷과 필기도구를 줄 것을 약속한다. 나는 국제법을 준수할 것이며 모든 전쟁포로들이 자신의 조국으로 안전하게 돌아갈 수 있게 할 것이다.

또한 나는 '자발적인 본국 송환'과 포로들의 심문을 당장 중단하고 포로들에게 욕설을 하며 때리는 내 부하들을 처벌할 것을 약속한다.

준장 매슈 벨

나는 그 소리를 들으며 머리끝이 곤두서는 걸 느꼈다. 머리가 어지러웠다. 전날 오후 이 문서에 뭘 넣어야 하는지 얘기했을 때는 아무도 필기도구나 새 옷, 원자폭탄 얘기를 꺼내지 않았다. 우리의 한국인 동지들은 어떻게 그처럼 엉뚱한 문서를 만들 수 있었을까?

통역이 벨에게 가서 두 손으로 문서를 건네줬다. 벨은 독서용 안경을 쓰고 그걸 읽었다. 그가 차분한 목소리로 말했다.

"내가 여기에 서명할 길은 없습니다."

"왜 그렇죠?"

최 대령이 물었다. 그의 작은 눈이 삼각형이 되었다.

"표현이 부적절합니다. 나에게는 이러한 요구에 응답할 권한이 없습니다."

차오린이 끼어들었다.

"고치기를 원하십니까?"

벨은 잠시 생각해보다가 고개를 저었다.

"고치는 건 불가능합니다. 다시 작성되어야 합니다."

통역이 그의 말을 한국어로 옮기자 모든 사람이 장군을 노려보았다. 벨은 멈칫했지만 이렇게 덧붙였다.

"내가 여기에 서명하면 그건 반역이 됩니다. 나는 명예를 존중하는 사람입니다. 내 국가에 대한 그러한 범죄는 저지르지 않겠습니다."

한국인 장교가 탁자를 치면서 그를 향해 소리 질렀다. 영어를 할 줄 아는 순지가 그의 말을 벨에게 통역해줬다.

"서명하지 않으면 못 돌아가!"

재치 있는 차오린이 장군에게 말했다.

"이건 어떻습니까? 우리 요구에도 근본적으로 부합되고 당신에게도 받아들일 수 있는 글을 당신이 쓰면 어떻겠습니까?"

"글쎄요."

벨은 콧수염을 만지작거리며 망설이는 듯하다가 말했다.

"좋소, 해보지요."

그는 볼펜을 집어 들고 노란 종이에 이렇게 썼다.

당신들의 요구와 관련하여 나는 거제도에 있는 수용소에서 혹사 행위와 유혈 사태가 있었고, 일부 전쟁포로들이 다른 수감자들에 의해 살해되었으며 유엔군 경비들에 의해 일부가 부상을 입었다는 걸 인정한다. 지휘관으로서 나는 인명이 살상된 것에 대해 부분적인 책임이 있다. 나는 앞으로 이곳에 있는 전쟁포로들이 국제법에 따라 인간적인 처우를 받도록 하겠다. 나는 폭력과 유혈 사태와 육체적인 처벌을 방지하기 위해 내가 할 수 있는 모든 걸 다할 것이다. 그러한 일이 다시 발생하면 그것은 내 책임이다.

그는 자신이 쓴 글을 주의 깊게 바라보다가 한곳에서 오랫동안 멈춰 있었다. 그는 펜을 들었다가 다시 내려놓았다. 그리고 종이를 우리에게 건넸다.

나는 그 내용을 대충 차오린에게 번역해줬다. 그는 고개를 낮추고 잠시 그걸 생각해보더니 물었다.

"이건 우리가 받아들일 만한 거 아닌가?"

"예, 상당히 괜찮은 겁니다."

내가 말했다.

우리는 그것을 한국인 통역에게 건넸다. 그가 그것을 그들의 장교들과 대표자들에게 번역해주었다. 일부는 화가 나서 고개를 흔들며 소리를 질렀다. 차오린이 최한테 가더니 그와 얘기를 나눴다. 그는 그들이 제시한 대부분의 세부 사항들이 빠지긴 했지만, 그 글이 원칙적으로 우리 요구의 취지를 담고 있으며, 벨이 죄에 대한 책임을 부분적으로 인정한 대목이 특히 그렇다고 주장했다. 죄수들을 심사하는 문제에 관해서는 벨이 실제로 그것에 가타부타 말할 처지가 아닐지 모른다고 했다. 최와 리는 그 말에 고개를 끄덕였다. 어쩌면 그들은 이 난국을 타개할 다른 방법이 없다는 걸 깨달았는지 모를 일이었다.

그래서 우리는 벨에게 그가 작성한 대로 하겠다고 말했다. 그는 기꺼이 서류에 서명했다. 그리고 안경을 벗은 다음 의자 뒤에 팔을 짚고, 아무 감정 없이 우리를 바라보다가 눈을 감았다. 그의 이마에 땀이 솟고 있었다.

천막 안의 모든 사람들이 일어나서 박수를 쳤다. 벨도 가볍게 박수를 치며 일어섰다. 차오린과 내가 그에게 갔다. 우리는 처음으로 그와 악수했다. 그의 손바닥은 무겁고 축축했다.

그때 밖에서 우레와 같은 함성이 들렸다. 우리가 승리했다는 소식이 함성을 통해 76수용소로부터 다른 수용소들로 전해지면서 함성이 뒤를 이었다. 몇몇 포로들은 벨 장군의 약속에서 직접 인용한 것처럼 두 문장을 흰 시트에 써서 미국인들이 볼 수 있도록 울타리에 걸었다.

우리는 전쟁포로들을 다시는 죽이지 않을 것이다!
우리는 전쟁포로들을 인간적으로 대우할 것이다!

점심 식사 후에 새 사령관인 스마트 장군이 벨을 맞기 위해 앞문으로 왔다. 그는 위기에 대처하도록 파견된 사람이었다. 유엔군 사령관 리지웨이 장군이 이 사건을 처리하는 풀턴 장군의 방식을 못마땅하게 여겼기 때문이었다. 특히 우리가 회의를 하도록 허용한 게 못마땅했던 모양이었다. 우리는 벨을 문으로 데리고 가서 스마트 장군에게 인수장에 서명하라고 했다. 스마트는 탄탄한 배에 남성적인 얼굴, 냉랭한 눈의 땅딸막한 남자였다. 우리는 그가 우리를 싫어하고, 다음과 같은 내용이 담긴 종이에 넌더리를 내고 있다는 걸 알 수 있었다.

오늘 나는 미군 준장 매슈 벨을 76수용소의 용감무쌍한 한국군인들로부터 건네받았다. 자세히 살펴본 결과, 벨은 모든 면에서 양호한 상태이며 모욕당하거나 육체적인 상처를 입은 흔적도 없다. 나는 이것이 사실임을 확인한다.

1952년 5월 11일
거제도 미군 사령관
서명 _____

스마트 장군은 툴툴거리며 서명했다. 그리고 다시 한 번 벨과 악수하고는 청색 세단 안으로 들어갔다. 우리 중 많은 사람들이 그를 향해 손을 흔들었다. 스마트 장군의 무뚝뚝한 표정에도 불구하고, 벨은 차가 멀어질 때 모자를 약간 벗었다.

오후 2시에 76수용소에서 축하 행사가 열렸다. 최 대령이 경과를 간략하게 보고하고 그것의 중요성을 7천 명에게 설명하고 나자, 차오린도 연설을 했다. 그는 이처럼 위대한 승리를 하게 된 것에 대해 한국인 동지들에게 고맙다는 말을 하고 우리 중국인들이 그들의 영웅적인 기질과 용맹성에서 많은 걸 배우겠다고 말했다.

"중국 인민들은 이 위대한 역사적 행위를 영원히 기억할 것입니다!"

그는 이렇게 힘주어 말하고 연설을 마무리했다.

나도 승리에 대한 행복감에 도취되어 있었다. 작지만 나도 내 몫을 했던 것이다. 위대한 투쟁에 참여함으로써 내 삶에 드디어 목적이 생긴 것 같은 느낌을 받았다.

박수를 받으며 밍이 앞으로 나가 〈한라산 게릴라 노래〉를 한국어로 불렀다. 밍은 이 노래를 세 여자 중 한 사람에게서 막 배웠던 것이다. 그는 기가 막히게 노래를 잘 불렀다. 사람들이 앙코르를 요청했다. 그러자 그는 우리나라의 경극 〈흰머리의 소녀〉 한 대목을 불렀다. 그러자 세 여자가 짤막한 춤을 추더니 〈봄의 노래〉를 합창했다. 마지막으로 포로들이 〈밸 장군을 생포하다〉라는 짧은 희극을 선보였다.

76수용소의 포로들 말고도, 인근 수용소에 있는 전쟁포로들이 좁은 길 너머에서 벌어지는 공연을 지켜보았다. 모두 합해 1만 3천 명이 넘었다. 미군 헌병들과 남한군 경비들도 우리 쪽으로 눈을 돌리지 않을 수 없는 모양이었다.

18

우리가 승리를 자축하고 있을 때 수백 명의 미군들이 76수용소를 에워쌌다. 세 여자를 제외하고 어느 대표자도 그들의 수용소로 돌아가는 게 허용되지 않았다. 그래서 우리 중국인 네 명도 그곳에서 옴짝달싹하지 못하게 되었다. 같은 날 스마트 장군은 벨이 서명한 협약서가 협박을 받는 상태에서 이뤄진 불법적인 것이므로 무효라고 선언했다. 그는 수용소 내의 질서를 유지하기 위해 무력 사용을 포함해, 필요한 모든 수단을 동원할 것이라고 선언했다. 곧 우리는 벨과 풀턴이 강등되어 거제도를 떠날 것이라는 말을 들었다. 또, 라디오를 통해 평양과 베이징이 우리의 승리를 널리 알렸다는 소식을 들었다. 그것은 선전을 위한 좋은 빌미를 제공했고, 판문점의 우리 협상단에 일종의 지렛대가 되어줬다. 하지만 나는 이 승리가 불안해지기 시작했다. 우리는 이곳에 갇히는 신세가 되었고, 한국인 포로들에게는 더 많은 문제가 생길지 몰랐다.

5월 중순부터 미군들은 전쟁포로들을 괴롭혔다. 그들은 수용소에 총을 쏘고 최루탄을 던졌다. 그리고 탱크를 몰고 와서 화염방사기로 선전 문구들과 포로들이 세워놓은 스탈린, 마오, 김일성의 초상화에 불을 질렀다. 경비들은 매일 76수용소에 총격을 가했다. 3주도 지나기 전에 20여 명의 부상자들이 생겼다. 적들은 수감자들을 자극함으로써 우리를 처벌할 구실을 찾고 있는 게 분명했다.

76수용소의 지도자들은 몇 차례 모임을 가졌다. 차오린과 밍도 참석하는 모임이었다. 적들이 복수를 계획하고 있는 게 분명하니 그에 대한 대책을 강구해야 한다는 결론이 내려졌다. 게다가 스마트 장군에게는 다른 목적이 있을지도 몰랐다. 북한군 공산주의자들이 통제하는 여섯 개의 수용소에서는 유엔군에 의한 심사를 계속 거부해오고 있었다. 그래서 ㄱ는 이번 기회에 그 문제도 해결하려 들지 몰랐다. 적들은 다른 호전적인 수용소들에 본때를 보여주기 위해 76수용소를 공격해 그들을 고분고분하게 만들려고 할지도 몰랐다. 따라서 지도자들은 임박한 폭력에 대한 방어책을 세우기로 결정했다. 동시에 우리들은 적에게 대규모 공격을 위한 빌미를 줘서는 안 되었다. 그래서 우리는 경솔하게 행동하는 걸 피하고 적당한 선에서 그만두는 법을 알아야 했다.

한국인 포로들은 지도자들의 요구를 열광적으로 받아들여 여러 개의 조직으로 나뉘었다. 이어 공격조가 편성되었다. 조원들은 몽둥이, 화염병, 기름통에서 잘라낸 쇠를 대나무 막대기 끝에 철사로 묶어 만든 기다란 창과 같은 무기로 무장했다. 또한 그들은 총격을 방어하기 위해 천막 안에 참호를 파기 시작했다. 네 명의 우리 중국인들도 방어선 구축하는 일을 도왔다.

6월 12일 이른 아침이었다. 40여 대의 탱크와 무장한 병력 호송차, 1천2백 명의 미군들이 76수용소를 에워쌌다. 차들이 우르릉거리는 소리에 잠에서 깬 우리는 천막 안에서 그들을 바라보았다. 스마트 장군은 철모를 쓰고 권총을 차고 넓은 벨트에 망원경을 차고 현장에서 작전을 지휘했다. 우리는 모든 총구들이 수용소 안의 막사를 향해 겨눠지고 있는 걸 보았다. 방독면을 써서 유령처럼 보이는 1개 대대의 미군들이 총검을 겨누고 돌격할 준비를 했다.

수용소 내의 포로들은 우리의 위치를 방어하기 위해 참호로 들어갔다. 정확히 8시에 한 발의 총성이 침묵을 깼다. 즉시, 두 줄의 병력 호송차들과 탱크들이 돌진하여 앞문을 무너뜨리고 수용소 안으로 들어왔다. 그들 뒤에는 마스크를 착용한 보병들이 7~8명씩 한 조를 이뤄 달려 들어왔다. 지체 없이 화염방사기가 천막을 향해 불을 뿜기 시작했다. 소총과 기관단총이 발사되기 시작했다. 수류탄과 가스탄이 이곳저곳에서 터졌다. 푸르스름한 가스가 사방에서 올라가고 청천벽력 같은 폭발음이 천지를 진동시켰다.

중국인이었기 때문에 우리 네 사람은 전투에 참여하는 게 허용되지 않았다. 열 명에게 우리를 보호하라는 임무가 맡겨졌다. 한국인들이 어떻게 그처럼 불공평한 전투를 할 수 있는지 내가 궁금해하고 있을 때, 공격조에 속한 사람들이 참호에서 뛰쳐나와 창과 몽둥이를 휘두르며 적들을 공격했다.

"만세! 만세!"

그들은 이렇게 소리쳤다. 그것은 한국어로 '영원하라'는 의미였다. 그들이 공격하고 있을 때, 기관총이 그들을 향해 발사되기 시작했다. 몇몇은 미군들을 찌를 정도로 가까이 다가갔지만, 대부분 도착하기 전에 총을 맞고 쓰러졌다. 그들이 던진 화염병이 병력 수송차와 탱크에 맞아 타올랐지만 일시적인 불이어서 큰 타격을 주지는 못했다. 그사이 다른 죄수들은 〈국제 공산주의 노래〉를 합창하고 있었다.

"배고픔과 추위의 노예들이여, 일어나라! 일어나라! 더 이상 고통당하지 않을 그대들……."

우리는 그들과 합세해 우렁차게 노래를 불렀다. 이상한 말이지만, 그것은 전투라기보다는 시위 같았다.

어떤 한국인들은 미군들과 맞서며 그들 부대의 군가를 불렀다. 미군들은 총검으로 그들을 공격했고, 그들에게 총을 갈기기도 했다. 많은 포로들이 영어로 소리쳤다.

"미군에게 죽음을!"

"트루먼을 타도하자!"

5분도 안 되어 공격조에 속한 모든 사람들이 쓰러져 검은 연기와 푸르스름한 가스에 묻혔다. 그 모습에 열 받은 우가오첸이 싸움에 가세하려 하자, 두 한국인이 그가 죽으면 자신들이 처벌받게 된다며 그를 잡아당겼다.

20분쯤 지나자 총성이 잦아들었다. 미군들이 우리를 에워싸기 시작했다. 그들은 천막 안으로 들어와 우리의 멱살을 잡고 참호에서 끌어내 앞뜰로 나가게 했다. 나가서 보니 대부분의 천막들이 불에 탄 상태였다. 두 개는 아직 서 있었지만 불길에 휩싸인 상태였다. 땅에는 그슬린 자국들이 많았다. 탄창과 총탄 파편, 대나무 막대기, 유리 조각, 아직도 피를 흘리고 있는 사상자들로 난리였다. 대기는 메스꺼운 가스, 연기, 디젤유 냄새에 절어 숨을 들이쉴 때마다 기침이 나왔다. 우리 중 몇몇이 옆으로 비켜 부상당한 동지들을 도우려 했지만 미군들이 제지했다. 공격조는 4백여 명으로 구성되어 있었다. 그들은 한국인들 중 최고의 병사들이었다. 그들은 걸레처럼 땅바닥에 놓여 있었다. 아직도 불에 타고 있는 사람들도 있었다. 적어도 그들 중 반이 죽었다. 몇몇은 엄마를 찾아 우는 아이들처럼 살려달라고 아우성치고 있었다. 그들 중 하나가 가까스로 일어나 앉았다. 뇌

진탕을 입은 것 같았다. 눈과 귀와 코에서 피가 흐르고 있었다. 그는 장님처럼 말없이 사방으로 팔을 젓고 있었다.

적십자 완장을 두른 의료진은 다친 미군들을 치료하느라 바빴다. 그들은 부상자들을 들것에 실어 데려가거나 붕대를 감아 즉석에서 응급처치를 했다. 미군에 대한 치료가 끝날 때까지 다친 한국인들에겐 아무도 신경을 써주지 않았다.

한국인 포로의 도움으로 미군들은 우리 중국인들을 가려내 30여명의 한국인 대표자들과 장교들이 웅크리고 앉아 있는 구석으로 데려갔다. 그들은 우리에게도 똑같이 쭈그려 앉게 했다. 정오가 가까울 무렵, 그들은 우리에게 머리 뒤에 손을 깍지 끼고 줄을 서라고 명령했다. 그리고 우리를 트럭에 태워 거제도의 '최고 감옥'으로 데리고 갔다. 그들은 우리가 '전범'이 되었다고 말했다. 나는 가는 길에 북쪽 산기슭에 있는 작은 마을에서 피어오르는 연기와 불길을 보았다. 마을 사람들 중 일부가 전쟁포로들에게 협력했다는 걸 알아내고 남한 군인들이 그곳으로 가서 그 마을을 약탈하고 있는 것이었다. 여자들과 아이들이 울부짖는 소리가 바람에 실려왔다. 벌레들의 기다란 울음처럼 날카로운 비명 소리였다. 이따금 그곳으로부터 총성이 들렸다. 군인들은 소들과 양들을 끌어가고 있었다. 개들은 무섭게 짖고 있었다. 나중에 나는 대부분의 민간인들이 부산으로 이주했다는 얘기를 들었다.

우리가 갇힌 '최고 감옥'은 둘둘 말린 철사가 위에 있는 높은 돌담으로 둘러싸인 일반 감옥이었다. 감옥 안은 어둡고 춥고 축축했다. 감방은 스물네 시간 내내 미군들이 지켰다. 새로 온 사람들은 모두 독방에 감금되었다. 우리는 낮에도 서거나 누울 수 없었다. 우리는 바닥을 거의 다 차지하고 있는 가로세로가 각각 1.5미터, 2미터쯤 되는 갈대 매트 위에 하루 종일 앉아 있어야 했다. 나는 너덜 너덜한 담요를 한 장 받았는데, 낮에는 그걸로 다리를 감쌌다. 달리 할 일이 없었으므로 혈액 순환을 돕기 위해 다리의 상처 부위를 가끔 문질렀다.

나는 그렇게 축축하고 추운 곳에 있다가 관절염을 앓지나 않을까 걱정되었다. 그래서 종종 뒤꿈치를 괴고 앉아 있었다. 경비들은 내가 이런 자세를 취하는 걸 보고 으르렁거리면서 매트 위에 주저앉으라고 명령했다. 그들이 주위에 없을 때는 쭈그려 앉았다. 우리는 이제 '고위급 죄수들'이었지만 음식은 똑같았다. 하루에 보리밥 두 그릇에 어쩌다 몇 가닥의 배추 잎이나 갓 줄기가 떠다니는 간장국이 나왔다. 감방 구석에는 뚜껑이 덮인 변기통이 있었다. 통은 매일 아침 한국인 남자가 수거해갔다. 창문이 하나밖에 없는 내 감방에는 램프가 없었다. 그래서 땅거미가 지자마자 나는 신발을 포개 베개로 삼고 잠자리에 들어야 했다. 감방에는 벼룩이 많았다. 벼룩은 자정이 될 때까지 몹시 괴롭히다가 자정이 되면 잠잠해졌다. 나는 벼룩들이 포식한 다음, 행동이 굼떠진 게 틀림없다고 생각했다. 하지만 차츰차츰 그들에 적응해갔고 눕자마자 잠을 잘 수 있었다.

집단투쟁에 대한 나의 열광이 시들해지기 시작했다. 마음속으로는 벨 장군을 납치하는 것이 옳았는지 회의하기 시작했다. 우리가 국제적인 뉴스를 만들어내고 한국과 중국 정부를 위해 유용한 걸 제공한 건 사실이었다. 하지만 그것에 따른 희생은 무엇이었던가? 우리 삶의 조건은 분명히 더 나빠졌고 76수용소에 수감돼 있던 수백 명의 포로들이 죽거나 다쳤다. 왜 우리는 사전에 그런 결과에 대해 생각해보지 않았던가? 어떤 뉴스거리가 그토록 많은 목숨의 가치가 있었을까? 누가 그 '승리'에 대한 이득을 취할 것인가? 물론

땅속에 묻힌 사람들이 아니라 이곳의 공산주의 지도자들이었다. 적들은 잔인했다. 하지만 우리는 그들로부터 해를 입는 걸 피할 수 있었을 것이다. 이곳 지도자들이 진정으로 해야 할 일은 모든 전쟁포로들이 해를 입지 않고 살아남을 수 있도록 하는 것이었어야 했다. 그 외 다른 노력에는 숨은 동기가 있었던 게 분명했다. 나는 외롭고 비참했다. 죽은 사람들과 부상당한 사람들과 비교하면 운이 좋았지만, 나 역시 이용당했다는 느낌이 들었다.

이 특별 감옥에서는 육체적인 처벌이 일상사였다. 미군들은 죄수들을 막대기와 벨트로 때렸다. 포로들이 지르는 비명 소리가 가끔 들려왔다. 나는 말대꾸를 하지 않았기 때문에 다른 사람들처럼 맞거나 발길에 차이는 경우가 많지 않았다. 어느 날 아침 심문을 받으러 끌려갔다. 나는 우리가 한국인들과 어떻게 의사소통을 했는지 미군들에게 말하지 않으려 했다. 그러자 그들은 나를 창문이 없는 방으로 데리고 갔다. 건장한 두 미군이 들어왔다. 한 명은 소총을 흔들고, 다른 한 명은 소화 호스를 끌고 있었다.

"오늘은 청소를 좀 하려고 한다."

소화 호스의 노즐을 잡은 사람이 능글맞게 웃으며 이렇게 말하더니 노즐을 틀었다. 물줄기가 배에 부딪치면서 나는 뒤로 벌렁 넘어졌다. 나는 벽에 너무 세게 머리를 부딪고 순간 정신을 잃었다.

잠시 후 정신이 돌아왔을 때 물줄기가 아직도 내 몸을 때리고 있었다. 나는 그들에게 등을 돌린 채 무릎을 껴안고 몸을 웅크렸다. 물줄기는 내 바지가 뒤에서 찢겨나갈 때까지 등과 아래쪽을 강타했다. 그들은 웃으면서 내 엉덩이를 몇 번 차더니 그 일을 마무리했다.

"일어나, 이 누렁이야!"

그들 중 하나가 명령했다. 나는 덜덜 떨었다. 가슴과 머리가 아팠다. 가까스로 몸을 돌렸지만 일어설 수가 없었다.

그들은 나를 일으켜 세우고 밖으로 끌어냈다. 그리고 한동안 내 옷을 말리라고 작은 뜰에 남겨뒀다. 나는 따뜻한 햇볕 속에 앉았다. 아직도 속이 역겨웠다. 나는 구름 아래에서 날고 있는 갈매기들을 바라보았다. 얼굴은 부어 있었고 눈은 쓰렸다. 울고 싶었지만 사람들의 눈이 나를 지켜보고 있다는 걸 알고 참았다. 동쪽 멀리 해변 쪽에서 종이 울리고 있었다. 사람들이 중국어로 노동가를 합창하고 있었다. 나는 고개를 돌려 자세히 들어보려고 했다. 그때 창살이 있는 감방 창문 뒤로 미스터 박이 보였다. 그는 나를 향해 손을 흔들더니 엄지손가락을 들어 올리고 빅수를 쳤다. 내게서 정보를 캐내려는 적들의 노력을 좌절시킨 걸 축하하는 의미였다. 옆방에 갇혀 있던 한국인 장교는 나한테 경례를 하기까지 했다. 나는 손을 흔들어주며 미소를 지으려고 노력했다.

그날 저녁 음식을 나눠주는 외눈의 한국인 남자가 감방 문의 쇠기둥 사이로 보리밥 한 그릇을 건네줬다. 나는 억지로 조금 먹었다. 놀랍게도 거친 보리알 밑에 돼지고기와 양파로 만들어진 열 개 남짓한 작은 만두가 들어 있었다. 나는 그걸 먹는 동안 경비들이 볼 수 없도록 황급히 문에서 돌아섰다. 이곳에서 일하는 한국인들 중에 비밀요원들이 있는 게 분명했다. 미스터 박은 이런 종류의 식사를 종종 했을 것 같았다. 나를 위해 만두를 몰래 반입해준 것은 고마웠지만, '전범'을 위한 감옥에서조차 여전히 그가 고위 관리로서의 특권을 누리고 있다는 사실이 마음에 걸렸다. 우리를 잡고 있는 자들이 완전히 통제하는 것은 사실 불가능했다.

어느 날 아침이었다. 키 큰 미군 장교 하나가 감방 앞을 지나갔다. 나는 그를 알아보았다. 내가 602수용소에 있을 때 경비병들의 책임자였던 이스트 중위였다. 나는 벨 장군에 대한 우리의 요구를 그에게 직접 전달했었다. 그는 이곳에서 아무것도 책임지지 않고 있는 것 같았다. 그가 복도의 다른 쪽 끝에서 돌아왔을 때, 나는 감방 문 앞으로 가까이 가서 그를 바라보았다. 단추들은 반쯤 풀어지고 한쪽 신발끈도 풀려 있었다. 그는 다소 꾀죄죄해 보였다. 그는 깊은 생각에 잠긴 것처럼 발을 끌며 걸었다.

"이스트 중위님."

"누구요?"

내 목소리에 그가 걸음을 멈췄다.

"저를 기억하십니까?"

그가 고개를 저으며 갈색 눈으로 내 얼굴을 응시했다. 그러더니 나를 알아보았다.

"602수용소의 빨갱이 대변인이로군."

"아뇨, 나는 단지 통역에 불과했어요. 어떤 연유로 이곳에 와 계신가요?"

"네가 상관한 일이 아니야. 염병할 빨갱이 놈들아, 어째서 너희들은 그 한국 씨발놈들이 벨 장군을 납치하는 걸 도와줬지? 너희들은 나까지 곤경에 빠뜨렸어."

"방금 말했듯이 나는 통역이었을 뿐 어떤 결정을 내리는 데 관여하지 않았어요. 군인으로서 나한테는 선택의 여지가 없었어요. 명령에 따랐을 뿐이에요."

"한 가지 말해두지."

그가 갑자기 화를 내며 집게손가락으로 내 얼굴을 찔렀다.

"벨 장군은 좋은 사람이다. 우리와 야구도 같이하신 분이야. 대단한 투수이셨지. 여기 있는 많은 사람들이 그분을 그리워하고 있어.

그분은 너희 빨갱이들한테 잘해주시지 않았더냐? 너희들이 얘기하고 싶다고 하니까 친히 너희들을 만나러 오셨어. 너희들이 보리와 야맹증에 대해 불평하니까, 다음 날 쌀과 야채를 더 갖다주라고 하셨던 분이야. 그런데 너희들은 그에 대한 보답으로 어떻게 했지? 너희들은 한국놈들과 공모해서 그분을 납치했어. 너희들은 그분을 파멸시켰어! 그분은 모범적으로 복무하셨던 분이야. 그런데 이제 대령으로 강등되어 굴욕과 수모를 당했지. 너희 빨갱이 놈들은 어째서 그분에게 그처럼 더러운 술수를 쓴 거냐?"

나는 야윈 얼굴의 사내가 그토록 정열적으로 자신의 상관을 두둔하리라곤 예상치 못했다. 나는 야구를 잘한다는 이유로 장군을 높게 평가하는 사실에 약간 당황했다. 벨의 인격과 스포츠가 무슨 상관이 있다는 말인가? 내 앞에 있는 그 친구는 크긴 했지만 제대로 성장하지 못한 사람인 듯했다. 그래도 나는 그의 말에 마음이 움직여 나직하게 말했다.

"그분이 참 안됐네요. 76수용소에서 죽은 수백 명의 한국인들도 그렇고, 그들의 집이 전소당한 마을 사람들도 그렇고요."

그는 놀란 것처럼 나를 응시했다. 30초 정도 우리는 서로를 바라보며 말없이 있었다. 그리고 나는 고개를 돌렸고 그는 가버렸다.

이스트 중위의 말은 내 마음을 헤집어놓았다. 가장 놀라운 것은 그가 그 사건을 장교의 입장에서 생각하고 있지 않다는 사실이었다. 그는 그걸 개인적으로 받아들였다. 그는 벨 장군을 개인으로 생각했다. 그가 비록 나에 대해서는 빨갱이 이상으로 생각하지 않았지만, 그러한 사고방식은 이스트를 달리 보이게 했다. 그의 말은 나로 하여금 현실을 깨닫게 만들었다. 나는 그와 얘기하기 전에는 복수심에 불타는 적을 무력으로 맞서는 것이 현명한 짓인지 의심했었다. 하지만 내 생각은 명료하지 못했다. 한데 이제 그것이 분명해졌다. 전쟁에서 자신이 맡은 역할을 하기 위해 장교는 아무런 주저 없이 자신의 부하들을 이용하고 희생시킬 수 있도록 그들을 추상적인 존재로 생각하게 되어 있었다.

일반 병사들도 추상적이긴 마찬가지였다. 우리에게 모든 미군은 악마여야 했고, 그들에게 우리 모두는 빨갱이여야 했다. 인간적인 개별성을 그렇게 지우지 않고서야 어떻게 무자비하게 싸울 수 있겠는가? 장군은 전투 결과를 평가할 때 숫자로 생각한다. 아군의 손실과 비교해 적은 어느 정도의 사상자가 났는지, 그런 개념으로 생각하는 것이다. 승리가 크면 클수록 사람들은 숫자로 바뀐다. 이것이 전쟁의 범죄다. 전쟁은 진짜 인간들을 추상적인 숫자로 격하시킨다. 바로 이것이 내가 그린 군의관에게 치료를 받은 이후 그녀처럼 전쟁에서 환자를 다루고 수족이나 생명을 구하는 것 외의 다른 승리에 희희낙락할 필요가 없는 의사가 되었으면 좋겠다고 생각했던 이유였다.

며칠 후 우가오첸과 나는 602수용소로 돌아갔다. 나는 우리 두 사람이 같은 날 돌아왔다는 것이 다행이라고 생각했다. '최고 감옥'에서 나 혼자 나왔다면, 동지들은 내가 적과 거래를 하거나 뭔가를 실토했다고 의심했을지 몰랐다. 우리는 6월 26일에 돌아갔다. 우리는 사전에 약속한 게 없었지만 페이 인민위원에게 똑같은 얘기를 했다. 우리는 적들이 우리를 풀어준 것은 우리가 다른 '전범들'처럼 거물이 아니었기 때문이었다고 얘기했다. 이스트 중위는 나한테 진짜 장교들을 위한 독방이 그들에게 필요하다고 말했었다. 나는 6주간 떨어져 있다가 다시 동지들한테 돌아왔다는 사실이 기뻤다.

19

602수용소의 중국인 전쟁포로들은 황해 남쪽으로 160킬로미터 이상 떨어진 제주도로 간다는 통보를 받은 상태였다. 그 소식을 듣고 수감자들은 동요했다. 나는 그들의 의심과 두려움을 느낄 수 있었다. 소문에 의하면 타이완에서 온 국민당 군대가 제주도에 집결해, 한국 본토에 있는 유엔군과 합류하기 전에 훈련을 받고 있다고 했다. 나중에 결국 이 소문은 근거 없는 것임이 드러났다. 하지만 당시 이곳에 있던 대부분의 사람들은 국민당 애호자들의 손아귀에 들어가게 될까 봐 제주도로 떠나는 걸 내키지 않아 했다.

나는 저녁에 페이 인민위원을 만나러 갔다. 그는 나를 보자 반가워했다. 그는 차오린과 밍의 안부를 물으며, 그들이 없어 무력감을 느낀다고 말했다. 그는 제주도로 옮겨가는 것에 대한 자신의 생각을 말했다. 그의 말에 따르면, 적들이 노리는 것은 두 가지라고 했다. 첫째, 우리를 한국인 포로들로부터 분리하고, 둘째, 중국 본토로 돌아가려는 우리의 결심을 와해시키는 것이라고 했다.

"하지만 우리는 아직 저항할 계획을 세우지 못하고 있는 실정이지. 적들은 76수용소를 난도질했어. 그들이 언제 우리한테 돌아설지 몰라. 따라서 그들에게 무력을 사용할 빌미를 제공해서는 안 돼."

주름진 얼굴에는 아직도 결단력이 엿보였지만 피곤해 보였다. 그의 머리에는 어느덧 흰머리가 듬성듬성 나 있었다.

그의 신중함에 고무된 나는 그에게 미군들이 어떻게 76수용소에 불을 지르고 파괴했는지 보고했다. 감정에 휩쓸린 나머지 이렇게 말하기까지 했다.

"한국인들이 벨을 납치하기 위해 그런 희생을 치를 가치가 있었는지 저는 정말 모르겠습니다. 그들의 공격조 전원이 미군들에 의해 소탕되었습니다. 적어도 천사백 명의 사상자들이 생겼습니다."

"혁명을 한다는 건 희생을 뜻하는 거라네."

그가 심각하게 말했다.

"물론 그러한 승리를 위해 치러야 할 값은 크지. 하지만 우리는 세계만방에 실상을 알려 적들을 당황스럽게 만들고 우리 모두가 본토로 돌아가려고 하지 않는다는 그들의 거짓말을 폭로하고자 했던 목적을 달성했네."

내가 말을 너무 많이 했다는 걸 나는 깨달았다. 그러나 그럼에도 불구하고 나는 계속 말했다.

"저는 대나무 막대기를 갖고 탱크를 향해 돌진한 용감한 한국인들이 안타깝습니다."

"한국인들은 때때로 광적인 경우가 있지."

그는 껄껄 웃더니 녹색 물컵을 들어 따뜻한 물을 한 모금 마셨다. 그런 다음 나는 미스터 박에 대한 인상과 한국 공산주의자들이 어떻게 '전범들'을 수감하는 감옥에까지 침투했는지에 대해 얘기했다. 나는 그에게 76수용소에 우리가 머물렀던 것까지 세세히 얘기

293

했다. 그는 우리가 그런 대접을 받았다는 사실이 재미있는 모양이었다. 그는 내가 만두 얘기를 할 때는 무의식적으로 윗입술을 혀로 핥았다.

다음 날 아침 일찍 튼튼한 확성기가 위에 달린 지프 한 대가 수용소 정문 앞에 멈췄다. 한 남자가 중국어로 소리쳤다.

"페이샨, 네가 정말 네 아버지의 자식이라면 구멍 밖으로 나와라. 그렇지 않으면 너희 빨갱이 놈들이 모조리 고통당하게 만들겠다."

나는 어째서 그들이 그냥 들어와서 페이를 잡아가지 않는지 의아스러웠다. 어쩌면 그들은 그가 지금 어떻게 생겼는지 잘 알지 못하는지 몰랐다. 그들은 인민위원의 사진을 확보하고 있었지만, 그의 모습이 상당히 변했기 때문에 그를 가려낼 수 없어 그러는지 몰랐다. 그는 수염을 기르고 있었고 몇 달 전보다 더 말라 있었다. 나는 거의 일주일 동안 매일 아침 지프가 와서 똑같은 말을 했다는 얘기를 들었다.

확성기에서 다시 소리가 흘러나왔다. 이번에는 영어였다.

"페이샨, 당장 나와라. 그렇지 않고 우리한테 잡히면 가만두지 않겠다."

본부에서는 아무 반응도 하지 않았다. 인민위원은 본부에서 담배를 피우며 다른 사람들과 얘기하고 있었다. 그는 사흘 전에 모임을 소집해 적들의 요구에 어떻게 대처할 것인지를 논의했다. 그는 공산주의 협회 지도자들의 결정에 따르겠다는 말까지 했다. 만약 그들이 적에게 항복하는 것이 좋겠다고 판단하면, 그는 수용소가 파괴되는 걸 막기 위해 그렇게 하겠다고 했다. 물론 그가 항복하기를 바라는 사람은 아무도 없었다. 그들은 적의 요구를 무시하기로 결정했다. 적들이 밖에서 호통친다는 건 미군들이 당장 인민위원을 찾으러 감히 들어오지 못할 거라는 암시였다. 그들은 76수용소에서의 대량 학살 때문에 국제적인 비난을 받고 있는 상황이었다. 유럽 조사관들이 불에 탄 막사를 찾아와 사진을 찍고 한국인 전쟁포로들을 면담하기도 했다. 때문에 적들은 당분간 그들의 뿔을 집어넣고 있는지 몰랐다. 반면 우리는 페이 인민위원이 그들의 손아귀에 들어가면 그를 전쟁 범죄자들을 가두는 감옥에 가둠으로써, 제주도로 옮겨가기 전에 우리의 지도층을 마비시키려 하지 않을까 두려워했다. 달리 말해 적들은 우리의 고위 지도자를 우리에게서 떼어놓으려고 하는지 몰랐다.

페이 인민위원은 자신이 잡혀가면 우리와 떨어질 가능성이 있다는 걸 알고 있었다. 그는 지도자들 중 다수가 잡혀가거나 적들이 우리를 여러 그룹으로 나눌 것에 대비해 지도자들을 두 조로 나눠 편성했다. 또한 그는 당원들을 세분화해서 필요할 경우 밑에서 지도력을 발휘할 수 있도록 해놓았다. 그는 자신이 잡혀갈 경우에 대비해, 급한 성격에 납작한 얼굴의 투사인 자오텡을 차기 지도자로 지명해놓았다. 자오가 없어질 경우 머리가 둔하긴 하지만 믿을 만한 사람인 장완렌이 지도자가 될 것이었다. 나는 페이가 차오린과 밍을 몹시 필요로 한다는 걸 알았다. 그들은 더 능력 있는 지도자였을 것이다.

사흘이 지나면 중국공산당의 서른한 번째 기념일인 7월 1일이었다. 그래서 수용소 지도자들은 시위를 하기로 결정했다. 그들은 대규모 시위가 아니라, 적들에게 우리의 힘을 보여주고 포로들에게 당이 건재하다는 사실을 일깨워줄 정도의 상징적인 시위를 계획하고 있었다. 페이 인민위원은 나에게 플래카드에 영어로 '공산주의 만세!', '우리는 조국을 건설하기 위해 돌아가야 한다!', '미제국주

의를 타도하자!', '공산당을 영원히 따르자!' 등의 문구를 쓰라고
지시했다.

하지만 6월 29일 저녁, 시위를 계획하고 있을 때, 스마트 장군이
도착했다. 그는 지프를 타고 정문에 도착하자마자 휴대용 확성기로
말했다.

"602수용소에 수감된 모든 포로들은 들어라. 나는 여러분에게 내
일 아침 이곳을 떠날 것을 명한다. 두 척의 배가 너희들을 제주도로
데려갈 것이다. 너희들은 새로 지어진 막사에서 생활하게 될 것이
다. 너희들 가운데 저항하는 사람이 있다면 무력을 사용할 것이다."

중년의 통역자가 아무 반응 없이 듣고 있는 수감자들에게 그 명
령을 통역했다.

스마트가 떠난 후 본부에서 비상 회의가 열렸다. 나는 서기로 참
석했다. 빈 종이가 없어 나는 내가 한때 갖고 있던 성경의 여백에
메모했다. 누가 무슨 말을 했는지를 기록으로 남기기 위해서였다.
지도자들은 평화롭게 제주도로 떠날 것인지를 토론했다. 페이 인민
위원이 말했다.

"미래의 투쟁을 위해 우리의 힘을 비축하려면 이번에는 저항하지
말아야 할 것 같소."

여러 사람이 반대 의견을 제시했다. 그들은 우리가 싸우지 않고
적에게 굴복하면, 한국인들이 방금 엄청난 승리를 거두고 우리를
지켜보고 있기 때문에 결국 우리나라의 체면을 구길지 모른다고 생
각했다. 그들은 집단적인 저항을 하거나 적어도 미군들에게 일을
어렵게 만들어야 한다고 주장했다.

"여러분의 요지는 알겠습니다."

페이 인민위원이 말했다.

"하지만 우리는 제주도의 상황이 어떤지 아는 게 전혀 없습니다. 그곳에서는 누가 우리를 감시할까요? 미군일까요, 아니면 남한군일까요, 아니면 타이완에서 온 국민당 군대일까요? 우리 중국인 포로들만 그곳 수용소에 수감되는 것일까요? 그 섬에 다른 부대도 있는 걸까요? 모르는 것이 너무 많으니 우리의 에너지를 낭비하지 말고 어떤 행동을 하더라도 신중을 기하지 않으면 안 됩니다."

"적들에게 다른 속셈이 있을지 몰라요."

수용소의 명목상 소장인 자오텅이 금니를 훑으며 말했다.

"맞아요."

다른 사람이 맞장구를 쳤다.

"그들이 우리를 배에 태우기 전에 우리 지도자들을 데려가버리면 어쩌죠?"

그 사람의 말에 인민위원의 눈이 밝아졌다.

"나도 그걸 생각해봤습니다. 그럴 가능성도 있지요. 그 얘기를 해봅시다."

"내 생각에는 우리가 움직이지 않겠다고 버텨야 할 것 같아요."

자오텅이 말했다.

"우선, 우리는 싸우려는 의지를 적에게 보여줘야 해요. 그래서 그들이 당신을 찾아낸다 해도 쉽게 잡아가지 못한다는 걸 이해할 수 있도록 말이죠."

"나는 다른 사람들을 위험에 빠뜨리게 하고 싶지는 않아요."

인민위원이 얼굴을 약간 붉히며 말했다. 나는 순간 그의 얼굴색이 변하는 걸 처음으로 보았다.

"우리도 그걸 압니다. 하지만 이것은 우리로선 피할 수 없는 투쟁의 일부입니다."

대머리 남자가 끼어들었다.

"또한 미군들을 창피스럽게 만들 기회이기도 합니다. 만약 그들이 우리 막사에 총격을 가하고 불을 지르면 또다시 세계로부터 비난을 받게 될 것입니다."

더 많은 사람들이 저항하자고 주장했다. 페이 인민위원은 자신의 안전과도 관련되어 있기 때문에 입장이 불편한 것 같았다. 그는 전보다 훨씬 결단력이 약해 보였다. 한 시간쯤 토론한 끝에 그가 마침내 자신의 뜻을 굽혔다. 하지만 그는 조건을 제시했다.

"내일 아침 그들이 우리를 데려가려고 들어오지 않는다면 움직이지 마시오. 하지만 아무도 다치지 않아야 하고 유혈극도 없노록 해야 합니다. 우리는 미군들의 인내심을 소진시켜 그들이 세계의 눈에 자신들을 드러내도록 해야 합니다."

모임이 끝난 후 나는 페이의 말을 곰곰이 생각해보았다. 그가 그토록 신중하고, 사람들의 목숨을 위험에 처하게 하지 않으려고 한 적은 없었다. 나는 그가 내놓은 절충안에 감동을 받았다. 그런데 문득 그가 개인적인 이유 때문에 평화로운 방법을 택하자고 했을지 모른다는 생각이 들었다. 정면 대결을 하면 그는 불리해질 수 있을 것이었다. 만약 그가 미군들의 손에 넘어가면, 저항을 주도한 것 때문에 더 심한 처벌을 받을 수 있었다. 그들은 화가 나서 그를 불구로 만들거나 죽이고 나서, 그것이 우연이었다고 말할 수 있었다. 달리 말해 그는 수천 명의 사람들이 주위에 없으면 자신이 적의 손에 놀아날 수 있다는 걸 알고, 자신의 안위를 걱정하고 두려워하고 있는 게 틀림없었다. 한편에서 보면 나는 평화롭게 떠나자는 데 완전히 찬성하는 쪽이었다. 그런데 다른 편에서 보면, 나는 페이가 기질적으로 평화적인 사람이 아니라는 걸 느끼고 있었다. 그가 평화적인 저항을 택한 것은 겁먹어서 그랬을 뿐이었다.

다음 날 아침 8시가 되자 미군들이 여섯 대의 트럭에 타고 도착했다. 험악한 얼굴의 장교가 우리에게 휴대용 담요를 갖고 나와서 앞뜰에 정렬하라고 명령했다. 하지만 우리는 아무도 움직이지 않았다. 미군들이 기다리고 있었다. 모든 사람들이 잠을 자고 있는 것처럼 수용소에 정적이 감돌았다. 장교가 다시 큰 소리로 명령했다. 여전히 아무도 움직이지 않았다. 막사는 너무 조용해 확성기에서 나는 잡음과 굽은 느릅나무 꼭대기에서 꾀꼬리들이 지저귀는 소리까지 들렸다.

미군들은 반 시간쯤 기다렸다. 그리고 문이 열리더니 그들이 들어왔다. 그들은 우리의 막사에 최루탄을 쏘며 다가왔다. 금세 수용소가 흐릿해지고 사람들이 기침을 하기 시작했다.

"나가란 말이야!"

장교가 소리쳤다.

서쪽 가장자리에 있는 두 천막에서 검은 연기가 치솟기 시작했다. 미군들이 한 것처럼 보이게 숙소에 불을 지른 건 틀림없이 우리 편 사람들이었다. 몇 분 후에 우리는 휴대용 담요를 들고 천막 밖으로 줄을 지어 나왔다. 많은 사람들이 젖은 수건으로 코를 막고 있었다. 뜰에 정렬하는 동안 1개 중대의 미군들이 우리를 둘러쌌다. 장교가 3백 명쯤 되는 포로들에게 불을 끄라고 명령했다. 그는 계속 소리 질렀다.

"염병할! 네놈들을 모두 방화범으로 재판받게 하겠다!"

두 대의 소방차가 도착했다. 그들은 별 어려움 없이 불을 껐다. 그런 다음 1개 분대의 미군들이 우리를 수용소 밖으로 데리고 나갔다. 더 많은 경비들이 양쪽에서 우리를 호송했다. 우리가 떠나려 할 때, 백여 명쯤 되는 국민당 쪽 포로들이 문밖에 모습을 드러냈다.

그들은 막대기를 두드리며 우리를 향해 돌을 던지고 욕을 했다.

"저놈들을 상어밥이 되게 하라!"

"죽도록 탄광에서 일을 시켜라!"

"바다에 던져버려라!"

"빨갱이들아, 네놈들의 운명의 날이 다가오고 있다!"

그들은 이렇게 소리쳤다.

나는 이런 사람들을 전에 만난 적이 없었다. 그들이 어떤 수용소에서 왔는지 궁금했다. 그때 갑자기 어린 소년 하나가 그들의 행렬에서 뛰쳐나오더니 우리를 향해 달려오며 소리쳤다.

"나도 집에 가고 싶어요. 나도 같이 보내주세요!"

우리는 깜짝 놀라 걸음을 멈추고 바라보았다. 소년은 열네 살이나 열다섯 살 정도 되어 보였다. 이상했다. 그는 우리가 중국으로 가고 있다고 생각한 것 같았다. 뚱뚱한 남자가 큰 칼을 휘두르며 쫓아왔다.

"이 토끼 새끼를 토막내 죽여버리겠다."

그래도 소년은 우리를 향해 온 힘을 다해 달려왔다. 나한테 잘해줬던 상등병인 리처드가 가까이에서 재미있다는 듯 지켜보고 있다. 다른 미군들이 휘파람을 불었다. 내가 소리쳤다.

"리처드, 저 애를 좀 도와줘!"

그가 큰 걸음으로 다가오더니 쫓는 사람을 향해 소총을 내밀었다.

"정지!"

그가 명령하자 남자가 걸음을 멈추고 중국어로 항의했다.

"저 개새끼는 빨갱이요. 저놈을 끝장내야겠어요."

그는 칼로 허공을 그으며 땅을 발로 굴렀다. 하지만 리처드는 그의 말을 무시하고 남자의 가슴에 소총을 겨누며 말했다.

"이제 돌아가라."

그리고 턱으로 다른 사람들이 있는 곳을 가리켰다.

기가 꺾인 남자는 울타리 근처에 있는 사람들에게 돌아갔다. 우리한테 온 아이는 아직도 얼굴을 찡그린 채 흐느끼고 있었다. 리처드는 검지와 중지를 붙여 나한테 인사했다. 나도 그에게 경례를 했다.

우리의 기다란 행렬은 해변을 향해 움직였다. 불구가 된 사람들은 빨리 갈 수 없어 동지들이 부축해줬다. 나는 페이 인민위원 옆에서 걸었다. 그는 지쳐 보였다. 두툼한 입술은 터 있었다. 그는 밤에 잠을 잘 자지 못해 편두통이 있다고 말했다. 바다에서 바람이 불어왔다. 마을에서 땔감 타는 냄새가 바람에 실려왔다. 노란 바다가 눈에 들어왔다. 회색 돛들이 움직이는 모습이 보였다. 소금기 묻은 바람을 맞아서 그런지 언덕 위의 버드나무와 삼나무들은 제대로 크지 못한 것 같았다. 오른쪽으로 보이는 바위절벽은 떠오르는 햇빛을 받아 빛나고 있었다. 절벽은 아직도 젖어 있었다. 그 위로 난 관목들에 맺힌 이슬방울이 반짝거렸다. 길가의 풀 위에는 거미줄들이 작은 해파리들처럼 이곳저곳 흩어져 있었다. 나는 사람들이 동요하고 있다는 걸 느낄 수 있었다. 소문에 의하면 일부 전쟁포로들을 화학 무기 실험용으로 쓰기 위해 캐나다로 보냈으며, 수백 명의 포로들이 일본 근해의 섬에 있는 금광에서 강제노동을 하고 있다고 했다. 일단 배에 오르면, 적들이 우리를 어디로 데리고 갈지는 아무도 모르는 일이었다. 그들은 제주도에 관해 줄곧 거짓말을 했는지 몰랐다.

경사진 소나무 숲 가장자리에서 한 떼의 작은 소년들이 고무줄로 된 새총으로 박새, 참새, 굴뚝새를 잡고 있었다. 맨발에 헐렁헐렁한 반바지 차림이었다. 그들 중 하나는 열 마리 남짓한 죽은 새들의 입을 버드나무 가지에 꿰어 들고 있었다. 숲에서는 아직도 많은 새들이 지저귀고 있었다. 그들 중 가장 작은 소년이 거미줄이 잔뜩 묻은 둥근 철사가 끝에 달린 잠자리채를 흔들었다. 그는 그걸로 닭과 오리에게 먹일 잠자리를 잡고 있었다. 나는 아이들이 숲으로 들어가 희미해질 때까지 계속 바라보았다.

비탈진 곳을 벗어나자 개펄이 있는 해변이 나타났다. 해변은 씨를 뿌리지 않은 논처럼 길게 펼쳐져 있었다. 부두가 시작되는 북쪽 끝에 두 척의 커다란 검은 배가 정박해 있었다. 뱃머리 양쪽에 흰 페인트로 우리가 이해할 수 없는 한국어가 쓰여 있었다. 선적량이 3천 톤은 넘는 것처럼 보이는 화물선이었다. 배마다 검은 연기가 뿜어져 나오는 두 개의 높은 굴뚝이 있었다. 해변에는 무장한 수백 명의 미군들이 집결해 있었다. 철모를 쓴 스마트 장군도 거기서 우리를 기다리고 있었다. 초급 장교들과 PW라고 찍힌 제복을 입은 20여 명의 중국인들이 함께 있었다.

우리는 해변에 열여덟 줄로 늘어섰다. 장교들은 각각 중국인 조수들을 한 사람씩 데리고 각 대열의 선두로 가서 우리를 조사하기 시작했다.

"변절자!"

누군가가 그들에게 협조하고 있는 중국인을 향해 욕했다. 그들은 내 옆에 서 있는 페이를 찾고 있는 게 분명했다. 중국인들은 모두 우리 사단에 근무해서 페이를 만난 적이 있는 사람들이었다. 어쩌면 그들은 인민위원을 알아볼 수 있을지 몰랐다. 빛나는 눈, 뭉툭한 코, 두툼한 귀를 가진 그의 모습을 기억하고 있을지 몰랐다. 나는 그들이 그를 가려내면 어떻게 해야 할지 생각해보았다.

우리 줄을 담당한 두 사람이 점점 가까이 다가오고 있었다. 나는 그들을 바라보며 내가 두려워하고 있다는 걸 내비치지 않으려 노력했다. 그들이 나를 지나친 순간, 쥐같이 생긴 중국인이 손을 들어 페이를 가리켰다. 미군 장교가 돌아서서 소리쳤다.

"잡았다!"

몇십 명의 미군들이 우르르 몰려왔다. 인민위원은 대열에서 나오더니 돌아서서 우리를 향해 손을 흔들고 아무 말 없이 그들과 함께 가버렸다. 나는 그가 아무 소동 없이 체포당한다는 사실이 놀라웠다. 이런 일이 미스터 박에게 일어났다면, 한국인들은 난폭해져서 대열에서 빠져나와 미군들과 싸웠을 것이다.

"미스터 페이, 드디어 만났군."

활처럼 굽은 윗입술을 비틀며 스마트 장군이 냉소를 보냈다.

인민위원은 아무 반응도 하지 않고 얼굴을 우리의 시야에서 부분적으로 가리려 하는 것처럼 우리에게 옆을 보이고 섰다. 누군가가 내 등을 찔렀다. 돌아보니 자오텡이었다. 그가 나한테 속삭였다.

"페이 인민위원이 우리와 같이 가지 않는다면 배에 타지 않겠다고 그들에게 얘기해."

나는 미군들이 나를 앞으로 가게 할지 몰라 망설였다. 자오텡이 나를 밀쳤다.

"지금 가!"

나는 대열에서 빠져나와 페이를 향해 걸어갔다.

"돌아가!"

하사관 하나가 나를 향해 소리쳤다.

"스마트 장군에게 전할 긴급 메시지가 있습니다."

나는 두 손을 머리 위로 올리며 말했다. 그가 다가오더니 내 배에 두툼한 손을 대더니 몸을 뒤졌다. 그리고 옆으로 비켜서며 나를 통과시켰다.

나는 몸집이 큰 장군에게 가서 말했다.

"저분이 우리와 같이 배에 오르지 않는다면, 아무도 타지 않겠다는 말을 전하라고 해서 왔습니다."

그가 몸을 돌려 먼지투성이의 여윈 얼굴들을 쳐다보았다. 나도 내 동지들을 바라보았다. 나는 그들의 두려움과 분노를 느낄 수 있었다. 그들은 우리를 향해 눈을 고정시킨 채 잔뜩 긴장해 있었다. 나는 반복했다.

"스마트 장군님, 당신이 저분을 데려가면 저들은 배에 타지 않을 겁니다."

"너는 누구냐?"

"저는 영어를 할 줄 아는 평범한 사병입니다. 심부름꾼입니다."

"나한테 엄포 놓지 말라고 저들에게 말해라!"

갑자기 누군가가 중국어로 우렁차게 말했다.

"우리는 배에 타지 않겠다!"

자오텡이었다. 그러자 6천 명이 거의 하나가 되어 그를 따라 소리쳤다. 미군들은 엄청난 소리에 깜짝 놀란 듯했다. 나도 놀라긴 마찬가지였다. 나는 나의 동지들이 겁먹고 있으며, 페이 인민위원을 자신들의 보호자로 여기고 필사적으로 필요로 하고 있다는 걸 알았다. 그들의 마음에는 그가 그들을 이끌고 조직할 수 있는 유일한 사람이었으며, 그가 없으면 그들은 끝난 것이었다. 그는 그들에게 당을 대변했다.

"페이 인민위원을 우리한테 돌려보내라!"

누군가가 소리치자 그들이 우렁차게 반복했다.

스마트 장군은 능글맞게 웃었다. 하지만 그도 그 요구의 심각성을 깨달은 듯했다. 비록 무장하지는 않았지만, 우리는 수적으로 미군들을 15대 1로 압도했다. 싸움이 일어나면 양쪽에 재앙이 될 것이었다. 스마트는 페이의 사진을 찍게 하려고 사진사를 불렀다. 그런 다음 돌아서서 수용소 보좌관처럼 보이는 장교와 얘기를 나누었다. 그사이 포로들은 우리의 요구 사항을 소리치고 있었다.

사진사가 도착하자 페이가 나에게 가까이 오라고 손짓했다. 그는 나와 함께 사진을 찍고 싶어 했다. 스마트 장군은 인상을 찌푸렸지만 끼어들지는 않았다. 그래서 나는 페이에게 가서 그 옆에 섰다.

사진 찍는 일이 끝나자 스마트는 몸을 반듯이 펴더니 페이에게 말했다.

"좋아. 당신을 다치게 할 생각은 없었소. 저들과 함께 제주도로 가도 좋소. 하지만 지금부터 우리는 당신을 집단으로부터 떨어져 있게 할 것이오."

나는 그의 말을 인민위원에게 통역해줬다. 그는 고개를 끄덕였다. 흡족한 것 같았다.

그는 두 번째 배로 끌려가고, 나는 사람들의 대열에 합류했다. 우리 모두 그가 선미船尾의 계단 근처에 있는 선실로 내려가는 걸 보았다. 우리에게 이것은 승리였다. 하지만 나는 미군들이 페이를 거제도에 두지 않을까 의심했다. 자오텡이 내 어깨를 두드리며 말했다.

"유안, 잘했어!"

그리고 우리는 배에 오르기 시작했다.

20

우리가 선실에 오르고도 배는 두 시간이 지날 때까지 출항하지 않았다. 내가 탄 선실에는 5백 명쯤 타고 있었다. 어떤 사람들은 앉고 어떤 사람들은 서 있었다. 남아 있는 공간은 조금도 없었다. 눕는 건 불가능했다. 벽을 따라 연결된 선에 램프가 걸려 있었다. 램프는 죄수들의 얼굴에 침침한 빛을 드리워 그들의 얼굴을 더 창백해 보이게 했다. 다행히 나는 벽으로 밀쳐져 가까스로 구석에 자리 잡았다. 바닥에는 먼지가 적어도 1센티미터 정도 쌓여 있었다. 대기에서는 강한 거름 냄새가 났다. 그 배는 전에 거름이나 비료를 싣고 다닌 게 틀림없었다. 나에게서 10미터쯤 떨어진 곳에서 다리를 짓밟힌 한 남자가 훌쩍거렸다. 우리 중에는 위생병이 없었다. 아무도 그를 도와줄 수 없었다. 서 있다가 지친 두 사람은 다친 사람의 성한 다리 위에 앉기까지 했다. 하지만 그들은 다른 사람들이 항의하자 곧바로 일어났다. 나는 미군들이 우리를 수송하는 방식에 화가 났다. 그들이 더 많은 배를 가져와 우리를 나눠서 실어가지 않는 이유를 알 수 없었다.

차츰 선실에 사람의 악취가 진동하기 시작했다. 욕설이 난무했다. 엔진 소리보다 욕하는 소리가 더 클 정도였다. 서 있어야 하는 사람들은 지친 나머지 소란스럽고 공격적이 되어 팔꿈치로 서로를 쳤다. 선실 고물 쪽 벽에 드럼통이 한 줄로 세워져 있었다. 모두 반으로 잘린 것들이었다. 우리는 그걸 '똥통'이라고 불렀다. 수용소에서는 그것이 야간 변소로 활용되었기 때문이다. 처음에는 사람들이 거기에 구토를 했다. 하지만 곧 일부가 볼일을 보는 데 그걸 사용하기 시작했다. 배가 출렁거릴 때마다, 대여섯 개의 드럼통이 움직이고 기울어지기도 했다. 결국 그중 두 개가 넘어져 그 속에 있던 액체가 바닥에 쏟아졌다. 하지만 사람들은 자기들이 있던 자리에 그대로 있는 것 외에 선택의 여지가 없었다. 일부는 휴대용 담요가 오줌에 젖기도 했다. 사람들은 더 이상 참을 수 없는 지경이 아니라면, 사람들 사이를 뚫고 드럼통이 있는 곳으로 가서 볼일을 보지 않으려 했다. 그렇게 많은 사람들의 눈앞에서 소변이나 대변을 보는 것이 창피해서가 아니라, 자기 자리를 일단 떠나면 다시 그 자리를 차지할 수 없어 내내 서서 가야 하기 때문이었다.

나는 구석에 자리를 잡고 이 끔찍한 광경을 보지 않으려고 눈을 감았다. 이런 혼란스러운 마음 상태에서도 나는 가끔 잠이 들었다. 금속이 부딪는 소리에 잠에서 깨기 전에 내가 얼마나 오랫동안 잠이 들었는지 모른다. 갑판의 승강구가 열리면서 바람이 쏟아져 들어왔다. 상쾌한 공기였다. 나는 그걸 게걸스럽게 들이마셨다. 밧줄에 묶인 철제 양동이가 내려왔다. 식은 쌀밥이 가득 담겨 있었다. 그러자 즉시 사람들이 앞 다퉈 밥을 향해 가기 시작했다. 사방에서 욕설이 난무했다. 그들이 서로를 밀치며 싸움을 벌이고 있을 때 또 다른 양동이가 내려왔다. 하지만 대부분의 사람들이 가까이 가는 것은 불가능했다. 결과적으로 조금이라도 먹은 사람은 3분의 1밖에 되지 않았다. 나는 양동이가 있는 곳에서 너무 멀리 떨어져 있어 먹는 걸 포기했다.

밥에 이어 다섯 통의 물이 내려왔다. 대부분의 물이 구멍 아래 있는 사람들의 머리 위로 엎질러졌다. 밥과 물이 우리의 저녁 식사였다. 나는 설사 양동이에 손이 닿는 자리에 있었다 하더라도, 나중에 대소변을 봐야 하는 두려움 때문에 먹기 전에 다시 한 번 생각해봐야 했을 것이다.

나는 그날 해변에서 있었던 일을 곰곰이 떠올림으로써 그 끔찍한 광경을 보지 않으려고 노력했다. 배에 오르기 전 우리의 두 지도자들인 자오텡과 장완렌은 미군들이 두 포로가 싸우는 모습을 바라보고 있을 때 나한테 다가왔다. 그 싸움은 그들의 주의를 분산시키기 위해 일부러 꾸민 것이었다. 그들 두 사람은 내가 '스마트와 협상한 것'을 커다란 승리라 부르며 축하해줬다. 하지만 나는 그들이 사용하는 용어를 경계하며, 스마트 장군이 페이 인민위원에게 한 말을 상기시켰다.

"저들과 함께 제주도로 가도 좋소. 하지만 지금부터 우리는 당신을 집단으로부터 떨어져 있게 할 것이오."

그러자 두 사람은 어찌할 바를 몰라 했다. 한동안 우리들은 머리를 쥐어뜯으며 스마트가 한 말의 의미를 파악하려고 애썼다. 그는 페이와 우리 모두가 제주도에 있게 되리라고 말하는 것 같았다. 어떤 점에서 보면 그것은 섬에 실제로 수용소가 있을지 모른다는 걸 암시했기 때문에 좋은 소식이었다. 스마트 장군의 말은 미군들이 바다 한가운데에서 우리를 죽이지는 않을 거라는 걸 암시했다. 때문에 우리는 다소 마음이 놓였다.

배가 기울면서 옆에 있던 사람이 토했다. 나는 눈을 감고 마음이 계속 떠돌도록 내버려뒀다. 나는 페이가 왜 해변에서 자신과 같이 사진을 찍자고 했는지 궁금했다. 내가 한 일에 대한 고마움이나 친절에서 그런 게 아니었던 건 분명했다. 하지만 그의 동기를 알 수 없었다. 어쩌면 그는 순간에 대처하는 본능에 따라 습관적으로 그렇게 했는지도 모를 일이었다. 문득 내가 사진에 같이 나오게 되면, 적어도 날짜와 그 배경이 분명해지기 때문에 그랬을지 모른다는 생각이 들었다. 그러면 적들은 선전을 위해 그것을 쉽게 왜곡할 수 없을 것이고, 페이의 상급자들은 그가 적과 내통했다는 혐의를 그에게 씌울 수 없을 것이었다. 달리 말해 자신의 무죄에 대한 미래의 증인으로 나를 이용한 것이었다. 참으로 영리한 사람이었다. 그렇게 이용당하는 것이 나로서는 불편했지만 어쨌든 아주 인상적이었다.

생각하는 데 지친 나는 눈을 붙이려고 노력했다. 이따금 지금 어디로 가는지에 대한 불안감이 솟구쳤다. 주변 사람들은 미군들이 우리를 막노동꾼처럼 부려먹을지, 아니면 전쟁터로 보내버릴지를 얘기하고 있었다. 나도 모든 가능성에 대해 생각해보지 않을 수 없었다. 자기 자리를 지키기 위해 싸워야 하는 많은 사람들보다 운이 좋은 나는 구석에 안전하게 앉아 마침내 엔진 소리가 멈출 때까지 여러 시간 동안 잘 수 있었다.

배는 새벽녘에 제주도 북쪽 부두에 정박했다. 우리는 선실을 나와 배에서 내렸다. 심각하게 짓밟힌 네 사람은 배에 그대로 남았다. 전령 한 사람만 그들과 함께 남았다. 하지만 우리는 잠시 그들에 대해 잊어버렸다. 신선한 공기를 마시고 몸을 움직이고 뻗치는 게 다급했기 때문이었다. 우리는 기슭에 오랫동안 머문 다음에야, 몇몇 사람을 안으로 보내 부상자를 데려오게 했다. 이곳 해변에는 모래가 많았다. 바닷물은 황색의 강도가 훨씬 덜했다. 오히려 남빛에 가까웠다. 그들은 부상자들을 하나씩 모래 위에 내려놓았다.

"물, 누가 물 갖고 있어?"

한 사람이 양손을 말아 입에 대고 소리쳤다. 곧 반쯤 물이 채워진 수통이 네 사람이 누워 신음하고 있는 곳으로 건네졌다. 반 시간쯤 지나자 앰뷸런스가 와서 그들을 병원으로 싣고 갔다.

해안에는 안개가 자욱이 끼어 있었다. 포장도로가 희끄무레한 해변을 따라 펼쳐지다가 뿌연 구름 속으로 사라졌다. 인근 공사장에 있는 몇 대의 불도저가 안개 속으로 보였다. 움직임이 없고 검은 모습이 모래톱을 축소시켜놓은 것 같았다. 페이 인민위원도 다른 배에서 내렸다. 하지만 두 명의 미군이 그를 지키고 있었다. 우리 모두가 해변에 모이고 나자, 마침내 해가 뜨면서 남동쪽에 있던 안개가 걷혔다. 남동쪽으로 몇 킬로미터 떨어진 곳에 있는 우툴두툴한 산들이 보였다. 완만한 경사로에 있는 8수용소의 윤곽이 우리 앞에 선명하게 드러나고 있었다. 세 겹의 철조망으로 둘러싸인 거대한 수용소였다. 우리는 이곳이 본국 송환자들을 위해 특별히 지어졌다는 얘기를 들었다. 수용소 안에는 막사들이 모여 있었는데, 그걸 여러 개의 철조망 울타리가 둘러싸고 있었다. 대들보처럼 두툼한 경사진 널로 받친 나무 기둥 위에 세워진 감시탑들이 수용소의 외곽 울타리를 따라 세워져 있었다. 각 감시탑 난간에는 두 개의 탐조등이 있었다. 정문 가까이 있는 수용소의 다른 쪽 끝 중간에 벽돌집이 있었다. 경비병들의 사무실이었다. 거제도에서와 달리 이곳은 그러한 집이 경내에 있었다. 미군들은 이곳을 다른 식으로 운영하는 것 같았다.

리처드가 구해준 소년은 나와 같은 선실에 타지 않았다. 하지만 그는 해변에서 나를 알아보고, 우리가 특별한 관계라도 되는 것처럼 말없이 나한테 왔다. 속눈썹이 기다란 눈이 강렬해 보였다. 그는 나를 뚫어져라 바라보았다. 나는 그의 어깨를 두드리며 물었다.

"이름이 뭐니?"

"샨민이에요."

맑은 목소리가 그의 입에서 흘러나왔다.

"분대 배치를 받았니?"

그는 고개를 저었다.

"그렇다면 나하고 있어라."

내 말에 그는 열심히 고개를 끄덕였다.

우리는 앞문에 도착하기 위해 울타리를 따라 먼 거리를 걸었다. 수용소에 도착했을 때에야, 이곳에 왜 그렇게 많은 철조망 울타리가 있는지를 이해했다. 경내에는 열 개의 수용소가 있었는데, 각 수용소에는 열 개의 막사가 있었고 수용소는 각각 5미터 높이의 철조망으로 둘러싸여 있었다. 대칭이 맞지 않는 두 줄로 배열되어, 미군들이 따로따로 문을 지키는 이 수용소들은 넓은 공터에 의해 갈라져 있었다. 서쪽으로는 백 미터 간격으로 떨어진 네 개의 수용소가 있었고, 동쪽으로는 그 사이가 5미터쯤 좁은 여섯 개의 수용소가 있었다. 이런 설계는 이웃 수용소 사람들과 직접 접촉하는 걸 불가능하게 만들었다. 게다가 작은 감옥도 있었다. 수용소 북쪽 울타리에서 3백 미터쯤 떨어진 해변가 모서리에 있는 돌집이 그 감옥이었다. 적들은 벨 장군의 납치 사건에서 전쟁포로 지도자들을 분산시켜놓는 것이 중요하다는 걸 깨달은 듯했다. 그래서 그들은 이제부터 우리를 더 작은 단위로 수감해놓을 작정이었다.

우리는 열 개의 부대로 나뉘었다. 각 부대는 6백 명 정도의 인원으로 구성되었는데, 샨민과 나는 6수용소에 배치되었다. 두려워했던 것처럼 나쁜 수용소는 아니었다. 시설도 새로운 것들이었고 대체로 괜찮았다. 수용소는 북동쪽 끝에 있었다. 그 안에 여덟 개의 기다란 막사가 평행으로 서 있었다. 검은 화산암으로 지어졌는데, 지붕에는 타르가 칠해져 있었다. 북동쪽 구석에는 아주 작은 굴뚝이 달린 취사장이 있었다. 남서쪽 구석에는 작지만 막사와 모양이 비슷한 옥외 변소도 있었다. 옥외 변소의 특이한 점은 소변기가 밖에 있다는 것이었다. 담을 따라 15도 각도로 기울어진 콘크리트 통으로 된 기다란 소변기였다. 취사장과 옥외 변소 사이에는 운동장이 있었다. 네 개의 농구 코트를 합해놓은 크기의 작은 운동장이었다. 다른 아홉 개의 수용소도 기본적으로 비슷하게 설계되어 있었다.

각 막사는 70명 이상을 수용했지만 거제도 수용소의 천막보다는 덜 붐볐다. 안에는 두 개의 기다란 나무 침대가 벽을 따라 놓여 있었고, 양쪽에서 40명씩 잘 수 있었다. 그리 나쁜 건 아니었다. 샨민과 나는 취사장 근처에 있는 첫 번째 막사에 배치되었다. 내가 휴대용 담요를 끄른 순간, 밖에서 소동이 일어났다. 나는 무슨 일인지 나가보았다. 놀랍게도 페이 인민위원이 우리 막사로 들어오면서 주변 사람들에게 손을 흔들며 미소 짓고 있었다. 즉시 사람들이 구호를 외치기 시작했다.

"마오 서기장 만세!"

"공산당 만세!"

"미제국주의자들을 쳐부수자!"

그러한 구호가 기쁨을 표현하는 그들 나름의 방식이었다. 2천 명 정도가 아직도 수용소에 배정되기를 밖에서 기다리고 있었다. 그들도 우리의 최고 지도자를 보고 소리치기 시작했다. 인민위원은 적들의 관심을 끌까 두려운 듯 그들에게 조용히 하라는 몸짓을 했다. 경비들은 페이를 우리로부터 분리해 수용해야 한다는 스마트 장군의 지시를 잊은 게 분명했다. 그렇지 않다면 어떻게 그를 돌려보낼 수 있겠는가? 한 미군이 걸어오더니 철조망을 통해 우리 수용소의 한 포로에게 두 개의 햄 통조림을 건네며 말했다.

"저쪽 친구들이 높은 사람 주라고 이것 줍디다."

페이와 자신들의 숙소로 들어가기를 기다리고 있는 7수용소 밖의 수감자들을 두고 하는 말이었다. 페이 인민위원이 나타나자 포로들의 사기가 올라갔다. 어떤 사람들은 신이나 수호천사가 우리 사이에 갑자기 나타나기라도 한 듯 눈물을 흘리기까지 했다. 그들은 페이를 공산당의 화신으로 생각했다. 이들에게는 섬길 신이 없었다. 때문에 자신들의 종교적인 감정을 지도자인 인간에게 쏟고 있는 것이었다. 페이가 돌아온 것은 요행일지 몰랐다. 페이 인민위원 자신도 나한테 그렇게 말했다.

"미국인들이 왜 나를 돌려보냈는지 모르겠어."

그는 안으로 들어온 후 내 옆에 앉았다. 그리고 내 무릎에 큰 손을 얹고 자기를 대신하여 스마트 장군에게 얘기해준 것에 대해 나를 칭찬했다.

"유안, 자네는 용감한 사람이야."

얼굴에 앉은 말파리를 잡으며 그가 말했다.

"자네가 끼어들지 않으면 그들은 틀림없이 나를 거제도에 잡아뒀을 거야. 그렇게 되면 어떤 일이 벌어졌을지는 아무도 모르는 일이지."

"그런 메시지를 전하라고 한 건 자오텅이었습니다."

내가 실토했다.

"하지만 자네가 영리하게 말을 잘했던 거야. 나는 자네의 침착함에 감동을 받았네. 덕분에 우리 당이 자네와 같은 지식인들을 훨씬 더 많이 필요로 한다는 걸 깨닫게 됐네. 이제 자네가 강인한 군인이라고 생각하지 않는가?"

그는 고개를 뒤로 젖히고 호탕하게 웃었다.

"그럴지도 모르죠. 저는 제가 조금 발전했다고 느끼고 있습니다."

"조금이 아닐세. 역경이 자네를 아주 강하게 만들었네. 솔직히 말하면, 나는 지식인들을 믿을 수 없다고 생각했었네. 하지만 자네를 보면서 생각이 달라졌네."

나는 그가 칭찬해주는 것이 기뻤지만 어떻게 반응해야 할지 몰랐다. 그는 나에게 당이 지난번 총을 훔쳤을 때 주었던 것에 덧붙여 또 다른 표창을 했다고 말했다. 이번에는 일급이라고 했다. 나는 나 자신이 자랑스러웠다. 실제로 사람들이 전보다 더 나를 존중하는 걸 알 수 있었다. 수감 생활을 한 지 1년이 거의 다 되어갔다. 아직도 때로는 외롭고 고독한 느낌을 받았지만, 나는 더 강한 사람이 되어 있었다.

오후 중반 무렵 1개 분대의 미군들이 들어오더니 페이 인민위원을 해변에 있는 감옥으로 데려갔다. 수용소 당국에서는 처음부터 그를 그곳에 가둘 생각이었다. 그곳이 페이가 지금부터 갇혀 있을 제주도의 '최고 감옥'이었다.

21

7월 중순쯤 감시탑에서 근무하던 미군이 우리 수용소의 수감자가 던진 돌에 맞았다. 총알이 날아왔다. 하지만 그 사람은 인근의 막사 속으로 후다닥 들어가 총에 맞지는 않았다. 돌에는 메모가 묶여 있었다. 그것은 80미터쯤 떨어진 7수용소를 겨냥한 것이었다. 거리가 워낙 먼 탓에 돌을 던지려면 실에 묶어 빙빙 돌리다가 던져야 했다. 그러다 보니 종종 빗나가기 일쑤였다. 하지만 제주도에 도착한 이래 수용소들 사이의 주요 연락 수단은 그 방법뿐이었다.

적들이 우리의 메시지를 수중에 넣었기 때문에 지도자들은 그들이 우리가 만든 암호를 해독할까 봐 두려워했다. 다행히 암호를 만드는 사람들은 매달 암호를 바꾸는 규칙에 따라 일주일 전에 세 개의 숫자를 자모字母로 대체해 바꿔놓았다. 그래서 암호는 해독하기가 더 불규칙하고 힘들었다. 돌을 던진 사람을 가려내지 못한 경비들은 우리 수용소의 우두머리인 장완롄을 잡아가서 하루 종일 심문했다. 그러나 완롄은 바보 행세를 하며 다른 수용소와 접촉하려는 시도에 대해 아무것도 아는 게 없다고 주장했다. 그는 그들이 보여

315

준 메시지를 보고 계속 고개를 흔들며 그게 뭔지 모르겠다고 버텼다. 결국 미군들은 그에게 지금부터는 돌을 던지는 걸 도발 행위로 간주하여 발포하겠다고 말했다. 그래서 우리는 돌 던지는 방법을 포기하고 수신호에 의존해야 했다.

각 수용소에는 수신호를 할 수 있는 두세 명의 통신요원이 있어 모든 대대가 이웃과 연락할 수 있었다. 수신호는 최근에 발명된 것이었다. 가슴에 오른손을 얹으면 1, 가슴에 왼손을 얹으면 2, 가슴에 두 손을 얹으면 3, 왼팔을 옆으로 벌리면 4, 오른팔을 옆으로 벌리면 5, 양팔을 옆으로 벌리면 6, 오른손으로 귀를 만지면 7, 왼손으로 귀를 만지면 8, 양손으로 귀를 만지면 9, 양손으로 얼굴을 감싸면 0이었다. 숫자를 보낸 다음 양손을 아래로 내리면 중지였다. 실수가 있으면 송신자는 오른발을 흔들어 다시 시작하겠다는 신호를 보냈다. 네 개의 숫자는 하나의 단어를 위한 단위가 되었고, 그것은 암호를 통해 해독할 수 있었다.

수신호는 정교하게 만들어졌지만 기다란 메시지를 다루기에는 너무 느릴 뿐 아니라 힘이 들었다. 게다가 가운데 공터가 가로놓여 있어 수용소끼리는 사용할 수 없었다. 거리가 너무 멀어 통신요원들이 신호를 제대로 읽을 수 없었다. 곧 다른 수신호 방식이 만들어졌다. 팔다리를 더 크게 움직여서 신호하는 방식이었다. 그것은 경비들의 주의를 끄는 단점이 있었지만, 들의 동쪽 측면과 서쪽 측면 사이에서만 사용되었다.

긴 메시지를 보낼 때는 분뇨반원들을 활용했다. 분뇨반원들은 한번에 여럿이 조를 이뤄야만 해변으로 갈 수 있었다. 하지만 그들이 분뇨를 버리는 자리는 늘 똑같았다. 그들은 오는 길에 아카시아 나무들이 있는 곳에서 휴식을 취했다. 그들은 그곳에 있는 바위나 다른 물체 밑에 다른 분노반원들을 위한 메시지를 남길 수 있었다. 은 닉처는 사전에 수신호를 통해 다른 막사로 전해졌다. 그래서 메시 지는 대부분 순조롭게 전달되었다.

수용소들 사이에는 늘 접촉이 있었지만, 우리는 페이 인민위원과 접촉할 방법을 찾을 수 없었다. 해변에 있는 감옥은 그리 멀지 않았 다. 그가 운동을 하러 나오거나 오후에 햇볕을 쬐는 모습이 우리가 있는 곳에서 보였다. 그는 보통 20분 동안 밖으로 나와서 기다란 모 래톱 옆을 거닐었다. 모래톱 옆에는 여러 명의 중국인들이 살고 있 는 오두막이 있었다. 그 사람들도 전쟁포로였지만 미군에 협조하는 자들이었다. 그래서 그들을 거기에 두고 감옥을 관리하고 그 안에 갇혀 있는 특별한 죄수들을 감시하게 하는 것이었다. '전범' 외에 '말썽분자들'도 그곳에 감금당했다. 때때로 페이 인민위원과 우리 는 서로를 향해 손을 흔들었다. 하지만 거리가 너무 멀어 우리의 목 소리가 그에게 닿지는 못했다. 그와 연락을 취할 수 있으면 얼마나 좋을까 싶었다.

페이와 연락할 수 없다는 것은 수용소 안에 최고 지도자가 없다 는 의미이기도 했다. 오래전에 페이의 후계자로 지명된 자오텅은 수용소 남서쪽 구석에 있는 5대대 소속이어서, 공터의 오른쪽에 있 는 수용소 사람들이 접촉할 수 없는 거리에 있었다. 당의 지휘도 없 고 국민당 애호자들도 없어, 수용소는 몇 주 동안 평화로웠다. 하지 만 사람들은 어찌할 바를 모르고 불안해했다.

좋은 투사이긴 하지만 형편없는 전략가였던 자오텅은 우리에게 거제도에 있는 602수용소에서 석 달 전에 결의한 세 가지 조항을 실천하라는 지시만 내려놓고 있었다. 세 가지 조항이란, 단결하고 투쟁하고 학습하라는 것이었다. 하지만 여러 그룹으로 나뉘어 있었기 때문에 첫 번째 조항은 불가능했다. 또한 국민당 애호자들이 이곳에 없었기 때문에 어떻게 투쟁해야 할지 실마리를 찾지 못했다. 유일하게 실행 가능한 일은 학습하는 것이었다. 수감자들은 열심히 학습했다.

"혁명을 위해 우리 자신을 더 쓸모 있게 만들자."

이러한 구호가 대대 사이에 돌아다니기 시작했다.

어찌 된 일인지 하오차오린과 창밍이 8월 초에 8수용소로 왔다. 나는 그들이 도착했다는 소식을 듣고 기뻤다. 밍은 직접 보지 못했지만 차오린은 우리와 인접한 7번 막사로 왔다. 그래서 우리는 때로 서로를 향해 손을 흔들었다. 그는 보통 글씨로 쓰인 메시지를 분뇨 반원들을 통해 우리에게 보냈다. 그걸 통해 나는 밍이 공터의 서쪽에 있는 4대대로 갔다는 사실을 알게 되었다. 그들이 이제 수용소로 왔으니 지휘 체계가 다시 설 것이었다. 그들은 나머지 사람들보다 훨씬 더 능력이 있었다. 자오텅이 공터의 동쪽에 있는 여섯 개의 막사 수감자들과 직접 접촉하는 것이 어려웠기 때문에 차오린이 수용소 이쪽을 지휘하고, 자오텅이 서쪽의 네 막사를 지휘하게 되었다. 두 지도자들이 처음에 접촉을 하고, 필요할 경우 옆에 있는 다른 대대에 연락하기로 했다. 차오린은 우리가 오랫동안 여기에 있어야 할지 모른다는 걸 알고 전적으로 학습 운동을 지지했다.

나와 같은 막사를 쓰는 죄수들은 반 이상이 문맹이었다. 나처럼 교육을 받은 여러 명이 그들에게 읽고 쓰는 법을 가르쳤다. 종이가 없었지만 그 문제는 쉽게 해결되었다. 수용소 밖에서는 공사가 아직도 진행 중이었다. 그래서 우리는 일하러 나갈 때마다 시멘트 부대가 찢어진 걸 갖고 들어와 수업 시간에 활용했다. 펜은 구하기 어려웠다. 몇몇 사람들이 깡통에서 잘라낸 양철로 펜촉을 만들었다.

잉크로는 희석시킨 담배의 댓진이나 풀에서 짜낸 즙을 사용했다. 우비 천을 벽에 못질해 칠판으로 사용했다. 가루 치약을 물에 묻혀 바른 칫솔을 사용해 그 위에 글씨를 썼다. 시멘트 부대가 충분치 않아 어떤 사람들은 상자에 모래를 담아와 글씨를 연습했다. 우리 선생들은 기본적인 목표를 세웠다. 문맹인 사람들에게 석 달 안에 적어도 5백 자를 깨치게 하는 게 우리의 목표였다. 처음에는 그것이 불가능해 보였다. 하지만 놀랍게도 대부분의 사람들이 영리한 데다 열심히 배우려고 했다. 본능적으로 그들은 글을 깨치면 자신들의 삶이 개선될 것이라는 걸 알았다. 때문에 그들은 열심히 노력했다.

우리 대대에는 거제도의 유엔군 민간 교육 센터에서 나눠준 제임스 옌의 『천자 연습』이 한 권 있었다. 편집이 잘돼 있는 이 중국어 입문서는 아주 편리해 문맹자들을 위해 우리가 준비하던 수업 교재가 되었다. 예일대 졸업생인 제임스 옌은 대중 교육 분야의 으뜸가는 전문가였다. 그는 1920년대 초에 유럽에서 중국인 노동자들을 가르쳤고, 교육 관련 과제로 유엔 기금을 받았다. 마오쩌둥도 한때 잠깐 창사시에서 그의 수업을 들었다. 하지만 옌은 공산주의자들이 집권한 후에는 중국에 들어오는 걸 금지당했다. 읽고 쓰는 것 외에 우리는 수학, 지리, 역사, 서예, 일반 지식 과목을 가르쳤다.

읽고 쓸 줄 아는 죄수들에게는 주로 영웅 이야기를 해주고 고대 시를 해석하게 했다. 나는 경비들이 쉬거나 잠을 자는 정오와 2시 사이의 이야기 시간에는 자주 참석하지 않았다. 하지만 우리 가운데 재능 있는 사람들이 많다는 사실에 감명을 받았다. 이웬이라는 사람은 러시아 소설 『강철은 어떻게 단련되었는가』에 나오는 장들을 하나씩, 기억만으로 글자로 옮길 수 있었다. 『소련공산당 역사』도 마찬가지였다. 민셴이라는 사람은 『당시 삼백선』이라는 고대시

319

모음집의 대부분을 암송할 줄 알았다. 이름이 기억나지 않는 어떤 사람은 몇십 개의 민요를 알고 있어서 다른 사람들에게 그걸 가르쳐줬다. 기관총중대의 정치교관이었다가 한쪽 눈을 잃은 사람은 중국공산당 역사에 관한 소책자를 집필하기도 했다. 하지만 나는 어린 친구인 샨민에게서 가장 큰 감동을 받았다.

샨민은 열여섯 살이었다. 적에게 사로잡히기 전에는 포병의 사격지휘병이었다. 문맹이었지만 모든 걸 빠르게 익혔고 시력이 좋았다. 샨민이 속했던 대대는 그에게 적의 위치를 관찰하는 훈련을 시켰다. 그는 12배율의 망원경, 권총, 15킬로그램이나 되는 2와트짜리 휴대용 무선전화기를 들고 종종 혼자서 야산 꼭대기로 올라갔다. 어느 날 미군 25사단의 고위 장교가 부하들에게 적을 생포해오는 사람에겐 일주일 휴가를 주겠다고 했다. 그래서 미군들은 중국군 전령이나 낙오병들을 찾으러 나섰다. 그들은 전화선을 끊고 수리공이 그걸 고치러 오기를 기다렸다가 사로잡았다. 그들은 잠복하면서 식사와 따뜻한 물을 전선에 배달하러 가는 취사병들을 기다렸다. 한 흑인 병사가 야산 정상에서 포대장에게 보고를 하느라 여념이 없던 샨민을 발견했다. 흑인 병사는 뒤에서 그를 때려눕힌 뒤 어깨에 들쳐 메고 본부로 가서 휴가를 달라고 했다. 샨민의 권총과 무선전화기를 놓고 왔기 때문에 그의 상관은 처음에는 열다섯 먹은 아이가 군인이라는 걸 믿을 수 없었다. 하지만 좌표축과 숫자가 달린 망원경 때문에 그가 군인이라는 걸 알아차렸다. 그들은 망연자실해 있는 소년을 때리지는 않았다. 대신 후방 기지로 향하는 탱크의 측면에 그를 묶었다. 그들이 목적지에 도착했을 때 샨민은 말도 못하고 추워서 반쯤 죽어 있었다.

1년쯤 감옥 생활을 하고 나자 샨민은 전보다 더 야위어 장작 같았다. 하지만 키는 더 커졌다. 거의 160센티미터쯤 되었다. 그는 나이보다 어려 마치 10대 초반 같았다. 얼굴은 창백했으며 눈은 크고 예민해 보였다. 종종 먹을 것을 충분히 먹지 못한 그는 대부분 활기없이, 손을 머리 뒤로 깍지 끼고 누워 있었다. 걸을 때는 너무 피곤해 발을 들어 올릴 힘도 없어 보였다. 하지만 학습 운동을 시작하면서부터 그의 얼굴에 생기가 돌았다. 그는 영리했고 읽는 법을 열심히 배웠다. 이야기 시간을 굉장히 좋아해 이야기해주는 사람을 숭배할 정도였다. 나는 그의 순진하고 진심이 어려 있는 매혹적인 미소를 보는 게 좋았다. 웃으면 그의 총총한 이들이 드러나 보였다. 우리가 같은 곳에서 살게 된 첫날부터 그는 내가 《성조기》를 읽는걸 보고 얼이 빠졌다. 한번은 그가 내게 물었다.

"미국말을 배우는 건 어려운가요?"

"아니, 중국말이 더 어렵지."

"몇 년 동안이나 외국어를 공부하셨어요?"

"10년 이상 했지."

"저도 그렇게 학식이 많았으면 좋겠어요."

"물론 너도 그렇게 될 수 있지. 하지만 네가 생각하는 것처럼 나는 박식하지 않단다."

"중국으로 돌아가면 학교에 다니고 싶어요."

그의 말을 듣자 나는 서글펐다. 그렇게 어린 나이에 여기 있어서는 안 될 일이었다. 그의 부모는 허난성에 있는 시골에 살았는데 너무 가난해서 그를 학교에 보낼 수 없었다. 그래서 그가 군에 입대해 한국으로 오게 된 것이었다. 그에게는 남동생이 셋, 누나가 하나 있다고 했다. 아무도 학교에 다니지 못했다고 했다.

샨민은 그렇게 하는 게 마치 나를 화나게 하거나 나에 대한 존경심을 떨어뜨리기라도 하듯, 나한테 무언가를 가르쳐달라고 하지 않았다. 7월 하순의 어느 날이었다. 내가 개인 교습을 시켜주겠다고 하자 산민은 너무 기뻐하면서 평생 내 학생이 되겠다고 말했다. 그때부터 나는 그에게 하루에 열 개의 단어, 그리고 구句와 문장이 만들어지는 방법을 가르쳐줬다. 그는 놀라운 기억력을 갖고 있어 배운 것은 잊어버리지 않았다. 나는 그가 밖으로 내보인 적은 거의 없지만 지식에 대한 욕망이 엄청나다는 걸 이내 알게 되었다. 어느 날 밤이었다. 나는 그가 그날 오후에 배운 '연소'와 '타성'이라는 말을 중얼거리는 걸 엿들었다.

산민을 더 잘 알게 되면서 나는 하루에 두세 개의 숙어를 더 가르치기 시작했다. 곱셈과 나눗셈도 가르쳐줬다. 그는 사격 지휘병이었기 때문에 약간의 기본적인 산술은 할 줄 알았다. 그의 지식은 단편적이었지만, 불과 이틀 만에 구구단 전체를 외워버린 그의 능력은 나를 놀라게 했다. 학교에 다니고 대학까지 다닐 기회가 있었다면 그가 얼마나 많은 걸 성취할 수 있었을지 궁금했다. 나는 그에게 일기를 쓰라고 했다. 그는 날마다 충실하게 일기를 썼다. 때로는 두세 문장으로, 때로는 긴 단락으로 된 일기였다. 나는 숙제를 조사하고 틀린 것을 바로잡아줬다. 주판 사용하는 법도 가르쳐줬다. 우리는 큰 콩들을 실에 꿴 다음, 쪼개진 젓가락으로 실들을 수평으로 나눠 주판으로 사용했다.

그는 늘 나를 도와주려고 했다. 내 신발의 먼지를 털어내고, 내 빨래를 해주고, 때로 내 컵에 뜨거운 물을 부어주기도 했다. 그는 나에 대한 존경심과 애정을 숨기지 않았다. 그는 폐타이어에서 잘라낸 네 가닥의 고무로 내 신발창을 다시 깔아주기도 했다. 거리의 구두장이였던 포로에게서 그걸 배웠다고 했다. 그를 가르치는 것은 즐거운 일이었다. 그것은 내가 더 쓸모 있는 사람이라고 느끼게 해 줬다.

다른 수감자들도 모두 샨민을 좋아해 친동생처럼 여겼다. 그렇다고 죄수들이 모두 친절한 사람들이었다는 말은 아니다. 그들 중 상당수가 자신들이 살아온 비참한 삶 때문에 마음이 굳어 있어, 부드러운 감정에는 거의 익숙하지도 않았고 사람들을 불편해했다. 내가 가급적 상대하지 않으려 했던 상당수의 사람들은 진짜 악당들이었다. 하지만 샨민은 모든 사람들이 동생처럼 대하지 않을 수 없을 정도로 천성이 착했다. 처음에는 그의 웃옷이 너무 길어 코트처럼 거의 무릎까지 내려와 있었다. 샨민의 옆자리에서 자는 수염 난 남자가 웃옷의 아래를 면도칼로 잘라내고 감침질을 해서 잘 여며줬다. 칸톤에서 온 머리가 둥글게 생긴 웨이밍이라는 사람은 미군들의 숙소를 청소하다가 반쯤 사용한 부드러운 표지의 공책을 발견하고 샨민에게 가져다줬다. 그는 첫 장에 '동생아, 늘 지혜롭게 살기 바란다!'라고 써놓았다.

어떤 사람은 쓰다 만 연필을 줬다. 아이는 연필을 애지중지해 늘 주머니에 넣고 다녔다. 연필이 닳아서 몽당연필이 되면, 누군가가 양철 조각을 둥글게 말아 작은 원통으로 만들어 샨민이 몽당연필을 거기에 끼워 계속 사용할 수 있도록 해줬다. 제주도에 감금되어 있는 동안 그는 학습에서 이룩한 발전 때문에, 철판으로 만들어져 붉은 페인트로 칠해진 두 개의 큰 별이 있는 메달을 두 개나 받았다.

어느 날 나는 우연히 그가 담배 피우는 걸 보았다. 취사장 밖에서 담배를 물고 서 있는 그의 모습은 어리석어 보였다. 넓적코 아래에서 두 줄기 연기가 흔들리고 있었다. 다른 사람들처럼 그도 한 주에 한 갑의 담배를 받았다. 나는 그에게 가서 말했다.

"꺼라! 너는 담배를 피우기에는 너무 어려!"

그는 내 말에 고분고분 따랐다. 그는 발을 들어 올려 고무창으로 담배꽁초를 비볐다. 하지만 상처를 받은 듯 눈물까지 글썽거렸다. 나는 부드럽게 말했다.

"너를 탓하려는 게 아니다, 샨민. 담배를 피우면 아직도 미숙한 네 폐가 상하기 때문이다. 네가 열여덟 살이 넘으면 상관하지 않겠다."

"알겠어요."

"폐병에 걸리고 싶은 건 아니지?"

"그럼요."

"아직도 나하고 공부를 하고 싶으냐?"

"물론이지요."

"그렇다면 이제부터 담배를 피우면 안 된다."

"다시는 피우지 않을게요."

그는 약속을 지켰다. 그때부터 그는 담배를 받을 때마다, 다른 사람들의 음식이나 필기도구와 교환했다. 수감자들은 모두 상표명이 없는 똑같은 종류의 담배를 피웠다. 흰 담뱃갑 한 면에는 분홍색 글씨로 '자유, 정의, 평화'라고 쓰여 있었고, 다른 쪽에는 구름에 반쯤 가려진 달이 그려져 있었다. 담배는 포로들 사이에서는 일종의 돈이었다. 때때로 샨민은 다른 사람들에게 몇 갑을 줬다. 그래서 그들은 그를 더 좋아했다.

나는 그가 수업에 등록한 지 3개월밖에 지나지 않았을 때, 중국 신문에 난 기사를 읽는 걸 보고 깜짝 놀랐던 일을 아직도 기억하고 있다. 어느 날 그는 홍콩에서 발간되는 일간신문인 《쿵 파오》를 오려낸 것을 얻었다. 그것은 이곳 수용소 당국에서 일하는 중국인 통역관들이 구독하는 신문이 틀림없었다. 샨민은 구석에 앉아 용선龍 船 경주에 관한 기사를 열심히 들여다보고 있었다. 나는 이따금 그의 몰두해 있는 얼굴을 쳐다보았다. 그의 입술이 계속 달싹거렸다. 그의 입술에 미소가 감돌았다. 그가 읽기를 마쳤을 때 나는 그에게 물었다.

"새로운 단어라도 있더냐?"

그는 환하게 웃으면서 고개를 저었다. 나는 그를 축하해주고 싶었지만, 너무 좋아서 말이 나오지 않았다.

샨민은 남한의 이승만 대통령에 관한 짧은 희극을 쓰기까지 했다. 다른 사람들에게 약간 교정을 받고 나서, 그 희극은 우리 막사에서 공연되었고 반응도 좋았다. 전쟁과 수감 생활이 수백만 명의 목숨을 파괴했던 것처럼, 이 아이도 파멸시켰다고 말하는 것은 부정확한 말일 것이다. 그는 예외적인 경우였다. 그는 수용소에서 발전했다. 참으로 신비롭고 집요하고 기적적인 게 삶이었다. 집에 있었다면 샨민에게는 읽고 셈하는 법을 배울 기회가 없었을지 몰랐다. 그는 부모의 삶을 돕기 위해 들에서 일을 해야 했을지도 모르고, 이곳저곳 시내를 돌아다니며 구걸을 했을지도 몰랐다. 하지만 이곳 수용소에서 그는 몰라보게 성장했다. 어느 정도의 교육을 받기까지 했다. 그리고 그것은 결국 그가 능력 있는 사람으로 자라도록 도와줬다.

전쟁이 끝나고 몇 년 후 그는 나에게 한 통의 아름다운 편지를 보내왔다. 그는 자신 외에는 아무도 주판을 할 줄 모르는 고향 마을에서 회계원이 되었다고 했다. 그는 자신을 그렇게 잘 가르쳐준 나에게 감사하고, 아직도 담배를 피우지 않는다는 사실을 자랑스럽게 얘기했다. 그의 필체는 단아하고 멋있었다.

22

8수용소의 경비대장인 켈리 대령이 우리에게 페이 인민위원을 위해 두 사람을 차출해달라고 했다. 한 사람은 요리를 위해서였고, 또한 사람은 통역을 위해서였다. 두 사람은 똑같은 감방에서 인민위원과 함께 살게 된다고 했다. 요리사는 구하기 쉬웠다. 그런 일을하면 음식의 질이 좋아질 게 분명하므로 여러 사람들이 자원했다. 하이린이라는 사람이 그 일을 위해 선발되었다. 하지만 통역을 선택하는 일은 어려웠다. 영어를 알고 있는 사람들은 여럿 있었다. 막사마다 대변인 역할을 하는 통역이 적어도 한 사람씩은 있었다. 하지만 페이 인민위원한테 갈 장교에게는 또 다른 임무가 있었다. 그것은 감옥과 수용소 사이의 연락망을 확립하는 것이었다. 나는 다른 통역들보다 영어를 잘했다. 그래서 후보자 중 하나가 되었지만별로 마음이 내키지 않았다. 통역도 감옥에 엄격하게 갇혀 있어야할 판이었다. 나 다음으로 영어를 잘하는 밍도 후보였다. 각 막사의지도자들 사이에, 특히 자오텡과 차오린 사이에 연락이 오간 후 밍이 선발되었다. 그가 나보다 재주가 많은 사람이었기 때문에 적절한 선택이었다. 게다가 그는 당원이었다. 통역 외의 다른 문제, 특히 당의 비밀스러운 일에 있어서도 인민위원을 도울 수 있을 것이었다.

머리가 벗어지고 충치가 있는 우리 막사의 수장인 장완렌은 내가 막사에 그대로 남자, 내가 자기에게 절대적으로 필요한 사람이라며 좋아했다. 그는 우리 막사의 문제에 관해 나와 종종 얘기하면서 자문을 구했다. 내가 수용소의 지휘 계통에 대해 그처럼 많이 알게 된 건 그런 연유 때문이었다. 대부분의 사람들은 무슨 일이 일어나는지도 전혀 모른 채 "듣는 얘기에 질문하지 말고, 들어서는 안 되는 것은 듣지 말라"는 명령만 따를 뿐이었다. 페이와 차오린이 완렌에게 나에 대해 좋게 얘기해준 것 같았다. 완렌은 내가 일종의 지도자인 것처럼 대하면서 대대 본부에 있게 했다. 심지어 공산주의 협회에 가입할 의향이 있는지 묻기까지 했다. 우리가 제주도에 도착한 이후, 협회는 새로운 사람들을 받아들이고 있었다. 나는 그에게 페이 인민위원은 나를 더 오랫동안 시험을 거쳐야 하는 사람이라고 생각하고 있다는 걸 얘기해줬다. 이 문제에 대해 페이와 얘기할 수 없는 상황인지라, 그는 두 번 다시 나를 압박하지 않았다. 나는 넉달 전에 가입 신청을 했다가 거절당한 후로, 페이가 하라고 하면 몰라도 나 스스로 가입 신청을 하지는 않겠다고 다짐했었다. 다시 모욕을 당하지 않기 위해서였다. 게다가 나는 공산주의를 믿지 않았다. 그들의 요구에 맞추기 위해 왜 내가 변해야 하는가? 나는 적어도 스스로에게 충실해야 했다.

해변 감옥에는 두 개의 방이 있었다. 가로 4미터, 세로 5미터로 비슷한 크기였다. 한 방에는 말썽을 부리는 사람들을 가뒀고, 다른 방에는 전범들을 가뒀다. 방 사이에는 벽돌로 된 벽이 있었다. 상당

수 사람들이 말썽을 부리다가 거기에 갇혔다. 보통 한 번에 2주씩 갇혀 있었다. 그래서 우리는 그들의 설명을 통해 감방의 내부 설계에 대해 알았다. 밍은 방 사이에 있는 벽에 구멍 뚫는 임무를 띠고 감옥에 들어갔다. 그 임무를 완수하는 데 일주일이나 걸렸다. 그는 벽 위쪽의 남쪽 구석에 들어낼 수 있을 것 같은 돌이 있다는 걸 알아냈다. 그는 취사병과 페이의 도움을 받아 돌을 떼어냈다. 그리고 돌아가면서 구멍을 파 의사소통을 할 수 있게 만들었다. 우리는 인민위원의 명령이 필요할 때마다, 신뢰할 만한 사람을 시켜 누군가와 싸우게 하거나 미군들한테 소리 지르고, 음탕한 몸짓을 하도록 해서 말썽 부리는 사람들을 수용하는 방으로 가게 한 다음, 벽에 난 구멍을 통해 지도자로부터 명령을 받아올 수 있게 했다. 석방되면 그 사람은 구두 메시지를 갖고 돌아왔다. 하지만 이러한 의사소통 방법은 속도가 너무 느리고 신뢰할 수 없고 성가셨다. 으레 말썽을 부리는 사람은 적어도 닷새는 그곳에 갇혀 있었다. 심지어 3주씩 갇혀 있는 때도 있었다. 그래서 돌아올 때쯤이면, 상황이 변해 더 이상 명령이 필요 없는 경우가 종종 있었다. 그래도 9월 초순까지는 이것이 써먹을 수 있는 유일한 방법이었다.

페이의 암호는 계획에 따라 만들어진 게 아니었다. 그것은 우연히 만들어졌다. 8월 말경의 어느 날, 나는 감옥에 가게 되었다. 다른 동에 있는 사람들이 만든 〈세 과업의 노래〉가 적힌 종이쪽지가 내 호주머니에 들어 있는 게 경비에게 발각당했기 때문이었다. 자오텡은 나에게 그걸 우리 대대장한테 전해달라고 했었다. 켈리 대령은 반 시간 동안 나를 취조했다. 하지만 나는 수용소 남쪽 울타리 밖의 길을 보수하는 수감자들이 부르는 걸 듣고 내가 직접 쓴 거라고 주장했다. 그 수감자들은 대부분 9번 막사에 수용된 사람들이었는데 그 노래를 부를 줄 알았다. 그러나 대령은 내가 비밀 메시지를 전달하려 한 거라며 내 말을 믿지 않고, 나를 감옥으로 보내버린 것이었다. 나는 사건이 그렇게 돌아가도 화가 나지 않았다. 드디어 페이 인민위원이나 밍과 직접 의사소통을 할 수 있게 되었기 때문이다.

그들이 나를 안으로 집어넣고 문을 닫았을 때, 말썽 피우는 사람들이 수용되는 감방에는 이미 두 사람이 들어와 있었다. 그들 중 하나는 우리 부대의 전신원인 몸집이 큰 무슈였다. 다른 하나는 우리 부대의 암호요원 호우였다. 무슈는 10번 막사에서 수신호를 하다 잡혀왔고, 호우는 모자에 총알을 숨기고 있다가 잡혀왔다. 우리 수용소로 통하는 문을 지키던 미군 병사가 그의 모자에서 두 발을 찾아냈다. 그들은 그를 주먹으로 때리고 발길로 차면서 끌고 갔다. 그러곤 저녁 내내 그를 심문하면서도 그가 한 얘기를 믿지 않았다. 그는 우리한테 총이 없다고 말했는데, 그것은 사실이었다. 그가 총알을 갖고 있었던 건 언젠가 그걸 사용할 경우가 있을지 몰라 그랬던 것이다. 다음 날 아침, 그들은 그를 이곳으로 보냈다. 그는 우리 대대의 유일한 암호요원이었다. 그가 이쪽으로 와 있다는 건 우리로서는 상당한 타격이었다. 당분간 우리는 수신호를 읽어낼 수 없었다.

호우와 무슈는 나를 보자 좋아했다. 컴컴한 방에서 심심해 죽을 뻔했다고 했다. 감방 바닥은 흙이었고 벽은 화산암으로 만들어진 것이었고 창문은 북쪽 바다를 향해 나 있었다. 늦은 오후까지는 햇볕이 들어오지 않아서 안이 눅눅했다.

그곳에 간 첫날, 우리는 농담이나 얘기를 하면서 즐겁게 시간을 보내려고 노력했다. 하지만 곧 싫증이 나서 졸기 시작했다. 오후 중반쯤 되자 관리인이 우리에게 밖으로 나가 운동할 겸 걸어다니거나, 용변을 보고 바람을 쐬라고 명령했다. 나는 감옥 뒤에 있는 낮은 모래톱을 따라 걸으면서 페이 인민위원이 갇혀 있는 감방 창문을 바라보았다. 밍이 나를 쳐다보고 쇠창살 뒤에서 손을 흔들었다. 그는 텁수룩하고 지저분해 보였지만 기분은 좋아 보였다. 구레나룻이 난 얼굴은 활기가 있었다. 창문 가까이 가는 것이 허용되지 않았으므로 내가 그를 보았다는 걸 알리려고 그를 향해 고개를 끄덕였다. 이곳을 관리하는 임무를 맡은 전쟁포로들이 살고 있는 오두막이 근처에 있었다. 틀림없이 그들의 임무 중 하나는 우리의 대화를 엿들어 미군들에게 보고하는 것이었을 것이다. 때문에 나는 밖에서는 감방 동료들과 심각한 얘기를 하지 않았다.

우리가 다시 안으로 들어왔을 때 무슈는 안절부절못했다. 그는 방이 너무 축축해서 바닥에 바로 앉으려 하지 않았다. 그는 호우와 내가 구석에 웅크리고 있는 동안 앞뒤를 계속 거닐었다. 밖에서는 바람이 더 세게 불고, 파도가 일었다. 희끄무레한 바닷물이 바위에 규칙적으로 부딪고 있었다. 예닐곱 걸음을 걸으면 무슈는 다시 방향을 돌려야 했다. 그것이 그를 미치게 하고 있었다.

서 있는 것에 지치자 그는 앉았다. 우리는 잡담도 하고 농담도 하기 시작했다. 하지만 그것이 길어지면서 우리의 잡담은 진지한 것이 되었다. 우리는 여기 있는 동안 뭘 해야 되는지에 대해 얘기를 나눴다. 여기에서 빈둥거리고 앉아 '해삼들처럼' 한가하게 시간을 허비해서는 안 될 일이었다. '해삼들처럼'이라는 표현은 무슈가 지어낸 말이었다. 힘을 합하면 뭔가 할 수도 있을 것 같았다. 우리는 조를 편성하기로 했다. 그들은 내가 지휘자가 되기를 원했다. 내가 장교인 데다 그들보다 나이가 많다는 이유에서였다. 나는 서열을 정하고 어쩌고 하는 것이 당황스러웠지만 지휘자가 되기로 했다.

수용소에서 우리 동지들이 당면한 가장 시급한 문제는 페이 인민위원과 효과적으로 연락하는 길을 찾는 것이었다. 이 상황을 호전시키기 위해 우리가 할 수 있는 게 무엇일까? 무슈와 호우는 우리가 새로운 의사소통 방식을 고안해낼 수 있다고 믿었다. 신호나 암호 같은 것에 무지한 나는 그들이 하는 얘기를 그냥 듣기만 하다가 이따금 그들에게 질문했다.

우리는 세 시간 동안 얘기를 나누었지만 방법을 찾아낼 수 없었다. 수수밥과 단무지로 된 저녁을 먹고 나자 문이 열렸다. 지는 해의 마지막 빛이 동료 수감자들의 얼굴을 붉게 물들였다. 볼이 움푹 들어간 관리인이 안으로 들어왔다. 그는 한때 우리 부대원이었지만 이제는 변절자가 되어 있었다. 무슈는 그의 얼굴에 대고 변절자라고 불렀다. 부역자일망정 참을 수 없는 고문을 받아 적에게 항복했을지도 모르는 일이었다. 그래서 나는 감방 동료들이 그에게 보여주는 적개심이 불편했다. 그는 바닥에 내 담요를 내려놓고 변기통으로 사용하라며 구석에 양동이를 놓고 이미 다 쓴 양동이를 가져갔다. 호우와 무슈가 그를 노려봤다. 그는 감히 우리를 처다보지 못하고 고개만 계속 숙이고 있었다.

문이 닫히고 방이 다시 조용해졌다. 무슈는 일어나서 다시 오락가락하고 있었다. 호우와 나는 눈을 감고 잠을 청하려 했다. 하지만 나는 잠이 오지 않았다.

밤이 되었다. 사다리 모양의 달빛이 벽에 비쳤다. 네 개의 평행선을 이룬 그림자가 달빛을 갈라놓고 있었다. 잡담과 생각에 지친 나는 졸기 시작했다. 그때 갑자기 뭔가가 다른 쪽 벽을 쿵쿵 치는 소리가 들렸다. 의도적으로 조심스럽게 치는 소리였다. 그래서 우리 세 사람은 바로 일어나 앉았다. 무슈의 큰 눈이 어둠 속에서 반짝였다. 호우가 벽에 귀를 갖다 댔다. 다시 일정한 간격으로 네 번을 치는 소리가 들렸다. 우리는 숨을 죽이고 들었다.

천장과 가까운 남쪽 벽 위쪽 구석에서 삐걱이는 소리가 들렸다. 우리는 일어나서 무슨 일인지 보려고 다가갔다. 무슨 덩어리가 서서히 나타났다. 아무도 손에 닿지 않는 거리였다. 그래서 무슈가 쭈그려 앉고 내가 그의 어깨에 올라탔다. 호우는 흔들리지 않게 내 다리를 잡아줬다. 나는 손을 뻗어 천장과 벽 사이에 난 틈을 통해 그 물건을 잡아당겼다. 방수포에 싸인 꾸러미였다. 우리는 서둘러 그것을 열어봤다. 그 안에는 쌀밥과 10센티미터쯤 되는 여섯 마리의 구운 오징어가 들어 있었다. 음식 위에는 페이 인민위원이 쓴 글씨가 적힌 종이가 있었다.

계속 투쟁하시오. 건강에 유의하고 경계하시오. 곧 다시 연락하겠소.

우리는 우리들이 먹는 것보다 훨씬 더 맛있는 전범용 음식을 허겁지겁 먹었다. 그러고 나서 그 메시지를 받고 몹시 감동해 그걸 돌려가며 여러 번 쳐다봤다. 그리고 너무 흥분하여 몇 시간 동안 계속해서 우리가 할 수 있는 일에 대해 얘기했다. 우리들에게는 페이 인민위원이 침몰하는 우리의 배를 고향으로 이끌 수 있는 등대처럼 보였다.

"페이 인민위원과 수용소 사이에 연락할 수 있도록 우리가 특수 암호를 만들어보는 건 어떨까요?"

호우가 말했다.

"그렇게 할 수만 있다면 좋지."

무슈가 말했다.

"하지만 나는 암호에 대해서는 아무것도 몰라. 우리 세 사람의 힘만으로 그렇게 할 수 있을까?"

내가 한마디 했다.

"저 친구라면 할 수 있을 거요."

무슈가 딸꾹질을 하면서 뭔가를 힘차게 씹고 있는 호우를 가리켰다.

"대대 사이에서 사용되는 대부분의 일반 암호를 만든 게 이 친구거든요."

호우가 무슈에 관해 내게 말했다.

"저분이 10번 막사에서 수신호를 담당했으니, 절 도와줄 수 있을 거예요."

우리 세 사람은 서로를 바라보고 힘껏 껴안았다. 나는 그들에게 내가 지휘자이긴 하지만 그들이 내리는 명령이라면 무엇이든 따르겠다고 말했다. 그들은 웃었다. 내가 그들을 북돋워줘야 한다는 건 알고 있었지만, 여전히 그들이 어떻게 의사소통할 수 있는 방법을 만들어낼 것인지를 상상할 수 없었다. 우선 우리에게는 종이와 연필이 필요했다. 하지만 이 지옥 같은 곳에서 도대체 어떻게 그런 것들을 구할 수 있을까? 호우는 몽당연필을 가져오지 않은 걸 후회했다. 나는 그에게 말했다.

"그건 잊어버려. 설령 갖고 왔다 해도 경비들에게 빼앗겼을 테니까."

무슈가 내 옆구리를 찌르며 말했다.

"저길 봐요."

그가 창턱 위에 있는 희끄무레한 뭉치를 가리켰다. 나는 달려가서 그걸 잡았다. 두루마리 화장지였다.

"미군들은 사려도 깊다니까요! 우리나라에서는 이렇게 화려한 화장지를 써본 적이 없어요. 틀림없이 동지들도 그랬을 거요."

무슈가 웃었다.

"나는 안 그래요."

호우가 얼굴은 가만히 둔 채 턱을 흔들었다.

우리는 낮은 소리로 웃었다. 그렇게 해서 우리는 종이 문제를 해결했다. 하지만 연필은 어떻게 해야 할지 걱정이었다. 이건 우리도 어쩔 수 없었다. 우리는 다음 날 아침에 도움을 청하기로 했다.

나는 나머지 시간 동안 잠을 잘 잤다. 그런데 그들은 전혀 자지 못했다. 내가 여섯 시간 후에 잠에서 깨었을 때, 그들은 내가 돼지처럼 자더라고 말했다. 별들이 희미해지고 옅은 안개가 바다에서 올라오는 아침이었다. 동이 트기 전에 우리는 벽을 두드렸다. 곧 다른 쪽에서 응수해왔다. 나는 무슈의 어깨 위에 올라가 구멍을 통해 밍에게 말했다.

"유안이야."

나는 속삭였다.

"응, 어제 보니까 너무 반갑더라."

밍이 팔팔한 목소리를 억누르고 말했다.

"페이 인민위원께서는 어떠셔? 자네는?"

"우리는 괜찮아."

"우리는 지금 그쪽에서 수용소와 의사소통을 할 수 있는 암호를 개발하려고 하는 중이야. 일단 페이 인민위원의 허락을 받고 싶어. 여쭤봐주게."

우리는 비슷한 일이 이미 진행되고 있을 경우에 대비해 지도자에게 알려야 했다.

"알았네."

우리 두 사람은 한숨 돌리기 위해 내려왔다. 그리고 2분 후에 나는 다시 무슈의 어깨 위에 서 있었다. 밍이 내게 말했다.

"페이 인민위원께서는 기뻐하시네. 자네가 이런 일에 직접 관여하고 있다는 걸 고맙게 생각하고 계셔. 그리고 자네가 성공했다는 소식을 기다리고 있겠다고 말씀하셨네. 우리가 도와줄 거라도 있는가?"

"연필이 필요해. 가진 것 있나?"

"짧은 것이 하나 있네. 잠깐 기다리게. 내가 건네줄 테니까."

나는 무슈의 등이 젖은 걸 보고, 그에게 내가 잠시 내려가면 어떻겠느냐고 물었다.

"아니, 괜찮아요."

그는 내 다리를 살짝 두드렸다. 호우가 그의 옆에 웅크리고 앉더니 내 오른발을 자기 어깨에 올리라고 말했다. 하지만 무슈가 그를 밀쳐냈다. 그들은 연필을 구할 수 있다는 사실에 흥분해 있었다.

잠시 후 구멍을 통해 또 다른 꾸러미가 이쪽으로 넘어왔다. 이번에는 약간의 쌀과 연필이 들어 있었다. 호우는 8센티미터쯤 되는 연필을 잡더니 입을 맞추고 가슴에 대었다.

우리는 지체 없이 작업에 착수했다. 두 가지 일이었다. 첫 번째는 암호였고 두 번째는 송신 방법, 즉 암호화된 메시지를 주고받는 특별한 방법이었다. 호우에 따르면, 암호를 만드는 건 그리 어렵지 않았다. 그는 이미 그 일에 착수한 상태였다. 무슈와 나는 그것이 정확하게 어떻게 만들어지는지 전혀 알 수 없었다. 그래서 우리는 메시지를 주고받는 방법에 집중했다. 그것은 우리들이 전적으로 고안해내야 하는 어려운 일이었다. 애석하게도 나는 아무 도움이 되지 못했다. 메시지를 제대로 보낼 수 없다면, 암호가 아무리 정교하게 만들어진다 해도 소용없을 터였다. 하지만 무슈가 생각해낸 방법들은 맞지 않았다. 예를 들어 막사 사이에 사용되는 수신호는 3백 미터가 넘는 곳에서는 식별할 수 없었다. 빛은 어떨까? 그것도 맞지 않았다. 우리에게는 손전등이 없었다. 설령 갖고 있다 해도 그걸 사용하기에는 너무 위험했다. 적들이 빛을 보고 신호를 보내는 사람에게 발포할지 몰랐다.

어떻게 해야 될지 걱정이 태산이었다. 우리가 해결책을 찾아 골머리를 앓는 동안, 무슈는 다시 감방 안을 거닐기 시작했다. 나는 문외한이었지만 우리가 적절한 방법을 쉽게 찾아내지 못할 것이라는 건 알았다. 그래서 나는 우선 암호에 초점을 맞추고, 송신 방식에 대해서는 나중에 가능할 때 하자고 제안했다. 나는 낮에는 대부분 창가에 서서 경비들과 관리인들이 오는지 감시했다. 우리는 우리 나름의 안전 대책을 강구해놓고 있었다. 미군이나 관리인이 오면 나는 그에게 가서 말을 걸어 그를 막고, 무슈는 바지를 벗고 변기통 위에 쭈그려 앉음으로써 그들이 방 안을 수색하지 못하게 하고, 그사이에 호우는 글씨가 적힌 화장지를 입에 넣기로 돼 있었다. 호우는 늘 셔츠 밑에 연필과 종이를 넣어두고 있었다. 우리는 아주 신중하게 암호 만드는 일에 매달렸다.

우리는 날마다 머리를 쥐어뜯었지만 송신 방법을 찾아낼 수 없었다. 호우는 정말 영리한 친구였다. 그는 대부분의 시간을 암호 만드는 일에 몰두했다. 그는 음식을 먹거나 쉴 때도 이런저런 가능성을 언급했다. 하지만 어떤 것도 먹히지 않았다. 그러던 어느 날 아침 그가 기막힌 생각을 해냈다. 모스 부호의 점이나 장음을 하나의 숫자를 나타낼 정도로 단순화시키자는 생각이었다. 이렇게 되면 송신이 빨라질 뿐만 아니라 거기에서 비롯되는 혼란도 줄어들 것이었다. 이러한 생각을 기초로, 그와 무슈는 송신자가 걸으면서 조작하는 송신법을 만들어냈다. 송신자는 전범들이 갇힌 감방 창문 뒤에서서 송신을 하게 돼 있었다. 왼쪽으로 걸으면 하나의 점, 오른쪽으로 걸으면 하나의 장음이라는 의미였다. 창문 밑에 쭈그리고 앉으면 숫자들이 새로 시작된다는 의미였다. 하나의 점은 1, 하나의 점 더하기 하나의 장음은 2, 두 개의 점 더하기 하나의 장음은 3, 두 개의 점은 4, 세 개의 장음은 5, 세 개의 장음은 6, 두 개의 장음 더하기 하나의 점은 7, 하나의 장음 더하기 하나의 점은 8, 두 개의 장음은 9, 하나의 장음은 0이었다. 네 개의 숫자는 하나의 단어를 가리켰다. 수신인은 숫자를 적은 다음 암호를 푸는 사람에게 넘기면 되었다. 암호는 호우가 만들고 있는 암호책의 도움을 받아 해독할 수 있을 것이었다. 우리 감방과는 반대로 전범들이 갇힌 감방의 창문은 6번 막사 쪽을 향해 있었기 때문에 그들은 방 안에서 메시지를 주고받을 수 있을 것이었다. 이러한 방법은 송수신 문제를 확실히 해결해줬다. 우리는 크게 고무돼 있었다. 기뻐서 소리라도 지르고 싶었지만 감히 그럴 수는 없었다. 우리는 호우를 어깨에 태우고 방 안을 몇 바퀴 돌았다.

연필심이 다 닳자 무슈는 연필 끝을 날카롭게 뜯었다. 대부분의 일을 호우가 했기 때문에 그는 잠을 제대로 자지 못해 눈이 충혈되어 있었다. 그가 걱정되었지만 우리는 그에게 큰 도움이 되지 못했다. 사전이 없어서 우리는 기본적인 단어들을 모두 기억해낼 수 없었다. 하지만 8백 개가 넘는 글자를 가까스로 생각해냈다. 그건 그리 나쁘지 않았다. 암호는 너무 복잡해서도 안 되었다. 그렇지 않으면 숙달하기가 어려울 것이었다. 그래서 우리는 천 개 이하의 글자를 목표로 삼아 자주 쓰이는 단어가 생각날 때마다 호우에게 얘기해줬다. 나의 눈엔 연필로 뭔가 쓰인 종이들이 복잡하고 이해할 수 없게 보였다. 하지만 호우는 반복을 피하기 위해 그가 해놓은 것들을 더듬어 올라갈 수 있었다. 우리는 닷새 동안 계속해서 일했다.

마침내 화장지 종이들을 신발 끈으로 묶은 소책자가 완성되었다. 거기에는 모든 암호와 걸으면서 송신하는 방법이 적혀 있었다. 우리는 겉장에 '페이 암호'라는 제목을 써넣었다.

일이 끝나자 우리는 성공했다는 사실을 보고했다. 페이 인민위원이 즉각 축하의 편지를 보내왔다.

동지들은 정말 훌륭한 일을 해냈소. 이것은 혁명적 의무에 대한 여러분의 생각과 놀라운 재능을 보여주는 것이오. 이 암호가 미래 우리의 투쟁에 얼마나 많은 기여를 하게 될지는 상상하기도 어렵소. 나는 여러분 모두에게 일등 훈장을 수여하는 바이오. 공산당을 대신하여 나는 여러분에게 고마움을 전하고 경의를 표하는 바이오.

나는 평소보다 덜 형식적인 힘찬 글씨에서 페이가 흥분해 있다는 걸 느낄 수 있었다. 뿐만 아니라 그에게 또 다른 연필이 있다는 사실이 놀라웠다.

우리는 우리가 이뤄낸 성취가 자랑스러워 다시 한 번 서로를 껴안았다. 하지만 예상치 못한 문제가 있었다. 이 암호를 수용소로 어떻게 가져가느냐가 문제였다. 원본은 다른 감방으로 넘겨져 있었다. 보통 때 같으면 복사본을 만들었을 것이다. 그렇게 하는 건 어려운 일이 아니었다. 하지만 우리 중 아무도 수용소로 그런 것을 몰래 들여갈 수는 없었다. 다른 동료들과 합류하기 전까지 적어도 두 번에 걸친 몸수색을 당해야 하기 때문이었다. 우리는 서로를 바라보고 각자의 머리를 쥐어뜯으며 당황스러워했다. 침묵이 방 안을 꽉 채웠다.

10분 후, 호우가 말했다.

"제가 모든 걸 암기하겠어요. 그들이 제 머릿속은 수색하지 못할 테니까요."

그는 무슈와 나보다 오랫동안 갇혀 있었기 때문에 우리 두 사람보다 수용소로 먼저 돌아갈지 몰랐다. 나는 그에게 말했다.

"9백 자가 넘어. 여기에 오래 있지 않을 수도 있고. 한데 그걸 모두 외울 수 있다고 생각해?"

그러한 염려에도 불구하고 나는 그것이 유일한 해결책이라는 걸 알았다. 무슈가 호우의 어깨를 치면서 말했다.

"네가 이 암호를 모두 외우면 내 훈장을 줄게."

우리는 웃음보를 터뜨렸다. 그때부터 호우는 암호책을 암기하기 시작했다. 이틀 동안 그는 숫자와 단어 외우는 일 외에는 아무것도 하지 않았다. 게다가 어느 때 돌려보낼지 모르기 때문에 시간을 아껴 써야 했다. 그는 먹고 자는 시간을 빼고는 구석에 앉아 두툼한 소책자를 바라보다가 눈을 감고 방금 읽은 걸 익혔다. 그의 입술이 계속 달싹거렸다.

시간이 가면서 나는 그가 암호책을 점점 덜 들여다본다는 걸 알았다. 사흘이 끝나갈 즈음 그가 우리에게 말했다.

"끝났어요. 이제 저를 시험해봐도 돼요."

어느덧 해질녘이었기 때문에 우리는 창가로 바짝 가서 그의 기억력을 시험해보았다. 처음에는 그의 반응이 다소 느리긴 했지만 정확했다. 그리고 시간이 갈수록 글자와 숫자를 더 빨리 맞혔다. 그는 모든 걸 암기하고 있었다. 단 하나의 실수도 없었다. 우리는 정말 놀라웠다.

무슈가 호우에게 말했다.

"나는 늘 네가 약간 경솔하다고 생각했어. 그런데 이제는 사람의 겉모습을 보고 판단해선 안 된다는 걸 배웠다."

우리는 호우를 위로 들어 올리고 미군들과 한국인들을 흉내 내어 "만세!"를 불렀다. 우리가 내려놓은 순간 그는 잠이 들었다.

호우가 풀려나기 전에 우리는 페이 인민위원에게 암호책을 건넸다. 그때부터 밍은 신호를 보내고 암호 해독하는 일을 도맡아 했다.

후에 무슈는 우리가 페이 암호를 만들어낸 경위를 다른 수감자들에게 얘기해줬다. 호우도 그것을 자랑했다. 그는 시멘트 부대를 갖고 암호책을 만들었다. 그 외에는 아무도 수용소에서 그걸 사용할 수 없었다. 하지만 그는 무슈가 걸어다니면서 신호를 보낼 수 있는 방법을 자기 혼자 생각해냈다고 주장하고 다니자 못마땅하게 생각했다. 호우는 종종 그가 자신의 '특허'를 훔쳐갔다고 비난했다. 여하튼 우리의 성공은 전설이 되었다.

암호는 효과적이었다. 이제 6대대는 의사소통의 중심이 되었다. 우리만이 우리 막사를 마주 보고 있는 감옥과 송수신을 할 수 있었기 때문이다. 지도자에게 가는 모든 메시지가 우리 간부에 의해 송신되었다. 페이 암호는 정말 효과적이었다. 어느 날 8대대의 수감자가 부두에서 일하다가 상하이에서 발간되는 중국의 주요 신문인 《해방일보》의 한 면을 보게 되었다. 거기에는 한국에 있는 중국 인민의용군이 민간인들을 도와 밭을 갈고, 집을 다시 짓고, 폭격으로 파괴된 댐과 제방을 보수하고, 수로 파는 일을 하고 있다는 간략한 기사가 나와 있었다. 그 기사는 120개 정도의 글자로 된 것이었다. 암호책에 없는 일곱 개의 단어를 건너뛰어야 했지만, 우리는 하루 만에 그 기사 전체를 감옥으로 송신했다.

암호가 확립되자 페이 인민위원은 수용소에 있는 6천 명의 수감자들을 다시 지휘하기 시작했다. 대대들 사이의 행동이 통합되고, 적을 대하는 데 있어 더 확실해지고 목적이 더 분명해졌다.

미군들은 우리의 의사소통을 억제하려 하고 있었다. 나는 남한군 장교로부터 암호 해독 전문가가 하와이에서 날아왔다는 말을 들었다. 그는 메시지를 세 개만 보면 우리의 '조잡한 암호'를 풀 수 있다고 허풍을 떨었다고 했다. 이미 적의 수중에 들어간 여러 개의 메시지도 있었다. 하지만 그 미국인 전문가는 그걸 모두 보고 머리를 쥐어뜯으며 암호를 풀려 했지만 아무것도 할 수 없었다. 그는 두 개의 암호가 사용되고 있다는 사실도 알지 못했다. 하나는 수용소 내에서 사용되는 것이었고, 다른 하나는 페이 암호였다.

"이건 너무 불규칙하고 아마추어적이야."

그는 계속 이렇게 말했다고 했다. 우리의 암호는 보내는 사람의 즉흥적인 생각에 따라 불규칙했기 때문에 적은 그걸 절대로 해독하지 못했다.

23

무슈가 10번 막사로 돌아간 이틀 후인 어느 날 저녁, 나는 감방에 혼자 있었다. 부슬비가 내리고 있었다. 바다는 희끄무레한 안개에 묻혀 보이지 않았다. 나는 몽당연필을 쥐고 있었다. 하지만 연필심이 닳지 않게 하려고 글씨를 쓰지는 않았다. 집 뒤에서 자동차 소리가 났다.

나는 연필을 바지 주머니에 넣고 무슨 일인지 보려고 내다보았다. 놀랍게도 미군 장교가 운전하는 지프가 젊은 여자를 태우고 감옥 앞에 멈춰 섰다. 해변에는 밍과 취사병이 있었다. 나는 그들이 왜 다시 나와 있는지 궁금했다. 두 시간 전에 그들은 운동을 하고 들어갔었다.

여자와 매부리코의 장교가 지프에서 내렸다. 그가 그녀에게 뭔가 귓속말을 하고는 그녀의 어깨를 두드렸다. 여자 혼자 감방 문을 향해 걸어갔다. 30대 이하로 보이는 여자였다. 기다란 머리를 느슨하게 묶고 있었는데, 눈은 크고 얼굴은 하트 모양이었다. 처음에 나는 그녀가 한국인이라고 생각했다. 하지만 가까이 왔을 때 그녀가 중국인이라는 걸 알 수 있었다. 하지만 중국 본토에서 온 여자는 분명 아니었다. 그녀는 몸집이 작고 허리가 호리호리했다. 크림색 웃옷에 오렌지색 실크 스커트를 입고 오른손에는 뭔가 가득 들어 있는 것처럼 보이는 작은 갈색 가죽 가방이 들려 있었다. 그녀의 하이힐에 흰 모래가 밟혔다. 그녀의 뒤쪽이 약간 흔들리면서 스커트 아래쪽으로 물결이 내려갔다. 그녀가 집 모서리를 돌 때 가슴과 엉덩이의 고운 윤곽이 모습을 드러냈다. 아름답지는 않았지만 요염하게 매력적이었다.

그녀를 바라보면서 목이 뻣뻣해지고 관자놀이의 피가 뛰는 걸 느꼈다. 나는 반년 동안 젊은 여자를 본 적이 없었다. 심장이 뛰기 시작했다. 그녀는 왜 페이를 만나러 온 걸까? 그녀가 우리의 인민위원과 단둘이 만날 수 있도록 경비들이 의도적으로 밍과 취사병을 밖으로 내보낸 게 분명했다.

나는 서둘러 감방 남쪽 끝으로 갔다. 구석의 갈라진 틈 가까이 있기 위해서였다. 나는 빈 양동이를 뒤집어놓고, 그들의 얘기를 더 잘 들을 수 있도록 그 위에 올라섰다. 해변은 파도가 잦아들고 바람도 잦아들어 조용했다. 하지만 처음에는 그들의 말소리를 다 들을 수 없었다. 귀를 기울이자 조금씩 그들의 말이 들리기 시작했다.

"세상에, 셔츠를 손수 깁고 계시군요!"

그녀가 듣기 좋은 만다린으로 부드럽고 힘차게 말했다.

"군인은 많은 것들을 스스로 해야 하지요."

페이가 미지근하게 대꾸했다.

"사실, 이건 내가 취사병을 위해 해주는 일이오."

"어렵지 않으신가요? 이런 바느질은 당신 같은 사람한테는 맞지 않아요. 그건 여자가 하는 일이죠. 제가 도와드릴까요?"

"아니요, 당신은 손님이오. 이가 들끓고 냄새 나는 이런 걸 만지게 할 수는 없지요. 나는 당신이 나를 보기 위해 먼 길을 왔다는 사실만으로도 고마울 따름이오."

"오랫동안 당신을 찾아오고 싶었어요."

"당신이 앉아 있을 자리조차 없어 그렇게 서 있게 해서 미안하오."

"괜찮아요. 사진을 찍어도 될까요?"

"아니, 필름을 허비하지 마시오. 당신이 카메라를 들어 올리면 나는 이 셔츠로 내 얼굴을 가릴 수밖에 없소."

"좋아요, 그렇다면 찍지 않을게요."

"나를 보고자 한 이유가 뭐요? 우리는 전에 만난 적이 없는데."

"특별한 이유는 없어요. 어떻게 지내시는지 보러 왔을 뿐이에요. 고향이 그리우신가요?"

"물론이오. 하지만 수천 명의 내 부하들도 고향을 그리워하긴 마찬가지요."

"중국으로 돌아가길 원하시나요?"

"그렇소."

"다른 곳으로 가실 수는 없나요?"

"가령 어떤 곳 말이오?"

"자유세계죠."

"그곳이 어디요?"

"타이완이나 미국, 그도 아니면 유럽이죠. 자유세계로 가시는 건 어떨까요? 저와 같이요."

"그게 정확히 무슨 말이오?"

"공산주의 중국 본토로 돌아가지만 않는다면, 당신이 어디로 가든 제가 따라갈게요."

"하지만 나는 공산주의자요. 내가 어디로 갈 수 있겠소?"

"그건 언제든 바꿀 수 있잖아요."

"반역자가 되라는 말이오?"

"네."

"그렇게 되면 내 부모는 나와 의절할 것이고, 내 자식들도 나를 아비라 부르지 않을 것이오."

그가 껄껄 웃더니 다시 말을 이었다.

"나는 당신이 자발적으로 이곳에 온 게 아니라는 걸 알고 있소. 당신은 미국인들과 장제스를 대변하고 있소. 가서 그들에게 나라는 사람은 너무 늙어서 고분고분하질 못한다고 전하시오. 그들은 나를 단념하는 게 나을 거요. 그렇게 되면 이런 문제로 골치 썩일 일도 없을 거요."

"페이 씨, 당신은 속이 좁아요."

"무슨 말이오?"

"당신이 어디든 갈 수 있을 만큼 세상은 넓어요. 저는 행복하게 산다면, 어디에 묻히든 상관하지 않을 거예요. 진짜 남자는 먼 바다나 땅에 마음을 둬야 해요."

"당신이 나와 함께 중국으로 가는 건 어떻소?"

"싫어요! 어떻게 그런 말을 하실 수 있죠?"

"착한 여자는 마음이 가는 남자를 따라가야 해요."

그가 너털웃음을 터뜨렸다.

"나는 빨갱이들과 어울리고 싶지 않아요."

"하지만 당신은 내가 좋다고 했잖소."

"그건 당신이 자유세계로 가겠다고 할 경우에만 그렇다는 거죠."

"좋소. 내가 당신을 어떻게 생각하는지 말해주겠소."

그의 목소리가 진지해졌다.

"당신은 해외에 있는 중국인이고 분별 있는 사람인 것 같소. 그런데 어째서 이런 식으로 미제국주의자들을 섬기려 하는 것이오? 하기야 타이완에 있는 국민당원들이 당신을 보냈을 수도 있겠군. 여하튼 이 늙은이한테 이렇게 해주면 그들이 당신에게 얼마나 많은 돈을 주나요? 당신은 그보다는 가치 있는 사람 아닌가요?"

"집어치워! 그런 허튼소리는 다른 빨갱이들한테나 해. 나한테 그따위로 말하지 마."

"오오, 나는 당신이 그처럼 빨리 화를 낸 거라곤 생각 못했소."

"그렇다면 이 감옥에서 잘 살아라."

"갖고 온 선물은 가져가는 게 어떻소?"

문이 쾅 닫혔다. 나는 즉시 양동이에서 내려와 창가로 달려갔다. 화가 난 그녀가 집 모서리에서 나왔다. 깡통 하나가 그녀의 뒤에서 쿵 하고 떨어졌다. 하지만 그녀는 조금도 신경 쓰지 않고 차를 향해 갔다. 그녀는 손을 내저으며 큰 소리로 미군 장교에게 말했다.

"자, 갑시다. 참으로 완강한 놈이군!"

장교가 목을 뻗치고 감방을 향해 소리쳤다.

"염병할 놈아, 조만간 네 불알을 까버리겠다!"

그들은 지프에 올라탔다. 어둡고 축축한 황혼녘이었다. 차는 남한군 훈련소가 있는 동쪽을 향해 해안을 따라 달려갔다.

나는 오렌지색 깡통에 과자나 땅콩이 들어 있을 게 틀림없다고 생각했다. 관리인 하나가 휘적휘적 걸어오더니 그걸 집어 들었다. 그러고는 그걸 뜯어 과자 하나를 꺼내 한 입 먹었다.

"이보게, 붉은 콩과 깨가 들어 있는 과자일세!"

그는 해변에서 조개를 캐고 있는 다른 남자를 향해 소리치더니 깡통을 흔들며 그에게 달려갔다.

추석이 다가오고 있거나 막 끝난 게 분명했다. 음력을 볼 수가 없어 올해는 추석이 언제인지 알 수 없었다.

다음 날 아침 나는 6번 막사로 돌아왔다. 일부 수감자들이 여자를 태우고 감옥으로 가는 지프를 보았던 터라 그녀의 방문에 대해 내게 물었다. 나는 그들에게 페이 인민위원과 그녀 사이에 오간 대화를 들려줬다. 그들은 여자를 물리치는 지도자의 재치와 능력에 감탄했다. 이 이야기는 곧 살이 붙어 수용소에 나돌았다. 어떤 이야기는 지나치게 과장되어 있었다. 어떤 사람은 여자가 인민위원을 껴안으려고 팔을 벌리자, 인민위원이 자기 귀 뒤에서 잡은 통통한 이한 마리를 보여줌으로써 그녀를 물리쳤다고 주장하기까지 했다. 나는 죄수들이 페이 인민위원과 그 여자가 만난 이야기를 할 때마다, 그들 자신을 더 남자답게 보이게 하려고 여자들 전체를 향해 농담을 던진다는 사실을 알았다. 그들은 우리의 지도자를 모범으로 삼으면서 자기 자신들에 대해 허풍을 떨지 않을 수 없는 모양이었다.

솔직히 인민위원의 위치에 있는 사람이라면 누구라도 여자의 호의를 감히 받아들이지 못할 것이었다. 그의 취사병과 통역이 사람의 말을 알아들을 수 있는 거리에 있었고, 내가 벽의 다른 쪽에 있었다. 나도 대화를 엿들을 수 있었다. 게다가 관리인들이 모두 경계하고 있었다. 바보가 아니라면 그때 그 자리에서 그 여자와 얽히는 일은 없었을 것이다. 나는 이런 생각을 다른 사람들에게 얘기하지 않았다. 그들은 숭배할 만한 영웅을 만들어내고 싶어 하는 것 같았다.

솔직히 나는 그 여자를 본 후 며칠 동안 그녀를 생각했다. 그런 식으로 자신을 내던지다니, 도대체 어떤 여자였을까? 그녀의 동기가 무엇이든 그렇게 하는 덴 많은 용기가 필요했을 게 틀림없었다. 나는 그녀가 속으로 경멸하고 있음이 분명한 낯선 남자와 가까워지려 했다는 사실이 자꾸 마음에 걸렸다. 오로지 돈 때문에 그랬을까? 그랬을지 몰랐다. 페이처럼 열성적인 공산주의자를 유혹하는 일은 무척 힘든 일이었을 것이다. 특히 그녀가 겉모습으로 보면 그렇게 싸구려가 아니라 점잖은 여성 같았기 때문에 나는 속으로 약간 실망했다.

반면 그녀의 제안은 그렇게 심각한 것이 아니었을지 몰랐다. 만약 인민위원이 그녀와 함께 자유세계로 가겠다고 하면, 그녀는 그들이 그곳에 도착하기 전에 그를 차버렸을지 모른다. 어쩌면 페이는 그런 계략을 간파했는지도 모른다. 그렇지 않다면 그녀에게 그토록 무례하게 대하지 않았을 것이다. 어쩌면 그는 우리가 동지들에게 그것에 대해 얘기할 수 있도록, 나와 밍과 취사병을 위해 쇼를 했는지도 모른다.

24

1952년 9월 25일 오후, 최고 감옥으로부터 명령이 하달되었다.

'모든 대대는 국기를 게양하여 적들에게 우리의 용기와 결단력을 보여주자.'

열 개의 막사 지도자들이 그 명령을 내려 보냈다. 대부분의 포로들은 흥분했다. 지루하고 안절부절못하고 있던 그들은 우리의 국경일인 10월 1일에 뭔가를 하려고 했다. 당면한 어려움은 기旗와 긴 장대를 어떻게 만들 것이며, 기를 내걸고 나서 적들이 파손하지 못하도록 어떻게 지키느냐 하는 것이었다. 우리 대대원들은 천을 어떻게 구할 것인지 열심히 생각해보았지만 어느 누구도 해결책을 제시하지 못했다. 그날 저녁 대대장의 전령이었던 웬푸라는 친구가 해결책을 내놓았다. 그는 졸린듯한 눈에 홀쭉한 몸집의 친구였다.

"우비를 사용하면 어떨까요?"

"고무로 된 부분을 떼어낸다는 말인가?"

중대장이 물었다.

"네."

웬푸는 눈을 오므렸다. 그는 어떻게 할지 알고 있는 것 같았다.

미군들은 우리에게 방수포를 하나씩 줬는데, 우리는 그것을 우비로 사용했다. 한쪽은 흰 비닐로 돼 있고 다른 쪽은 방수 가공한 고무로 돼 있었다.

다음 날 아침 웬푸는 취사실 뒤에 있는 기름통을 달궈 그 위에 우비를 펼쳤다. 그리고 별 어려움 없이 고무를 벗겨냈다. 우리는 감탄했다. 그다음에는 흰 천을 붉게 칠해야 했다. 물감이나 페인트를 구하는 게 문제였다. 한 사람이 안전핀으로 손가락을 찔러 흰 비닐에 피를 문질렀다. 하지만 피는 곧 갈색으로 변했다. 그것으로는 안 될 일이었다. 그때 우리는 머큐로크롬을 떠올렸다. 누군기를 보내 위생병에게서 그걸 가져오게 했다. 피보다는 훨씬 더 좋아 그걸 사용하기로 결정했다. 그 문제가 해결되자 우리는 다섯 개의 별을 그려야 했다. 누군가가 양철을 잘라 그걸 만들자고 제안했다. 지체 없이 몇 사람이 펜치를 갖고 별을 만들기 시작했다. 그사이 비닐은 정사각형으로 잘려 가장자리에 붙여졌다. 그리고 다섯 개의 별을 천에 붙였다. 여러 사람들이 달려들어 바느질한 덕분에 그 일은 한 시간도 안 돼 끝났다.

완성된 국기는 아주 그럴듯해 보였다. 그다음에 할 일은 장대를 만드는 것이었다. 장대는 10미터 정도는 돼야 했다. 그건 쉬운 일이었다. 우리 동에는 들것이 하나 남아 있었다. 우리가 두 명의 환자를 운반하는 데 사용한 후, 미군들이 걷어가지 않은 것이었다. 우리는 그걸 뜯어 막대기들을 붙였다. 밧줄은 충분했다. 그러나 우리는 국기를 매달 수 있도록 장대 끝에 작은 도르래를 달 필요가 있었다. 그런 장치를 구하는 것이 불가능했기 때문에 우리가 만든 쇠고리로 그걸 대신했다. 놀랍게도 모든 준비가 단 하루 만에 끝났다.

나도 기를 만드는 일에 참여했지만, 처음부터 뭔가 끔찍한 일이 벌어질 것 같은 불길한 예감이 들었다. 나는 페이 인민위원에 대해 잘 알고 있었다. 그는 중국인 전쟁포로들이 본국으로 돌아가지 않으려 한다는 적들의 주장을 뒤흔드는 것 외에 뭔가 다른 일을 염두에 두고 있는 것 같았다. 나는 아직 그의 저의를 짐작할 수 없었다. 나는 우리의 국기가 만들어진 지 아직 3년도 채 안 되었다는 사실을 떠올렸다. 내 동지들은 헌신적인 사랑은 고사하고, 그것에 애착을 갖고 있지도 않을 것 같았다. 그렇다면 왜 모든 걸 감수하고 갑자기 그걸 게양하기로 작정한 것일까?

　대부분의 죄수들은 그 일에 정신이 팔려 있었다. 많은 사람들이 국기수호조에 들겠다고 자원했다. 어떤 사람들은 혈서를 쓰기까지 했다. 성미 급한 사람은 너무 흥분한 나머지 국기를 게양하는 이 전투에 대한 자신의 열정을 보여주기 위해 다른 사람들이 보는 앞에서 새끼손가락을 깨물기까지 했다. 그사이 우리 가운데 상당수는 10월 1일에 죽게 될 경우에 대비해, 고향 주소를 서로 교환했다. 표면적으로 보면 우리는 용기 있어 보였다. 하지만 실제로 우리의 결심은 자포자기하는 마음과 섞여 있었다.

　우리 모두는 전쟁포로가 되었다는 사실을 수치스럽게 생각했다. 사로잡히기보다는 죽었어야 했기 때문이었다. 많은 사람들이 우리가 포로로 잡혀 있음으로써 중국의 이미지를 실추시켰다고 믿었다.

　"마오 서기장님의 얼굴에 먹칠을 했어."

　나는 사람들이 이렇게 말하는 소리를 종종 들었다. 죄의식은 그들의 마음에 무겁게 자리 잡고 있었다. 그것이 우리가 제주도에 온 이후 수용소의 당 지도자들이 '우리는 투쟁을 통해 치욕감을 없애고 우리의 영광을 되찾을 것이다!' 라는 구호를 행동의 원리로 전파

한 이유였다. 그러한 말들은 대부분의 수감자들의 심금을 울리는 것이었다. 페이 인민위원의 명령은 갇혀 있던 감정을 쏟아낼 기회를 제공했다. 많은 사람들은 좀이 쑤셔 싸울 때까지 기다리지도 못할 지경이었다. 어떤 사람들은 동물처럼 감옥에 갇히기보다는 불행하지만 영웅적인 전투에서 쓰러지는 것이 더 좋다고 믿기까지 했다. 때문에 수용소 안은 갑자기 바빠졌다. 포로들은 적과 맞설 준비를 하느라 분주했다. 그들은 곳곳에 돌을 모아 쌓고, 병에 오줌을 채워놓고, 나무 막대기와 몽둥이들을 모으고, 기름통을 자른 쇳조각으로 칼을 만들고, 단도를 만들어 날을 갈았다. 취사실에서 요리하는 데 쓰는 석유를 빈 깡통에 붓고 그 안에 짧은 신발 끈을 밀어 넣은 다음, 비누로 위쪽을 봉해 아홉 개의 화염병을 만들었다. 그러한 무기를 사용하려면 끈에 불을 붙여 던져야 할 것이었다.

수감자들은 적들이 갖고 있는 자원에 대해 자멸적으로 눈을 감고 있는 것 같았다. 나는 불안했지만 겁쟁이라고 비난받을 게 두려워 아무 말도 하지 못했다.

9월 27일, 페이 인민위원에게서 다른 메시지가 도착했다. '적을 쳐라'는 명령이었다. 구체적으로 한두 명의 미군 고위 장교들을 죽이라는 명령이었다. 대대장들이 모여서 회의를 했다. 기회가 생기면 이곳의 최고 책임자인 켈리 대령을 죽이자는 데 의견이 모였다. 그리고 가능하다면 수용소의 고위 참모인 맥도널드 소령도 죽이자는 데 동의했다. 이웃한 7번 막사는 우리보다 훨씬 더 활동적이었다. 그들은 취사실을 임시 대장간으로 만들었다. 그곳에선 망치로 뜨거운 쇠를 두들기는 소리가 들렸다. 다 합해서 그들은 백 개가 넘는 단도와 큰 칼을 만들었다. 그들은 또한 9월 28일 오후 내내 사람들을 서로 다른 대형으로 훈련시켰다. 하지만 그날 밤 변절자가 생겼다. 그는 막사를 살짝 빠져나가 미군들에게 그들의 계획을 모두 알렸다.

다음 날 아침 일찍 황갈색 머리에 거구인 맥도널드 소령이 2개 중대의 미군들과 세 대의 경탱크를 몰고 들이닥쳤다. 그들은 7번 막사에 있는 6백 명을 중앙 광장에 모이게 한 뒤 한 사람 한 사람의 몸을 수색했다. 그들은 단도가 발견될 때마다 무기를 들고 있던 사람을 주먹으로 치거나 빰을 갈기거나 개머리판으로 쳤다. 그들은 모두 합해 20여 개의 큰 칼과 70여 개의 단도를 찾아냈다. 수색이 진행되는 동안 맥도널드 소령은 권총을 차고 포로들의 공격을 피하기 위해 죄수들로부터 떨어져 있었다.

7대대는 혼란에 빠졌다. 처음 세웠던 계획을 밀고 나가야 할지 난감해했다. 일부 지도자들은 적들이 다른 막사도 무장을 해제시키지 않을까 두려워 망설이고 있었다. 우리가 어떻게 해야 할지 망설이고 있을 때 페이 인민위원의 마지막 명령이 하달되었다.

'내일 국기를 게양하라. 이 명령을 어기는 자는 누구든 전투에서 탈영한 자와 마찬가지로 간주될 것이다.'

나는 필사적인 몸부림처럼 보이는 그 메시지에 가슴이 철렁했다. 하지만 우리는 지체 없이 그 명령을 다른 대대에 전달했다. 그날 저녁 모든 죄수들에게 페이의 명령이 하달되었다. 사람들은 활발해졌다. 그들은 좀이 쑤셨다. 수용소 분위기가 강렬해졌다. 우리 막사는 공격조와 국기수호조 외에 구조반과 병참분대도 편성했다. 7대대에 속한 사람들은 무기를 대부분 잃었기 때문에 걱정스러워하는 것 같았다. 그들이 열 개의 막사 중 가장 약하기 때문에 적이 다시 자신들을 닦달하지 않을까 두려워하는 것 같았다. 하지만 그들은 필요하면 아직도 싸울 준비가 돼 있었다. 그들은 80명 이상의 건강한 사람들로 구성된 공격조와 열다섯 명의 최고 정예들로 구성된 국기수호조를 편성해놓고 있었다. 국기수호조의 임무는 적들의 손에 기가 넘어가는 걸 막는 일이었다. 만약 그들이 힘으로 미군들을 제압할 수 없다면, 열다섯 명이 국기를 내려 태우게 돼 있었다. 우리 대대의 국기수호조는 그들보다 많은 40명으로 구성되어 있었지만 공격조는 30명에 불과했다. 그것은 완렌이 우리 대대가 혈투를 벌이기를 원치 않는다는 걸 암시했다.

컴컴해졌을 때 세 개의 기름통을 뒤뜰 중앙으로 굴려 거기에 흙을 채운 다음, 기름통 사이의 틈에 깃대를 세우고 구멍을 자갈로 메웠다. 준비를 끝낸 우리는 막사로 돌아왔다. 나는 두렵고 불안했다. 페이의 동기가 무엇인지 내내 궁금했다. 어쩌면 그는 당의 관심을 중국에서 수백 킬로미터 떨어진 작은 섬 제주도에 끌려고 하는지 몰랐다.

우리는 이곳에 온 이후로 외부 세계와의 접촉이 끊겼다. 수용소에는 한국 군인들이 많지 않았다. 그래서 우리는 북한 스파이와 제대로 접촉할 수 없었다. 여기저기 떨어져 있는 수용소들을 찾아다니는 우드워스 신부조차 설교를 하기 위해 이곳에는 오지 않았다. 페이 인민위원은 고립감을 느낀 나머지 외부의 관심을 끄는 한편, 상급자들에게 우리의 존재를 상기시키기 위해 사건을 만들고 싶어 하고 있는 게 분명했다. 사실 이곳에 있는 미군들도 고립감을 견디기 힘들어 했다. 그들은 종종 식당 건물에서 영화를 보고 책이나 신문, 잡지 등을 읽을 수 있었지만 지루함과 좌절감을 느끼긴 마찬가지였다. 어느 날 밤 나는 급성 맹장염에 걸린 사람을 병원에 데려다주고 돌아오는 길에 세 명의 미군 장교들이 시냇가에 서서 보름달을 향해 총을 쏘는 걸 보았다. 나는 호위하는 경비에게 물었다.

"저 사람들 뭐 하고 있나요?"

"그냥 재미로 해보는 거요."

나는 그들이 아무런 처벌도 받지 않고 실탄을 허비할 수 있다는 사실에 깜짝 놀랐다.

얼마 후 나는 페이 인민위원의 동기를 간파했다. 그것은 그의 약점을 내보이는 것이기도 했다. 마침내 평정과 인내심을 잃고 더 이상 기다릴 수 없는 듯했다. 그는 판문점에 있는 우리 측 협상자들에게 우리가 즉각적인 고려 대상이기를 원했다. 단정 지어 말할 수는 없었지만 그의 불안감에는 다른 요인도 있었다. 이곳에 있는 일반 포로들처럼 그도 어떻게 해야 할지 모르기는 마찬가지였다. 모든 전쟁포로들이 그를 바라보았다. 그들은 그를 자신들의 정신적 기둥으로 생각하고 그가 방향을 결정해주기를 바랐다. 그들은 페이 자신도 많은 뒷받침을 필요로 하고 있다는 사실을 알지 못하고 있었다. 달리 말하면 페이 인민위원은 자신의 상급자가 지시해주고 보장해주기를 갈망하고 있는 게 분명했다. 그의 동기를 생각하면 할수록 나는 다음 날 악착같이 싸우게 될 병사들이 더 안쓰럽게 생각되었다.

페이가 두려워하는 또 다른 이유도 있을 듯싶었다. 그는 포로 생활 때문에 자신의 이미지에 손상을 입지 않을까 두려워하고 있음이 분명했다.

어쩌면 그는 당이 그를 생각하는 태도를 변화시킬 뭔가를 성취하기 위해 전투를 필요로 하는지 몰랐다. 어느 점으로 보나 시의적절한 전투는 그에게 개인적으로 이로운 것이었다. 나는 밍이 이 결정을 내리는 데 어떠한 역할을 했는지 궁금했다. 그는 날카로운 사람이어서 페이를 꿰뚫어보았을 게 분명했다.

다음 날 아침 6시, 동쪽 하늘이 분홍빛으로 물들기 시작할 때 우리는 뒤뜰에 모였다. 다른 막사에 있는 사람들도 모두 밖으로 나와 있었다. 우리 대대장이 연설하기 위해 기름통 위로 올라갔다. 완렌은 작은 눈을 빛내며 말했다.

"동지들, 오늘은 우리의 국경일입니다. 우리의 조국 전역에서 경축하는 성스러운 날입니다. 그래서 우리는 조국에서 우리의 세 번째 국경일을 축하하는 인민들에 합세해, 적에게 불굴의 의지를 보여주려고 합니다. 어떻게 해서든 우리의 국기가 이 수용소에 높이 휘날려야 합니다. 우리는 숨이 끊어질 때까지 그걸 지켜낼 것입니다. 우리의 국기가 혁명의 순교자들이 흘린 피의 색깔이라는 걸 기억하십시오. 우리는 국기의 순수성을 수호하고, 우리의 손에서 색깔이 퇴색하지 않도록 해야 합니다."

감정이 북받쳤는지 그는 오래 얘기하지 못하고 기름통에서 뛰어내렸다. 그리고 우리는 다른 대대들이 전투가 시작되기 이전의 의식을 끝내기를 조용히 기다렸다. 차오린이 7번 막사에 수용된 사람들에게 연설하는 소리가 들렸다. 그의 목소리는 강렬했지만 알아들을 수 없었다. 그는 연설하면서 손으로 허공을 계속 찍고 있었다. 마침내 그가 연설을 끝내며 소리쳤다.

"우리의 피와 목숨으로 우리의 국기를 지킵시다!"

그의 대대원들이 일제히 그 소리를 반복했다. 그런 다음, 그가 작은 주먹을 휘두르며 다시 소리쳤다.

"우리는 영광스러운 임무를 완수할 것입니다!"

부하들이 다시 한 번 그의 말을 되풀이했다. 그것은 페이 인민위원이 내린 명령의 다른 부분, 즉 가능하다면 켈리 대령과 맥도널드 소령을 죽이는 일을 완수하겠다는 암시 같았다.

6시 반이었다. 우리 대대는 우리의 국기가 서서히 올라가는 동안 〈인터내셔널의 노래〉를 불렀다. 나는 주위를 돌아보고 많은 사람들이 도취되어 눈물을 흘리는 걸 보았다. 국기는 다른 막사들에서도 올라가고 있었다. 서로 조화되지는 않았지만, 다른 대대에서도 똑같은 노래를 부르고 있었다. 〈인터내셔널의 노래〉가 끝난 다음 우리는 국가를 부르기 시작했다. 수백 명의 미군들이 수용소 정문에 집결해 있었다. 탱크들이 열을 지어 북서쪽 모서리를 돌아 우리를 향해 오고 있었다. 감시탑에 있는 기관단총들이 우리를 겨눴다. 미군들은 서로에게 또는 전화에 대고 격렬하게 얘기하고 있었다. 켈리 대령의 목소리가 휴대용 확성기를 통해 들려왔다. 국기를 내리고 즉시 숙소로 돌아가라는 명령이었다.

"너희들이 복종하지 않으면, 우리가 그렇게 하도록 만들겠다."

우리는 그에 대한 응답으로 구호를 외쳤다.

"미제국주의를 타도하자!"

"조국 만세!"

"우리는 완전한 승리를 거둘 때까지 멈추지 않을 것이다!"

"우리의 목숨으로 우리의 명예를 지키자!"

"우리를 집으로 보내달라!"

"제네바 협약을 준수하라!"

여덟 대의 M-24 경탱크들이 정문에 줄을 지어 섰다. 5백 명 이상의 미군들이 수용소 밖에 모여 안으로 진격할 준비를 했다. 몇 분 후 두 명의 경비가 앞문을 열고 탱크가 중앙 광장으로 들어오고, 그 뒤를 이어 철모를 쓰고 일부는 방독면까지 쓴 미군들이 들어왔다. 그들은 착검한 소총을 메고 벨트에는 수류탄과 최루탄을 차고 있었다. 열 명쯤 되는 미군들은 세 개의 실린더가 달린 화염방사기를 등에 지고 있었다. 켈리 대령은 2개 중대와 네 대의 탱크를 수용소 서쪽으로 급파하고, 나머지 대부분을 7번 막사로 이동시켰다. 하지만 그는 다른 막사 입구에도 50구경의 기관총을 탑재한 트럭들과 군용 트럭들을 배치했다. 미군들을 모두 배치하고 나자 배가 불룩하게 나온 대령은 우리에게 국기를 당장 내리라는 최후통첩을 보냈다. 그는 소리쳤다.

"너희들은 주제넘은 짓을 하고 있다. 내 인내심이 한계에 달하고 있다. 너희들이 내가 점잖게 하는 말을 듣고 당장 저 걸레들을 내리지 않는다면, 네놈들의 엉덩이를 차버리겠다."

그래도 우리는 그를 무시했다. 붉은 기들은 이따금 펄럭이긴 했지만 쇠로 만들어진 별들에 눌려 축축한 아침 공기 속에 아래로 늘어져 있었다.

켈리 대령이 휴대용 확성기로 7번 막사로 통하는 문에 집결해 있는 병사들을 지휘하는 장교에게 명령했다.

"계획대로 진군하라!"

샨민과 나는 창문을 통해 그들을 바라보았다. 가슴이 두근거렸다. 나는 우리 지도자들이 적들과 대화했으면 싶었다. 위기가 해결되지는 못했을지라도, 적어도 적들의 여세를 떨어뜨리고 폭력이 발생하지 않도록 할 수는 있었을지 몰랐다. 60명쯤 되는 미군들이 7번 막사로 쏟아져 들어오더니 M1소총을 겨누며 조심스럽게 거리를 좁혀왔다. 막사는 버려진 것처럼 조용했지만 나는 뒤에 있는 도랑에 몇몇 포로들이 웅크리고 있는 걸 보았다. 그들은 잠복해서 완전 무장한 미군들을 기다리고 있는 것이었다! 그것은 자살 행위였다. 뭣 때문에 차오린과 저 대대의 다른 지도자들은 자신의 부하들이 저렇듯 무모하게 행동하도록 놔둔 것일까?

내가 의아스럽게 생각하고 있을 때 미군들이 20미터 안으로 접근해왔다. 갑자기 공격조원들이 도랑에서 벌떡 일어나며 소리쳤다.

"죽여라!"

그들은 돌과 곤봉과 화염병과 표백제가 섞인 뜨거운 물병을 들고 적을 향해 공격했다. 그사이 예비대원들은 구호를 외치며 찢어진 장화, 흙, 돌, 벽돌 조각 등 아무것이나 손에 잡히는 대로 미군들을 향해 던졌다. 적들은 깜짝 놀랐다. 그들의 대열이 흩어졌다. 몇몇은 잠시 머뭇거렸다. 오줌이 든 병이 미군의 철모에 맞았다. 그 미군은 비명을 지르기 시작했다. 그는 냄새 나는 액체가 염산이라고 생각한 게 틀림없었다. 그들 중 여럿은 표백제가 든 물에 데어 살려달라고 울부짖었다. 뜨거운 액체를 보고 그들은 잔뜩 겁을 먹었다. 일종의 화학 무기로 착각한 것이었다. 그들은 즉시 물러나기 시작했다. 하지만 그들은 공격해오는 사람들을 향해 총을 쐈다. 20여 명의 포로들이 총을 맞고 뜰에 누워 있었다. 일부는 신음하면서 손을 흔들고 발을 버둥거리며 울부짖고, 일부는 움직이지 않았다. 두세 명의 미군들이 상처를 입었다. 적의 소대장 하나는 얼굴에 돌을 맞았다. 그는 철모를 벗고 피가 흐르는 코를 붕대로 닦았다. 그는 위생병이 상처를 치료하는 동안 발을 구르며 계속 욕을 해댔다.

포로들이 사상자들을 막사 안으로 옮긴 순간 미군들이 다시 공격하기 시작했다. 그들은 이번에는 30여 발의 최루탄과 충격수류탄을 발사하고, 네 대의 화염방사기로 막사에 불을 뿜었다. 막사 지붕에 불이 붙자 수감자들은 사방으로 달아나기 시작했다. 기관단총과 소총이 갑자기 불을 뿜었다. 다시 공격하려던 7대대의 공격조는 이내 수세에 몰렸다. 이미 노출되고 아무 요새도 없는 그들의 두 번째 부대가 어느새 전투로 끌려들어와 있었다. 미군들을 향해 물밀듯 달려가던 사람들은 계속 쓰러졌다. 뜰은 시체들과 핏물로 난리였다. 검은 연기가 솟아오르더니 바다 쪽으로 떠내려갔다. 막사 뒤의 깃 발은 얼어붙은 것처럼 흔들리지 않았다.

나는 페이 인민위원과 밍이 감옥에서 이 광경을 바라보고 있다고 확신했다. 그의 부하들이 전투를 원했다면, 어째서 차오린은 한국 인 포로들이 거제도에서 그랬던 것처럼 막사에 깊은 참호를 파라고 하지 않았을까? 나는 이 모든 작전을 하도록 명령을 내린 사람이 인 민위원이었다 해도 이렇게 많은 사상자들을 내게 만든 건 차오린의 책임이라고 생각했다.

갑자기 열다섯 명의 죄수들이 마지막 막사에서 뛰쳐나오더니 깃 대를 향해 돌진했다. 한 사람만 짤막한 삽으로 무장하고 있었다. 미 군들도 기를 향해 움직였다. 미군들은 접근해오는 수감자들이 자신 들을 공격할 거라 생각하고 그들을 향해 발포했다. 포로 중 일부는 총에 맞아 쓰러졌다. 하지만 아무도 돌아서지 않았다. 한 사람은 허 벅지에 총알을 맞고도 기를 향해 절뚝거리며 갔다. 나는 그들이 지 나간 자리에 남은 시체를 세어봤다. 기름통에 도착하기 전에 일곱 명이 넘어졌다. 다행히 적들은 총격을 멈추었다. 죄수들이 서둘러 기를 내려 불에 태웠다. 순식간에 불길이 비닐 천을 삼켜버렸다. 그 것은 새까매지더니 오그라들다가 사라졌다.

적의 지휘관은 이를 항복의 표시라 생각하고 부대를 후퇴시켰다. 곧 미군 의료진이 다친 전쟁포로들을 돕기 위해 도착했다. 어떤 사 람들은 큰 소리로 울며 옆에 있는 사람이 누구든 그를 향해 손을 저 었다. 하지만 의사들과 위생병들은 그들을 무시하고 움직이지 않는 사람들을 먼저 살폈다. 막사 벽 근처에 미군 한 명이 여러 명의 수 감자들 시체와 엉켜 누워 있었다. 그들은 모두 충격수류탄에 쓰러진 사람들이었다.

이 전투가 일어나고 있을 때 5번 막사에서도 싸움이 일어났다. 그
곳은 너무 멀리 떨어져 있어서 우리가 직접 볼 수는 없었다. 우리가
본 것은 남서쪽에서 커다란 새까만 연기가 위로 올라가는 모습이
전부였다. 간헐적으로 총소리도 들려왔다. 두 개의 막사에 있는 동
지들을 도울 길이 별로 없던 다른 여덟 대대는 계속 구호만 외치며
그들을 무시하는 미군들을 향해 물건들을 던지기만 했다.

오후 중반쯤 되자 우리 편 사상자 수가 파악되었다. 7번 막사에서
53명이 죽고 다른 여섯 명은 병원으로 실려가 죽었다. 199명이 심
각하게 부상을 입고 대부분 앰뷸런스에 실려갔다. 5번 막사에서는
네 명이 죽고 스물한 명이 다쳤다. 그들의 대장인 자오텅도 죽었다.
그의 죽음은 나를 슬프게 했다. 그는 좋은 사람이었다. 성격은 급했
지만 정직한 사람이었다. 지난해 그는 근무하던 부대의 소대장을
총으로 쏴 죽였다. 한국 여자를 강간했다는 이유에서였다. 그와 나
는 가까운 사이가 아니었다. 하지만 나는 자신이 명령한 어떤 일에
서도 솔선수범하는 장교였던 그를 존경했다. 그의 부하들은 그를
사랑했다.

우리는 그날 오후 7대대로부터 이상한 메시지를 받았다. 그들이
큰 성공을 거뒀다는 메시지였다. 차오린은 어째서 그처럼 어리석은
주장을 할까? 나로서는 알 수 없는 일이었다. 그는 심각한 손실을
계산에 넣지 않은 게 분명했다. 그는 어떤 지도자일까? 정상적인 상
황에서라면 처벌이나 징계를 당해야 할 사람이었다. 나는 실망했
다. 하지만 아무에게도 내 생각을 감히 얘기하지 못했다. 나의 친구
인 샨민에게조차 하지 못했다.

더 놀라운 일은 저녁 무렵에 우리가 페이 인민위원으로부터 축하

의 메시지를 받았다는 것이다. 나는 밍이 전범 감옥의 창문 뒤에서 왼쪽 오른쪽으로 왔다 갔다 하며 메시지를 보내는 걸 보았다. 그는 약간 구부정해 보였다. 이따금 주먹에 대고 기침을 하는 것 같았다. 우리한테 영광스러운 승리를 축하해주는 것 외에도, 오늘 목숨을 바친 모든 동지들에게는 영웅적 전사라는 호칭이 주어졌으며, 7대대에 소속된 모든 사람들에게는 2급 훈장이, 모든 공격조원들에게는 특별 훈장이, 부상을 당한 사람에게는 1급 훈장이 주어졌다. 또한 페이는 우리에게 7대대 사람들에게 경의를 표하고 그들의 용기를 본받으라고 했다.

나는 훈장에 대해 더욱더 의심하게 되었다. 페이 같은 고위 장교에게는 이따금 한 번씩 몇 개의 훈장을 수여할 자격이 있었다. 하지만 분명 그렇게 많이 줄 수는 없었다. 한데 그는 어째서 모든 훈장이 자기 호주머니에 있으며, 자기 마음대로 훈장을 줄 수 있는 것처럼 행동하는 걸까? 나는 벌써 세 개를 받았다. 하지만 메달을 본 적은 없었다. 나는 그것의 가치를 의심하지 않을 수 없었다. 1급 혹은 특별 훈장을 타게 되면 계급과 봉급도 올라가야 했다. 하지만 그에 관한 언급은 전혀 없었다. 이러한 훈장들은 속임수에 지나지 않는지도 몰랐다. 페이가 우리에게 수여한 수백 개의 훈장에 대한 기록을 갖고 있는지조차 의심스러웠다. 대대 전체가 2급 훈장을 받았다는 소리를 누가 들어봤겠는가? 이처럼 무더기로 훈장을 주는 것은 속임수 같았다. 하지만 사람들은 의심하지 않았다. 그들은 훈장을 우리 조국과 혁명에 대한 자신들의 충성심을 재확인해주는 것이라고, 그래서 그들의 수치심을 줄일 수 있는 것이라고 생각했다. 우리 막사에 있던 일부 사람들은 7번 막사에 있는 사람들을 부러워하기까지 했다.

다음 날 차오린은 수용소의 모든 포로들을 대신하여 미군들에게 항의서를 제출했다. 켈리 대령에게 우리를 판문점에서 열리는 정전 회담의 대표자로 보내라고 요구하는 내용이었다. 켈리는 우리를 '미친놈들'이라고 생각했다. 그는 이것은 자기 권한 밖의 일이라며 우리의 요구를 묵살했다. 페이 인민위원은 창문에 기다란 천을 내걸었다.

내 동지들에 대한 살육을 중지하라!

흰 시트에는 영어로 이렇게 쓰여 있었다. 한 소대의 미군들이 들어가 그걸 떼어내고 감방에 있던 세 사람을 개머리판으로 때렸다.

엿새가 지나서야 우리는 막사 앞에 모여 죽은 자들을 위한 추도식을 가질 수 있었다. 죽은 사람들은 모두 섬 주민들이 묘지로 사용하는 경사진 곳에 묻혔다. 약간의 논쟁이 있은 후 미군들은 각 대대에서 다섯 명의 대표자들을 선발해 죽은 동지들의 무덤에 화환을 바치게 해줬다. 나는 화환 중 하나에 두 줄의 흰 종이가 달리고, 거기에 두 줄의 고대시가 쓰여 있었던 걸 기억하고 있다.

고향 땅을 그리워하지 마시오.
그대의 충성스러운 뼈는 어떤 푸른 언덕에라도 묻힐 수 있으니.

25

대량 학살에도 불구하고 지도자들이 국기를 게양하는 과정에서 싸움을 벌였던 이유를 나는 알게 되었다. 그들은 사상자들을 무시한 채 그 사건이 갖고 있는 뉴스로서의 가치만을 생각했다. 사람들이 더 많이 죽으면 죽을수록 승리의 울림은 더 커졌다.

페이 인민위원은 대량 학살로 말미암아 중국 정부와 판문점 협상에 임하고 있는 우리 대표들이 강하게 반응하기를 바랐을 것이다. 그는 중국이 그 사건을 이용해 또 다른 선전을 시작함으로써 미국을 당황스럽게 할 것이라고 믿었던 게 틀림없다. 나도 63명의 죽음에 대한 국제 사회의 반발이 있을 것이라고 생각했다.

우리는 몇 주 동안 뉴스를 기다렸다. 하지만 아무 일도 일어나지 않았다. 찾아오는 기자들도 없었고, 미군들도 변한 게 없었다. 이 섬은 세상에 잊혀지고 버려진 구석 같았다. 페이 인민위원에게 더 참을 수 없는 것은 고립감이었던 게 분명하다. 그와는 대조적으로 대부분의 전쟁포로들은 고립감을 느끼지 못하는 것 같았다. 그들은 감옥 생활의 지루함을 단조로운 인내심으로 버텨냈다. 고위 지도자가 그들과 함께 있는 한 그들은 마음을 놓을 수 있었다. 그는 그들의 정신적 지주였다. 그들은 그걸 자신들의 상황으로 파악할 수 없었다.

페이도 걱정이 많았다. 어쩌면 그들보다 더했을지 모른다. 의지할 윗사람이 없었기 때문이다. 반면 그는 많은 사람들에게 자신이 당을 대변하고 있다는 사실을 이해했다. 때문에 그는 단호하고 소신 있게 보여야 했다. 10월 중순쯤 미군이 분뇨반 소속의 죄수를 총으로 쏴 죽이는 일이 발생했다. 분뇨통을 지고 가다 우연히 넘어지는 바람에 미군이 몰고 가던 지프에 똥물이 튀었다는 이유에서였다. 그는 앰뷸런스가 도착하기 전에 피를 쏟으며 죽었다. 하지만 그러한 이유 없는 폭력조차 수용소 안의 소요를 부추기지 않았다. 페이 인민위원은 깊은 권태감 속에 빠져든 것 같았다.

이러한 상황은 내 마음을 동요하게 만들었다. 나는 겉으로는 경험 많은 장교처럼 침착했다. 하지만 속으로는 중국이 우리를 버리고, 인민위원이 또 다른 뉴스거리를 만들기 위해 새로운 전면전을 벌이지 않을까 두려웠다. 얼마 전 나는 《성조기》에서 판문점 협상의 미국 대표들이 전쟁포로 문제를 최우선적인 안건으로 삼는 데 반해, 한국과 중국 장성들은 그 문제를 우선적으로 고려하는 걸 거부하고, 대신 영토 문제에 집착하고 있다는 기사를 읽었다. 하지만 그 내용을 누구에게도 얘기하지 않았다. 대대장인 완렌에게도 하지 않았다.

나는 나중에, 그러니까 우리가 중국으로 돌아가 몇 년이 지났을 때, 판문점에서 열리는 정전 협상의 한국 측 고위 대표인 남일 장군이 우리 수용소에서 발생한 대량 학살 사건에 대해 1952년 10월 4일에 윌리엄 해리슨 장군에게 항의했지만, 중국 측은 아무 말도 하지 않았다고 보도한 기사를 우연히 읽게 되었다. 우리 대표단은 평상시처럼 본국으로 돌아가길 거부하는 모든 전쟁포로들을 본국으로 보내라고 요구하긴 했지만, 그들에게는 전쟁포로 문제가 중요한 안건이 아니었던 게 분명하다.

느릅나무와 떡갈나무 잎들이 떨어지기 시작했다. 풀들은 누렇게 변해가고 있었다. 아침에는 종종 땅이 서리로 덮였다. 남쪽으로 보이는 한라산도 초록빛을 잃어가고 있었다. 그 산은 남한에서 가장 높은, 해발 1천8백 미터가 넘는 산이라고 했다. 이제는 깔쭉깔쭉한 능선 위로 더 많은 돌들이 보였다. 제주시는 전쟁의 소용돌이에서 떨어진 동쪽에 있었다. 거기에는 여러 개의 2층짜리 건물들이 있었고, 우진각 지붕과 유리 대신 종이를 바른 격자창이 달린 수백 채의 집들이 있었다. 멀리서 보면 집들은 건초가리가 모여 있는 것 같았다. 나는 포로들과 함께 트럭을 타고 그 도시를 지나친 적이 있었다. 한국 본토에 있는 집들과 달리 이곳에 있는 집들은 모두 화산암으로 지어져 있었다. 지붕은 짚이 바닷바람에 날아가지 못하도록 밧줄로 고르게 묶여 있었다. 가까이에서 보면 지붕은 볼록하고 산뜻한 체크무늬의 거북 등딱지를 생각나게 했다.

나는 통역이어서 가끔 한 번씩 수용소를 떠날 기회가 있었다. 어느 날 나는 동쪽에 있는 야산의 산마루에 서서 그 도시를 바라보았다. 햇볕에 흠뻑 젖은 평온한 모습이 내 마음을 흔들어놓았다. 가느다란 시내 너머로 보이는 논들은 나로 하여금 조부모가 살고 있는 양쯔강 근처의 시골을 떠올리게 했다. 돌로 뒤덮여 있긴 했지만 옥잠화와 들국화가 이곳저곳에 핀 땅은 아름답고 평화로웠다. 억새풀이 사방으로 펼쳐져 있었다. 기다란 억새꽃들은 바람에 흔들리는 너풀너풀한 토끼 꼬리 같았다. 감옥에 갇혀 있지 않다면 세상의 소용돌이로부터 멀리 떨어진 그런 곳에서 1~2년 사는 것도 좋을 듯싶었다. 쥐란과 약혼한 사이가 아니고 늙은 어머니가 집에서 기다리고 있지만 않다면, 전쟁 전에 한국으로 이주한 많은 중국인들처럼 한국 여자와 결혼해 이곳에 정착하는 것도 상상할 수 있었을 것이다. 섬의 여자들은 쾌활하고 근면했다. 그리고 남자들에게 너그러웠다. 나는 그들이 아주 헌신적인 아내라는 말을 들었다. 나처럼 평범한 사람이 착한 아내와 아이들과 아늑한 집에서 사는 것 말고 뭘 더 바라겠는가? 게다가 섬의 기후는 계절이 뚜렷하고 포근했다. 종종 바람이 불고 큰비가 내렸지만, 살을 에는 바람도 없었고 북쪽 겨울에서 볼 수 있는 눈보라도 없었다.

나는 내가 전에는 감히 해보지 못한 생각을 하는 걸 보고 스스로 놀랐다. 이제 고독을 어느 정도 견딜 수 있게 됐다는 사실을 깨달았다. 나는 조용한 사람이었고 가능하면 혼자 있고 싶어 하는 사람이었다.

우리는 섬에 게릴라가 있다고 확신했다. 남쪽 산에서 총성이 울리는 걸 여러 차례 들었기 때문이다. 그 산에는 2차 세계대전 중 이곳에 주둔한 일본군들이 파놓은 벙커와 굴들이 있다고 했다. 하지만 한국인 동지들은 우리에게 연락한 적이 없었다. 정말 우리는 버려진 사람들 같았다. 바깥 세계는 우리의 운명에 대해서는 더 이상 개의치 않는 것 같았다.

"이곳은 시베리아보다 나쁘다. 그곳에서는 적어도 사람들이 찾아오기는 한다."

나는 종종 이렇게 혼잣말했다. 우리에게 닥칠 운명이 무엇인지 알았으면 싶었다. 뉴스를 들을 수 있는 라디오 한 대만 있었으면 싶었다.

10월 1일에 있었던 그 사건 이후로 미군들은 수용소의 경비를 강화했다. 그들은 종종 수색을 빌미 삼아 들어와 막사들을 난장판으로 만들었다. 우리는 그들이 우리가 숨겨놓은 수제 무기들을 압수하려 한다는 사실을 알았다. 10월 하순의 어느 날 오후였다. 1개 중대의 미군들이 갑자기 들이닥치더니 밖으로 나가라고 명령했다. 우리 대대는 철조망 울타리 밖에 있는 시든 풀밭 위에 모였다. 그들은 우리에게 호주머니를 뒤집어 모든 소지품을 앞에 내놓으라고 했다. 경비들이 물건을 검사하는 동안 우리는 미군들이 삽과 곡괭이와 쇠스랑으로 막사 안을 찌르고 파는 걸 바라보았다. 규정상 그들은 목숨이 위협받는 상황이 아니라면 안에 총을 갖고 들어오지 못하게 돼 있었다. 때문에 울타리 밖에서 우리를 수색하고 있는 경비들만 무장하고 있었다. 우리 막사의 경비를 책임지는 라슨 대위가 수색을 지휘하며 미군들에게 막사와 취사실을 샅샅이 뒤지라는 지시를 내렸다. 그는 구레나룻이 약간 있고 키가 180센티미터를 넘는 건장한 남자였다. 그가 하사관을 향해 소리를 질렀다.

"월트, 그놈들한테 속지 마."

"알겠습니다."

한 죄수가 불평하는 소리를 듣고 있던 하사관이 대답했다. 그때 갑자기 미군 하나가 우리 본부에서 뛰어나오며 소리쳤다.

"찾았다!"

그는 우리가 벽에 숨겨놓았던 국기를 들고 있었다. 그걸 찾아냈다는 사실에 미군들은 흥분해 몇몇은 휘파람을 불기까지 했다. 한 사람이 기를 몸에 감고 춤을 추자, 다른 사람들이 고개를 젖히고 너털웃음을 터뜨렸다. 라슨 대위는 기를 잡아 머리 위로 올리고 우리를 향해 흔들면서 신발 뒤축으로 장단을 맞추기 시작했다.

우리는 분노하며 안절부절못했지만 어찌해야 할지 몰랐다. 우리들 대부분은 어떤 희생을 치르더라도 그들이 우리의 국기를 가져가게 해서는 안 된다고 생각했다. 일부는 아직 5대대와 7대대 동지들이 목숨을 희생했던 걸 기억하고 있었다. 그래서 그들은 싸움을 벌이고 싶어 했다. 몇몇 지도자들이 어떻게 행동해야 할지를 논의하기 위해 완렌에게 갔다. 그들은 협의를 하고 건장한 2중대 중대장 셰닝이 포로들을 데리고 가서 기를 찾아오기로 결정했다. 셰닝은 지체 없이 부하들에게 가서 뭘 해야 할지를 지시했다.

미군들이 수색을 마쳤을 때 우리는 숙소로 다시 들어가고 있었다. 울타리 밖에 있는 경비들은 긴장이 풀린 것 같았다. 막사 안에는 그들이 찾아낸 물건들이 아직도 진열되어 있었다. 국기 말고도 단검, 창, 펜치, 손전등이 있었다. 라슨 대위가 우리를 향해 기다란 이와 잇몸이 드러날 정도로 빈정거리는 웃음을 던졌다. 나는 무슨 일이 일어날지 조바심을 치며 천천히 문을 향해 움직였다. 나는 긴장된 분위기를 느낄 수 있었다. 많은 사람들의 눈이 대위가 잡고 있는 국기에 쏠려 있었다. 어찌 된 일인지 대위는 아무런 위험도 감지하지 못했다. 셰닝과 그의 부하들이 문에 접근하고 있을 때, 호우가 이끄는 다른 무리의 수감자들이 나타났다. 그들도 라슨을 공격하려고 온 것 같았다. 셰닝은 호우가 다른 사람들과 함께 왜 나타났는지 의아스러워 잠시 망설였다. 우리의 유일한 암호요원인 호우는 특별 보호 대상이었고, 그런 행동에 참여해서는 안 되었다. 셰닝은 무슨 일이냐는 눈빛으로 호우를 바라보았다. 호우는 말없이 고개만 끄덕였다. 더 많은 포로들이 문으로 들어왔다. 라슨을 지나치며 셰닝이 말했다.

"빼앗아라!"

눈 깜짝할 새에 열 명 남짓한 사람들이 대위를 에워쌌다. 몇몇이 기를 잡고 잡아당기려 했다. 하지만 라슨은 두 손으로 기의 한쪽 끝을 잡고 놓지 않으려 했다. 그는 부하들을 향해 소리쳤다.

"도와주지 않고 뭐 하고 있느냐!"

짧은 줄다리기가 시작되었다. 우리는 겁이 났다. 만약 울타리 밖에 있는 미군들이 무기를 갖고 들어오면 우리는 난투를 계속할 수 없을 것이었다. 그 순간 호우가 갑자기 몸을 굽히더니 라슨의 손등을 물어뜯었다.

"아야!"

대위가 소리 지르며 손을 놓았다. 셰닝은 국기를 손에 들고 달려갔다. 하지만 어디로 갈지 마음을 정하지 못하고 그냥 달리기만 했다. 미군 중 하나가 삽을 들고 울타리를 따라 미친 듯이 뛰고 있는 셰닝을 쫓기 시작했다.

"이 개새끼야, 내려놓지 못해!"

미군이 소리를 질렀지만 셰닝은 계속 달렸다. 우리는 너무 놀랐다. 울타리 밖에 있는 경비들이 그를 향해 발포할지도 몰랐다. 다행히 그들은 그렇게는 하지 않았다. 대신 그들은 그 광경을 즐기는 것 같았다. 일부는 능글맞은 웃음을 터뜨리고, 일부는 그냥 웃었다.

목쉰 소리의 미군이 셰닝을 점차 따라잡았다. 셰닝은 기를 똘똘 말아 바짝 여윈 전령인 웬푸에게 던졌다. 웬푸는 그걸 받아 취사실의 열린 창문 안으로 던졌다. 취사병이 즉시 솥을 떼어내고 스토브 위에 기를 펼쳤다. 기는 곧바로 불길에 휩싸였다. 미군은 삽으로 셰닝을 때리기 시작했다. 셰닝은 땅바닥에 구르고 있었지만 비명을 지르지는 않았다.

"그래, 늘씬 패줘라!"

라슨 대위가 두 손을 엉덩이에 짚고 소리를 질렀다.

우리는 모두 미군을 향해 소리를 질렀다. 하지만 그는 때리는 걸 멈추지 않았다. 그런데 얼굴을 맞던 세닝이 한순간 움직이지 않았다. 그사이 라슨은 부하들에게 기를 뺏는 데 동참한 사람들을 모두 체포하라고 명령했다. 호우, 웬푸, 취사병, 그리고 다른 많은 사람들이 색출되어 머리 위로 손을 깍지 끼고 떠나야 했다. 미군들은 출입구 밖에 서 있는 트럭으로 그들을 몰고 가면서 총검으로 찔렀다. 그들은 수용소 서쪽의 연료 저장고 뒤에 있는 큰 구덩이로 그들을 데려갔다. 그날 저녁 늦게 세닝도 병원에서 바로 그곳으로 끌려갔다. 모두 합해서 그들은 열여덟 명을 끌고 갔다.

우리의 지도자들은 걱정했다. 호우의 안전이 가장 걱정스러웠다. 그가 없으면 페이 인민위원과 접촉하는 일이 혼란스러워질 것이었다. 그를 어떻게 다시 데려오느냐가 문제였다. 그들은 해결책을 찾아보려 했지만 찾을 수가 없었다.

오후가 지나고 저녁이 되었다. 하지만 적들은 여전히 수감자들을 풀어주지 않으려 했다. 열여덟 명의 수감자들은 아무것도 먹지 못한 채 구덩이 속에서 오들오들 떨며 옹기종기 모여 있었다. 구덩이는 벙커가 무너져 생긴 것이었다. 그 위로 열 명도 넘는 미군들이 완전 무장을 하고 서 있었다. 두 개의 탐조등이 밤새도록 구덩이 위로 두 개의 기다란 불빛을 비췄다. 포로들은 이내 지쳐서 일부는 잠이 들었다. 새벽녘이 되자 미군들이 구덩이에 돌을 던지기 시작했다. 많은 사람들이 잠을 자다가 맞아서 다쳤다. 시멘트 타일 덩어리가 취사병의 이마에 맞아 5센티미터 정도가 찢어져 피가 뿜어져 나왔다. 하지만 죄수들은 적들이 자신들을 쏠 구실을 찾고 있다는 걸 알았다. 때문에 그들은 그렇게 자극해도 전혀 응수하지 않았다. 그럼에도 불구하고 반 시간 후 기관단총이 그들을 향해 불을 뿜었다. 웬푸는 머리에 한 발을 맞고 그 자리에서 죽었다. 수감자들이 피로 젖은 셔츠를 들어 올렸다. 그러자 총격이 멈췄다.

지휘관인 중위가 다섯 명의 미군을 데리고 와서 우리 전령의 시체를 살폈다.

"너무 정확했군그래."

그는 이렇게 중얼거리더니 앰뷸런스를 부르기 위해 휘적휘적 가버렸다.

20분 후에 차가 오더니 네 명의 부상자들과 함께 웬푸의 시체를 싣고 가버렸다. 나머지 사람들은 그날 밤늦게까지 구덩이를 떠날 수 없었다. 그들은 30시간 이상을 아무것도 먹지 못한 상태였다. 우리 취사병이 그들을 위해 옥수수죽을 끓여줬다. 그런 상태에서 단단한 음식을 바로 먹으면 위험하기 때문이었다.

똑같은 일이 다시 일어났다. 페이 인민위원이 위로의 말을 보내며 훈장을 수여했다. 웬푸에게는 순교자의 직위와 1급 훈장이 주어졌다. 1급 훈장은 셰닝, 호우, 요리병인 황지안에게도 주어졌다. 대대장의 전령이 죽자 샨민이 그 일을 맡게 되었다. 나는 내 젊은 친구에게 지금부터는 그를 보호해줄 수 있는 완렌에게 담배를 줘야 한다고 말했다. 완렌은 점잖은 사람이어서 자신에게 할당된 양 이상의 것을 받지 않았다. 그래서 여분의 담배가 생기면 고마워할지 몰랐다.

나는 기를 빼앗으려 한 것이 잘한 일이었는지 갈피를 잡지 못했다. 나는 사람들이 보여준 용기에 감탄하면서도 어떤 의미에서 보면 그들의 정열과 용기에 전율을 느꼈다. 솔직히 말하면 나한테는 그것이 없었다. 그런데 또 한편에서 보면 기 하나 때문에 목숨을 잃을 가치가 있었는지 의심스러웠다. 그것은 아무리 상징적인 것일망정 비닐천에 지나지 않았다. 나는 관념을 위해 목숨을 내놓을 수 있는 사람들에게서 일종의 종교적인 열정을 보았다. 그 관념이 아무리 어리석은 것일망정, 자기희생의 행위는 그들을 놀라운 존재로 만들었다. 그들 가운데 많은 이들이 잠재적인 영웅이었다.

26

우리 막사에 수용된 죄수들은 모두 라슨 대위한테 화가 났다. 그
가 웬푸의 죽음과 다른 네 명의 부상에 책임이 있다고 믿었다. 매일
저녁 하사관이 우리를 앞뜰에 모아놓고 인원 점검을 했다. 때때로
라슨이 직접 하기도 했는데, 그것이 어떻게 시작되었는지는 모르겠
지만, 여하튼 11월 초의 어느 날 저녁이었다. 라슨은 인원 점검이
끝난 후에 말했다.

"해산!"

그런데 갑자기 몇십 명의 죄수들이 중국어로 소리쳤다.

"죽여라!"

당황한 라슨은 주위를 둘러보더니 멀리 가지 못한 샨민을 붙잡고
그게 무슨 말인지를 물었다. 아이는 내가 가르쳐준 몇 개의 영어 단
어를 사용하여 그의 얼굴에 대고 '저 나쁜 새끼를 죽여라' 라는 의미
라고 말해줬다.

라슨의 얼굴이 금세 분노로 씰룩거렸다. 그의 코가 벌름거렸다.
그는 두 손을 뻗더니, 뜰 전체를 품에 안기라도 하듯 가슴을 두드렸

다. 그리고 큰 소리로 명령했다.

"거기 서! 돌아와서 다시 정렬해!"

머뭇거리며 우리는 그 앞에 다시 모였다. 그가 말했다.

"한 번 더 하겠다. 들어갈 때는 찍소리 없이 들어가라. 알겠느냐?"

나는 그의 말을 통역했다. 하지만 아무도 반응하지 않았다. 정적이 깃들었다. 남동쪽 비탈에 있는 초가집에서 두 마리의 개가 짖는 소리가 들렸다. 그 소리에 이어 철조망 울타리 너머에 있는 밀감나무 숲에서 두 마리의 까치가 졸린 듯이 우는 소리가 들렸다. 남쪽 하늘에 뜬 반달은 빛바랜 구름의 소용돌이에 가려 거의 보이지 않았다.

"자, 해산!"

"죽여라!"

대부분의 사람들이 이렇게 고함을 지르고 숙소를 향해 돌아가기 시작했다.

"염병할!"

라슨이 큰 손을 뻗으며 호통을 쳤다.

"다시 돌아와서 정렬해!"

라슨은 뒤에 서 있는 미군들이 구경꾼이 되어 웃는 동안 발을 동동 굴렀다. 우리는 말없이 그 앞에 다시 모였다. 하지만 사람들의 기분이 조금 괜찮아진 것 같았다. 라슨이 호통을 쳤다.

"조용히 해산하란 말이다. 내가 너희를 보내줄 때 입을 꼭 다물고 있으란 말이다. 이번에 내 명령을 따르지 않으면 일주일 동안 너희들의 식량 배급을 중단하겠다."

나는 사람들에게 그의 경고를 통역해줬다. 하지만 그들은 아무런

375

감정도 내비치지 않고 그를 빤히 바라보기만 했다. 나는 완렌의 짧고 억센 얼굴에 능글맞은 웃음이 어리는 걸 보았다. 그는 편해 보였다. 이 대결이 계속되기를 바라는 것 같았다.

"차려!"

라슨이 소리쳤다. 우리 중 일부는 뒤꿈치 차는 소리를 냈다. 대위가 기침을 하더니 소리쳤다.

"해산!"

"죽여라!"

모든 죄수들이 한목소리로 외쳤다. 라슨은 돌아서서 미군들에게 명령했다.

"몇 놈 잡아서 내 사무실로 끌고 와라."

그의 부하들이 달려가며 일부는 권총을 흔들었다. 그들은 세 명을 잡아서 끌고 갔다. 우리는 그가 그렇게 무작위로 체포할 것이라곤 예상치 못했다. 또한 우리는 미군들이 옷 속에 권총을 차고 있으리라는 것도 생각지 못했다. 만약 그들이 비무장 상태라면 우리가 그들을 공격해 세 사람을 구했을지 몰랐다. 우리가 충격에서 벗어나기 전에 미군들은 잡힌 사람들을 밀치거나 권총으로 등을 찌르면서 문 쪽으로 끌고 갔다. 다른 포로들이 할 수 있는 건 라슨에게 온갖 욕을 퍼붓는 일밖에 없었다. 하지만 그는 그런 욕을 전혀 알아듣지 못했다.

중대장들이 바로 우리 본부에 모였다. 상황을 논의하고 계획을 세우기 위해서였다. 나는 그렇게 대처하는 것이 잘하는 짓인지 확신할 수 없었다. 붙들려간 세 사람이 우리 때문에 고통을 당하게 될 거라는 건 분명했다. 그래서 적대감을 더 조장해서는 안 될 일이었다. 여하한 경우에도 라슨이 그들을 해치는 건 막아야 했다. 하지만 우리가 모종의 압력이나 힘에 의존하지 않는다면 적들을 뉘우치게 할 방법이 없었다. 말만 갖고서는 안 될 일이었다.

지도자들이 의견을 나누는 동안 나는 아무 얘기도 하지 않고 뒤집어놓은 나무 상자에 앉아 듣고만 있었다. 전령이 된 산민은 내 옆에 앉아 있었다. 하지만 그는 대나무 끝에 구멍 뚫린 가죽을 대어 만든 파리채로 파리들만 계속 잡고 있었다. 그에게는 파리를 잡는 요령이 있었다. 그의 말에 따르면, 파리들은 위치를 바꾸지 않고서는 날아갈 수 없기 때문에 파리가 움직이거나 다리를 문지를 때 잡아야 한다고 했다. 그의 목에 검은 모기 한 마리가 앉아, 물구나무선 자세로 열심히 피를 빨아 먹고 있었다. 나는 모기를 찰싹 때렸다. 산민이 깜짝 놀랐다가 내 손바닥에 피가 묻은 걸 보고 편한 자세로 되돌아갔다.

곧 지도자들이 합의에 도달했다. 단식투쟁을 통해 켈리 대령과의 직접적인 대화를 요구하자는 것이었다. 감옥이나 다른 막사들과 연락을 취하기에는 이미 너무 어두워졌기 때문에 그들은 다음 날부터 우리만 독자적인 행동에 들어가기로 결정했다.

취사실에는 아침을 짓지 말라는 명령이 내려졌다. 그래서 취사병들은 다음 날 아침에 편안하게 잠을 잤다. 날이 밝자마자 우리는 우리의 결정 사항을 다른 막사와 페이 인민위원에게 신호로 알렸다. 감시탑 위의 경비들은 수감자들이 움직이지 않는 걸 보고 왜 이렇게 조용하냐고 우리에게 물었다. 단식투쟁과 우리의 요구 사항을 듣고, 그들은 지체 없이 상급자에게 상황을 보고했다. 하지만 라슨 대위는 우리를 무시했다.

아침 내내 우리 막사는 평상시처럼 활기가 없었다. 대부분의 죄수들은 잠자리에서 하릴없이 빈둥거렸다. 옥외 변소에 가는 경우가 아니라면 누구도 밖으로 나가지 못하게 되어 있었다. 지도자들은 우리에게 아무 소리도 내지 말라고 했다. 침묵으로 경비들을 긴장하게 만들려는 의도였다. 취사병들이 점심 식사를 준비할 시간인 10시 30분이 지난 후에도 열 개의 막사 굴뚝에서는 연기가 피어오르지 않았다. 취사실은 모두 잠겨 있었다. 그러자 라슨은 허둥대기 시작했다. 그는 수용소 전체가 단식투쟁에 참여할 것이라고는 예상치 못한 듯했다.

라슨은 우리 막사 앞문에 와서 두 시간 전에 트럭이 배달해줬지만 취사병들이 받아들이기를 거부한 세 자루의 보리와 무 이파리가 담긴 큰 바구니 옆에 서 있었다. 그는 지나가는 수감자들을 손짓으로 불렀다. 그들과 얘기를 나누고 싶은 모양이었다. 하지만 그들은 그를 무시했다. 그는 담배에 불을 붙이고 잠시 경비들과 대화를 나눴다. 그런 다음 한 미군이 그에게 휴대용 확성기를 건네줬다. 대위가 우리를 향해 소리쳤다.

"점심 먹을 것을 명한다. 채소가 햇볕 아래 썩어가고 있다. 이렇게 허비하는 걸 용납하지 않겠다."

포로들은 그의 말을 재미있어 했다. 그들은 웃으며 말했다.

"자기가 우리 입의 주인이라도 되듯 지껄이고 자빠졌네."

8수용소의 모든 막사들이 단식투쟁을 한 것은 이번이 처음이었다. 거제도에 있었을 때는 이런 항의가 일상사였다. 수용소 당국은 어떻게 대처해야 할지 알고 있었다. 하지만 다소 마음이 불안해진 켈리 대령은 대대장들과 만나겠다고 기꺼이 약속했다. 그가 정말 이 갈등을 해결하려고 하는지는 불확실했지만 우리는 그가 수락한 걸 보고 고무되었다.

오후 중반쯤 완렌과 나는 우리 막사를 대표하여 경비대 본부로 갔다. 켈리의 사무실 밖에 있는 휴게실에는 열 명 남짓한 포로들이 접이식 의자에 앉아 있었다. 하지만 대령은 아직 들어와 있지 않았다.

차오린이 나를 향해 고개를 끄덕여 보였다. 나도 손을 흔들었다. 나는 그가 있는 곳으로 가서 그의 뒤에 앉았다. 하지만 우리는 자유롭게 얘기를 나눌 수 없었다. 수용소 당국을 위해 일하는 타이완 출신의 장교이자 통역이 엉덩이를 창턱에 대고 있어서 우리가 하는 말을 들을 수 있었기 때문이었다. 차오린이 돌아서서 내게 말했다.

"자네가 다른 사람들을 도와 훌륭한 일을 해냈다고 들었네."

내가 완렌을 도와준 일을 두고 하는 말이었다.

"이처럼 지옥 같은 곳에서는 서로를 도와야죠."

나는 통역관인 펑이 귀를 쫑긋 세우고 있다는 걸 알고 화제를 옮겨 차오린에게 물었다.

"여기서 겨울 날 준비는 돼 있으세요?"

"그럼, 담요 한 장이 막 지급되었다네."

나한테는 새로운 소식이었다. 우리 동은 아직 다가오는 겨울을 위해 여분의 옷을 받지 못한 상태였다. 나는 슬펐다. 하지만 가까스로 화제를 돌려 그에게 물었다.

"이는 왜 그렇게 됐어요?"

그의 윗니가 하나 빠져 있기에 물은 것이었다.

"지난달에 미군한테 맞아서 이렇게 됐네."

"아직도 아프신가요?"

"지금은 괜찮아."

그러니까 국기 때문에 싸우느라 앞니를 잃었다는 말이었다. 하지만 그것에 별로 개의치 않는 모양이었다.

라슨 대위가 앞으로 나오더니 손뼉을 크게 쳐 우리를 조용히 시켰다.

"켈리 대령께서 들어오시면, 모든 사람이 기립해야 한다. 알겠지?"

아무 대답도 없었다. 나는 복도 아래쪽 방에서 규칙적으로 들려오는 타자기 소리에 매혹된 채 완렌 옆에 앉아 있었다. 휴게실 맞은편 구석에는 작은 대나무들이 화분에 심어져 있었다. 대나무 옆 금속 탁자에 있는 커피 메이커에서 꼬르륵꼬르륵 소리가 났다. 문이 열리고 켈리 대령이 들어왔다. 하지만 아무도 일어서지 않았다. 라슨 대위와 펭 통역관만 벌떡 일어났다. 라슨의 얼굴이 분노로 일그러졌다.

대령이 우리 앞에 멈췄다. 그는 놋쇠 버클이 달린 벨트에 권총을 차고 있었다. 벨트 위로 불룩한 배가 늘어져 있었다. 그가 입술에 주름을 잡으며 우리에게 말했다.

"나한테는 20분밖에 없소. 당신들이 왜 단식투쟁을 시작했는지 얘기해보시오."

우리는 우리의 요구 사항을 미리 생각해뒀었다. 차오린이 그걸 말하기 시작했다. 나는 일어나서 통역을 해야 할지 망설이다가 차오린이 앉아서 얘기하는 걸 보고 일어서지 않기로 했다. 그때 켈리 대령이 나한테 그만두라는 몸짓을 했다. 그는 펭이 통역하기를 바랐다. 나로서는 더더욱 좋은 일이었다.

차오린은 켈리에게 두 가지 요구 사항이 있다고 말했다. 첫째, 라슨 대위가 잡아간 우리 동지들을 풀어줘야 하며, 둘째, 웬푸가 죽게 된 경위를 조사해 살인자들을 처벌해야 한다는 것이었다. 놀랍게도 켈리가 미소를 지으며 말했다.

"세 사람은 돌려보낼 것이오. 우리가 그들을 데리고 있을 이유가 없소. 그들은 이미 각자의 막사로 돌아가고 있을지도 모르오."

그는 라슨이 혼자서 우리들을 다루지 못하는 것에 짜증이 난 것처럼 그를 응시했다. 그가 말을 이었다.

"죽게 된 경위를 조사하려면 시간이 걸리오. 과정이 끝날 때까진 어떤 결론도 내릴 수 없소. 때문에 내가 어떻게 할지에 대해서는 여러분에게 약속할 수 없소."

"경위를 조사하겠다는 거요, 안 하겠다는 거요?"

차오린이 대들었다.

"물론 하겠다는 거요. 이번 사건에 대해 상부에 보고해야 하니까, 내가 그렇게 하도록 하겠소."

"결과에 대해 우리한테 알려주겠습니까?"

"그에 대해서는 얘기할 수 있소."

"우리는 살인자들이 처벌받기를 바라오."

"서둘지는 맙시다. 여러분이 지금 해야 할 일은 단식투쟁을 중지하는 거요."

"우리는 당신이 이 살인 사건을 조사해서 죄지은 자들을 처벌하기를 바라고 있소."

"앞서 말했듯이, 나는 이 사건을 조사해보고 죄가 있는 사람이 발견되면 그에 맞게 처리하겠소. 자, 그러니 이제는 단식투쟁을 그만두시오."

"수사 결과를 우리한테 알려주겠습니까?"

"여러분이 단식투쟁을 끝낼 경우에만 그렇게 하겠소."

"약속하십니까?"

"그렇소."

"그렇다면 단식투쟁을 끝내겠소."

"그게 언제요?"

"오늘이오."

"좋소. 그 말을 들으니 좋구려."

나는 대화가 그렇게 합리적일 것이라고는 예상치 못했다. 어찌 된 일인지 차오린과 다른 대장들은 더 이상의 질문을 하지 않았다. 켈리가 차오린에게 정확히 언제 단식투쟁을 끝낼 것인지 물었던 것처럼, 그들도 대령에게 수사가 대략 얼마나 걸릴 것이고, 언제 우리에게 그 결과를 알려줄 것인지 물었어야 했다. 나는 가능한 한 위기가 빨리 끝나기를 바랐기 때문에 그들에게 이러한 소홀함을 상기시키진 않았다.

우리가 떠나기 전에 대령은 차오린과 오랫동안 알고 지내기라도 한 것처럼 악수를 하기까지 했다. 나는 대령의 친절함에 깜짝 놀랐다. 차오린도 불편해하는 것 같았다. 그는 우리를 향해 어색하게 웃었다.

억류되어 있던 세 사람은 완렌과 내가 경비대 본부에 가 있는 동안 돌아와 있었다. 한 사람은 한쪽 손이 으깨져 있었고, 다른 두 사람은 얼굴이 부어 있었다.

우리는 그날 저녁 식사를 하겠다고 했지만, 라슨이 인원 점검을 끝내고 우리를 해산시켰을 때 다시 소리쳤다.

"죽여라!"

그는 얼굴이 홍당무가 되어 완렌을 붙잡고 말했다.

"당신들, 이 웃기는 짓 좀 그만둘 수 없겠소?"

나는 그 질문을 통역했다. 우리 대장이 대답했다.

"당신은 내 부하들을 때렸소. 우리는 복수해야 하오."

라슨은 순진한 표정을 지으며 말했다.

"맹세코 나는 그들한테 손도 대지 않았소. 그들을 거칠게 대한 건 본부에 있는 작자들이란 말이오. 나는 그들에게 내 일을 더 어렵게 만들고 있다고도 항의했소. 당신 부하들이 그 웃기는 말로 소리치지 않도록 해주겠소?"

그의 설명은 완렌에게 설득력 있게 들리는 것 같았다. 완렌은 다친 세 사람한테서 이상한 미군들이 그들을 때렸다는 얘기를 들어 알고 있었다. 언변이 능숙하지 못한 완렌은 그들을 체포하라고 명령한 사람이 라슨이라는 사실을 갖고 그의 말을 맞받아치지 못했다. 대신 완렌은 이렇게 말했다.

"우리한테는 표현의 자유가 있지 않던가요? 우리는 아무 잘못도 하지 않았소."

나는 이것을 약간 다르게 해석했다.

"대위, 불쾌하게 생각할 필요 없소. 우리 군에서는 종종 '만세'라는 의미로 '죽여라'라는 말을 쓰니까요. 설마 우리에게 우리의 말을 버리라고 하는 건 아니겠죠?"

"그럴 의도는 없소."

"당신은 표현의 자유를 존중하지 않소?"

"물론 존중하죠."

"그러니 나쁜 감정은 갖지 마시오."

그는 땅딸막한 턱을 흔들며 한숨을 내쉬었다. 그때부터 계속 우리는 라슨이 인원 점검을 끝낼 때마다 마음껏 소리칠 수 있었다.

"죽여라!"

켈리 대령은 약속을 지키지 않았다. 우리는 그로부터 수사 결과에 대해 듣지 못했다. 아마 수사를 하지도 않았을 것이다. 우리는 웬푸의 죽음에 대해 아무도 처벌을 받지 않았다는 사실만 알았다. 웬푸는 죄수들 중에 절친하게 지냈던 사람이 없었다. 그래서 아무도 그에 관해 다시는 말하지 않았다.

III

27

12월 초 어느 날 아침이었다. 완렌이 열두 개의 소시지 통조림이 들어 있는 종이 봉지를 들고 위병소에서 돌아왔다. 통조림을 보자 대대 본부에 있던 사람들 모두 흥분했다. 완렌이 우리에게 말했다.

"라슨이 나한테 이걸 주더라고."

"오늘은 왜 그렇게 너그러운 거죠?"

내가 말했다.

"모르겠어. 사무실로 오라고 하더니 이걸 줬어."

"원하는 건 없었고요?"

이상한 일이었다.

"서명만 하라고 했어."

"무슨 서명요?"

"통조림을 받은 것에 대한 서명이지."

그의 답변이 이상하게 들렸지만 나는 더 이상 묻지 않았다. 주변에 있던 사람들은 대장이 통조림 하나를 따서 모든 사람들에게 맛보라고 하지 않자 실망했다. 대신 완렌은 아직 몸이 회복되지 않은 다친 사람들에게 통조림을 주겠다고 말했다. 사람들이 돌아갔을 때 나는 그에게 말했다.

"대장님, 질문이 있는데요. 그런데 기분을 상하게 해드릴까 봐 걱정되네요."

"말해봐. 자네는 내가 속에 뭘 담아두는 사람들을 좋아하지 않는다는 걸 알잖아."

"그렇다면 좋아요. 라슨이 어떤 종이에 서명하라고 했나요?"

"큰 종이였어."

"빈 종이였나요?"

"아니, 뭐라고 쓰여 있었어."

"뭐라고 쓰여 있던가요?"

"나로서는 알 수 없지. 음식을 어떻게 배분했는지 적혀 있지 않았을까?"

"그게 확실한가요?"

"아니, 그렇지는 않아. 영수증이었을 수도 있지."

"그가 중요한 서류에 서명하게 했을지도 모른다고 생각하진 않으세요?"

내 말에 그의 얼굴이 붉어지더니 입술이 떨렸다.

"계속 웃으면서 아주 친절하게 해주더라고. 솔직히 그런 생각은 하지 못했어."

"어쩌면 우리에게 불리한 쪽으로 사용할 무언가에 서명하라고 했을지도 몰라요."

"그렇게 심각해 보이지는 않았어. 한 자 한 자가 줄이 쳐진 종이에 쓰여 있었어."

"미국인들에게는 종이에 서명되어 있으면 법적으로 효력이 있는 거예요. 그들은 우리처럼 도장을 사용하지 않아요."

"그렇다면 어떻게 해야 하지?"

그가 코를 씰룩거리며 조금 당황스러워했다.

그는 머리가 둔했다. 유능한 전사인 건 분명했지만 특출한 지도자는 아니었다. 적들은 어떻게 그리 쉽게 그를 속일 수 있었을까? 나는 서명이 뭔가 다른 일을 위한 것이었다고 확신했다. 라슨 대위가 완렌의 약점을 간파하고 그를 개별적으로 상대한 것이었다. 그래도 나는 완렌을 동정했다. 그는 부상자들에게 소시지를 갖다주고 싶은 마음에 무턱대고 서명해버린 것이었다.

오후 내내 그와 나는 어떻게 해야 할지를 생각해보았다. 우리 대대의 장교들과 이 문제에 대해 얘기를 나눠야 할까? 혹은 페이 인민위원에게 보고해 지시를 받아야 할까? 혹은 우리가 가서 스스로 시정해야 할까?

당황한 완렌은 차오린과 페이 인민위원에게 즉시 알려야 할지 모르겠다고 말했다. 나는 그것이 현명한 생각은 아니라고 말했다.

"그들이 대장님을 비난할 거라곤 생각하지 않으세요? 게다가 우리는 라슨에게 무슨 꿍꿍이속이 있는지 정확히 모르고 있어요."

"유안, 우리가 어떻게 해야 하는지 말해보게."

완렌은 거친 턱을 손바닥으로 문지르며 풀이 죽어 있었다. 하지만 나는 겨우 통역이자 막사의 대변인에 불과했다. 그런 문제에 관해 그에게 충고해서는 안 될 일이었다. 하지만 너무 많은 사람들이 이 사실을 알게 되면 안 될 것 같았다. 그렇지 않으면 또 다른 전투가 벌어지고 더 많은 사람들이 죽어갈지 몰랐다. 완렌이 서명한 것은 한 달 전에 일어난 일에 관한 것이 분명했다. 어쩌면 라슨 대위는 우리의 전령이 죽게 된 경위에 일말의 불안감을 느끼고, 우리가 그 죽음에 책임 있는 것처럼 보이게 함으로써 그 일에 대한 책임에서 벗어나고자 했는지도 몰랐다. 만약 그것이 사실이라면, 켈리 대령이 수사를 시작했다는 걸 의미했다. 아니, 적어도 라슨은 켈리가 약속을 이행할 것이라고 생각한 게 틀림없었다. 그래서 그는 자신을 보호할 조처를 취한 것이었다. 나는 완렌에게 말했다.

"몇 가지 제안을 할 테니, 대장님 스스로 결정을 내리셔야 해요."

"그래, 자네의 생각을 들어보자고."

"제 생각에는 이 일에 대해 아는 사람이 적으면 적을수록 결과는 더 좋을 것 같아요. 그러니까 이 문제는 조용히 해결해야 해요."

"하지만 어떻게?"

"이러면 어떨까요. 내일 라슨에게 가서 우리 막사의 위생 상태를 조사해달라고 하세요. 그가 오면 그를 억류하고 대장님이 서명한 걸 돌려달라고 요구하세요."

"우리 부대원들에게 이 계획에 대해 알려야 하지 않을까?"

나는 잠시 생각해보고 말했다.

"그럴 필요는 없을 것 같아요. 우리의 보안소대한테만 알려서 그를 억류할 준비를 하게 하세요. 그거면 충분할 거예요. 게다가 라슨이 미끼를 물지 않을 수도 있어요. 그가 오더라도 상황이 여의치 않으면 억류하지 못할 수도 있어요. 우리는 유연하게 대처해야 해요. 특히 어느 누구도 희생시켜서는 안 돼요."

"유안, 자네는 영리한 사람일세."

나는 그가 나의 진짜 이름을 사용하자 불편해졌다. 그는 우리 막사에서 나를 그렇게 부른 유일한 사람이었다. 페이 인민위원을 통해 나의 진짜 이름을 알게 된 게 분명했다. 내가 말했다.

"이 결정을 내리는 데 제가 관련되어 있다는 말을 다른 사람들에겐 하지 마십시오. 저는 그저 대장님의 통역일 뿐입니다."

"알았네. 이건 우리 두 사람 사이의 일일세."

다음 날 아침 9시에 그와 나는 라슨 대위를 만나러 위병소에 갔다. 우리는 곧장 안으로 안내되었다. 라슨은 철제 책상 뒤에 앉아 시가를 피우며 잡지를 읽고 있었다. 잡지 뒷면에는 주름 장식이 달린 수영복을 입고 하이힐을 신은 젊은 여자의 사진이 실려 있었다. 나는 그의 뒤에 있는 선반에 라슨 자신의 석고 흉상이 있는 걸 보고 놀랐다. 전체적으로 그 흉상은 넓은 이마, 두툼한 턱, 벌어진 볼, 내리깐 눈 등 그의 모습을 닮아 있었다. 하지만 어딘지 몽골 사람 같은 분위기가 풍겼다. 얼굴은 약간 너무 둥글고 입술은 너무 두툼했다. 나는 왕 군의관이 여가 시간에 인체를 조각하는 걸 좋아했다는 사실을 떠올렸다. 위생병이 언젠가 나에게 미군 장교가 의사에게 자신의 흉상을 만들어달라고 부탁했다는 얘기를 해줬었다. 라슨 대위가 그 장교였던 게 틀림없었다. 대부분의 미군들과 대조적으로 그는 세련되어 보였고, 종종 빈정대는 미소를 입술에 머금고 있었다. 하지만 나는 그가 그토록 허영심 많고 자아도취적이라고는 생각하지 않았었다. 나는 석고상에서 뭔가를 더 느꼈다. 중요한 사람이나 영웅이 되고자 하는 어린 소년의 욕구랄까, 뭔가 치기 같은 게 느껴졌다. 그걸 깨닫자 마음이 약간 짠해졌다. 라슨도 마음속 깊은 곳에서는 정신적으로 아직 성인이 되지 못한 상당수의 우리들과 비슷할지 모른다는 생각이 들었다.

완렌은 고개를 숙이고 대위에게 어제 소시지를 줘서 고마웠다는 말을 한 다음, 소고기 통조림이나 다른 고기 통조림을 한 상자만 더 달라고 했다. 나는 그의 요청을 라슨에게 통역해줬다. 그는 그 말을 듣고 믿을 수 없다는 듯 눈썹을 치켜 올렸다. 완렌이 밀어붙였다.

"열 명이 넘는 부상병들이 영양실조로 고통당하고 있습니다. 어떤 사람들은 아직도 종기가 곪아 있고요. 사람은 뭘 먹느냐에 달려 있습니다. 수용소 음식은 그들이 몸을 회복하는 데 도움이 되지 못합니다. 당신이 우리한테 준 소시지는 훌륭했습니다. 하지만 부상자들에게 나눠주려니까 턱없이 부족했습니다. 제발 조금만 더 주십시오."

"안 돼. 당신은 어제 열두 개의 캔을 가져갔어."

라슨이 말했다.

"대위님, 우리는 당신이 원하는 대로 협조해드리고 싶어요. 우리는 당신이 우리 막사를 전 수용소를 위한 모범적인 막사로 만들고 싶어 한다는 걸 알고 있습니다. 그래서 당신에 대한 감사의 마음을 보여주기 위해 어제, 우리 숙소를 완전무결하게 청소했습니다."

내가 말했다.

"그래, 얼마나 깨끗해졌지?"

그가 입가를 움직이며 씩 웃었다.

"이제 변소에 파리가 없는가?"

"없습니다."

"내의에 이도 없고 서캐도 없는가?"

"물론 없습니다. 지난주에 샅샅이 잡았거든요."

"나는 바보가 아니야."

"지금 당장 우리 막사를 조사해보실 수 있습니다. 하지만 조건이 하나 있습니다. 우리가 청소한 것에 만족하시면 소금에 절인 소고기 통조림 스물네 개짜리 한 상자를 주십시오."

"나는 죄수들과 협상은 안 해."

"우리가 우리 자신을 위해 부탁드리는 게 아닙니다. 우리 막사에 가셔서 부상자들에게 어제 소시지를 먹었는지 한번 물어보세요."

의심스럽다는 듯한 웃음이 라슨의 얼굴에 나타났다. 그의 반짝이는 눈이 깜빡이더니 갈색 동공이 약간 수축했다가 다시 풀렸다. 나는 그가 우리를 타락한 장교쯤으로 생각한다는 걸 알 수 있었다. 그래서 나는 이렇게 덧붙였다.

"우리의 명예를 걸고 말씀드리지만, 우리는 소시지를 한 입도 먹지 않았습니다. 직접 오셔서 부상자들에게 물어보십시오. 우리 장교들의 성실함을 의심하는 건 우리한테 모욕입니다."

나는 더 이상 말을 계속할 수 없다고 생각했다. 나는 통역에 불과했기 때문에 무언가 요청하는 역할을 떠맡아서는 안 되었다. 그사이 완렌은 내가 그를 설득하도록 가만히 있었다. 다행히 라슨이 일어나서 시가를 스테인리스 재떨이에 비벼 끄고, 피우지 않은 나머지 반을 가슴 호주머니에 넣었다. 그리고 우리는 함께 사무실을 나섰다. 하지만 라슨은 PX 쪽과는 다른 방향으로 갔다. 한 시간쯤 후에 와서 부상자들한테 직접 물어보겠다고 했다.

지체 없이 우리는 돌아와서 다른 사람들에게 뜰을 청소하라고 시켰다. 그리고 부상자들이 있는 막사에 보안소대를 배치했다. 아침나절이 반쯤 지났을 때 라슨 대위가 한쪽 어깨를 다른 쪽 어깨보다 높이 들고 다니는 중위를 대동하고 도착했다. 그들은 문을 통과해 어슬렁거리며 걸었다. 둘 다 기분이 좋은 것 같았다. 껌을 씹으며 농담을 주고받았다. 지시를 받은 대로 몇몇 죄수들이 그들을 향해 미소를 지으며 손을 흔들었다. 모든 것이 정상적인 듯했다. 몇몇은 어슬렁거리며 햇볕을 쬐고 있었다. 나는 두 장교한테 가서 말했다.

"우리 막사를 검사하러 오셔서 감사합니다. 부상자들부터 보시겠습니까?"

그들이 고개를 끄덕이고 나를 따라 문 옆에 적십자 표지가 걸려 있는 막사로 들어왔다. 그들이 들어선 순간, 그들 뒤로 문이 닫혔다. 라슨은 깜짝 놀랐다. 하지만 그가 무슨 말을 하기도 전에 대대장 완렌이 소리쳤다.

"잡아라!"

열 명도 넘는 사람들이 달려들어 그들의 팔을 뒤로 묶었다.

"이봐, 이봐, 이게 무슨 짓이야?"

껑충한 중위가 소리쳤다.

"젠장!"

라슨이 소리를 질렀다.

"소고기 통조림 다섯 상자를 주겠다. 알겠느냐? 우리를 그냥 놔 줘라!"

완렌이 그의 뺨을 갈기려고 앞으로 나갔다. 나는 그를 붙들고 속삭였다.

"그건 우리가 저들을 여기에 붙잡은 목적이 아니잖아요."

나는 미군 장교들을 향해 돌아서서 말했다.

"우리는 심각한 얘기를 하려고 당신을 이곳으로 초대한 거요, 라슨 대위. 당신은 어제 아침 우리 대장님을 현혹시켜 무슨 종이엔가 서명하게 했죠. 우리 대장이 영어를 모르는 걸 이용해 그렇게 하다니 당신은 정직하지 못해요. 우리 대장이 서명한 걸 돌려주시오. 그것을 돌려주는 순간, 당신들을 풀어줄 거요."

"나는 당신이 무슨 말을 하는지 전혀 모르겠소."

"당신은 물론 알고 있소."

우리는 사무실로 사용하는 안쪽 방으로 그들을 데리고 들어갔다. 두 사람은 아직도 흥분해 침을 튀기며 자리에 앉았다. 우리는 침착하게 라슨을 심문하기 시작했다. 그는 처음에는 문제를 피하려고 했다.

"당신들은 너무 과대망상을 하고 있소. 찰리와 나를 보내줘."

"서명된 그 종이를 줄 때까지는 안 되죠."

나는 그로부터 찰리 중위를 떼어놓으려고 그를 손가락으로 가리켰다.

"그건 이미 다른 쓰레기와 함께 버렸소."

라슨이 말했다.

"그렇다면 우리는 당신을 여기에 억류할 수밖에 없어요."

"당신들은 욕심이 너무 많아. 처음부터 소시지를 주지 말았어야 했어."

"대위, 이건 통조림에 관한 문제가 아니오. 우리는 서명된 종이를 원하는 거요."

"잊어버렸어. 없어졌단 말이오. 당신들은 내게 수용소 밖에 있는 쓰레기장을 몽땅 뒤지라는 말인가? 당신들이 직접 해보지그래. 그건 내가 허락해주지."

"그렇다면 우리는 당신을 여기에 잡아둘 수밖에 없어요."

"젠장, 내가 어떻게 해야 당신들을 이해시킬 수 있겠소? 이건 터무니없는 짓이야!"

정문에 있는 미군들이 그제야 뭔가 잘못됐다는 낌새를 챘다. 그들은 본부에 전화를 걸었다. 1개 소대의 미군들이 20분 내에 도착했다. 갑자기 상황이 우리가 예상했던 것보다 위험해졌다. 더 이상 다른 수감자들 모르게 한다는 것은 불가능했다. 그래서 나는 완렌에게 말했다.

"동지들에게 사실대로 얘기하고 도우라고 하십시오."

"좋은 생각이오."

그는 즉시 밖으로 나갔다. 그러고는 쉰 소리로 눈에 보이는 사람들을 모두 부른 뒤 억류되어 있는 두 장교를 구출하려고 미군들이 들어오면 막으라고 명령했다. 그는 그들에게 라슨이 우리의 서류를 훔쳐가서 그걸 돌려받아야 한다고 말했다. 즉시 2백여 명이 정문으로 몰려들어 무장한 미군들과 맞섰다.

막사 안에서 나는 라슨에게 말했다.

"당신 부하들이 밀고 들어오면, 우리는 당신의 안전을 보장할 수 없어요."

그와 중위가 얼굴을 일그러뜨리며 서로를 바라보았다. 나는 나시 라슨에게 그의 동료 장교를 가리키며 말했다.

"이 문제를 평화롭게 해결할 수 있도록 당신의 동료를 내보내 당신 부하들이 물러가게 하시오."

"펭 장교, 당신은 두려워하고 있군그래."

"우리 부하들이 이곳으로 들어와 몽땅 엎어버릴 수 있소."

"나는 진짜 장교가 아니라 대변인에 지나지 않다는 사실을 명심하시오. 솔직히 말하지만, 당신 부하들이 우리를 공격하면 당신의 목숨을 보장해줄 수 없어요. 먼저 죽고 싶지는 않겠죠?"

그가 고개를 숙였다. 나는 계속 말했다.

"대위, 이렇게 사소한 문제로 우리가 피를 흘릴 필요는 없잖아요. 이 문제를 대화로 풀 수 있도록 찰리 중위를 보내 부하들을 물러나게 하시오."

그는 잠시 생각하더니 중위에게 밖에 있는 미군들에게 메시지를 전하라고 했다. 그사이 우리 대대 소속 장교들이 안으로 들어왔다. 그들은 무슨 일인지 전혀 알지 못했다. 그래서 완렌이 상황을 설명해줬다. 그는 대위에게 손가락질하며 말했다.

"저 개자식이 나를 함정에 빠뜨렸어!"

나는 다시 라슨에게 말했다.

"무슨 수를 쓰든 우리는 유혈극은 피해야 해요. 당신이 우리 대장한테 속임수를 쓴 건 부당한 짓이오. 우리에게 그 종이를 돌려주시오. 빠르면 빠를수록 양쪽 모두에게 더 좋고 당신의 안전에도 좋을 거요."

완렌이 주먹으로 책상을 치며 그를 향해 소리를 질렀다.

"내 인내심이 한계에 다다르고 있다. 네가 협조하지 않는다면 우리는 너를 고이 보내주지 않을 거다."

라슨은 상황의 심각성을 이해하고 생각에 잠긴 것 같았다. 잠시 후 그가 말했다.

"좋소, 그걸 갖다주겠소. 하지만 당신들은 그 종이를 받는 순간, 우리 두 사람을 풀어주겠다고 약속해야 하오."

"약속하겠소."

중위가 돌아오자 라슨 대위는 열쇠 묶음을 꺼내 엄지와 검지로 작은 열쇠를 잡고 그에게 말했다.

"내 사무실 책상의 왼쪽 서랍을 이걸로 열게. 거기에 편지지가 있을 거야. 중국어로 서명된 첫 장을 뜯어 나한테 바로 가져오게."

"알겠습니다."

찰리 중위가 돌아서서 다시 나갔다. 그가 돌아오기를 기다리는 동안 나는 세 중대의 지도자들에게 우리가 왜 그렇게 거친 행동을 하게 되었는지를 설명했다. 그러면서 나는 우리가 아직 라슨이 뭘 했는지 알지 못하며, 다만 미리 조치를 취하는 것이라고 말했다. 어쩌면 전혀 중요하지 않은 것일 수도 있었다. 그래서 모든 사람이 사전에 그것에 대해 알 필요도 없었다. 사람들은 대부분 미심쩍게 생각했다. 일부는 여하튼 자신들에게 알려줬어야 했다고 불평했다. 얼굴이 붉으락푸르락해진 완렌은 말없이 구석에서 담배를 피우고 있었다. 그는 이따금 무뚝뚝한 눈길로 나를 쳐다봤다. 통제할 수 없는 상황으로 변한 것처럼 보이는 이 일이 난감하기는 나도 마찬가지였다. 우리는 모든 가능성을 감안해 보완적인 계획을 세워놓았어야 했다.

10분 후 중위가 종이를 들고 돌아왔다. 나는 면밀히 살펴보고, 그것이 허위 증언이라는 게 드러나자 기뻤다. 그 내용은 이랬다.

11월 22일, 내가 속한 막사의 중국인 포로들은 아무 이유 없이 경비원들을 공격하고 라슨 대위를 물어뜯었다. 그 결과로, 우리 중 한 사람이 죽고 여러 명이 다쳤다. 나는 6번 막사의 대장으로서 이 사건에 책임이 있다.

그런 다음 완렌의 서명이 되어 있었다. 사람들이 나에게 그 말을 번역해달라고 했다. 나로서는 선택의 여지가 없었다. 내가 번역해주는 걸 듣고 일부는 놀라서 숨을 헐떡였다. 몇 사람이 라슨을 혼내줄 작정으로 그에게 다가가려 했다. 나는 그들을 제지하고, 완렌과 중대장들을 향해 말했다.

"우리는 이 종이를 받는 즉시 두 사람을 고스란히 내보내주기로 약속했습니다. 우리는 약속을 지켜야 합니다."

그들은 고개를 끄덕였다. 그래서 두 미군 장교들을 앞문으로 데리고 가 풀어줬다. 그날 오후 우리는 다른 막사들로부터 메시지를 받았다. 무슨 일이 있었는지 묻는 메시지였다. 우리는 그들에게 사실대로 털어놓아야 했다. 저녁 식사가 끝난 후 대대 본부에서 회의가 열렸다. 완렌은 다른 장교들로부터 가벼운 비판을 받았다. 하지만 우리 모두는 평화롭게 기선을 제압할 수 있었기 때문에 운이 좋다고 생각했다. 비밀 작전이 막사 전체에 노출되어 완렌은 창피하기도 하고 약간 화가 나기도 한 것 같았다. 어쩌면 그는 자신의 무능력이 부하들에게 드러나지 않았을까 두려워했을지 몰랐다. 혹은 내가 이 문제를 다루는 데 더 능력 있는 장교임이 드러났을까 두려워했을지 몰랐다. 나중에 그는 전처럼 허물없이 나와 얘기하는 걸 내키지 않아 했다.

일주일 후 라슨 대위는 강등되어 다른 수용소로 갔다. 페이 인민위원의 명령에 따라 우리 막사의 지도자들이 참석하고, 정치교관인 만푸가 주재하는 회의가 열렸다. 완렌은 회의에서 자아비판을 하고 자신의 경계심이 이완돼 있었다고 고백했다. 그는 서명된 종이를 찾는 걸 도와준 모든 동지들에게 감사한다고 말했다. 그렇지 않았으면 적들은 틀림없이 우리가 국기를 방어하는 일에서 쟁취한 승리에 재를 뿌리는 데 그걸 활용했을 것이라고 했다. 하지만 그는 내이름은 언급하지 않았다. 페이 인민위원이 나한테 훈장을 수여했기 때문이었다. 이번에는 2급 훈장이었다. 나는 더 이상 그것에 관심이 없었다. 나와는 대조적으로 완렌은 경고를 받았다. 하지만 그는 우리 대대를 계속 지휘할 수 있게 되었다.

라슨 대위를 억류한 사건 이후 완렌과 나는 더 이상 편하게 지내지 못했다. 하지만 이따금 우리는 시멘트로 만든 장기알을 갖고 장기를 뒀다. 장기알 하나하나에는 마, 상, 포, 차 등의 글자가 쓰여 있었다. 그는 장기를 정말 잘 뒀다. 나는 차나 포를 떼지 않고 그와 맞설 수 있는 몇 사람 중 하나였다. 나는 그가 미군과 상대해야 할 때는 여전히 없어서는 안 될 존재였지만, 그는 조언을 들으려고 더 이상 나를 찾지 않았다. 그는 정직한 사람이었다. 어쩌면 쩨쩨한 계략을 쓸 사람은 아니었을 것이다. 그래도 나는 그에게 책잡히지 않으려고 신경을 썼다.

28

거제도의 602수용소와 다르게 이 수용소에서는 장편 연극이나 예술 공연 같은 대규모 문화 행사는 생각도 못할 일이었다. 가수, 배우, 화가, 작곡가, 서예가들은 대대 이곳저곳에 흩어져 있었다. 그들을 한데 모을 방법이 없었다. 처음에는 이러한 고립 상태가 우리에게 어려움을 초래했다. 하지만 곧 각 막사에서 자체의 문화요원을 조직했다. 그 결과 수용소에는 열 개의 '예술가' 단체가 생겨났다.

열 개의 단체 중 9번 막사의 단체가 어느 단체들보다 재능이 더 많고 가장 활동적이었다. 한쪽 발을 잃은 작곡자이자 무대감독인 멩페이한이 그곳에 있었다. 그 외에도 9번 막사의 대대장은 문화적인 작품을 좋아했다. 그는 한때 포병사단에서 가무단을 인솔한 전력이 있었다. 매일 저녁 그들의 막사에서 음악과 노랫소리가 들려왔다. 수용소 전역에 걸쳐 많은 수감자들이 이런 종류의 음악 활동에 참여했다. 잠깐이긴 했지만 나도 참여했다. 나는 사람들에게 악보 읽는 법을 가르치려고 노력했다. 하지만 내 목소리는 음정이 너무 맞지 않아 악보를 설명해주기 위해 내가 노래를 부를 때마다, 사람들이 웃음을 터뜨렸다. 그래서 단념하고 말았다.

또한 전쟁포로들은 드럼, 플루트, 바이올린, 호른을 포함한 여러 가지 악기들을 만들었다. 나팔은 양철로 만들었다. 나팔수가 우연히 수용소 안으로 악기 주둥이를 갖고 들어온 것이 나중에 이곳에 있는 모든 관악기의 납 주둥이를 위한 주물 모형으로 사용되었다. 드럼은 상대적으로 만들기가 쉬웠다. 크기가 다른 여러 가지 드럼들이 있었다. 톱으로 자른 기름통, 물통, 가스 깡통에 우비 천을 덮어 노끈으로 묶어 만든 것들이었다. 나의 친구인 웨이밍은 샨민을 너무 싸고도는 키가 작달막한 광둥 사람이었는데, 관악기를 만드는 것보다 더 힘든 현악기를 만드는 일에 전문가였다. 그는 음치여서 악보도 못 읽고 연주도 못했지만 다른 사람들보다 더 창의적이었다. 웨이밍은 빈 깡통을 두 줄이 달린 중국식 바이올린 얼후二胡의 공명기로 만들었다. 또 나무판자, 대나무 파이프, 쥐 껍질, 그리고 다른 재료들도 이용했다. 그는 음악에 무지했기 때문에 도와주고 시험해줄 사람들이 필요했다. 하지만 그런 사람들이 너무 많아 줄을 설 정도였다.

죄수들이 만든 하나하나의 악기들은 협력의 결과였다. 수용소에는 악기를 만드는 단체가 몇십 개나 있었다. 그들은 줄이 서너 개 달린 다양한 기타를 만들기도 했다. 그들은 또 여러 종류의 해금을 만들었다. 송진은 소나무 토막을 물에 담궈 추출했다. 대부분의 활은 양쪽 끝이 구부러진 가느다란 쇠막대를 이용했다. 밧줄을 풀어 따뜻한 물에 담갔다가 반듯하게 펴서 그중 질긴 것을 줄로 삼아 막대에 묶었다. 대부분의 '명주실'은 웃옷이나 장화에서 나온 것들이었다. 쇠줄은 공사 현장에서 찾을 수 있는 전깃줄로 만들었다. 서양식 바이올린을 만드는 게 가장 어려웠다. 네 개의 서로 다른 쇠줄을 구하기가 어려웠다. 그런데 한 조가 실로 감긴 일종의 줄을 가까스로 찾아내 G, D, A, E현에 가까운 소리를 내게 만들었다. 서양식 바이올린을 만들어내기까지는 숱한 실험을 해야 했다.

우리 막사는 여름 내내 악기 공장 같았다. 대부분의 막사에서 뭔가를 만들고 있었다. 죄수들은 그것이 그들의 생계라도 되듯 진지하게 일했다. 또한 많은 사람들이 악기 연주법을 익히기 시작해 소규모 악대를 조직했다. 나는 종종 그들이 왜 그렇게 그러한 일에 열심인지 궁금했다. 나는 그들이 아마 지루해져서 그들의 손에 무겁게 내려앉아 있는 시간을 재미있게 보내기 위해서일 거라고 추측했다. 하지만 그건 억측이었다. 나는 곧 그들에게 이것이 심각한 일이라는 걸 깨달았다. 그건 생존의 문제였다. 악기 하나를 만드는 데 보통 너덧 사람이 같이 일했다. 그래서 악기는 집단적 의지와 노력을 대변하는 것이었다. 똑같은 의미에서 악대는 언제나 '적과 싸우는 특별한 무기'로 소대나 중대에 소속되었다. '적과 싸우는 특별한 무기'는 지도자들이 사용한 표현이었다. 나는 그들이 그러한 과장법을 단순한 악대에 사용한 이유가 뭔지 궁금했다. 어쩌면 그들은 음악이 동지들의 용기를 북돋우고 그들의 증오감에 불을 질러 그들을 더 좋은 싸움 기계로 만들 수 있다고 믿는지도 몰랐다.

특별한 것은 아니었지만, 이따금 우리 막사에서는 대나무로 만든 딱따기 소리에 맞춰 짧은 희극이 상연되었다. 어떤 죄수들은 무대를 위해 짧은 시나리오를 썼고, 어떤 사람들은 노래를 만들었다. 하지만 이러한 노력에서 쓸 만한 것은 좀처럼 나오지 않았다. 어쩌다 한 번씩 그들은 미군들을 조롱하기 위해 풍자만화를 그렸다. 코는 오이처럼, 몸통은 불룩하게 그렸다. 우리 막사에 있는 칠판에는 언제나 농담과 시가 적히고, 그림이 그려져 있었다. 하지만 가장 인기 있는 오락은 합창이었다.

만족스러운 노래가 작곡되면 그것은 수감자들 사이에 빠르게 퍼졌다. 그리고 2주도 되기 전에 10개 대대의 대원들이 그걸 모두 부를 수 있었다. 9번 막사의 멩페이한이 주로 작곡했다. 일반적으로 그의 음악은 엄숙하고 격렬하고 고상했다. 그의 제자 중 두 사람은 민요를 잘 불렀다. 그래서 그들은 가벼운 멜로디를 섞어 풍자적인 노래를 만들었는데, 인기가 대단했다. 〈확성기는 언제나 거짓말을 하니 듣지 마라〉, 〈아, 무서워〉, 〈트루먼은 끝났다〉 등과 같은 노래들이 그랬다. 죄수들은 이처럼 별나고 괴기스러운 노래를 너무 좋아해 혼자 있을 때도 불러댔다. 그에 반해 심각한 노래는 단체로만 불렀다. 지도자들은 음악적 재능을 잘 활용했다. 뭔가 중요한 일이 생길 때마다, 그들은 작곡을 했다. 예를 들어 우리의 국기를 게양하면서 벌인 싸움을 기념하기 위해, 대량 학살이 있은 지 일주일 후에 곡이 만들어졌다. 노랫말은 이랬다.

붉은 깃발들이 10월 1일에 높이 휘날리네
우리 동지들의 피가
미제국주의자들의 범죄의 증거로다
적들이 아무리 잔인해도
우리는 더욱더 결연해지리
우리는 손으로 그들의 총검을 막을 수 있고
돌로 그들의 총알을 막을 수 있네
우리의 국기를 수호하기 위해

우리는 어깨를 맞대 요새를 만들고
야만적인 적들과 싸우네
우리의 증오가 쌓여가네
피로 진 빚은 피로 갚아야 하네
사악한 미제국주의자들은
정의의 손을 피할 수 없네
우리, 새 조국의 아들들은
우리의 행동을 세계만방에 알리고
우리의 깃발을 영원히 휘날리리
용감한 순교자들이여, 편안히 잠드소서
그대들은 우리의 가슴에 영원히 살리라

이 노래는 과장이 섞여 있음에도 불구하고 아주 인기가 많아 일부 전쟁포로들에게는 전투가로 쓰였다. 나는 그것이 싫어서 배우지 않았다. 하지만 노래에 대한 사람들의 열정에 놀랐다. 날마다 수용소에는 노래가 울려 퍼졌다. 그래서 미군들까지 그 가락을 익혔다. 구레나룻이 짧고 붉은 마른 체구의 미군은 우리를 향해 일종의 인사로 '전진, 전진, 마오쩌둥을 따르라' 라는 구절을 부르기도 했다.

나는 노래가 죄수들에게는 감정을 정화시키는 계기가 된다는 걸 점점 이해하게 되었다. 노래 내용은 사실 중요하지 않았다. 뭔가를 같이 부를 수 있는 한 그들은 기분이 좋았다. 그들 중 상당수는 우울해하고 툭하면 싸웠다. 노래를 합창하는 것은 그들의 슬픔과 고뇌를 배출하고 그들의 감정적 균형을 회복하는 방편이었다. 우리는 고향과 지난 과거가 너무 그리웠다. 이러한 정신 상태는 많은 사람들을 감상에 젖게 했다. 나는 아무 이유도 없이 갑자기 우는 사람들을 여럿 보았다. 어쩌면 행복한 생각이나 자기 연민에 빠져 그러는지 몰랐다. 노래는 그들의 고통을 누그러뜨리고 기분을 좋게 했다. 보다 중요한 것은 함께 노래를 부름으로써 동료 수감자들을 향해 그들이 느끼는 애정이 순간적인 것이긴 해도, 서로를 감정적으로 동일시하면서 유대감이 커진다는 점이었다.

또한 노래는 외로움에 대한 두려움을 완화시켜주었다. 대부분의 중국인들이 그러한 것처럼, 수감자들은 모여서 무언가 함께하는 걸 아주 좋아했다. 일부는 감금당하는 것보다 혼자 있는 걸 더 두려워했다. 그들은 같이 있고 조직화되어 있으면 생존할 가능성이 더 많다고 느꼈다. 노래는 그들에게 괴로운 마음을 진정시켜줬을 뿐만 아니라 개인적인 외로움을 유보시켜준 일종의 사회주의로의 변환이었다. 솔직히 나도 때때로 그들처럼 넋 놓고 떠오르는 대로 아무것이나 노래할 수 있으면 싶으면 좋겠다는 생각이 들었다.

하지만 다른 질문이 나를 얼마간 괴롭혔다. 그들이 주장하는 것처럼 집단적인 창작이 진짜 예술일까? 나는 처음에는 작곡가들과 화가들을 굉장히 존경했다. 아무 악기도 다룰 줄 모르는 나는 누가 해금을 연주하면 존경스러운 눈길로 쳐다봤다. 아무리 과장된 기교로 연주해도 그랬다. 하지만 오래지 않아 나는 그들의 연주에 조야粗野함이 있다는 걸 깨달았다. 그들은 완벽함이라는 건 생각해보지 않은 것 같았다. 그들은 무기처럼 효용성의 측면에서만 모든 걸 만들었다. 모든 것이 사람들을 흥분시키고 전투의지를 북돋우기 위한 목적에서만 만들어졌다. 이러한 창작품에는 순간적이고 즉흥적인 느낌이 있었지만 한결같이 초라한 모습으로 끝났다.

대부분 사람들은 노래나 시를 단 한 번에 완성했다. 그리고 단 한 자도 고치지 않고 그걸 완성했다는 걸 자랑스레 여기고, 그것이 순수하게 영감에서 나왔으며 천재성의 표시라고 허풍을 떨어댔다. 인내심과 세련미는 이 젊은 사람들에게는 이질적인 것이었다. 그들은 예술이 오락 외의 다른 목적에 봉사하거나 유용한 것일 필요가 없다는 걸 알지 못했다. 그들의 작품은 때로 강력하긴 했지만 아름답지는 않았다. 그래서 나는 그들의 노력에 대해 유보하는 마음을 갖게 되었고, 때로는 그들이 정열과 시간을 낭비하고 있다고 느꼈다. 이 사람들이 재능 있고 창의력이 풍부하고 정열적인 것은 틀림없었다. 하지만 그들은 그들의 재주가 그들을 끌고 간 지점에 늘 멈춰설 뿐, 그것을 넘어 복잡성과 미묘함의 세계로 들어가지 못했다. 깊이는 말할 것도 없었다. 결과적으로 제아무리 재능을 많이 활용해도, 그들은 자신의 조야함을 보지 못하는 영리한 통속 예술가에 지나지 않았다. 내 목이 부러질 위험 없이 이러한 생각을 그들에게 얘기할 방법은 없었다. 그래서 나는 조용히 있었다.

반드시 그래야만 하는 상황이 아니라면 나는 다른 사람들과 같이 노래를 부르지 않았다. 나의 젊은 친구 샨민은 노래하는 걸 즐겼다. 나는 그를 방해하지 않고 영어 신문을 읽는 데 더 많은 시간을 보냈다. 우리의 지도자들을 위해 정보를 얻어내는 것이 내 일이었다. 그래서 아무도 내가 읽는 걸 간섭하지 않았다. 나는 종종 신문 기사에 싫증이 났다. 좋은 책이 있으면 싶었다. 장편소설이나 전기가 있으면 싶었다. 이러한 정신적 박탈은 배고픔보다 더 고통스러웠다. 나는 때때로 내 무릎에 오래된 《성조기》를 펼쳐놓고 보았다. 하지만 이내 생각의 늪에 빠져 눈에 보이는 말의 의미를 알 수 없었다. 하지만 이런 식으로 앉아 있는 것이야말로 내 자신의 생각에 빠져들기 위한 안전한 길이었다. 혼자 있을 때 마음이 더 맑아지고 기민해지는 것 같았다. 나는 다른 수감자들과 같이 아침 훈련을 할 필요가 없었다. 대신 나는 말하는 영어를 연습하기 위해 한 시간 동안 큰 소리로 글을 읽었다. 그것도 내가 해야 하는 일이었다.

먹을 것이 충분치 않아 나는 원하는 만큼 자주 달릴 수 없었다. 때때로 나는 막사 안에서 몇십 번에 걸쳐 쪼그려 앉기를 하며 의도적으로 다친 다리에 무게를 더 실었다. 가끔가다 한 번씩 막사 울타리를 따라 몇 바퀴를 달렸다. 먹을 것만 충분히 주어졌다면, 막노동꾼처럼 일해도 행복했을 것이다. 나는 육체적인 일과 신선한 공기가 내가 감옥에서 쇠약해지는 걸 막아줄 것이라 믿었다. 나는 아직 스물다섯도 안 된, 살날이 많이 남은 사람이었다.

하지만 나는 심한 노동을 할 수 없었다. 한번은 다른 50명과 함께 남한군 훈련소에 도랑 파는 일을 하러 갔다. 그곳은 한국 본토로 가기 전에 신병들이 훈련을 받는 곳이었다. 어쩌다 한 번씩 운이 좋으면 들에 남겨진 무나 고구마를 찾을 수 있었지만, 일은 몹시 힘들었다. 그날 아침 우리는 8시에 시작해서 점심시간에 30분만 쉬고 하루 종일 땅을 팠다. 오후에는 부슬비가 내렸다. 우비를 가져온 사람은 거의 없었다. 저녁에 돌아올 때쯤에는 대부분의 사람들이 비에 흠뻑 젖어 있었다. 나는 온몸이 아파 다음 날 아침에는 일어나지도 못하고 며칠 동안 아팠다. 의사는 나에게 다시는 도랑 파는 일을 하지 말라고 했다. 아직 부상에서 완쾌하지 않은 아픈 다리로는 장시간의 노동을 견딜 수 없었다. 이러한 일이 있고 난 후 나는 장교들과 불구자들만이 면제받는 육체노동을 피하기 위해 일부 '예술가들'이 창작을 한답시고 막사에 남아 있다는 사실을 알게 되었다. 몸이 멀쩡한데도 일을 회피하는 그들이 경멸스러웠다.

나는 통역이었기 때문에 미군들과 죄수들은 나를 장교라 생각했다. 그들은 나를 '통역장교'라고 불렀다. 그래서 수감자들은 내가 그들에게 성가신 존재라도 되는 것처럼 자신들이 일하는 데 끼는 것을 좋아하지 않았다. 나는 성치 않은 다리 때문에 25킬로그램 이상의 물건을 드는 게 힘들었다. 그래서 배나 트럭에서 물건을 내릴 때 일하는 게 어설폈다. 몇몇은 선의로 그랬지만, 자신들이 그처럼 힘들게 일할 때 학자가 옆에 있을 필요가 없다고 말하며 가끔 나를 놀리기도 했다. 하지만 나는 그들의 눈에 완전한 약골은 아니었다. 우리는 여러 번 팔씨름을 했는데, 나는 그들 중 상당수를 이겼다.

내가 가장 좋아하는 일은 다친 다리를 무리하게 쓰지 않고 근육을 쓸 수 있는 삽질이었다. 삽질을 처음 했을 때는 저녁에 땀이 쏟아지고 등이 아프고 손이 뜨겁고 부어올랐다. 하지만 차츰 흙이나 모래, 자갈을 삽으로 퍼올릴 때 리듬을 타가면서 일했다. 나는 숙련된 노동자처럼 상체의 힘으로 삽을 사용할 수 있었다. 삽질할 일이 있을 때마다 나는 자원했다. 때로 그들은 나를 데리고 가기도 했고 안 데리고 가기도 했다. 질퍽한 땅은 삽질하기가 훨씬 더 어려웠다. 하지만 사람들이 많았기 때문에 밧줄로 삽자루 아래쪽을 묶고, 밧줄 양쪽 끝을 두 사람이 잡고 당겨서 삽질하는 사람이 흙을 들어 올리는 걸 거들어줬다. 제대로 된 사람들과 한 조가 되어 농담을 주고받으며, 리듬에 맞춰 삽질하는 것은 재미있는 일이었다.

취사장 뒤에는 맷돌이 있었다. 우리는 종종 거기에 곡식을 갈아 가루로 만들었다. 나는 맷돌을 돌리겠다고 자원했다. 거기에 붙은 기다란 막대를 돌리는 일이었다. 나는 그 일이 아주 좋았다. 양쪽 다리를 움직일 수 있는 데다 혼자 하는 일이기 때문에 서두를 필요가 없었다. 대부분의 사람들은 맷돌을 돌리려 하지 않았다. 어떤 이들은 그것을 당나귀나 할 짓이라고 했다. 그래서 나는 종종 맷돌 돌리는 일을 했다. 때때로 일이 끝나면 취사병들이 나한테 완두 수프

한 그릇이나 말린 생선 한 조각을 줬다. 그래서 일이 더 보람 있었다. 점차 나는 몇몇 사람들이 나를 괴짜라고 생각한다는 걸 알 수 있었다. 그들은 장교이자 대학 졸업생인 사람이 그들처럼 힘든 일을 하는 이유를 궁금해했다. 나는 그것이 좋다고만 얘기할 뿐 이유를 말해주지 않았다.

육체적인 일을 하는 것엔 또 다른 장점이 있었다. 나처럼 교육받은 사람은 다른 사람들로부터 고의적으로 자신을 고립시킨다는 비난을 받기 쉬웠다. 때문에 손으로 하는 일을 종종 하게 되면, 내가 거들먹거린다고 말할 사람은 거의 없을 것이었다. 사실 대대 지도자들은 내가 사람들과 잘 어울린다며 여러 번 나를 칭찬했다. 그들은 나의 노동을 내가 스스로에게 부과한 교육적 과업이라고 착각했다. 그들은 그것을 당이 늘 지식인들에게 의식적으로 경험하라고 요구한 교육과 흡사한 것이라고 착각했다.

어느 날 저녁 샨민과 웨이밍이 미군 숙소에 파견되어 잔디를 심고 돌아왔는데, 먹을 걸 충분히 얻어먹었다며 흥분한 어조로 말했다. 그들은 상자들이 가득 담긴 그곳 쓰레기통에 먹다 만 빵, 불고기, 당근, 썰어놓은 오이가 들어 있었다고 했다.

"이게 뭔지 알아? 돼지기름이야, 아니면 비누야?"

웨이밍이 성냥갑만 한 크기의 누르스름한 덩어리를 내게 보여줬다.

"치즈야. 우유로 만든 영양가 높은 거야."

"젠장, 그렇다면 나머지 것들을 모두 가져왔어야 했구나."

웨이밍은 샨민에게 말하며 배를 쓰다듬었다. 배에는 커다란 지네 같은 상처 자국이 비스듬하게 나 있었다. 그의 배꼽은 엄청나게 크고 움푹 들어가 있었다.

"쓰레기통에 이런 치즈 덩어리가 많았어요. 우리는 그게 먹을 수 있는 건지 몰랐어요."

샨민이 내게 말했다.

"먹어보려고는 했지. 하지만 삼킬 수가 없더라고. 그래서 그냥 놓고 온 거지."

웨이밍이 말했다.

"제일 좋은 것을 두고 왔군그래."

나는 군침을 약간 흘렸다. 그 모습을 보고 그는 내게 치즈를 줬다. 냄새가 났지만 나는 그걸 입에 넣고 맛있게 씹었다. 두 사람은 놀란 얼굴이었다.

"아무거나 먹을 수 있는 걸 보면 네 배는 외교관의 배인 모양이다."

웨이밍이 둥근 머리를 흔들고 미소를 지으며 말했다.

29

1월 중순의 어느 날이었다. 우리 막사 소속의 2백 명은 부두에 있는 커다란 화물선에서 짐을 내리려고 갔다. 나도 그들과 함께 갔다. 우리는 자루와 꾸러미들을 해변으로 날라 바닥에 쌓았다. 수용소 가까이 있는 창고로 나중에 실어갈 수 있도록 하기 위해서였다. 딱딱한 빵 하나와 사과 한 개가 점심으로 나와서 우리는 기분이 좋았다. 바람도 없었다. 바다는 잔잔하고 유백색이었다. 잔물결이 햇살에 반짝이고 있었다. 겨울이었지만 아주 포근했다.

타이완 출신의 장교인 펭 통역관이 우리를 호위하는 2개 분대의 미군들과 동행하고 있었다. 그는 조용한 사람이어서 꼭 해야 하는 상황이 아니라면 거의 한마디도 하지 않았다. 그의 영어는 격식을 차리는 영국식이었다. 그는 고독해 보였다. 그는 온종일 버드나무 밑에 앉아 낡은 책을 계속 읽었다. 그는 미군들과도 어울리지 않았다. 작업이 끝나자 우리는 그에게 인원 점검을 받기 위해 정렬했다. 그는 한 번에 열 명씩 세어 이미 인원 점검을 마친 사람들 쪽으로 보냈다. 그런데 마지막에 한 사람이 부족했다. 그는 소대장들에게 누가 빠졌는지 확인해보라고 했다.

"웨이밍이 없어졌어요."

샨민이 내 소매를 잡아당기며 속삭였다.

나는 깜짝 놀랐지만 우리 친구가 혼자 도망가지 않을 것이라는 걸 확신하고 그가 없어졌다는 사실을 펭 통역관에게 보고했다.

우리 2개 분대를 호송하고 지휘하는 해리스 하사는 노발대발했다. 우리도 걱정되어 웨이밍이 어디 있는지 둘러보았다. 그때 백 미터쯤 떨어진 아카시아 숲에 있는 그의 뒷모습이 눈에 들어왔다. 나는 요즘 그가 설사로 고생한다는 얘기를 들었다. 나는 그가 대변을 보고 있을지 모른다 생각하고 그를 손가락으로 가리켰다. 펭 통역관도 웨이밍을 보았다.

"저기 있네요."

펭 통역관이 하사에게 말했다.

"빌어먹을!"

해리스가 웨이밍에게 소리쳤다.

"너, 거기서 뭐 하는 거야? 빨리 돌아오지 못해."

계속 껌을 씹고 있었지만 그의 입 냄새는 겨드랑이 냄새처럼 지독했다. 웨이밍은 그의 말을 못 들었는지 아무 반응도 하지 않았다. 내가 끼어들었다.

"저 사람이 요즘 이질 때문에 고생하고 있어요. 내가 가서 데려올게요."

나는 허락을 기다리지도 않고 숲을 향해 휘적휘적 걸어갔다. 하사가 나를 따라왔다. 펭 통역관도 함께였다. 우리가 숲에 도착했을 때도 웨이밍은 엉덩이를 드러낸 채 움직이지 않았다.

"너, 귀먹었냐?"

해리스가 소리를 쳤지만 웨이밍은 여전히 아무 반응이 없었다. 하사가 다가가 웨이밍의 귀를 뒤에서 잡아당겼다. 그런데 쭈그려 앉은 사람은 볼일에 정신이 팔려 있는 것처럼 아무 소리도 내지 않았다. 해리스가 빙 돌더니 그의 볼을 꼬집었다. 웨이밍은 이번에는 움찔했지만 여전히 아무 말도 하지 않았다. 하사가 그의 머리를 잡아당기자 웨이밍이 몇 걸음 끌려갔다. 모래 위에 두 개의 검은 똥덩어리가 보였다. 하사는 웨이밍의 엉덩이를 무섭게 차서 일으켜 세웠다. 웨이밍은 밑을 닦지도 않고 바지를 올렸다. 하사가 개머리판으로 그를 때렸다.

"아야! 아야!"

웨이밍이 마침내 말했다.

"배가 아파서 그래요!"

펭 통역관이 하사에게 말했다.

"배가 아프대요."

놀랍게도 해리스가 총검으로 똥을 집더니 그걸 웨이밍의 입을 향해 내밀며 명령했다.

"크게 벌려!"

웨이밍은 너무 놀라 아무 말도 하지 못했다. 하사가 그를 향해 다시 소리 질렀다.

"이걸 먹어라! 그러면 배 아픈 게 나을 거다. 안 그러면 너를 이 자리에서 끝장내겠다."

웨이밍이 나와 펭 통역관을 번갈아 쳐다보았다. 하지만 그는 입을 벌리지 않으려 했다. 내가 끼어들었다.

"하사님, 제발 그렇게……."

"입 닥쳐!"

하사는 팔꿈치로 내 가슴팍을 쳤다.

"이 거짓말쟁이야! 너는 이놈이 이질에 걸렸다고 했다. 그런데 돌처럼 딱딱한 저 똥을 봐라. 내가 하는 일에 다시 끼어들면 네놈한테도 똥을 먹이겠다."

그는 다시 웨이밍을 발로 차기 시작했다. 예상치 못했던 일이지만 펑 통역관이 영어로 딱딱하게 말했다.

"하사, 그 사람을 그만 학대하시오. 그 사람은 자연의 요구에 응했을 뿐이오. 우리 모두가 그러잖소."

단도직입적인 그 말에 해리스는 놀란 것 같았다. 그는 잠시 통역관을 바라보더니 물었다.

"뭐라고?"

"그만 때리라고 했소."

"씨발, 네가 뭔데? 내 앞에서 사라져!"

떨리는 입술로 펑이 말했다.

"켈리 대령이 나한테 당신과 함께 가라고 했소. 그러니 나에게도 이곳에서 질서를 유지할 책임이 있소. 내 제안이 마음에 들지 않으면 당신의 상급자들한테 불평하시오."

"이 새끼 봐라, 네가 나한테 명령할 수 있다고 생각하느냐?"

"당신은 부당했소."

"너는 누구 편이냐?"

"그건 이것과 아무 상관 없소. 당신이 틀렸소. 어느 누가 자기 똥을 먹을 수 있겠소?"

"이 씨발 중국놈아! 너는 빨갱이들을 도와주고 있는 거야. 내가 네 속을 모를 것 같으냐?"

그들이 말다툼하는 동안 나는 웨이밍을 끌고 포로들이 있는 곳으로 돌아왔다. 나는 해리스 하사가 통역관을 공격하지 않을까 두려웠다. 하지만 그들은 찌무룩한 얼굴을 하고 돌아왔다. 펭 통역관은 수용소로 돌아가는 길에 미군들과 함께 걷지 않고 혼자서 다소 멍한 모습으로 우리를 따라왔다. 그는 생각에 잠겨 있는 것 같았다. 그의 얼굴은 한 시간 전보다 더 긴장돼 보였다.

막사로 돌아왔을 때 웨이밍은 그 사건을 다른 죄수들에게 얘기해 줬다. 그들은 모두 놀랐다. 우리는 늘 이곳에서 일하는 국민당 장교들을 경멸하고, 그들이 하는 짓이라곤 미군들에게 "예스, 써!"라고 하는 것밖에 없다고 생각하고 있었기 때문이다. 통역관이 그가 미워해야 할 적인 전쟁포로를 위해 나서줄 것이라곤 누구도 예상치 못했다. 일주일 후, 펭 장교는 수용소를 떠났다. 어떤 사람들은 그가 타이완으로 호출당했다고 했고, 어떤 사람들은 그가 스스로 전역을 신청했다고 말했다. 또 어떤 사람들은 그가 강등되었을지 모른다고 했다. 그는 어떻게 되었을까? 나는 여러 명의 미군들에게 물어봤지만 그들도 알지 못했다.

나는 종종 그 야윈 사람에 대해 생각했다. 세월이 흐르면서 그의 부드러운 얼굴과 다닥다닥 붙은 눈이 내 기억 속에서 점점 더 또렷해졌다.

30

2월이라 아직 끝나지는 않았지만 제주도의 겨울은 짧았다. 11월 이후로 기사가 될 만한 일은 전혀 일어나지 않았다. 섬은 평온했다. 하지만 평화는 우리 지도자들이 받아들이기 쉬운 것이 아니었다. 우리는 판문점 정전 회담이 몇 달 전에 결렬된 이후 아직 속개되지 않았다는 걸 알았다. 2월 하순의 어느 날이었다. 켈리 대령이 우리 장교들 중 네 사람이 부산으로 가서 다시 등록해야 한다고 통보했다. 그들 중에는 하오차오린과 창밍이 끼여 있었다. 우리는 미군들이 두 사람을 다시 취조하고, 본국 송환이 시작되기 전에 그들을 격리시켜놓으려 할지 모른다고 생각했다. 밍은 아직도 페이와 함께 감옥에 있었다. 재등록해야 한다는 사실을 믿을 수 없었지만, 감금 상태에서 얼마간 벗어나는 것도 그에겐 좋은 일일지 몰랐다. 나는 그가 감방 창문 뒤에서 왼쪽 오른쪽으로 자리를 옮기며 메시지를 보내는 걸 종종 보았다. 그의 동작은 느렸다. 그는 건강이 나빠져 있었다. 나는 그가 관절염으로 고생하고 있다는 얘기를 들었다. 그 감방은 지나치게 습기가 많았다. 감옥은 해변가에 있었다. 때때로 파도가 높을 때면 바닷물이 외곽 벽 밑까지 올라왔다.

재등록과 관련한 메시지가 페이 인민위원에게 보내졌다. 다음 날 오후, 그가 답변했다.

"펭웬은 자리를 떠날 수 없소. 펭얀에게 대신 가라고 하시오. 네 명의 장교들은 부산에 있는 지하당과 접촉해서 의사소통 채널을 확보해야 하오."

밍은 펭웬으로 등록되어 있었고, 내 이름은 펭얀으로 돼 있었다. 우리는 성이 같았다. 그것이 나보고 대신 가라고 한 이유 중 하나인 게 틀림없었다. 우리가 페이의 메시지를 접수하기 전에, 감옥에서 돌아온 '말썽분자'가 우리에게 밍의 전쟁포로 신원 기록을 건네줬다. 가로세로가 각각 15센티미터, 8센티미터인 카드였다. 그의 출생지, 생년월일, 가족, 교육, 지위, 징집 일자, 전에 근무했던 부대의 일련번호가 적혀 있었다. 카드 위쪽에는 그의 고유 번호 '720143'이 적혀 있었다. 페이는 나한테 밍의 카드를 들고 가라고 하는 게 틀림없었다.

메시지를 읽고 나니 화도 나고 두렵기도 했다. 나는 아무 말 없이 막사를 떠나 혼자서 철조망 울타리를 따라 걸었다. 이곳저곳이 질퍽거렸다. 흙이 신발 밑창에 달라붙었다. 그러나 개의치 않고 발길 닿는 아무 곳이나 걸었다. 열이 있는 것처럼 얼굴이 뜨거웠다. 나는 조약돌, 깡통, 병뚜껑, 나뭇가지, 노새 똥 등 발길에 걸리는 것은 아무것이나 차버렸다. 곧 내 장화는 진흙이 묻어 평상시의 두 배쯤 무거워졌다. 바람이 두어 개의 찢어진 나뭇잎을 들어 올렸다. 아직도 썩지 않고 성성한 잎사귀들이었다. 잎사귀들은 날아다니다가 납작하게 내려앉았다.

수용소 밖의 땅은 기름져 보였다. 벌써 풀들이 고개를 내밀고 올라오고 있었다. 남동쪽에 있는 육두구들은 작은 이파리들이 돋아 푸르렀다. 두툼한 줄기가 마지막 햇살을 받아 밝게 빛났다. 나는 인민위원의 결정에 화가 났다. 목이 메었다. 밍이 그의 통역이자 비서이자 암호요원이자 통신요원이라는 건 사실이었다. 하지만 그가 가더라도 내가 정기적인 업무와 의사소통을 중단시키지 않고 쉽게 그 자리를 대체할 수 있었을 것이다. 약간의 훈련만 받으면, 나는 페이 암호의 사용법과 그 감방에서 메시지를 보내고 받는 법을 익혔을 것이다. 그 기술을 습득하는 데 길어야 이틀밖에 걸리지 않을 것이었다. 그런데 내가 왜 밍 대신 가야 하는가?

그때 문득 어쩌면 내가 당원이 아니기 때문에 그럴지도 모른다는 생각이 들었다. 나는 일반 군인처럼 없어도 되는 존재였다. 어쩌면 인민위원은 본국 송환이 곧 시작될 거라 생각하여 자기 부하를 구하고 싶어 하는지도 몰랐다. 이제는 나를 충분히 활용했다는 것일까? 그래서 버릴 준비가 돼 있다는 것일까? 밍은 이 결정에 대해 어떻게 생각하고 있을까? 그 결정을 내리는 데 관여했을까? 그도 자신을 보호하기 위해 나를 끌어들이려 했는지 궁금했다.

우리가 상대적으로 안전한 제주도에 있기 때문에 적어도 당분간은 아무도 이곳을 혼자 떠나고 싶어 하지 않을 거라는 생각이 문득 들었다. 적들을 개인적으로 만나지 않을수록 더 안전할 것이었다. 중국으로 돌아가면 모든 사람이 자신을 해명해야 하는 문제에 봉착할지 몰랐다. 동지들과 함께 계속 있으면, 동료 수감자들이 수용소에서의 활동 사항을 증언해줄 수 있으므로 당의 의심을 피할 수 있을지 몰랐다. 그래서 그는 페이 인민위원과 같이 있는 걸 선호했는지 몰랐다. 그는 당을 위해 자신의 기록을 나무랄 데 없는 것으로 만들고 싶었는지 몰랐다.

막사로 돌아왔을 때 동지들은 이미 페이의 결정에 대해 알고 있었다. 대대장인 완렌은 나한테 오더니 진심에서 우러나는 마음으로 내 손을 잡고 흔들었다. 그는 명령에 복종하는 것 외에 나에겐 선택의 여지가 없다는 걸 알고, 굳이 갈 거냐고 묻지도 않았다. 나는 그에게 내 신원 기록 카드를 줬고, 그는 그걸 밍에게 건네줄 것이었다. 내가 말했다.

"내일 출발하겠습니다."

그 말에 샨민이 울음을 터뜨리며 달려와 나를 꼭 껴안았다.

"형, 보고 싶을 거예요!"

몇몇 사람들이 한숨을 쉬었다. 누군가가 그날 저녁 나를 위해 송별회를 하자고 제안했다. 그래서 저녁 식사가 끝난 후 30여 명이 본부에 모였다. 대부분 장교들이었다. 나의 친구 둘과 몇몇 동료들도 참석했다. 물에 희석시킨 정종 한 병과 세숫대야에 반쯤 담긴 해바라기 씨 볶음이 나왔다. 그들이 그걸 어떻게 구했는지 나로서는 알 도리가 없었다. 송별회 분위기는 우울했지만 나는 침착하게 말없이 있으려고 노력했다. 그들은 다시는 못 볼 것처럼 나를 대했다. 나는 아무 말도 하지 않고 그들이 하는 얘기를 듣기만 했다. 어떤 사람들은 나를 잊지 않겠다고 말했고, 어떤 사람들은 나한테 용기를 잃지 말라고 충고했다. 그들은 나에게 막다른 골목에 이른 것처럼 보여도 빠져나갈 길은 언제나 있는 법이라고 말했다. 키가 큰 사람이 〈공산주의 청년 동맹〉이라는 러시아 노래를 부르기 시작했다. 다른 사람들이 모두 따라 불렀다. 나도 따라 불렀다. 우리는 힘차게 노래했다.

"어머니, 안녕히 계세요. 제가 떠나는 걸 슬퍼하지 마세요. 그저 잘 다녀오라고만 해주세요."

눈물이 우리의 볼을 타고 흘러내렸다. 마침내 나는 감정에 휩쓸려 손에 얼굴을 묻고 흐느꼈다. 샨민이 내게 수건을 건네줬다. 그때 웨이밍이 목을 빳빳이 펴더니 고대 이행시를 큰 소리로 낭독했다.

"강물에 파도가 일고 바람이 윙윙거리네. 어쩌면 다시 돌아오지 못할지도 모르는 길을 우리의 전사 떠나네."

미친 것처럼 그의 눈이 이글거렸다. 그러자 내 마음이 다소 가라앉았다. 나는 그의 목소리에 노기가 깃들어 있는 걸 보고 놀랐다. 그는 내가 소모품 취급을 당하고 있다는 걸 이해하고 있는 듯했다. 우리의 정치교관인 만푸가 끼어들었다. 그는 내가 그처럼 쉽게 희망을 버려서는 안 되며, 재등록은 의례적인 절차에 지나지 않을지 모르고, 나는 틀림없이 돌아올 것이라고 말했다. 그렇지 않다면 조국에서 다시 만날 것이라고 했다. 그는 우리에게 이렇게 말했다.

"미군들이 루와 류를, 치앙과 창을 어떻게 구분할 수 있겠소? 그들에게 우리는 모두 똑같은 중국인일 뿐이오. 그러니 펑얀, 미리 걱정하지는 말게. 정신만 바짝 차리고 있으면, 그 과정을 안전하게 통과하는 방법을 알게 될 거네. 용기를 내야 하네."

누군가 방 뒤에서 웃는 소리가 들렸다. 만푸의 말을 듣고 우리는 마음이 진정되었다. 그러나 나는 여전히 적들의 눈에는 이곳을 떠나는 네 명의 장교가 평범한 전쟁포로가 아니라 전범일 것이라고 믿었다.

송별회는 9시에 끝났다. 대부분의 사람들이 해바라기 씨를 호주머니에 조금 넣은 다음 떠났다. 나는 두 친구와 함께 막사로 돌아왔다.

그날 밤 나는 내 일을 새 통역에게 인계했다. 그는 약간의 영어를 할 줄 알았지만 읽지는 못했다. 포로로 잡힐 때까지는 영어를 배우지 않았기 때문이었다. 그에게 신문 오려놓은 것들을 주고 나서, 나는 짚 위에 누워 가족을 생각했다. 그들이 너무 그리웠다. 그들을 다시 볼 수 있을지는 하늘만 아는 일이었다. 나는 일어나 앉아 호주머니에서 연필을 꺼내 종이를 반으로 찢어 양쪽에 메모를 적었다. 한쪽은 어머니에게 가는 것이었고, 다른 쪽은 약혼녀에게 가는 것이었다. 쥐란에게 나는 이렇게 썼다.

쥐란에게.
내가 돌아가서 당신과 결혼할 수 없다는 게 애석해. 하지만 내 죽음은 의미 없는 게 아니야. 나는 l 라에 봉사하고 세계 평화를 위해 내 목숨을 희생했어. 부디 나를 잊고 잘 살아. 행복한 가정을 꾸리기를 바랄게.
1953년 2월 27일
사랑하는 유안 올림

추신.
가끔가다 한 번씩 내 어머니를 찾아주면 고맙겠어. 나는 우리 어머니의 외아들이잖아. 어머니가 외로워하실 것 같아. 고마워.

나는 두 메모의 뒷면에 주소를 적고 그걸 샨민에게 주며 말했다.
"내가 죽었다는 소식을 들으면, 네가 중국에 돌아갔을 때 이 편지들을 부쳐줘라."
나는 목에 차고 있는 옥핀을 제외하고, 시멘트 부대, 두 개의 몽당연필, 털장갑, 오버코트, 두 장의 담요 등 모든 소지품을 그에게 줬다.

"형이 돌아올 때 다시 사용할 수 있도록 잘 간수하고 있을게요."

"어리석은 소리 하지 마. 우리가 다시 만나면 나한테는 저런 게 필요 없을 거야."

나는 그날 밤 잘 잤다. 그러나 샨민은 내가 코 고는 소리를 들으며 몇 시간 동안 깨어 있었다. 이런 점에서 나는 축복받은 사람이었다. 감정적으로 아무리 어려워도 나는 늘 푹 잘 수 있었다. 나는 큰소리로 코까지 골아 다른 동료들의 잠을 자주 방해했다. 이런 습관이 있다 보니 그들은 나를 대학 졸업생이라기보다는 군인으로 대했다. 심지어 그들은 내가 장군처럼 잔다고 말하기까지 했다.

다음 날 아침 우리 네 사람은 증기선에 올라탔다. 그리고 갑판 밑에 있는 선실로 들어갔다. 화장실에 가기 위해 올라갈 때를 제외하고는 바깥을 보지 못하도록 하기 위해서였다. 화장실도 어쩌다 한 번밖에 갈 수 없었다. 열한 명의 미군들이 우리를 호송했다. 그들을 인솔하는 장교는 내가 본 적이 없는 사람으로, 얼굴에 주근깨가 나 있었다. 그들이 많은 걸 보고 가슴이 철렁했다. 우리가 얼마나 요주의 인물인지를 말해주는 것 같았기 때문이었다. 하지만 나는 곧 그들이 나누는 대화를 통해 그들 대부분이 친구들을 만나고 미국에서 온 대중 가수의 공연을 보러 가는 길이라는 걸 알게 되었다. 여행 중 그들은 우리가 얘기하는 걸 허락하지 않았다.

차오린은 내 맞은편에 있는 적갈색 의자에 앉아 있었다. 그는 전보다 수척해 보였다. 얼굴에는 털이 없었고 이는 담뱃진으로 절어 있었다. 하지만 그의 눈은 밝고 총명했다. 여유와 반항심이 동시에 드러나 보였다. 그가 나를 향해 웃을 때마다 나도 미소로 응답했다. 그는 전보다 더 상냥해진 것 같았다. 그가 옆에 있으니 덜 긴장되는 것 같았다. 그가 경험 많은 장교인 까닭에 내가 곤경에 처하면 나한테 충고해줄 거라는 믿음이 있었기 때문이었다. 반면에 나는 이 작은 남자와 같이 있을 때는 경계해야 했다. 그는 우리 사이에서 당의 눈과 귀가 될 수 있을 것이기 때문이었다. 나는 밍의 카드를 바다 속에 빠뜨릴까 생각해보았다. 거기에는 그의 지문이 묻어 있었고, 그것은 부산에서 나한테 불리하게 사용될 수 있었다. 지문이 없다면 미군들은 내 신원이 허위라는 걸 쉽게 알아채지 못할지 몰랐다. 하지만 나는 차오린이 그게 없어진 걸 알고 나의 불미스러운 행동을 페이 인민위원에게 알릴 게 두려워 카드를 없애지 못했다.

다른 두 사람은 얼굴만 알고 있는 이들이었다. 한 사람은 39부대의 부대대장이었고, 다른 사람은 8포병사단의 참모장교였다. 두 사람은 눈을 아래로 깔고 있었다. 한 사람은 멀미 때문에 창자가 쏟아질 것 같다며 계속 토했다. 다른 사람은 내내 졸기만 했다.

31

우리 네 사람은 부산에 있는 포로 집결지의 작은 천막에 들어갔다. 이제는 우리끼리 얘기할 수 있었다. 나는 재등록 절차가 걱정되었다. 하지만 차오린은 그것이 특별한 게 아닐 수도 있다고 말했다. 그렇지 않으면 적들이 우리를 분리하고 천막 입구에 경비를 더 세웠을 것이라는 거였다. 그곳에는 남한군 병사 한 사람만 서 있었다. 다른 두 장교들도 차오린의 말에 동의했다. 만약 미군들이 우리를 죽일 생각이었다면, 한국인들을 끌어들이지 않고 스스로 그렇게 했을 것이라는 말이었다. 그래서 그들은 오후 내내 긴장을 풀고 잡담을 하며 한가하게 보냈다. 하지만 나는 나의 신원이 허위라는 게 들통 나면 어떻게 해야 할지 몰라 조바심을 치고 있었다.

우리 천막은 병원 수술실에서 멀지 않았다. 나는 아직 빛이 있을 때는 자꾸 그쪽으로 눈이 갔다. 그린 군의관이 아직도 그곳에 일하고 있는지 궁금했다. 몇 명의 여성 의료진이 흰 건물의 문을 지나쳤지만 어느 누구도 그녀와 비슷하지 않았다. 그녀가 지금 내가 어떻게 걷는지 볼 수 있다면 자신이 이루어낸 기적 같은 일을 자랑스럽게 생각하며 좋아할 것 같았다. 한 시간쯤 바라보았지만 아무도 알아볼 수 없었다. 나는 한국인 경비에게 가서 그린 군의관에 대해 물었다. 그러나 그는 영어를 이해하지 못하고 길쭉한 얼굴만 계속 흔들었다.

다음 날 아침 우리는 하나씩 차례로 행정실로 끌려갔다. 차오린이 먼저 갔다. 나머지 사람들은 짚 위에 누워 담배를 피우고 잡담을 나누며 차례를 기다렸다. 우리는 한국 여자들에 관해 얘기했다. 우리는 한국 여자들이 화장을 안 하기 때문에 만추리아의 여자들보다 예뻐 보이지 않는다고 생각했다.

"그들 중 상당수는 얼굴이 햇볕에 탔잖소."

참모장교가 뭔가 냄새를 맡는 것처럼 납작한 코에 주름을 잡으며 말했다. 그의 목에는 부항을 뜬 큰 자주색 자국이 있었다.

"얼굴은 괜찮아요. 예쁜 여자들도 있고요. 하지만 다리가 벌어졌소. 나는 그게 걸립디다."

마흔 살쯤 되어 보이는 부대대장이 말했다.

"그들의 다리가 벌어졌는지 어떻게 알죠? 그들은 늘 긴 치마나 헐렁한 바지를 입지 않던가요?"

"우리는 2년 전에 마을 근처에 있었어요. 그때 강에서 그들을 자주 봤어요."

"목욕을 하던가요?"

"그래요."

나이 많은 장교가 목에 거품 소리를 내며 웃었다. 반백이 된 그의 콧수염이 흔들렸다.

"그들의 생김새는 한국 남자들을 보면 알 수 있죠. 그들도 대부분 다리가 벌어졌어요."

"너무 많이 앉아서 그럴지 몰라요."

내가 끼어들었다.

"그들은 집에 가구가 없어서 늘 바닥에 앉아 지내요. 그래서 다리가 그렇게 됐는지 몰라요."

"그게 맞을 것 같소."

참모장교가 수긍했다.

"그리고 한국 여자들은 거름이 든 소쿠리와 물항아리를 머리에 이고 다녀요. 그래서 등뼈가 눌린 게 틀림없어요."

내가 말했다.

"맞는 말이오."

나이 많은 장교가 말했다.

다리는 벌어졌을지 몰라도 우리는 모두 한국 여자들이 대부분의 중국 여자들보다 좋은 아내가 될 것이라고 생각했다. 우리는 그들의 체구가 대체적으로 작은 이유는 일을 너무 많이 해서 발육을 방해받았기 때문이라고 추측했다. 한국 남자들은 농사일을 거의 하지 않는 것 같았다. 남자 노인들이 달구지를 몰고, 과수원을 지키고, 숯을 만들고, 담배를 건조하고, 산에서 인삼을 재배하는 모습은 자주 볼 수 있었지만, 그들이 모를 심거나 밭에서 잡초를 뽑는 모습은 좀처럼 보기 힘들었다. 게다가 대부분의 젊은 남자들은 징집을 당해 들판은 10대 초반부터 농사일을 시작한 여자들의 손에 맡겨졌다. 하지만 한국인들은 거의 예외 없이 이가 하얗고 튼튼했다. 나는 잇몸에 염증이 자주 있었기 때문에 그걸 눈여겨보았다. 어떤 한국인 의사는 나한테 그들의 이가 건강한 것은 김치 때문이라고 얘기해줬다.

차오린은 한 시간 후에 돌아왔다. 그는 자신이 제주도로 돌아갈 수 있게 됐으며, 재등록이 실제로 의례적인 것에 지나지 않았다며 기분이 좋아 있었다. 그는 미군들이 일부 서류를 분실하는 바람에 다시 기록을 작성하려 하는 게 틀림없다고 말했다. 우리 말고도 재등록하기 위해 다른 수용소들에서 온 전쟁포로들이 몇십 명이나 더 있었다. 나는 경비가 나를 데려가기 전에 시간이 없어서 그에게 절차에 관해서는 더 물어보지 못했다.

나는 밍의 신원 카드를 바지 주머니에 넣고 출발했다. 가는 길에 중앙에 있는 변소를 지나가다가 나는 경비에게 소변을 누고 싶다고 말했다. 그는 지붕이 없는 옥외 변소를 사용하라고 했다. 나는 들어가서 신원 카드를 갈기갈기 찢어 4백 개의 구멍 중 하나에 던져버렸다.

등록사무실에 들어가기 전에 목이 얼굴처럼 두툼한 흑인이 나에게 신원 카드를 보여달라고 했다.

"없는데요."

"어째서?"

그는 당황한 표정이었다.

"제주도 수용소에서 잃어버렸어요. 한동안 아파서 내 물건을 간수할 수 없었어요."

"좋아요. 여기에 지문을 찍어요."

나는 왼손을 내밀었다. 그는 내 손가락 하나하나에 잉크를 묻혀 다섯 개의 사각형이 있는 카드에 찍었다. 그는 오른손도 그렇게 했다. 그러고는 손을 닦으라며 종이 한 장을 주고 나서 나를 사무실로 데리고 들어갔다. 큰 천막 안쪽이 사무실이었다. 그곳에 미군 소위와 중국인 통역이 앉아 있었다. 통역은 타이완 출신의 장교임이 분명했지만 민간인복을 입고 거북이 등딱지 모양의 안경을 쓰고 있었다. 그들은 나에게 앞에 있는 푹신한 의자에 앉으라고 했다. 사무실은 아늑해 보였다. 수십 권의 책이 꽂힌 흰 책장이 구석에 있었다. 나는 그걸 한동안 바라보았다. 책 중에는 소설도 있었고 교범도 있었고 새로 나온 성경도 있었다. 소위는 포로들의 교육 프로그램을 담당하고 있는 게 분명했다.

"이름이 뭐죠?"

미군 장교가 물었다. 그는 내 나이 또래였는데 정수리의 머리가 벗어지고 있었다. 나는 영어를 모르는 체하고 답변하기 전에 생각할 수 있도록 통역이 번역해주기를 기다렸다.

"펭웬입니다."

가슴이 두근거렸다.

"나이는?"

"스물여섯입니다."

밍은 나보다 한 살이 많았다.

"학력은?"

"대학을 졸업했습니다."

"어느 대학이죠?"

"베이징 대학이오."

갑자기 흑인 행정병이 들어와 내 지문이 찍힌 카드를 장교의 책상에 놓았다.

"라이트 소위님, 이건 우리 서류에 있는 것과 동일하지 않습니다."

그들은 밍의 신원에 대한 기록을 갖고 있었던 것이다. 머리가 빙빙 돌고 가슴이 뛰었다. 두 질문자가 나를 빤히 쳐다보았다. 머리가 벗어진 걸 제외하면 라이트 소위는 아주 잘생긴 사람이었다. 번듯한 코, 감각적인 입술, 곱슬곱슬한 수염으로 덮인 턱이 보기 좋았다. 그가 말했다.

"자, 당신은 나한테 정직해야 합니다. 당신은 분명히 펭귄이 아닙니다."

"나는 펭귄입니다."

나는 통역이 번역해주기를 기다려야 한다는 것조차 잊고 영어로 대답했다. 그들은 잠시 서로를 쳐다보았다. 소위가 엄격한 어조로 말했다.

"그렇다면 왜 당신의 지문이 우리의 기록과 일치하지 않는지 설명해야 합니다."

"전혀 모르겠어요. 실수가 분명해요. 나는 이곳으로 와서 다시 등록하라는 명령을 받았을 뿐입니다."

"영어를 잘하는군요."

통역이 말했다.

"대학에서 영어 수업을 몇 개 들었습니다."

"미스터 펭, 혹은 당신이 누구든, 당신이 이 차이를 설명하지 못하면 우리는 이것이 분명해질 때까지 당신을 가둬놓을 겁니다."

라이트 소위가 말했다.

"그것도 별 차이 없어요. 어차피 나는 이미 갇혀 있으니까요."

"하지만 나는 이것이 실수라고 생각하지 않아요. 여기 있는 것은 속임수요. 우리는 이걸 철저히 조사할 겁니다."

나는 그의 말하는 태도에 감명을 받았다. 그는 교육을 잘 받은 사람이 분명했다. 어쩌면 대학 졸업생일지 몰랐다. 내 입장을 분명히 하려고 노력했음에도 불구하고, 나는 당황했다. 얼굴에 땀이 흘렀다. 나는 손으로 땀을 닦았다. 라이트가 손가락을 흔들며 경비에게 명령했다.

"이 사람을 4번 독방에 넣어요."

나는 무슨 말이든 하고 싶었지만 말이 나오지 않았다. 아무 말 없이 나는 경비를 따라 나왔다.

창문이 쇠창살로 막힌 독방에 감금되자 나는 어떻게 해야 할지 생각하기 시작했다. 가장 중요한 것은 나의 진짜 신원을 밝혀야 하느냐는 문제였다. 그러한 고백은 공산주의자들의 눈에는 반역에 해당했다. 하지만 내가 자백하지 않으면 그들은 나를 놓아주지 않을 것이었다. 그렇다면 어떻게 해야 하지? 그들에게 전부는 아니지만 약간이라도 털어놓아야 할까? 그래야 할지 몰랐다. 하지만 어느 정도까지 얘기해야 하지? 그것은 그들이 나에 관해 얼마나 많이 알고 있느냐에 달려 있었다. 만약 그들이 내가 뭘 숨겼다는 걸 알게 되면 나는 끝장이었다.

아무리 노력해도 결정을 내릴 수가 없었다. 내가 처한 곤경을 생각하면 할수록, 나를 이곳으로 보낸 페이 인민위원에게 더 화가 났다. 밍이 이곳에 왔더라면 모든 것이 털끝 하나 다치지 않고 끝났을 것이었다. 그런데 당은 자기 요원 중 하나를 잃는 모험은 하지 않겠다고 작정한 것이었다.

나는 어떻게 해야 할지 몰라 이제부터 상황에 따라 행동하기로 마음먹었다. 여하한 경우에도 다치면 안 될 일이었다. 살아 있기만 하면 중국으로 돌아갈 길은 분명 있을 것이었다.

다음 날 아침 일찍 나는 다시 라이트 소위의 사무실로 끌려갔다. 이번에는 큼직한 녹음기가 그의 책상 위에 놓여 있었다. 나는 말을 조심해야겠다고 생각했다. 내가 자리에 앉자 라이트가 내게 페이 인민위원과 내가 해변에서 찍은 사진을 보여줬다. 나는 너무 놀라 그를 쳐다볼 수 없었다. 그가 웃으며 말했다.

"자, 펭얀, 우리는 당신이 누구인지 알고 있소. 이제 당신은 펭웬 대신 이곳에 온 이유를 우리에게 털어놓아야 해요."

"그들이 가라고 해서 왔어요. 이유는 모르겠어요."

"그들이 누구요?"

"공산주의 지도자들이오."

"이곳에서 당신의 임무는 뭐요?"

통역이 물었다.

"없소. 아마 내 자신을 희생하라는 것이겠죠."

"무슨 말이오?"

소위가 물었다. 나는 페이의 음모에 너무 화가 나서 이렇게 대답했다.

"펭웬은 페이샨의 통역이자 그에게는 없어서는 안 될 사람입니다. 그래서 페이가 나를 이곳에 보낸 거요."

"당신이 펭웬보다 영어를 잘하지 않나요?"

중국인이 물었다.

"하지만 나는 당원이 아니오."

"알겠소."

라이트 소위가 말했다.

"다른 질문을 하나 더 할 테니 정직하게 답변해야 합니다. 그런 다음, 우리는 당신을 어떻게 해야 할지 결정할 겁니다. 내 질문은 이거요. 당신은 공산주의자들한테 질린 거요?"

나는 녹음기를 바라보았다. 돌아가지 않고 있었다.

"그렇소."

나는 가까스로 말했다.

"왠지 설득력 있게 들리지는 않는군요."

나는 갑자기 셔츠를 들어 올리고 내 배에 새겨진 문신을 그들에게 보여줬다.

"이걸 보시오. 이래도 설득력이 없습니까?"

두 사람 다 웃었다. 라이트 소위는 손을 내밀며 말했다.

"모르겠소. 나는 겉과 속이 다른 당신네 동양인들의 마음을 알 수가 없소. 당신의 문신이 가리키는 것처럼 공산주의자들이 그렇게 싫다면 어째서 당신은 그들을 따라 8수용소로 갔던 거요?"

"나는 군인이라 명령에 복종해야 했습니다."

"누구의 명령 말이오?"

내가 대답하기 전에 중국인 장교가 약삭빠른 미소를 지으며 끼어들었다.

"당신이 우리에게 진실을 얘기하고 있는지 의심스럽군요."

"왜 못 믿는 거죠?"

"그 문신은 공산주의자들 스스로가 당신의 배에 새긴 게 틀림없어요."

"그들이 왜 그렇게 했을까요?"

"당신을 효과적인 첩보원으로 만들기 위해서였겠죠."

"바로 그거요."

라이트의 담갈색 눈이 빛났다.

"그건 말도 안 되는 소리요."

내가 말했다.

"두 글자는 거제도의 72수용소에 있던 사람들이 내 몸에 새긴 거요. 거제도 수용소에 전화를 걸어 3중대장인 왕용이라는 사람한테 물어보시오. 그 사람에게 그의 부하들이 지난봄에 나한테 문신을

433

새겼는지 여부를 물어보시오."

그 말이 그들을 억제하게 만들었다.

"좋아요, 제주도로 연락해보죠. 오늘은 여기까지 합시다."

소위가 말했다.

"왜 거제도에 연락해보지 않는 거요?"

나는 놀란 목소리로 물었다.

"그들도 제주도로 갔소."

그건 내게 새로운 소식이었다. 나는 그 섬에 국민당 성향의 포로
들을 위한 수용소가 있다는 얘기를 듣지 못했다.

나는 떠나기 전에 다시 한 번 책장을 쳐다봤다. 라이트는 부러워
하는 나의 눈길을 보았지만 아무 말도 하지 않았다. 감방에 돌아와
서 나는 내가 72수용소를 언급한 것이 잘한 일이었는지 생각해봤
다. 국민당 성향의 전쟁포로들은 아직도 내가 내린 결정을 싫어하
고 있을 게 틀림없었다. 그래서 그들은 미군들에게 몰래 정보를 제
공하여 나를 파멸시킬지 몰랐다. 왕용의 이름을 얘기하지 않았더라
면 좋았을 것 같았다. 하지만 내가 그렇게 하지 않았더라면 나 자신
을 해명할 방법이 없었을 것이다.

나는 다음 심문에서 무슨 일이 일어날지 걱정되었다. 그러면서도
라이트 소위가 약간 마음에 들었다. 그는 말을 신중하게 가려서 했
고, 점잖고 가식 없는 사람처럼 보였다. 나를 허둥대게 하는 것은
그의 통역이었다. 미군들은 일반적으로 솔직하고 자기감정을 잘 숨
기지 못했다. 때문에 그들을 대할 때는 자신이 어떤 입장에 처해 있
는지를 알 수 있었다. 그런데 어떤 중국인들은 가늠하기 어려웠다.
그들은 속마음을 거의 내보이지 않았다. 나는 통역이 나에게 해를
끼칠 음모를 꾸밀지 몰라 두려웠다.

나의 예감은 적중했다. 다음 날 아침, 심문관들 앞에 앉은 순간 라이트가 내게 말했다.

"왕용한테 물어봤소. 자기 부하들이 당신에게 문신을 했었다고 말해주었소."

"그렇다면 당신은 나를 8수용소로 돌아가게 해줄 수 있습니까?"

중국인 장교가 물었다.

"당신은 어째서 공산주의자들한테 그토록 돌아가고 싶어 합니까?"

"나는 당신들에게 그들을 싫어한다고 얘기했소. 하지만 나는 집에 가고 싶어요. 나는 내 어머니의 하나밖에 없는 자식이오."

"미스터 펑, 당신은 황푸군관학교 졸업생이고 장 총통의 학생이오. 타이완으로 가는 게 어떻소? 우리는 조만간 중국 본토로 돌아갈 거요. 그건 시간문제일 뿐이오."

나는 고개를 숙이고 대꾸하지 않았다. 그의 꿍꿍이속이 뭔지 알 수 없었다.

"우리는 말보다는 행동을 믿어요. 당신이 공산주의자들을 싫어한다면 당신은 그들에게서 떨어져야 해요. 단도직입적으로 말해, 나는 더 이상의 속임수는 용납하지 않을 거요."

라이트가 말했다.

"미스터 펑, 당신은 어디로 갈지를 결정해야 해요."

통역이 이렇게 덧붙이며 꼬았던 다리를 풀었다.

그들이 나를 8수용소로 돌려보내지 않을 거라는 점은 분명했다. 이 난국에서 빠져나갈 유일한 방법은 제주도에 있는 국민당 성향의 전쟁포로들한테 가는 것이었다. 머리가 빙빙 돌며 아팠다. 숨통이 막혔다. 하지만 나는 침착해야 했다. 나는 잠시 아무 말 없이 있다가 말했다.

"좋아요, 조건부로 타이완에 가겠소."

"말해보시오."

라이트가 재촉했다.

"내가 내 자유의지로 타이완에 간다는 내용의 편지를 써주시오."

"그건 해줄 수 있소."

"그렇다면 나는 당신이 어디로 보내든 그곳으로 가겠소."

그가 짤막한 만년필을 들고 종이에 글을 쓰기 시작했다. 그사이 통역은 검은 파이프에 담배를 재고 불을 붙였다. 약간 얽은 자국이 있는 그의 얼굴이 담배 연기 때문에 흐릿했다. 담배 냄새가 부드러운 사탕처럼 달콤했다. 미제 담배임이 틀림없었다.

"당신 책을 좀 살펴봐도 될까요?"

내가 책장을 가리키며 라이트 소위에게 물었다.

"맘대로 하시오. 저건 내 책이 아니오."

그는 고개를 들지도 않고 대답했다. 나는 그쪽으로 가서 제목을 훑어봤다. 20여 권의 로맨스 소설, 대여섯 권의 전투 교범, 열 권이 넘는 새 성경이 꽂혀 있었다.

"자, 여기 있소."

라이트가 큰 소리로 말하며 편지를 책상 가장자리로 밀었다. 나는 의자로 돌아와 종이를 집어 들고 비스듬한 글씨로 쓰인 편지를 읽었다.

누구든 관련 있는 분에게.

우리는 재등록 과정에서 영어를 유창하게 하는 펑얀이 공산주의자들이 지배하는 수용소에 남아 있고 싶어 하지 않는다는 사실을 알게 됐습니다. 그는 자유중국으로 가고 싶어 합니다. 따라서 우리는 그를 당신에게 보내는 바입니다. 그를 잘 부탁합니다.

1953년 3월 2일
티모시 라이트 소위 올림

나는 편지가 마음에 들었다. 특히 마지막 문장이 그랬다. 나는 조심스럽게 그걸 접어 가슴 호주머니에 넣으면서 라이트에게 말했다.

"어떻게 감사드려야 할지 모르겠습니다."

"나도 결과가 좋아서 기쁩니다."

"당신은 오늘 오후에 제주도로 가게 됩니다. 이미 준비해놓은 상태입니다. 그쪽으로 가는 배를 타면 됩니다."

통역이 끼어들었다.

"어떻게 해서 내가 지금까지 제주도에 중국인 전쟁포로들을 위한 다른 수용소가 있다는 얘기를 듣지 못했던 겁니까?"

"13수용소는 섬의 남단에 있으니까요."

라이트가 설명해줬다.

그때 또 다른 생각이 들어 나는 그에게 말했다.

"가기 전에 한 가지만 더 부탁드려도 될까요?"

"합리적인 거라면 좋소."

"성경책 한 권만 줄 수 있습니까? 공산주의자들이 통제하는 수용소에서는 종교적인 서적을 읽지 못하게 했습니다. 하지만 나는 성경을 공부하고 싶습니다."

그의 큰 눈이 반짝였다. 그는 웃으면서 내게 말했다.

"그렇다면 한 권 가져가시오."

나는 책장이 있는 곳으로 가서 고동색 성경 한 권을 꺼냈다. 중영

동시 번역본이었다. 겉장이 고급 가죽으로 돼 있고, 핑크색 리본으로 된 책갈피가 있는 성경이었다. 나는 돌아와서 책상 위에 성경을 놓았다.

"이걸 가져도 되겠어요?"

"이제 당신 것이오."

라이트가 턱을 들어 올리고 웃었다. 통역관도 따라 웃었다.

"고맙습니다."

"네, 이제 가도 됩니다."

경비가 나를 데리고 밖으로 나왔을 때 나는 젊은 여자가 병원 건물을 향해 걸어가는 걸 보았다. 뒤에서 보니 낯익어 보였다. 불붙은 횃불 같은 그녀의 황갈색 머리가 내 눈길을 끌었다. 그린 군의관에 대한 기억이 한순간 스쳐 지나갔다. 나는 경비에게 부탁했다.

"저 의사한테 가서 고맙다고 말하게 해주시오. 저분은 내 다리를 고쳐준 은인이오."

경비가 고개를 끄덕였다.

"2분 주겠어요."

나는 그 여자를 따라잡으려고 달리며 소리쳤다.

"그린 군의관님, 그린 군의관님!"

그녀가 돌아섰다. 실망스럽게도 그녀는 볼이 빨갛고 눈이 큰 다른 사람이었다.

"저는 의사가 아니라 간호사예요."

그녀가 기분 좋게 말했다.

"그린 군의관님을 아십니까? 내 다리를 수술해준 의사입니다."

나는 헐떡이며 말했다. 그러고는 간호사가 내 문제를 알고 있기라도 한 것처럼 왼쪽 발을 앞으로 내밀었다.

"들어본 적은 있어요. 그러나 제가 왔을 때는 미국으로 돌아가신 뒤였어요. 대부분의 의사들은 이곳에 1년만 머물다 가거든요."

그녀는 입술을 약간 뒤틀며 미소를 지었다.

"미안해요. 당신을 그분으로 착각했어요."

"괜찮아요."

당황한 나는 한숨을 쉬고 머리를 저으며 경비에게 돌아갔다. 그는 사람들로 가득한 천막으로 나를 데리고 갔다. 중국인, 한국인, 미국인 등이 자신들을 부두나 공항에 실어다 줄 트럭을 기다리고 있었다. 전쟁포로들을 책임지고 있는 장교는 경비가 건네준 종이를 훑어보더니 내게 말했다.

"저기 누워 있는 사람들한테 가시오. 당신은 그들과 같은 수용소로 가게 될 거요."

나는 그곳으로 가서 앉을 수 있는 자리를 찾았다. 그리고 너트와 볼트가 가득 들어 있는 나무 상자에 기대어 성경을 넘기기 시작했다. 하지만 이따금 너무 비참하다는 생각이 들면서 성경 구절에 집중할 수 없었다. 집으로 돌아가 어머니를 돌보고 내가 사랑하는 여자와 같이 살 수 없을지 모른다는 두려움이 엄습해 나는 어쩔 줄을 몰랐다.

32

부산은 당시 남한의 임시 수도였다. 포장도로와 네온사인에도 불구하고 도시는 지저분하고 혼잡스러웠다. 하지만 돌아다니는 보행자들과 물건들로 가득한 매점들을 보고 있자니 내가 포로라는 생각이 새삼 떠올랐다. 가게 간판들에 쓰인 중국어를 보자 고향이 생각났다. 가정집에서 요리하는 냄새, 양파와 돼지고기 튀김 냄새가 났다. 나는 배가 고파오면서 고통스러웠다. 시내를 벗어나자 피난민들이 보였는데 그 수가 너무 많았다. 빨래와 기저귀들이 숲과 나무들에까지 걸려 있었다. 천막과 판잣집과 오두막들이 사방으로 줄을 지어 뻗어 있었다. 인근의 야산까지 그랬다. 상당수의 민간인들은 미군 담요로 만든 짙은 황록색 옷을 입고 있었다. 나는 한국인들이 군용 담요를 그렇게 다양한 목적에 사용하는 걸 보고 놀랐다. 방의 단열재로 쓰기도 하고, 매트리스를 만들기도 하고, 그걸 푼 실로 양말, 숄, 스웨터, 장갑, 아기 옷을 뜨기도 했다. 어떤 사람들은 담요로 몸을 감싸고 움직이는 작은 천막처럼 돌아다녔다. 나는 북한군 전쟁포로들이 민간인들에게 담요를 주고 마른 생선, 오이절임, 술, 약초 등과 교환한다는 얘기를 들었었다. 하지만 그 거래가 이토록 거창하리라고는 상상하지 못했었다.

자동차도 사방에 있었다. 하지만 상당수가, 특히 한국인들이 운전하는 자동차들은 미국 차와 일본 차에서 나온 부품들을 조립하여 만든 고물 자동차들이었다. 아카시아 나무 밑에 주차된 지프의 엔진 덮개 위에 작은 소년이 철모를 쓰고 앉아 있었다. 미군들이 그에게 코카콜라를 주면서 영어로 욕하는 법을 가르쳐주자 그는 요란하게 웃었다. 대기에서 나는 냄새는 고약했다. 대기는 오물과 인간의 배설물 냄새가 섞여 악취가 진동했다.

제주도로 돌아가는 길은 비교적 즐거웠다. 배가 항구를 빠져나가자 공기가 맑아지고 상쾌해졌다. 해안을 따라 스모그가 천천히 미끄러지고 있었다. 화물열차들이 검은 연기를 내뿜으며 거대한 벌레들처럼 기어갔다. 저녁때가 되자 바다는 잔잔해졌다. 석양빛이 녹색 파도에 마지막 빛을 드리웠다. 나는 뱃머리 난간에 기대고 있었다. 2미터가량 되는 상어떼가 보였다. 몇몇 전쟁포로들이 상어들을 보려고 달려왔다. 그들은 은빛 꼬리를 흔들며 상어들이 멀어질 때 함성을 지르고 난리였다. 나는 그때를 제외하고는 다른 사람들과 어울리기가 꺼려져 계속 혼자 있었다. 나는 그저 바다만 바라보았다. 작은 은빛 고기들이 이따금 물 위로 뛰어올랐다. 밤 날씨가 쌀쌀해지면 선실로 돌아가야 했지만, 우리에게는 갑판에 있는 것이 허용되었다. 우리는 반공주의자가 될 예정이었기 때문에 경비들은 우리에게 전보다 덜 엄했다.

다음 날 오전쯤 우리는 제주도에서 남서쪽으로 1.5킬로미터쯤 떨어진 작은 섬 모슬포에 도착했다. 우리가 바위 많은 해변에 접근해 갈 때, 검은 옷을 입고 검은 모자와 잠수용 보안경을 쓴 여자들이 홍합, 해삼, 가리비, 전복, 소라를 잡으려고 물속으로 뛰어드는 모습이 보였다. 열 개 남짓한 조롱박이 물 위에 떠 있었고, 조롱박마다 잡아올린 것들을 담는 망태기가 붙어 있었다. 그들 중에 남자들이 없다는 게 놀라웠다. 여자들은 즐거워 보였다. 그들은 이따금 큰소리로 서로를 부르며 손짓했다. 그중 일부는 젊지 않은 여자들이었다. 사십 줄에 가까워 보였다. 나는 비바람에 찌든 그들의 얼굴이 물 밖으로 나왔을 때, 그들의 쭈글쭈글한 턱과 목을 눈여겨보았다.

"해녀요."

한국인 남자가 내 뒤에서 여자들을 가리켜 말했다. '인어' 라는 의미의 그 말은 중국어에서 유래한 것이 틀림없었디. 나는 여사들의 평온한 모습에 감동을 받았다. 그들의 삶은 전쟁에 영향을 받지 않은 것 같았다.

스물일곱 명의 중국인 전쟁포로 전원이 바로 13수용소의 3지대로 갔다. 나는 그 지대의 입구를 보고 놀랐다. 그것은 거창한 기념 아치 밑의 통로 같았다. 그 위에는 뾰족탑의 꼭대기 같은 기둥이 솟아 있었고, 국민당 기가 기둥 끝에서 높이 휘날리고 있었다. 벽돌로 만들어지고 흰 페인트가 칠해진 네 개의 문기둥에는 큼지막한 글씨가 검정색으로 쓰여 있었다. 안쪽 두 개에는 '공산주의를 근절하자', '우리의 중국을 재건하자' 는 말이 쓰여 있었다. 각 기둥 위에는 풍향계가 있었다. 풍향계의 막대가 두 개의 공을 서서히 돌리고 있었다. 알고 보니 3지대의 10개 수용소들이 우리를 맞이할 준비를 하고 있었다. 몇몇 전쟁포로 지도자들이 정문에 서서 새로 온 사람들을 기다리고 있었다. 미군 경비들이 형식적으로 우리의 몸을 수색했다. 나는 내 작은 가방 속에 있는 성경이 그들에게 발각당하지 않아 다행이라고 생각했다. 하지만 나는 그들이 그 책을 압수하지 않을 거라는 걸 알고 있었다.

"아, 이게 누군가."

왕용이 나를 보고 말했다. 그가 다가오더니 눈을 가늘게 뜨고 친절한 미소를 지으며 손을 내밀었다. 건장한 두 경호원이 그의 뒤에 서 있었다.

"안녕하십니까, 왕 대장님."

나는 악수를 하며 그의 안부를 물었다.

"잘 지내네. 다시 돌아온 걸 축하하네, 펑얀."

그가 상급자들에게 자신의 중대로 나를 보내달라고 요청한 게 틀림없다는 생각이 들었다. 그러자 왠지 불안해졌다. 그는 화가 나면 얼마든지 무자비해질 수 있는 사람이었다. 나는 그와 잘 지내려고 노력해야 할 것이었다. 그렇지 않으면 그는 나를 고통스럽게 만들 것이었다. 나는 티모시 라이트의 편지를 가슴 호주머니에서 꺼내 그에게 주며 말했다.

"부산 전쟁포로 집결지에서 보낸 추천서입니다."

그는 편지를 훑어보고 말했다.

"나는 외국말을 모르니 무슨 내용인지 말해보게."

"부산에서 등록 업무를 관장하는 라이트 소위가 보낸 겁니다. 그는 제가 타이완으로 가고 싶어 공산주의자 수용소를 떠났다며, 저를 잘 부탁한다고 적고 있습니다."

나는 억지웃음을 지어 보였다. 그 바람에 턱이 팽팽해졌다.

"좋아. 이 편지를 갖고 있게. 잃어버리지 말고."

경호원들은 그를 대대장이라고 불렀다. 내가 그에게 진급을 축하한다고 말하자 그는 명목상으로 대대장일 뿐이라고 했다. 나중에 나는 그가 전과 똑같은 수의 사람들을 지휘하고 있으며, 대대라고 하는 것이 사실은 이전의 중대라는 사실을 알게 되었다. 우리는 왕 용의 감독하에 있는 13수용소에 들어섰다.

그는 나를 3개 중대 중 하나로 내려 보내지 않고 대대 본부에 있게 했다. 그 바람에 그의 전령, 경호원, 부관, 취사장교와 함께 있게 되었다. 수용소는 질서가 잘 잡혀 있었다. 뜰과 막사와 옥외 변소 등 모든 것이 깨끗하고, 쓰레기도 전혀 보이지 않았다. 죄수들이 그들의 생활 조건을 개선시키기 위해 시간을 많이 할애한 것이 분명했다. 또한 그들은 지난해보다 잘 먹었다. 나는 타이완에 있는 국민 당원들이 그들의 식사를 위해 보조금을 줬는지 궁금했다. 하지만 나중에 보니 그렇지는 않았다. 죄수들은 자신들이 먹을 곡식을 재배하고 있었다. 이런 사람들과 어깨를 비비며 산다는 사실이 다소 섬뜩하게 느껴졌다. 그들 중 상당수는 국민당 군인들의 것과 비슷한 제복 차림에 뾰족한 모자를 쓰고 있었다. 모자에는 빛나는 해가 그려진 커다란 기장이 달려 있었다.

그날 저녁 나는 실수로 이곳에 남게 된 친구 바이다지안을 우연히 만났다. 그는 전보다 약간 튼튼해 보였지만 눈에 핏발이 서 있었다. 우리는 악수를 나누었다. 나는 눈물을 흘리기까지 했다. 그도 나를 보고 눈시울을 적시긴 했지만 선뜻 기뻐하지는 않는 것 같았다. 그가 말했다.

"오늘 아침에 온다는 얘기를 들었어요. 떠난 이후로 어떻게 지냈어요?"

"괜찮아."

나는 공산주의들이 어떻게 나를 다른 사람 대신 부산으로 보냈는지 말해주고 싶었지만 그가 얼마나 변했는지 확실치 않아 참았다. 대신 나는 이렇게 물었다.

"그들이 자네한테 잘해주나?"

"응, 잘해줘요."

그의 태도에는 약간 쌀쌀한 구석이 있었다. 나는 그것이 내가 지난해 심사를 받을 때 그를 두고 떠난 것에 대한 화 때문인지, 오랫동안 떨어져 있었기 때문인지, 아니면 국민당 애호자들과의 관련 때문인지 알 수 없었다. 그는 국민당 애호자들의 대의를 지금쯤은 받아들이고 있을지도 몰랐다. 그는 정신적으로 성숙해지고, 더 과묵하고 독립적이며, 자신에 대해 더 확실해진 것 같았다. 나중에 나는 그가 종종 대대의 통역관 역할을 했다는 사실을 알았다. 그의 영어는 초보적이었다. 우리가 헤어졌을 때 그는 제대로 된 문장으로 영어를 구사할 줄 몰랐었다. 왕용이 영어를 더 잘하는 사람을 찾아내지 못했다는 사실이 놀라웠다. 어쩌면 바이다지안은 내가 이곳에 오면서 자신의 자리를 빼앗길까 봐 두려워하고 있는지도 몰랐.

나는 아직도 거제도에서 린우셴의 심장을 도려낸 72수용소의 부대장인 류타이안이 두려웠다. 때문에 그가 수용소 내의 공산주의자들과 싸우는 임무를 완수하고 지난여름 감옥에서 나갔다는 얘기를 듣고 안심했다. 아이러니하게도 그는 공산주의자들의 손아귀에 들어가 있었다. 미군들이 그에게 특별 임무를 맡겨 파견한 것이었다. 도쿄에서 석 달간 훈련을 받은 그는 중국인 장교로 변장해 공중 낙하를 통해 북한에 잠입했다. 하지만 그곳에 내리자마자 의용군한테 사로잡혔다. 그들은 그를 중국 인민의용군 부대의 본부로 넘겼다. 심문자들이 그에 관한 서류를 갖고 있었기 때문에 그의 신원은 이내 밝혀졌다. 그는 중국으로 끌려가 푸순시 교외에 있는 감옥에 갇혔다. 5년 후인 1958년 6월 24일, 그는 살인, 반역, 미국을 위한 스파이 행위를 했다는 죄목으로 공개 처형을 당했다. 3지대에 있는 일부 수감자들은 류가 자살이나 마찬가지인 임무를 맡게 된 것은 이곳 대장 한슈 때문이었다고 믿었다. 두 지도자들 사이가 좋지 않았던 데다, 공산주의자들이 제거되자 한슈가 더 이상 류타이안의 도움을 필요로 하지 않았기 때문이었다고 했다. 수용소에 류가 없다는 걸 알고 나니 덜 두려웠다. 왕용과 잘 지내기만 하면 나는 안전할 것이었다.

이곳의 삶은 공산주의자들이 있는 수용소보다 단순했다. 이따금 포로들 사이에 싸움이 벌어졌지만 보통은 잃어버린 수건, 담배 파이프, 우연히 찢어진 잡지 등처럼 사소한 것들 때문에 벌어지는 싸움이었다. 일반 수감자들과 같이 있지 않았기 때문에 나는 그들과 접촉할 필요가 없었다. 왕용은 수용소에 있는 목공소에서 만든 책상과 의자를 내게 주었다. 그것들은 일반 가구점에서 살 수 있는 것처럼 좋은 것들이었다. 그는 나에게 세면기도 줬다. 세면기라고 해야 베이지색 페인트가 칠해진 조야한 양철 그릇이었다. 그것도 수용소에서 만든 것이었다. 그러나 편리해서 좋았다. 특별 대우를 받는 듯한 느낌이었다. 나는 대대 본부에 있는 라디오도 청취할 수 있었다. 대부분의 포로들은 저녁 시간에 자유중국의 방송을 들었다. 라디오에서는 한국의 상황에 대해 가끔 언급했다. 또 여러 차례에 걸쳐 우리 전쟁포로들을 향해 직접 미군에 협력하고 국민당의 대의에 계속 충성하라고 충고했다. 한번은 장제스가 라디오에서 말하는 걸 들었다. 그는 중국 본토에 있는 사람들에게 정부에 대해 반역을 일으키라고 선동하고 있었다.

이곳에 있는 대부분의 포로들은 노름, 장기, 카드, 마작을 하며 하루를 보냈다. 일부는 민간인 정보 및 교육 센터와 적십자에서 나눠준 소책자들을 읽었다. 공산주의자들이 장악한 수용소와 달리 이곳에서는 마르크시즘과 공산주의 혁명에 관한 책들을 제외하고는 어떤 것이든 읽을 수 있었다. 나는 성경에서 영어로 된 부분을 읽는 데 시간을 더 할애했다. 새로운 단어가 나오면 각 장의 원편에 인쇄되어 있는 중국어 번역을 보고 그 의미를 짐작했다. 성경을 읽으면서 내 영어 실력은 빠르게 향상되었다. 정보를 얻기 위해 신문 전체를 읽어야 할 필요가 없어 좋았다.

신문은 정기적으로 들어왔다. 대부분 《성조기》의 지난 호들이었다. 중국 잡지들도 여러 권 있었다. 때때로 《뉴욕타임스》도 있었다. 하지만 늘 5~6주 지난 것들이었다. 포로들은 《아메리카》라는 중국 잡지를 아주 좋아했다. 잡지는 찾는 사람이 많아 이곳저곳 돌아다녔다. 하지만 가장 인기 좋았던 것은 '몽고메리 워드'와 '시어스 로벅'의 카탈로그였다. 거기에는 미국인들이 어떻게 사는지를 보여주는 화려한 상품 광고도 있었지만, 다양한 옷에 다양한 포즈를 취한 여자들의 사진이 있었다. 카탈로그가 인기 있는 것은 그 때문인 것 같았다. 그리고 우리 대대에서는 매주 한 편씩 영화를 보여줬다. 사람들은 늘 열광적이었다. 〈일리노이의 에이브 링컨〉, 〈바람과 함께 사라지다〉, 〈킹콩〉, 〈대지〉를 비롯한 많은 영화들이 상연되었다.

교육 센터에는 수백 개의 신문과 잡지에서 오려낸 기사들이 담겨 있는 앨범이 있었다. 그것은 밖으로 대출해주지 않았다. 많은 수감자들이 이 두툼한 앨범을 넘겨가면서 맥아더 장군과 리지웨이 장군에 관한 얘기를 했다. 어떤 이들은 부대를 방문할 때 종종 민간인복 차림에 가죽 장갑과 선글라스를 끼고, 실크 목도리까지 두르던 맥아더 장군을 좋아했다. 또 다른 이들은 늘 전투복 차림에 왼쪽 어깨에는 구급상자를 달고 오른쪽 가슴에는 수류탄을 차고 벨트에는 권총과 망원경을 달고 다니는 리지웨이 장군을 좋아했다. 나는 맥아더가 싫었다. 그는 종종 카메라를 향해 만족스러운 웃음을 지어 보였는데, 전쟁을 즐기는 게 분명했다. 전쟁을 하면서도 아주 편안해 보였다. 마치 경기장에 앉아 게임을 즐기고 있는 것 같았다. 민간인 복 차림의 그는 전투에 참여하지 않는 사람 같았다. 그는 부하들 위에 군림하며 자기 손을 더럽히기를 머뭇거리는 사람 같았다. 전사보다는 상원의원 같았다. 그를 존경하는 포로들은 리지웨이에 대해 나쁘게 말했다. 그들에 따르면, 그는 쭈글쭈글한 얼굴에 피곤한 눈의 시골뜨기 같다고 했다. 어느 날 나는 열이 받은 나머지 그들에게 물었다.

"당신들은 군인으로서 누구의 지휘를 받으며 싸우고 싶소? 맥아더요, 아니면 리지웨이요?"

맥아더를 선택하는 사람은 아무도 없었다. 리지웨이는 시골 사람처럼 보였지만 병사들의 마음을 이해하는 아주 신중한 사람이었다. 그가 옷을 입는 방식은 무한한 관심과 자신감과 책임감을 보여주었다. 그것은 자신의 부하들에게 자기 역시 그들 중 하나이며 필요하면 전선으로 달려가겠다는 신호를 보내고 있었다. 가슴에 차고 있는 수류탄은 전사로서의 효율성을 강조했고, 왼쪽 어깨에 매단 구급상자는 사상자들의 문제를 늘 염두에 두고 있다는 걸 암시했다. 이러한 세부적인 것들에 대한 관심은 그가 책임감 있고 성실한 지휘관이라는 걸 말해줬다. 나는 리지웨이가 웃고 있는 사진을 본 적이 없었다. 그의 엄숙한 표정에는 전쟁을 싫어하는 마음이 깃들어 있는 것 같았다.

앨범에는 다른 유명 인사들의 사진들도 있었다. 그중에는 《뉴욕 헤럴드 트리뷴》의 전쟁 특파원이 있었다. 그녀는 마거릿 힌턴이라는 이름의 30대 여성이었다. 큰 눈이 강렬해 보이고, 코는 작고, 파마머리에, 치아는 반짝이는, 이류 영화에 나오는 영화배우 같은 표정을 짓고 있는 키가 큰 금발 머리의 여자였다. 그녀는 늘 피곤한 얼굴에 조종사 안경을 걸치고, 테니스화를 신고, 너무 큰 모자를 쓰고 있었다. 어떤 사진을 보면 맥아더 장군과 아주 가까운 것 같았다. 맥아더의 손이 그녀의 손등에 닿아 있었다. 그녀에 관한 기사들에 따르면, 그녀는 다른 기자들이 다루지 못하는 기사들을 다뤘으며, 전선을 직접 찾아갔으며 인천상륙작전 때 상륙 거점에서 군인들과 숙식을 같이하기까지 했다고 했다. 미스 힌턴이 나타날 때마다 몇 달 동안 아름다운 금발 머리의 여자를 본 적이 없는 미군들은 난리였다고 했다. 그녀가 탄 지프는 부대원들에게 가장 인기 있는 볼거리였다고 했다. 퓰리처상까지 탄 걸 보면 유능한 기자였음이 분명했다. 그녀는 오래전에 미국으로 돌아갔지만 아직도 기관지염, 격심한 부비강염, 재발하는 말라리아, 이질, 황달로 고생하고 있다고 했다. 그 모든 병들이 전쟁 중에 기자 생활을 하며 얻은 것들이었다. 한 인터뷰에서 그녀는 '전쟁처럼 흥분되는 남자'를 만나기 전에는 결혼하지 않겠다고 말했다. 그 기사를 읽고 나는 넌더리가 났다. 그녀에게 전쟁은 사람들의 이목을 끌기 위한 게임이었다. 배반과 상실과 광기의 쓰라림을 경험할 수 있도록 그녀에게 총을 줘 보병처럼 싸우게 했어야 했다.

'한국전쟁은 그녀의 전쟁이다.'

이런 문장으로 마무리한 기사도 있었다. 누가 전쟁의 무게를 감당할 수 있는가? 증언한다는 것은 진실을 알리는 것이다. 하지만 우리는 대부분의 희생자들이 자신의 목소리를 갖지 못하고 있으며, 우리가 그들의 이야기를 증언하면서 그들을 개인적인 용도로 써서는 안 된다는 걸 기억해야 한다.

수용소에서 나를 괴롭히는 사람은 없었다. 내가 왕의 보호하에 있다는 걸 알기 때문이었다. 그 대가로 나는 그가 요청한 것을 들어 줘야 했다. 심지어 그를 위해 공적인 편지를 써주기까지 했다. 공산주의자들과 비교하면 국민당 애호자들은 형식적인 것에 신경을 더 많이 썼다. 그래서 공식 서한은 정교하고 겉보기에 우아해야 했다. 그들은 언제나 상급자에게 편지를 쓸 때는 상대방의 계급을 명시했다. 그런가 하면 서로에게 편지를 쓸 때는 형, 존경하는 형, 자애로운 형 등으로 다양하게 상대방을 불렀다. 편지를 받는 사람이 자신보다 나이가 어린 경우에도 그랬다. 나는 봉건적이고 우스꽝스러운 이러한 종류의 격식이 싫었다. 하지만 그것을 잘 알고 있었기 때문에 쉽게 편지들을 씨줄 수 있었다. 게다가 내가 이곳으로 오면서부터 왕용은 종종 미군들을 만날 때는 다지안 대신 나를 데리고 갔다. 가끔가다 한 번씩 연대 본부에 나를 빌려주기도 했다. 외국 관리들이 수용소를 시찰하러 올 때 특히 그랬다. 다지안의 감정을 상하게 하고 싶지 않았지만, 나는 대장의 말에 복종해야 했다.

왕용은 조야하고 무서운 사람이었지만 지식을 소중히 생각했다. 특히 책에서 얻은 지식에 대해 그랬다. 그는 내가 성경 읽는 걸 볼 때마다 감탄해서 혀 차는 소리를 냈다. 나에게 포켓용 영중사전을 구해주기까지 했다. 그것은 책을 읽을 때 큰 도움이 되었다. 우리는 돈이 없어 사전을 살 수 없었지만, 왕용이 유엔군을 위해 일하는 국민당 장교에게서 한 권을 얻어왔던 것이다. 그 사전은 불과 2년 전에 타이완에서 발행된, 전혀 사용하지 않은 새것이었다. 나는 속표지에 내 이름을 쓰고 소중하게 간직했다.

책 읽는 속도도 빨라져 성경을 한 시간에 10페이지 정도 읽을 수 있었다. 그러한 발전에 몹시 기뻤다. 새로운 단어가 나오면 연필로 표시해놓았다가 나중에 복습했다. 나는 영어를 구사하는 능력이 내게 이로울 것이라는 걸 직관적으로 알고 열심히 공부했다.

서쪽 철조망 밖에 있는 벚나무들에 연분홍색의 보풀보풀한 꽃들이 피었다. 벚나무 너머로는 감귤 숲이 펼쳐져 있었다. 한 주가 지날 때마다 열매가 커가는 모습이 더 잘 보였다. 때때로 뻐꾸기들이 나무에 앉아 울었다. 나는 새들이 어떻게 생겼는지 보려고 노력했지만 한 번도 보지 못했다. 이따금 숲을 바라보고 있으면, 얼룩색과 적갈색의 조랑말들이 나타나 풀을 뜯고 자유롭게 뛰어다녔다. 어쩌면 야생말들이었을 것이다.

이곳에서의 삶은 비교적 안전했지만 그렇다고 정치 투쟁으로부터 격리된 것은 아니었다. 공산주의자들에 대한 우리의 증오심을 강화시키기 위한 시간들 때문에 종종 마음의 평화가 깨졌다. 정기적으로 학습 시간이 있었다. 우리는 장제스의 〈중국의 운명〉과 쑨야트센의 소책자 〈인민의 세 가지 원칙〉을 읽었다. 여기에서 세 가지 원칙이란 민족주의, 민주주의, 민중의 생계를 의미했다. 매주 하루씩 우리는 적화된 중국과 소련에 대한 불평불만을 늘어놓으며 소일했다. 포로들은 줄을 지어 앉아 한 사람씩 공산주의자들이 저지른 범죄들에 대해 얘기했다. 어떤 사람은 자기 삼촌이 거리에서 소량의 아편을 팔았다는 이유만으로 처형당했다고 말했다. 다른 사람은 석조 저택이었던 부모의 집을 마을에서 압류해 나중에 헐고, 그 돌들을 저수지 댐을 쌓는 데 사용했다고 말했다. 술을 좋아하는 게 분명한 어떤 사람은 공산주의자들이 고향에 있는 모든 양조장들을 닫아버렸다고 주장했다. 우리 대대의 행정병은 12만 평의 땅밖에 가진 게 없던 아버지가 적군赤軍에 근무할 당시, 지주라는 이유로 공산주의자들에게 처형당했다고 말했다. 상관들은 그에게 그 처형에 대해 얘기해주지 않았다고 했다. 그들은 그가 알지 못하도록 누 이가 보낸 편지 내용을 바꾸기까지 했다고 했다.

포로들의 불평은 끝없이 이어졌다. 반공, 반러시아 단체가 주로 기획했던 이러한 학습 시간에는 모든 사람들이 공산주의자들을 비 난하는 무슨 말인가를 해야 했다. 어떤 땅딸막한 사람은 공산주의 자들이 대체로 악당들이지만 아편을 금지하고 인플레이션을 억제 하고 여자들한테 똑같은 권리를 주는 등 몇 가지 좋은 일들을 했다 고 말했다가 다른 수감자들로부터 공산주의자들을 동정하고 있다 며 분노를 샀다. 그리고 밤에 몇몇 사람들이 그를 잡아 늘씬 두들겨 팼다. 이 사람들은 공산주의를 반대하고 있지만, 적군의 가르침에 영향을 많이 받아 어떤 면에서는 공산주의자들처럼 생각하지 않을 수 없는 모양이었다. 그들은 불확실한 미래에 대한 두려움 때문에 뭉쳐 있는 것이었다. 그들은 되돌아가기에는 반공의 길목으로 너무 멀리 나와 있었다. 국민당 정부의 눈에도 그들이 신뢰할 만하게 보 이지 않을 것 같았다. 그들이 적군에 복역함으로써 원래의 주인인 국민당을 배반한 셈이었기 때문이다.

어느 날 오후 '불평불만을 이야기하는' 시간에 위생병이 믿기 힘 든 이야기를 했다. 하지만 그 이야기에는 어느 정도의 진실이 들어 있는 게 분명했다. 그는 이렇게 말했다.

"원산 근처에서 우리 사단에 많은 사상자가 생겼을 때, 우리는 부 상당한 사람들을 후송시키려고 달려갔어요. 수백 명이 언덕 중턱에 누워 있었어요. 순진한 저는 살려달라고 울부짖는 사람들에게 붕대 를 감아줬지요. 그런데 대장이 우리에게 부상자의 웃옷부터 살피라 고 말했어요. 낫과 망치가 겹치는 문장이 나오면, 그 사람을 즉시 옮기고 정성을 다해 치료하라고 했어요. 그래서 우리는 그의 명령에 따랐지요. 그런 비밀 표지가 있던 사람들은 모두 당원들이었어요. 대장은 우리처럼 평범한 사람들은 그냥 놔두고 떠났어요."

그가 말을 마쳤을 때 사람들은 한동안 말이 없었다. 나는 그 위생병을 알았다. 그는 이야기를 꾸며낼 사람이 아니었다. 왕용이 침묵을 깼다.

"빨갱이들은 우리를 탄약처럼 썼어. 미군들을 보라고. 그들은 모두 전쟁터에서 방탄복을 입지. 미국 정부는 그들의 생명에 대해 신경을 쓰고 있단 말이야. 그런데 우리는 어떻지? 무명으로 된 웃옷밖에 입은 게 더 있었나? 최근에 나는 신문 기사를 읽은 적이 있는데, 기사에 따르면 미군이 얄루강까지 공산주의 군대를 밀고 들어갈 수 있지만 리지웨이 장군이 수천 명의 부하들 목숨을 희생시키고 싶어 하지 않기 때문에 그렇게 하지 않는다고 하더군. 한번 상상해보게. 인민의용군 부대가 태평양까지 밀고 들어갈 수 있는 상황이라면 어떻게 할까? 마오쩌둥은 그 목적을 달성하기 위해서라면 의용군들을 모두 희생시키려 하지 않을까? 틀림없이 그럴 거야. 그는 이미 한국 땅을 기름지게 할 똥거름처럼 우리의 목숨이 허비되도록 이곳으로 보내지 않았나?"

"공산주의를 타도하자!"

한 사람이 소리치자 뒤이어 사람들이 한목소리로 합창하며 주먹을 들어 올렸다.

"본토를 탈환하자!"

수백 명의 사람들이 다시 우렁찬 소리로 합창했다.

왕이 우리를 인간 거름에 비유하는 걸 듣고 나는 오랫동안 생각해왔던 것을 떠올렸다. 우리 중국인들은 정말로 우리의 삶이 이곳에서 혹사당하고 있다고 생각했다. 그건 사실이었다. 하지만 내가 전에 말했던 것처럼, 상황이 아무리 지옥 같아도, 그것을 더 악화시키는 사람들은 늘 있었다. 이제 나는 이따금 한국의 민간인들이 우리에게 적개심을 갖는 이유를 이해할 수 있었다.

한국인들에게 우리는 단지 중국의 이익을 지키기 위해 이곳으로 온 사람들이었다. 그렇게 함으로써 우리는 그들의 집과 논밭과 살림을 망치지 않을 수 없었다. 그들의 입장에서 볼 때 중국군이 압록강을 건너오지 않았더라면, 수백만 명의 민간인과 군인들이 목숨을 잃지 않았을 것이다. 물론 미국은 그렇게 되면 한국 영토를 모두 점령하고, 중국으로 하여금 만추리아에서 방어선을 치도록 했을 것이고, 그렇게 되면 중국은 이웃 나라에 병력을 보내 싸우게 하는 것보다 훨씬 더 희생이 컸을 것이다. 결국 한국인들이 이 전쟁에 따르는 파괴의 예봉을 견디는 동안, 중국인들은 우리의 국경 안으로 불길이 들어오지 못하도록 하기 위해 이곳에 와 있는 것이었다. 혹은 대부분의 전쟁포로들이 믿는 것처럼 우리는 러시아인들을 위해 대포밥 노릇을 하고 있었다. 어쩌면 그것은 맞는 말이었다. 한국인들이 스스로 전쟁을 시작했다는 건 사실이었다. 하지만 그들처럼 작은 나라는 힘이 더 센 나라들을 위한 전쟁터가 될 수밖에 없었다. 이 전쟁에서 누가 이기든 한국은 패자일 게 분명했다.

또한 나는 일부 한국인들, 특히 38도선 이남에 사는 사람들이 우리보다 미군 부대를 더 좋아하는 것처럼 보이는 이유를 깨달았다. 충분한 식량 공급도 되지 않고 돈도 없던 우리들은 쌀과 고구마와 먹을 것을 달라고 그들을 압박해야 했다. 때때로 우리는 그들의 처마 밑에 널어놓은 마른 생선과 고추를 훔치고, 그들의 논밭과 과수원에서 곡식이나 과일을 따먹었고, 그들이 뿌린 종자까지 파서 먹었다. 그와는 대조적으로 미군들은 그들에게 필요한 모든 것을 갖고 있었고, 민간인들에게 필수품을 달라고 하지도 않았다. 미군 부대가 캠프를 거두고 물러날 때마다 그 지역 사람들은 그곳으로 몰려가 전화선, 포탄 상자, 탄창, 먹다 만 빵, 통조림, 젖은 담배, 찢어진 타이어, 다 쓴 배터리 등 그들이 버리고 간 물건들을 주웠다. 우리는 우리가 한국인들을 돕기 위해 먼 길을 왔다고 생각했다. 하지만 좋든 싫든 우리 중 일부는 그들의 약탈자가 되고 말았다.

뼈대 굵은 남자가 벌떡 일어나더니 말했다.

"나도 불만이 있습니다."

포로들은 그를 자본주의자라는 별명으로 불렀다. 암탉을 키웠기 때문이었다. 그는 한국인 행상에게 네 갑의 담배를 주고 병아리를 샀다. 그리고 닭을 막사 뒤에 묶어놓고 풀을 먹였다. 봄이 되자 암탉은 알을 낳기 시작했다. 하지만 암탉은 너무 못 먹어서 자그마한 달걀을 이틀에 하나밖에 낳지 못했다. 닭 주인은 취사병들에게 달걀을 주고 음식으로 바꿔 먹었다.

"얘기해봐."

왕용이 명령했다.

"만추리아에서 우리 중대가 기차에 짐 싣는 일을 하기 위해 파견되었을 때였죠. 우리는 한 주 내내 콩과 땅콩이 든 자루들을 화물칸에 실었어요. 저는 중대장에게 '이 모든 것이 어디로 가느냐?'고 물었죠. 러시아로 간다고 하더군요. 그래서 다시 물었죠. '왜 그렇죠? 러시아인들은 그에 대한 보답으로 우리에게 뭘 주나요?' 그랬더니 이렇게 대답하더라고요. '이렇게 해서 러시아 형제들에 대한 우리의 애정을 보여주는 거야. 그들은 앞으로 우리한테 많은 기계들을 보낼 거야.' 그때부터 거의 1년 동안 우리는 종종 기차역에서 일했지만 저는 러시아에서 보내온 아무것도 보지 못했어요. 못 하나조차 없었어요. 우리는 늘 그들에게 뭔가를 실어 보냈어요. 그런 걸 보면 공산주의자들은 우리나라를 팔아먹는 매국노 같아요."

그의 말이 끝나자 또 다른 사람이 어떻게 속임수에 빠져 전쟁터로 오게 되었는지를 말하기 시작했다. 그의 목소리는 허스키했다.

"저는 중국인이지만 의용병은 아닙니다. 우리가 한국에 오기 전에 지도자들은 미군들이 그저 종이호랑이에 지나지 않는다고 말했습니다. 그들은 야간전투를 두려워한다, 무기의 성능은 더 좋지만 그들은 어떻게 백병전을 하는지도 모른다, 우리와 비교하면 그들은 약하다. 그래서 우리는 서약했습니다. 어떤 사람은 미군 20명을 쓸어버리겠다고 했고, 다른 사람은 미군 장교를 생포하겠다고 했습니다. 나는 폭약 가방과 폭약통을 능숙하게 다룰 줄 알기 때문에 세 대의 탱크를 폭파시키겠다고 했습니다. 그런데 한국의 전장에 도착했을 때, 서약서를 썼던 모든 사람들에게 공격의 선봉에 서라는 명령이 떨어졌습니다. 우리 중대장은 저한테 이렇게 말했습니다. '판롱얀 동지, 자네는 전에 탱크 세 대를 파괴하겠다고 했다. 이제 그 약속을 지킬 때가 됐다.' 저는 공격하는 것 외에 선택의 여지가 없었습니다. 그러다가 팔을 잃게 됐습니다."

"빨갱이 개자식들. 그놈들은 늘 그렇게 허풍을 떨지. 마오쩌둥은 미군의 7함대 전체가 종이호랑이라고 했다. 그게 사실이라면 빨갱이들은 어째서 타이완 해협을 감히 건너지 못하는 것이냐? 그놈들이 거기에 정박해 있는 항공모함을 무서워하고 있다는 건 누구나 알 수 있다."

왕용이 말했다.

"그렇습니다. 미군의 해상 봉쇄를 뚫을 수 있는 방법이 그들에겐 없습니다."

가무잡잡한 얼굴의 남자가 응수했다.

"빨갱이들한테는 전함이 몇 대밖에 없지요."

다른 사람이 말했다.

"지 에미의 팬티처럼 아무짝에도 쓸모없는 것들이죠."

볼이 넓적한 사람이 말했다. 사람들이 왁자지껄 웃었다. 나도 따라서 웃지 않을 수 없었다.

나도 이런 시간에는 내가 홍군에서 목격했던 참상에 관해 얘기했다. 나는 공산주의자들이 인간의 목숨보다 물건에 가치를 둔다는 것을 말하는 데 대부분의 시간을 할애했다. 이처럼 끝없이 이어지는 비난은 공산주의자들의 정치 교육에 비하면 다소 어설픈 것이었다. 공산주의자들은 언제나 정치 교육을 하면서 민중의 개인적인 고통을 외국 제국주의, 중국 봉건주의, 자본주의의 압제와 관련시켜 증오심을 부추겼다.

이곳 수감자들이 불만을 털어놓기 시작하면 그들을 제지할 방법이 없었다. 온갖 비난이 쏟아졌다. 어떤 것들은 사실이었고, 어떤 것들은 근거가 없었다. 규칙상 모든 사람이 뭔가를 말해야 했다. 그렇지 않으면 공산주의자들한테 동조한다는 혐의를 받게 될지 몰랐다.

나는 녹음기가 돌아갈 때는 말하지 않으려고 언제나 조심했다. 녹음이 되어 선전에 활용될 것이기 때문이었다. 나는 속으로는 공산주의 정부가 옛 정권보다 책임의식이 강하다고 생각했다. 일반 시민들을 위해서는 몇 가지 좋은 일을 했고, 중국을 더 강한 나라로 만든 건 사실이었다. 하지만 동시에 나는 공산주의자들이 두려웠다. 사람들의 목숨과 마음을 통제하는 그들의 방식이 두려웠다.

그런데 이곳에서는 나에게 더 괴로운 다른 종류의 정치 교육이 있었다. 그것은 자기비판과 상호비판이었다. 우리에게는 어떤 식으로든 우리가 적군을 도왔다는 걸 인정하고, 고의든 아니든 우리가 저지른 범죄를 고백하라는 명령이 내려졌다. 우리는 모두 인민해방군에서 근무했던 사람들이었다. 때문에 많은 사람들이 자신의 과거에 대해 형식적으로만 얘기했다. 아무도 그들에게 고백하라고 강요하지 않았다. 하지만 나는 예외였다. 거의 1년 동안 공산주의자들의 수용소에 있었기 때문이었다. 그렇게 해서 어느 날 아침 그들은 나만 물고 늘어졌다. 60명이 넘는 사람들이 참석해 있었다. 온갖 질문들이 쏟아졌다. 8수용소에서 뭘 했느냐? 지난 10월에 폭동이 일어났을 때 얼마나 적극적이었느냐? 왜 마음을 바꿔 돌아왔느냐? 당신의 성실성을 우리에게 어떻게 납득시킬 수 있느냐? 이런 질문들이 무수히 쏟아져 마치 탄핵 집회에 참석하고 있는 것 같았다.

나는 기가 질렸다. 수많은 생각이 내 머릿속을 감돌았다. 당신네들과 공산주의자들의 차이가 무엇인가? 나는 이 세상 어디에서 진정한 동지들 속에 있을 수 있을까? 왜 나는 늘 혼자일까? 나는 언제쯤 어딘가에서 편안함을 느낄 수 있을까? 그런 생각을 하고 있을 때 놀랍게도 바이다지안이 일어서더니 나를 손가락질하며 거칠게 말했다.

"여러분, 내 생각에 이 사람은 빨갱이들의 첩자입니다."

"다지안, 나한테 왜 이러는 거야? 우리는 친구였잖아, 안 그래?"

내가 바로 물었다.

"당신은 우리 국민당의 대의를 저버렸기 때문에 더 이상 내 친구가 아니오."

"자백하라!"

한 사람이 소리쳤다.

"너는 빨갱이지?"

다른 사람이 끼어들었다.

"자, 고백해."

"시치미 떼지 마라."

왕용이 일어나서 앞으로 오더니 내 옆에 섰다. 그가 말했다.

"여러분, 이런 개싸움은 그만둡시다. 나는 이 사람이 어떻게 우리한테 왔는지 알고 있소. 그는 부산에 있는 미군 장교가 쓴 추천서를 내게 보여줬소. 펭얀, 아직도 그걸 갖고 있겠지?"

"예, 갖고 있습니다."

나는 웃옷 안주머니에서 그 편지를 꺼내 큰 소리로 읽고 난 다음 중국어로 번역했다. 그것이 그들을 잠잠하게 만들었다. 그래도 다지안은 나를 놔주지 않으려 했다. 그가 내게 다가오더니 말했다.

"그 편지 좀 보자."

나는 그에게 편지를 줬다. 그는 그걸 바라보더니 놀랍게도 조각 조각 찢어서 바닥에 던졌다. 그가 이를 악물고 말했다.

"이건 속임수고 날조야."

다지안의 안색이 창백하게 변했다. 잘리고 남은 왼쪽 손가락이 떨리고 있었다. 나는 어떻게 반응해야 할지 몰라 어안이 벙벙한 채 서 있었다. 그는 어째서 나에 대해 그처럼 강렬한 증오감을 품게 되었을까? 그는 온화하고 내성적인 사람이었다. 그런데 어째서 지금은 그렇게 신경질적일까? 내가 그를 떠났을 때 몹시 상처받았던 게 틀림없었다. 그가 아직도 수동적인 사람이며, 나를 경쟁자로 생각하기 때문에 나한테 악의적으로 대하는지도 모른다는 생각이 문득 들었다.

갑자기 왕용이 소리를 질렀다.

"바이나시안, 이 개자식아! 네놈이 상부에서 온 문서를 감히 찢어? 나는 펭얀이 이곳으로 오기 전에 부산의 포로 집결지 쪽과 통화했었다. 그들은 내게 그가 자발적으로 이곳에 온다고 말했다. 대머리에 기어다니는 한 마리의 이처럼 모든 것이 아주 분명하게 공식적으로 처리되었단 말이다. 그런데 네가 어떻게 이걸 날조된 편지라고 할 수 있느냐? 네 고약한 심보는 어디서 왔느냐? 너, 취사장으로 가서 일주일 동안 취사병들을 도와라."

사람들이 왁자지껄 웃음을 터뜨렸다. 몇몇 사람은 박수까지 쳤다. 왕용이 나한테 와서 문신이 보이도록 내 셔츠 아래를 들어 올렸다. 그러곤 큰 소리로 말했다.

"보시오, 여러분. 우리가 이 사람의 몸에 새긴 문신이 아직도 여기 있소. 여러분은 이것이 그가 늘 우리 편이었다는 걸 증명한다고 생각하지 않소?"

"그렇소."

한 사람이 큰 소리로 대답했다. 더 많은 사람들이 너털웃음을 터뜨렸다. 왕에게 며칠 전에 문신을 보여준 게 다행이다 싶었다. 그의 말이 이어졌다.

"펭얀은 지난번에 큰 실수를 하고 우리를 떠났소. 하지만 그에게 다시 한 번 기회를 줘야 하지 않겠소?"

"그래, 그게 박애심이지."

나이 많은 군인이 말했다.

"그 말이 딱 맞소."

대장이 군인의 말을 거들었다.

"우리는 빨갱이들과 달라. 우리는 모두가 한마음으로 단결할 수 있도록 형제애를 소중히 하고 서로에게 사심 없이 대해야 하오. 여

460

러분은 몇 주 전에 스탈린이 갑자기 죽었다는 걸 알고 있을 거요. 이젠 공산주의 세계를 뒤엎을 큰 명분을 위해 준비할 때요. 우리는 미친개처럼 으르렁거리고 서로를 물어뜯으며, 이 작은 수용소에 시야가 갇혀 있어서는 안 되오. 우리는 베이징과 모스크바까지 쳐들어갈 수 있도록 거시적인 안목을 가져야 하오."

"옳소!"

사람들이 소리쳤다.

솔직히 나는 이 사람들이 두렵지는 않았다. 이들은 공산주의자들보다 단순하고 약한 사람들이었다. 그들은 개인적인 관계를 더 소중하게 생각했다. 특히 형제애와 집단에 대한 충성심을 소중히 생각했다. 그들은 어떠한 구체적인 이상을 공유하지도 않고 행동에도 일관성이 없었다. 나는 그들을 향해 말했다.

"형제들, 저를 용서해주십시오. 제가 지난해 여러분을 떠났던 것은 오로지 고향에 아픈 노모가 계시기 때문이었습니다. 어머니는 제게 정말 소중한 분이십니다. 어머니가 돌아가시는 날까지 같이 있어드릴 수만 있다면 저는 행복할 것입니다. 저는 어머니에게 하나밖에 없는 자식입니다. 그래서 아무도 어머니를 보살펴드릴 수 없습니다. 지금 저는 제가 이곳에 와 타이완으로 가려고 하기 때문에 공산주의자들이 저의 어머니를 처벌하지 않을까 두렵습니다. 여러분처럼 저도 더 이상 자식으로서의 도리를 할 수 없게 됐습니다."

그 말을 듣고 사람들이 조용해졌다. 몇몇은 한숨을 쉬었다. 누군가가 공산주의자들을 향해 큰 소리로 욕을 퍼부었다. 다른 사람들이 뒤를 이었다.

나는 다지안을 슬쩍 쳐다보았다. 무슨 일인지 그의 안색이 계속 바뀌고 있었다. 창백했다가 붉어졌다가 핼쑥해지기를 반복했다. 나는 그를 위해 중재에 나섰다.

"왕 대장님, 이번만은 다지안을 취사장에 보내지 말아주세요. 저 친구는 잠시 흥분했을 뿐입니다. 저 친구는 공산주의자들한테 심하게 상처를 받은 게 분명합니다."

"저놈은 정신병자야. 아무도 재갈을 물리지 않으니, 누구나 자기 생각이 있으면 얘기하고 논쟁할 수 있지. 하지만 저놈은 길거리의 미친년처럼 공식적인 편지를 갈기갈기 찢어버렸어."

결국 다지안은 부엌에서 일하지 않아도 되었다. 나를 도와준 왕용이 고마웠다. 하지만 동시에 타이완에 가면 공산주의자들의 수용소에 1년 있었다는 사실이 내 인생에서 암초가 될 것이라는 걸 깨달았다. 나 자신에게서 혐의를 벗겨낼 방법이 전혀 없었다. 누구든 내 과거사를 들먹이며 문제 삼을 것이었다.

33

모슬포의 제13집단수용소에는 1지대, 2지대, 3지대가 있었다. 총열 개의 수용소로 구성된 각 지대에는 4천7백여 명의 중국인 포로들이 있었다. 모두가 본국 송환을 거부하는 사람들이었다. 각 구역은 북동쪽으로 50킬로미터쯤 떨어진 곳에 있는 제8집단수용소와 설계가 똑같았다. 각 지대의 수용소는 중대가 아닌 대대로 불리고, 거기에 수용된 인원은 5백 명 이하였다. 왕용이 똑같은 인원을 지휘하고 있으면서도 대대장이 된 것은 그런 이유에서였다. 하지만 각지대 안의 수용소 문들은 엄격하게 통제하지 않았다. 때때로 수감자가 다른 대대로 슬쩍 들어갈 수도 있었다. 미군들이 모든 사람들의 얼굴을 기억하지 못하기 때문이었다.

미군들은 제8집단수용소에 있는 전쟁포로들보다 이곳 포로들에게 너그러웠다. 그들은 채소 씨앗들과 비료들을 갖다주며 고구마, 배추, 가지, 토마토를 재배하라고 장려했다. 수감자들은 바닷가에서 해초와 조개를 주울 수도 있었다. 보리와 옥수수가 아직도 주식이긴 했지만, 이곳에서 먹는 음식은 내가 공산주의자들의 수용소에서 먹었던 것보다 좋았다. 일부 포로들은 몸무게가 약간 늘어난 것 같았다. 공산주의자들이 없어서 이곳은 대체로 평화로웠다. 문맹인 수감자들에게는 글자를 가르쳐주는 수업이 있었다. 친목회, 마작 모임, 체조회, 가톨릭회, 서예 및 회화 협회, 기사회 등과 같은 클럽들이 20개도 넘게 만들어졌다. 자동차는 없었지만 전직 기사였던 사람들이 자동차 정비와 운전 기술에 대한 강습을 해줬다. 중국인들에게는 자동차를 운전하는 능력이 대단한 성취였다. 전장에서 우리 부대의 골칫거리는 아무도 운전할 줄 몰랐기 때문에 미국인들이 버리고 간 트럭들을 기지로 가져갈 수 없다는 점이었다. 그래서 우리는 생포된 미군들에게 자동차를 운전하라고 명령했지만 대부분 트럭을 몰지 못한다고 했다. 그러나 사실대로 말하면 그들은 트럭을 운전하다가 미군 전투기로부터 기총소사나 폭탄 공격을 당하는 걸 원치 않아서 그렇게 말했던 것이다.

스포츠는 이곳에서 인기가 좋았다. 각 중대에는 농구와 배구팀이 있었고, 각 대대에는 체조팀이 있었다. 우리는 수영도 할 수 있었다. 나는 점심 식사 후에 다른 사람들이 낮잠을 잘 때 수영을 했다. 검은 모래로 덮인 해변은 수용소에서 몇 걸음밖에 떨어져 있지 않았다. 그래서 수영할 때 우리들은 경비들이 보고 들을 수 있는 거리에 있었다.

이곳에서의 삶은 가능한 한 정상적으로 꾸려졌다. 세 개의 지대에는 저마다 신문이 있었다. 가운데가 접힌 보통 책 크기의 두 장짜리 신문이었다. 손으로 써서 등사한 것이었는데 일주일에 한 번씩 발행되었다. 부수는 20부씩만 찍어 배포했다. 신문에는 네다섯 개의 기사가 실렸다. 1지대의 신문은 《자유저널》, 2지대의 신문은 《선봉》, 3지대의 신문은 《생존》이라는 이름이었다. 나는 신문에 글을 써달리는 요청을 받았지만 아무것도 쓰지 않았다. 극장이라고 해봐야 커다란 단壇이 고작이었지만, 우리 지대에는 극장도 있었다. 극장에서는 다양한 지방의 경극이나 고전 연극을 정기적으로 무대에 올렸다. 극 중에는 선전물도 있었지만 대부분 전통적인 것들이었다. 재능 있는 사람들을 모든 대대로부터 모아 작업을 하는 데 어려움이 전혀 없었지만 제8수용소에 있는 죄수들에 비하면, 이 사람들은 예술 창작에 대해 덜 열광적이었다.

1지대에는 지아푸라는 미친 사람이 있었다. 거제도의 72수용소에서 알던 사람이었다. 하지만 그 당시에는 제정신이고 유순한 사람이었다. 이제 그는 매일 아침 철조망 울타리에 가서 울부짖었다.

"부모님이 보고 싶어요. 나를 여기서 죽게 하지 말아요!"

포로들은 그에 관해 농담을 하곤 했는데, 요즘은 그에 대한 얘기가 나오면 늘 한숨을 쉬었다. 1951년 여름, 그가 속한 연대는 미군들과 싸우기 위해 전선으로 이동했다. 그는 전투 경험이 전혀 없었기 때문에 두려워했다. 어느 날 소대장이 머리에 큰 풀을 꽂아 위장을 제대로 하지 않았다고 그를 나무라며, 계곡에 가서 장작을 모아 오라고 했다. 그는 계곡에 갔다가 적군 비행기가 떨어뜨리고 간 삐라를 우연히 주웠다. 거기에는 이렇게 쓰여 있었다.

친구들이여, 형제들이여. 우리한테 오십시오. 여러분이 원하는 만큼 오래 쉴 수 있는 우리의 후방 기지로 보내드리겠습니다. 여러분의 안전을 보장하며, 좋은 음식과 따뜻한 옷을 드리겠습니다. 여러분은 유엔군 병사와 똑같은 처우를 받게 될 것입니다. 소련과 공산주의를 위해 여러분의 목숨을 허비하는 걸 그만두십시오. 여러분이 살아서 돌아오기를 가족들이 애타게 기다리고 있다는 걸 기억하십시오.

지아푸는 그걸 읽고 흐느끼면서 비옷과 자동권총을 벗어놓고 미군들에게 투항했다. 지아푸를 심문하기 위해 통역이 왔지만 신병이었던 그에게서는 유용한 정보를 많이 얻어낼 수 없었다. 하지만 그는 정직하게 말했다. 자신은 죽는 게 두렵고, 그들의 후방 기지로 가서 편안히 있고 싶기 때문에 항복했다고. 그러자 그들은 우선 일을 해야 한다고 말하면서 그를 전선으로 보내 중국군을 향해 방송을 시키려 했다. 하지만 그는 총이 무섭다며 거부했다. 그러자 그들은 부산의 전쟁포로 집결지로 보내버렸다.

그곳에 도착하여 감옥을 본 그는 소리를 지르며 난리를 쳤다. 그는 미군들이 약속을 어기고 자신에게 자유를 주지 않았다고 비난했다. 물론 그들은 그의 말을 귀담아듣지 않고 수용소에 넣어버렸다. 나중에 72수용소에서 그는 죽음을 당할까 봐 두려워 타이완으로 가겠다고 스스로 문신까지 했다.

나는 지아푸가 이 수용소에서 그렇게 비참한 사람이 되리라고는 예상치 못했다. 그는 국민당 성향의 포로들이 모두 이곳에 도착하여 막사를 지으라는 명령을 받았던 지난여름에 미쳤다. 그때는 미군들이 그들을 공산주의자들과 다르게 취급하지 않았다. 그래서 이곳의 본국 송환 거부자들은 타이완에 가지도 못하고, 공산주의 치하의 중국으로 돌려보내지나 않을까 두려워했다. 중국은 그리 멀지도 않았다. 칭다오는 서쪽으로 5백 킬로미터 정도밖에 떨어져 있지 않았다.

본국 송환 거부자들은 미군이 그들을 본국으로 보내버릴지 모른다고 생각하기까지 했다. 그들의 두려움은 허무맹랑한 것이 아니었다. 판문점 회담에서는 무슨 일이든 생길 수 있었다. 미국은 그들을 본국으로 송환함으로써 얻을 것이 충분하다고 생각되면 어느 때라도 그들을 중국에 넘길 수 있었다. 1만 4천 명의 죄수들은 그 가능성을 생각하고 질겁했다. 공산주의자들에게 보복당할 게 두려워, 일부는 그들을 강제로 배에 태우면 바다에서 빠져 죽을 작정이었다. 일부는 최악의 상태가 되면 감옥을 부수고 한라산으로 들어가 게릴라 생활을 하겠다는 생각까지 했다. 많은 사람들이 창과 칼과 몽둥이를 만들기 시작했다. 실제로 처음 몇 달간 그들의 포로 생활은 바닥이었다. 여러 사람들이 자살을 시도했다. 한 사람은 죽으려고 변소에 뛰어들었다가 동료들에 의해 구조되었다. 그들은 그를 보살펴줬다. 그는 반년 후에야 우울증에서 벗어났다. 지아푸가 미친 것은 그 무렵이었다. 하지만 여느 사람들과 달리 그는 정신이 다시 돌아오지 않았다.

때때로 1지대를 지날 때면 걸음을 멈추고 그에게 말을 걸었다. 그의 멍한 얼굴을 보면 기억력을 상실했음이 틀림없었다. 하지만 그는 자신이 태어난 곳과 가족을 아직도 기억하고 있었다. 그는 부모가 어딘가 가까이에 있는 것처럼 그들을 불러댔다. 그의 이마에는 문신이 있었다. 검은 해바라기 모습의 국민당 문장이었다. 그는 누군가가 그에게 타이완으로 가고 싶은지, 본국으로 가고 싶은지 물을 때마다, 고개를 흔들며 음울한 소리로 말했다.

"하이청으로 보내주세요."

그곳은 만추리아에 있는 그의 고향이었다. 그와 마찬가지로 나도 고향이 몹시 그리웠다. 나는 포로로 잡힌 이래 딱 한 번 약혼녀에게 편지를 썼다. 수용소 문 옆에는 기둥에 걸린 철제 우편함이 있었다. 그러나 거기에 편지를 넣는 사람은 거의 없었다. 대부분의 전쟁포로들이 가명을 쓰고 있었고, 미국이나 중국 당국이 우리가 보내는 편지들을 검열할 것이라고 생각했다. 우리는 가족이 휘말려 드는 게 두려웠다. 국민당 성향의 수용소에 있으며 본국 송환을 거부한다는 이유로 가족과 자식이 고통을 당하게 될 것이었다. 정부가 우리를 '행방불명'이라고 분류해준다면 더 좋을 것이었다. 그렇게 되면 우리가 없음으로써 가족들이 혜택을 받게 될 것이었다. 규정상 그들은 순교자의 가족으로 대접받을 것이었다. 공산주의자들이 지배하는 수용소에서도 집으로 편지를 쓰지 않기는 마찬가지였다. 미군들이 편지를 개봉해 그들의 진짜 신원을 알아볼까 두려워서였다. 이곳에서는 어쩌다 한 번씩 수감자가 편지를 우편함에 넣었다. 하지만 신원이 밝혀지는 위험을 줄이기 위해 별명을 사용했다. 그래서 당연히 고향으로부터 소식을 들은 사람이 아무도 없었다. 편지가 가족에게 전달되었는지도 알 수 없었다. 미군과의 접촉을 통해 우리는 미군들이 정기적으로 편지와 소포를 받는다는 걸 알았다. 그들이 얼마나 부러웠는지 몰랐다.

나는 혼자 있을 때마다 중국으로 어떻게 돌아갈 것인지를 생각했다. 나는 국민당 군대가 공산주의자들을 무너뜨리고 본토를 다시 장악할 수 있다고는 생각하지 않았다. 그들은 미국제 무기로 무장하고 처음에는 동원 인력도 더 많았지만, 사람들의 지지를 끌어낸 공산주의자들한테는 적수가 되지 못했다. 붉은 깃발은 어쩌면 가까운 미래에 타이완에서 휘날릴지 몰랐다.

나는 고향으로 돌아가는 일에 대해 마음을 바꾼 게 아니었다. 다만 방법을 찾아낼 수 없었다. 봄과 여름 내내 수용소 사람들은 아무도 가본 적이 없고 잡지를 통해서만 알고 있는 타이완 얘기를 했다. 그들은 그곳에 가서 드나들 식당과 극장들을 그려보았다. 전쟁의 끝이 임박해 있었다. 우리 모두 그걸 느낄 수 있었다. 신문에 보도

된 것처럼 4월이 지나자 불구가 된 전쟁포로들이 북한과 중국 본토로 돌아갔다. 그것은 모든 전쟁포로들이 떠나게 될지 모른다는 사실을 암시했다.

6월 하순, 우리는 부산 수용소에 있던 남한 경비들이 2만 7천 명의 한국인 본국 송환 거부자들을 석방했다는 소식을 들었다. 단 하룻밤 사이에 모든 전쟁포로들이 민간인들 틈으로 사라진 것이었다. 화가 난 중국과 북한의 군대가 남한군이 점령하고 있는 지대를 대규모로 공격해 그들의 방어선을 무너뜨렸다. 하지만 포로들의 석방에 자극받은 이곳 수감자들은 그들이 본국 송환을 당하지 않도록 똑같은 방식으로 석방해줄 것을 요구했다. 수용소 당국은 그 요구를 무시했다. 그러자 죄수들은 단식투쟁에 들어갔다. 하지만 그것은 오래가지 않았다. 설교하기 위해 수용소를 자주 찾았던 후 목사가 유엔을 위해 중재에 나서면서 우리가 공산주의자들의 손에 넘어가지 않을 것이라는 걸 우리에게 다짐해줬다. 그는 이것이 인권을 존중하는 미국인들에게는 원칙의 문제라고 얘기했다. 그래도 2지대 소속의 수감자 세 명은 너무 우울하고 오랜 기다림에 지쳐 목을 매고 죽었다. 그들은 자신들을 기다리고 있는 보복을 두려워했으며 고향으로 돌아가는 걸 피하기 위해서는 무슨 일이든 할 사람들이었다.

7월 말, 판문점 휴전협정이 합의에 이르렀다는 소식이 들렸다. 마침내 전쟁이 끝난 것이었다. 이는 우리의 감옥 생활도 곧 끝날 것이라는 의미였다. 다시 수감자들은 본국으로 송환될까 두려워 대혼란에 빠졌다. 하지만 나는 다른 이유에서 안절부절못했다. 중국으로 돌아갈 길을 찾지 못하면 이들과 같이 타이완으로 떠나야 할지도 몰랐다.

그런데 모든 전쟁포로들이 한국 본토로 나시 돌아가 '설득'이라 불리는 최종적인 심사를 거치게 된다는 말이 나돌았다. 철의 장막으로 돌아가는 걸 피하기 위해서라면 무슨 짓이라도 할 죄수들은 겁을 먹었다. 그들 중 대다수가 대규모 시위에 대한 얘기를 꺼내기 시작했다. 몇몇은 중국 본토로 돌아가면 어차피 죽을 운명이니 자살하자고 제안하기도 했다. 일부는 그쪽으로 가는 배에 억지로 태우면 바다에 뛰어들어 죽을 심산이었다.

하지만 극단적인 행동이 일어나기 전에 장제스의 편지가 도착했다. 장제스가 라디오에 나와 직접 편지를 읽었다. 그것은 확성기를 통해 수용소 전역에 방송되었다. 총통은 노인의 목소리로 우리에게 유엔의 계획을 믿으라면시, 타이완으로 인진하게 데려가겠다고 약속했다. 다음 날 우리들 각자에게 국민당의 기가 주어졌다. 그것의 뒤에는 장제스의 서한 전문이 인쇄돼 있었다. 그는 우리에게 이렇게 지시하고 있었다.

여러분은 자유를 실현하기 위해, 이후 몇 달간을 참고 견뎌야 하며 유엔 당국에 협조해야 합니다. 그사이 자유중국에 있는 여러분의 동포들은 여러분의 궁극적인 해방을 위해 함께 힘을 합칠 것입니다. 내가 직접 이 문제를 처리할 것이며, 유엔이 자유를 위한 전쟁포로들의 선택을 존중하는 원칙을 준수하도록 만들겠습니다. 나는 여러분의 의지에 반하여 여러분을 다른 곳으로 보내지 않겠다는 약속을 유엔이 이행하게 함으로써 여러분이 진짜 중국인 타이완으로 올 수 있도록 할 것입니다.

그 편지를 보고서야 죄수들의 마음이 진정되었다. 하지만 나는 고향으로 가고 싶었기 때문에 더욱 걱정되었다. 하지만 고향은 이제 불길하게만 생각되었다. 돌아가면 나에게 무슨 일이 생길지 알 수 없었다. 공산주의자들과 국민당 애호자들 사이의 싸움에서 빠져나갈 수 있는 제3의 선택이 있다면 얼마나 좋을까 싶었다.

8월 중순, 우리는 8수용소에 있던 많은 전쟁포로들이 제주를 떠나 중국으로 갔다는 얘기를 들었다. 이는 우리도 곧 떠나야 할지 모른다는 의미였다. 홍콩에서 발행되는 주간지인 《뉴스월드》 최근호에는 한국인 여성 포로들이 북한으로 떠나기 전에 그들의 매트와 담요를 불사르는 사진들이 실렸다. 수용소 당국은 본국 송환 거부자들이 중립지대인 개성 근처로 간 뒤, 3개월 동안 마지막 설득 과정을 거칠 거라고 알려줬다. 공산주의자들은 우리 중 다수가 강제로 타이완을 선택했다고 주장했다. 때문에 그들은 돌아오는 포로들에 관한 그들의 정책에 대해 그들의 대표자들이 설명하는 걸 우리가 듣기를 바랐다.

중립지대는 중립국인 인도 군대가 지킨다고 했다. 그러나 그 소식을 듣고 이곳에서는 소동이 일어났다. 공산주의자들이 심리전에 능숙하다는 걸 모든 죄수들이 알고 있었다. 그들에게 얼굴을 보여주는 것만으로도 섬뜩한 일일 수 있었다. 그들의 신원이 확인되면 중국에 있는 가족과 친지들이 고통을 당할 수 있기 때문이었다. 그래서 다시 한 번 포로들 사이에 불안감이 번졌다. 설상가상으로, 중립지대는 공산주의 군대가 있는 곳과 아주 가까웠다. 불과 3킬로미터 정도밖에 떨어져 있지 않았다. 그러니 그들의 군대가 수용소를 공격하여 우리를 쓸어버릴지도 몰랐다. 사실 그들은 그 지대에 들어올 필요도 없었다. 그런 일은 포탄 공격만으로도 충분했다.

거제도에 있을 때 나는 국민당 애호자들이 피로 탄원서를 쓴 것은 극적인 효과를 위해서였을 거라고 생각했었다. 그런데 이제는 그들이 정말로 공산주의자들을 두려워하고 있다는 걸 알 수 있었다. 그들의 눈에 공산주의자들은 야만적인 짐승들이었다. 그들 지도자들의 부추김을 받은 많은 이들이 다시는 한국 본토에 들어가지 않겠다고 결심했다. 수천 명이 피로 서명한 탄원서가 13수용소 소장인 윌슨 대령에게 전해졌다. 탄원서에는 전쟁포로들을 북쪽으로 데려가 공산주의자들의 설득을 듣느니, 차라리 죽을 때까지 싸우겠다고 쓰여 있었다. 미군들은 당황했다. 교착 상태가 이어졌다.

그런데 국민당 군대 소속의 두 장교가 타이완에서 날아왔다. 그들은 전쟁포로 지도자들과 극비 회동을 갖고, 모든 포로들이 타이완으로 인진하게 길 수 있도록 해주겠다는 약속을 했다. 그들은 실득 과정에 참여해도 괜찮다고 지도자들을 설득했다. 지도자들은 그걸 기꺼이 받아들였다. 그들에게는 그것이 미래의 상관들을 기쁘게 해줄 수 있는 기회였다. 그런데 그들이 휘하의 병사들에게 그렇게 할 수밖에 없는 불가피성에 대해 얘기해주자, 아무도 공개적으로 그 결정에 토를 달지는 않았지만 불평불만이 쌓이기 시작했다.

지도자들은 일반 포로들을 달래기 위해 공산주의자들이 그들의 손실을 회복하기 위해 최후의 수단을 동원하는 것을 방해할 여러 가지 방책을 세웠다. 그토록 많은 사람들이 본토 대신 타이완을 택했다는 사실은 중국 정부의 뺨을 때린 격이었다. 그래서 중국 정부의 대표자들은 가능한 한 많은 전쟁포로들을 데려가려고 모든 노력을 다할 것이었다. 우리는 일주일 내내 설득에 대비한 실전 연습을 했다. 몇몇이 공산주의 대표자들, 미군 참관인들, 중립국 조정관들의 역할을 맡았다. 이러한 예행연습의 주된 목적은 문맹자들이 면담에서 실수하지 않도록 하기 위해서였다. 우리가 막사의 어느 위치에 앉을 것인지, 공산주의 대표자들이 우리로부터 얼마나 떨어져 앉을 것인지, 그들이 어떤 질문을 할 것인지, 우리가 어떻게 대답해야 하는지, 그리고 규칙을 어길 경우 가까이 앉아 있는 조정관들로부터 어떻게 도움을 받을 수 있는지, 이 모든 것들을 예행연습을 통해 포로들에게 알려줬다. 대부분의 포로들은 모의 면담을 거친 후에야 비로소 마음의 안정을 되찾았다. 하지만 나는 아직도 이 난국에서 어떻게 빠져나갈지 몰라, 전보다 더 괴로운 상태였다. 무슨 일이 있어도 나는 어머니와 쥐란에게 돌아가야 했다.

모의 면담은 공산주의자들을 모욕하는 연습으로 점차 바뀌었다. 지도자들은 구호를 준비해 포로들에게 공산주의자들을 모욕하는 훈련을 시켰다. 그들은 우리 마음대로 공산주의자들을 호되게 꾸짖으라고 했다. 육체적으로 다치게만 하지 않으면 아무 문제 없을 것이라고 했다. 대대에서는 침 뱉는 연습까지 시켰다. 가래를 모아 공산주의자들을 향해 정확히 뱉는 법까지 가르쳤다. 이러한 예행연습 외에도 '연대책임제'라는 이름의 잔인한 수단이 고안되었다. 그보다는 '집단처벌'이라고 불렸어야 맞았다. 지도자들은 수감자들을 서너 개의 조로 나눴다. 만약 조원 중 하나가 맹세를 위반하고 중국 본토를 택한다면, 모든 조원이 처벌받게 되어 있었다. 이것은 주로 장교들이 아니라 일반 포로들에게 적용되는 것이었다. 우리 지대만이 '연대책임제'를 시행했다. 나는 통역관이었기 때문에 어느 조에도 속하지 않았다. 왕용은 나를 신뢰하는 것 같았다.

8월 하순, 타이완에서 온 장교들이 우리를 보러 왔다. 하지만 그들은 수용소 안으로 들어올 수 없었다. 그래서 우리는 문에서만 만났다. 그들은 저녁 무렵 확성기를 통해 우리에게 충고와 경고를 했다. 그중 하나는 공산주의자들이 중국으로 돌아간 많은 전쟁포로들을 이미 처형했다는 것이었다. 대표단의 책임자가 말했다.

"저는 여러분을 오늘 만나고 나서, 여러분 모두가 공산주의자들한테 노예처럼 핍박받았다는 걸 분명히 알게 되었습니다. 어째서 우리가 서로 악수하고 껴안을 수 없는 겁니까? 어째서 우리는 여러분의 막사에 들어갈 수 없는 겁니까? 어째서 우리가 철조망을 사이에 두고 어렵게 얘기해야 합니까? 이 모든 것이 여러분을 이곳에 영원히 가둬놓으려는 공산주의자들 때문입니다. 우리는 이 점을 기억하고 조만간 그들에게 원한을 갚아야 합니다. 형제 여러분, 친구 여러분, 장 총통께서는 여러분의 복지에 대해 깊이 배려하고 계십니다. 여러분은 모두, 반공 영웅들이며 우리나라의 기둥들입니다. 그래서 총통께서는 여러분에게 인부를 진하라고 이곳으로 우리를 보내신 겁니다. 총통께서는 여러분이 타이완으로 와서 공산주의에 맞서 싸우는 우리의 대의에 동참하기를 바라고 계십니다. 여러분은 타이완에 도착하면, 여러분이 원하는 걸 추구하며 살 수 있습니다. 대학에 갈 수도 있고, 군에 계속 남아 있을 수도 있고, 다른 명예로운 직업을 택할 수도 있습니다. 저는 우리가 여러분이 성공할 수 있도록 최선을 다해 도와드릴 것을 약속드리는 바입니다."

그는 마른 헛기침을 하고 다시 말을 이었다.

"여러분은 곧 중립지대를 향해 떠나게 됩니다. 공산주의자들은 여러분을 꾀어서 데려가려고 모든 술책을 동원할 것입니다. 이것은 여러분의 삶에 가장 중요한 순간이 될 것입니다. 그러니 정신을 똑바로 차리고 중국 본토로 돌아가겠다고 하지 마십시오. 솔직히 말씀드리면, 여러분이 공산주의자들한테 넘어가면 그들은 여러분에게 삼두三頭 정책을 펼 것입니다. 여러분은 삼두 정책이 뭔지 궁금해하실 것입니다. 제가 말씀드리겠습니다. 첫째, 그들은 여러분을 향해 웃으면서 그들의 '머리'를 끄덕일 것입니다. 둘째, 여러분이 중립지대를 벗어나 그들의 영토에 들어선 순간, 그들은 여러분에게 '죄'를 고백하라며 '머리'를 매달 것입니다. 셋째, 여러분이 얄루강을 건너면 그들은 여러분의 '머리'를 자를 것입니다. 그것이 이미 시행되고 있는 삼두 정책이라는 겁니다. 우리에게 오십시오. 우리는 언제나 피를 나눈 형제처럼 여러분을 너그럽게 대할 것입니다. 우리는 협력하여 투쟁에서 승리하고 중국을 탈환할 것입니다."

장교들은 우리에게 많은 선물들을 가져왔다. 모든 사람에게 장제스의 사진 한 장, 국민당 기가 인쇄된 티셔츠, 모직 오버코트, 천으로 된 가방, 각설탕 한 상자, 통조림 두 개, 작은 비닐봉지에 든 완두콩이 주어졌다. 통조림 두 개 중 하나는 불에 조린 돼지고기였고, 다른 하나는 반으로 잘라 시럽에 적신 배였다. 그 외 각 지대에는 농구공, 축구공, 배구공, 책, 펜, 잡지, 드럼, 징, 심벌즈, 나팔, 트럼펫, 30벌이 넘는 카드, 장기판 세트가 지급되었다. 수감자들에 대한 지지를 나타내는 10만 명이 넘는 시민들의 서명이 담긴 흰 천도 네 개나 주어졌다.

많은 포로들이 선물을 받고 감격했다. 어떤 사람들은 2년 넘게 맛보지 못한 뜨거운 차를 마시고 봉봉과자를 먹으며 울먹이기까지 했다. 어떤 사람들은 총통의 친절과 너그러움을 결코 잊지 않겠다고 말했다. 사람들은 이것이 사람을 짐승처럼 먹이면서 적을 향해 강제로 돌격하게 만들었던 공산주의자들의 행태와 얼마나 다르냐 싶었다. 수감자들은 계속 이야기했다. 모든 사람이 도취되어 있었다. 어떤 사람들은 국민당 전사처럼 보이려고 머리를 빡빡 밀기도 했다. 한 주가 지나기 전에 우리는 모두 머리를 깎았다.

나는 선물이 좋긴 했지만 국민당을 잘 알기 때문에 정신을 차리려고 노력했다. 솔직히 말해 그들은 군대를 위해 사람을 필요로 하고 있었다. 그에 반해 공산주의자들에게는 수백만 명의 병력이 있었고, 동원 가능한 인력도 세계에서 가장 많았다. 그것이 양쪽으로 하여금 전쟁포로들을 달리 취급하게 만들었다. 어쩌면 국민당 애호자들로 하여금 전쟁포로들을 훨씬 더 소중히 하도록 강요한 것은 그들이 처해 있던 절망적인 난국이었을 것이다. 그와는 대조적으로 공산주의자들은 오직 체면을 차리기 위해 우리를 데려가고자 했다.

설득의 문제에 대해 좀 더 알았으면 싶었다. 그렇게 되면 계획을 세울 수 있을 것이었다. 고향으로 돌아가고 싶은 마음에도 불구하고, 나는 공산주의자들이 나를 비난하지 않을지 자신이 없었다. 내가 국민당 성향의 수용소로 돌아간 것을 어떻게 설명할 수 있겠는가? 나는 페이 인민위원과 밍이 아직 살아 있는지 어쩐지도 알지 못했다. 그들이 죽었다면 나 자신을 변호하는 일은 불가능할 것이었다. 반면에 타이완으로 간다면 나는 죄의식을 떨쳐낼 수 없을 것이었다. 어머니와 약혼녀가 나 때문에 고생하는데 내가 어떻게 외국에서 평화롭고 안전하게 살 수 있겠는가? 빠져나가는 방법을 생각하면 생각할수록 더욱더 절망스러웠다. 나는 겉으로는 쾌활한 척했지만 속으로는 몹시 혼란스러웠다. 나는 걱정을 덜기 위해 성경책을 읽는 데 더 많은 시간을 할애했다. 특히 전도서를 반복해서 읽었다. 그것은 인간의 하찮음에 대한 생각을 더 깊게 만들었다. 그걸 읽으면서 마음이 안정되었다. 그것은 나에게 비록 지금은 해결책을 찾을 수 없을지 몰라도, 그렇다고 해결책이 존재하지 않는다는 의미는 아니라는 걸 가르쳐줬다. 인내심을 갖고 체념하며 기다리는 걸 배워야 했다. 노력할 때가 있으면 쉴 때가 있다. 지식을 위한 시간이 있으면 무지를 위한 시간이 있다. 지금 내가 할 수 있는 모든 건 정신을 바짝 차리고 기다리는 일뿐이었다.

34

그해 여름 나는 우리 수용소를 배회하고 다니는 검정개를 좋아하게 되었다. 사람들은 나를 그 개의 주인으로 생각했지만, 나는 그를 거의 돌봐줄 수 없었다. 개는 닭처럼 풀을 먹지 않는다. 개에게 줄게 없었다. 개는 혼자서 먹이를 찾아다녀야 했다. 내가 할 수 있는 일은 쪼개진 단지에 물을 채워주는 게 전부였다. 개는 자주 부엌에서 뭔가를 훔쳐 먹었다. 취사병들은 개를 위협하거나 빗자루로 때리기도 했다.

13수용소에는 상당수의 동물들이 있었다. 취사장에서는 한 마리의 돼지와 열 마리 남짓한 닭을 길렀다. 우리는 가끔 암탉들이 꼬꼬댁거리는 소리를 들었다. 그러나 국에는 달걀이 눈곱만큼도 들어있지 않았다. 여러 명의 수감자들이 닭을 길러 필요한 것과 교환했다. 어떤 사람은 암염소를 기르기까지 했다. 그 염소는 젖이 나오기에는 나이가 어렸다. 그런데 염소는 오랫동안 주인 곁에 머무르지 않았다. 어느 날 수용소를 나가 돌아오지 않았던 것이다. 우리는 민간인이 염소를 죽였거나 가둬놨을 거라고 추측했다. 염소 주인은 망연자실하여 며칠 동안 정문에 서서 염소가 돌아오기를 기다렸지만 허사였다.

검정개는 지난해부터 수용소 안으로 들어와 살기 시작했다. 그 개는 튼튼하지 못해서 수용소 안에 있는 게 안전하다고 느낀 게 분명했다. 약간 주접이 든 그 개는 늪지대에 사는 들개들의 상대가 못 되었다. 게다가 한국인들은 개고기를 좋아했다. 길 잃은 개를 보면 별생각 없이 잡아먹어버릴지 몰랐다. 죄수들은 털이 까만 그 개를 검둥이라고 불렀다. 개는 몸집이 작고 털도 거의 없다시피 한 데다 곳곳에 상처가 나 있었다. 그러나 꼬리는 솜털 같았고 흰 눈썹은 한 쌍의 나방 같았다. 어떤 사람들은 그 개가 일본산 포인터라고 했고, 어떤 사람들은 중국산 사냥개라고 했다. 어느 쪽이있는지는 잘 모르겠다. 어쩌면 잡종이었을지 모른다. 나는 검둥이를 종종 어루만 져줬다. 개는 만져주는 걸 좋아했다. 자기를 좋아해주는 기미만 있으면 좋아라 했다. 때때로 나는 난샨이라는 이름의 취사병에게 고구마 반 토막이든 썩은 보리밥이든, 음식이 남으면 개에게 주라고 부탁했다. 수감자들처럼, 검둥이도 먹을 걸 제대로 못 먹어 갈비뼈가 완연히 드러나고 늘 배고파 하는 것 같았다. 개는 식사 때 사람들이 줄을 서면 근처에서 어슬렁거리며 흘린 국물을 핥아 먹었다.

나와 더 많은 시간을 보내면서 개는 우리 사이의 특별한 관계를 인정하는 것 같았다. 내가 보이면 언제나 따라다녔다. 개는 다소 거드름을 피우며 내 옆에서 종종걸음을 쳤다. 나는 그 개가 옆에 있으면 좋았다. 전에는 동물을 좋아한 적이 없었다. 하지만 지금은 아침에 잠에서 깨면 개에 대한 생각이 제일 먼저 떠올랐다. 나는 그 개가 길을 잃어버릴지 몰라 수용소 밖으로 내보내지 않으려 했다. 내가 수영을 마치고 돌아올 때마다 개는 나한테 뛰어들며 좋아서 낑

낑거렸다. 나도 감동되어 개의 늘어진 귀를 쓰다듬어주거나 쭈그려 앉아 잠시 놀아주곤 했다. 개는 누워서 몸을 구르거나 그냥 누워서 발을 들고 나한테 배를 만져달라는 몸짓을 했다. 그러면 나는 개의 배를 살짝 찌르며 장난을 쳤다. 때때로 개는 내게서 맛있는 걸 얻으려고 하는 것처럼, 내 얼굴에 코를 비비거나 내 손에 코를 대고 킁킁거렸다. 나는 개를 보며 우리 전쟁포로들 중 아무도 개가 느끼는 단순한 즐거움과 사람에 대한 순수한 믿음을 갖지 못한다는 사실을 깨달았다. 이러한 깨달음 때문에 나는 개를 더욱더 친구처럼 생각하게 되었다. 개는 내가 당혹스러움과 배반에 대한 두려움 때문에 주변 사람들을 향해 감히 느끼지 못하는 부드러운 감정을 내 안에서 불러일으켰다.

대부분의 죄수들은 휘파람으로 검둥이를 불렀다. 휘파람을 불면 개는 꼬리를 흔들며 그들을 향해 뛰어갔다. 개는 그 사람한테 뛰어오르며 쓰다듬어주기를 바랐다. 정말 붙임성 있는 개였다. 개는 인간의 선한 면만 알고 있는 것 같았다.

8월 초순의 어느 날 밤이었다. 검둥이가 울타리를 빠져나가 돌아오지 않았다. 이곳저곳 찾아봤지만 찾을 수 없었다. 한국인이 개를 잡아두고 있거나 도살했을지 몰라 걱정이 되었다. 검둥이는 다 자란 개였다. 발정이 났을지도 몰랐다. 내가 알기로, 수용소 주변에는 개들이 많지 않았다. 개는 암캐를 찾아 개펄 너머 있는 먼 어촌으로 가야 했는지도 몰랐다. 어부들이 개를 도살했을지도 몰랐다. 나는 그날 밤 기다리고 또 기다렸다. 하지만 개는 돌아오지 않았다.

어떤 사람들은 내가 검둥이를 너무 버릇없이 길렀다고 말했다. 그들은 오래전에 거세를 시켰어야 했다고 말했다. 나는 개가 돌아오면 암캐의 꽁무니를 쫓아다니지 못하도록 방안을 강구해야겠다고 생각했다. 그렇지 않으면 문제가 많이 생길 것 같았다.

다음 날 아침 일찍 잠에서 아직 덜 깼을 때 개 짖는 소리가 들렸다. 나는 벌떡 일어나 달려나갔다. 검둥이였다. 듬성듬성한 털은 이슬에 젖어 있었다. 검둥이는 둥근 얼굴의 취사병인 난샨의 주변을 뛰어다녔다. 난샨은 쉴 때면 늘 그렇듯 학생처럼 깃털 공치기 놀이를 하고 있었다. 내가 휘파람을 불자 검둥이가 우뚝 서더니, 꼬리를 흔들면서 큰 소리로 끙끙거리며 달려왔다. 검둥이는 눈을 빛내며 뒷다리로 서서 앞발을 내 몸에 대고 내 손과 배를 핥았다. 엉덩이에 5센티미터쯤 되는 깊게 베인 상처가 나 있었다. 피는 그쳐 있었다. 상처는 건초용 포크에 찔려 난 것 같았다. 나는 즉시 개를 위생병에게 데리고 가서 상처 부위를 소독하고 항생제를 발라주도록 했다.

물론 나는 개를 거세시키지 않았다. 전에 염소를 거세하는 일을 했던 사람이 그 일을 해주겠다고 자청했지만 도저히 그럴 수가 없었다. 대신 검둥이가 수용소 밖으로 달아나지 못하게 10미터쯤 되는 줄로 목을 묶었다. 검둥이한테 벼룩이 있다고 몇몇이 항의하지 않았다면, 나는 검둥이가 들어올 수 있게 문에 구멍을 내고 밤에는 데리고 잤을 것이다. 매일 밤 나는 잠자리에 들기 전에 검둥이를 작은 포플러에 묶었다. 검둥이는 묶여 있어도 앞발에 머리를 기대고 쉬면서 편안해 보였다. 나는 커다란 나무 상자를 구해다 포플러 옆에 기대놓고 그 위에 천을 덮어 두 개의 돌로 눌렀다. 바람이 불거나 비가 오면, 검둥이는 임시로 만든 개집 속의 짚 위에 웅크리고 누워 있었다. 내가 밤에 묶는 걸 깜빡 잊으면, 검둥이는 어김없이 수용소를 빠져나갔다. 그러나 개는 영리했다. 동이 트면 언제나 돌아오곤 했다.

마지막 설득 과정을 거치기 위해 한국 본토로 떠날 준비를 하면서 비로소 개가 걱정되기 시작했다. 어떤 동물도 데리고 갈 수 없었다. 하지만 내가 두고 가면 개는 곧 죽을지 몰랐다. 먹을 것을 찾아 민간인의 집이나 비행장으로 갈 것이기 때문이었다. 나는 미군이 데려가서 키우겠다면 마다하지 않았을 것이다. 미군들이라면 애완동물에게 먹을 걸 줄 수 있었을 것이다. 왕용은 내게 개를 버리라고 말했다.

"말 못하는 동물에 지나지 않아. 그냥 놔둬. 돌볼 대상은 사람만으로도 충분해."

나는 그가 두 번 다시 생각하지 않고 검둥이를 없앨 것이라는 걸 알았다. 다급해진 나는 부엌으로 가서 개한테 먹을 걸 주곤 했던 난산에게 간절히 부탁했다.

"우리가 중립지대로 갈 때 검둥이를 데리고 갈 수 있겠니?"

"그렇게 해보겠지만 개가 짖으면 어떻게 하죠?"

"모르겠어. 나는 가능한 한 오랫동안 개를 데리고 있고 싶어. 그런 일이 생겨도 너를 탓하지 않을게."

"펑 장교님은 부처님처럼 가슴이 따뜻하세요. 무슨 말씀을 하시든 그에 따르겠습니다."

그의 과장된 말은 나를 놀라게 했다.

난산은 약속을 지켰다. 그는 위생병한테 약간의 수면제를 얻어다가 가루로 만들었다. 그는 감자를 반으로 잘라 수면제를 묻혀 검둥이에게 먹였다. 개는 곧 잠에 빠졌다. 그리고 배에 오르기 전에 야전 솥에 검둥이를 숨겼다. 난산은 자루로 개를 덮었다. 그래서 경비한테 발각당하지 않을 수 있었다.

35

1953년 9월 10일, 우리는 부산에 도착했다. 그리고 그곳에서 비무장지대라고도 불리는 중립지대로 향했다. 그곳은 개성에서 남쪽으로 몇 킬로미터 떨어진 문산리라는 작은 마을에 있었다. 그곳은 부분적으로 폭탄에 파괴된 곳이었다. 몇몇 집들이 있었지만 대부분 지붕들이 다 날아가고 벽만 남아 있었다. 9월 16일에 우리가 수용소에 들어갔을 때는 설득 작업이 며칠 동안 계속되고 있는 상황이었다. 그 지역은 인도 군대가 경비를 서고 있었다. 관리는 폴란드, 스웨덴, 체코슬로바키아, 스위스와 같은 나라들에서 온 사람들이 맡고 있었다. 유엔, 북한, 중국은 많은 대표들을 파견해놓고 있었다. 우리는 새 막사인 21수용소에 적어도 12주는 있게 될 것이라고 했다. 왜 그렇게 오래 걸리는 것인지 우리 모두는 화도 나고 당황스럽기도 했다.

이곳에는 약 40개의 수용소가 있었고, 그중 33개는 중국인 전쟁 포로들을 수용했다. 먹는 것은 전보다 좋았다. 아침으로는 가루우유를 섞어 끓인 보리죽이 나왔고, 점심과 저녁으로는 완두콩이나 다른 콩이 섞인 쌀밥이 나왔다. 감자도 나오고 야채도 나왔다. 담배도 더 나왔다. 하루 걸러 한 갑씩 개인에게 지급되었다.

동편에 있는 임진강 쪽으로 과수원이 보였다. 사과나무와 배나무 잎사귀들이 다 떨어져 있었다. 아침이 되면 종종 가지에 서리가 긴 게 보였다. 서쪽엔 나무는 없지만 키가 큰 잡풀로 덮인 야산이 있었다. 목 주위에 고리 무늬가 있는 꿩들이 많았다. 우리는 종종 철조망 울타리에 모여 꿩들이 날아올라 부드러운 소리를 내며 날아가는 모습을 바라보았다. 수컷들의 깃털이 뭔가 작은 것이 폭발하는 것처럼 멀리서 반짝였다. 우리는 그걸 보며 가끔 탄성을 질렀다. 그들을 사냥할 수 있다면 얼마나 좋으랴 싶었다. 이곳의 땅은 검고 기름졌다. 하지만 들판은 폭탄 자국이 군데군데 난 채 버려져 있었다. 그래도 새들이 먹을 곡식이나 풀씨나 낟알들이 있는 게 분명했다. 인간과 다르게 꿩들은 전쟁 때문에 수가 불어난 것 같았다.

마루 대신 침대가 막사 안에 있는 걸 보면 수용소는 전에 주둔하던 군대가 쓰던 것이 분명했다. 곤봉을 찬 인도 경비병들은 대체로 우리한테 잘해줬다. 그들은 우리가 도착한 날에는 모두에게 한 잔의 커피와 초콜릿 한 개를 줬다. 하지만 그들은 문을 아주 엄격하게 지켜 공식적인 허락 없이는 아무도 수용소 밖으로 나갈 수 없었다. 그 결과 모든 대대가 고립되었다. 누군가가 아파서 비무장지대에 있는 병원에 가야 할 땐 두세 명의 경비가 따라붙었다. 그런데 인도는 중국 대표자들에게 매일 세 시간 동안 끝없이 우리를 향해 방송하는 걸 허용해주고 있었다. 일부 대표들은 우리에게 협박조로 말하기까지 했다.

"본토에 있는 여러분의 가족을 생각해보세요. 적어도 그들을 위해서 여러분은 고향으로 돌아가야 합니다."

포로들은 그 방송을 듣고 잔뜩 겁을 먹었다. 우리 대대의 많은 사람들이 공산주의 대표들을 만나지 않겠다고 했다. 왕용은 노발대발하며 몇몇 사람들에게 두 개의 드럼통을 세워놓고 막대기로 두드려 그들의 방송이 들리지 않게 하라고 했다. 하지만 그것은 더 시끄럽기만 했다. 우리의 귀에는 여전히 그들의 방송이 간간이 들렸다. 그래서 그는 경호원들에게 긴 막대기 끝에 달린 확성기를 부숴버리라고 명령했다. 그들은 그걸 돌로 박살냈다. 인도인들은 그것을 수리하지 않았다.

왕용은 다른 수용소와 접촉하려고 필사적으로 노력했다. 여러 차례 시도했지만 모두 실패로 돌아갔다. 어느 날 누군가가 검둥이를 이용해 남쪽으로 백 미터쯤 떨어져 있는 22수용소에 전갈을 보내자고 제안했다. 그래서 그들은 개의 목에 편지를 묶은 다음, 문 근처에 있는 울타리의 구멍으로 내보냈다. 검둥이를 보낸 건 성공적이었다. 22수용소에 있는 몇 사람이 검둥이를 알아보고 휘파람을 불어 개를 불렀다. 하지만 경비병들이 우리가 개를 어디에 활용하는지 눈여겨보고 있었다. 나는 개의 안전이 걱정되어 행정병에게 너무 눈에 띄는 흰 종이는 사용하지 말아달라고 부탁했다.

난샨은 이제 나 대신 검둥이의 주인 행세를 했다. 나는 개의치 않았다. 내가 본토로 송환되면 개를 데리고 갈 수 없을지도 모르기 때문이었다. 그가 개를 더 잘 보살펴줄 수 있었다. 그는 개에게 먹을 것을 줄 수 있었고, 다른 취사병들을 설득해 검둥이가 부엌으로 들어와도 내버려두게 했다. 나는 난샨이 개를 그렇게 좋아하는 것이 기뻤다.

어느 날 밤 검둥이가 심부름을 갔다가 돌아오지 않았다. 나는 개가 다시 발정했을 수도 있다고 생각했다. 하지만 개는 이 지역을 벗어날 수 없었을지 몰랐다. 내가 알기로, 이곳에 다른 개는 없었다. 난샨과 나는 밤늦게까지 개가 돌아오기를 기다렸다. 결국 나는 기다리다 지쳐 잠자리에 들었다.

다음 날 아침 난샨이 인도 경비병들한테 물어보려고 문으로 갔다. 그는 영어를 할 줄 몰랐지만 중위에게 중국어로 애원했다.

"부탁입니다. 검둥이가 어디 있는지 말해주세요!"

내가 그들에게 다가갔을 때 수염이 짙게 난 장교는 계속 머리만 젓고 있었다. 필사적이 된 난샨은 그들이 자기가 하는 말을 알아듣지 못한다고 생각했는지 개처럼 엎드려 짖기 시작했다. 인도인들이 너털웃음을 터뜨렸다.

나는 장교에게 가서 검둥이를 본 적이 있는지 물었다. 그가 회색 눈을 굴리더니 단도직입적으로 말했다.

"그 개는 은밀한 메시지를 갖고 다녔소. 그래서 우리가 죽였소."

나는 난샨에게 말했다.

"죽였대."

그 말을 듣자 난샨은 작은 주먹을 휘두르며 중위를 향해 달려들었다. 나도 눈물이 났지만 그를 말려야 했다. 나는 그를 끌고 막사로 돌아왔다. 우리는 부엌에서 함께 울었다.

수염이 난 그 중위가 그날 저녁 인원 점검을 하러 들어왔을 때, 두 수감자가 갑자기 벽돌 하나씩 들고 그를 향해 달려들었다. 장교는 울타리 쪽으로 황급히 물러났다. 더 많은 사람들이 그를 쫓았다. 몽둥이를 휘두르는 사람들도 있었다. 나는 너무 충격을 받아 어떻게 해야 할지 몰랐다. 그들이 그에게 약간 거칠게 행동한다면 나도 개의치 않았을 것이다. 하지만 그를 죽이면 우리들에게는 재앙이 될 것이었다. 다행히도 그들이 그를 몰아세우기 전에 인도 경비병들이 울타리 나른 쪽에서 몰려와 총을 들고 겨냥했다. 그러자 죄수들은 그를 놓아줬다.

검둥이가 죽으면서 외부와의 접촉이 끊어졌다. 하지만 난산과 나를 제외하고 대부분의 수감자들은 며칠이 지나자 개에 대해서는 잊어버렸다. 사실 대부분의 죄수들이 인도인 장교의 목숨을 노렸던 것은 복수와는 전혀 상관없었다. 그들 대부분은 자신들의 미래가 불확실해 필사적이고 성격이 급해 있었다. 그들은 그 기회를 이용해 감정을 발산시켰을 뿐이었다.

왕용은 다지안과 나에게 임무를 맡겼다. 가능한 한 자주 인도 병사들과 얘기해서 설득에 관한 정보를 수집해 저녁때 보고하라는 임무였다. 그는 그 임무를 맡기며 우리 두 사람에게 여분의 담배를 줬다. 그래서 나는 경비병들한테 가서 그들과 얘기하려고 했다. 그들을 통해 나는 우리가 처한 상황을 좀 더 파악할 수 있었다. 그런데 불행히도 알면 알수록 실망감이 더 커졌다. 중국군 2개 사단이 북쪽으로 5킬로미터 이내에 주둔해 있다고 했다. 그들이 공격해오면 우리는 임진강 때문에 물러날 수도 없는 처지였다. 게다가 비무장지대를 관리하는 인도인들은 공산주의자들을 편애하는 것 같았다. 그들과 공모해 우리를 중국 본토로 보내버릴지도 몰랐다. 우리는 우리가 타이완으로 갈 수 있는 확률이 많아야 50대 50이라고 생각했다. 어느 날 오후 인도인 장교와 얘기를 나누다가, 나는 전에 생각해보지 않았던 것에 대해 들었다. 턱이 네모진 그 장교는 내게 중국 본토나 타이완으로 가기가 꺼려지면 제3국을 신청할 수도 있다고 말했다.

"척, 그게 어디요?"

나는 그의 이름을 몰라 그냥 척이라고 불렀다. 그의 부하들은 그를 D장교라고 불렀다. 그는 병어처럼 생긴 눈을 깜빡이더니 비음 섞인 말로 대답했다.

"인도나 브라질, 아르헨티나겠죠."

"확실해요?"

"확실해요!"

그는 쾌활한 어조로 힘줘 말했다.

"벌써 그런 선택을 한 전쟁포로들이 있어요."

그는 내가 그에게 준 담배를 잡고 녹색 터번에 손을 댔다.

"얼마나 많은데요?"

"일고여덟 명쯤 돼요."

"그런 나라에 가서 뭘 할 거래요?"

"모르겠어요. 하지만 일자리는 분명히 있을 거요."

"예를 들면 어떤 일이 있을까요?"

"그건 그들이 어떤 기술을 갖고 있느냐에 달려 있겠죠."

그 정보는 내 마음을 하루 종일 어지럽게 했다. 좋든 싫든 나는 타이완으로 가지 말아야 했다. 그것은 내가 공산주의자들의 적이라는 걸 선언하는 것이나 마찬가지였고, 그렇게 되면 그들은 내 어머니와 약혼녀를 처벌할 게 분명했다. 반면에 내가 반역 혐의를 벗지 못한다면 중국 본토로 돌아가지 말아야 했다. 돌아가면 감옥에 갇히지 않을지는 몰라도 국민당 애호자들과 내가 관련되었다는 것 때문에 늘 감시당할 것이었다. 페이샨과 창밍이 중국으로 돌아갔다는 게 확실하면, 그들이 내 혐의를 벗겨줄 것이기 때문에 모험을 해볼 수도 있었다. 하지만 그들이 나 같은 사람을 구해줄 것이라고 어떻게 확신할 수 있단 말인가? 그들은 이미 나를 희생시키기로 작정했던 사람들 아닌가? 그에 비하면 제3국이 더 나은 선택일 수 있었다.

하시만 그곳에서 어떤 삶을 살아갈지는 전혀 알 수 없었다. 그리고 내가 외국에서 살아남을 수 있을지도 불확실했다.

하지만 내가 다른 나라로 가면 공산주의자들은 내 어머니와 쥐란에게 해를 입히지 않을까? 내가 그들의 적이 될 의도가 없으니까 그러지 않을 수도 있었다. 나는 순진할지 모르지만 생존본능에 끌리고 있었다. 나 같은 사람에게는 제3국이 더 좋은 곳일 수 있었다. 나는 종종 아웃사이더였고 어떤 정치 단체에도 맞지 않는 사람이었다. 일단 외국에 정착하고 나서 어머니와 쥐란을 부를 수도 있었다. 하지만 공산주의자들이 그들을 보내줄까? 그럴 수도 있고 그렇지 않을 수도 있었다. 그래도 제3국이 최선의 선택일 것 같았다. 나는 모험할 준비가 되어 있었다.

다음 문제는 어디로 가느냐 하는 것이었다. 포르투갈어나 스페인어를 할 줄 모르기 때문에 브라질과 아르헨티나는 어려울 것 같았다. 인도에서는 영어를 쓰지만, 그곳은 인구가 많고 실업률이 높은 나라였다. 게다가 카스트 제도까지 있다고 했다. 그곳으로 가면 나는 분명히 밑바닥 삶을 살게 될 것이었다. 영어를 쓰면서 내가 갈수 있는 다른 중립국은 없을까? 설득하기 위해 나를 부르면 이것부터 묻고 싶었다. 나는 중국 대표들과 얘기하는 걸 피하고 조정관들에게 직접 영어로 얘기하고 싶었다. 적당한 나라가 없다면 브라질로 갈 수도 있었다. 그곳은 광대하고, 기회가 더 많은 나라였다. 나는 몇 년 동안 고된 일을 하는 것도 마다하지 않을 것이었다. 나는 아직 젊었다. 나는 내 삶을 다시 시작할 수 있어야 했다. 반면에 나는 결코 편하게 느낄 수 없는 외국어를 쓰며 나라 없이 고독하게 살아갈 준비를 해야 했다.

나는 마음의 결정을 내렸지만 더 초조해졌다. 목구멍이 자꾸 멍해져 손으로 계속 주물러줘야 했다. 그날 저녁 나는 취사장교와 함께 한 잔의 정종을 마셨다. 보고를 하러 대대 본부에 가기 전에 마음을 진정시키기 위해서였다. 나는 그날 수집한 정보를 왕용에게 전하면서 중립국들도 전쟁포로들을 받아준다는 사실은 언급하지 않았다. 그가 나를 의심하게 될까 봐 두려웠다. 나는 그에게 인도인 장교가 얘기해준 것처럼 공산주의자들의 설득 작업이 큰 낭패를 보고 있으며, 중국으로 돌아갈 사람을 지금까지 80명밖에 확보하지 못했다는 얘기를 해줬다.

다음 날 저녁 설득 시간에 막 참여하고 나온 다른 수용소 소속의 두 명이 우리에게 얘기하러 왔다. 우리는 가장 큰 천막에 모였다. 우리는 두 사람이 앉아 있는 탁자 앞에 자리를 잡고 앉았다. 먼저 얘기한 사람은 가느다란 코에 눈이 반짝이는 아주 잘생긴 사람이었다. 키는 컸지만 몸이 약간 굽은 그가 말했다.

"형제 여러분, 두 인도인 병사가 와서 저를 15번 막사로 데려갔습니다. 여러 나라에서 많은 사람들이 와 있더군요. 한눈에 누가 공산주의자들인지 알 수 있었습니다. 그들이 일어나더니 웃으면서 베이징 사람처럼 인사하더군요. 그중 하나가 이렇게 말합디다. '동지, 당신이 돌아오는 걸 환영하기 위해 조국을 대표해 우리가 왔소.' 나는 그놈의 얼굴에 침을 뱉으며 말했습니다. '당신은 중국을 대표할 수 없어. 러시아를 대표하는 거겠지. 내가 왜 당신 말을 들어야 하지?' 그들은 내가 앉은 다음에도 계속 미소를 지었습니다. 다른 사람이 이렇게 말했습니다. '완펑한 동지, 당신의 부모님이 고향에서 당신을 기다리고 있어요. 상심하여 밤낮으로 울고 계시오.' 나는 이렇게 소리 질렀습니다. '이 개자식아! 너희 빨갱이 새끼들이 5년 전에 우리 아버지를 참수했어. 우리 어머니는 넋 놓고 울기만 하다가

3개월 후에 돌아가셨다. 그런데 무슨 배짱으로 나한테 그분들이 아직도 살아서 나를 그리워하고 있다고 말하는 거냐!' 그놈은 끈질깁니다. '이걸 생각해보시오. 당신은 중국의 착한 아들이오. 당신 부모 얘기를 꺼냈을 때, 나는 당신이 돌아오기를 기다리는 수백만 명의 늙은 세대들을 일컫는 거였소.' 그 소리를 듣고 나는 돌아버렸습니다. 나는 벌떡 일어나 호주머니에 들어 있던 횟가루를 그놈의 얼굴에 던졌습니다. 그놈이 눈을 비비며 비명을 지르고 난리를 치는 사이, 나는 내가 앉아 있던 접이식 의자를 들어 온 힘을 다해 그놈을 내리쳤습니다. 인도인 경비들이 달려오더니 나를 끌어내더군요."

박수기 터졌다. 누군가가 소리쳤다.

"빨갱이 악당놈들이 죽을 때까지 싸웁시다!"

모두가 주먹을 들고 구호를 반복했다.

그가 다시 소리쳤다.

"장제스 총통 만세!"

우리는 다시 한 번 그 소리를 따라 했다.

그러고 나자 다른 남자가 말하기 시작했다. 얼굴은 등창에 걸리고, 이는 튀어나오고, 코는 뭉툭하고, 귀는 뻣뻣이 선 사람이었다. 그의 말씨는 마오쩌둥을 생각나게 하는 심한 후난성 말씨였다.

"천막 밖에서 오랫동안 기다린 후, 제 이름이 불려 천막 안으로 들어갔습니다. 다른 나라에서 온 사람들 속에 있는 빨갱이들은 끔찍해 보였습니다. 굶주린 늑대들 같았습니다. 창으로 보니 그들 뒤로 열 대 이상의 트럭이 붉은 기를 휘날리며 서 있었습니다. 그걸 보자 덜컥 겁이 났습니다. 트럭 너머의 높은 문 위에 아치형으로 '조국의 품으로 돌아오라'고 쓰여 있는 게 보였습니다. 그들은 우리를 몽땅 실어갈 작정인 게 분명해 보였습니다. 내가 앉자 그들 중 하나가 집게손가락을 탁자에 대고 앞으로 몸을 기울이며 말했습니다. '동지, 당신은 적의 수중에 들어가 큰 고통을 당했을 게 틀림없소. 우리가 조국을 대신하여 당신을 구하러 왔소. 이제 당신은 자유인이오. 우리와 함께 중국으로 갑시다.' 나는 '동지'라는 말을 듣자 열이 받쳤습니다. 증오감으로 어찌할 바를 몰랐지만 나는 참고 말했습니다. '사실, 나는 수용소에서 그렇게 고생하지 않았소. 미군들이 나한테 먹을 것과 입을 것을 줬소. 내가 진짜 쓰라림을 맛본 건 당신네 공산주의 군대에서였소. 당신들은 나를 짐승이나 총알받이처럼 다루고 이용했소.' 그랬더니 그놈이 이렇게 말했습니다. '동지, 맹세코 당신은 자유인이오. 우리나라로 돌아가 뭐든 할 수 있는 자유인이란 말이오. 군대에서 장교로 계속 복무할 수도 있고, 고향으로 돌아가 부모님을 돌볼 수도 있고, 도시에서 일하며 살 수도 있소. 동지, 생각해보시오.' 나는 도저히 참을 수가 없었습니다. 나는 그가 하는 말이 거짓말이라는 걸 알았습니다. 나는 이렇게 소리쳤습니다. '나는 네 동지가 아니다. 나를 바보 천치라고 생각하지 마라. 나는 너희들 모두가 눈 하나 깜빡이지 않고 거짓말한다는 걸 안다, 이 러시아 개들아. 니미 씹이다!' 나는 스위스인 조정관을 향해 큰 소리로 소리쳤습니다. '나는 자유중국으로 가고 싶습니다.' 그 외국인이 나를 향해 고개를 끄덕이더니, 대학생 같고 해외에 사는 중국인 같기도 한 통역에게 무슨 말인가를 했습니다. 통역이 나한테 '이제 가도 좋다'고 말했습니다. 나는 그곳을 나오기 전에 공산주의자들이 앉아 있는 탁자를 걷어챘습니다. 그랬더니 탁자가 엎어지면서 종이와 펜이 사방으로 날아갔습니다. 나는 너무나 열이 받아 정신없이 발을 굴렀습니다. 그러다가 하마터면 그놈들 쪽으로

491

길을 잘못 들뻔했습니다. 통역이 나한테 이렇게 말하더군요. '이보시오, 다른 쪽이오.' 그때서야 정신이 번쩍 들었습니다. 빨갱이들의 올가미에 또다시 들어갈 뻔했지 뭡니까."

요란한 웃음소리가 터졌다. 왕용이 일어나서 우리에게 말했다.

"우리는 곧 저 천막 속으로 들어가 저놈들이 설득하는 소리를 들어야 할 거요. 공산주의자들한테 속지 않도록 조심하시오. 그리고 여러분이 이탈하면 여러분이 속한 조가 고통당할 것이라는 사실을 기억하시오. 알겠소?"

"네."

우리는 소리쳤다.

바이다지안이 손을 들었다. 왕이 그에게 물었디.

"하고 싶은 얘기가 있는가?"

"네."

다지안이 일어나서 사람들에게 말했다.

"두 형제가 한 얘기에 따르면, 빨갱이들의 말에 귀를 기울이면 기울일수록 그들이 더 공격적으로 나오는 것 같습니다. 저는 우리가 천막 안으로 들어간 순간부터 그들에게 침을 뱉고 욕하면서 타이완으로 가겠다고 말하는 게 좋겠다고 생각합니다. 달리 말해 그들에게 우리를 속일 기회를 주지 말아야 한다는 겁니다."

그가 자리에 앉더니 나를 노려보았다. 그의 깎인 머리에는 얻어맞아 생긴 여러 개의 혹이 있었다. 가슴이 뛰기 시작했다. 그가 내계획을 눈치 챘는지 궁금했다. 나는 마음을 다잡고 그의 강렬한 눈을 응시했다. 그러자 그가 마침내 눈을 돌렸다. 나는 타이완으로 가고자 하는 그의 단호한 의지가 놀라웠다. 그가 매력적인 약혼녀를 버리기로 작정했다는 말일까?

왕용이 사람들에게 말했다.

"그거 좋은 생각이오. 바이 장교가 말한 것처럼 그들에게 침을 뱉으시오. 이 빌어먹을 짓을 최대한 빨리 해치웁시다."

조정관한테 가기 전에 설득자들을 상대해야 한다는 사실이 이제 명백해졌다. 그것은 위압적인 것일 수 있었지만, 외국인들에게 직접 얘기하면 설득 과정의 일부를 피할 수 있을지 몰랐다. 신중하고 침착하면, 제3국으로 가는 계획을 실현할 수 있을지 몰랐다.

그날 밤 잠자리에 들기 전에 왕용이 나를 찾아왔다.

"나를 따라오게."

갑자기 마음이 불안해졌다. 하지만 나는 그를 따라나섰다. 우리는 대대 본부로 갔다. 밤공기는 차갑고 서늘했다. 대기에는 인도군의 취사장에서 나는 카레 요리 냄새가 배어 있었다. 두 개의 회중전등이 우리 수용소 입구 너머에서 반짝이고 있었다. 달빛이 우리의 그림자를 희끄무레한 땅에 비스듬하게 만들었다. 본부 안은 훤하고 조용했다. 한가운데 있는 탁자에 두 개의 요리가 놓여 있었다. 하나는 소금을 친 볶은 콩이었고, 다른 하나는 돼지고기볶음이었다. 요리 옆에는 잔 두 개와 정종 한 병이 놓여 있었다. 나는 그가 무슨 의도로 나를 불렀는지 아직 모르고 있었지만, 음식을 보자 왕용이 한잔하자고 불렀다는 걸 깨닫고 마음이 놓였다. 그는 나에게 손짓으로 의자에 앉으라고 했다.

"펭얀, 오늘 밤 자네와 얘기 좀 하고 싶어서 불렀네."

"예."

나는 달리 무슨 말을 해야 할지 몰라 그렇게 말했다. 두 개의 잔에 술을 따른 다음 그는 탁자에 팔꿈치를 괴고 말했다.

"우리는 아주 오랫동안 같이 있었네. 그래서 나는 자네를 더 잘 아는 것 같은 생각이 드네."

"대장님, 도와주셔서 감사합니다."

"그런 호칭은 그만 쓰게나. 그냥 나를 용이나 왕 형이라 부르게."

"알겠습니다. 둘만 있을 때는 그렇게 할 수 있습니다."

"타이완으로 가서 뭘 할 건가?"

"솔직히 아무 계획도 없습니다. 그들이 저를 군에 남아 있게 해주면 좋겠습니다."

"물론 그렇게 할 걸세. 자네처럼 재능 있는 사람을 최대한 활용하려고 할 걸세. 하지만 나처럼 무식하고 아무 기술도 없는 사람은 버릴 걸세."

"그게 무슨 말씀이세요. 우리는 다 똑같습니다. 우리는 모두 적군에 있다가 전쟁포로가 되었습니다. 다 똑같죠."

"아니, 아닐세. 자네는 황푸군관학교 졸업생이야. 그래서 자네는 다른 거야."

"여기에는 군관학교 졸업생이 많습니다. 저는 그중 하나일 뿐입니다."

"아냐, 자네는 특별해."

"제가요? 어째서요?"

그가 술잔을 휙 들어 꿀꺽 마셨다.

"자네는 영어를 잘하잖아. 내가 읽지도 못하고 쓰지도 못하니까 그 차이를 모를 것 같은가? 나는 자네가 얼마나 영어를 잘 구사하는지 알 수 있네. 여기 있는 많은 사람들이 10년 이상 영어를 공부했지만, 미국인들 앞에 서면 하이, 생큐, 바이바이라는 말밖에 할 줄 모르네. 그런데 자네는 달라. 자네는 편안하고 자신 있게 말하지. 미국인들도 자네를 존중하는 게 내 눈에는 보이네."

"저를 너무 높이 평가하시는 거예요. 저도 전쟁포로이고, 타이완에서 많은 어려움을 겪게 될 겁니다."

"용기를 잃지 말게. 나는 그들이 자네에게 중요한 자리를 줄 것이라고 확신하네. 그들은 미국인들과 잘 지내야 하니까. 그러니 자네 같은 역량을 가진 사람은 그들에게 없어서는 안 될 존재네."

"그랬으면 좋겠네요."

"고기를 좀 더 먹게."

"네."

나는 줄무늬가 있는 돼지고기 한 점을 집어 들고 씹으며 음미했다. 그는 콩을 소리 나게 먹으며 말했다.

"펑, 고위 장교가 되면 날 잊지 않겠지?"

"물론이죠."

내 눈에 눈물이 고였다. 나는 잔을 들어 술을 한 모금 마시고 그에게 말했다.

"왕 형님은 선하고 순진한 분이십니다. 저는 형님과 같이 있을 때는 안전한 느낌을 받습니다. 저는 형님의 친구로 남겠습니다."

"그건 나한테 의미가 크네."

그가 환하게 웃었다. 그러자 두툼한 눈꺼풀에 가려 눈이 거의 보이지 않았다.

그는 얘기를 하다가, 지갑에서 사진 한 장을 꺼내 내게 건넸다.

"이 여자는 어떤가?"

나는 사진을 쳐다보고 말했다.

"예쁜데요."

얼굴과 눈과 볼과 입술 모두 동글동글한 여자였다. 전형적인 만추리아 여자 같았다. 나이는 열여덟이나 열아홉쯤 된 것 같았다.

"정말 그렇게 생각하는가?"

"네."

"사귀고 싶은가?"

"저는 본토에 약혼녀가 있습니다."

"그래서 사귀고 싶으냐고만 물은 거네. 자네한테 약혼하라고 한 건 아니지 않은가."

나는 그의 의도를 알아채고 물었다.

"누군데요?"

"타이완에 있는 조카딸일세. 상업학교에서 회계를 공부하고 있다네. 돈 관리하는 법을 잘 안다네."

"지금은 결정할 수가 없네요. 하지만 제가 사진을 당분간 갖고 있어도 되겠죠?"

"물론이지. 자, 갖게."

그는 기분이 좋은 듯했다.

"만나고 싶으면 언제든 나한테 알려주게. 자네가 그 애를 좋아만 한다면, 타이완에 있는 가족들도 좋아할 걸세."

그 여자와 친구가 되고 싶은 마음은 없었다. 하지만 그녀의 삼촌을 즐겁게 해주고 싶었다. 나를 좋아한다는 약점은 있었지만, 왕용은 위험한 사람이었다. 그는 화가 나면 두 번 다시 생각하지 않고 나를 해칠 사람이었다. 그래서 속마음을 털어놓을 수 없었다.

다음 날 아침, 성경을 읽고 있는데 전령이 들어오더니 밖으로 나와 모이라고 했다. 나는 때가 됐다는 걸 알았다. 그래서 책을 웃옷 주머니에 넣고 나갔다. 사람들이 벌써 줄을 서고 있었다. 그들 너머로 열여덟 대의 트럭이 주차되어 있었다. 운전사들은 모두 미국인들이었다. 그것은 죄수들에게는 고무적인 표시였다. 2개 소대의 30

명쯤 되는 인원이 트럭 뒤에 줄을 서서 올라탔다. 우리가 모두 타자, 트럭들이 속도를 내며 진흙으로 된 뜰에서 뒤뚱뒤뚱 빠져나가기 시작했다. 그리고 불과 1.5킬로미터밖에 떨어지지 않은 비무장지대 안의 유엔군 진영을 향해 달렸다.

나무에는 아직 서리가 끼어 있었지만 화창한 아침이었다. 멀리서 보면 나뭇가지들이 연기에 휩싸인 듯했다. 썩은 가마니들이 길에 흩어져 있었다. 어떤 것에는 아직도 모래가 들어 있었다. 나는 유엔군 진영의 규모가 그렇게 클 것이라곤 생각하지 못했다. 40개가 넘는 천막이 설치돼 있었다. 그중 3분의 2가 설득 장소로 쓰이고 있었다. 앞뜰에는 축사처럼 생긴 널찍하고 텅 빈 공간이 있었다. 우리는 차에서 내리자마자 그 속에 들어가 줄을 서서 기다렸다. 왕용이 일부 장교들을 대열 앞에 세웠다. 시작을 힘차게 잘하기 위해서였다. 장교들은 먼저 들어갔다가 나와서 다른 사람들에게 공산주의 대표들을 효과적으로 대처하는 방식에 관해 알려주게 돼 있었다. 왕은 나를 두 번째 줄 선두에 서게 했다. 살을 에는 북풍을 맞으며 오랫동안 기다릴 필요가 없어 안심이었다. 그것은 또한 내가 계획에 집중할 수 있게 해줬다.

9시 30분이 되자 열 명 남짓한 인도 군인들이 첫 번째 조를 데리러 나왔다. 60명의 죄수들이 그들을 따라 걸어갔다. 나도 그중 하나였다. 무장하지 않은 경비들이 설득용 천막 앞에 있는 네 개의 대기소 중 하나를 향해 우리를 데려갔다. 화려한 기념식이 진행되는 것처럼 여러 나라의 국기들이 바람에 펄럭이고 있었다. 나는 걸어가면서 내 계획을 점검해보았다. 나는 침착해지고 정신을 집중하려고 노력했다. 우리가 대기소에 도착하고 몇 분이 지나자, 인도 군인들이 더 나타나더니 우리 중 반을 천막으로 데리고 갔다. 키 큰 경비병이 내 카드를 보고 7번 천막으로 데리고 갔다. 그는 나를 들여보내기 전에 내 몸을 수색했다.

천막 안은 아주 따뜻하고 아늑하고 밝았다. 벽 하단은 1미터 높이의 합판으로 돼 있었다. 합판 위에는 크고 둥근 플렉시 유리가 대어져 햇빛이 쏟아져 들어왔다. 그리고 그 위로는 천장까지 천이 펼쳐져 있었다. 천막 가운데에는 커다란 배불뚝이 난로가 낮은 소리를 내며 타고 있었다. 석탄이 아니라 기름을 사용하는 난로였다. 우리들이 숙소에서 사용하는 것보다 훨씬 큰 난로였다. 전에 보았던 천막들과 달리 화려한 천막이었다. 바닥에는 단단한 재질의 마루까지 깔려 있었다. 구석에서 몇 사람이 잡담을 나누고 있었다. 그중 한 사람은 거의 빈 소다수 병을 들고 있었다. 폴란드인처럼 생긴 사람이 오더니 내 사진을 찍었다. 나는 폴란드인들과 체코인들은 사회주의 동맹국을 대표하고, 스웨덴인들과 스위스인들은 자유세계를 대표한다고 알고 있었기 때문에 마음이 약간 혼란스러웠다. 나는 녹색 책상보가 깔린 기다란 탁자를 마주 보는 큰 의자로 갔다. 죄수들이 중국 대표들을 공격하지 못하도록 인도인들이 조처를 취한 게 분명했다. 의자는 움직이지 못하게 마루에 고정돼 있었다.

나는 앉아서 손을 들었다. 놀랍게도 낯익은 눈이 보였다. 하오차오린이었다. 그는 다른 두 명의 중국인 장교들과 함께 탁자 중간에 앉아 있었다. 그들 모두 멋진 모직 제복을 입고 있었다. 가슴에 찬 붉은 명주 천에는 금색 글씨로 '간부-설득 작업Staff-Persuasion Work'이라고 쓰여 있었다. 탁자 한쪽 끝에 두 명의 북한군 장교들이 앉아 있었고, 내 왼쪽에는 중립국에서 온 다섯 명의 조정관들이 앉아 있었다. 모두 민간인복을 입고 있었다. 내 뒤 한구석에는 세 명의 유엔 대표들이 앉아 있었는데, 그중 한 사람은 중국인이었다.

통역이 틀림없었다. 나는 차오린을 보고 너무 놀라 현기증이 났다. 나는 몸을 지탱하려고 인도인 경비를 향해 손을 뻗었다.

"무슨 일이오?"

그가 물었다.

"미안합니다. 어지러워서요."

나는 다시 평정을 회복하고 아주 조심스럽게 눈을 들어 차오린을 바라보았다. 그는 입을 벌리고 일어서더니 탁자를 돌아 나를 향해 뛰어올 자세를 취하다가 생각을 바꿨는지 손만 내밀었다. 악수하는 동안 그는 어금니가 아픈 사람처럼 어색하게 웃었다. 그의 뺨에 얼마 되지 않은 듯싶은 검은 상처 자국이 있었다. 반공 포로들한테 당한 흔적인 듯했다. 우리는 말없이 서로를 응시했다. 그러자 다른 사람이 내 이름을 물었다. 나는 습관적으로 내 가명을 댔다. 그가 말했다.

"환영합니다, 펭얀 동지."

차오린은 내가 그들의 적인지 친구인지 알 수 없어 하는 것 같았다. 나를 본 이상, 내가 본국으로 돌아가기를 거부하면 그가 틀림없이 상급자들에게 보고할 것이라는 생각이 문득 뇌리를 스쳤다. 그것은 어머니와 쥐란이 나 때문에 고통을 당하고 우리 집이 반동 가족이 된다는 걸 의미했다. 나는 어떻게 해야 할지 갈피를 잡을 수 없었다. 숨이 헉헉 막히면서 속이 메스꺼웠다.

"유유안 동지."

하오차오린이 내게 환기시킬 의도로 엄숙하게 나의 본래 이름을 말했다. 그의 날카로운 눈이 나를 응시하고 있었다.

"당과 인민들이 기다리고 있는 조국으로 와야지요. 드디어 만나게 돼 반갑소."

"내가 언제 돌아가지 않겠다고 했습니까?"

내가 그의 말을 가로막았다.

"당신은 내가 어떻게 해서 국민당 성향의 포로들이 장악하고 있는 수용소에 갇히게 됐는지 알고 있지 않나요?"

그는 깜짝 놀란 것 같았다. 다른 두 사람도 그랬다. 스위스인이 분명해 보이는 붉은 머리의 호리호리한 남자가 이상하다는 듯 나와 차오린을 번갈아 쳐다보았다. 차오린이 내 질문의 의미를 깨닫고 대답했다.

"그들이 지문을 대조했을 때 발각됐다는 건 알고 있네."

나는 무슨 일이 있었는지 그가 알고 있다는 사실에 놀라 말없이 있었다. 울고 싶었지만 참았다. 그리고 그의 말이 이어졌나.

"우리는 자네처럼 좋은 동지를 다시는 학대하지 않을 거네. 사실, 페이 인민위원께선 자네를 만나려고 개성에서 기다리고 계시네."

"그분이 석방되셨다고요?"

"그래, 어제였네."

"창밍은 어떻게 됐나요?"

"그 사람도 그곳에 있지. 두 사람은 마지막 남은 '전범들'로 석방되었다네."

나는 찬찬히 그를 바라보았다. 눈은 그가 진실을 말하고 있다는 걸 나로 하여금 깨닫게 했다. 내가 말했다.

"솔직히 말하면, 나는 타이완에 갈 생각은 없었습니다. 하지만 내 동지들조차 이제 나를 용서하지 않을까봐 두렵습니다. 나는 양쪽 사이에 완전히 갇혀 있습니다."

얘기하는 동안 어머니와 약혼녀를 개입시키지 않고 다른 곳으로 갈 수 있는 길이 없다는 게 분명해졌다.

"유안, 내가 자네 편에 서주겠네. 자네를 부산으로 보낸 건 당이었네. 자네에게 그 결과에 대한 책임을 묻진 않을 것이네."

그는 울 것 같았다. 우리의 감옥 생활이 생각나서 그런 게 분명했다. 그런 그의 모습에 나도 마음이 움직였다.

"내가 국민당 애호자들과 함께 있었던 건 오직 협박 때문이었다는 걸 증언해주시겠습니까?"

"당연히 그렇게 하겠네."

"아니, 제 말은 제가 그들 사이에 있게 된 것은 창밍을 대신하는 데 이용당했기 때문이라는 겁니다."

그는 눈길을 낮추더니 다시 고개를 들고 나를 바라보며 말했다.

"유안, 자네는 엄청난 희생을 치렀네. 아무도 자네를 비난하지 않을 걸세."

"그렇다면 돌아가겠습니다."

나는 탁자 끝에 앉아 있는 조정관을 향해 영어로 말했다.

"나는 본국으로 가고 싶습니다."

"결정을 내리는 데 5분을 할애하게 되어 있습니다."

그가 나에게 환기시켰다.

"돌아가기로 결정했습니다."

젊은 통역관은 자신의 도움을 필요로 하지 않는 게 불쾌한 듯, 곁눈질로 나를 쳐다보았다.

"당신의 요청을 허락하겠소."

조정관이 말했다.

"오른쪽 문으로 가시오."

"고맙습니다."

나는 일어나서 절을 했다.

내가 돌아서려고 할 때 차오린이 달려와서 손을 내밀었다. 나는 그의 손을 흔들었다. 그의 손바닥이 축축했다. 그가 나를 껴안았다. 그의 뜨겁고 시큼한 숨결이 느껴졌다. 우리 두 사람은 울음을 터뜨리며 서로를 꼭 껴안았다. 그가 속삭였다.

"유안, 나는 자네를 잃어버렸다고 생각했네. 자네가 살아 돌아오다니, 얼마나 고마운 일인지 모르겠네. 이건 기적일세!"

나는 아무 말도 하지 않고 그와는 다른 이유로 울었다. 고통스럽고도 무기력한 느낌이었다. 나는 이런 식으로 그들의 사회에 돌아갈 것이라고 결코 생각한 적이 없었다. 그와 함께 나는 예기치 못한 다른 운명으로 이끄는 문을 향해 갔다. 모든 것이 혼수상태에서 일어난 일 같았다.

36

그날 오후, 나는 다른 열한 명의 귀환자들과 함께 비무장지대에서 북서쪽으로 15킬로미터쯤 떨어진 개성에 도착했다. 그곳에 도착하기 전에 길가의 가시나무에 성경책을 떨어뜨렸다. 페이 인민위원과 밍은 나를 껴안고 울었다. 나를 다시 보는 게 좋은 모양이었다. 눈앞이 뿌예지고 코가 막혔지만 이번에는 울지 않았다. 그들은 내게 다음 날 함께 중국으로 돌아갈 것이라고 말했다. 너무 예기치 않게 귀환하는 바람에 나는 그 의미를 이해할 수도 없었다.

인민위원은 내가 지난번 봤을 때보다 10년은 더 늙어 보였다. 짧게 깎은 수염은 희끗희끗했다. 무거운 얼굴은 전보다는 활력 있어 보였다. 머리는 이제 반백이었고, 머리 선은 3년 전보다 2센티미터는 위로 올라가 있었다. 그래서 이마가 상당히 커 보였다. 그의 눈에 깃든 표정은 서글퍼 보였지만 여전히 확신에 차 있었다. 그는 등을 똑바로 펴고 걸었다. 나는 그가 1951년에 얄루강을 건널 때 신었던 것과 똑같은 고무 바닥 운동화를 신은 걸 보고 놀랐다. 이곳저곳을 기워 울퉁불퉁하고 너덜너덜해져 있었다. 그는 수용소에서 미군들이 준 신발을 늘 거부했었다. 그가 나에게 보여준 애정에도 불구하고, 나는 그에 관해 두 마음을 갖지 않을 수 없었다. 나한테 상처를 많이 줬기 때문이었다. 그에 반해 밍은 전처럼 쾌활했다. 두툼한 어깨는 아직 튼튼해 보였지만 약간 구부정해져 있었다. 뭔가 우스운 얘기를 하지 않고는 벌릴 수 없는 것처럼 그의 메기 같은 입술에는 늘 미소가 어려 있었다.

그날 오후 이상한 일이 생겼다. 4시쯤 되자 한 장교가 밍과 나를 부르더니 따라오라고 했다. 한국인 동지를 만나게 하기 위해서였다. 그는 우리를 근처의 안뜰로 데리고 갔다. 문에 들어선 순간 회색 레닌 옷 차림의 중년 남자가 우리를 바라보고 있었다. 나는 한눈에 그를 알아보았다.

"미스터 박!"

밍이 소리쳤다. 우리는 그를 향해 달려갔다. 그는 우리를 껴안았다. 밍은 울기까지 했다. 미스터 박은 중국어를 할 줄 몰랐다. 그는 흥분한 나머지 한국어로 얘기했다. 그의 얼굴과 몸짓에 나타난 표정으로 보아 우리에게 앞으로 잘 살라고 하는 것 같았다. 그는 우리의 어깨를 계속 두드리며 다정하게 웃었다. 그는 지난해 보았을 때와 똑같았다. 모직 옷을 입어 더 잘생겨 보이기까지 했다.

우리는 미스터 박을 축하하는 환영회에 참석했다. 탁자 위에는 잘게 썬 햄, 소금을 친 달걀, 말린 오리고기, 김치, 무김치, 두 병의 죽엽주가 놓여 있었다. 나는 통역의 도움을 받아 미스터 박과 얘기하면서, 그의 건강과 한국인 전쟁포로들의 수장으로서의 업적을 축하해줬다. 그런데 그 말을 듣고 그가 얼굴을 찌푸리며 말했다.

"내 미래는 불확실하오. 하지만 가족을 만나면 기쁠 것이오."

초급 장교였던 나는 그 말이 정확히 무슨 말인지 그에게 물을 수 없었다. 그는 중국 술을 여러 잔 마시면서 정종보다 맛이 더 좋다고 말했다. 향이 입속에 더 오래 남는다고 했다. 환영회가 끝난 후, 그는 바로 평양을 향해 출발했다. 그가 탄 지프가 굴러가며 연기를 내뿜었다. 지프의 라디오에서는 〈한국 인민군가〉가 우렁차게 흘러나왔다.

몇 년이 지난 후 나는 한 잡지에서 미스터 박이 러시아에서 성장했고 소련 국적을 갖고 있다는 걸 알게 되었다. 그는 하바롭스크에 있는 대학에 다녔고, 그곳의 집단농장을 감독하는 일을 맡았다가 일본군과 싸우기 위해 러시아 홍군을 이끌고 한국에 돌아왔다. 그는 거제도에 갇혀 있을 때 무슨 이유에선지 미군들에게 그가 어떻게 벨 장군을 납치할 계획을 세우고 그걸 실행에 옮겼는지를 자백했다. 이후 미군들은 그에게 잘 대해줬다. 하지만 1년 후에 그는 변절하지 않으려 했다. 가족이 너무 그리워 북한 당국에 의해 투옥될 위험을 무릅쓰고 그들을 만나고자 한 것이었다. 그가 그때 인상을 찌푸리며 자신의 미래가 불확실하다고 말한 것은 그런 이유였음이 분명했다. 아직도 나는 혼란스럽다. 어째서 그는 고집스러운 아이처럼 행동했을까? 그것은 아직도 내게 수수께끼로 남아 있다. 여하튼 나는 그의 소련 시민권이 북한의 지도자들한테 심하게 처벌받는 것으로부터 그를 보호해주기를 바랐다.

그날 저녁 면도를 한 후 우리는 퉁 소장小將이 우리를 접대할 작은 집으로 갔다. 퉁 소장은 뾰족한 코에 눈이 매 같고 얼굴이 홀쭉한 남자였다. 삶은 땅콩에 곁들여 재스민 차를 마시면서 열여덟 명의 귀환자들은 간략하게 우리의 지난 얘기를 했다. 그는 주의 깊게 우리의 말을 들었다. 그리고 간간이 다른 동지들에 관해 물었다. 장군은 중국의 현재 상황이 어떤지 파악하기 위해 열심히 공부하라고 우리를 격려했다. 그는 랴오닝의 창투에 귀환자들을 회복시키기 위한 시설이 있다는 말도 해줬다. 우리를 회복시키기 위해 당분간 그곳으로 보낼 예정이라고 했다. 그와 페이 인민위원은 전부터 잘 알던 사이여서 그들은 우리들이 떠난 후에도 그 집에 남았다.

그날 밤 밍과 나는 같은 방에 묵었다. 할 얘기가 너무 많아 우리의 얘기는 끝이 없었다. 그는 내가 자기 대신 부산에 가게 된 건 인민위원이 그의 도움에 의존하고 있었기 때문이라고 했다. 밍이 아무리 가고 싶어 해도 그가 보내주지 않으려 했다고 했다. 나는 내가 더 쉽게 버릴 수 있는 졸卒이긴 했지만, 그 역시 페이의 장기판에서 하나의 말에 지나지 않았다는 걸 깨달았다. 그는 나를 그토록 고통스럽게 한 것에 대해 미안해했다. 그러자 그에 대한 불만이 조금 누그러들었다. 하지만 나는 아직도 페이가 나를 부산으로 보냄으로써 그를 보호하려 했다고 믿었다.

우리의 대화는 인민위원에 관한 얘기로 넘어갔다. 밍은 인민위원이 나라가 우리를 저버렸다고 생각해 감옥에서 우울해하는 일이 잦았다고 말했다. 페이는 이따금 술을 너무 먹고 싶어 관리원 중 하나에게 자기 모자를 주고 술로 바꿔오라고 제안하기까지 했다. 물론 실제로 그런 건 아니라고 했다. 우리는 우리의 미래와 얽힐지 모르는 페이의 정치적인 전망에 대해서도 얘기했다. 나는 당이 그를 크게 환영할 것 같지 않아 두렵다고 말했다. 밍이 의미심장한 미소를 지으며 고개를 저었다.

"유안, 자네는 영리한 사람이야."

"무슨 말이지?"

"솔직히 말하면, 페이 인민위원은 한동안 기분이 좋지 않으셨어. 돌아가면 당이 그를 비난하고 강등시키지 않을까 두려워하셨어. 하지만 지금까지는 징조가 좋아. 윗선에서도 어느 정도 이해해주고 동정적이야. 틀림없이 잘될 거야."

나는 완전히 납득할 수는 없었지만 그의 말을 듣고 다소 마음이 놓였다. 페이의 위상에 변함이 없다면, 그는 우리들을 보호해줄 위치에 있을 것이었다. 밍이 덧붙였다.

"너무 걱정하지 마. 자네는 아직 당에 가입하지도 않았잖아. 안 좋은 일이 생기면 당원들이 가장 먼저 영향을 받겠지. 자네한테는 곤란한 일이 생기지 않을 거야."

그것은 맞는 말이었다. 나는 안심이 되었다. 그에 따르면 인민위원은 당이 우리의 영웅적인 투쟁, 특히 국경일에 우리 기를 게양한 사건을 높이 평가할 것으로 확신하고 있다고 했다. 점차 얘기는 우리들의 삶 쪽으로 넘어갔다. 우리는 가능한 한 빨리 결혼하고 싶었다. 삶이 우리들한테 너무 소중한 것이어서 하루도 허비하고 싶지 않았다.

새벽 2시쯤 페이 인민위원이 돌아왔다. 그의 눈빛이 부드럽게 빛났다. 그는 차를 너무 마셔 잠이 오지 않는다고 말했다. 그래서 우리는 얘기를 계속했다. 밖에서는 가을바람이 떡갈나무를 흔들며 더 많은 잎사귀들을 떨어뜨리는 소리가 들렸다. 이따금 도토리가 지붕 위에 떨어져 대굴대굴 구르다가 툭- 하고 바닥에 떨어지는 소리가 들렸다.

페이 인민위원은 담배를 많이 피워 거칠어진 목소리로 말했다.

"유안, 자네한테 심각한 질문을 한 가지 하고 싶네."

"네."

"공산당에 가입하고 싶은가?"

나는 깜짝 놀라 잠시 머뭇거리다가 대답했다.

"그러고 싶습니다. 하지만 제가 자격이 있다고는 생각하시 않습니다."

"왜 없다는 거야?"

밍이 끼어들었다.

"저는 황푸군관학교에 다녔고, 지난 몇 달 동안은 국민당 추종자들과 다시 얽혀 있었습니다."

"그걸 짐이라고는 생각하지 말게."

페이 인민위원이 말했다.

"자네를 등록소에 다시 보낸 건 나였으니까, 그때 일어났던 일은 당의 책임일세. 자네는 국민당 군관학교와 관련된 과거를 만회할 만한 일을 충분히 했네."

내가 내 과거를 어떻게 만회했단 말일까? 그의 말은 나를 놀라게 했다. 밍이 말했다.

"유안, 너무 겸손해하지 마. 자네는 수용소에서 우리의 투쟁에 기여한 게 많아. 자네는 자격이 충분해."

"맞아."

페이가 말했다.

"어쩌면 밍을 제외하고, 우리의 투쟁을 위해 자네보다 많은 일을 한 다른 동지를 생각할 수가 없네. 나는 자네에게 당원이 되라고 강요하려는 게 아니네. 하지만 자네가 그렇게 하고 싶다면, 내가 기꺼이 자네를 도울 거라는 사실을 기억해두게."

"나도 그래."

밍이 덧붙였다.

"고맙습니다. 기억하겠습니다."

그렇게 해서 우리의 긴 하루가 끝났다. 수탉 한 마리가 마을에서 우는 소리가 들렸다. 동이 터오고 있었다. 우리는 중국으로 떠나기 전에 몇 시간 자두려고 잠자리에 들었다. 다시 한 번 내 가슴이 따뜻한 감정으로 가득 찼다. 어느 모로 보나 돌아가는 게 옳은 것 같았다.

우리가 도착했을 때는 첫눈이 내려 창투시를 덮고 있었다. 나무들의 우듬지가 구름 같은 모습을 하고 있었다. 참새들이 나무에 앉아 배고픈 듯 지저귀고 있었다. 돌아온 전쟁포로들은 커다란 막사로 들어갔다. 모두 합해 6천 명이 넘었다. 그곳은 귀환자 본부라고 불렸다. 처음 몇 주 동안 지역의 고위 지도자들이 우리를 찾아왔다. 그들은 돼지와 양을 산 채로 가져왔다. 국민들이 보낸 수천 통의 위문편지도 가져왔다. 경극단은 우리를 위해 두 번이나 공연을 했다. 어느 날 오후에는 여중생들이 와서 노래를 불러주고 두 개의 큼지막한 꽃다발도 주고 갔다. 거기다가 묵직한 메달까지 모든 사람에게 주어졌다. 본부를 책임지고 있는 지도자들은 우리에게 편히 쉬면서 나라 돌아가는 상황을 파악하라고 했다. 그리고 우리가 곧 직장을 갖게 될 것이라고 말해 우리는 모두 흥분하고 고마워했다.

연대장급 이상에 해당하는 장교들은 영빈관에 묵었다. 하지만 그들을 포함한 모든 사람들이 똑같은 음식을 먹었다. 음식은 좋았다. 일반 병사들이 먹는 것보다 훨씬 더 좋았다. 고기와 생선도 자주 나왔다. 북동쪽에서는 찾아보기 힘든, 쌀보다는 밀로 된 음식이 많았지만 두부와 야채는 많이 있었다. 영양가 있는 음식을 먹어도 우리들 대부분은 아직 창백해 보이고 이곳을 운영하는 우리 또래의 사람들보다 훨씬 나이 들어 보였다. 우리 모두가 부모 세대처럼 보였다. 어떤 사람들은 벌써 머리가 벗어지고 수염이 희끗희끗했으며,

이가 빠진 사람들도 있었다.

나는 이곳에서 나의 젊은 친구인 샨민을 반갑게 다시 만났다. 그는 많이 변하지 않았지만 키가 약간 커 있었다. 그는 나에게 웨이밍이 발작을 일으켜 선양시에 입원해 있다고 말했다. 우리는 편지를 썼지만 그 착한 사람으로부터 답장을 받지는 못했다.

처음 몇 주간은 학습 시간을 통해 우리나라의 발전 상황에 대해 들었다. 하지만 대부분 편하게 쉬면서 즐겁게 지내려고 노력했다. 사람들 모두 뜨거운 물에 목욕하는 걸 좋아했다. 하지만 나는 다른 사람들에게 내 문신을 들킬까 두려워 목욕을 거의 하지 않았다. 꼭 목욕을 해야 할 때는 벽을 바라보고 옷을 벗은 뒤, 목욕물이 있는 곳으로 갈 때는 수건으로 히리를 감쌌다. 그렇게 딩황스러운 문신이 있는 건 나만이 아니었다. 몸에 반공 구호가 있는 사람들은 40명이 넘었다.

나는 병원에 가서 리앙 의사에게 배에 있는 문신을 제거해달라고 부탁했다. 그는 사람들의 몸에 새겨진 수치스러운 문구나 표시를 제거해주었는데, 때로 전체를 다 제거하지 않고 한두 자를 없애 거기에 쓰인 말이 무슨 말인지 모르게 하거나 거기에 새로운 의미를 부여하기도 했다. 영어를 잘 알아서 알파벳을 갖고 장난을 치기도 했다. 그는 내 경우에는 절차가 간단하다고 했다. 그는 FUCK은 그대로 두고 COMMUNISM에서 U와 S 역시 그대로 둔 채 나머지 글자만 지우자고 제안했다. 나는 처음에는 망설였지만, 우연히 그 자리에 있던 훈련 담당 장교가 박수를 치면서 좋은 생각이라고 해서 동의해버렸다. 의사는 일을 잘 처리했다. 그는 그 사이에 세 개의 점까지 넣었다. 그래서 문신은 'FUCK...U...S...'로 변해버렸다.

우리는 귀환자 본부에 도착하자마자 집에 편지를 썼다. 하지만

510

우리 가운데 상당수가 답장을 받지 못했다. 걱정이 되었다. 밍도 그랬다. 그는 약혼녀가 칸톤에 있었기 때문에 그의 편지를 사나흘 내로 받을 수 있었어야 했다.

5주가 되자 진짜 학습 시간이 시작되었다. 지금까지 우리는 북동 군사사령부의 관할하에 있었다. 달리 말해 베이징의 지도자들은 우리한테서 손을 씻었던 것이다. 우리가 적의 감옥에 있을 때 저지른 범죄를 자백하고, 영웅인 황지광과 우리 자신을 비교하라는 명령이 내려졌다. 황지광은 수류탄이 떨어지자 적의 벙커 총안銃眼에 있는 기관단총을 향해 몸을 던진 사람이었다. 학습 시간을 운영하는 사람들은 우리에게 지금부터 우리가 따라야 할 세 가지 원칙을 제시했다.

1. 여러분이 포로가 됐다는 사실은 수치스러운 것이다. 여러분은 마지막 숨이 끊어지는 순간까지 싸울 수 있었지만, 그렇게 하지 않았다. 따라서 여러분은 겁쟁이들이다.

2. 겁쟁이들이 어떻게 우리의 적에 대한 투쟁을 계속할 수 있겠는가? 감옥에서 약간의 저항 운동이 있었지만, 그것은 대부분 생존을 위한 것이었다. 그래서 여러분은 얘기할 공적이 없고, 여러분의 잘못과 범죄를 고백해야 한다.

3. 여러분은 포로가 된 것에 대해 스스로를 비난해야 하며, 그것을 외부적인 요인으로 돌려서는 안 된다.

학습 시간은 우리를 놀라게 했다. 포로수용소에서 지도자였던 사람에게 이제 '부역자' 라는 꼬리표가 붙었다. 적에게 자신의 본명과 부대의 일련번호를 얘기한 사람은 누구나 '국가의 비밀을 누설한 자' 로 분류되었다. 미제 담배를 피웠다는 것은 적에게 굴복했다는 의미였다. 그들의 음식을 먹은 건 용서할 수 있으나 담배처럼 사치품을 받은 것은 항복이었다. 페이산이 제주도에 묻힌 죽은 사람들에게 수여한 특별 훈장은 말할 것도 없고, 내가 받은 네 개의 훈장도 연기처럼 사라졌다. 갑자기 상황이 이렇게 돌아가자 많은 귀환자들이 화를 내고, 종종 페이 인민위원을 붙들고 부당한 처우에 대해 불평하고, 그들을 보호해주고 훈장을 돌려달라고 통사정했다. 그들의 눈에는 그가 아직도 공산당을 대변하는 지고한 존재였다. 때문에 그들은 나라에 대한 그들의 충성심을 확인해줄시 모르는 훈장을 그가 확인해주기를 바랐다. 그는 훈장의 가치를 인정받게 해주겠다고 약속했다. 하지만 그는 상급자들이 그것을 결코 인정하지 않으리라는 걸 알고 있을 터였다.

인민위원도 조사를 받는 중이어서 스스로도 어려움을 겪고 있었다. 8수용소의 미군들이 한번은 그에게 약을 먹여 반동적인 연설을 하게 한 뒤 나중에 라디오로 방송했다는 소문도 있었다. 자신은 그걸 알지 못했다. 이제 그는 적에게 협력했다는 혐의를 벗어날 수 없을지 몰랐다. 게다가 그의 상급자들은 우리 사단에서 적어도 5천 명이 포로가 되었다고 생각했다. 포로의 수가 그렇게 많은 것은 사단지도자들이 부하들을 결연히 싸우도록 제대로 조직하지 못했다는 증거라고 했다. 따라서 고위 장교 중 한 사람인 페이에게 우리의 패배에 대한 책임이 있다는 것이었다. 페이는 부하들을 만나는 걸 피하려고 영빈관에서 나오지 않았다. 하지만 다행히 그는 나와 관련해서는 약속을 지키고, 밍 대신 재등록하도록 나를 부산에 보내 내가 당에 충성하면서도 국민당 애호자들의 수용소에 있게 만든 건 자신이었다고 주장했다. 그래서 나는 배반자로 분류되지는 않았다. 하지만 지도자들은 나를 몇 차례 탄핵하지 않고는 놓아주지 않으려 했다.

내가 국민당 성향의 포로들의 손아귀에서 구해준 샨민도 그랬지만, 밍도 나를 두둔해줬다. 내가 13수용소에서 했던 걸 고백하라는 명령이 내려졌을 때 나는 대부분의 시간을 영어를 배우는 데 썼다고 말했다. 그들은 내게 뭘 읽었느냐고 물었다. 나는 감히 성경책을 읽었다고는 하지 못하고 신문과 잡지를 읽었다고 말했다. 날마다 나는 우드워스 목사를 도와 찬송가를 가르친 일과 왕용의 통역과 심복으로서 내가 한 일에 대해 뭐든 새로운 것을 기억해내라는 명령을 받았다. 나는 자세한 걸 모두 기억할 수 없었다. 때문에 그들은 나를 놔주지 않으려 했다.

그러던 어느 날 오후, 밍이 일어나서 나를 위해 발언했다. 얼굴이 붉어지고 목이 붉거진 그는 상호 비판 시간을 담당하는 장교들에게 말했다.

"유유안 동지가 우드워스 신부와 어울린 것은 실수였습니다. 하지만 그는 그에게서 종이를 얻어 저에게 건넸습니다. 우리 공산주의의 대의에 대해 입에 발린 말만 하는 대부분의 황푸군관학교 졸업생들과 달리, 유유안은 우리를 도왔으며 우리의 투쟁에 계속 참여했습니다. 그는 동지들이 제주도로 가는 배에 타기 전에 미군 사령관인 스마트에게 얘기함으로써 페이 인민위원을 구했습니다. 우리 중 누구도 그걸 할 수 없었습니다."

몇 사람이 그 말이 맞다며 턱을 주억거렸다. 밍의 말이 이어졌다.

"감방에 갇혔을 때는 다른 두 동지를 이끌고 페이 암호를 만들어냈습니다. 그것이 없었다면 페이 인민위원과 수용소 사이의 연락은 불가능했을 것입니다. 또 그는 대대장이 잘못 서명한 서류를 다시 찾아오게 함으로써 적군 장교가 그것을 이용해 자신의 범죄 혐의를 벗어나지 못하도록 했습니다. 이곳에 있는 몇몇 동지들은 두 눈으로 그가 그 투쟁에서 어떠한 역할을 하는지 똑똑히 보았습니다. 그가 미군 장교와 협상하지 않았더라면, 우리는 그 문서를 찾아올 수 없었을 것입니다. 지난봄, 그는 제 대신 재등록하러 부산에 가라는 명령을 받았습니다. 그는 군소리 없이 갔습니다. 우리는 미군들이 호출한 네 장교를 처형할지 모르기 때문에 그가 돌아오지 못할 것이라고 생각했습니다. 그를 전송할 때 많은 동지들이 울었습니다. 당에 대한 그의 충성심을 보여주기 위해 달리 뭐가 필요합니까? 당은 그에게 죽으라 했고, 그는 죽으러 갔습니다. 그가 돌아온 것은 순전히 기적입니다. 한 가지만 더 말씀드리겠습니다. 한국에서 돌아올 때, 페이 인민위원과 저는 그를 당원으로 추천하기로 결정했습니다. 여기 있는 사람 중에서 그보다 더 자격 있는 사람은 없을 것입니다."

"창밍, 자리에 앉아!"

장교 중 하나가 소리를 질렀다.

"당신은 다른 사람을 입당시키는 건 그만두고 자신이 당에 남아 있을지조차 모르는 사람이야. 제정신이 아닌 게 분명하군. 훈장을 남발한 페이산처럼, 당신도 자신이 누구인지를 잊었나? 당신들 개개인이 마치 대단한 영웅처럼 말하고 있는데 웃기는 소리 하지 마! 이제부터 당신은 스스로를 범죄자라고 생각해야 해."

그 소리에 밍은 충격을 받은 듯 할 말을 잃었다. 전쟁 중 그의 기록은 나무랄 데 없는 것이었다. 하지만 그의 말은 나에게는 도움이 되었다. 그때부터 나를 압박하는 강도와 빈도가 점점 줄어들었다.

그리고 나서 그들은 자아비판 과정을 통과하지 못한 사람들을 조사하기 시작했다. 우리 가운데 다수의 미군 스파이와 국민당 스파이들이 있다는 얘기가 돌았다. 상부에서는 그들을 색출해내겠다고 벼르고 있었다. 매주 몇몇 사람이 체포되어 남쪽으로 150킬로미터쯤 떨어진 탄광 도시 푸순에 있는 감옥으로 갔다. 우리는 놀라서 더 고분고분해졌다. 상당수의 귀환자들이 다른 사람들의 비행을 '폭로'하고 자신들에 대해 더 혹독하게 비판함으로써 당국자들의 마음을 사려고 노력했다. 어떤 이들은 자신들의 죄에 대한 설득력 있는 증거를 제시하지 못하면서도, 자신들이 겁쟁이였으며 적을 도와줬다고 인정했다. 몇몇은 그들의 수감 생활이 더 길어지고, 당이 제때에 그들을 구해주지 않았다면 무너졌을지 모른다고 주장하기까지 했다. 나는 어째서 그들이 진짜 배반자라도 되는 것처럼 스스로를 탓하는지 혼란스러웠다. 어쩌면 죄의식이 너무 깊고 너무 복잡해서, 그것을 표현할 더 적당한 방법을 찾을 수 없어 그런지도 몰랐다. 그들은 불쌍한 어린애들처럼 종종 울음을 터뜨렸다.

마침내 내 약혼녀의 오빠에게서 편지가 왔다. 그는 빨간색 잉크로 쓴 편지에서 내 어머니는 1년 전에 돌아가셨으며, 내가 정말 그의 여동생을 생각한다면 더 이상 귀찮게 하지 말아달라고 했다. '치욕스러운 포로'와 결혼할 수 없기 때문이라고 했다. 그는 또 이렇게 적고 있었다.

쥐란에 대해 나쁘게 생각하지 말게. 쥐란은 자네 어머니가 돌아가시는 날까지 보살펴드렸네. 나는 자네가 내 여동생과 그 아이에게 닥친 어려움을 이해해주길 바라네.

시간이 나를 갖고 잔인한 농담을 한 것만 같았다. 내가 한국에 있을 때 어머니의 죽음을 알 수 있었더라면 싶었다. 고향이 더 이상 똑같은 곳이 아니라는 걸 예견했더라면 싶었다. 그렇다면 무슨 수단을 써서라도 나라 없는 사람으로, 어쩌면 막노동꾼으로 평생 살수 있을 제3국으로 갔을 것이다. 혹은 타이완으로 가서 내 삶을 다시 시작했을지도 모른다. 하지만 이제 바꾸기에는 너무 늦어 있었다. 나는 절망감 때문에 일주일이나 누워 있었다. 나는 쥐란에게 두통의 편지를 더 보냈다. 반쪽짜리 옥편도 보냈다. 하지만 그녀에게서는 아무 답장도 없었다. 그때 밍에게 큰 불행이 닥쳤다. 그는 약혼녀에게 보내는 편지에 이렇게 썼다.

나는 우리나라가 이렇게 큰 게 싫어. 안 그러면 이처럼 많은 산들과 강들이 우리 사이에 가로놓이지 않아 곧 서로를 볼 수 있을 텐데.

그는 언제나 신중한 사람이었다. 하지만 이번에는 우리의 편지들이 검열당한다는 걸 깜박 잊고 엄청난 실수를 한 것이었다. 그 문장은 그를 깔아뭉개려고 기다리던 장교들에 의해 왜곡되었다. 그는 악의적으로 우리 조국의 영토가 더 작았으면 하는 반혁명주의자로 바뀌었다. 나는 몹시 마음이 아팠지만 그를 위해 해줄 수 있는 게 아무것도 없었다.

마음이 진정되자 우리 전쟁포로들이 이미 오랫동안 잃어버린 존재로, 아니 없는 존재로 간주되어왔다는 사실이 내 눈에는 분명해졌다. 대표단이 판문점에서 우리를 자주 언급했던 이유는 우리의 고통을 이용해 적을 난처하게 만들기 위해서였고, 또한 그들이 우리에 대한 관심을 보이지 않으면 더 많은 포로들이 타이완으로 가서 본토의 체면을 구길 것이기 때문이었다. 이제 우리가 돌아와서 더 이상 국민당 애호자들에 합류할 수 없는 상황이 되자, 우리는 더 이상 당의 관심 대상이 아니었다. 따라서 그들은 자기들 멋대로 우리를 다루는 것이었다.

가장 놀라운 것은 고위 장교인 페이 인민위원이 우리들보다 나은 대우를 받지 않는다는 점이었다. 달리 말해 그와 우리는 당의 장기판 위의 말들이었다. 페이는 자신의 장기판을 만들고, 그가 벌이는 게임이 당이 벌이는 게임과 같은 것처럼 부하들을 판 위에 놓았던 사람이었다. 그런데 사실은 그도 우리와 별다르지 않은 단순한 말에 불과했던 것이다. 그 역시 전쟁쓰레기였다.

우리는 이듬해 여름까지 귀환자 본부를 떠날 수 없었다. 거의 예외 없이 우리 모두 불명예제대를 했다. 그것은 사회의 쓰레기가 되었다는 의미였다. 당원들은 모두 당원 자격을 잃었다. 한국으로 가기 전에 당 모임에서 어떠한 상황에서도 항복하지 않겠다고 약속했기 때문이었다. 따라서 당은 그들이 포로가 된 걸 약속 위반으로 간주했다. 수백 명의 사람들이 배반자나 스파이로 분류되어 다시 감옥에 갇혔다. 우리는 평생 특별 관리 대상이었다. 밍은 쓰촨에 있는 고향으로 돌아가 목욕탕에 물을 져 나르는 일을 하며 먹고살았다. 그의 약혼녀는 베이징 대학에 다닐 때 밍의 동급생이었던 남자와 결혼했다. 샨민은 고향 마을로 돌아가 회계원이 되었다. 페이 인민위원은 랴오닝성 서부의 판진에 있는 국영 농장에 가서 명목상으로는 농장의 부책임자였지만 실제로는 쌀을 재배하는 농부로 살았다. 나중에 귀환자 본부에 합류했던 차오린은 철공소에 배치받아 작업반장이 되었다. 우리는 그가 비무장지대의 설득 작업에 참여한 공로로 자신의 직급을 유지할 것이라고 생각했었다. 하지만 그 일은 실패로 돌아갔다. 그들은 4백 명 정도밖에 설득하지 못했다. 그래서 그도 우리처럼 징계를 받고 직급이 낮아졌다.

대부분의 사람들에 비하면 나는 운이 좋았다. 나는 당원이 아니었고, 약속을 위반하지도 않았으며, 황푸군관학교 출신임에도 불구하고 국민당 애호자들을 따라 타이완으로 가지도 않았기 때문에 중학교에서 중국어, 지리, 나중에는 영어를 가르치는 일이 할당되었다. 나는 그 일이 좋았다. 나는 6년 전에 은퇴할 때까지 그 자리를 지켰다. 1954년 가을까지 나는 지린성의 창춘에 살았다. 쓰촨으로는 두 번 다시 돌아가지 않았다.

1965년에 밍이 집에 찾아와 고향에서는 할 일이 더 이상 없다며 일자리를 알아봐달라고 부탁했다. 그는 검은 오버코트를 입고 있었다. 속에 넣은 솜이 남루한 천 밖으로 이곳저곳 비어져 나와 마치 눈을 맞고 온 사람처럼 보였다. 그는 이제 밭장다리로 걸었다. 그 모습은 내게 13년 전에 그가 거제도에서 흉내 냈던 해리 트루먼을 떠올리게 했다. 내가 그의 일자리를 찾아준다는 건 불가능한 일이었다. 나는 미심쩍은 과거를 등에 지고 사는 중학교 선생에 지나지 않았다. 그런 내가 어떻게 일자리를 찾아줄 수 있겠는가? 그는 나흘인가 닷샌가 머물다가 몹시 실망하여 떠났다. 나는 그에게 돌아가는 기차표를 끊어주고, 내 월급의 반이 넘는 30위안을 줬다. 그것이 내가 그를 위해 할 수 있는 전부였다. 그 후 그에게서는 아무 소식도 듣지 못했다. 하지만 나는 그가 머리 누일 곳이 필요해 고향 마을에 사는 노파의 양자가 되었다는 얘기를 들었다. 1972년 여름, 예전의 전쟁포로들의 행동에 관해 나한테 다시 물으러 왔던 조사관 중 하나가 다음과 같이 말해줬다.

"창밍은 다른 행성으로 가버렸소."

나는 그가 죽었다는 얘기를 듣고 관리들 앞에서 눈물을 흘릴 뻔했다.

문화혁명 초기의 어느 날 아침, 2백여 명의 홍위병들이 집에 찾아와 학교로 나를 끌고 갔다. 그들은 나를 연단에 서게 했다. 한 소녀가 다가오더니 내 셔츠를 걷어 올리고 사람들에게 내 배에 있는 문신을 보여줬다. 그들은 내가 늘 미국을 생각하고 있다고 말했다. 그들은 FUCK이라는 말이 모든 영중사전에서 삭제되어 있었기 때문에 그 의미를 알지 못했다. 나는 그들에게 집게손가락으로 글자를 가리키며 분명하게 말해줬다.

"이건 씹이라는 의미입니다. 내가 정말 미국을 좋아한다면 씹이라는 말은 쓰지 않았겠죠?"

청중은 와자하니 웃음을 터뜨렸다. 덕분에 나는 목숨을 건질 수 있었다.

다른 귀환자들에 비하면 나는 모든 면에서 아주 운이 좋았다. 약혼녀에게 파혼당한 후, 나는 여자 없이 평생 혼자 살겠다고 맹세했다. 하지만 우리의 개인적인 불행에도 불구하고 삶은 계속되었다. 나의 얼어붙은 가슴은 2년이 지나자 녹았다. 나는 동료 화학 선생과 사랑에 빠졌다. 놀랍도록 아름다운 여성이었는데, 아무도 거들떠보지 않으려 했다. 그녀의 아버지가 새 중국이 들어서기 전 상하이에서 부유한 상인이었기 때문이었다. 우리는 몇 달 후 결혼했다. 그리고 아들 하나와 딸 하나를 뒀다. 두 아이 모두 대학을 졸업했다. 아들은 미국으로 건너가 조지아 공과대학에서 토목공학 석사 학위를 이수했다. 이제 나에게는 두 명의 미국인 손자들까지 있다. 나는 그들을 몹시 사랑한다. 그들과 좀 더 오래 있었으면 싶다. 내가 알기로는, 유엔 포로수용소에서 돌아온 귀환자들의 자식 가운데 대학에 간 사람은 없었다. 1980년 전쟁포로들이 드디어 복권될 때까지 27년 동안, 그들 아버지의 과거가 그들에게 제대로 된 교육을 받는 걸 불가능하게 만들었기 때문이었다. 그와는 대조적으로 아내와 나는 아들딸을 아주 잘 가르쳤다. 그래서 문화혁명 이후 대학이 문을 열었을 때 그들은 입학시험에서 뛰어난 성적을 거뒀다.

중국이 외국인들에게 문호를 개방하기 시작한 1986년, 어느 여름날 저녁이었다. 나는 우연히 바이다지안이 북동 텔레비전에 나오는 걸 보았다. 그는 랴오닝성에 있는 고향을 찾아 타이완에서 왔다고 했다. 그는 자신이 태어난 곳을 잊지 않고 고향에 초등학교를 세워줬다는 이유로 극진한 대접을 받고 있었다. 그는 그 지역에 중학교도 세워주겠다고 약속했다. 그는 타이완으로 간 후 성공해 부유한 사람이 된 게 분명했다. 나는 첫눈에 그를 알아보았다. 그의 왼손에는 손가락이 세 개밖에 없었다. 그는 건장해 보였고, 희끗희끗한 머리에 여유 있는 모습이었다. 마흔 살이라 해도 쉽게 통할 것 같았다. 그는 흐릿한 눈으로 미소 짓고 있었다. 한때 그에게 드리워져 있던 자신 없던 표정은 그의 생기 있는 얼굴에서 찾아볼 수 없었다.

내가 알고 있는 여러 명의 전쟁포로들도 그 뉴스를 보고 본국 송환을 거부했던 사람들에 관해 종종 얘기했다. 그들은 혼자 있을 때는 한숨을 쉬며, 그들이 충성에 대한 환상을 추구하기 위해 집으로 돌아오면서 너무 많은 것을 걸었다는 회한에 젖었다. 타이완으로 간 대부분의 포로들이 잘살고 있다는 건 사실이었다. 일부는 대학에 갔고, 일부는 군대에서 고위직에 올랐다. 어떤 사람들은 최근에 은퇴하고 대접이 융숭한 본토에서 살려고 돌아오기까지 했다. 어떤 사람들은 지방 관리로 임명되기까지 했다. 중국은 그들의 뒤늦은 사랑에도 불구하고 너그럽게 그들을 동포로 맞아들였다. 1953년에 돌아온 일부 전쟁포로들조차 지방정부에 편지를 써서, 본국 송환을 거부한 사람들을 환영하는 새로운 정책에 대한 지지를 표명했다. 그렇게 함으로써 타이완과 본토의 통일을 앞당길 수 있다는 취지에 서였다.

하지만 그들의 고향 마을에 본국 송환을 거부했던 사람들이 다시 나타난 것이 늘 즐거움을 가져다준 것만은 아니었다. 일부는 그들의 가족이 아무도 살아 있지 않다는 걸 알았다. 일부는 그들의 고향 마을이 끔찍한 가난과 무지에 찌들어 있는 걸 보았다. 몇몇은 30여 년 전에 죽었다는 통보를 받고, 봄마다 빈 무덤을 찾아가 손질해온 그들의 부모와 형제들을 경악하게 만들었다.

나는 왕용이 어떻게 살아가고 있는지 궁금했다. 아직도 앨범에는 그의 조카딸 사진이 그대로 있었다.

바이다지안이 텔레비전에 나온 걸 본 후로 며칠 동안 마음이 혼란스러웠다. 타이완으로 간 전쟁포로들 중에서 그처럼 부자가 된 사업가는 드물 게 틀림없지만, 적어도 그만큼은 나도 능력 있다는 생각이 들었다. 하지만 나는 이내 평정을 되찾았다. 자신의 삶이 아무리 끔찍한 것이어도, 그보다 좋지 않은 다른 사람들은 늘 있는 법이다. 창밍, 하오차오린, 페이샨과는 대조적으로 나는 운이 좋았다. 행복한 가정과 착한 두 아이들과 세 손자가 있었다. 내가 개인적인 손실을 슬퍼할 이유는 없다. 사람은 자신의 운명을 결코 후회해서는 안 된다.

나는 요즘 내가 아주 좋아하는 드라마 〈심슨 가족〉을 자주 본다. 지난주에는 말썽꾸러기 소년 바트가 팔에 문신을 제거하는 장면이

나왔다. 그걸 보며 내 것도 없애야겠다는 생각이 들었다. 나는 아들에게 그럴 수 있는지 물어보았다. 아들은 애틀랜타에서 여기저기 전화를 해보더니 에모리 병원에 근무하는 스톤 의사가 그런 수술을 가끔 한다는 걸 알아냈다. 아들은 의사에게 공산주의자들이 내 배에 반미 구호를 새겨놓았다고 얘기했다. 하지만 그가 그 경위를 분명히 설명할 길은 없을 것 같다. 내가 매달 받는 연금은 120달러가 채 못 된다. 그래서 스톤 의사는 비용을 디스카운트해주기로 했다. 그는 수술이 불과 몇 분밖에 걸리지 않으며, 레이저로 하기 때문에 아프지도 않다고 말했다. 다음 목요일에 그를 보게 되어 기쁘다.

나는 1954년에 귀환자 본부를 떠난 이후 페이샨을 보지 못했다. 하지만 4년 전 심장마비로 죽은 차오린과는 연락을 하며 지냈다. 1995년에 만났을 때, 그는 나에게 최근에 페이를 만나러 톈진에 갔었다고 말했다. 페이의 폐암이 깊어져 화학요법을 받게 하려고 누이가 도시로 그를 데려왔다고 했다. 우리의 인민위원이었던 그는 외아들의 삶을 망친 것에 대해 고통스럽게 자책했다고 했다. 벌써 40대 후반이 된 그의 아들은 아직도 미혼이었다. 그가 20대였을 때는 아버지의 과거 때문에 그의 집으로 시집오려는 여자가 아무도 없었다. 그는 나중에는 여자에 대한 흥미를 잃고 부모가 결혼해 자식을 낳으라고 재촉해도 독신으로 사는 게 좋다고 했다.

페이가 후회하는 게 또 하나 있었다. 그것은 자신의 경호원이었던 후의 집주소를 잊어버렸다는 것이었다. 그는 44년 전에 페이의 생명을 구해준 사람이었다. 하지만 페이는 후가 간수 출신이라는 것만 기억할 뿐이었다. 페이는 오래전에 죽은 게 틀림없을 후의 부모를 위해 뭔가 해줄 수 있었으면 했지만 어쩔 도리가 없었다. 페이는 차오린에게 말했다.

"후는 착한 동지였네. 아직도 꿈을 꾸면 그가 보인다네."

차오린은 몇 주 후에 나에게 마지막으로 페이샨을 보러 갔었다고 말했다. 페이는 당시 죽어가고 있었다. 우리의 지도자였던 사람이 그에게 남긴 마지막 말은 이런 것이었다고 했다.

"우리의 이야기를 기록으로 남기게!"

차오린이 자신의 쪼그라든 입술을 비틀며 내게 말했다.

"유안, 내 기억력은 그리 좋지 않네. 내가 뭘 쓸 수 있겠는가? 잃어버린 것들과 슬픔만이 있을 뿐이네. 뭔가 무거운 것이 내 마음을 맷돌처럼 짓누르네. 모든 기억들이 머릿속에 뒤범벅되어 있네. 그것들을 추려낼 방법이 없어."

그는 아직도 치아가 몇 개 남아 있긴 했지만, 뜨거운 차에 곁들여 호두과자를 먹으면서 부스러기를 자꾸 아래로 흘렸다. 그는 너무 나이 들어 있었다. 살날이 얼마 남지 않은 것 같았다. 쪼그라들고 거의 해골처럼 생긴 그는 40년 전보다 키가 15센티미터는 작아져 있었다.

이제 나는 처음이자 마지막으로 시도한 이 회고록의 결론을 내려야 한다. 일흔네 살이 다 된 나는 관절염과 녹내장으로 고생하고 있다. 더 이상 쓸 힘도 없다. 하지만 이것을 '우리의 이야기'라고 생각하지 말아주었으면 좋겠다. 내 존재의 깊은 곳에서 나는 그들 중 하나인 적이 결코 없었다. 나는 그저 내가 경험한 것들에 대해 썼을 뿐이다.

중국인에 의해 영어로 쓰여진
'거의 완벽한' 한국전쟁 이야기

하 진의 이력은 이채롭다. 1956년에 중국에서 태어난 그는 문화혁명 때문에 학업을 중단하고, 나이를 속여 열네 살의 나이에 중국 해방군에 입대했다. 5년 반에 걸친 군 생활을 한 후 대학이 문을 열자, 1977년에 대학에 입학해 영문학을 전공해 석사 학위까지 이수했고, 1985년에는 미국으로 건너가 브랜다이스 대학의 박사 과정에 들어갔다.

그가 미국으로 건너간 것은 대부분의 미국 유학생들이 그러한 것처럼, 박사 학위를 이수하고 자기 나라로 돌아가 연구나 강의를 하기 위함이었다. 그런데 박사 학위 논문을 쓰고 있던 하 진을 미국에 주저앉힌 것은 1989년에 일어난 톈안먼天安門 대학살이었다. 그는 공산당 정부가 탱크와 장갑차를 동원해 톈안먼 광장에 집결한 학생들과 시민들을 학살하는 모습을 (신문과 방송을 통해 간접적으로) 보고 "그러한 나라를 위해서는 더 이상 봉사할 수 없다"라고 생각하고 미국에 남기로 결심했다. 그리고 놀랍게도 그가 '먹고 살기' 위해 선택한 것은 창작이었다. 1993년에 그를 받아준 에모리 대학에서도 그랬고, 현재 재직하고 있는 보스턴 대학에서도 하 진은 문예창작을 가르치고 있다. 서른이 다 된 나이에 미국으로 건너갔으며, 아직도 중국어 억양이 짙게 배어 나오는 영어를 구사하는 외국인이 주요 대학의 교수, 그것도 정교수가 되어 문예창작을 가르치고 있다는 사실은 놀라운 일이다.

PEN/헤밍웨이 문학상을 수상한 첫 소설집『사전Ocean of Words』을 시작으로, 전미도서상과 PEN/포크너 문학상을 수상하고 퓰리처상 최종 후보에 오른『기다림Waiting』, 그리고 다시 한 번 PEN/포크너 문학상과 칸Kanh 문학상을 수상하고 퓰리처상 최종 후보에 오른『전쟁쓰레기』에 이르기까지, 하 진이 발표한 소설들은 거의 예외 없이 미국의 유명 문학상들을 연거푸 거머쥐었다. 미국 문학사에서 유례를 찾아보기 힘들 정도로 화려한 수상 경력이다. 그가 더 이상 그럴 수 있을까 싶을 정도로 간결하고 단순한 문장을 구사하며, 미국 문단이 특히 외국인 작가에게 호락호락하지 않다는 점을 감안하면 놀라운 성취가 아닐 수 없다.

『전쟁쓰레기』는 하 진의 소설 중에서도 우리에게 가장 각별한 느낌으로 다가온다. 한국전쟁을 다룬 소설이기 때문이다. 지금까지 나는『피아오 아저씨의 생일파티』,『신랑 고르기』,『니하오 미스터 빈』,『광인』,『카우보이 치킨』등 하 진의 소설을 번역해왔다. 하지만 이들 중에서도 내가 제일 먼저 읽은 작품은『전쟁쓰레기』였다. 내가 이 책과 우연히 만나게 된 것은 2005년 미국 시애틀의 한 서점에서였다. 우선 한국전쟁을 소재로 하고 있다는 겉표지의 설명이 눈길을 끌었다. 하 진을 인터뷰하고 그의 단편소설들을《현대문학》에 1년에 걸쳐 소개하게 된 것도 이 소설을 읽고 나서였다.『전쟁쓰레기』는 최인훈의『광장』(1960)과 주제적인 면에서 흡사하다. 두 소설 모두 한국전쟁을 소재로 이데올로기와 전쟁포로 문제를 다루고 있기에 더욱 그렇다. 참고로 말하면 최인훈의 소설은 작가가 이십대 중반이었을 때, 하 진의 소설은 작가가 사십대 후반이었을 때 발표되었다.

『전쟁쓰레기』는 한국전쟁 당시 중공군 전쟁포로들이 거제도와 제주도에서 수용소 생활을 하는 과정을 집단이나 이데올로기의 시각이 아니라 개인의 눈으로 응시하고 있다. 그래서인지 이 소설을 읽다 보면, 작가의 상상력이 빚어낸 픽션이 아니라, 어떤 중국인이 실제로 한국전쟁에서 경험하고 체험한 것을 기록한 논픽션이자 회고록이라는 착각이 든다. 그만큼 묘사가 충실하고 사실적이다. 실제로 작중 화자는 자신의 기록이 다큐멘터리 형식을 띠고 있다고 시치미를 떼기까지 한다. 그런데 작가가 이 소설을 쓰는 데 참고한 23권에 달하는 저서들의 서지사항을 소설의 말미에서 밝히며 말한 것처럼, "대부분의 사건들과 세부사항들이 사실적"이긴 하지만 이 소설은 논픽션이나 회고록이 아니라 "픽션이며 모든 주요 인물들도 허구적"이다. (원서에 있는 참고 저서들의 서지사항은 따로 번역하지 않았음을 알려둔다)

2004년에 『전쟁쓰레기』가 발표되었을 당시, 미국은 바그다드 인근에 있는 아부 그라이브 감옥에서 일어난 이라크 수감자들에 대한 고문과 인권유린 사건으로 떠들썩했다. 관타나모 수용소와 아프가니스탄 바그람 공군기지에서 일어난 고문과 인권유린에 대한 폭로가 줄을 이었고, 미국 사회는 벌집을 쑤셔놓은 듯 요란했다. 때마침 출간된 『전쟁쓰레기』에 묘사된 한국전 당시 전쟁포로들의 인권유린에 미국 독자들이 큰 관심을 갖게 된 것은 어쩌면 당연한 일이었다. 그렇다고 이 소설이 인권유린의 실상을 폭로하기 위해 쓰여졌다는 말은 아니다. 오히려 이 소설은 하 진이 2005년, 옮긴이와의 대담에서 밝혔던 것처럼 "평범한 군인이 전쟁에 대해서 어떻게 느끼고 반응"하는지에 초점이 맞춰져 있다. 이런 점에서 이 작품은 "보통의 군인이 아닌 영웅들에 관한 것"이 대부분인 전쟁문학 중에서 드물게 "평범한 사람의 시각에서 실질적인 이야기"를 담아내고 있다.

나는 이 소설이 비록 외국인의 손에 의해 영어로 쓰여졌지만 우리에게 한국전쟁에 대해 많은 것을 시사해주고 있다고 생각한다. 그러한 생각은 이 소설을 시애틀에서 처음 읽었을 때도, 직접 번역을 하면서도, 내가 가르치고 있는 전북 대학교 학생들과 함께 읽으면서도 마찬가지였다. 물론 이 소설을 읽고 무엇을 발견하고 느낄 것이냐는 독자 개개인의 몫이기에 주관적인 의견을 말하기는 힘들다. 하지만 한 가지 중요한 것은 이 소설은 결코 중공군 포로들에 대한 이야기에 국한되지 않으며, 분명 1950년부터 1953년 사이에 '이데올로기의 전쟁터'였던 우리나라의 이야기라는 것이다. 그 지독한 전쟁은 겉으로는 남한과 북한의 싸움이었으면서, 속으로는 자본주의와 공산주의 이데올로기의 싸움이었다. 그리고 휴전 후 반세기가 넘은 지금도 계속되고 있는 남북한의 대치, 북한의 독재와 인권유린, 미국에 기댈 수밖에 없는 한국의 종속적 위상 등은 여전히 전쟁의 부산물로, 생생한 현실로 우리 곁에 온전히 남아 있다. 소설 속의 화자가 말한 것처럼 그 이데올로기의 전쟁에서 '패자'는 '그들'이 아닌 '우리' 한국인들이었던 것이다.

『전쟁쓰레기』의 화자인 유안이 "수년간의 소설계에 나타난 가장 현실감 있는 인물 중 하나"이며 이 소설이 "거의 완벽하다"라고 한 《뉴욕 타임스》의 평자 러셀 뱅크스Russell Banks의 말이 나는 조금도 과장된 것이 아니라고 생각한다. 또 이 소설에 쏟아진 열거할 수 없을 정도로 많은 화려한 비평적 찬사들과 상관없이, 나는 개인적으로 이 소설을 읽고 번역하고 가르치며 우리 역사와 이데올로기, 개인의 관계에 대해 많은 것을 생각하게 되었다. 아니, 배우게 되었다. 특히 학생들이 조사해온 한국전쟁 관련 사진들과 동영상을 보면서 많은 것을 느꼈다. 먼 이국땅에서 영어로 한국의 역사와 현실을 돌아보게 해준 하 진이 고맙기까지 했다. 마지막으로 이 책을 번역해 독자들에게 소개할 수 있어 기쁘다.

왕은철